G. A. Aiken
Lions – Fesselnde Jagd

G. A. Aiken

Lions – Fesselnde Jagd

Roman

Übersetzung aus dem Amerikanischen
von Doris Hummel

PIPER

Mehr über unsere Autoren und Bücher:
www.piper.de

ISBN 978-3-492-50355-6

Titel der amerikanischen Originalausgabe: »Wolf with Benefits«,
Kensington Publishing, New York 2013

Covergestaltung: Cover & Books by Rica Aitzetmüller
Covermotiv: stock.adobe.com
Printed in Germany

Kapitel 1

»Bist *du* mein Daddy?«

Ricky Lee Reed, ursprünglich aus Smithtown, Tennessee, und erst vor wenigen Jahren nach New York City verpflanzt, glotzte das Kind, das ihm diese Frage gestellt hatte, einen kurzen Moment lang an, bevor er seine Aufmerksamkeit dem erwachsenen Weibchen zuwandte, das das Kind auf dem Arm hielt.

Er musste zugeben, dass er nicht erwartet hatte, diese Frage zu hören … also, überhaupt *jemals*. Dafür gab es zwar eine ganze Menge Gründe, aber der wichtigste war, dass er diese Frau gar nicht kannte. Er gehörte nicht zu den Typen, die so viele Weibchen flachlegten, dass sie deren Gesichter oder Namen vergaßen. Also … warum stellte dieses Kind ihm diese Frage? Und was noch seltsamer war: Warum hob das Weibchen plötzlich die Augenbrauen und fragte: »Und … bist du es?«

Moment mal. Wusste *sie* das denn nicht? *Sollte* sie das denn nicht wissen? Lieber Gott, diese Stadt. Gut möglich, dass er sich nie daran gewöhnen würde, hier zu leben. Niemals. Das Leben hier war zwar überraschenderweise sicherer als in Smithtown, Tennessee, aber es war auch entschieden seltsamer. Vielleicht, weil es in Manhattan viel mehr Vollmenschen gab – er hatte festgestellt, dass Vollmenschen viel seltsamer waren als Gestaltwandler – und Smithtown praktisch nur aus Wandlern bestand. Hauptsächlich aus Wölfen. Abgesehen von ein paar Bären am Stadtrand, die zu alt und zu groß waren, als dass das Rudel sich die Mühe machen würde, sie zu vertreiben. Aber all diese Wölfe auf einem Haufen in Kombination mit genügend schwarz gebranntem Schnaps, um die gesamte russische Armee außer Gefecht zu setzen, bedeutete, dass in den Hügeln rund um seine Heimatstadt mehr Gefahren lauerten, als es im Hexenkessel New Yorks jemals der Fall sein konnte. Ganz gleich, was sie in den Filmen immer behaupteten. Aber doch konnte das Leben in Manhattan im Vergleich zu dem, das er zurückgelassen hatte, so viel seltsamer sein.

Er hatte sich dieser Bank in dem riesigen Sportzentrum nur genähert – dem Zuhause sämtlicher von Gestaltwandlern geführter Sportmannschaften New Yorks –, um sich mit dem hübschen Weibchen zu unterhalten, das bereits darauf saß. Und um vielleicht ihre Telefonnummer zu ergattern. Er fand sie wirklich süß, wahrscheinlich wegen ihrer Lockenmähne. Die meisten Weibchen in seinem Rudel hatten glattes Haar, aber ihres war blond-braun, mit vielen schwarzen Strähnen, und ein einziges Durcheinander aus Locken. Nichts als wilde, weiche Locken, die beinahe ihre Augen bedeckten und bis zu ihren Schultern hinab reichten. Ja. Ihm gefiel ihr Haar. Die Tatsache, dass sie eine Schakalin war, interessierte ihn jedoch nicht sonderlich. Sie war trotzdem eine Hündin, genau wie er, und er suchte sowieso nicht nach einer Gefährtin. Nur nach ein paar Dates, und vielleicht ein bisschen Spaß …

Spaß. Nicht Vaterschaft.

»Nein«, antwortete er den beiden schließlich. »Ich bin nicht dein Daddy.«

Die Frau umarmte den Jungen auf ihrem Schoß und küsste ihn auf die Stirn. »Tut mir leid, Denny. Vielleicht finden wir deinen Daddy ja eines Tages.«

Seine Südstaatenhöflichkeit diktierte Ricky Lee eigentlich, die ganze Sache damit auf sich beruhen zu lassen. Keine Fragen zu stellen und nicht vorzuschlagen, dass sie einen besseren Überblick über ihre verflossenen Liebhaber behalten sollte. Aber er konnte sich einfach nicht dazu durchringen, wieder zu gehen. Er war zu neugierig.

Sie schaute ihn an. »Oh … du bist immer noch hier?«

Bevor er fragen konnte, warum er nicht auf dieser Bank sitzen bleiben konnte, ohne angestarrt zu werden, trotteten noch mehr Kinder auf das Weibchen zu: ein junges Mädchen, dessen große braune Augen förmlich an seinem Handy klebten, ein Junge und ein Mädchen im Kleinkindalter, das der Junge an der Hand hielt. Sie umringten die Schakalin, und die Kleinste versuchte, den anderen Jungen, Denny, beiseitezuschieben, um seinen Platz auf dem Schoß ihrer Mutter einnehmen zu können.

Das waren wirklich eine Menge Welpen für ein so junges Weibchen.

»Mit wem unterhältst du dich?«, wollte die Schakalin von dem älteren Mädchen wissen. Moment mal. War sie überhaupt schon alt genug, um eine Tochter im Teenageralter zu haben?

»Mit niemandem.«

»Das ist ganz schön viel Getippe für niemanden.«

Mit einem dramatischen Seufzen, das nur Teenager zustande brachten, fragte das Mädchen: »Müssen wir hier noch lange rumhängen?«

»Ich gehe nicht, bevor ich bekommen habe, was ich will«, verkündete der größere Junge mit erstaunlich großem Selbstbewusstsein für einen Neun- oder Zehnjährigen. »Also komm mal wieder runter.«

»Ich hab noch was vor, du dämliche Nervensäge.«

»Musst du dir noch mehr Spitzenschuhe kaufen? Oder deinen Körper noch mehr verbiegen und verrenken, bis du irgendwann dreißig oder so bist und dich mit der Tatsache abfinden musst, dass deine Karriere vorbei ist? Wenn man das überhaupt eine Karriere nennen kann.«

Das Mädchen hatte schon beinahe seine Hände um den Hals seines Bruders geschlungen – und er wusste, dass sie alle Geschwister waren, da einen niemand sonst so zur Weißglut bringen konnte wie der eigene Bruder oder die eigene Schwester –, als die Schakalin sie anfauchte: »Lass ihn in Ruhe!«

»Immer beschützt du ihn.«

»Vielleicht liegt das daran, dass ich von den Göttern mit echtem Talent gesegnet wurde, was viel besser ist als nur irgendwelche Gene, durch die meine Beine abartig lang wachsen.«

»Ich hasse dich«, zischte der Teenager seinen Bruder an.

»Ich *lebe* für Hass«, entgegnete der Junge. »Er entfacht mein kreatives Feuer.« Das war eine wirklich seltsame Aussage für einen kleinen Jungen. Wirklich seltsam. Aber noch seltsamer wurde es, als der Junge plötzlich Ricky anschaute und fragte: »Bist du unser Daddy?«

Und noch bevor Ricky ohne den geringsten Anflug von Unsicherheit antworten konnte: »Auf gar keinen Fall«, schwang mit voller Wucht die Tür auf, die zur Eisfläche im Trainingsstadion führte, und Rickys Hockey spielender Bruder, Reece Lee, sauste hindurch.

Ricky schnappte sich instinktiv das Kind, das in der größten Gefahr schwebte – das kleine Mädchen –, und brachte sie beide mit einem Sprung in Sicherheit. Die Schakalin hatte noch immer den Jungen auf dem Schoß, sprang blitzschnell auf und schlang ihre Arme ganz fest um ihn. Gleichzeitig machte sie einen Satz zur Seite und schob so den älteren Jungen und seine Teenagerschwester aus dem Weg.

Selbst als improvisiertes Team war ihr Timing makellos, denn im nächsten Augenblick krachte Rickys jüngerer Bruder in die Holzbank, auf der sie eben noch gesessen hatten, und zerstörte sie komplett. Ricky machte jedoch keinerlei Anstalten, Reece Lee zu Hilfe zu eilen. Er wusste es besser. Und tatsächlich platzte ein paar Sekunden später ein zwei Meter zwanzig großer und beinahe zweihundert Kilo schwerer Hybride durch dieselbe Tür und stampfte auf Reece zu.

Der Hybride packte Reece an seinem Trainingstrikot und hob ihn hoch, nur, um ihn direkt wieder auf den Boden knallen zu lassen. Reece fuhr seine Reißzähne aus und begann, sich mit Zähnen und Klauen zu wehren. Es war keiner dieser schönen Kämpfe, die man aus Actionfilmen kannte. Es war eher, als würde man zusehen, wie sich zwei Pitbulls in einem Hinterhof gegenseitig an die Gurgel gingen.

»Willst du einfach nur da rumstehen?«, fragte die Schakalin und funkelte Ricky an.

»Das war der Plan.«

»Aber ich hab dich doch vorhin mit dem Kleineren gesehen«,

fügte sie über das laute Knurren, Jaulen und Brüllen hinweg hinzu. »Du kennst ihn.«

»Flüchtig.«

Sie kniff die Augen zusammen. »Ihr seid Brüder, stimmt's?«

»Jedenfalls laut meiner Momma, aber ich verlange immer noch einen DNA-Test, der das zweifelsfrei beweist.«

Der größere Junge versuchte, an der Schakalin vorbeizuhuschen, um den Kampf besser verfolgen zu können, aber seine ältere Schwester schnappte ihn am T-Shirt und hielt ihn fest.

»Bist du irre?«, fragte sie ihren Bruder.

»Toni hat mir versprochen, dass ich ihn treffen darf!«

»Ich hab versprochen, dass ich es versuchen werde«, schoss die Schakalin zurück. *Ha.* Der Junge hatte sie »Toni« genannt. Nicht »Mom« oder »Mommy«. Und dann ging Ricky endlich ein Licht auf ... das waren nicht ihre Kinder. Zumindest nicht alle. Sie waren ihre Brüder und Schwestern.

Das Mädchen hielt seinen jüngeren Bruder am Nacken fest, und dank der Tatsache, dass jedes hundeartige Raubtierkind dort überschüssige Haut hatte, konnte sie sich besser an ihm festkrallen als an jedem Lederhalsband. »Toni lässt dich bestimmt nicht bei einem Kampf von zwei Raubtieren mitmischen.«

»Aber ...«

»Kyle, ich hab dir doch schon so oft gesagt, dass wir Aasfresser sind«, erinnerte sie ihn. »Warte, bis die Geier kommen. Dann kannst du dir vielleicht einen Happen zum Mittagessen holen.«

Als Ricky eine Augenbraue hob, grinste die Schakalin nur höhnisch und zuckte kaum merklich mit den Schultern.

Ricky beschloss, nicht zu viele Fragen zu stellen, und konzentrierte sich auf seinen Bruder und den Hybriden – der ein verdammt talentierter Eishockeyspieler war –, der Reece inzwischen auf den Rücken geworfen hatte und seine mächtigen Löwen-Bären-Pranken um die Kehle des Wolfes schlang.

Reece wehrte sich allerdings sehr anständig. Verzweifelt versuchte er, den wahnsinnigen Hybriden von sich herunterzustoßen. Zu dumm nur, dass es nicht funktionierte.

Nachdem er ein paar Treffer im Gesicht des Hybriden gelandet hatte, funkelte Reece Ricky wütend an. »Willst du vielleicht irgendwas unternehmen?«, quietschte er erstickt.

»Hast du mir nicht erst gestern gesagt, dass ich mich aus deinen Angelegenheiten raushalten soll?«, fragte Ricky grinsend zurück.

»Du verdammter …«

»Hey!«, unterbrach Ricky ihn. »Es sind Welpen anwesend. Pass auf, was du sagst.«

Die Schakalin seufzte. »Ernsthaft?«, fragte sie. »Ich meine … *ernsthaft*?«

»Was denn?«

»Ihm wird von einem Kerl die Seele aus dem Leib geprügelt, dessen Haare gerade spontan gewachsen sind.«

»Das ist seine mächtige Mähne. Die wächst ihm nur, wenn er richtig wütend ist.«

»Und du hast kein Problem damit, dass er deinen Bruder praktisch zu Brei haut?«

Ricky dachte einen Augenblick lang darüber nach, aber er musste sich mit seiner Antwort schon zu viel Zeit gelassen haben, denn die Schakalin reichte den Kleinen auf ihrem Arm an das junge Mädchen weiter.

»Ich muss mich hier wirklich um *alles* kümmern«, fauchte sie Ricky an, bevor sie zu den beiden kämpfenden Männchen hinüberstapfte und über ihr Knurren hinweg brüllte: »Entschuldigen Sie bitte, Mister … äh …« Sie sah sich nach dem ältesten Jungen um, Kyle.

»Novikov«, gab Kyle bereitwillig Auskunft.

»Richtig. Mr. Novikov? *Mr. Novikov?*«

Der Hybride hielt inne, seine Hand noch immer an Reeces Kehle, während er den Wolf mit seinem massigen Körper weiter zu Boden drückte. Langsam blickte er zu der Schakalin hinauf, und seine Mähne bedeckte seine finsteren blauen Augen fast völlig.

»Hi.« Sie legte eine Hand auf ihre Brust. »Ich bin Antonella

Jean-Louis Parker. Kurzform Toni. Toni mit ›i‹, nicht mit ›y‹. Wie dem auch sei, Ulrich Van Holtz hat möglicherweise erwähnt, dass ich heute vorbeikomme. Und das hier ist Kyle.« Sie schnipste mit den Fingern, und der Junge sprang blitzschnell an ihre Seite. »Kyle hätte wirklich gerne ein Autogramm von Ihnen, und auch wenn es mir leidtut, Ihre ... Wolfsprügelei unterbrechen zu müssen, habe ich heute einen ziemlich straffen Zeitplan.« Sie tippte auf die sehr stabil aussehende Taucheruhr an ihrem Handgelenk. »Besteht denn irgendeine Möglichkeit, die ganze Sache ein wenig zu beschleunigen? Vielleicht könnten Sie ja später noch mal über den Wolf herfallen? Kyle würde das wirklich sehr zu schätzen wissen.«

Der Junge strahlte. »Das würde ich.«

Der Hybride betrachtete die Schakalin für mehrere lange Sekunden, bevor er schließlich nickte. »Zeitpläne verstehe ich.« Dann schaute er zu Reece hinunter und brüllte ihm ins Gesicht: *»Zeitpläne! Lern endlich mal das Konzept!«*

Novikov löste seinen Griff von Reeces Hals und kam auf seine mächtigen Beine. Als er aufrecht stand, hatte sich seine Mähne bereits wieder beträchtlich verringert, wie die Schakalin bemerkte, die ihn mit leicht zusammengekniffenen Augen ansah. Der Hybride drehte sich zu ihr um und kehrte Reece den Rücken zu. Im selben Moment schlug er nach hinten aus und verpasste Reece einen Tritt, und Rickys Bruder flog durch die Luft, bis er gegen eine der zahlreichen Säulen des Gebäudes knallte.

Ricky zuckte zusammen. Er würde wetten, dass das wehgetan hatte.

»Was soll ich unterschreiben?«

»Hol das Shirt, Kyle.« Der Junge streifte seinen Rucksack ab und zog blitzschnell ein Eishockeytrikot und einen wasserfesten Filzstift heraus. Den Farben des Trikots nach zu urteilen, war es eins der Gestaltwandler-Mannschaft aus Washington. Ein Team, dem der Hybride einst angehört hatte. Der Typ hatte schon einer Menge Teams angehört, und viele seiner ehemaligen Mannschaftskollegen hassten ihn noch heute.

Der Junge reichte dem Hybriden das Trikot und den Stift. Während Novikov unterschrieb, fragte er den Jungen: »Und, spielst du auch Hockey?«

»Nein, Sir.«

»Ehrlich? Warum nicht?«

»Weil ich gedenke, meine Brillanz für etwas Reelles und Wichtiges einzusetzen und nicht für so etwas Unbedeutendes wie Sport.«

Die Schakalin zuckte zusammen und ließ den Kopf sinken, während Novikov seinen nach oben riss.

»Wie bitte?«

»Sehen Sie, das, was mir an dem gefällt, was Sie machen«, erläuterte der Junge mit angespannter Stimme und unterstrich mit seinen Händen jedes einzelne Wort, »sind die rohe Wut und Gewalt. Ich kann das für meine Arbeit verwenden. Und während Sie vermutlich schon bald vergessen sein werden, nachdem Sie in den Ruhestand gegangen sind, was der normale Lauf der Dinge für Sportlertypen wie Sie ist, die in der Highschool für gewöhnlich am glücklichsten waren …«, er drehte sich zu seiner Teenager-Schwester um, die ihn mit einem Ein-Finger-Gruß bedachte, »… wird *mein* Vermächtnis über Jahrhunderte hinweg weiterleben. Die Menschen werden meine Werke studieren und sie kopieren. Meine Arbeit wird eine neue Kunstbewegung auslösen, eine neue Welle der Kreativität, geboren aus Blut, Gewalt und Wut. Und Sie … *Sie,* Mr. Novikov, werden mein David sein.«

»David?«

»Wie Michelangelos *David*? Aber stattdessen wird mein Werk den Namen Jean-Louis Parkers *Novikov* tragen, und es wird das großartigste Kunstwerk sein, das die Welt je gesehen hat. Und Sie … Sie, Mr. Novikov, werden meine Muse sein.«

Der Hybride blinzelte und fragte schließlich genau das, was Ricky dachte: »Wie alt bist du?«

»Elf. Aber ich lasse nicht zu, dass mein Alter mich von meiner Zukunft abhält. Nur jene mit einem schwachen Geist tun das.«

Novikov seufzte und gab dem Jungen das unterschriebene

Trikot wieder zurück. »Ich wünschte, ich könnte sagen, dass du mich anwiderst, aber ich verstehe dich besser, als dir je bewusst sein wird, Junge. Also gehe hin und mach sie fertig.«

»Das werde ich. Vielen Dank!«

Er nickte erst dem Jungen zu, dann der Schakalin. »Ma'am«, sagte er, bevor er sich wieder in Richtung Eisfläche davonmachte.

Im selben Moment rief der Junge ihm jedoch nach: »Und besteht vielleicht die Chance, dass ich Sie nackt zeichnen kann?«

Novikov blieb stehen, und sein ganzer Körper zuckte ein wenig. Die Schakalin riss bei der Frage des Kindes die Augen weit auf, klatschte eine Hand auf ihren Mund und drückte den Jungen ganz fest an sich, als Novikov sich wieder zu ihnen umdrehte.

»Er macht nur Spaß«, platzte sie schnell heraus, bevor Novikov überhaupt eine Frage stellen konnte. »Er macht nur Spaß.«

Der Junge wehrte sich gegen die Schakalin, und seine gedämpften Worte klangen wie »Nein, tue ich nicht!« Die Schakalin lockerte ihren Griff jedoch kein bisschen, sondern lächelte nur. »Und vielen Dank für das Autogramm.«

Novikov nickte, grunzte, ging zurück aufs Eis und knallte die Tür hinter sich zu.

Die Frau ließ Kyle wieder los und wirbelte den Jungen mit einer Hand herum, bis sie ihm ins Gesicht sehen konnte.

»Hast du den Verstand verloren?«

»Es war doch nur eine Frage. Er sollte sich angesichts dieses Privilegs geschmeichelt fühlen. Der größte Künstler, den die Welt je gekannt hat, ist der Ansicht, sein Körper sei *seine* kostbare Aufmerksamkeit wert. Er sollte sich angesichts dieser Ehre vor mir verneigen.«

Die Schakalin starrte ihn mehrere Sekunden lang an, bevor sie verkündete: »Du bist ein Idiot. Und wenn du das noch mal machst oder ich von jemand anders erfahre, dass du es wieder getan hast, dann trete ich dir so in den Hintern, dass du von hier bis nach Washington fliegst.«

»Ja, aber ...«

»Hast du mich verstanden?«

»Um der Wahrheit die Ehre zu geben, habe ich nicht …«

Sie packte den Jungen am Nacken und riss ihn mit einer Hand unsanft hoch. Er baumelte gut einen Meter über dem Boden und sah der Schakalin direkt in die Augen. »Hast du mich verstanden, Kyle?«, fragte sie erneut.

»Ja, Ma'am.«

»Gut.«

Sie ließ ihn los und drückte ihm das signierte Trikot wieder in die Hand, als er auf festem Boden gelandet war.

Der Teenager seufzte. »Können wir jetzt endlich gehen?«

»Wir müssen erst noch mit Ric sprechen. Pass du auf Dennis auf.«

Die Schakalin blickte zu dem kleinsten Jungen auf dem Arm des Mädchens, bevor sie sich umdrehte und Ricky anschaute. Er schaute zurück. Und lächelte.

Nach einer Weile fragte sie: »Gibst du sie mir wieder?«

Erst da fiel Ricky auf, dass er immer noch den Welpen auf dem Arm hielt, den er vor Novikovs Wutausbruch gerettet hatte.

»Oh. Tut mir leid.« Ricky reichte ihr das Mädchen. Die Kleine war eingeschlafen und hatte den Kopf auf seine Schulter gelegt, und ihre kleine Faust steckte in ihrem Mund. Sie winselte leise, als sie von einem zum anderen gereicht wurde, schlief jedoch ruhig weiter, als sie auf dem Arm der Schakalin saß.

»Danke«, sagte sie und lächelte ihn zaghaft an.

Es war vor allem dieses Lächeln und weniger ihre Höflichkeit, die ihn dazu brachte.

»Weißt du«, begann Ricky, »wenn du heute Abend noch nichts vorhast …«

Während sie mit ihrem Handy auf Ricky zeigte, fragte die Teenie-Schwester: »Bist *du* unser Daddy?«

Angewidert wandte sich Ricky an die Schakalin: »Gute Güte, es muss doch einen einfacheren Weg für dich geben, einen Mann loszuwerden.«

»Vielleicht, aber ich hab festgestellt, dass nichts schneller funktioniert.« Sie zwinkerte ihm zu und deutete dann mit ihrem

Kinn hinter ihn. »Außerdem solltest du vielleicht mal nach deinem Bruder schauen – er blutet immer noch.«

»Ja. Ich vermute, Novikov hat eine Arterie zerfetzt – mal wieder.«

Sie blieb stehen und sah sich noch einmal zu ihm um. Dann stieß sie jedoch ein grunzendes Lachen aus und entfernte sich ohne ein weiteres Wort.

Kapitel 2

Antonella »Toni« Jean-Louis Parker beförderte ihren elf Jahre alten Bruder mithilfe ihres Fußes in das Büro. Es war allerdings kein richtiger Tritt, eher ein Schubs.

Sie hatte sich ihre dreijährige Schwester Zia auf die Hüfte gesetzt und folgte Kyle nach drinnen, während ihre fünfzehnjährige Schwester Oriana ihren fünf Jahre alten Bruder Dennis hinter sich her zerrte und dabei hysterisch lachte.

»Hör auf, Kyles unangebrachtes Verhalten zu billigen«, befahl Toni ihrer Schwester. Die beiden starrten einander an und brachen dann gleichzeitig in Gelächter aus.

»Du bist so ein Freak!«, machte sich Oriana über Kyle lustig. »Ich kann nicht fassen, dass wir wirklich verwandt sind.«

»Ich weiß wirklich nicht, was die ganze Aufregung soll«, beschwerte sich Kyle und ließ sich auf einen der Bürostühle fallen. »Es war doch nur die Bitte, ihn ihn nackt zeichnen zu dürfen.«

»Eine Bitte, die von *überhaupt keinem* Elfjährigen kommen sollte. Und sie sollte besser nicht noch einmal von dir kommen.«

Kyle seufzte dramatisch, wie er es gerne tat, und erinnerte Toni zum wiederholten Mal: »Ich bin *Künstler*, Antonella.« Was Toni an diesen Unterhaltungen mit Kyle immer am meisten nervte, war sein Tonfall. Seit seinem vierten Lebensjahr klang er wie ein fünfzigjähriger Snob, der einem Straßenhändler, der sich kaum über Wasser halten konnte, den Unterschied zwischen arm und reich erklärte. Eine Menge Leute wunderten sich darüber, dass ein so junger Mensch schon so reif und auf intelligente Weise unhöflich klingen konnte. Sie nahmen dann meistens an, dass er nur seine Eltern nachahmte. Aber in Wahrheit … hatte er diesen Tonfall ganz allein entwickelt. Genau wie seine Fähigkeiten als Bildhauer schien auch seine unhöfliche, herablassende Haltung ein Geschenk Gottes zu sein. »Ich hab keine Zeit für diese lächerlichen Regeln, die Durchschnittsmenschen wie du aufgestellt haben, um zu bestimmen, was man fragen darf und was nicht.«

»So viel Unhöflichkeit in zwei kleinen Sätzen«, bemerkte Toni.

»Es ist nicht meine Schuld, dass du meine Welt nicht verstehst.«

»*Ich* verstehe dich nicht?«

Machte Kyle etwa Witze? Antonella Jean-Louis Parker sollte den künstlerischen Geist nicht verstehen? Den *brillanten* Geist? Tonis ganzes Leben drehte sich darum, den brillanten Geist zu verstehen. Und das lag nicht daran, dass sie ihre Dissertation oder einen wichtigen Artikel für *Scientific American* darüber geschrieben hatte. Toni musste den brillanten Geist verstehen, weil das ihr Leben war. Es war schon seit so vielen Jahren ihr Leben, dass sie aufgehört hatte, sie zu zählen.

Und weil das nun mal ihre Familie war. Nicht nur diese vier Kinder. Toni hatte noch sechs weitere Geschwister, zehn insgesamt. Ihre Eltern pflanzten sich einfach immer weiter fort. Wie die Karnickel. Oder, besser gesagt, wie die Schakale, die sie tatsächlich auch waren. Da Schakale sich ihr Leben lang an denselben Partner banden und sich nicht von irgendwelchen Regeln eines Rudels ablenken ließen, pflanzten sie sich fort, wann immer sie wollten. Tonis Eltern hatte genau das getan, und ihr jüngster Nachwuchs, Zia und ihre Zwillingsschwester, waren zur Welt gekommen, als ihre Mutter fast fünfzig gewesen war.

Und obwohl ihr Vater, Paul Parker, nur – wie Kyle es so eloquent formulierte – »durchschnittlich« war, war ihre Mutter Jackie alles andere als das. Tatsächlich war Jacqueline Jean-Louis eine weltbekannte Geigerin. Sie war bereits auf einigen der größten Bühnen der Welt vor ausverkauften Rängen aufgetreten, hatte für königliche Familien gespielt und mehrere erfolgreiche CDs und DVDs auf den Markt gebracht, die der ganzen Welt ihr Talent bewiesen. Aber Jackie war nicht nur eine begnadete Geigerin, sie war auch ein Wunderkind gewesen. Sie war als kleines

Kind schon so talentiert gewesen, dass sie bereits damals als brillant gegolten hatte.

Nur ein Wunderkind in der Familie zu haben, war schon unglaublich. Die meisten Familien würden niemals, ganz gleich, wie weit sie ihre Blutlinie zurückverfolgten, auf ein Wunderkind stoßen. Und trotzdem hatten es Tonis Eltern irgendwie geschafft, dass zehn ihrer elf Kinder als Wunderkinder betrachtet wurden. Zehn. In einer Familie. Gut, es war eine Familie von Schakal-Gestaltwandlern, aber Wandler unterschieden sich nicht von Vollmenschen, wenn es darum ging, wie viele Wunderkinder normalerweise im Stammbaum einer Familie zu finden waren.

Das Besondere an Wunderkindern war jedoch, dass sie nicht einfach nur brillant waren. Es gab eine Menge kluger bis sehr kluger Köpfe und sogar Genies auf der Welt. Was Wunderkinder von allen anderen unterschied, war ihre Hingabe. Das Geigentalent ihrer Mutter hätte nicht das Geringste bedeutet, wenn sie nicht ab dem zarten Alter von drei Jahren jeden Tag mehrere Stunden damit verbracht hätte, auf ihrem Instrument zu üben. Die Gene ihrer Schwester Oriana würden gar nichts bedeuten, wenn sie nicht jeden Morgen und jeden Abend an sechs Tagen in der Woche zum Ballettunterricht gehen und an sieben Tagen in der Woche auch noch zu Hause trainieren würde. Alle wahren Wunderkinder besaßen diese Entschlossenheit und Getriebenheit.

Gott, diese Getriebenheit. Toni konnte sich nur allzu gut vorstellen, dass manche Leute die Nase voll davon hatten, was eine Familie alles dafür tun musste, um *ein* Wunderkind dabei zu unterstützen, dorthin zu gelangen, wo es hinwollte. Aber Toni? Nun, Toni musste sich mit zehn von ihnen herumschlagen. Zugegeben, die Zwillinge Zia und Zoe hatten diese Getriebenheit noch nicht wirklich entwickelt. Im Moment waren sie einfach nur von Natur aus begabt. Aber der kleine Denny, der gemeinsam mit Zia versuchte, auf ihren Schoß zu klettern, hatte seine Getriebenheit bereits gefunden, obwohl er erst fünf war. Er arbeitete vor und nach dem Kindergarten stundenlang an seinen

Gemälden. Gemälde, die eher aussahen wie Fotografien, weil sie so unfassbar detailliert waren. Kyle bezeichnete das natürlich nicht als »Kunst«. Stattdessen befand er: »Denny ist noch in der Entdeckerphase, in der er einfach alles nachmalt. Obwohl ich zuversichtlich bin, dass er, sofern er diese Phase in den nächsten ein oder zwei Jahr hinter sich lässt, durchaus Potenzial hat.« Für Kyle war das, als hätte er seinen Bruder als den nächsten Leonardo da Vinci bezeichnet. Und natürlich kam es den Jean-Louis-Parker-Kindern ganz und gar nicht seltsam vor, einen Fünfjährigen zu bitten, seine »Entdeckerphase« möglichst schnell hinter sich zu lassen. Wenn man mit ihnen mithalten wollte, benötigte man dieselbe Getriebenheit und dasselbe Talent.

Tragischerweise hatte Toni, die Älteste, weder das eine noch das andere. Mehr als einmal hatte sie ihre Mutter gefragt: »Ich bin nicht wirklich dein Kind, oder? Gib es einfach zu.« Worauf ihre Mutter jedes Mal geantwortet hatte: »Du hast meine Augen.«

»Aber vielleicht ist Dad nicht …«

»Du hast seine Nase, seine Füße und das lockige Haar seiner Mutter. Finde dich endlich damit ab, Süße. Du bist eine Jean-Louis Parker, ob es dir nun passt oder nicht.«

Also hatte Toni sich letzten Endes damit abgefunden, »die Durchschnittliche« in einer Familie aus Wunderkindern zu sein. Aber sie waren auch Schakale, und ältere Geschwister halfen ihren Eltern oft, die jüngeren zu großzuziehen. Es stimmte allerdings auch, dass die meisten Geschwister in Tonis Alter inzwischen ausgezogen wären, eine eigene Familie gegründet und ihre eigenen Welpen gehabt hätten. Aber da sich ihre Mutter bis zu den Zwillingen weiter fortgepflanzt hatte – bis endlich das verfluchte Wunder der Menopause zugeschlagen hatte – und sich die anderen Kinder auf ihre jeweiligen Karrieren konzentrierten, hatte es sich für Toni einfach nicht richtig angefühlt, ein eigenes Leben zu beginnen. Ihre Familie brauchte sie. Da sie die Einzige ohne wirkliches Talent war, war sie auch die Einzige, die sich Vollzeit um die anderen kümmern konnte. Sie hatte kein anderes Ziel, als dafür zu sorgen, dass ihre Geschwister – bis zu ihrem achtzehnten Lebensjahr – ihr volles Potenzial ausschöpften, ohne im Gefängnis zu landen.

Und deshalb ertrug Toni Kyles Snobismus, Orianas Unverschämtheiten, Cherises Beinahe-Agoraphobie, Freddys lähmende Panikattacken und seinen Drang, Dinge anzuzünden und zu klauen … und so weiter und so fort. All ihre Geschwister hatten so ihre Probleme, und Toni hatte es sich zur Aufgabe gemacht, dafür zu sorgen, dass sie so menschlich wie möglich blieben. Das war nicht leicht. Auch wenn sich ihre Geschwister niemals dazu herablassen würden, einen Konkurrenten um die Ecke zu bringen – da sie der Ansicht waren, dass ohnehin niemand besser war als sie oder eine echte Bedrohung darstellte –, machte Toni sich durchaus Sorgen, dass einige von ihnen Leute aus dem Weg räumen würden, die ihnen in die Quere kamen. Die sie aufhielten. Einmal hatte es ein Kind lustig gefunden, dem neunjährigen Troy, dem Mathegenie, die falsche Uhrzeit für den Beginn eines wichtigen Mathematikwettbewerbs mitzuteilen. Und der Junge hatte es noch lustiger gefunden, als ein hysterisch weinender Troy ihn am nächsten Tag aufgesucht und zur Rede gestellt hatte. Sicher. Das Heulen … wirklich sehr lustig. Nur, dass Troy nicht geweint hatte, weil er traurig gewesen war oder sich durch das Handeln des Kindes verletzt gefühlt hatte. Er hatte aus Frustration geheult. Ein Gefühl, mit dem nur sehr wenige Mitglieder aus Tonis Familie auf normale oder rationale Weise umgehen konnten. Der Junge hatte die Tränen allerdings gar nicht mehr lustig gefunden, als Troy ihn mit seinem bis zum Platzen mit fest eingebundenen Mathebüchern gefüllten Rucksack in Grund und Boden geprügelt hatte.

Aber was noch schlimmer für Toni gewesen war, war die Tatsache, dass Troy als so wichtiges Wunderkind quasi mit einem kleinen Klaps auf die Finger davongekommen war. Man hatte noch nicht einmal die Empfehlung ausgesprochen, er solle sich einer Therapie unterziehen, höchstwahrscheinlich, weil er damals an irgendeiner wichtigen Gleichung gearbeitet und seine Schule ein gesteigertes Interesse daran gehabt hatte, dass er sie löste, damit sie in den Medien damit angeben konnten, und Therapiesitzungen wären mit seinem vollen Stundenplan nur sehr schwer zu vereinbaren gewesen. Also war es an Toni hängengeblieben, ihm zu erklären, dass es keine gute Option war, jemanden aus Frustration zu verprügeln. Und diese Verantwortung ihren Geschwistern gegenüber nahm sie sehr ernst. Irgendjemand musste das schließlich tun. Gott, wenn Toni sie nicht ernstnehmen würde, dann würde Kyle ständig durch die Straßen spazieren und Wildfremde darum bitten, sie nackt zeichnen zu dürfen.

»Ich verstehe einfach das Problem nicht, Toni. Und wenn schon, dann hab ich Novikov eben gefragt, ob …«

»Halt die Klappe, Kyle.«

»Ja, aber …«

»Halt. Die. Klappe.«

»Hier geht es um meine Kunst!«, tobte Kyle. »Verstehst du denn nicht …?«

Toni, die keine Lust hatte, diese spezielle Rede zum wiederholten Mal über sich ergehen zu lassen – für sein Alter hatte Kyle eine ganze Menge Reden in petto – streckte ihre Hand nach dem Nacken des Jungen aus, doch er kletterte blitzschnell über Oriana und auf den Stuhl, der auf der anderen Seite neben ihr stand.

»Ich hör ja schon auf«, versprach er hastig. »Ich hör ja schon auf.«

Toni atmete langsam aus und wandte ihre Aufmerksamkeit dem Mann am Empfang zu, einem Rotluchs. »Könnten Sie Mr. Van Holtz sagen, dass die Jean-Louis Parkers hier sind?«

»Haben Sie einen Termin?«, fragte der Luchs und blickte noch nicht einmal von seinem Computer auf, um ihr in die Augen zu schauen.

»Ja, wissen Sie nicht mehr? Ich war vor zwanzig Minuten schon mal hier? Und hab genau die gleiche Unterhaltung mit Ihnen geführt?«

Der Luchs sah sie an und zuckte mit den Schultern. »Und?«

Toni schluckte ein entnervtes Jaulen hinunter und fauchte: »Wie ich bereits sagte, wir haben einen Termin.«

»Und Ihr Name ist?«

Das war genau der Grund, warum sie die kleineren Katzen hasste. Löwen und Tiger konnten auch lästig sein, aber sie waren nichts im Vergleich zu den Kleinkatzen. »Antonella Jean-Louis Parker.«

»Haben Sie nicht was Kürzeres?«

»Nur meine Faust«, schoss sie zurück. In dem Moment ließ Oriana ihr Handy sinken und sagte: »Mann, jetzt hol endlich Ulrich, bevor dir meine Schwester das Gesicht abreißt.«

Der Luchs seufzte und hob das Telefon ab, um den Wolf anzurufen, wegen dem sie hergekommen waren.

Oriana widmete sich wieder ihrem Handy, sagte jedoch zu Toni: »Dieser Wolf war süß.«

Toni blinzelte verwirrt. »Welcher Wolf? Ulrich?«

Oriana verdrehte die Augen und erwiderte: »Nein. Der, mit dem du im Eisstadion gesprochen hast. Der mit der Baseballkappe.«

»Oh. Der. Ja. Der war süß.« Aber nur ein Wolf. Es war nicht so, dass Wölfe etwas Besonderes oder Ungewöhnliches waren oder so. Ihre Mutter war die beste Freundin von Irene Conridge Van Holtz, ebenfalls ein ehemaliges Wunderkind. Tante Irene war eine brillante Wissenschaftlerin, ein Vollmensch und die Gefährtin von Niles Van Holtz, dem Alphamännchen des Van-Holtz-Rudels. Und da die Jean-Louis Parkers für Irene so etwas wie ihre eigene Familie waren, hatten sie eine Menge Zeit unter Wölfen verbracht. Eine *Menge* Zeit. Nicht, dass Toni das etwas ausgemacht hätte. Onkel Van und sein Rudel waren lustig, und die meisten Angehörigen der direkten Blutlinie der Van Holtzs waren ausgezeichnete Köche, was wiederum bedeutete, dass die Jean-Louis Parkers immer gut aßen. Aber Toni hatte nicht das Gefühl, dass es im Augenblick nötig war, noch weitere Wölfe in ihr Leben zu lassen.

»Groß«, fügte Oriana hinzu. »Nette Schultern.«

Tonis Einschätzung nach war er unnatürlich breit gewesen. So breite Schultern bei so schmalen Hüften wirkten einfach nicht richtig.

»Hübsches Lächeln.«

All diese Zähne. Strahlend weiße Zähne, die er ihr andauernd gezeigt hatte, wenn er sie angelächelt hatte. Sie persönlich hatte sein Lächeln als seltsam bedrohlich empfunden. So als würde jeder, den er traf, eine potenzielle Mahlzeit für ihn darstellen.

Aber auch wenn Toni für die meisten Männchen nicht empfänglich war – sie war auch nicht blind. Er war ein gut aussehender Wolf, aber nicht so wie die Van-Holtz-Wölfe, die sie immer an europäische Cover-Models erinnerten. Er war zu groß. Zu breit. Zu … amerikanisch. All diese Muskeln und das dunkelbraune Haar, das nur bis zu seinen mächtigen Schultern reichte. Bernsteinfarbene Augen und eine flache, breite Nase, die kaum dazu beitrug, das Dauergrinsen in seinem Gesicht weniger nervig wirken zu lassen.

»Außerdem«, fuhr Oriana fort, »schien er sich an deinem durchschnittlichen Aussehen und deiner unbezähmbaren Lockenmähne nicht zu stören.«

Toni sah ihre Schwester ganz langsam an. »Vielen Dank, Oriana.«

Ihre Schwester lächelte, ohne von ihrem Telefon aufzublicken. »Gern geschehen.«

Toni spielte ernsthaft mit dem Gedanken, Oriana das Telefon aus der Hand zu reißen, da sie allem Anschein nach noch immer die Bedeutung von Sarkasmus lernen musste, aber Ric Van Holtz betrat die Lobby, bevor sie sich die Mühe machen konnte.

»Hey, Leute. Tut mir leid, dass ich euch vorhin nicht treffen konnte. Ein kurzfristiges Meeting mit einigen Investoren.«

»Kein Problem«, versicherte Toni ihm und reichte ihm Zia, als er seine Arme ausstreckte. Ric konnte toll mit Kindern umgehen, ganz egal, welcher Gattung oder Spezies sie angehörten, und die Jean-Louis-Parker-Welpen liebte er.

»Wie ist es in der Eishalle gelaufen?«, erkundigte sich Ric und streichelte sanft mit seiner Hand über Zias Haar, als sie ihren Kopf an seine Schulter schmiegte.

»Gut.«

»Abgesehen von dem Kampf«, murmelte Oriana.

Rics Nasenlöcher blähten sich auf. Er hatte eine recht schmale Nase, aber sie konnte sich ziemlich dramatisch aufblähen, wenn er wütend wurde. »Hat Novikov dir wehgetan? Soll ich ihn umbringen lassen?«

»Das scheint mir ein wenig extrem.« Toni warf ihrer Schwester einen warnenden Blick zu, aber da die Göre ihre Aufmerksamkeit wieder voll und ganz auf ihr Handy gerichtet hatte, gab es keine Garantie dafür, dass sie ihn überhaupt gesehen hatte. »Mit Mr. Novikov war alles in Ordnung.«

»Er hat ja nicht mit uns gekämpft«, stellte Kyle klar.

»Oh.« Ric beruhigte sich sofort wieder. »Dann hat er wahrscheinlich mit Reece Reed gekämpft, da es mitten am Tag ist und Reece der Einzige zu sein scheint, der sich immer wieder mit diesem Idioten anlegt.«

»Novikov hat mein Trikot signiert, genau wie du's gesagt hast.« Kyle hielt das Trikot hoch, damit Ric es sehen konnte.

»Gut. Ich bin froh, dass er gemacht hat, was ich ihm gesagt hab.«

»Ja«, fügte Oriana hinzu, »es ist super gelaufen, bis Kyle ihn gebeten hat, ihn nackt sehen zu dürfen.«

Ric schloss für einen kurzen Moment die Augen. »Schon wieder, Kyle? *Schon wieder?*«

Völlig entsetzt fragte Toni: »Oh, mein Gott, Kyle! Hast du Ric etwa auch gefragt, ob …?«

»Ich werde mich von den Sitten der Gesellschaft nicht aufhalten lassen!«

»Es sind nicht die Sitten der Gesellschaft, die uns Sorgen machen, Kyle«, erklärte Ric freundlich. »Es sind die Irren der Gesellschaft.«

»Dann willst du also sagen, dass Bo Novikov ein …«

»Nein«, unterbrach Ric ihn sofort sehr entschlossen. »Das will

ich damit *nicht* sagen. Und auch wenn du bei mir oder Novikov in Sicherheit sein magst, bedeutet das nicht, dass das auch für den Rest der Welt gilt. Du musst einfach vorsichtiger sein.«

Kyle deutete auf Toni. »Aber dafür hab ich doch sie. Um mich vor den Irren der Gesellschaft zu beschützen.«

»Ehrlich? Darauf werde ich jetzt also reduziert?«, wollte Toni wissen. »Dein Leibwächter zu sein? Ist das mein Leben? Wird das mein Leben *sein?*«

»Ich würde mir keine Sorgen darüber machen, dass du den Job allzu lange ausüben musst«, bemerkte Oriana.

»Warum nicht?«

»Wie gut kannst du ihn mit deinen Stummelbeinen schon beschützen?«

Toni blickte an ihren Beinen hinunter, bevor ihr bewusst wurde, dass sie in eine lächerliche Unterhaltung verstrickt war. Mal wieder.

»Weißt du was?«, fragte Toni und stellte sich auf ihre winzigen Stummelbeine. »So faszinierend das auch sein mag, wir müssen gehen. Wir müssen unseren Flug erreichen.«

Ric blinzelte. »Euren Flug?«

»Ja. Es gibt nichts Schlimmeres, als zu versuchen, diese Meute in denselben Flieger zu bekommen, wenn wir unseren ursprünglichen Flug verpasst haben. Wir fliegen mit Standard Air.« Tonis Spitzname für Fluggesellschaften, die sich vorwiegend an Vollmenschen richteten.

Als Toni zu Ric emporblickte, sah sie, dass er sie mit einer Mischung aus Amüsiertheit und Mitleid anschaute. »Du hast noch nicht mit eurer Mutter gesprochen, oder?«, fragte er.

Toni begann sofort, sich die Stirn zu reiben. »Nein. Warum?«

»Ich glaube, es gibt eine kleine Planänderung.«

»Nein«, erwiderte Toni und schüttelte den Kopf. »Nein. Keine Planänderung. Keine verrückten Ideen in letzter Minute. Nein.« Sie war unerbittlich in dieser Sache. Nein!

Toni holte ihr Handy aus der Gesäßtasche ihrer Jeans und warf einen kurzen Blick darauf. Keine Anrufe. Von niemandem. Ihre

Eltern hätten ihr doch eine Nachricht geschickt, richtig? Oder sie angerufen? Irgendwas?

Es sei denn …

Langsam blickte Toni zu Oriana hinüber.

Das jüngere Weibchen ließ sein Telefon sinken und sah sie mit nervtötendem, hämischem Grinsen an. »Oh. Stimmt ja«, begann die Göre vorsichtig. »Ich hab ja ganz vergessen, dass ich eine Nachricht von Mom für dich hab.«

»Wirklich? Du hast es vergessen?«

»Jetzt mach nicht gleich wieder so eine große Sache daraus«, erwiderte ihre Schwester und klang furchtbar gelangweilt. »Du weißt doch, wie Mom ist.«

»Mom ist im Augenblick nicht das Thema.«

»Hör mal, es ist nicht meine Aufgabe, Nachrichten zwischen dir und deiner Mutter zu übermitteln.«

»Wenn das stimmt, dann brauchst du das hier auch nicht mehr, schätze ich.«

Toni riss Oriana das Telefon aus der Hand und warf es durch den Flur, wo es gegen die Wand am anderen Ende knallte. Sie empfand große Befriedigung, als sie hörte, wie ein Teil des Geräts bei dem Aufprall zerbrach.

»Und jetzt hol's, Hündchen«, brüllte Toni ihrer Schwester hinterher.

»Du bist so ein albernes Kleinkind!«, schrie Oriana zurück.

»Und du bist eine verwöhnte Göre!«

Ric stellte sich schnell zwischen die beiden und drehte sich zu Toni um. »Mein Wagen kann euch zu eurer Mutter bringen.«

Toni keuchte heftig, während ihre Reißzähne aus ihrem Zahnfleisch schossen und sich in ihre Unterlippe bohrten. Sie nickte. »Na schön.«

»Großartig. Großartig.« Ric drehte sich um und packte Oriana am Arm, während Zia weiter friedlich an seiner Schulter schlief. Ein Streit zwischen ihren Geschwistern störte sie oder ihre Zwillingsschwester nie wirklich. »Holen wir, was von deinem Telefon noch übrig ist, und dann rufen wir meinen Fahrer an.«

Er schob Oriana den Flur hinunter und ließ Toni ein paar Sekunden Zeit, um sich wieder zu beruhigen.

»Wow«, murmelte der Luchs hinter dem Schreibtisch. »Ihre Schwester hat recht. Sie haben wirklich sehr dürre Beine.«

Toni spielte flüchtig mit dem Gedanken, den ganzen Mist vom Schreibtisch des Luchses zu fegen, aber das würde sie nie wirklich bei jemandem tun, der nicht zu ihren Geschwistern gehörte. Aber genau das war das Schöne daran, dem Jean-Louis-Parker-Clan anzugehören: Manchmal musste man gar nichts tun, weil immer ein Bruder oder eine Schwester in der Nähe waren, die die Sache für einen erledigten.

»Das muss schwer sein«, wandte sich Kyle an den Luchs, »zu den überlegenen Katzen zu gehören, die im Laufe der Geschichte bis zurück zu den alten Ägyptern von allen angebetet und bewundert wurden. Und trotzdem sitzen Sie hier. Hinter einem Schreibtisch. Eine gemeine Drohne. Die Anweisungen von niederen Hunden und Bären entgegennimmt. Rufen Ihre Vorfahren Ihnen aus dem Jenseits zu, fauchen Sie Ihnen zu, wie enttäuscht sie von Ihnen sind? Schreien sie vor Verzweiflung auf, weil Sie trotz Ihrer edlen Blutlinie dort gelandet sind, wo Sie gelandet sind? Oder geht Ihr Hass auf das typische Elend der Katzen zurück, immer allein zu sein? Stets umherzustreifen und sich zu wünschen, einen eigenen Gefährten, eine Familie oder ein Rudel zu haben? Aber alles, was Sie haben, sind Sie selbst … und ihr jämmerlicher Job als Drohne? Bricht es Ihnen Ihr Katzenherz, so … durchschnittlich zu sein? So gewöhnlich? So … *menschlich*?«

Toni zuckte zusammen, was ihr dabei half, *nicht* loszulachen.

Normalerweise unterbrach sie die Egos zerstörenden Ausführungen ihres Bruders lange bevor er den Teil mit »so menschlich« erreichte, aber diesmal, bei diesem speziellen Luchs … konnte sie es einfach nicht. Was sie jedoch tun konnte, war, ihren kleinen Bruder von hier wegzubringen, bevor er mit ansehen musste, wie ein Luchsmännchen leise in seinen Starbucks-Kaffee und sein Mittagessen schluchzte, das aus einem Eiersalat-Sandwich bestand.

Denn genau das würde passieren. Ihr Bruder mochte vielleicht die Hände eines wahren Künstlers haben, aber sein Hirn … sein Hirn war das eines sadistischen Psychiaters, der Spaß daran hatte, herauszufinden, ob er seine Patienten während einer Therapiesitzung dazu bringen konnte, sich ihre eigenen Augen herauszureißen.

Toni nahm Denny auf den Arm, packte Kyle an der Hand und zerrte ihn aus dem Büro. Sie würde am anderen Ende des Flurs auf ihre Schwester und Ric warten.

»Wirst du mich jetzt anbrüllen?«, fragte Kyle sie, als sie sich von dem Büro entfernt hatten und das Schniefen des Luchses das einzige Geräusch war, das noch an ihre feinen Schakalsohren drang.

Sie lächelte ihren Bruder an.

Sicher. Sie waren typische Schabrackenschakale, was bedeutete, dass sie gegen ihresgleichen kämpften, wann immer ihnen der Sinn danach stand, aber sie waren auch eine Familie. Und man legte sich immer auf eigenes Risiko mit einer Schakalfamilie an.

»Nein, kleiner Bruder.« Sie zwinkerte ihm zu. »Diesmal nicht.«

Kapitel 3

Rickys Bruder Rory Lee saß an dem ausladenden Schreibtisch in seinem Büro und blickte zwischen Ricky und Reece hin und her. »Er ist völlig nutzlos für mich«, erklärte Rory ihm. »Nutzlos! Ich kann ihn für diesen Job heute Abend nicht gebrauchen.«

Als Ricky Lee Reeces Wunden gesehen hatte, war ihm klar gewesen, dass sie diese Unterhaltung mit ihrem ältesten Bruder Rory würden führen müssen. Das war einfach zu erwarten gewesen. Rory Lee Reed war nicht nur der Älteste, sondern auch der Verklemmteste der drei, aber er hatte es immer als seine Rolle bertachtet, sich um die beiden anderen zu kümmern – auch wenn sie seine Hilfe gar nicht nötig hatten.

Gut, man konnte argumentieren, dass Reece Reed immer jemanden brauchte, der sich um ihn kümmerte, da der Trottel es immer wieder schaffte, in lebensgefährliche Situationen zu stolpern. Die Wahrheit war jedoch, dass ihr jüngster Bruder ganz genau wusste, was er tat, und jede Minute genoss. Und Rory genoss es, so zu tun, als komme er sich ausgenutzt vor.

Und was genoss Ricky? Nun, wie sich herausgestellt hatte, genoss Ricky es, zuzuschauen, wie Rory sich aufregte, während sich Reece sehenden Auges in bescheuerte Situationen manövrierte und sich verprügeln ließ. Er fand das unterhaltsam. Wie NASCAR-Rennen und gutes amerikanisches Bier.

Reece sagte irgendetwas, und Rory sah Ricky an. »Was hat er gesagt?«

»Du hast das nicht verstanden?«

»Bei seinem verdrahteten Kiefer und solange die gerissene Arterie in seinem Hals noch verheilt? Nein.«

»Ich schon.«

»Ricky«, knurrte sein Bruder, »du nervst mich.«

»Reece meint, er könnte den Job ohne Probleme erledigen.«

»Wie denn? Sein Kiefer ist total verdrahtet! Weil du nicht dafür gesorgt hast, dass er sich nicht in Schwierigkeiten bringt, wie ich es dir gesagt hatte!«

»Ich spiele für meinen Bruder nicht den Aufp…«

»Halt die Klappe!« Rory stützte sich mit den Ellbogen auf dem Schreibtisch ab und vergrub seine Hände unter der Baseballkappe in seinem Haar. Er kratzte sich am Kopf und knurrte ununterbrochen.

Armer Kerl. Er nahm diese ganze Sache so ernst. Oder zumindest Einzelheiten davon. Ricky und Reece nahmen nur ihre Fälle ernst. Ihnen lagen ihre Klienten am Herzen und sie wollten dafür sorgen, dass sie so sicher wie möglich waren. Das war schließlich ihr Job. Spezialisten für Personenschutz. Das stand auf ihren Visitenkarten. Ehrlich, die Reed-Jungs hätten keinen anderen Beruf finden können, der besser zu ihrem Wesen gepasst hätte. Als ein anderes Mitglied ihres Rudels, Bobby Ray Smith, aus der Navy entlassen worden war, hatten er und sein bester Freund, Mace Llewellyn, eine eigene Agentur für Personenschutz gegründet. Die älteren Rudelmitglieder in Tennessee und ihre Verwandten waren zwar alles andere als glücklich über diese Idee gewesen, aber Ricky, Rory und Reece hatten schon länger das Gefühl gehabt, dass Smithtown, Tennessee, allmählich ein wenig überfüllt war, und Bobby Rays Angebot, in New York neu anzufangen, gerne angenommen. Es war eine gute Entscheidung für sie alle gewesen.

Die Geschäfte liefen für Llewellyn Security wirklich gut und weiteten sich jeden Tag ein wenig mehr aus. Obwohl die meisten ihrer Klienten Gestaltwandler waren, waren sie auch gerne Vollmenschen zu Diensten. Geld war schließlich Geld, verdammt. Und je mehr Geld sie mit den Vollmenschen und den reicheren Gestaltwandlern verdienten, desto häufiger konnten sie den Wandlern helfen, die zwar nicht genügend Geld hatten, um sie zu bezahlen, aber trotzdem verzweifelt ihre Hilfe brauchten. Was Ricky an seinesgleichen wirklich liebte, war die Tatsache, dass sie andere beschützen wollten, ganz egal, welcher Gattung oder

Spezies sie angehörten. Sicher, Löwen kämpften manchmal gegen Wölfe, Wildhunde gegen Hyänen und Bären prügelten gerne auf jeden ein, aber wenn sich ihresgleichen einer echten Gefahr von außerhalb ausgesetzt sah, sei es von den Vollmenschen oder der Vollmenschen-Regierung, dann arbeiteten sie alle zusammen. Es war einfach selbstverständlich, dass alle individuellen Probleme eines Rudels oder Clans hintangestellt wurden, wenn das Überleben der Gestaltwandler weltweit auf dem Spiel stand.

Doch während sich die größeren von Gestaltwandlern geleiteten Organisationen wie die Gruppe oder KZS mit weitläufigeren Situationen befassten, die eine oder mehrere Regierungen einschlossen, waren es kleinere Unternehmen wie ihres, die sich um individuelle Fälle kümmerten. Denn je weniger Vollmenschen Beweise für die Existenz von Gestaltwandlern sahen – desto weniger Vollmenschen mussten durch tragische »Unfälle« ihr Leben lassen.

Mace Llewellyn kam an Rorys Büro vorbei. Er starrte konzentriert auf die Akte in seiner Hand und schenkte ihnen kaum einen flüchtigen Blick, bevor er ein »Hey« brummte und weiterging. Es wäre bedeutungslos gewesen, wenn Reece seinen Gruß nicht mit einem Gurgeln erwidert hätte.

Mace machte ein paar Schritte zurück und ließ seinen Blick langsam durch das Büro schweifen, bis er an Reece hängen blieb. »Was ist denn mit seinem Gesicht los?«, fragte er.

»Der Kiefer ist verdrahtet«, erklärte ihm Ricky, der nicht gerne um den heißen Brei herumredete.

»Warum ist sein Kiefer verdrahtet?«

»Kampf mit Novikov.«

Das Löwenmännchen schloss die Augen, stieß ein tiefes Seufzen aus und fragte: »Wie oft müssen wir dir eigentlich noch erklären, dass du dich vor einem großen Job nicht mit Novikov anlegen sollst?«

Reece gluckste etwas, und Ricky übersetzte: »Er hat nicht angefangen.«

»Das ist mir egal!«, brüllte der Löwe.

Ricky sah Reece an. »Das ist ihm egal.«

»Stimmt mit seinen Ohren auch was nicht?«, wollte Llewellyn wissen. »Hat Novikov ihm so oft auf den Kopf gehauen, dass er unsere Sprache nicht mehr versteht?«

»Ich versuche nur, zu helfen.«

»Nein. Du versuchst, mich auf die Palme zu bringen.«

Vielleicht ein bisschen …

Llewellyn zeigte auf Rory. »Bring das in Ordnung, Reed. Bring. Das. In. *Ordnung.*«

Nachdem der Löwe aus dem Büro gestürmt war, funkelte Rory seine beiden jüngeren Brüder an.

Ja, er sah wirklich mächtig wütend aus.

»Das ist doch keine große Sache«, versicherte Ricky. »Du musst nur einen Ersatzmann finden. Ich werde ja trotzdem dabei sein.«

Es schien, als hätte Rory mit der Situation leben können, bis Reeces Augen in seinem Kopf ganz nach hinten rollten und er auf seinem Stuhl das Bewusstsein verlor. Schweiß bedeckte seine Stirn, und sein ganzer Körper zuckte und zitterte, während er sich selbst heilte.

Fieber war für Gestaltwandler etwas Gutes. Es ermöglichte es ihren Körpern, schnell wieder zu heilen, und das ohne große zusätzliche Schäden. Aber heilende Wandler durfte man nicht sich selbst überlassen. Sie hatten die Tendenz, sich mehrmals in ihre Tier- und wieder zurück in Menschengestalt zu verwandeln. Nichts konnte man der breiten Öffentlichkeit schwerer erklären als Kojoten, die man im Gefrierraum eines Restaurants vorfand oder Bären, die bei jemandem im Pool abhingen. Reece konnte also nicht allein nach Hause gehen, zumindest nicht für den Anfang. Ricky konnte jedoch auch kein Weibchen aus dem Rudel bitten, sich um ihn zu kümmern, da ein Gestaltwandler durch das Fieber recht … amouröse Gefühle entwickeln konnte. Wäre allerdings ihre kleine Schwester, Ronnie Lee, verfügbar gewesen, hätte sie sich um ihn kümmern können. Fieberliebe, wie sie manchmal genannt wurde, dehnte sich nie bis auf die eigene Verwandtschaft aus. Die anderen Weibchen des Rudels waren hingegen Freiwild, und Reece hatte in der Vergangenheit schon genügend Ärger mit ihnen gehabt. Was wiederum bedeutete, dass Ricky seinen Bruder nach Hause bringen musste … sofort.

Ricky sah zu Rory hinüber, der ihn mit einem leisen Grinsen auf den Lippen anschaute, und bemerkte: »Ich bin mir sicher, dass es nicht allzu schwer sein wird, noch einen Ersatzm…«

»Raus.«

»Aber …«

»Nimm diesen Idioten und dann verschwinde verdammt noch mal aus meinem Büro!«

Ricky zuckte mit den Schultern. »Schon gut.«

Er stand auf, packte Reeces schlaffe Hand und zerrte ihn aus dem Stuhl und aus dem Büro. Er würde ihn vom Boden aufheben, sobald sie den Fahrstuhl erreichten. Im Moment war es irgendwie lustig, an all diesen Büros vorbeizuziehen und seinen Bruder hinter sich herzuschleppen.

Das war keine gute Einstellung, oder? Nein. Vermutlich nicht. Spaßig? Absolut.

Aber keine *gute* Einstellung.

Der Wagen hielt vor einem fünfstöckigen Sandsteinhaus in einer teuren Nachbarschaft in Downtown New York.

Toni stieg aus, stellte sich auf die Straße und blickte an dem Gebäude empor. Sie konnte nur raten, wie teuer dieses Haus gewesen sein musste. Es war nicht so, dass ihre Mutter es sich nicht leisten konnte. Das konnte sie. Ihre *Familie* konnte es. Die Karriere ihrer Mutter hatte sich im Laufe der Jahre äußerst lukrativ entwickelt. Aber trotzdem … warum? Warum tat ihre Mutter das?

»Gibst du mir jetzt mein Handy zurück?«, fauchte Oriana sie an.

Das Display war gesprungen, aber das Gerät funktionierte immer noch, was auch der Grund dafür war, dass Toni sofort antwortete: »Nein.«

»Das sag ich Mom.«

Toni wusste wirklich nicht, warum ihre Geschwister das immer als eine Art Drohung einsetzten. Für sie war es völlig bedeutungslos.

»Von mir aus.« Sie steuerte auf das Haus zu. »Hol Zia und Denny«, befahl sie Oriana. Sie schaute sich nicht um. Vergewisserte sich nicht, ob ihre Schwester tat, was sie ihr gesagt hatte. Ganz gleich, worüber sie auch stritten, sie würden die Jüngsten in ihrer Familie immer beschützen und sich um sie kümmern. Selbst wenn der Rest von ihnen sich gegenseitig anbrüllte wie eine Meute tollwütiger Rottweiler.

Toni ging zum Haus und stellte entsetzt fest, dass die Vordertür offen stand. Das hier war New York City. In New York City ließ man nicht einfach die Haustür offen stehen.

Sobald sie in die Diele trat, wurde Toni jedoch klar, wodurch sich ihre Eltern und Geschwister hatten ablenken lassen.

»Heiliger Shitstorm«, murmelte Oriana und stellte sich neben Toni. Sie hatte Zia auf dem Arm, währen Kyle Denny an der Hand hielt. Zu fünft standen sie in der Diele und glotzten zu der kilometerhohen Decke empor und auf den Marmorfußboden hinunter. Die Treppe bestand aus Mahagoni und schien gar kein Ende zu nehmen.

Toni trat ein Stück weiter in die Diele und warf einen Blick in einen der angrenzenden Flure. Ihr wurde bewusst, dass man die Wände dieses Gebäudes eingerissen und es mit dem Sandsteinhaus nebenan verbunden hatte. In diesem Haus hatte locker ihre gesamte Familie Platz, aber trotzdem … warum waren sie hier? Warum sollten sie hier *wohnen?*

Durch die offene Tür wehte eine sanfte Brise herein. Oriana schnupperte in die Luft. »Warum rieche ich Hund?«

»Das sind nur wir.«

»Ich weiß doch, wie meine Familie riecht.« Das unausgesprochene »du blöde Kuh« schwang trotzdem mit. »Das hier ist Hund.«

Toni nahm an, dass es sich wahrscheinlich nur um einen Streuner handelte, hob den Kopf und schnupperte ebenfalls. Sie wirbelte herum, durchquerte die Diele und ging wieder zur Tür hinaus. Sie schaute auf die andere Straßenseite und sah zu, wie Kinder mit Tüten aus einem Spielzeugladen in den Händen aus einem großen Geländewagen hüpften. Sie kreischten und lachten und stürmten die Treppe zu ihrem eigenen Sandsteinhaus hinauf.

Es waren jedoch die Erwachsenen, die den Kindern folgten, die Toni erkannte.

Knurrend rannte sie zurück ins Haus. »Mom?«, rief Toni. »Mom!«

»Oben. Komm rauf und sieh dir das an, Toni! Komm rauf!«

Toni raste die fünf Treppenabsätze hinauf und fand ihre Mutter in einem riesigen Zimmer mit Dachfenster. Es war ein heller, offener Raum, der sich perfekt als Übungsraum eignete, und sie war sich sicher, dass auch ihre Mutter dies bereits bemerkt hatte.

»Ist dieses Haus nicht unglaublich?«, fragte ihre Mutter.

Toni deutete auf das Fenster, durch das das Sandsteingebäude auf der anderen Straßenseite zu erkennen war. »Sind wir hier, weil …?«

»Weil ich glaube, dass ein Sommer in New York City genau das ist, was diese Familie jetzt braucht. Alles, was wir uns nur wünschen können, ist hier. Die Kurse, das Training, der …«

»Erstens, Mom: welche Kurse? Die Kurse, an denen diese Gören teilnehmen wollten, sind bereits auf mindestens sechs Monate ausgebucht, wenn nicht sogar für ein ganzes Jahr.«

Jackie kicherte. »Süße, komm schon. Du vergisst, mit wem du es zu tun hast.«

»Wir müssen trotzdem noch jede Menge Anrufe tätigen, uns Empfehlungen von ihren Lehrern in Washington holen und …«

»Ich hab Jack schon darauf angesetzt.«

»Deinen Agenten?«

»M-hm. Er hat die Jungs schon in irgendwelchen Fortgeschrittenenkursen an der NYU untergebracht. Die Zwillinge gehen zu Berlitz im Rockefeller Center. Oriana kann morgens und nachmittags mit der Manhattan Ballet Company trainieren …«

»Wie zur Hölle hat er …?«

»… und Cherise wird bei Herrn König studieren.«

»Ich hab gehört, dass er ein Arschloch sein soll.«

»Ein entsetzliches Arschloch, aber auch ein sehr begabtes, das nur die größten Talente als Schüler aufnimmt.«

Toni warf die Hände in die Luft. »Oh, na dann …«

»Kyle wird eine Meisterklasse an der Steinhardt School an der NYU absolvieren, und Denny wird auf die School of Visual Arts gehen.«

»Wie zur Hölle hat Jack …?«

»Er hat die Portfolios der Kinder und ihre jüngsten Videoaufnahmen in seinen Akten … nur für den Fall.«

Toni kniff die Augen zusammen. »Ist er jetzt auch ihr Agent?«

»Nein. Er ist mein Agent. Er hilft mir nur.«

»Sicher.« Toni betrachtete ihre Mutter eindringlich. »Du hast Delilah gar nicht erwähnt.«

»Sie meinte, sie kümmert sich allein darum. Sie ist jetzt achtzehn. Ich kann ihr nicht mehr vorschreiben, irgendwelche Kurse zu besuchen.«

»Aber wir können auch nicht zulassen, dass sie ganz allein durch die Gegend zieht, Mom.«

Ihre Mutter tat Tonis Besorgnis mit einem Winken ab. »Sie kommt schon zurecht.«

»Mom.«

»Sie kommt zurecht. Und würde es dir was ausmachen, Freddy rüber ins Hotel zu bringen, damit er Irene noch sieht, bevor sie wieder nach Hause fährt?«

»Klar, kein Problem.« Wenn ihre Mutter nicht über Delilah sprechen wollte – und wann wollte sie jemals über Delilah sprechen? –, dann würde Toni ihr eben eine andere wichtige Frage stellen. »Und was ist mit *meinem* Job, Mom?«

Ihre Mutter blinzelte Toni mit vollkommen leerer Miene an. »Welcher Job?«

»Der, bei dem ich am Montag anfange, weißt du noch?«

»Dieser kleine Bürojob?«

»Ja, Mom. Dieser kleine Bürojob. Bei dem ich nur Teilzeit arbeite und meine Arbeitszeiten unglaublich flexibel sind, damit ich dir weiter mit den Kindern helfen kann? *Der* kleine Bürojob.«

»Ich bin mir sicher, dass du hier auch was finden wirst, womit du dich beschäftigen kannst.«

»Ich spreche nicht nur von etwas, womit ich mich beschäftigen kann. Ich denke langfristiger.«

»Langfristiger … wofür? Willst du eine Bürodrohne sein? Du?«

»Was soll ich deiner Meinung nach denn tun? Den ganzen Tag nur rumsitzen?«

»Finde etwas, worin du gut bist! Such dir einen richtigen Beruf, eine Karriere. Du hast schließlich einen Collegeabschluss.«

»In freien Künsten. Nicht gerade einträglich auf diesem Wirtschaftsmarkt.«

»Oh, mein Gott, Schatz. Du machst dir wirklich Sorgen über die lächerlichsten Dinge.«

»Und du, Mom?«

»Was ist mit mir?«

»Warum bist du hier?«

»Weißt du, wie viel ich erledigen kann, wenn ich mal ein paar Monate lang in Manhattan bin? Das wird ganz toll für mich werden.«

Toni stellte sich ans Fenster und deutete mit ihrem Daumen auf das Haus gegenüber. »Und diese Wildhunde haben gar nichts damit zu tun, dass du hergezogen bist?«

»Kannst du dir eine bessere Nachbarschaft vorstellen als eine mit anderen Hunden?«

»Das sind nicht irgendwelche Hunde, Mom. Das sind afrikanische Wildhunde.«

»Wir sind alle Hunde in Gottes Augen …«

»Mom!«

»Oh, na schön!« Ihre Mutter stieß einen Seufzer aus, durchquerte das Zimmer und lehnte sich gegen die Wand neben dem Fenster. Sie senkte den Blick. »Das Kuznetsov-Rudel lebt hier.«

»Mom … ernsthaft? Das könnte man ja schon fast als Stalking bezeichnen.«

»Ich stalke niemanden. Ich stelle mich nur zur Verfügung.«

Toni schaute ihre Mutter finster an. »Ich kann nicht glauben, wie hinterlistig du bist.«

»Ich weiß nicht, wovon du sprichst.«

»Du hast das von Anfang an geplant. Das sollte nie nur ein kleiner Familienausflug nach Manhattan sein.«

»Mach dich nicht lächerlich.«

»Du wolltest einfach nur sichergehen, dass die Kuznetsovs noch in der Stadt sind.« Toni sah sich in dem wunderschönen Raum um. »Das Haus gehört ihnen, stimmt's? Du hast es von ihnen gemietet.«

»Wem sollte ich denn sonst vertrauen, außer einem anderen Hund? Und wie kannst du es wagen, mich so zu nennen, Antonella Jean-Louis Parker?«

»Wovon redest du denn da? Ich hab dich überhaupt nicht irgendwie genannt.«

»Nein. Aber du hast es *gedacht.*«

Toni zuckte mit den Schultern. »Vielleicht.«

Ricky wandte seine Aufmerksamkeit von dem Baseballspiel im Fernsehen ab, das er gerade verfolgte, und der Wölfin zu, die neben der Couch stand.

»Hey, Dee-Ann.«

Dee-Ann Smith. Ricky war mit ihr in Smithtown aufgewachsen. Sie war eher in Rorys Alter, und die beiden waren bis heute beste Freunde. Ricky betrachtete Dee-Ann praktisch als seine Schwester. Sie hatte seinen Kopf wieder zusammengenäht, als Rory ihn gegen den Truck ihres Daddys gerammt hatte. Sie hatte sein Gesicht wieder zusammengeflickt, als Reece eine Brechstange nach ihm geworfen hatte. Und sie hatte seine Hand gehalten, als er mit sechzehn darauf gewartet hatte, endlich zu erfahren, ob seine Kurzzeitfreundin schwanger war. Das war nicht der Fall gewesen, und Dee-Ann war die Erste, die ihn in den Arm genommen und ihm anschließend einen Schlag in den Magen verpasst hatte, bevor sie ihn zur nächsten Apotheke gefahren und ihm ein paar Packungen Kondome gekauft hatte. Die ganze Geschichte hätte in einer kleinen Stadt wie Smithtown alle möglichen Gerüchte auslösen können, wenn es irgendeine andere Wölfin als Dee-Ann gewesen wäre. Aber sie war kein Weibchen, über das irgendjemand leichtfertig ein Gerücht in die Welt setzte. Sie war kein Weibchen, von dem man sich wünschte, dass es einen jemals wahrnahm.

Mit den Augen ihres Vaters – kalt und gelb, genau wie bei vielen Vollblutwölfen – schaute sie auf Ricky hinunter. »Scham ist in eurer Familie keine große Sache, oder?«

»Ich weiß nicht, was du meinst.«

Sie zeigte auf den Hundezwinger, der in der Mitte seines Hotelzimmers stand. Als sie damals mit Bobby Ray Smith nach Manhattan gezogen waren, hatte das Rudel mehrere Zimmer im Kingston Arms Hotel belegt, einem von Gestaltwandlern geführten Haus. Ein paar der Rudelmitglieder hatten sich inzwischen eine eigene Wohnung gesucht, aber die meisten waren in dem Fünf-Sterne-Hotel geblieben. Warum? Weil Ricky Lees Schwester die Gefährtin des Löwenmännchens war, dem der Schuppen gehörte. Und auch wenn die Zimmer für die allgemeine Öffentlichkeit normalerweise ein paar hundert bis ein paar tausend Dollar pro Nacht kosteten, bekam das Rudel sie viel, *viel* billiger.

»Du hast deinen eigenen Bruder in einen Hundezwinger gesperrt«, sagte sie.

»Er wollte sich nicht beruhigen. Hat andauernd versucht, die Zimmertür aufzureißen. Schau dir das an …« Er hob die Hand, in der er momentan eine Cola-Dose hielt, und zeigte ihr seinen Arm. »Hat versucht, mir meinen verfluchten Arm an der Schulter rauszureißen. Ich hab schließlich nur zwei, Dee-Ann.«

»Du jammerst wegen eines kleinen Kratzers?«

»Ich würde das nicht als jammern bezeichnen …«

Dee-Ann stieg auf seine Couch, setzte sich auf die Rückenlehne und faltete die Hände in ihrem Schoß. »Hast du was von

Sissy Mae gehört?« Sissy Mae, das Alphaweibchen ihres Rudels, war Bobby Ray Smiths kleine Schwester und Ronnie Lees beste Freundin.

»Nein. Warum?«

»Cousine Laura Jane kommt in die Stadt. Auf einen Besuch.«

»Und?«

»Jeder weiß, dass sie dir das Herz gebrochen hat.«

Völlig verblüfft blickte Ricky Dee-Ann an. »Ja … als ich achtzehn war. Ich bin mir ziemlich sicher, dass ich inzwischen darüber hinweg bin.«

»Ich weiß nicht. Deine Schwester und Sissy machen sich auf alle Fälle Sorgen.«

»Großartig. Genau das hat mir noch gefehlt. Das Mitleid von Idioten.«

Dee-Ann kicherte. »Sie scheinen die ganze Sache wirklich ziemlich aufzubauschen.«

»Weil sie das immer machen. Absolut nichts zu einer riesigen Sache aufbauschen.«

»Jap.«

Ricky hielt Dee-Ann seine Cola-Dose hin. Sie nahm sie, trank einen Schluck und gab sie ihm wieder zurück. Dann fragte Ricky: »Kommt Laura Jane heute Abend hierher? Bist du deswegen hier? Um mich vorzuwarnen?«

»Nein. Sie kommt nicht heute Abend.«

»Oh. Okay.«

Dee-Ann machte eine Pause und fügte dann hinzu: »Aber deine Schwester und Sissy Mae kommen her, um mit dir zu reden …«

Ricky sprang von der Couch auf und drehte sich zu der Wölfin um. »Was meinst du damit, sie kommen her? Ich dachte, sie seien noch gar nicht wieder in der Stadt.«

»Sie sind heute wieder zurückgekommen. Sie haben beschlossen, dich nicht anzurufen, um sichergehen zu können, dass du auch wirklich hier bist, wenn sie vorbeikommen, damit du ihnen wegen Laura Jane dein Herz ausschütten und ihnen ganz offen erzählen kannst, wie du dich wirklich fühlst und … Wo gehst du denn hin?«

»Ich schütte niemandem mein Herz aus, Dee-Ann«, erklärte Ricky ihr, als er seinen Rucksack vom Boden aufhob und auf die Tür zusteuerte.

»Und was ist mit deinem Bruder?«

»Pass auf ihn auf, bis sie hier sind. Ronnie Lee wird schon mit ihm fertig. Das Schlimmste hat er sowieso fast hinter sich.«

Dee-Ann betrachtete Rickys Bruder und neigte ihren Kopf zur Seite. »Er versucht, sich durch das Tor zu beißen … mit seinen menschlichen Zähnen.«

»Kümmer' dich einfach um ihn.«

Ricky knallte die Tür hinter sich zu und ging auf die Fahrstühle zu. Als sich die Tür öffnete, konnte er seine Schwester und Sissy Mae jedoch bereits riechen. In heller Panik stürzte Ricky in die andere Richtung auf die nächste Notfalltreppe zu. Die schwere Metalltür hatte sich beinahe wieder hinter ihm geschlossen, als er seine Schwester aus seinem Zimmer schreien hörte: *»Reece Lee Reed! Was zur Hölle machst du in einem verdammten Hundezwinger?«*

Als Ricky die Treppe hinuntereilte, war ihm durchaus bewusst, dass er feige die Flucht ergriffen hatte. Nicht vor einer Ex-Freundin, die seine Brüder bis zum heutigen Tag »Die Heilige Jungfrau Selbstverliebt« nannten, sondern vor seiner Schwester und ihrer besten Freundin. Er liebte Ronnie Lee. Und Sissy liebte er auch. Aber das bedeutete nicht, dass er den ganzen Abend mit ihnen zusammensitzen und über seine Gefühle sprechen wollte. Und im Moment wäre es umso schlimmer gewesen, weil sich inzwischen herumgesprochen hatte, dass Ronnie Lee schwanger war. Und das bedeutete: kein Alkohol mehr für seine kleine Schwester. Und wie er Ronnie kannte, würde sie nicht zulassen, dass irgendjemand in ihrer Gesellschaft auch nur einen Tropfen trank, wenn sie es nicht auch selbst durfte. Sie hasste das.

Eine lange Unterhaltung mit einer nüchternen Sissy Mae und Ronnie Lee war zu furchteinflößend, um es in Worte zu fassen.

Als Ricky Lee es daher endlich aus der Seitentür des Hotels und auf die Straße geschafft hatte, war er einfach nur erleichtert.

Er ging die Straße hinunter und an der Vorderseite des Hotels vorbei. Er blieb stehen, als er eine ältere Wölfin auf den Hoteleingang zugehen sah. Sie gehörte keinem Rudel an, das er kannte, aber seine Momma hatte ihn gut erzogen. Deshalb zog er die Schwingtür auf, lächelte sie im Vorbeigehen an und tippte sich an seine Baseballkappe.

Sie grinste zurück, nickte ihm zu und ließ ein Stück eines Reißzahns aufblitzen, das universelle Zeichen der Gestaltwandler für »Ich weiß, was du bist«.

Als die Wölfin in der Lobby war, wollte Ricky die Tür gerade wieder loslassen, als ein anderes Weibchen danach griff und sie aufhielt.

»Tut mir leid … hey!« Er lächelte die Schakalin überrascht an, die er in der Eishalle kennengelernt hatte. Äh … Toni! So hieß sie.

Sie schaute zu ihm hinauf. »Oh … hey.«

»Na, so was. So sieht man sich wieder. Was für ein Zufall. Granny Reed würde das Karma nennen. Na ja, eigentlich würde sie es als das Werk des Teufels bezeichnen, aber wie auch immer.«

»Okay.«

Er sah, dass sie diesmal einen anderen kleinen Jungen an der Hand hielt. Er hob eine Augenbraue. »Du warst auf alle Fälle fleißig.«

Danach grinste sie ihn doch an und schüttelte den Jungen sanft an der Hand. Mit großen braunen Augen fragte der Junge: »Bist *du* mein Daddy?«

Lachend machte Ricky einen Schritt zurück und ließ die beiden vorbei. Er wollte ihnen folgen, sah dann jedoch eines der Weibchen aus seinem Rudel. Sie telefonierte und war ganz offensichtlich auf der Suche nach jemandem. Sie stand auf Zehenspitzen, um die Köpfe der Leute rundum besser erkennen zu können.

»Gute Güte«, murmelte Rick, »sie hat schon Späher ausgesandt.«

Er duckte sich instinktiv, und die Schakalin wählte genau diesen Moment, um noch einmal innezuhalten. Sie blieb stehen, drehte sich um und schaute auf ihn hinunter. »Ernsthaft?«, fragte sie.

»Eines Tages werde ich es dir erklären. Ich bin sicher, du wirst es verstehen.«

»Irgendwie bezweifle ich das, aber was auch immer.«

Der kleine Junge schüttelte den Kopf. »Ich bin froh, dass du nicht mein Daddy bist.«

»Das ist sehr weise, Freddy«, stimmte die Schakalin ihm zu. »Seien wir froh, dass er *nicht* dein Daddy ist.«

Ricky sah, dass das Weibchen aus seinem Rudel immer näherkam.

»Ich wäre ein sehr guter Vater für jedes Kind, aber ich kann das jetzt leider nicht ausdiskutieren.«

»Weil du auf der Flucht bist?«

»Wölfe wissen immer, wann sie die Flucht ergreifen sollten, Schätzchen.« Und genau das tat Ricky Lee dann auch. Er ließ die Tür los, wandte sich von ihr ab und rannte zu seinem Wagen.

Die Tür des Hotelzimmers öffnete sich, und Toni grinste die Vollmenschen-Frau an, die dahinter stand. »Du hast dir ja ganz schön Zeit gela…«, begann Toni sie zu schelten.

»Freddy!« Irene Conridge Van Holtz zeigte eines ihrer sehr seltenen Lächeln und nahm Tonis sieben Jahre alten Bruder auf den Arm. »Wie geht's meinem kleinen Lieblingsgenie?«

»Mein Magengeschwür macht Ärger.«

»Du hast kein Magengeschwür«, erinnerte Toni ihn, als sie an der besten Freundin ihrer Mutter vorbei in die Vier-Zimmer-Suite trat, die sich Irene Conridge mit ihrem Gefährten Niles Van Holtz teilte, dem Alpha des Van-Holtz-Rudels.

»Basierend auf den Ergebnissen jüngster Studien besteht eine

Chance von dreiundsiebzig Prozent, dass ich irgendwann eins haben werde«, informierte Freddy sie.

»Nur, wenn du dir weiter Sorgen darüber machst, dass du vielleicht bald eins kriegst.«

Irene trug Freddy ins Wohnzimmer und schubste die Tür mit ihrem Fuß zu.

»Wo ist Onkel Van?«, wollte Toni wissen und benutzte Niles' Spitznamen.

»In Rics Restaurant beim Angeben.«

»Der Mann liebt das Kochen nun mal.«

»Obwohl ich normalerweise nicht glaube, dass sich so etwas vererbt, muss ich zugeben, dass die Van-Holtz-Linie allem Anschein nach beweist, dass ich damit falsch liege.«

»Du wirst ihn vermissen, wenn er weg ist.«

Irene ließ sich auf einem der Sofas nieder und setzte Freddy neben sich ab. Sie zeigte einen seltenen Moment der Zuneigung und legte ihren Arm um Freddys Schulter. Irene musste in guter Stimmung sein. Denn obwohl sie den kleinen Freddy bereits seit wenigen Stunden nach seiner Zeugung kannte, war sie nicht für ihre liebende Wärme bekannt.

Um ehrlich zu sein, hatte sich Toni deswegen immer Sorgen gemacht. Dass Freddy vielleicht genauso verklemmt enden könnte wie Irene. Keine überraschende Sorge. Der Grund, warum die beiden sich so nahestanden, war, dass sie beide die Wissenschaft liebten, und sie waren beide Wunderkinder. Irene hatte Tonis Mutter in einem Sommerlager für begabte Kinder kennengelernt. Das war im selben Sommer gewesen, in dem ihre Mutter ihre erste Verwandlung erlebt hatte. Ein zuweilen sehr erschreckendes Erlebnis, durch das Jackie vor aller Welt hätte bloßgestellt werden können, wenn es von den falschen Leuten beobachtet worden wäre. Und obwohl sie die meisten Vollmenschen als »die falschen Leute« betrachteten, hatte sich Irene als das genaue Gegenteil herausgestellt. Stattdessen war sie völlig fasziniert vom Vorgang des Verwandelns gewesen und davon, dass es noch andere gab, die so waren wie Jackie. Sie hatte das Geheimnis ihrer Freundin damals und bis heute bewahrt, und so war es auch keine Überraschung gewesen, dass Irene in einem anderen Gestaltwandler ihre große Liebe gefunden hatte.

Und genau diese Tatsache war für Toni so wichtig. Denn obwohl Irene Conridge Van Holtz auf die meisten wie ein kaltes, gleichgültiges Miststück wirkte – und die meiste Zeit über war sie das auch –, hatte sie auch noch eine andere Seite. Die Seite, die Niles Van Holtz liebte. Der reiche und talentierte Wolf hatte ihr Herz erobert und es geschafft, es über zwei Jahrzehnte lang zu behalten. Onkel Van liebte Irene trotz all ihrer Fehler, und das zeigte Toni, dass auch Hoffnung für den kleinen Freddy bestand.

Wenn er Freunde und Liebe fand, dann würde es ihm gutgehen. Sie würde jetzt einfach nur dafür sorgen müssen, ihn aus sämtlichen Schwierigkeiten herauszuhalten. Was nicht leicht war. Denn je mehr sich Freddys Brillanz zeigte, desto mehr Probleme schien sie aufzuwerfen, die Toni neue Sorgen bereiteten. Alle anderen in der Familie schienen sich keine Sorgen zu machen. »Er ist erst sieben!«, meinten sie. Oder: »Er ist eben brillant! Natürlich ist er da ein bisschen seltsam!« Tonis Besorgnis wurde oft als die Übertreibung einer überfürsorglichen Schakal-Verwandten abgetan, aber sie wusste es besser.

Und deshalb fühlte Toni sich gut, als sich eine der Schlafzimmertüren öffnete und das kleine Gesicht ihres Bruders aufleuchtete.

»Miki!«, krähte er, sprang von der Couch auf, rannte durchs Zimmer und direkt in die offenen Arme von Miki Kendrick. Sie war ein früheres Protegée von Irene, eine brillante Wissenschaftlerin, ebenfalls die Gefährtin eines Wolfes und darüber hinaus die Mutter eines entzückenden kleinen Mädchens – und eine heimliche Hackerin im Untergrund, die von furchteinflößenden Regierungstypen verfolgt wurde.

»Da ist ja mein hübscher Junge!« Miki nahm Freddy ganz fest in den Arm und gab ihm einen schmatzenden Kuss auf die Wange, der ihn zum Kichern brachte. »Hattest du heute in unserer Meisterklasse Spaß?«

»Ja. Obwohl mir aufgefallen ist, dass du es für die Laien ein bisschen einfacher gemacht hast.«

»Das mussten wir. Durchschnittliche Atomwissenschaftler begreifen eben nicht immer, wovon wir sprechen.«

»Es hat mir gefallen, wie Tante Irene diesen einen Mann zum Weinen gebracht hat.«

Toni schaute sofort zu ihrer Tante hinüber, die ihren Blick mit leerem Ausdruck erwiderte.

»Was denn?«, fragte Irene. »Er hat angefangen.«

»Es kam Rotz aus seiner Nase«, gluckste Fred.

»Ich dachte, ich hätte dir gesagt, dass du *keinen* schlechten Einfluss auf meinen Bruder ausüben sollst«, schimpfte Toni mit ihrer Tante.

»Ich habe gesagt, dass ich mich vor Freddy nicht über Leute lustig machen werde, nur, weil sie Idioten sind. Ich habe zum Beispiel kein Wort über die Tatsache verloren, dass der Mann eine schwarze Hose, schwarze Schuhe und weiße Frotteesocken anhatte. Aber ich habe mich geweigert, ihn einfach zu ignorieren, als er seine Meinung über die Elemente des …«

»Das ist mir egal«, unterbrach Toni sie. Hauptsächlich, weil sie wusste, dass sie es höchstwahrscheinlich nicht verstehen würde, ganz egal, was ihre Tante sagen wollte. »Mach aus Freddy einfach keinen Kyle Nummer zwei.«

»Wie könnte ich das? Selbst meine Arroganz reicht nicht ganz an Kyles heran. Obwohl ich glaube«, fügte Irene in ernsterem Tonfall hinzu, »dass sie mit Mussolinis zu vergleichen ist.«

»Er würde einen interessanten Diktator abgeben«, befand Miki.

Und dann schauten die beiden Toni an, als müsste sie sich dank dieser Information schon besser fühlen.

Ricky klopfte an das kugelsichere Glas der dicken Sicherheitstür und grinste zu dem Welpen hinunter, der ihn anstarrte. »Hallo, Süße. Ist Bobby Ray zu Hause?«

Die Kleine starrte ihn noch einen Moment lang an, bevor sie sich abwandte und kreischte: »Mooooooom! Wolf an der Tür!«

Die Mutter des Welpen zeigte sich zwar nicht an der Tür, dafür aber das Alphaweibchen des Kuznetsov-Rudels. Mit einem breiten Grinsen auf dem Gesicht entriegelte Jessie Ann Ward die Tür und öffnete sie. »Hey, Ricky Lee.«

»Hi, Jessie Ann. Ist dein Gefährte zu Hause?«

»Oben in seinem Bau. Ich glaube, er geht den Kindern aus dem Weg. Sie laufen schon den ganzen Tag im Turbogang, jetzt, wo die Schule aus ist. Ist alles okay?«

»Oh, ja. Ich gehe nur meiner Schwester und Sissy Mae aus dem Weg.«

Darüber musste Jessie lachen. »Das verstehe ich vollkommen. Mach dir keine Sorgen. Falls sie anrufen oder hier vorbeikommen – ich hab dich nicht gesehen.«

»Danke, du bist ein Schatz.« Er trat ein und ging den Flur hinunter. »Wie ich sehe, habt ihr endlich das Haus gegenüber vermietet.«

»M-hm«, grunzte Jessie Ann.

»Stimmt irgendwas nicht?« Er lehnte sich zu ihr und flüsterte: »Willst du, dass ich rübergehe und sie wie ein echter Smith willkommen heiße?«

Jessie lachte. »Wag es ja nicht, Ricky Lee Reed. Sie bezahlen ein Vermögen. Ich meine, ein *Vermögen*, nur, um den Sommer hier verbringen zu können. Aber ich glaube, sie haben ihre Gründe.«

»Irgendwas Illegales?«

»Nein. Nichts, was so interessant wäre.«

»Dann muss es was mit Johnny zu tun haben.« Der junge Wolf, Johnny DeSerio, war Jessies Adoptivsohn. Ein achtzehnjähriger Junge mit einem Talent fürs Fiedeln. Wenn er *Devil Went Down to Georgia* spielte und Jessie Ann dazu sang, klang das einfach unglaublich. Aber er war ein starker, cleverer junger Mann, und Ricky wusste wirklich nicht, warum Jessie Ann sich solche Sorgen um ihn machte.

»Hat es, aber ich will nicht drüber reden.« Sie sah ins Wohnzimmer, wo sich ein paar kichernde Welpen hinter der Couch versteckten. »Zu viele spitze Ohren hier.«

»Kein Problem.«

Er küsste sie auf die Wange und ging die Treppe hinauf in den zweiten Stock, wo das Rudel Bobby Ray ein eigenes Büro zur Verfügung gestellt hatte und sich die Gästezimmer für Wölfe auf Besuch befanden.

Die Tür zu Bobby Rays Büro war nicht geschlossen, und Ricky trat ein und sah, wie das starke, mächtige Alphamännchen seines Rudels den Bauch seiner kleinen Tochter kitzelte und immer wieder darauf prustete, während sich das süße kleine Ding vor Lachen ausschüttete.

»Na, hallo, Daddy«, grüßte Ricky fröhlich von der Tür aus.

Bobby Ray erstarrte mitten im Prusten, und Ricky Lee war tief beeindruckt, als Bobby Rays kleine Tochter ihn wegen der Unterbrechung verärgert anknurrte.

»Na, spricht man so mit seinem Patenonkel, du kleiner Frechdachs?« Natürlich erinnerte sie sich möglicherweise nicht daran, dass er ihr Patenonkel war – das Mädchen hatte schließlich sechs davon. Smith-Männchen waren der Ansicht, ihre Töchter, die für sie das Wichtigste auf der Welt waren, könnten niemals *genügend* Schutz haben.

Bobby Ray erhob sich und nahm seine Tochter auf den Arm. »Wo ist ihre Momma?«

»Unten.«

Und damit warf Bobby Ray das Kind in Ricky Lees Arme, der die Kleine mit Leichtigkeit auffing. Wenig überraschend hasste Jessie es, wenn sie das taten, aber der kleine Wildfang liebte es. Lachend klammerte sie sich an Rickys Hals fest.

»Wie geht's meinem Lieblingsmädchen? Wie geht's meinem kleinen Vampir?«

»Hör auf, sie so zu nennen.«

»Hey, es war nicht meine Idee, sie nach Draculas erster Frau zu benennen.«

Bobby ließ sich wieder auf seinen Stuhl fallen. »Das ist der Preis, den ich für die Liebe bezahle … ich hab nun mal einen Nerd geheiratet. Und«, fügte er genervt hinzu, »diese Hunde können sie von mir aus Elisabeta nennen, so viel sie wollen, aber für mich ist und bleibt sie meine Lissy Ann.«

»Ich würde mir deswegen keine Sorgen machen.« Ricky setzte sich gegenüber von Bobby an den Schreibtisch. »Sie ist ein durchsetzungsfähiges kleines Mädchen. Schau dir diese kleinen Beinchen an. Sehr kräftig. Sie wird mit uns losziehen und jagen und campen, bevor du dich versiehst. Und sie wird dafür auch keine schicken Zelte oder Generatoren brauchen.«

Bobby erschauderte ein wenig, höchstwahrscheinlich, weil er sich an den gemeinsamen Campingtrip erinnerte, den das Rudel zusammen mit den Wildhunden nach Alaska unternommen hatte. Er war nicht gut gelaufen. Nein. Gar nicht gut.

Bobby legte seine großen Füße auf dem Schreibtisch ab und betrachtete Ricky einen Moment lang, bevor er fragte: »Also … ich schätze, du hast das von Laura Jane gehört?«

Miki setzte sich auf die Couch, aber im Gegensatz zu Irene und Freddy ließ sie sich schwungvoll darauf plumpsen, und ihre nackten Füße landeten gefährlich nahe an Irenes Oberschenkel. Wie die beiden Freundinnen geworden waren, war Toni ein Rätsel, denn obwohl sie beide gleichermaßen brillant und Vollmenschen waren und einen Wolf zum Gefährten hatten, waren sie doch sehr unterschiedliche Frauen.

»Also, was bringt euch her?«, fragte Miki und bemerkte gar nicht, dass Irene sich von ihren extrem winzigen Füßen entfernte. Irene war kein großer Fan von Füßen … oder davon, von irgendjemand anders als von ihren Kindern oder Onkel Van berührt zu werden.

»Freddy wollte euch sehen, bevor ihr zwei morgen abreist.«

Irene neigte den Kopf zur Seite, und ihr Hirn arbeitete intensiv. »Ich dachte, ihr reist auch heute Abend wieder ab«, sagte sie.

Toni sah sie mit leerem Ausdruck an, und nach einer Weile

seufzte Irene. »Sag mir nicht, dass diese Frau beschlossen hat, hierzubleiben.«

»Diese Frau ist deine beste Freundin, und *natürlich* hat sie beschlossen, hierzubleiben. Wie schwer kann es schon sein, seine ganze dreizehnköpfige Familie in letzter Minute nach Manhattan umzusiedeln?«

»Wenn man Geld hat? Überhaupt nicht schwer. Aber warum?«

»Wegen Johnny DeSerio.«

»Ist das ein Mafioso?«

Toni seufzte. »Wir hatten diese Diskussion bereits, Tante Irene. Nicht jeder Italiener ist ein Mafioso …«

»Ich weiß.«

»… oder Darsteller in einer Serie, die in New Jersey spielt.«

»Da bin ich mir immer noch nicht ganz sicher.«

»Er ist dieser junge Geiger, den sie letzten Sommer in einer ihrer Meisterklassen kennengelernt hat.«

»Oh, ja. Ich erinnere mich. Sie spricht schon seit Monaten von ihm. Hat sie sich ihn endlich geangelt?«

»Bevor ich mich entscheide, ob ich die moralisch Überlegene geben soll«, mischte sich Miki ein, »müsste ich erst mal wissen, was deine Mutter mit diesem Kerl vorhat. Will sie Sex mit ihm oder ihn nur …?«

»Nein.« Oh, nein. Miki war wirklich überhaupt nicht wie Irene. »Sie will ihn als Schüler. So ähnlich wie bei dir und Irene. Eine Mentoren-Protegée-Geschichte.«

»Irene war meine Doktormutter, als ich promoviert habe. Sprechen wir davon?«

»Nein. Aber als Künstler …«

»Bitte nicht. Keine ›Als Künstler‹-Diskussionen. Die hatte ich mit deiner Familie jetzt zwei volle Tage lang. Mir reicht's.«

Toni musste lachen. Im Laufe der Jahre hatte sie gelernt, die »Als Künstler«-Diskussionen auszublenden. Aber andere, die nicht daran gewöhnt waren …

»Wie schwer kann es schon sein, diesen Jungen mit einem privaten Studium bei deiner Mutter zu locken?«, fragte Irene. »Sie ist Jacqueline Jean-Louis Parker, nicht irgendeine verzweifelte Möchtegerngeigerin, die immer noch von einer Musikkarriere träumt.«

»Ich liebe es, wie du es schaffst, sogar für *andere* arrogant zu klingen. Und ich glaube nicht, dass der Junge das Problem ist. Es ist die Mutter. Sie gehört zum Kuznetsov-Wildhundrudel und hat einen *extremen* Beschützerinstinkt, was ihn angeht. Es heißt, sie hätte einen Lehrer verprügelt, der nach einem Wettbewerb schlecht über ihn geredet hat. Ihr Gefährte musste sie von dem Mann runterzerren. Deshalb geht Mom mit äußerster Vorsicht vor.«

»Also … das klingt doch nach einem soliden Plan.«

»Ja. Das fand ich auch.«

Ricky hielt seine Patentochter auf seinem Schoß und fragte: »Kannst du mir vielleicht erklären, warum Frauen so besessen davon sind, ständig über alles reden zu müssen? Ich meine, was gibt's denn da zu reden?«

»Du weißt doch, wie deine Schwester ist. Sie nimmt eben an, dass du immer noch am Boden zerstört bist, weil Laura Jane dich hat sitzen lassen.«

»Ich war achtzehn. Sie war neunzehn. Und eine richtige kleine«, er bedeckte die Ohren seiner Patentochter mit seinen Händen, »Hure.«

»Na, na, na. Sie ist meine Cousine, Ricky Lee.« Als Ricky ihn nur anstarrte, zuckte Bobby mit den Schultern. »Und eine richtige kleine Hure.«

Ricky nahm seine Hände wieder herunter. »Sie hat sich noch mit mindestens zwei anderen Typen getroffen, während sie mit mir zusammen war. Damals hat es mir das Herz gebrochen … aber damals hat es mir auch das Herz gebrochen, wenn meine Momma sonntagmorgens keine Blaubeerpfannkuchen gemacht hat, obwohl sie es versprochen hatte.«

»Du bist kein sehr tiefgründiger Wolf, was, Ricky Lee?«

»Nicht, wenn ich es verhindern kann.«

»Das Schlimmste daran ist, dass ich jetzt morgen deinen Freund anrufen und ihm sagen muss, dass ich den Job doch nicht antreten kann, Tante Irene.«

Irene runzelte die Stirn. »Meinen Freund?«

»Mr. Weatherford. Der mich angestellt hat, damit ich diesen Sommer bei ihm im Büro arbeite.«

»Oh. Richtig.« Irene tat die Sache mit einem Winken ab. »Ich hab ihm schon gesagt, dass die Chancen äußerst hoch sind, dass du den Job am Ende doch nicht antrittst und dass er sich schon mal Ersatz bereithalten soll, weil er es vermutlich erst in letzter Minute erfährt.«

Toni setzte sich kerzengerade auf. »Moment mal. Du wusstest, dass Mom den Sommer über hierbleiben will?«

»Nein, ganz und gar nicht.«

»Aber warum hast du dann …?«

»Du musst deine Pläne immer wegen deiner Familie ändern. Letzten Sommer lag es daran, dass du wegen ihrer Konzerte mit Cooper und Cherise nach Italien und dann nach China gereist bist. Den Sommer davor hat eure komplette Familie aufgrund von Orianas Stipendium beim Royal Ballet in England verbracht. Und im Sommer *davor* …«

»Okay, okay.«

»Du nimmst andauernd diese Jobs an und kannst sie dann nie antreten – obwohl du das ganz offensichtlich unbedingt willst –, weil du deiner Familie gegenüber loyal sein möchtest.« Sie zuckte beiläufig mit den Schultern. »Wenn du mal darüber nachdenkst, dann hast du dein ganzes Leben für deine Familie aufgegeben.«

»War das nicht auch der Grund, warum dieser Idiot, mit dem du letztes Jahr zusammen warst, Schluss gemacht hat?«, wollte Miki wissen. »Wegen deiner Verpflichtungen deiner Familie gegenüber?«

Toni blickte die beiden Frauen an, antwortete jedoch nicht. Erst als Freddy eine Hand auf ihr Knie legte und mit seinen großen braunen Augen zu ihr hinaufschaute, brach Toni plötzlich in Tränen aus.

»Na, du kannst auf jeden Fall über Nacht bleiben, wenn du willst«, bot Bobby Ray an. »Ich bezweifle, dass sie hier nach dir suchen werden.«

»Wieso das?«

»Ich hab Sissy gesagt, dass die Rudelmännchen nicht gerne hier übernachten, weil ihnen die Wildhunde auf die Nerven gehen.«

»Aber bei den Wildhunden gibt's immer Kuchen und Brownies. Und tonnenweise Actionfilme, die man sich anschauen kann. Warum sollten wir da *nicht* hier übernachten wollen?«

»Weil ihr vielleicht wirklich mal ein bisschen Ruhe und Frieden findet, wenn die Wölfinnen alle glauben, ihr würdet es hier hassen.«

»Und natürlich kommt auch noch die Tatsache erschwerend hinzu, dass die Hunde nie Alkohol im Haus haben ...«

Bobby Ray grinste. »Ganz genau.«

»Sie weint, Irene«, hörte Toni Miki sagen, mit Panik in der Stimme. »Sie weint!«

»Ja, aber ich weiß auch nicht, was ich tun soll. Sie hat noch nie vorher in meiner Gegenwart geweint.«

»Ähm ... Freddy, geh in mein Zimmer und hol die Schachtel mit den Taschentüchern, die auf meiner Kommode steht.«

»Und sonst nichts!«, rief Toni ihrem Bruder schluchzend hinterher, als er zu Mikis Zimmer davonstürmte. »Nur die Taschentücher!«

Es bestand jedoch kein Grund zur Sorge. Toni hatte einen sehr guten Therapeuten aufgetan, der mit Freddy auch an seinen Diebstahlproblemen arbeitete.

»Es tut mir leid, Toni«, sagte Irene und setzte sich neben sie. »Ich wollte dich nicht so aus der Fassung bringen. Du gehörst nicht zu den Menschen, die ich absichtlich quäle.«

»Ist schon gut«, versicherte Toni ihr und wischte sich mit einer Hand das Gesicht ab. »Es ist nicht deine Schuld.«

Miki setzte sich auf der anderen Seite neben sie. »Du solltest zurück nach Washington fahren. Fahr morgen. Nimm den Job an. Deine Familie kommt hier auch ohne dich zurecht.«

»Ich kann sie nicht verlassen«, gestand Toni Irene und Miki schließlich – und sich selbst. »Ich kann sie nicht verlassen. Niemals. Zuerst bin ich der Babysitter, und irgendwann die verrückte alte Tante, die sich um ihre brillanten Kinder kümmert. Und mein kleines Zimmer wird mit all dem Schnickschnack voll sein, den die Kinder mir mitbringen, während sie auf Reisen gehen und ihr wundervolles Leben leben.«

Irene seufzte. »Hast du dir wieder die Originalverfilmung von *Wiedersehen in Brideshead* angeschaut?«

»Ich werde das Kindermädchen sein. Allein in meinem Zimmer hocken und Radio hören …«

»Und wird Winston Churchill dann auch Reden halten?«, neckte Miki sie. »Komm schon, Mädchen. Reiß dich zusammen, verdammt. Deine Familie kann dich nur runterziehen, wenn du es zulässt. Schau dir meine Freundin Sara an. Sie hätte zulassen können, dass ihre Großmutter, diese Schlampe, sie total kaputtmacht. Aber stattdessen hat sie einfach abgewartet, bis sie gestorben ist, hat eine Party Schrägstrich Beerdigung gefeiert, und von da an hat sich ihr ganzes Leben zum Besseren gewendet.«

»Willst du damit sagen, ich soll einfach abwarten, bis meine Eltern tot sind?«, fragte Toni emotionslos.

»Es wäre ein Anfang …«

»Nein«, widersprach Irene. »Auf den Tod zu warten ist keine Option. Besonders, da deine vier Großeltern alle noch am Leben sind. Aber du musst so bald wie möglich damit anfangen, deine Familie von deiner sprichwörtlichen Zitze zu entwöhnen.«

»Igitt.«

»Sie sollten sich nicht darauf verlassen können, dass du dich um all ihre Probleme kümmerst, Antonella.«

»Ja, aber …«

»Kein Aber. Ich will, dass du Folgendes tust.« Irene legte einen Arm um Tonis Schultern. »Du wirst den Sommer über mit deiner Familie hierbleiben. Ich werde Ulrich bitten, dir einen Job in einer seiner Firmen zu besorgen. Ich weiß, dass er irgendwas für dich finden wird. Du wirst diesen Job annehmen und du wirst ihn auch *antreten*. Während du dort arbeitest, wirst du auch den Entwöhnungsprozess einleiten.«

»Das wird ihnen nicht gefallen.«

»Das ist mir egal. Ich will, dass du glücklich bist, und das bedeutet, dass du für die Jean-Louis Parkers nicht mehr das Mädchen für alles sein kannst und sein *wirst*. Habe ich mich klar und deutlich ausgedrückt?«

Toni nickte schniefend. Dann fiel ihr auf, dass Freddy noch immer nicht zurückgekehrt war. »Freddy!«

Ihr Bruder stürmte mit einer Schachtel Taschentücher in der Hand wieder ins Zimmer. Sie spielte kurz mit dem Gedanken, ihn abzutasten, aber das erschien ihr dann doch übertrieben. Stattdessen zupfte sie ein Taschentuch aus der Schachtel und putzte sich die Nase.

»Und weil ich weiß«, fuhr Irene fort, »wie deine Familie sein kann – und damit meine ich deine Mutter – werde ich dir bei all dem zur Seite stehen, wenigstens für den nächsten Monat.«

»Das ist wirklich nicht nötig, Tante Irene.«

»Das macht mir keine Umstände. Tatsächlich glaube ich, dass du damit einer Menge Leute einen Gefallen tust.«

»Wie das?«

»Nun, meine Söhne werden den kommenden Monat über in einem Koch-Sommerlager irgendwo in Montana verbringen. Holtz und Ulrich werden wegen dieses großen Van-Holtz-Familientreffens für die nächsten beiden Wochen in Deutschland sein und nach ihrer Rückkehr in die Staaten ebenfalls nach Montana reisen, um an den letzten beiden Wochen des Koch-Sommerlagers teilzunehmen.«

»Was ist mit Ulva?«

»Wem?«

Toni grinste höhnisch. »Deiner Tochter. Die, von der du immer sagst, sie sei ein Geschöpf Satans, obwohl du auch immer behauptest, dass du nicht an das jüdisch-christliche Glaubenssystem glaubst.«

»Oh. Die. Das Dämonenkind reist mit seinem Vater nach Deutschland. Ob sie ins Koch-Lager mitgeht, weiß ich nicht. Und es ist mir auch egal.«

»Und … wem helfe ich dann, wenn ich dich hier festhalte?«

»Dem Rudel in Washington. Anscheinend finden sie mich ein wenig furchteinflößend und abschreckend. Ich bin mir nicht sicher, warum. Ich habe keine Krallen. Keine Reißzähne. Ich schätze, technisch gesehen könnte ich sie zwar mit dieser Salbe in Brand stecken, die ich vor ein paar Jahren aus Versehen hergestellt habe, aber es ist wirklich nicht so, als ob ich das jemals tun würde … es sei denn, natürlich, ich müsste es.« Sie wandte ihren Blick ab und zuckte mit den Schultern. »Aber das musste ich bisher noch nicht … also warum sich Sorgen machen?«

Toni und Miki tauschten einen Blick und schauten dann schnell woanders hin, weil sie Irene nicht erklären wollten, warum sie lachten. Nein. Das zu erklären, hätte niemandem wirklich geholfen.

Ricky warf einen Blick auf sein Telefon, und als er all die verpassten Anrufe von seiner Schwester sah, schaltete er es ganz aus. Er hatte einfach nicht die nötige Zeit oder Energie.

Ricky war ein großer Fan davon, nach vorne zu blicken und nicht zurück.

Er betete seine kleine Schwester an, das tat er wirklich. Aber, bei Gott, sie konnte wirklich auf einem Thema herumreiten. Darauf herumreiten, bis es nicht mehr zu erkennen war. Ricky wusste bereits, dass es genau darauf hinauslaufen würde. Ronnie Lee würde das Ganze zu einem Thema machen, und Sissy würde es nur aus dem einen Grund vollkommen übertrieben aufbauschen, weil es Sissy nun mal gefiel, Dinge vollkommen übertrieben aufzubauschen.

Trotzdem, er würde sich erst morgen wieder Sorgen darüber machen. Jetzt würde er einfach nur auf dieser Couch im Wohnzimmer der Wildhunde sitzen und stundenlang auf ihrem riesigen Bildschirm fernsehen. Im Haus war es angenehm still, da die meisten Hunde bereits ins Bett gegangen waren, und Ricky freute sich auf ein wenig Zeit für sich allein.

Natürlich dauerte diese Zeit für sich allein ganze fünfzehn Sekunden, bevor er zur Seite schaute und feststellte, dass ein junger Wolf neben ihm saß. Johnny. Bobby Ray versuchte immer, so zu tun, als hätte er den Jungen mit Jessie nur deshalb adoptiert, weil seine Gefährtin es ohnehin bereits geplant hatte, aber Ricky wusste, dass der Wolf den Jungen mochte. Es stimmte schon, er befand sich in dieser seltsamen Phase zwischen »kein Kind mehr« und »noch nicht richtig erwachsen«, was zu einigen Problemen führen konnte, aber der Junge hatte definitiv Potenzial. Und davon eine ganze Menge.

Und genau wie Bobby Ray in seinem Alter schien der Junge im Moment einige Probleme zu haben, die Ricky Lee nur allzu gut nachfühlen konnte.

»Warum«, fragte Johnny Ricky ohne große Vorrede, »müssen Weibchen alles immer so verdammt kompliziert machen? Sie stellen dir eine Frage, du beantwortest sie, sie flippen aus.«

»Na ja …«

»Ich hab nichts falsch gemacht«, fuhr der Achtzehnjährige fort. »Nichts. Ich hab eine Frage beantwortet. Das war alles. Und jetzt wird sie mir um die Ohren gehauen.« Er zeigte auf sich selbst. »Ich brauche das nicht. Ich hab das nicht verdient.«

Johnny lehnte sich auf der Couch zurück, und wenige Augenblicke später trottete das Wildhundweibchen, über das er sich höchstwahrscheinlich gerade beschwert hatte, durch die Wohnzimmertür.

Kristan Putowski, eines der ältesten Welpen des Kuznetsov-Rudels, winkte ihm im Vorbeigehen zu. »Hi, Ricky Lee.«

»Hi, Kristan.« Ja, Kristan war ziemlich süß. Und wenn Ricky Lee achtzehn gewesen wäre, hätte er sie verfolgt wie ein hartnäckiger Ausschlag. Deshalb verstand er auch, was Johnny gerade durchmachte. Besonders, da sich Kristans freundliches Winken in Ricky Lees Richtung für Johnny in einen erhobenen Mittelfinger verwandelte.

»Ich werde mich nicht entschuldigen«, brüllte Johnny ihr hinterher.

»Das war nicht besonders subtil«, wandte sich Ricky Lee an den Jungen, als Kristan wieder aus dem Zimmer verschwunden war.

»Subtil?«

»Ja. Subtil. Du kannst nicht einfach ein Gestaltwandlerweibchen anbrüllen. Die sind echt fies, Junge. Allesamt.«

»Ich hab keine Angst vor Kristan Putowski.«

»Solltest du aber. Es sind genau die Freundlichen und Süßen, die einen Mann aufschlitzen – und hinterher keinerlei Reue zeigen.« Ricky lehnte sich näher zu ihm und fügte mit leiserer Stimme hinzu: »Habt ihr zwei … du weißt schon?«

»Was? Nein! Niemals! Kristan ist wie eine …«

»Erzähl mir nicht, sie sei wie eine Schwester für dich.«

»Warum nicht?«

»Weil Bobby Ray genau dasselbe über Jessie Ann gesagt hat … und du weißt ja, wohin diese Beziehung geführt hat.«

»Oh.«

»Außerdem, Kumpel, wissen wir doch beide, dass du mir damit nur in mein Wolfsgesicht lügen würdest.«

Der Junge seufzte. »Ich ertrage sie. Okay?«

»Sie zu ertragen ist schon mal gut. Sich von ihr fernzuhalten, ist sogar noch besser. Zumindest für den Moment. Lass dir noch ein paar Jahre Zeit. Hast du eine Freundin?«

»Ich bin zu beschäftigt für eine …«

»Fehler Nummer zwei.«

»Wann hab ich denn Fehler Nummer eins gemacht?«

»Du musst dir eine kleine Freundin suchen. Keine, mit der du was Festes planst. Nur jemanden, der dich aus Schwierigkeiten raushält.«

»Ich gerate nie in Schwierigkeiten.«

»Das wirst du aber, wenn du weiter mit Kristan abhängst.«

»Ja.« Johnny seufzte und fuhr sich mit seinen großen Händen durchs Haar. »Ich weiß.«

Toni ließ sich auf ihr vorübergehendes Bett fallen und atmete langsam aus. Im selben Moment entdeckte sie den großen Fernseher mit der dicken roten Schleife darum, den DVD-Player und den Stapel brandneuer DVDs.

Ihr Vater. Er wusste genau, dass sie nach einem langen Tag, an dem sie sich mit ihren Geschwistern hatte herumschlagen müssen, am liebsten vor dem Fernseher saß und sich entspannte.

Sie hatte das Zimmer schon beinahe durchquert, um herauszufinden, welche DVDs er für sie ausgesucht hatte, als ein vertrauter und sehr willkommener Geruch ihre Aufmerksamkeit erregte. Sie rannte zurück durchs Zimmer und stieß die Tür auf.

»Cooper!« Toni warf sich in die Arme ihres Bruders und drückte ihn ganz fest an sich. »Wann bist du zurückgekommen?«

»Ich komme direkt vom Flughafen.«

Toni löste sich von ihm und sah zu ihm hinauf. »Warte mal. Woher wusstest du, dass wir hier sind?«

»Mom hat mir eine Nachricht geschickt, als ich in Genf auf meinen Anschlussflug gewartet hab.«

Sicher. Sie schickte Cooper in Genf eine Nachricht, aber nicht Toni, die sich nur ein paar Häuserblocks entfernt in derselben Stadt befand.

»Ich bin so froh, dass du wieder zu Hause bist«, sagte sie. Und sie meinte damit nicht ihr Haus oder Washington, sondern ihre Familie. »Bleibst du lange?«

»Na ja, als ich in LaGuardia gelandet bin, hat Tante Irene mich angerufen und mir sehr deutlich klargemacht, dass ich zu Hause gebraucht werde und mich um meine Geschwister kümmern muss, bevor du zusammenbrichst wie ein Kartenhaus.« Er grinste. »Hast du wirklich geheult?«

»Oh, Gott.« Toni zerrte ihren Bruder in ihr Zimmer und schloss die Tür. »Ich hatte einen kleinen Moment der Schwäche, okay?«

»Ich wusste gar nicht, dass du überhaupt Schwächen hast.«

»Sehr komisch.«

Coop ließ seine Reisetasche auf den Boden fallen und zog seine Jeansjacke aus. »Also, was ist hier los?«

»Nur das Übliche.«

»So üblich auch wieder nicht, wenn mich Tante Irene anruft. Sie ruft mich nie an. Ich glaube, sie ruft überhaupt nie irgendwen an. Nicht mal Mom.«

»Sie unterhält sich nicht gerne am Telefon, es sei denn, es geht ums Geschäft.«

»Unterhält sie sich nicht gerne am Telefon oder macht sie sich immer noch Sorgen, dass die Regierung ihre Gespräche mithört?«

»Beides.«

Er nickte und ließ sich auf einen Sessel gegenüber von Tonis Bett fallen. »Tja, große Schwester, ich bin jedenfalls hier, um dir zu helfen. Dir. Mom. Dad. Wem auch immer. Ich werde besonders effektiv sein, wenn du mich Kyle verprügeln lässt und ich Oriana sagen darf, dass sie fett wird«

»Nein«, verbot Toni ihm ernst. »Aber Kyle darfst du natürlich verprügeln … er hat es ganz eindeutig nötig. Aber ich arbeite hart daran, dafür zu sorgen, dass Oriana nicht irgendeine Essstörung entwickelt. Keine Bemerkungen darüber, dass sie zu dünn oder zu dick ist. Aber du kannst ihr sagen, dass sie verglichen mit dem Rest der Familie ziemlich dumm wirkt und dass ihre Augen zu dicht zusammenstehen.«

»Oh! Und dass sie eine Hakennase hat?«

»Unbedingt.«

Die beiden lachten herzlich, und Toni fühlte sich schon viel besser. Coop war nicht nur eines ihrer Geschwister für sie, er war auch einer ihrer besten Freunde. Sie waren nur drei Jahre auseinander, deshalb hatte Toni sich nicht so sehr um ihn kümmern müssen wie um die anderen, und ihr Mutterinstinkt hatte ihm gegenüber nie wirklich eingesetzt. Stattdessen hatten sie eine Menge Zeit damit verbracht, gemeinsam in Schwierigkeiten zu geraten und Coops Klavierlehrer in den Wahnsinn zu treiben. Genau wie ihre Mutter war Coop ein weiteres Wunderkind. Das erste unter den Jean-Louis-Parker-Geschwistern, aber nicht das letzte. Aber aus welchem Grund auch immer war er außerdem das normalste von ihnen. Er schien am meisten nach ihrer Mutter zu kommen, zeigte kaum Anzeichen für Zwangsneurosen, keine extreme Arroganz und keinen Hang dazu, Dinge anzuzünden.

Und das Komischste daran war, dass Cooper unter all ihren Geschwistern am meisten Grund dazu hatte, arrogant zu *sein*. Er war groß und unglaublich gut aussehend, hatte die Figur eines olympischen Turmspringers, braune Augen und schulterlanges schwarzes Haar, in dem Grau, Weiß und Gold schimmerten, und darüber hinaus war Coop ein internationaler Superstar. Selbst Leute, die klassische Musik überhaupt nicht mochten, kamen, um ihn spielen zu sehen. Seine Konzerte waren immer ausverkauft, ganz gleich, in welchem Land sie stattfanden, und sein Publikum bestand niemals nur aus den Reichen und Mächtigen. Würdenträger, Könige, Politiker – sie alle kamen, um Tonis kleinen Bruder Klavier spielen zu sehen. Und dann waren da noch seine CDs und DVDs, die ihrem Bruder unabhängigen Reichtum beschert hatten. Und trotzdem war und blieb Coop *immer* ein Schakal. Und das bedeutete, dass seine Familie noch immer das Wichtigste in seinem Leben war.

Wenn Coop nach Hause kam, half er Toni deshalb auch so gut er konnte mit ihren anderen Geschwistern. Genau wie ihre Schwester Cherise, die vier Jahre nach Coop zur Welt gekommen war. Aufgrund seines Talents war er jedoch viel unterwegs, und es war immer wundervoll für Toni, ihn bei sich zu Hause zu haben. Weil Coop es verstand. Was »es« war? Das konnte sie auch nicht so genau sagen … sie wusste nur, dass ihr Bruder es verstand. Und dafür liebte sie ihn.

»Bist du müde?«, fragte sie ihn.

»Hellwach. Warum?«

»Daddy hat mir einen Fernseher und einen ganzen Haufen DVDs mitgebracht.«

Coop setzte sich in seinem Sessel auf. »Glaubst du, er hat auch *Königin für Tausend Tage* in den Haufen gepackt?«

Tonis Augen weiteten sich. »Wenn es einen Gott im Himmel gibt …«

Das war das andere, was sie an ihrem Bruder mochte. Sie hatten beide den gleichen Film- und Seriengeschmack. Einen skurrilen Geschmack, aber trotzdem …

Na schön. Vielleicht würde dieser Sommer doch nicht so grauenvoll werden.

Kapitel 4

Ricky Lee war auf der Couch beim Fernsehen eingeschlafen, aber er war nicht sauer, als ihn ein kleiner Welpe aufweckte, indem er ihm mit seiner winzigen Faust gegen die Stirn tippte.

»Morgen!«, sagte der Welpe mit überbordender Hundefröhlichkeit. »Die Moms machen Frühstück. Sollen sie dich mit einrechnen?«

»Kommt drauf an. Was gibt's denn zum Frühstück?«

Der Welpe lehnte sich zu ihm und flüsterte: »Waffeln, glaub ich. Weil du hier bist und weil Tante Jess dich mag, was wirklich eine Überraschung ist, sagt sie, weil deine Schwester ihr immer noch auf ihre V-Wort Nerven geht. Aber den Teil hätte ich eigentlich nicht hören sollen.«

Ricky grunzte und flüsterte zurück: »Na, ich bin jedenfalls froh, dass du's mir gesagt hast. Schön, dass sich alle freuen, dass ich hier bin. Und ich liebe Waffeln. Also ja, Frühstück klingt gut.«

»Okay!«, trällerte der Welpe und stürmte aus dem Zimmer.

Kichernd schwang Ricky seine Beine von der Couch, stand auf, reckte und streckte sich und gähnte genüsslich. Dann schüttelte er sich einmal kräftig von oben bis unten aus und ging in die Küche. Die erwachsenen Wildhunde – Männchen wie Weibchen – waren damit beschäftigt, die Kinder zu füttern. Wildhunde fütterten immer zuerst ihre Kinder, bevor sie selbst etwas aßen. Ganz ehrlich, nichts fand Ricky amüsanter, als zuzusehen, wie Wildhunde und Löwenmännchen zusammen aßen. Löwenmännchen warteten auf *niemanden*, bevor sie zulangten, und Ricky war sich sicher, dass das in der Wildnis auch immer Gesetz war. Aber hier in Manhattan, wo die Wildhündin Jessie Ann das Sagen hatte, hatten die Löwenmännchen gelernt, zu warten, bis sie an der Reihe waren, weil sie sonst ihren Zorn zu spüren bekamen. Natürlich drückte sich ihr Zorn hauptsächlich in Gebrüll, Drohungen und Brustwarzenzwicken aus, aber was auch immer sie tat, es war äußerst effektiv.

»Morgen, zusammen!«

»Hey, Ricky!« Jessie schenkte ihm eine Tasse Kaffee ein und reichte sie ihm. »Gut geschlafen?«

»Jap. Und ich bin sogar in den Genuss eines *Xena*-Marathons auf DVD gekommen. Wer von euch ist denn der große Fan?«

Die erwachsenen Wildhunde zuckte synchron mit den Schultern und antworteten unisono: »Wir alle.«

Natürlich.

»Ich geh kurz raus auf die Treppe«, sagte er zu Jessie Ann.

»Kein Problem. Wir rufen dich, wenn wir die Kinder gefüttert haben.«

Ricky kratzte sich am Kopf, gähnte noch einmal herzhaft, ging den Flur hinunter, zur Haustür hinaus und setzte sich auf die vierte Stufe der Treppe. Für die meisten Wölfe war es noch ziemlich früh. Sie standen früh auf, um pünktlich zur Arbeit zu kommen, aber nicht einfach nur, um den Tag zu begrüßen. Sie waren hauptsächlich nachtaktiv. Aber Ricky mochte den frühen Morgen, selbst in New York City. Die Sonne ging gerade erst auf und die Leute waren für gewöhnlich freundlich. Auf dieser Treppe zu sitzen, Kaffee zu trinken und auf ein Frühstück mit Waffeln zu warten war genau das, was er als einen guten Start in den Tag bezeichnen würde.

Eigentlich konnte er sich wirklich nicht vorstellen, wie er noch besser werden sollte …

Am nächsten Morgen war Toni früh wach und trottete schon um sechs Uhr komplett angezogen die Treppe hinunter. Ihre Verabredung mit Ulrich war zwar erst gegen zehn, aber durch ihre Geschwister war sie es gewöhnt, früh aufzustehen. Hauptsächlich, weil der Unterricht immer sehr früh begann und sie da sein musste, um zu schlichten und zu organisieren. Sie konnte bereits hören, wie Kyle und Oriana sich darüber stritten, wer von ihnen beiden bedeutender und talentierter war und wem von ihnen es erlaubt sein sollte, eines der Zimmer im Erdgeschoss als Atelier bzw. Übungsraum zu benutzen.

Toni wusste, dass sie nicht nur herausfinden musste, welche Kurse die Kinder genau belegten, sondern auch, dass sie so schnell wie möglich damit anfangen musste, einen Zeitplan zu erstellen. Wenn man sich gleichzeitig um so viele Welpen kümmerte, waren Zeitpläne unerlässlich, um des Wahnsinns Herr zu werden. Das galt natürlich für alle Großfamilien. Aber eine Familie, die aus so fokussierten, getriebenen kleinen Albträumen bestand, brauchte Zeitpläne wie andere Lebewesen die Luft zum Atmen. Es war ihre einzige Chance, zu überleben – ohne unnötiges Blutvergießen und Gefängnisstrafen.

Und genau das konnte Toni am besten, richtig? Sie managte die Zeitpläne ihrer Familie und handelte Abmachungen und zeitliche Vereinbarungen aus, wobei sie, falls nötig, wichtige Körperteile bedrohte.

Sie hatte zum Beispiel schon eine Idee, wie sie den aktuellen Streit beenden konnte, aber plötzlich rauschte Cherise auf der Treppe an ihr vorbei. »Ich kümmer mich drum«, versprach die einundzwanzigjährige Cellistin, als sie Toni überholte. »Ich kümmer mich drum.«

Auch wenn sie sich wahrscheinlich nicht sehr *gut* darum kümmern würde. Cherise, die Süßeste ihrer Meute, war neben Freddy auch die Sensibelste. Tatsächlich litt sie unter angrenzender Agoraphobie. Sie zu überreden, das Haus zu verlassen, war eine unglaubliche Leistung. Das Komische daran war, dass die Veranstalter, die sie für Konzerthallen in aller Welt buchen wollten, ihre Zurückhaltung für eine Verhandlungstaktik hielten. Das war sie nicht, aber wenigstens zahlte sich ihre Agoraphobie in finanzieller Hinsicht aus.

Trotzdem, wenn Cherise sich daran versuchen wollte, den Streit ihrer Geschwister zu schlichten, dann würde Toni sie nicht aufhalten. Learning by Doing war noch immer die beste Methode. Toni wusste, dass es nicht leicht werden würde, die ganze

Bande heute ohne oder nur mit kleinen Dramen abzufertigen, aber sie war zu allem bereit und hellwach.

»Morgen, Schwesterherz«, sagte Coop und passte sich ihren Schritten an.

»Hi, Coop. Hast du ein bisschen geschlafen?«

»Ein bisschen. Der Jetlag macht mir einen Strich durch die Rechnung. Aber du kennst mich ja. Ich liebe meine Nickerchen, ich schlafe einfach später ein bisschen.«

»Aber die Zimmer sind toll, oder?«, fragte Toni. »Ich liebe mein Bett.«

Gemeinsam schlenderten sie den Flur im ersten Stock entlang und zu den letzten Stufen, die ins Erdgeschoss hinunterführten.

»Ich auch. Aber ich muss zugeben«, fuhr Coop fort, »dass ich letzte Nacht erwartet hatte, Livy schlafend unter meinem Bett vorzufinden. Ich glaube, ich war fast ein bisschen enttäuscht, dass sie nicht da war.«

Toni blieb mitten im Flur stehen und sah ihren Bruder an. »Warum sollte Livy unter deinem Bett liegen?«

Toni stellte ihm diese Frage nicht, weil sie sich Sorgen machte, dass man ihre beste Freundin, Olivia Kowalski, unter dem Bett ihres Bruders finden könnte. Livy hatte zu Coop eine fast genauso enge Beziehung wie zu Toni. Deshalb war es Toni auch egal, ob Livy unter Coops Bett schlief, unter ihrem eigenen oder unter Cherises. Es wäre nicht das erste Mal, dass das passierte, und sicher auch nicht das letzte. Nein. Das war nicht der Grund, warum Toni ihm diese Frage stellte.

»Ist diese kleine Schlampe etwa auch in Manhattan?«, fragte Toni.

»Weißt du«, antwortete Coop, »sie würde dich über ihren momentanen Aufenthaltsort wahrscheinlich bereitwilliger auf dem Laufenden halten, wenn du sie nicht als ›diese kleine Schlampe‹ bezeichne würdest.«

»Ich nenne sie nur so, wenn sie mir ganz offensichtlich aus dem Weg geht. Ich hab ihr letzte Nacht eine Nachricht geschickt und ihr gesagt, was los ist. Sie hat mich noch nicht mal zurückgerufen.«

»Livy hasst es, zu telefonieren. Du weißt doch, dass sie nicht gut darin ist.«

»Natürlich weiß ich das. *Ich* kenne all ihre Marotten und Macken besser als irgendjemand sonst. Aber wenn sie in Manhattan ist …«

»Das wird sie dir nicht sagen, solange du sie nur anbrüllst, weil sie keinen richtigen Platz zum Schlafen hat, während sie hier ist.«

Toni stampfte mit dem Fuß auf. Drei Mal. »Es ist *nicht* in Ordnung, einfach bei jemandem zu pennen, nur, weil derjenige den Fehler gemacht hat, das Fenster einen Spalt offen stehen zu lassen, als er in den Urlaub gefahren ist. Wer macht so was?«

»Livy macht so was. Livys Mutter macht so was. Livys ganze Familie macht so was. Livy und ihresgleichen machen *alle* so was. Wenn es eine Sache gibt, bei der wir uns alle einig sein können, Schwesterherz, dann doch wohl, dass *sie* nicht so sind wie *wir*. Anstatt dich also darüber aufzuregen, dass …«

»Oh, vergiss es einfach! Ich will nicht mehr darüber reden.« Toni drängte sich an ihrem Bruder vorbei und ging weiter den Flur hinunter. Coop, der größer war als Toni, schloss jedoch schnell wieder zu ihr auf.

»Bist du jetzt sauer auf mich?«, fragte er.

»Ich bin im Moment auf die ganze *Welt* sauer. Ich sollte längst wieder in Washington sein, einen langweiligen Bürojob antreten und mir dort Sorgen darüber machen, in welchem vorübergehend leer stehenden Zuhause meine beste Freundin gerade ihre Kameratasche abgestellt hat. Ich sollte nicht hier in Manhattan festsitzen und hoffen, dass mir der Cousin der besten Freundin meiner Mutter einen Job beschafft.«

»Jetzt komm schon, Ulrich liebt dich, das weißt du doch.«

»Halt die Klappe, Coop.«

Ihr Bruder lachte, und der Klang entlockte Toni ein Lächeln, obwohl sie es eigentlich gar nicht wollte.

»Wo wir gerade davon sprechen: Hast du Mom und Dad schon gesehen?«, fragte sie ihn.

»Nein. Sie haben schon geschlafen, als ich ins Bett gegangen bin.«

»Ich hab Mom nicht mehr gesehen, seit ich Freddy gestern zu Tante Irene ins Hotel gebracht hab … was mich wirklich nervös macht.«

»Warum?«

»Ich weiß es nicht. Ich hab einfach nur das Gefühl, dass sie irgendwas vorhat. Sie hatte einen Grund dafür, dass sie mich gestern Abend aus dem Haus haben wollte. Ich meine, normalerweise hätte sie Freddy selbst zu Tante Irene gebracht.«

»Da ist was Wahres dran.« Während er dem jüngsten Streit ihrer Geschwister lauschte, neigte Coop den Kopf zur Seite, trat auf die oberste Stufe der letzten Treppe und begann, sie hinabzusteigen. »Kyle und Oriana?«

»Natürlich. Aber Cherise kümmert sich drum.«

»Tut sie?«

»Sie muss es versuchen«, erinnerte Toni ihn.

»Ich wünsche ihr viel Glück.«

»Schau mal, es könnte viel schlimmer sein …«, begann Toni, als sie und Coop die unterste Stufe erreichten, aber Tonis Worte erstarben, als sie ihre Mutter sah. Jackie trug eine lässig-weite Jeans, ein B-52s-T-Shirt, das älter war als Toni, und ihre völlig abgenutzten, heiß geliebten »Proben«-Tennisschuhe und steuerte auf die Haustür zu. Normalerweise hätte Toni dies vermutlich gar nicht registriert oder sich deswegen auch nur im Entferntesten Sorgen gemacht … normalerweise. Aber jetzt verstand Toni, warum ihre Mutter ihr und Coop gestern Abend aus dem Weg gegangen war – weil ihre Mutter nicht allein war.

»Mom?«

Jackie ging weiter und sagte ohne sich umzudrehen: »Ich weiß, was du denkst, Antonella.«

»Du hast keine Ahnung, was ich denke, sonst hättest du mir wahrscheinlich längst eine Ohrfeige verpasst.«

»Vertrau mir. Ich habe einen Plan.«

Natürlich hatte sie einen Plan. Jackie Jean-Louis Parker hatte immer einen Plan. Sie war eine intrigante kleine Schakalin, die immer irgendetwas im Schilde führte, solange es ihrer Karriere oder ihren Kindern diente. Aber im Gegensatz zu einigen anderen Musikern, die absolut psychotisch sein konnten, was ihre Karrieren betraf, war Jackie einfach nur hinterlistig. Sie tat nie etwas, um jemand anderen zu vernichten. Jackie hatte das nicht nötig, da sie volles Vertrauen in ihre Fähigkeiten als Musikerin hatte. Seit sie im Alter von drei Jahren ihre erste Geige in der Hand gehalten hatte, wusste Jackie, dass sie unglaublich talentiert war und dass es niemandem jemals gelingen würde, sie von ihrem Platz zu verdrängen, den sie sich als eine der besten Geigerinnen der Welt verdient hatte. Niemandem.

Aber Jackie wollte den nächsten Schritt gehen. Sie wollte die Mentorin des nächsten »besten Geigers der Welt« werden. Sie hatte im Laufe der Jahre unzählige Schüler gehabt, und viele von ihnen hatten bereits eine wunderbare, erfolgreiche Karriere gestartet. Aber keiner von ihnen spielte wirklich in ihrer Liga. Sie würden niemals ganz so erfolgreich werden wie sie. Ganz so berühmt. Sie wollte den Schüler finden, der aus ihr die Große Meisterin machte.

Und das erklärte auch den Hund, der neben ihrer Mutter her trottete. Kein Gestaltwandler, sondern ein richtiger Hund. Ihre Familie hatte seit der verwilderten Katze, die sie unter ihrem Haus gefunden und die sie ständig angefaucht hatte, kein Haustier mehr gehabt. Sie hatten sie gefüttert, aber nach ein paar Jahren war sie trotzdem weitergezogen. Sie war das perfekte Haustier für die Jean-Louis Parkers gewesen, weil sie ihr nur Aufmerksamkeit hatten schenken müssen, wenn sie Lust dazu gehabt hatten. Sie mussten nicht mit ihr Gassi gehen, sie zum Tierarzt bringen oder sich sonst in irgendeiner Weise um sie kümmern, außer, ihr ein paar Brocken Futter hinzuwerfen und sie ein paar Minuten lang anzuschauen, wenn eins der Kinder nach »Inspiration« suchte.

Aber ein echter Hund benötigte eine Menge Dinge, die ihm niemand in Tonis Familie im Augenblick geben konnte, auch und *vor allem* nicht ihre Mutter.

Ja. Ihre Mutter. Die in diesem Moment die Haustür öffnete und zu dem Hund sagte: »Geh und mach deinen Spaziergang, Schätzchen. Wenn du fertig bist, komm zurück und kratz an der Tür. Ich lass dich dann rein.«

Der ausgewachsene Hund, der für Toni aussah wie ein Streuner, den ihre Mutter irgendwo eingesammelt hatte, betrachtete die offene Tür als Freiheitsangebot. Er stürzte sich hinaus, und Tonis Schakalsohren vernahmen sofort den dröhnenden Morgenverkehr, der bereits auf der Straße herrschte.

Toni folgte nur ihrem Instinkt, sprang von der letzten Treppenstufe, rannte aus dem Haus und folgte dem Hund direkt auf die Straße. Sie bewegte sich schnell, warf sich auf den Hund, schlang ihre Arme um seinen schlanken Körper und vollführte einen wilden Hechtsprung auf den gegenüberliegenden Gehweg.

Toni hätte es beinahe geschafft, aber der Lastwagen, der die Straße hinunterraste, streifte sie trotzdem noch mit seinem Kotflügel, und sie rutsche über die Motorhaube eines geparkten Wagens und landete vor einer Treppe hart auf dem Rücken.

Als sie schließlich wieder zu Atem gekommen war, öffnete Toni die Augen und sah, dass der Wolf, den sie gestern kennengelernt hatte, auf sie hinunterstarrte. Er hielt eine Kaffeetasse in der Hand. Mit nervtötender Gelassenheit trank er einen Schluck und bemerkte: »Allmählich glaube ich wirklich, dass du auf mich stehst, Schätzchen.«

Die Augen der Schakalin verengten sich gefährlich, aber als sie den Mund aufmachte, war alles, was herauskam, ein leises Fiepen. Ricky stellte schnell seine Kaffeetasse auf dem breiten steinernen Geländer ab und eilte die Stufen hinunter zu dem auf dem Boden liegenden Weibchen.

»Schätzchen, es tut mir leid, dass ich Zeit damit verschwendet hab, dich aufzuziehen. Ich ruf sofort einen Krankenwagen.«

Sie schüttelte den Kopf, aber als sie versuchte, seine Hand zu nehmen, zuckte sie vor Schmerzen zusammen und ließ ihre Hand wieder sinken.

Im selben Moment rannten zwei weitere Schakale über die Straße auf sie zu. Einer von ihnen war ein älteres Weibchen. Ihre Momma, schätzte Ricky. Sie hatten dieselben Augen. Der andere, ein Männchen, war etwa im Alter der Schakalin.

»Toni!«, bellte das ältere Weibchen. »Was zur Hölle hast du dir nur dabei gedacht?«

Wieder verengten sich ihre Augen gefährlich.

»Mom«, warnte das Männchen, und Ricky wurde bewusst, dass es Tonis Bruder war. Er ignorierte den Anflug von Erleichterung, den er verspürte. »Nicht jetzt.«

»Das ist nicht meine Schuld«, verteidigte sich die ältere Schakalin. »Ist es nicht.«

Das Männchen versuchte, den Hund an sich zu nehmen, den Toni noch immer mit einem Arm festhielt, aber das Tier lag ganz dicht an sie gepresst und zitterte am ganzen Körper.

»Das arme Ding.« Das Männchen seufzte. »Es ist zu Tode erschrocken.«

»Auch nicht meine Schuld.«

Hinter Ricky öffnete sich die Sicherheitstür aus Glas und Metall, und mehrere erwachsene Wildhunde eilten die Stufen hinunter und umringten die Schakalin.

»Ist alles okay, Kleines?«

»Ging mir schon mal besser«, presste Toni hervor.

»Nicht meine Schuld«, wiederholte die ältere Schakalin.

»Beiß die Zähne zusammen«, warnte Ricky Toni, während er einen Arm unter ihren Körper schob. »Ich bring dich zurück zu dir nach Hause.«

»Oh«, sagte das ältere Weibchen plötzlich und schaute sich um. »Das ist doch so ein weiter Weg … können wir sie nicht einfach hier reinbringen?« Sie lächelte die Wildhunde süßlich an. »Das macht euch doch nichts aus, oder?«

Den Wildhunden mochte es vielleicht nichts ausmachen, aber

angesichts der Art und Weise, wie ihre beiden Kinder die Schakalin anstarrten, war Ricky sich sicher, dass es ihnen etwas ausmachte. Eine ganze Menge sogar.

Toni wusste zwar, dass ihre Mutter hinterlistig war, aber Teufel noch mal, das hier war wirklich eine ganz miese Nummer!

Die Tatsache, dass ihre eigene Tochter dem Tod gerade noch mal von der Schippe gesprungen war, dazu zu benutzen, sich Zugang zum Haus der Wildhunde zu verschaffen, lag meilenweit unter Jackies üblichen Niveau. Vielleicht sogar unter Kyles!

Der Wolf trug sie mit Leichtigkeit ins Haus der Wildhunde und den Flur entlang, bis er eine riesige Küche erreichte.

Warum der Wolf überhaupt hier war, wusste Toni nicht. Vielleicht wollte sie es auch gar nicht wissen. Alles, was Toni wusste, war, dass ihr Leben immer eigenartiger wurde.

Der Wolf setzte Tonis Hintern auf der Kücheninsel aus Edelstahl ab, und sie konnte sich aufrecht hinsetzen. »Also, wo tut es am meisten weh?«, fragte er.

»Schulter.«

»Das hab ich mir gedacht. Weil die nämlich nicht mehr wirklich in ihrem Gelenk sitzt.«

Toni seufzte. »Großartig.«

»Aber dem Hund geht's gut«, bemerkte einer der Wildhunde.

»Und das ist das Wichtigste!«, trällerte Jackie, aber als ihre beiden Kinder sie erneut wortlos anstarrten, fügte sie hastig hinzu: »Du bist eine Heldin! Meine Tochter, die Heldin!«

Ein blondes Weibchen drängte sich an den anderen Hunden vorbei, bis es vor Toni stand.

»Wolf hat recht«, sagte sie mit einem starken russischen Akzent, »mit Schulter. Aber wir können heilmachen. Halt sie fest, Wolf.«

»Nein, wartet mal einen …«, protestierte Toni.

Der Wolf kletterte hinter sie, schlang seine langen Beine, die weit an ihren eigenen vorbeireichten, um ihre Hüften, legte seine Arme um ihre Taille und hielt sie ganz fest.

»Hab sie!«, verkündete er.

Die Wildhündin zog ihre Faust zurück. »Ich mache kurz, Schakal.«

»Hey! Ich will nicht, dass du … *auuuuuuuuuuuuu! Du russische Kuh!*«

»Seht ihr?«, bemerkte die Russin. »Schon fühlt sich besser. Wer hätte gedacht, dass Schakale sind so hart im Nehmen?«

Coop lehnte sich zu ihr und zuckte vor brüderlichem Mitleid zusammen. »Bist du okay?«

»Nein!«, knurrte Toni.

»Macht ihr Schlinge«, befahl die Russin den anderen. Sie sah Toni an. »Morgen geht dir wieder gut. Ich bin beeindruckt, dass du nicht heulst wie flennende Katze.«

»Es ist nicht so, dass ich es nicht gerne wollte.«

»Zählt nur, dass du es nicht tust. Ich hasse Schwäche. Wie ich hasse Katzen.« Und dann verließ die Wildhündin ohne ein weiteres Wort das Zimmer.

»Ich fühle mich auf seltsame Weise gleichzeitig eingeschüchtert«, murmelte Coop, »und angetörnt.«

Toni nickte. »Ich weiß.« Sie blickte nach unten. »Warum hältst du mich immer noch fest?«, fragte sie dann den Wolf.

»Damit du in den Genuss meiner unschätzbaren Unterstützung kommst – und meines unglaublichen Charmes.«

»Wohl eher deines unglaublichen Schwachsinns.«

»Na, na, na, Schätzchen«, neckte er sie, was sie nur noch mehr nervte. »Kein Grund, gleich so gehässig zu werden, nur, weil du wegen deiner Gefühle für mich ganz verwirrt bist.«

»Ich habe keine Gefühle für dich, außer Mitleid wegen deiner Geisteskrankheit.«

Der Wolf lachte, während Coop sie plötzlich mit hochgezogenen Augenbrauen ansah, aber Toni bedachte ihren Bruder nur mit einem Kopfschütteln. Tragischerweise kannte sie diesen Gesichtsausdruck. Sie kannte ihn nur allzu gut.

»Denk nicht mal …« begann Toni.

»Ich bin Cooper«, stellte sich Coop dem Wolf vor und grinste ihn an. »Der jüngere Bruder. *Bruder*. Nicht Freund.«

Voller Entsetzen fauchte Toni ihn an: »Sei still, Cooper!«

»Wie geht's denn so? Ich bin Ricky Lee Reed. Bin echt froh, dass du ihr Bruder bist. Würde ungern mit dir um sie kämpfen müssen.«

»Keine Sorge«, gab Coop bereitwillig Auskunft, »meine große Schwester ist *sehr* Single und noch nicht mal dreißig.«

»Das *ist* schön zu hören.«

»Aber du scheinst meine sehr Single Schwester ja schon zu kennen.«

»Ich werde dich umbringen«, warnte Toni ihn. »Ich hab keine Angst davor.«

»Freut mich, zu hören, dass sie Single ist«, fuhr der Wolf fort, »aber sie spielt die Unnahbare, obwohl sie mich gleichzeitig die ganze Zeit stalkt.«

»Ich stalke dich nicht.«

»Ich fühle mich wie ein armes kleines Gazellenbaby ohne seine Momma.«

Toni verdrehte angesichts dieser erbärmlichen Vorstellung die Augen.

»Bist du interessiert?«, fragte ihr idiotischer Bruder. »Wie ich ja bereits erwähnt habe, ist sie zwar sehr Single, aber sie hat auch nur das Beste verdient. Ich werde sie nicht einfach irgendjemandem überlassen.«

»Mich überlassen … *Was stimmt bloß nicht mit dir?*«, fragte Toni ihren Bruder.

»Ich versuche nur, zu helfen.«

»Ich brauche keine Hilfe.«

»Ich wollte sie fragen, ob sie mit mir ausgeht«, erklärte der Wolf, »aber sie hat eure anderen Geschwister dazu benutzt, mich völlig zu verwirren.«

»Oh, die ›Bist du mein Daddy‹-Nummer? Ja. Die benutzt sie seit Jahren.«

»Ihr seid euch schon beide darüber im Klaren, dass ich hier sitze, richtig? Direkt *vor* eurer Nase?«

»Sie ist übel sitzengelassen worden«, fuhr Coop fort. »Vor etwa einem Jahr. Ich hatte eigentlich gehofft, dass sie früher wieder darüber hinwegkommt.«

»Da kann ich helfen.«

»Das dachte ich auch. Im Laufe der Jahre waren auch ein paar Löwinnen unter meinen Gönnerinnen, und die haben alle gesagt, dass Wölfe dafür hervorragend geeignet sind. Für flüchtige Affären, meine ich.«

Toni schaute sich in der Küche um. »Träume ich? Sag mir, dass ich diese Unterhaltung nur träume.«

»Wir sind tatsächlich sehr gut dafür geeignet, bis wir eine Gefährtin finden«, bekräftigte der Wolf.

»Siehst du, genau das hab ich auch gedacht. Und ihr Ex … ist diesen ganzen Kummer auch gar nicht wert. Unser Vater, der echt ein toller Kerl ist, nennt den Typen immer noch den ›Pickel am Schwanz der Menschheit‹.«

»Väter lieben mich. Ich hab dieses gewinnende Lächeln.« Toni musste sich nicht umdrehen, um zu wissen, dass der Wolf ihrem idiotischen Bruder eben dieses Lächeln demonstrierte. »Perfekte Südstaaten-Manieren. Ich fluche nie, und ich besaufe mich auch nie bis zur Besinnungslosigkeit, und wenn, dann nur zusammen mit meinem Rudel. Und ich behandele meine Momma immer gut, und das nicht nur, weil ich Angst vor ihr habe. Obwohl ich die, ehrlich gesagt, auch habe. Ein bisschen.«

»Das ist perfekt.«

»Würdet ihr zwei jetzt bitte aufhören?« Zu ihrem Entsetzen brach Toni in Lachen aus, und sie hasste die beiden Männchen dafür, dass sie sie dazu gebracht hatten. »Ich suche keinen festen Freund.«

»Kein fester Freund, Schätzchen. Eine Affäre.«

»Die brauche ich nicht, weder mit dir noch mit irgendjemand sonst.«

»Aber …«

»Halt die Klappe, Cooper!«

Die Männchen verfielen für eine Weile in Schweigen, bis der Wolf bemerkte: »Du wirkst aber schon ein bisschen angespannt.«

Tonis hoch aufgeschossener, schlaksiger Bruder entfernte sich einen Schritt von seiner Schwester. »Weißt du was?«

»Cooper«, fauchte die Schakalin praktisch, »wage es ja nicht.«

»Ich sollte mal nach den Kindern schauen. Sie machen sich wahrscheinlich schon Sorgen.«

»Worüber? Ich bin mir sicher, dass sie nicht den Hauch einer Ahnung haben, dass irgendwas passiert ist.«

»Nein, nein. Sie könnten durchaus sehr besorgt sein. Ja, ich sollte besser mal nachsehen.«

»Ich komme mit dir«, sagte sie und versuchte, sich aus Rickys Armen zu schlängeln, aber er hielt sie fest gepackt und hatte nicht die Absicht, sie loszulassen. Er fühlte sich verdammt noch mal viel zu wohl.

»Auf gar keinen Fall! Du brauchst diese Schlinge, die die Wildhunde dir besorgen.«

»Eine Schlinge? Wir können doch zu Hause eine Schlinge machen.«

»Du hast recht! Ich hol dir eine!« Und damit rannte der Schakal davon und ließ seine Schwester allein zurück.

Jap. Ricky mochte den Jungen.

»Der reinste Albtraum.«

»Na, na, na. Sei nicht so hart zu ihm. Er sorgt sich doch nur um dich.«

»Indem er mich einem Wolf überlässt, den er nicht mal kennt?«

»Wahrscheinlich hat er ein gutes Gespür. Und außerdem ... spricht mein Charme Bände.«

»Dein Charme löst bei mir nur das Bedürfnis aus, dir auf die Nase zu hauen.«

Das brachte Ricky zum Lachen. »Ich versuche nicht, dich auf die Palme zu bringen, Schätzchen. Ich versuche nur, dich dazu zu bringen, mir eine Chance zu geben.«

»Warum?«, musste sie einfach fragen. »Ich bin wirklich nicht so interessant. Ich bin süß, aber nicht atemberaubend. Ich bin nicht besonders groß. Und sexuell gesehen bin ich eher harmlos. Also was ist es dann?«

Ricky beschloss, ehrlich zu ihr zu sein. »Ich mag dein Haar.«

Mit einem Mal spannte sie sich an. »Du musst nicht gleich gemein werden.«

»Bin ich nicht. Ich mag diese Locken. Wenn wir Sex haben, kann ich dann mit ihnen spielen?«

»Ich hab wirklich keine Ahnung, wie ich darauf antworten soll.«

»Sag einfach ja, und ich bin dabei.«

Sie schüttelte den Kopf. »Hör mal, ich muss jetzt wirklich gehen. Ich hab in ein paar Stunden ein Vorstellungsgespräch.«

»Du brauchst eine Schlinge, und jemand muss dich im Auge behalten und sichergehen, dass du kein Fieber kriegst.«

»Von einer ausgekugelten Schulter?«

»Das könnte passieren. Mein Bruder hat letzte Nacht Fieber gekriegt. Aber das lag an dem zertrümmerten Kiefer und der gerissenen Arterie. Er liegt wahrscheinlich immer noch ohnmächtig im Hotel.«

»Wenn dein Bruder Fieber hat, warum bist du dann hier?«

»Ich musste fliehen. Meine Schwester wollte mit mir reden.«

»Guter Gott«, sagte sie tonlos. »Was hat sie sich nur dabei gedacht?«

Ricky hörte den Sarkasmus, beschloss jedoch, ihn zu ignorieren. »Ganz genau! Was *hat* sie sich dabei gedacht?«

Toni versuchte noch einmal, sich zu bewegen, aber Ricky hielt sie noch ein wenig fester.

»Ich mache dir ein Angebot«, versprach er. »Wir verbringen heute den Tag zusammen, damit ich sichergehen kann, dass du in Ordnung bist. Und wenn wir uns gut verstehen … gehst du mit mir aus.«

»Für Sex?«

»Hoffentlich, aber ich hatte erst mal an Abendessen gedacht.«

»Und wenn wir uns nicht verstehen?«

»Kannst du mir eins auf die Nase hauen, wenn du immer noch willst.«

Toni schnaubte kurz. »Irgendwas sagt mir, dass das der Fall sein wird.«

»Du hast deinen Hund draußen vergessen«, sagte ein dunkelhäutiges Weibchen, das in der Küchentür stand. Toni blickte auf und sah, wie der fünfzehn Kilo schwere Hund, den sie vor dem heranrasenden Lastwagen gerettet hatte, schliddernd vor der Kücheninsel zum Stehen kam, auf der sie saß. Er versuchte, hinaufzuspringen, schaffte es jedoch nicht ganz, aber es schien ihm Spaß zu machen, stattdessen Tonis Fuß zwischen seine Vorderbeine zu nehmen und zu versuchen, ihre Laufschuhe zu zerkauen.

»Oh«, erwiderte Toni. »Ja. Mein Hund.«

Das Weibchen schnaubte leise und hielt einen Streifen Stoff hoch. »Ich hab deine Schlinge.«

»Danke, äh …« Obwohl sie beinahe erraten konnte, wer das war.

»Toni«, sagte Ricky hinter ihr, »das ist Jessie Ann Ward-Smith.«

»Und du bist die Tochter der Stalkerin meines Sohnes«, schoss die Wildhündin zurück.

»Oh-oh«, murmelte ihr Ricky leise ins Ohr. »Pass auf, Schätzchen.«

Sicher, Toni hatte es nicht nötig, sich in diese Sache mit hineinziehen zu lassen. Das war die Angelegenheit ihrer Mutter, nicht Tonis. Aber wenn sich Toni nicht mit hineinziehen ließ, dann würde sie sich den ganzen Sommer über mit dieser Situation herumschlagen müssen. Eine Intrige würde der nächsten folgen, bis ihre Mutter schließlich bekam, was sie wollte. Genau wie die meisten anderen Genies auf Jackies Niveau konnte sie sich bis zu ihrem letzten Atemzug auf ein Problem fokussieren und daran arbeiten. Jackie Jean-Louis wurde niemals etwas langweilig. Sie ließ niemals etwas auf sich beruhen.

Und deshalb tat Toni, was sie tun musste.

Sie betrachtete die Wildhündin von oben bis unten und wählte dann den überlegenen, aber auch direktesten Ansatz.

»Ich will dir mal was sagen«, Toni konnte spüren, wie sich der Wolf hinter ihr angesichts ihres arroganten Tonfalls anspannte, »du hast zwei Möglichkeiten: Du kannst zusehen, wie sich dein Sohn glücklich einem Leben als zweite Geige im Ice-Capades-Orchester abfindet, oder du kannst meine Mutter den Sommer über mit ihm arbeiten lassen und ihm nicht nur die Tür zur ersten Geige der New Yorker Philharmoniker öffnen, sondern wahrscheinlich sogar zu einer Solokarriere. Meine Mutter«, fuhr Toni fort, »wird international *angebetet.* Sie verschwendet keine Zeit mit Künstlern, die sie nur nett oder süß findet oder von denen sie glaubt, dass sie ihr Ego streicheln werden. Wenn überhaupt, dann ist dafür mein Dad zuständig. Du solltest also eins wissen: Ja, dein Sohn hat Talent. Ich weiß das nicht, weil ich ihn spielen gehört habe, sondern weil meine Mutter keine Zeit mit ihm vergeuden würde, wenn er nicht eine gehörige Portion Talent hätte. Eine sehr gehörige. Es gibt Leute, die anderen körperlichen Schaden zufügen würden, nur um ein Viertel der Chancen zu bekommen, die sie ihm bieten kann. Und, meine Liebe, wenn du nicht glaubst, dass deinem Sohn die Tatsache, dass der Name meiner Mutter als seine Lehrerin, seine *Mentorin,* auf seinem Lebenslauf steht, zu unglaublichen Höhen verhelfen wird – dann bist du eine Idiotin.«

Die Wildhündin starrte Toni an, und Toni starrte zurück. Nach einer Weile schien sich Ricky Lee durch all das Starren unbehaglich zu fühlen.

Aber als Toni hörte, wie er sagte: »Was sie, glaube ich, damit meint, Jessie Ann, ist …«, unterbrach sie ihn sofort.

»Du musst meine Aussagen nicht für mich verdeutlichen, Wolf, vielen herzlichen Dank.«

»Ja, aber …«

»Ich kenne dich ja noch nicht mal«, erinnerte sie ihn.

Toni wandte sich wieder Jess Ward zu. »Hör mal, wenn du wirklich herausfinden willst, was meine Mutter mit deinem Sohn vorhat, dann kannst du genauso gut nach oben gehen und es dir ansehen, weil selbst ich hören kann, dass er aufgehört hat, zu üben. Und ich bezweifle ganz stark, dass sie das Haus bereits verlassen hat.«

»Verdammt.« Jess Ward wirbelte zur Küchentür herum. Sie setzte sich in Bewegung, bemerkte dann jedoch, dass sie noch immer die Schlinge in der Hand hielt und blieb noch einmal kurz stehen, um sie durch den Raum zu schleudern. Der weiße Stoff traf Toni im Gesicht, wo er hängen blieb und ihr die Sicht nahm.

Sie machte sich nicht die Mühe, ihn herunterzunehmen.

Schließlich ließ Ricky Lee die kleine Schakalin doch los und rutschte von der Kücheninsel. Er stellte sich vor sie hin und zog ihr die Schlinge über den Kopf.

Sie hatte die Augen geschlossen, und er ließ sie so dasitzen, während er die Schlinge für sie enger band.

Nach etwa einer Minute öffnete sie vorsichtig eines ihrer Augen und lehnte sich an ihm vorbei, um zu sehen, ob Jessie Ann den Raum wirklich verlassen hatte. Als sie sah, dass sie beide allein waren, lehnte sie sich wieder zurück, schaute ihn an und sagte etwas, das Ricky Lee noch nie zuvor aus dem Mund eines Gestaltwandlerweibchens gehört hatte. Noch nie. Nicht ein einziges Mal.

»Es tut mir so leid«, flüsterte sie.

Ricky erstarrte und dachte, er hätte sich verhört.

»Wie bitte?«

»Ich hab gesagt, es tut mir leid.« Sie flüsterte immer noch, obwohl die Wildhunde dank ihrer übergroßen Ohren ohnehin alles hören konnten, was in diesem Haus vor sich ging. Das machte es für ihre Kinder auch unmöglich, mit demselben Mist davonzukommen, den die Smith-Welpen zu Hause in Smithtown so abzogen. »Du weißt schon, weil ich dich so angeblafft hab.«

Ricky Lee betrachtete das Weibchen ausführlich. Sie *wirkte* aufrichtig. Und er konnte auch keine Waffe bei ihr erkennen, die vermuten ließ, dass sie vorhatte, ihm die Kehle durchzuschneiden oder Ähnliches, sobald er sich umdrehte.

»Ähm … schon okay.« Er legte ihr die Schlinge an und passte

auf, ihre Schulter dabei nicht zu sehr zu bewegen, da er wusste, dass sie ihr immer noch wehtat. »Du weißt aber schon«, hatte er das Gefühl, ihr mitteilen zu müssen, »dass das, was du da gerade gemacht hast, auch gut nach hinten hätte losgehen können.«

»Ja. Das hätte es. Aber ich war mir relativ sicher, dass das nicht passieren würde. Sie hatte schon darauf gewartet, dass ich versuche, ihr auf ihrer Ebene zu begegnen. Du weißt schon, dass ich mit ihr über die *Herr-der-Ringe*-Filme oder darüber rede, dass mein Bruder Freddy ein kleiner Hacker ist. Dieses Rudel mag jetzt vielleicht im Luxus leben, aber sie hatten ein paar harte Jahre auf der Straße, als sie jung waren. Ich musste es mit dem direkten Ansatz versuchen.«

»Und woher wusstest du all das über Jessie Anns Vergangenheit?«, fragte er.

»Oh«, antwortete sie, während Ricky sich ein wenig nach hinten lehnte und um sie herumfasste, um die Schlinge in ihrem Nacken zuzubinden. »Da gibt es diese Dinger, Kom-pju-ter heißen die. Und wenn du einen Kom-pju-ter etwas fragst, dann gibt der Kasten dir Antworten!«

Ricky machte einen Schritt zurück und sah ihr fieses kleines Lächeln.

»Schau mal an, Schätzchen«, neckte er sie seinerseits. »Schon flirtest du wieder mit mir.«

Sie lachte, und in dem Augenblick wusste Ricky, dass er gerade dem Charme einer Schakalin erlegen war. Und der liebe Gott allein wusste, dass es schon sehr lange her war, seit Ricky zum letzten Mal jemandes Charme erlegen war.

Jess Ward lugte durch die offene Tür, um, wie sie zugeben musste, ihrem Adoptivsohn und dieser Schakalin nachzuspionieren. In der relativ kurzen Zeit, in der Johnny nun schon bei ihnen lebte, hatte sie bereits zwei Musiklehrer gefeuert, einem weiteren ins Gesicht geschlagen und gedroht, einen vierten in Brand zu stecken. Um die letzten beiden hatte sich ihr Gefährte Bobby Ray mit großzügigem Schweigegeld gekümmert, weil er sich weigerte, sie im Gefängnis zu besuchen. Aber einige dieser Lehrer waren einfach nur unhöflich! Sie kapierte es ja. Okay? Sie verstand es. Es war ein hartes Geschäft, und dafür brauchte man ein dickes Fell. Bla, bla, bla.

Ja, sie verstand all das. Aber was diese Lehrer nicht verstanden hatten, war, dass Johnny bereits ein hartes Leben hinter sich hatte. Seine biologische Mutter war gestorben, als er dreizehn gewesen war. Danach hatte man ihn von einer Pflegefamilie in die nächste geschubst, bis er schließlich bei Jess' Rudel gelandet war. Also, ja, sie hatte das Gefühl, ihn beschützen zu müssen. Und auch wenn sie die Ehrlichkeit der Schakalin mit der verletzten Schulter, die in ihrer Küche saß und um die sich einer der Reed-Jungs wie eine Boa geschlungen hatte, zu schätzen wusste, bedeutete das trotzdem nicht, dass Jess auch mit Tonis Mutter einverstanden war. Besonders nicht, wenn sie sich ziemlich sicher war, dass die Frau sich diesen Hund nur besorgt hatte, um bei Jess auf ganz hinterhältige Weise einen guten Eindruck zu hinterlassen.

Jess hasste solchen hinterlistigen Scheiß.

Also, ja, sie spionierte. Und sicher, Johnny war jetzt achtzehn und sie konnte seinem Urteilsvermögen vertrauen. Aber Jungs waren nun mal dumm, das hatte sie schon in sehr jungen Jahren gelernt.

Jess sah die beiden auf dem Boden von Johnnys Proberaum sitzen. Für eine international bekannte Musikerin in den Fünfzigern, die schon in der *Tonight Show* und vor der Königin von England aufgetreten war, wirkte Jacqueline ziemlich lässig. Sie trug zerrissene Jeans und ein Band-T-Shirt … oooh. Die B-52s. Okay. Dann hatte sie abgesehen von dem klassischen Zeug eben einen guten Musikgeschmack. Das war auf jeden Fall schön zu sehen. Außerdem trug sie Turnschuhe, die schon bessere Zeiten gesehen hatten. Sie saß im Schneidersitz und stützte die Ellbogen auf ihren Knien ab, während Johnny sie anstarrte, als säße Marilyn Monroe in seinem Zimmer.

»Wann hast du angefangen, zu spielen?«, wollte die Schakalin von Johnny wissen.

»Meine Mom hat mir meine erste Geige gekauft, als ich fünf war.«

»Warum? Wollte sie nur, dass du ein Musikinstrument lernst?«

»Nein. Ich hab sie darum gebeten. Ich hab Itzhak Perlman im Fernsehen gesehen und wollte lernen, genauso zu spielen.«

»Wie oft übst du?«

»Jeden Tag. Das hier war mal das Schlafzimmer meiner Mom. Meiner Adoptivmom, meine ich. Jess. Aber seit sie Smittys Gefährtin ist, wohnen sie unten in einem Zimmer, und sie hat das hier in einen Proberaum für mich umgebaut, damit ich üben kann, wann immer ich will und mir keine Gedanken darüber machen muss, Zeiten in Proberäumen irgendwo anders zu buchen.«

»Dieses Rudel, dein Rudel, hat dich bei deiner Musik immer sehr unterstützt, stimmt's?«

Ein leises Lächeln umspielte Johnnys Mundwinkel. »Ja. Das haben sie.«

»Was, wenn sie es nicht getan hätten?«

Er zuckte mit den Schultern. »Dann hätte ich trotzdem gespielt. Ich bin aus einer meiner Pflegefamilien geflogen, weil ich zu viel geübt habe. Na ja … deswegen und weil ich eins der anderen Kinder angeknurrt hab, als es versucht hat, meinen Schoko riegel zu klauen. Aber, verdammt, das war *mein* Schokoriegel.«

Sie lachte. »Fühl dich deswegen nicht schlecht. Ich hab in Australien mal mit einem Quartett gespielt und am Ende dem Cellisten die Flöte eines anderen Musikers über den Kopf gezogen, weil er andauernd dieses hohe Pfeifen durch die Nase ausgestoßen hat. Vollmenschen haben keine Ahnung, wie sehr diese Geräusche sensible Hundeohren stören können. Das ist wie Fingernägel auf einer Schiefertafel.«

»Darf ich Sie was fragen, Miss Jean-Louis?«

»Wenn du mich Jackie nennst, dann darfst du mich auch was fragen.«

»Warum sind Sie hier?«

»Ich weiß, dass du im Herbst auf der Juilliard School anfängst, und ich dachte, ich könnte den Sommer über vielleicht mit dir arbeiten. Dich darauf vorbereiten. In der Juilliard wirst du es mit ziemlich großer Konkurrenz zu tun bekommen. Und diese Vollmenschen können ganz schön gemein sein. Ich verstehe ja, dass sie ehrgeizig sind, aber mir zu sagen, ich hätte *gebärfreudige* Hüften? Wer sagt einer Frau so was? Ich meine, ich *habe* gebärfreudige Hüften, aber das ist hier nicht der Punkt. Was ich mit dir vorhabe, ist, dir beizubringen, deinen natürlichen und durchaus richtigen Instinkt zu kontrollieren, der dir sagt, dass du jemandem die Arterien zerfetzen sollst, wenn er behauptet, du hättest gebärfreudige Hüften, und ihn stattdessen ganz entspannt mit deinem Talent vom Platz zu fegen. Denn eins kann ich dir sagen: Vollmenschen *hassen* das.«

Johnny lehnte sich ein wenig zurück, und seine braunen Augen flackerten. Jess sah, wie er schluckte, bevor er fragte: »Sie wollen mit mir arbeiten?«

»Ja.«

»Mit mir?«

»Johnny, du bist gut.«

»Ich weiß, dass ich gut bin. Aber Sie sind … Sie sind … Sie sind Jacqueline Jean-Louis, verdammt. *Die* Jacqueline Jean-Louis. Ich hab all Ihre CDs. Ich hab jede Dokumentation über Sie auf PBS gesehen, und Ihr Weihnachtsspecial auf CBS vor drei Jahren.«

»Und ich hab dich spielen gehört«, entgegnete sie schlicht und ergreifend. Jess gefiel das.

Jacqueline erhob sich wieder, und Johnny rappelte sich ebenfalls auf. Nun war er viel größer als die Schakalin – er wuchs schließlich zu einem großen, starken Wolf heran.

»Gut«, sagte sie, »denk einfach mal darüber nach. Und sprich mit deiner Mom darüber. Ich wohne den ganzen Sommer über direkt auf der anderen Straßenseite.« Etwas, wogegen Jess sich lange gewehrt hatte. Aber ihr Rudel hatte nicht zugelassen, dass sie den riesigen Batzen Geld ignorierte, den die Jean-Louis Parkers zu zahlen bereit gewesen waren, um das Haus auf der anderen Straßenseite zu mieten. Und, wenn sie ehrlich war, hatte Jess ihn selbst auch nicht ignorieren können. Es war wirklich ein Sauhaufen Geld.

»Und ich spreche von einem eher lockeren Arrangement«, fuhr die Schakalin fort. »Wir treffen uns, spielen zusammen, unterhalten uns. Wir tauschen Ideen aus. Ich höre dir zu.«

»Na ja … ähm … Ich sprech' mal mit meiner Mom.«

»Das sollte kein Problem sein, da sie direkt vor diesem Zimmer steht, zusammen mit einer ganzen Meute aus deinem Rudel.«

Jess wirbelte herum und: tatsächlich – mindestens zehn Mitglieder ihres Rudels, darunter auch Sabina, May, Danny und Phil, standen direkt hinter ihr.

»Also wirklich, Leute!«, knurrte Jess.

Sie zuckten alle mit den Schultern, und Jess verdrehte die Augen und schlich dann vorsichtig in ihr altes Schlafzimmer. Johnny warf kurz seine Hände in die Luft. *»Ma.«*

»Sei nicht sauer auf sie.« Die Schakalin lächelte. »Sie liebt dich. Sie sorgt sich nur um dich. Ich bin bei meinen eigenen Kindern genauso … oh, mein Gott!«, platzte sie plötzlich heraus und erschreckte damit sämtliche Hunde im Zimmer und im Flur. »Meine Tochter! Die hab ich ja völlig vergessen. Und sie nimmt es immer so persönlich, wenn mir das passiert.« Sie wandte sich ab und rannte aus der Tür. »Sie wird mich umbringen!«

Während die Schakalin die Treppe hinunterrannte, ging Jess zu Johnny hinüber. »Tut mir leid, wenn wir dich in Verlegenheit gebracht haben.«

»Was soll diese ›Wir‹-Scheiße?«, war aus dem Flur zu hören.

»Halt die Klappe, Phil!«, brüllte Jess zurück.

»Sie will mit mir arbeiten«, flüsterte Johnny Jess zu. Er hielt ihre Hand ganz fest. »Mit *mir.*«

Jess wusste noch immer nicht, ob sie dieser Schakalin vertraute – auch wenn sie der Tochter der Schakalin aufgrund ihrer Ehrlichkeit vertraute –, aber nichts davon spielte eine Rolle. Denn sie würde die offensichtliche Freude und Begeisterung ihres Sohnes ganz sicher nicht zerstören. Er schien Momente wie diesen so selten zu erleben, dass Jess tief in ihrem Herzen wusste, dass diese Sache sehr wichtig für ihn war. Einer dieser lebensverändernden Momente.

Wenn Johnny sich also darüber freute, dann würde sich auch Jess für ihn freuen.

Mit einem Grinsen fragte sie: »Kann ich dir dann jetzt diese Stradivari kaufen, die gerade in Mailand versteigert wird?«

Lachend ließ Johnny ihre Hände wieder los. »*Nein*, Ma!«

»Hör auf, mit mir zu reden, Mom.«

»Ich hab doch gesagt, dass es mir leidtut«, versicherte Jackie Toni. »Was hat dich überhaupt dazu bewogen, dich vor einen Lastwagen zu werfen? Der Hund war doch längst in Sicherheit.«

Toni ignorierte ihre Mutter, marschierte die Stufen zu ihrem gemieteten Haus hinauf und direkt auf ihr Zimmer zu. Ihr Vater kam gerade die Treppe herunter, blieb stehen und starrte sie an. »Was ist denn mit deinem Arm passiert, Schatz?«

»Frag deine Gefährtin.«

»Wie kannst du mir dafür die Schuld geben?«, rief ihre Mutter zu ihr hinauf.

»Ich spreche immer noch nicht mit dir.«

»Wie ich sehe, hast du die Überraschung deiner Mutter bereits kennengelernt.«

Toni blickte nach unten und bemerkte, dass ihr der Hund, den ihre Mutter angeschafft hatte, die Treppe hinauffolgte.

»Warum läuft der Hund mir nach?«, rief sie die Stufen hinunter.

»Wenn du sie nicht willst, dann bringe ich sie eben zurück ins Tierheim«, erwiderte ihre Mutter. »Natürlich … wollten sie sie dort gerade einschläfern. Aber deswegen solltest du dir keine Gedanken machen.«

»Oh! Du bist so … Oh!« Toni stieg weiter die Treppe hinauf. Während sie hinaufging, kamen ihre Geschwister herunter, aber ein Blick in Tonis Gesicht genügte, und sie schauten allesamt zur Seite und gingen weiter. Als sie ihr Zimmer erreicht hatte, blieb sie stehen und drehte sich um. »Und warum folgst *du* mir?«, fragte sie schließlich den Wolf hinter ihr.

»Weil wir uns einig waren. Ich verbringe heute den Tag mit dir.«

»Mein Vater hat zugelassen, dass du einfach so hier hoch in mein Zimmer kommst?«

»Ja. Ich glaube, das lag an meinem Charme.«

»Wohl eher daran, dass Coop hier rübergerannt ist und meinem Dad von dir erzählt hat.«

Er zuckte mit den Schultern. »Was auch immer. Also, was machen wir heute?«

»Ich muss mich für mein Vorstellungsgespräch um zehn fertig machen.«

»Okay.«

Sie trat in ihr Zimmer, drehte sich jedoch noch einmal zu ihm um, bevor er sich selbst einladen konnte, ihr zu folgen.

»Warum gehst du nicht nach unten und wartest, bis ich fertig bin?«

»Okay.« Er starrte sie einen Moment lang an und fragte dann: »Besteht vielleicht die Chance, dass deine Momma Waffeln zum Frühstück macht?«

Genüsslich antwortete Toni: »Eher friert die Hölle zu.«

Dann schloss sie die Tür vor seinem enttäuschten Gesicht und machte sich für ihr Vorstellungsgespräch fertig.

Kapitel 5

Toni wartete nun schon seit fünfundvierzig Minuten darauf, zu ihrem Bewerbungsgespräch gerufen zu werden, aber das machte ihr nichts aus. Sie hatte ein Buch. Solange sie etwas zu lesen hatte, konnte sich Toni stundenlang mit sich selbst beschäftigen. Diese Gabe hatte sie.

Trotzdem fragte sie sich allmählich, ob es vielleicht ein größeres Problem gab, das Ulrich Van Holtz und den Coach des Hockeyteams davon abhielt, sich mit ihr zu treffen. Oder versuchten sie nur, einen Weg zu finden, ihr möglichst schonend beizubringen, dass sie ihr noch nicht einmal zutrauten, den Kopierer im Büro zu bedienen? Nicht, dass sie ihnen deswegen einen Vorwurf machte. Abgesehen von gelegentlichen ehrenamtlichen Tätigkeiten hatte sie noch nie einen richtigen Job gehabt. Jedenfalls keinen, den sie auf einem Lebenslauf hätte eintragen können.

Andererseits war sie wahrscheinlich einfach nur paranoid und unsicher. Sie konnten nicht alle verschwunden sein, um sich zu überlegen, was sie mit ihr anstellen sollten, und es war noch nicht einmal der hochnäsige Luchs am Empfang anwesend.

Sie schaute nach rechts.

Der Wolf saß allerdings immer noch da. Völlig ruhig. Und starrte auf die gegenüberliegende Wand. Er sah nicht gelangweilt aus. Oder genervt. Oder verärgert. Nur … ruhig.

Sie hatte kein einziges Wort zu ihm gesagt. Nicht, weil sie sauer auf ihn war, sondern weil sie neugierig war, wie lange er es aushielt, nicht mit ihr zu sprechen. Sie hatte angenommen, dass er inzwischen längst die Nase voll gehabt und eine elegante Möglichkeit gefunden hätte, zu verschwinden. Sie konnte sich irgendwie nicht vorstellen, dass er wutentbrannt davonstürmte. Das schien nicht seine Art zu sein. Aber in aller Höflichkeit einen Fluchtweg zu finden? Ja. Das schien eher sein Stil.

Schließlich musste sie einfach fragen: »Ist dir nicht langweilig?«

»Überhaupt nicht.«

»Ehrlich?«

»Ich habe festgestellt, dass, wenn man nur lange genug wartet, das Amüsement wie von selbst zu einem kommt. Man muss nur Geduld haben.«

»Okay, aber es könnte noch eine Weile dauern. Ich weiß nicht, wann …«

»Schon okay. Ich bleibe einfach hier sitzen … und sehe hübsch aus.« Er grinste sie an und zeigte ihr seine perfekten weißen Zähne. »Und betöre dich mit meinem Charme.«

Daraufhin konnte Toni nur noch die Augen verdrehen und sich wieder ihrem Buch widmen. Aber als sie gerade weiterlesen wollte, tauchte der Luchs vom Empfang auf. Er stürmte durch die Glastür und würdigte sie und den Wolf kaum eines Blickes, als er an ihnen vorbeirauschte.

Toni richtete sich auf, da sie nicht wusste, ob der Luchs ebenfalls Teil des Bewerbungsverfahrens war, und sagte: »Hi. Ich habe einen Termin bei …«

»Ja, ja.« Er würgte sie mit einem Kopfschütteln ab und griff nach einer Messanger-Tasche, die unter seinem Schreibtisch stand. Er krallte sich förmlich daran fest und kam gerade wieder hinter dem Tisch hervor, als die Glastür erneut aufschwang und der Hockeyspieler vom Vortag, Novikov, vor ihr stand. Er trug keine Trainingsklamotten, sondern Jeans und ein T-Shirt und hatte einen Matchsack über der Schulter. Und obwohl Toni den Mann nicht sehr gut kannte, konnte sie mit ziemlicher Sicherheit sagen, dass er vor Wut tobte.

»Was«, begann Novikov und spuckte die Worte förmlich durch seine zusammengebissenen Zähne aus, »verstehst du eigentlich nicht an einem Zeitplan?«

O-oh. Toni erinnerte sich daran, wie ihr kleiner Bruder Troy einmal eine Unterhaltung zu diesem Thema mit seinem Babysitter geführt hatte. Hinterher hatte der Babysitter sie auf die Bezahlung ihrer Arztrechnungen und auf Schmerzensgeld verklagt und eine einstweilige Verfügung gegen ihren Bruder erwirkt. Am Ende hatte die Familie sich außergerichtlich mit ihr geeinigt. Damals war Troy sechs Jahre alt gewesen und hatte knapp fünfzehn Kilo gewogen.

Novikov war um die dreißig und wog an die zweihundert Kilo … deshalb konnte diese Situation auch sehr viel schlimmer enden.

In dem Versuch, sich selbst zu verteidigen, sagte der Luchs: »Ich hab gemacht, was Sie mir gesagt…«

»Nein!«, unterbrach Novikov die Katze. »Du hast nicht gemacht, was ich dir gesagt hab. Denn wenn du getan hättest, was ich dir gesagt habe, dann würde ich meine Verlobte jetzt gerade mit einem echten Wunder überraschen – mit mir! Und später am heutigen Abend würde ich mir einen Wettkampf anschauen, bei dem sie und ein Haufen anderer Mädchen in knappen Shorts und Tanktops auf Rollschuhen ihre Runden im Stadion drehen und so tun, als sei das ein Sport. Stattdessen war ich seit gestern Abend in Iowa, dann in Kentucky und anschließend in Minnesota. Nirgendwo dort war meine Verlobte, dafür aber Grizzlybären. Eine riesige Menge stinkwütender Grizzlybären! Die keine Fans von Eisbären *oder* Löwenmännchen sind! *Und ich bin beides!*«

Während des mächtigen Gebrülls wich der Luchs an die Wand zurück und drückte seine Messanger-Tasche an seine Brust. »Ich hab Ihren Zeitplan nur mit dem von Markowitz verwechselt. Es war ein Versehen.«

»Einen Moment mal … Willst du mir damit sagen, dass Markowitz in Chicago ist? Bei *meiner* Verlobten?«

»Ich bezweifle, dass er *bei* Blayne ist.«

»Weiß Blayne, dass du die Zeitpläne vertauscht hast?«

»Na ja, sie hat angerufen …«

»Was bedeutet«, knurrte der Hybride, »dass sie vermutlich Mitleid mit Markowitz hat und jetzt sichergehen will, dass es ihm gutgeht. Du weißt doch, dass sie es nicht ertragen kann, wenn jemand traurig ist. Und wir alle wissen, dass Markowitz ein Arschloch von einem Leopard ist, der jeden idiotischen Gutmenschen ausnutzt, der seinen Weg kreuzt. Besonders, wenn er so lange Beine hat wie Blayne!« Der Hockeyspieler stampfte auf den Schreibtisch des Luchses zu, knallte seine wirklich riesigen Hände darauf und brachte das Möbelstück beinahe zum Kollabieren. »Aber weißt du, was das Schlimmste daran ist? Was mich *wirklich* rasend macht und warum ich mir wünsche, dir den Hals umzudrehen, bis er sich – *plopp!* – von deinem Körper löst? Das Schlimmste ist, dass ich wegen *dir* heute mein Training ausfallen lassen musste. Ich konnte nicht schwimmen gehen. Ich konnte nicht üben. Wegen *dir* habe ich fast einen kompletten Tag *meines* Zeitplans verpasst.«

Der Luchs blinzelte. »Ist das wirklich wichtiger als Ihre Freundin?«

Toni machte sich ihre jahrelange unfreiwillige Übung zunutze, ließ ihr Buch fallen, durchquerte den Raum und warf sich vor den Luchs, während sie ihren freien Arm vor sich ausstreckte. Sie wusste, dass ihr dürrer Schakalsarm und ihre verletzte Schulter den Hockeyspieler niemals davon abhalten würden, sich mit seinen großen Händen auf diese idiotische Katze zu stürzen, aber sie hatte das Gefühl, dass sie es zumindest versuchen musste, da sie besser als jeder andere verstand, was hier vor sich ging.

Weil Toni diese Getriebenheit verstand. Die Getriebenheit, die man brauchte, um der Beste zu sein.

Und auch wenn der Luchs Novikovs Zeitpläne nicht »kapierte« – Toni verstand sie. Sie wusste außerdem, dass sie den Rest des Tages nicht auf einer Polizeiwache verbringen und eine Aussage zu einem tragischen Mord unter Gestaltwandlern machen wollte.

»Wann ist denn diese Sache von Ihrer Verlobten heute Abend?«, fragte sie möglichst laut in dem Versuch, Novikovs Aufmerksamkeit zu erregen und ihn auf der anderen Seite des sehr instabil wirkenden Schreibtischs zu halten. »Acht? Neun?«

Novikov riss seine Hand zurück, und da sie sehr dicht vor Tonis Gesicht geschwebt hatte, wusste sie es wirklich zu schätzen, dass er noch über genügend Selbstkontrolle für diese Geste verfügte.

»Acht Uhr dreißig Ortszeit Chicago«, knurrte er und fixierte mit seinen blauen Augen noch immer den Luchs hinter ihr.

»Sehr gut. Ich kenne eine Fluglinie, die ich mit meiner Familie andauernd nutze. Wir sind zu elft, unsere Eltern nicht mitgezählt, und normale Flugzeuge und von Vollmenschen gemanagte Flughäfen sind nicht immer die besten Freunde von Schakalen mit Welpen. Ich kann Ihnen ohne Probleme einen Direktflug nach Chicago buchen und einen Wagen bestellen, der Sie am Flughafen abholt und Sie direkt dorthin bringt, wo das Spiel heute Abend stattfindet.«

»Sie nennen es Wettkampf.«

Wettkampf? Ist sie Ringerin?

»Okay. Ihr Wettkampf. Ich kann Sie zu ihrem Wettkampf bringen.«

»Das kriegst du hin?«

»Ich brauche nur ein Telefon und einen Computer.«

Der Hockeyspieler zeigte auf den Luchs. »Du. Raus.«

»Das ist mein Schreibtisch.«

Toni rammte ihre freie Hand gegen Novikovs Schulter, bevor er ganz über den Schreibtisch des Luchses klettern und die Katze erdrosseln konnte. Sie machte sich jedoch keinerlei Illusionen darüber, dass sie ihn tatsächlich mit ihrer körperlichen Kraft zurückhielt. Stattdessen vertraute sie darauf, dass er der einzigen Person, die ihm vielleicht helfen konnte, nicht wehtun wollte.

»Mach ’ne Pause«, befahl sie dem Luchs. »Ich brauch nicht lange.«

»Von mir aus.«

Der Luchs klang tough, aber er machte trotzdem einen großen Bogen um sie, bevor er aus dem Raum rannte und der Hockeyspieler ihn zwischen die Finger kriegen konnte.

»Hinsetzen«, befahl Toni im selben Tonfall, den sie auch oft Kyle gegenüber anschlug.

»Es würde allen das Leben ein bisschen leichter machen, wenn ich dieser Katze einfach den Hals …«

»Hinsetzen. *Sofort.* Da drüben neben den Wolf.«

Novikov ging zu Ricky hinüber und funkelte ihn an. Toni dachte schon, sie müsste sich auch zwischen diese beiden werfen, aber der Wolf glotzte nur stumm zurück. Mit demselben gelassenen Ausdruck auf dem Gesicht. Und anstatt den nächsten Streit anzufangen, schnappte sich Novikov nur den Stuhl, auf dem Toni ursprünglich gesessen hatte und zog ihn an den Schreibtisch heran.

Toni beschloss, die Tatsache zu ignorieren, dass der Stuhl am Boden festgeschraubt gewesen war. Nein. Es war besser, keinen Gedanken an diese kleine Demonstration unbändiger Kraft zu verschwenden.

Toni setzte sich an den Computer des Luchses und zwang sich, das Hintergrundbild irgendeines heißen Automodels auf seinem Desktop nicht zu kommentieren. So typisch.

»Ihr voller Name?«

»Bo Novikov.«

»Richtig.« Sie schenkte ihm ein flüchtiges Lächeln. »Ich weiß es zu schätzen, dass Sie sich gestern Zeit für meinen Bruder genommen haben, Mr. Novikov.«

»Nenn mich Bo«, befahl er. »Und fragt er jeden, ob er ihn nackt zeichnen darf?«

Sie kicherte leise, während sie etwas in den Internetbrowser tippte. »Nein. Nur würdige Exemplare.«

»Was ist mit deinem Arm passiert?«

»Bin von einem Lastwagen erwischt worden, als ich einen Hund gerettet hab.«

»Einen Hund-Hund oder … Familie?«

Toni verdrehte die Augen. »Einen Hund-Hund.«

»Du hast dein Leben riskiert, um einen Hund zu retten?«

»Ich habe diese Unterhaltung bereits mit meinen Eltern geführt – ich werde sie nicht noch mal führen!« blaffte sie ihn an.

»Okay, okay. Kein Grund, gleich so schnippisch zu werden.«

»Du hast mich noch nicht schnippisch erlebt«, murmelte Toni und zwang sich, den Schmerz in ihrer verletzten Schulter zu ignorieren, um beide Hände zum Tippen benutzen zu können.

»Und warum bist du heute hier?«, wollte Novikov wissen.

Sie surfte zu der Seite der von Gestaltwandlern geführten Airline. Sie hatte vollen Zugang dazu, weil der Besitzer Jackies Musik liebte und weil Toni so oft mit ihnen arbeitete, dass sie sich mit dem Großteil des Personals angefreundet hatte. Sie benutzte sie nicht für alles – sie waren unglaublich teuer –, aber sie waren absolute Spitze für Last-Minute-Buchungen ins Ausland, wenn die ganze Familie mitreiste. So viele Schakale auf einem Haufen bedeuteten fast automatisch Ärger, wenn Vollmenschen in der Nähe waren.

»Ich hoffe, einen Job für den Sommer zu kriegen«, antwortete sie, ohne ihn anzusehen. »Sieht aus, als würde meine Familie für die nächsten paar Monate hierbleiben.«

»Was machst du denn beruflich?«

Toni seufzte. »Babysitten.«

Er grunzte, und Toni schaute ihn an. Sein rechtes Bein wippte, seine Finger trommelten auf der Stuhllehne herum und er starrte die Wand an. Er war nicht gelangweilt oder genervt. Er war angespannt. Sie kannte die Anzeichen.

»Wissen Sie, was?«, sagte sie mit leiser Stimme. »Ich wette, Ihre Daten sind irgendwo in diesen Unterlagen. Ich suche sie raus und stimme Ihren Zeitplan neu ab, und Sie können solange skaten gehen oder was auch immer ihr Hockeyspieler sonst so macht, um in Form zu bleiben. Schreiben Sie mir einfach die Informationen zu Ihrer Verlobten auf diesen Zettel, und ich kümmere mich dann um den Rest.«

»Das sollte ich besser nicht.«

»Es ist noch nicht mal Mittag, Mr. Novikov. Sie können ein bisschen trainieren, und ich regle den Rest. Vertrauen Sie mir. Sie werden dort sein, und Ihre Verlobte wird sehr überrascht und überglücklich sein. Ich kriege das hin.«

Er lehnte sich zurück und betrachtete sie erneut. »Wie schon gesagt, ich heiße Bo. Aber warum beschützt du eigentlich diesen Luchs?«

»Ich beschütze diesen Idioten nicht. Ich beschütze das Genie.« Sie lächelte und zuckte mit den Schultern. »Ich schätze, das ist wohl das, was ich am besten kann.«

»Bist du sicher?«

»Sie können sich nicht so angespannt in ein Flugzeug setzen. Sie werden den Flugbegleitern Angst machen … viele von ihnen sind Katzen. Und Sie wissen ja, wie das enden würde.«

»Ja. Na schön. Na schön.« Er nahm den Stift, den sie ihm hinhielt, und kritzelte die Informationen auf das Papier. »Du musst nicht gleich diesen Ton anschlagen. Ich bin auf der Trainingsfläche, falls du mich …«

»Ich werde nichts brauchen. Los. Gehen Sie. Trainieren Sie. Kriegen Sie Ihren Kopf frei.«

»Ja. Danke.«

Er stand auf und verließ den Raum, und Toni widmete sich wieder ihrer Arbeit.

Nach ein paar Sekunden bemerkte der Wolf: »Siehst du? Wenn du lange genug wartest … kommt das Amüsement zu *dir*.«

Kapitel 6

Ulrich Van Holtz beendete das Gespräch und trennte damit auch die Lautsprecherverbindung, bevor er zu den beiden Weibchen hinüberschaute, die während der letzten drei Stunden in seinem Büro gesessen hatten, während er telefoniert hatte.

»Sie klangen … angespannt«, bemerkte er und meinte damit die Bosse der Organisationen, für die sie alle arbeiteten.

Cella »Eisenfaust« Malone, Cheftrainerin seines Hockeyteams und wichtigste freie Mitarbeiterin der führenden Agentur für Katzenschutz, KZS, hatte den Kopf auf ihren verschränkten Armen auf seinem Schreibtisch abgelegt. Dort hatte sich ihr Kopf auch während der letzten halben Stunde dieser Besprechung befunden. »Ich weiß wirklich nicht, was zur Hölle die eigentlich erwarten, verdammt«, beschwerte sie sich. »Die tun ja gerade so, als hätten wir während der vergangenen Monate nur faul auf unseren Hintern gesessen.«

»Vielleicht liegt das daran, dass dein Hintern so breit geworden ist«, scherzte Dee-Ann, Rics Gefährtin.

»Mein Hintern ist perfekt, Hündin. Sei nicht so verbittert, nur, weil du so einen flachen Arsch hast.«

»Können wir die Hintern-Diskussion vielleicht ein andermal fortsetzen?«, fragte Ric in dem verzweifelten Versuch, diese Unterhaltung zu beenden, hauptsächlich, weil es ihn ganz geil machte, über den Hintern seiner Gefährtin zu sprechen. Was ihn wiederum daran erinnerte, dass er das Land in wenigen Stunden verlassen würde. Er wollte nicht gehen. Es gefiel ihm gar nicht, so lange von Dee-Ann getrennt zu sein.

Im Gegensatz zu anderen Gefährten verbrachten Ric und Dee-Ann nicht jede Sekunde des Tages miteinander. Er hatte diverse geschäftliche Verpflichtungen, darunter auch die Carnivores, ein reines Gestaltwandler-Eishockeyteam, das ihm gehörte und in dem er selbst als Torwart und Mannschaftskapitän spielte. Außerdem arbeitete er als einer der Küchenchefs im mit fünf Sternen und einem Michelin-Stern ausgezeichneten Van Holtz Steak House mitten in Manhattan und fungierte als einer der Leiter der Gruppe, der Agentur für Gestaltwandlerschutz seines Onkels Van.

Dee-Ann hingegen hatte nur einen Job: Sie war die Topagentin der Gruppe. Vielen mochte es vielleicht so vorkommen, als hätte sie mit ihrem einen Job nicht sonderlich viel zu tun. Aber, bei Gott, die Frau führte diesen Job nach ihren besten Fähigkeiten aus. Tatsächlich war sie seltener zu Hause als Ric. Einmal war sie drei Tage lang weg gewesen und niemand hatte gewusst, wo zur Hölle sie war. Als er gerade in Panik hatte verfallen wollen, hatte er sie auf ihrer Couch vorgefunden, wo sie ferngesehen, ihr gebrochenes Schlüsselbein, das schon wieder halb verheilt war, mit Eis gekühlt, ein warmes Maisbrot gegessen und sich ein Glas Buttermilch hatte schmecken lassen.

Ric hatte sie nicht gefragt, was sie getrieben hatte. Er hatte schnell gelernt, das nicht zu tun, weil sie es ihm sonst tatsächlich erzählte. Alles. Bis zur letzten mit Blut und Gehirnmasse bedeckten Einzelheit. Und das war etwas, was Ric wirklich nicht hören musste. Er war schon bald zu der Erkenntnis gekommen, dass das Einzige, was er über die Frau, die er liebte, wissen musste, war, dass sie das, was sie tat, wenn sie nicht bei ihm war – was immer es auch sein mochte – zum Wohle von ihresgleichen tat.

Trotzdem ließ er all das nicht gerne allein auf Dees und Cellas starken Schultern lasten, nur, damit er an dem Van-Holtz-Treffen in Deutschland teilnehmen konnte.

Und nach dem Treffen in Deutschland würden Ric und sein Cousin – den er aufgrund ihres Altersunterschieds noch immer Onkel Van nannte – zu einem Campingplatz in Montana weiterreisen, um an den letzten beiden Wochen eines Sommerlagers für Köche teilzunehmen. Was bedeutete, dass Ric für mindestens einen Monat nicht in New York sein würde.

»Was haben wir?«, fragte er, obwohl er die Antwort bereits kannte.

»Nichts«, antworteten beide Frauen unisono.

»Und bevor du fragst«, fuhr Cella fort, »Crush und Dez haben auch nichts.« Crush, ein riesiger Eisbär und Cellas Gefährte, und Desiree MacDermott-Llewellyn, Vollmensch und Gefährtin von Mace Llewellyn, waren Detectives bei der von Gestaltwandlern geleiteten Abteilung des NYPD. Sie arbeiteten bei schwierigeren Fällen oft mit Dee und Cella zusammen, erledigten einen großen Teil der Recherchen und kümmerten sich um anwesende NYPD-Beamte.

»Dann müssen wir bald mal was finden«, erwiderte Ric. »Ich weiß, dass die da oben Whitlan wollen und dass sie das Warten satt haben.«

Frankie Whitlan. Ein Gangster, Hochstapler und ehemaliger Polizeispitzel, der das NYPD dazu benutzt hatte, jeden aus dem Weg zu räumen, der ihm bei seinen Geschäften dazwischenfunkte. Irgendwann war Whitlan verschwunden und hatte allen weisgemacht, er sei tot. War er aber nicht. Stattdessen hatte er sich neu erfunden und war mit einem Unternehmen zurückgekehrt, das sich an eine ganz spezielle Art von Vollmenschen richtete.

An sehr reiche Vollmenschen, die gerne Gestaltwandler jagten und ausstopften. Trophäen von Löwen, Bären und Wölfen zierten ihre teuren Jagdhütten oder Familienvillen wie Elchgeweihe.

Und das konnten und wollten Ric und seinesgleichen einfach nicht ignorieren. Aber Whitlan war äußerst schlau und sehr gut darin, sich zu verstecken. Als sie ihn endlich aufgespürt hatten, verschwand er erneut und war seither nirgends wieder aufgetaucht, wo ihre drei Gruppen – das NYPD vor Ort, die Gruppe landesweit und KZS international – Leute abgestellt hatten, die nach ihm suchten.

»Ich weiß, dass wir mit Whitlans ehemaligen Geschäftspartnern gesprochen haben, die noch auf freiem Fuß sind«, sagte Ric. »Aber was ist mit denen, die bereits einsitzen?«

»Das haben wir noch nicht erledigt«, antwortete Dee ihm.

»Dann macht das. Vielleicht haben wir ja Glück und finden was Neues raus.«

»Ich …«, begann Cella.

Ric unterbrach sie sofort. »Nein. Dee-Ann, du arbeitest mit Desiree und Crushek und stellst eine Liste mit den Namen all derjenigen zusammen, die mal Whitlans Zellengenossen oder Gefängniskumpel waren. Geht so weit zurück, wie ihr müsst. Sobald ihr fertig seid, holst du Cella dazu.«

»Warum kann ich nicht schon jetzt helfen?«

»Weil ich zumindest die *Chance* wahren möchte, dass meine Mannschaft dieses Jahr um die Meisterschaft spielt.«

»Ich arbeite dran«, knurrte Cella. »Aber du weißt ja, dass das nicht leicht war.«

»Du wolltest Novikov behalten«, erinnerte Ric sie. Er sprach von dem Menschen, den er von allen am wenigsten leiden konnte. »Selbst nach dem, was er mit Heller gemacht hat.«

Cella zuckte mit den Schultern und suchte nach Ausflüchten. »Das war ein Unfall. Heller ist Novikov im Weg gewesen.«

»Das glaubst du doch wohl selbst nicht, Cella.«

»Unfall!«

Und als hätte man ihn aus den Untiefen der Hölle heraufbeschworen, aus denen er, wie Ric ihm immer vorwarf, ohnehin stammte, stapfte Bo »der Marodeur« Novikov in Rics Büro. Ohne anzuklopfen. Ohne darum zu bitten, hereinkommen zu dürfen. Er stieß nur die Tür auf und fiel in das Büro seines Teambesitzers und Mannschaftkapitäns ein, genauso, wie Novikovs mongolische Vorfahren Rics Vorstellung nach in China eingefallen waren.

Was Ric jedoch in Entsetzen versetzte, war nicht etwa die Tatsache, dass Novikov mit nassen Haaren, einem Dutzend Rosen und einer Schachtel Pralinen aus dem teuren Schokoladenladen am Ende der Straße unter dem Arm vor ihm stand, sondern vielmehr, dass er sich Toni unter den anderen geklemmt hatte.

Ric musste zugeben, dass er bis zu diesem Augenblick völlig

vergessen hatte, dass Toni wegen eines Bewerbungsgesprächs draußen wartete. Es wäre ihm jedoch nie in den Sinn gekommen, dass er sie in Gefahr brachte, wenn er sie in einem gottverdammten Warteraum sitzen ließ!

»Warte!«, brüllte Cella, und Ric wandte seinen Blick lange genug von Novikov ab, um zu sehen, dass Dee-Ann von ihrem Stuhl aufgesprungen war, ihr Lieblingsjagdmesser namens Big Betty gezückt hatte und bereit war, es auch zu benutzen. Was Ric nicht wirklich störte, es sei denn, die arme Toni käme ihr irgendwie dazwischen.

»Es ist nur Novikov«, fauchte Cella. »Also beruhig dich verflucht noch mal wieder, Hündchen.«

»Dieser Typ sollte besser lernen, wie man ein Zimmer betritt«, murmelte Dee.

»Warum berührst du meine Cousine?«, wollte Ric wissen.

»Noch eine Cousine?«, fragte Cella ihn. »Ernsthaft? Ihr Van Holtzs seid ja schlimmer als die Malones.«

»Sie ist nicht blutsverwandt.« Dee-Ann ließ sich wieder auf ihren Stuhl fallen.

»Das macht es nur noch seltsamer«, erwiderte Cella nachdenklich, als würde sie wirklich etwas so verdammt Bedeutungsloses analysieren.

Ric ignorierte sie und knurrte Novikov an: »Lass sie runter. Sofort.«

Doch anstatt sie runterzulassen, brüllte Novikov nur und schüttelte Toni vor ihnen hin und her. Um ehrlich zu sein, konnte Ric wirklich nicht verstehen, was die Schakalin getan haben könnte, um Novikov so wütend zu machen. Obwohl er sehr leicht entflammbar war, wenn es um Hockey ging, ignorierte Novikov den Rest der Welt für gewöhnlich, es sei denn, man brachte seinen ach so wertvollen Zeitplan durcheinander. Wenn es sich um eines von Tonis Geschwistern gehandelt hätte, dann, na ja … schön. Sie hätten es wahrscheinlich verdient gehabt, denn diese Kindermeute konnte treffende Worte schwingen wie ein Samurai sein Schwert. Aber das hier war Toni. Die rationale, gelassene Toni.

Den Blick fest auf Novikov gerichtet, klatschte Dee die flache Seite ihres Messers auf ihre Handfläche und warnte den Hybriden: »Sieht aus, als wär mal wieder Abschusszeit, Junge.« Und Dee-Ann meinte diese Drohung ernst, weil sie Toni mochte. Was unglaublich war, da Dee wirklich nicht viele Leute mochte. Aber Toni mochte sie, und Dee beschützte ihre Freunde.

Bevor Dee allerdings beweisen konnte, wie sehr, verkündete Toni ruhig: »Oder wir atmen alle einfach mal tief durch und … ihr wisst schon … vergessen die Abschusszeit.«

»Ist alles okay?«, fragte Ric Toni.

»Mir geht's gut.« Und sie klang auch, als ginge es ihr gut. Sie lächelte sogar. Und es war noch nicht mal ein gezwungenes Lächeln, das er schon des Öfteren bei ihr gesehen hatte, wenn sie versuchte, etwas auszubügeln, was eines ihrer Geschwister gesagt oder getan hatte. Für gewöhnlich Kyle oder Oriana. »Er ist nur etwas in Eile und ziemlich frustriert«, fuhr sie fort, »deshalb fällt es ihm schwer, seine Gefühle auszudrücken, ohne dabei loszubrüllen.« Moment mal. Versuchte sie gerade, das vollkommen irrationale Verhalten eines vollkommen irrationalen Idioten zu erklären?

Toni tippte mit ihren Fingern auf Novikovs Arm. »Du gehst jetzt besser.« Novikov antwortete mit einem bösen Knurren. »Keine Sorge«, erwiderte Toni, als könne sie seine unsinnigen Laute verstehen. »Ich spreche mit ihnen.« Novikov entblößte einen Reißzahn, und Tonis Lächeln wurde noch breiter. »Ich verspreche es. Und jetzt geh. Du willst doch deinen Flug nicht verpassen. Und viel Spaß heute Abend. Entspann dich. Das hast du dir verdient.«

Schließlich nickte Novikov und setzte sie vorsichtig auf dem Boden ab. Dann funkelte er Ric und Cella an und brüllte noch einmal. Lautstark. Glücklicherweise befanden sich die Büros unter der Erdoberfläche und es gab keine Fenster, die er zum Bersten hätte bringen können. Novikov wandte sich ab, hielt aber noch einmal kurz inne und sagte zu Cella: »Sag Crush, dass ich ihn morgen Abend um sieben anrufe.«

»Mach ich.«

Ric verstand immer noch nicht, wie der unglaublich entspannte und freundliche Lou »Crush« Crushek und Novikov Freunde geworden waren. Weil Ric Crush wirklich mochte. Und Novikov hasste er. Deshalb kam ihm das Ganze einfach nicht richtig vor.

Der Hybride tätschelte Toni die Schulter und verließ den Raum. Sie folgte ihm in den Flur hinaus. »Und vergiss deinen Ausweis nicht«, rief sie ihm nach. »Den brauchst du, damit sie dich ins Flugzeug lassen. Und ich hab deinem Fahrer bereits gesagt, dass er dich nicht zu sehr mit Plaudereien belästigen soll, aber selbst wenn er mit dir spricht, obwohl du es nicht willst, gib ihm trotzdem ein Trinkgeld.«

Während sie weiter in den Flur hinausschaute, senkte sie ihre Stimme und raunte dem Rest von ihnen zu: »Er wird ihm kein Trinkgeld geben, aber das hab ich für alle Fälle bereits erledigt. Ich schätze, für Bo gelten ein ›Hallo‹ und ›Brauchen Sie noch etwas, Sir?‹ schon als zu viel Geplauder.«

Damit hatte sie vollkommen recht.

»Ich hab auch keinen Linienflug nach Chicago mehr für ihn bekommen, deshalb hab ich ihm einen Privatflug gebucht.« Sie sprach noch leiser weiter. »Ich musste es der Mannschaft in Rechnung stellen, weil ich seine Karte nicht hatte und die Karte der Firma im Schreibtisch des Luchses war – vielleicht solltest du die lieber woanders aufbewahren. Es scheint mir ein wenig gefährlich, dass sie da rumliegt, falls irgendwelche Füchse in deinem Büro arbeiten. Und da ich angenommen habe, dass es dich wütend machen würde, wenn ich Bo Novikovs Privatflug dem Team in Rechnung stelle, Ric«, damit hatte sie völlig recht, »hab ich das Sportzentrum in Chicago angerufen und dem Stadionmanager mitgeteilt, dass Bo in die Stadt kommen wird, um sich einen Derby-Wettkampf seiner Freundin anzuschauen, oder wie immer sie das auch nennen. Wir haben darüber gesprochen, und er wird eine Promotion-Aktion für Hockeyfans veranstalten. Ich hab ihn gewarnt, dass das Bo nicht gefallen wird, aber anscheinend stehen die Hockeyfans auf die ganzen Beschimpfungen und so, deshalb hält der Manager es trotzdem für eine gute Idee. So kriegen du und das Team ein bisschen gute PR. Und außerdem wird die Tatsache, dass er bei diesem Derby-Dings ist, dem Team seiner Freundin zu mehr Aufmerksamkeit verhelfen, das dir, wenn ich mich recht erinnere, ebenfalls gehört.« Sie zuckte mit den Schultern. »Ich hab deshalb angenommen, dass sich am Ende alles wieder ausgleicht. *Und* du kannst es auf die Art von der Steuer absetzen.« Sie konzentrierte sich noch ein paar Sekunden lang auf den Flur, bevor sie ein Seufzen ausstieß und das Büro betrat. Sie lächelte die anderen an.

»Wie dem auch sei …«

»Warte«, unterbrach Ric sie. »Bevor du weitersprichst … Warum ist dein Arm in einer Schlinge?«

»Ich habe nur ein Wort für dich, Ulrich«, bemerkte Toni tonlos. »Mom.«

»Oh.« Ric nickte. »Ich verstehe. Dann hat Novikov dich also nicht …«

»Nein, nein. Überhaupt nicht. Ich hab nur versucht, zu helfen.«

Plötzlich schlenderte Ricky Lee Reed ins Büro und stellte sich hinter Toni. Genau wie Dee-Ann schien Reed eher zu schlendern als zu gehen und das Leben so zu nehmen, wie es kam. Ganz im Gegensatz zu seinen Brüdern, die ein wenig mehr Antrieb hatten. Trotzdem hatte Ric immer das Gefühl, dass der mittlere der Reed-Brüder Dee-Ann eher wie eine Schwester behandelte und nicht wie jemanden, den er noch nicht flachgelegt hatte, weswegen Ric Ricky Lee auch lieber mochte als die anderen Reed-Brüder.

»Was machst du denn hier?«, fragte Dee-Ann den großen Südstaaten-Wolf.

»Ich behalte Miss Antonella hier im Auge.«

»Das machst du ja wirklich gut, wenn dieser Novikov sie wie ein Bündel von Mommas Wäsche durch die Gegend schleppen kann.«

»Ich hab sie gefragt, ob ich eingreifen soll, und sie hat nein gesagt. Du und Ronnie Lee erzählt mir doch andauernd, dass ich Weibchen ihre eigenen Entscheidungen treffen lassen soll …«

»Halt die Klappe«, schnauzte Dee ihn an. »Bevor ich einen neuen Grund für Big Betty finde.«

»Moment mal.« Toni blickte zwischen Dee und Ricky hin und her. »Woher kennt ihr zwei euch denn?«

»Dee-Ann hat mich schon immer aus der Ferne geliebt, aber sie wusste, dass sie mich niemals haben kann.«

»Betty«, drohte Dee.

»Wir gehören zum selben Rudel«, stellte Ricky klar.

»Ha«, sagte Toni. »Du bist das erste Mitglied des Smith-Rudels, das ich kennengelernt habe, seit Dee-Ann Rics Gefährtin geworden ist.«

»Sie schämt sich für ihre arme Wolfsverwandtschaft, deshalb versteckt sie uns vor all ihren reichen Van-Holtz-Freunden. Wir werden auch nie zu diesen schicken Dinnerpartys und Familientreffen in Washington eingeladen. Nicht mal ihr eigener Cousin und ihre eigene Cousine, Bobby Ray und Sissy Mae, lädt sie ein. Da geht sie hin, unsere kleine Dee-Ann, und lässt den Rest von uns einfach zurück … traurig und ganz allein. Ist das richtig, Dee-Ann?«

»Was hier traurig ist, ist, dass meine Momma mich davon abgehalten hat, dich in unserem Garten zu vergraben, als ich es mit zehn versucht habe. Ich hatte schon ein Loch für dich ausgehoben und alles.«

»Gott, du bist wirklich die Tochter deines Vaters.«

»Und nichts macht mich stolzer. Ist ja nicht meine Schuld, dass dein Daddy Angst vor ihm hat.«

»Mein Daddy hat vor gar nichts Angst. Schon gar nicht vor Eggie Ray Smith.«

»Wie dem auch sei«, unterbrach Ric die beinahe geschwisterliche Zankerei, »was wolltest du gerade sagen, Toni? Wegen Novikov?«

»Eigentlich ist das hier ziemlich interessant. Wer ist Eggie?«

»Antonella!«

»Okay, okay. Ich war nur neugierig.« Toni überlegte kurz. »Ich hab Novikovs Zeitplan entnommen, dass morgen Nachmittag eine Mannschaftsbesprechung stattfindet, deshalb startet sein Rückflug mit seiner Freundin … oder Verlobten … oder was auch immer, um acht Uhr morgens in Chicago, und ein Fahrer wird ihn für die Besprechung direkt ins Sportzentrum bringen. So kann er anschließend noch trainieren.«

Ric und Cella sahen einander an, und Ric fragte Toni: »Warum?«

»Nun, ich bin mir ziemlich sicher, dass er unausstehlich sein wird, wenn er nicht wenigstens ein bisschen trainiert. Er erinnert mich an Dennis. Das ist mein fünfjähriger Bruder«, erklärte sie den anderen. »Er hat auch eine Zwangsneurose, und wenn er nicht genügend Zeit zum Malen hat – er ist Maler –, dann ist er total widerspenstig. Man sollte nicht glauben, dass ein fünfjähriges Kind derartigen Schaden anrichten kann … aber er kann. Und er wiegt gerade mal zwanzig Kilo. Bo ist viel größer, deshalb hab ich das Ausmaß des potenziellen Schadens basierend auf der Größe des Mannes geschätzt und bin zu dem Schluss gekommen, dass er entschieden schlimmer ausfallen würde. Ich hab angenommen, dass ihr das nicht wollt.«

»Nein, nein«, versicherte Ric. »Wollen wir nicht. Aber meine Frage ist: Warum hattest du das Gefühl, ihm helfen zu müssen?«

»Oh.« Toni dachte einen Moment lang nach. »Na ja … er sah aus, als würde er Hilfe brauchen, und ich hab sowieso nur dagesessen.« Plötzlich seufzte sie. »Und um ganz ehrlich zu sein, wollte ich nicht gegen ihn aussagen müssen, falls er diesen Luchs wirklich umgebracht hätte.«

»Floyd«, sagten Ric und Cella gleichzeitig. Floyd machte sich am Empfang nicht schlecht, aber der gute Mann machte den pedantischen Novikov andauernd stinkwütend. Andererseits tat Ric das auch – und das gesamte Universum. Nur Novikovs Verlobter Blayne gelang es, Novikovs Zorn zu umgehen. Meistens … solange sie pünktlich war.

»Es erschien mir schlichtweg einfacher, dem Mann zu helfen,

da ihr ganz offensichtlich beschäftigt wart. Und ich wusste, dass er, wenn er erst mal mit ihm fertig ist … mit Floyd?« Sie nickten. »Ja, Floyd. Ich wusste, dass er anschließend dich aufsuchen würde, und ich wollte dich wirklich nur ungern ohne den Großteil deiner Haut sehen müssen, Ric. Immerhin gehörst du für uns zur Familie.«

»Vielen Dank.«

»Hör mal, es tut mir leid, wenn ich hier irgendjemand auf die Füße getreten bin. Ich bin einfach nur daran gewöhnt, mich um Leute wie ihn zu kümmern, und es war wirklich keine große Sache für mich, kurz auszuhelfen. Ich hab sowieso nur dagesessen.«

Cella schwang ihre Beine vom Schreibtisch. »Und er hat dich gar nicht nervös gemacht?«

»Bo? Nein. Überhaupt nicht.« Sie lächelte. »Er ist wirklich komisch.«

»Meinst du seltsam komisch?«, fragte Ric. »Also, eigenartig und abschreckend?«

»Nein, Ric. Ich meine komisch. Im Sinne von humorvoll.«

»Er ist humorvoll?«

Toni behandelte ihn wie ihre richtigen Cousins, verdrehte die Augen und sagte: »Ich lass euch wieder eure Arbeit machen.«

»Warte mal«, hakte Cella nach. »Dann fandst du es also nicht schwer, mit Bo Novikov zu arbeiten?«

Toni lachte. »Schwer? Mit *ihm?*« Sie lachte noch lauter. Als jedoch niemand einstimmte, räusperte sie sich und sagte: »Also, nach allem, was ich von Kyle gehört hab, gilt Novikov als der Beste in dem, was er tut. Und die Tatsache, der Beste zu sein, bringt ein gewisses Maß an Engagement und Fokus mit sich. Ich verstehe, wie das ist, weil ich unter den Besten der Besten aufgewachsen bin. Meine zehn Brüder und Schwestern und meine Mom sind alle *die Besten* in dem, was sie tun. Deshalb haben mein Vater und ich im Laufe der Jahre gelernt, sie zu managen. Zu ihrem eigenen Besten und zu unserem.« Sie dachte einen Moment lang nach und fügte dann hinzu: »Und dem der Gesellschaft.«

»Und was gehört da so alles dazu?«, drängte Ric. »Sie zu managen?«

»Na ja … du weißt schon.« Als er sie nur anstarrte, zuckte sie mit den Schultern und fügte hinzu: »Das Wichtigste ist, zu verstehen, dass ihr Blick – eben weil sie die Besten sind – ziemlich kurzsichtig ist und dass nichts, was du oder ich oder irgendjemand sonst sagt, daran etwas ändern wird. Anstatt also zu versuchen, sie zu verändern, arbeitet man *innerhalb* der Grenzen dieses kurzsichtigen Blickfelds. Und während du ihnen hilfst, beschützt du sie gleichzeitig vor Ablenkungen von außen, die sie nur wütend und dein eigenes Leben für mehrere Stunden bis Tage zur Hölle machen würden. Ich schätze, was ich damit sagen will, ist, dass man eigentlich nur sich selbst beschützt, wenn man die Besten managt. Wenn man den Mann oder die Frau erst mal versteht, dann ist der Rest eigentlich ganz einfach.«

»Und du verstehst Bo Novikov?«

»Ja«, sagte sie zuversichtlich. »Ehrlich gesagt, ist er total leicht zu verstehen, weil er alles offenlegt. Bei einem meiner Brüder weiß man nie, dass irgendwas nicht stimmt, bis er anfängt, Feuer zu legen. Und wenn einer meiner Schwestern etwas Sorgen macht, fallen ihr die Haare aus. Um also zu verhindern, dass mein Bruder im Gefängnis landet oder dass meine Schwester jedes Mal hysterisch zu schluchzen beginnt, wenn sie duscht, muss ich erraten, wann sie etwas bedrückt. Mr. Novikov ist wie eine frische Brise. Durch dieses ganze Knurren und Brüllen ist er äußerst leicht zu lesen.« Sie blickte sich im Zimmer um. »Sonst noch was?«

»Eigentlich schon«, sagte Cella und warf Ric einen flüchtigen Blick zu. »Bist du im Moment sehr beschäftigt?«

»Ich warte nur auf mein Bewerbungsgespräch.«

»Großartig. Könntest du mir dann einen riesigen Gefallen tun?«

»Sicher.«

»Wir müssen dein Bewerbungsgespräch sowieso verschieben.«

Ganz offensichtlich enttäuscht, auch wenn sie es zu verstecken versuchte, erwiderte Toni: »Kein Problem. Was brauchst du?«

»Einer unserer Spieler muss in zwei Stunden einen Flug erreichen. Manchmal lässt er sich ziemlich leicht ablenken. Würde es dir was ausmachen, ihn zu begleiten? Nur, um sicherzugehen, dass er auch ins Flugzeug steigt? Er hat alles, was er braucht. Seine Tickets, sein Gepäck. Er muss nur noch *in* den Flieger nach Alaska steigen. Er nimmt an einem Hockey-Lager für Gestaltwandlerwelpen und -junge teil und ist einer der Gasttrainer für die kommende Woche. Das würde dir doch nichts ausmachen, oder?«

»Überhaupt nicht.«

»Dann komm einfach wieder her, wenn du fertig bist, dann führen wir dein Bewerbungsgespräch. Okay?«

Toni wirkte überrascht, dass das Gespräch heute doch noch stattfinden würde, und nickte. »Oh … okay.«

»Du findest den Spieler, Bert, unten in der Mannschaftskabine«, fügte Cella hinzu.

»Ich kümmere mich drum.«

Toni lächelte Ric zu und ging hinaus.

»Gehst du mit ihr, Ricky Lee?«, fragte Dee ihn.

»Warum nicht?«

»Gute Idee, wo deine Schwester dich immer noch sucht.«

Der Wolf verdrehte die Augen und folgte Toni den Flur hinunter. Ric schaute Cella an.

»Was zur Hölle tust du da?«

»Ich gebe deiner nicht richtigen Cousine eine Chance im ganz großen Geschäft.«

»Oder eine Chance, sich permanente Verletzungen im Gesicht zuzuziehen.«

Cella zuckte mit den Schultern. »Die einen sagen so …«

Ricky Lee wartete, bis Toni in den Fahrstuhl gestiegen war, bevor er ihr folgte. Er drückte den Knopf für die Etage, in der sich die Umkleidekabinen der Mannschaft befanden.

»Du verbringst eine Menge Zeit hier, oder?«, fragte sie ihn.

Er beantwortete Tonis Frage mit einem Kopfnicken. »Jap.

Weil mein Bruder einer der Spieler hier ist, habe ich fast überall Zugang. Na ja, deswegen, und weil mir sowieso nie jemand wirklich Fragen stellt.«

»Was meinst du damit?«

Er zuckte mit den Schultern. »Ich meine damit nur, dass ich immer dort hingehe, wo ich hin muss und dafür sorge, so auszusehen, als wüsste ich, wohin ich gehe. Die Leute belästigen dich seltener, solange du so *wirkst*, als wüsstest du, wohin du gehst. Erst, wenn du mit offenem Mund durch die Gegend latscht und an den riesigen Gebäuden hinaufstarrst oder versuchst, die richtige Büronummer zu finden, beginnen die Leute, sich zu fragen, was zur Hölle du da eigentlich machst. Ich dachte immer, das würde nur hier in den Staaten funktionieren, aber es hat sogar funktioniert, als ich in Japan, Italien und Frankreich für die Firma gearbeitet hab.«

»Ehrlich? Im Laufe der Jahre bin ich mit meiner Familie in all diese Länder gereist oder hab sogar dort gewohnt, und ich finde das wirklich überraschend. Ich meine, du bist einfach so … amerikanisch.«

»Gott, das will ich doch hoffen. Wo ich doch hier geboren wurde und aufgewachsen bin und all das.« Er kicherte, während sich die Fahrstuhltür öffnete. Er wartete, bis Toni ausgestiegen war, und folgte ihr dann. »Aber ich hab immer ausgesehen, als wüsste ich, wo ich hingehe. Die Leute haben mich vielleicht beobachtet, vor allem in Japan, aber niemand hat je infrage gestellt, wo ich hingehe, oder versucht, mich aufzuhalten. Für mich hat es immer gut funktioniert.«

»Das muss ich mal ausprobieren. Ich werde nämlich immer aufgehalten.«

Sie bogen um eine Ecke und blieben stehen. Bert kam gerade aus der Umkleidekabine. Er trug einen schlichten schwarzen Matchsack und eine Hockeytasche mit seiner Ausrüstung bei sich.

Sie sahen einander an.

»Du weißt schon, dass das wahrscheinlich eine Falle ist,

oder?«, fragte Ricky sie. »Ein Test, um zu sehen, womit du sonst noch fertig wirst.«

»Oh, ich weiß.«

»Allerdings bin ich mir nicht ganz sicher, was für ein Test. Bert ist ein echt netter Kerl … für einen Bären.«

»Wahrscheinlich ist er irgendwie auf der schwarzen Liste der Fluglinien gelandet und sie wollen sehen, wie ich das regele oder so.«

»Denkst du, du kannst das?«

Sie grinste. »Kein Problem. Bist du sicher, dass du wirklich mitkommen willst?«

»Und dich in Aktion sehen?« Er erwiderte ihr Grinsen und amüsierte sich prächtig. »Das will ich auf keinen Fall verpassen.«

Kapitel 7

Paul entspannte mit seinem ältesten Sohn Cooper auf der Couch, schaute sich das schlechte Nachmittagsprogramm im Fernsehen an und genoss die Nähe zwischen Vater und Sohn in dieser alltäglichen, gewöhnlichen Situation.

»Und, wie ist dein Konzert für den Premierminister gelaufen?«

»Ziemlich gut. Du weißt doch, wie gerne ich im Kolosseum spiele. Es müsste nur noch Rom in Flammen stehen, damit ich mich wie Nero fühle.« Er machte eine Pause. »Nur eben mit Klavier. Ich schätze also, Mom ist eher wie Nero. Was ist mir dir? Was hast du so angestellt, während ich weg war?«

»Ich hab den Motor in meinem Mustang repariert. Dann ist Freddy wegen irgendwas ausgerastet und Toni hat eingegriffen und ihn daran gehindert, das Haus in Brand zu stecken – was gut war. Aber dann hat er stattdessen den Motor und den Rest des Wagens auseinandergenommen, während wir alle geschlafen haben. Ich hab's seither noch nicht wieder übers Herz gebracht, in die Garage zu gehen. Aber ich hab ja noch den Geländewagen, ich bin also noch mobil.«

Sie widmeten sich wieder dem schlechten Nachmittagsfernsehen, bis der Streit am anderen Ende des Flurs so unerträglich wurde, dass sich beide Männer gleichzeitig mit einem Seufzen erhoben. Gemeinsam folgten Vater und Sohn dem Gezanke, aber Paul ahnte bereits, woher es kam. Aus dem großen Ballsaal des Stadthauses. Es war der perfekte Ort für eine Tänzerin, um zu üben, für einen Bildhauer, um darin zu werkeln, für einen Maler zum Malen oder für einen Wissenschaftler, um ein Labor darin zu errichten. Die Liste war beinahe endlos. Pauls Einschätzung nach war der Raum sogar groß genug für all seine Kinder, um darin ihre Kunst oder Musik auszuüben oder zu arbeiten, woran sie arbeiten wollten. Das Zimmer war riesig!

Zu dumm nur, dass keines seiner brillanten Wunderkinder teilen wollte.

Sie hatten die Tür zum Ballsaal beinahe erreicht, als Cherise um die Ecke schlich. Das arme Ding. Sie schlich sehr häufig. Hielt sich in den Schatten. Cherise war schon mit sechs eine brillante Cellistin gewesen und verlor sich sehr leicht in ihrer Musik. Aber wenn sie nicht spielte, war sie eine sehr schreckhafte, stets zitternde Schakalin. Es brach Paul das Herz. Seine Tochter musste ihre Stärke noch finden. Schakale waren nicht sehr groß und hatten kein eigenes Rudel, aber sie hatten einander. Sie hatten ihre *Familie*. Das war ihre Stärke. Durch sie hatten Schakale über Jahrhunderte hinweg in der Wildnis überlebt. Deshalb musste Paul herausfinden, was die natürliche Stärke seiner Tochter wecken würde. Er hatte dasselbe auch für Toni getan, als er ihr mit dreizehn die Verantwortung für Coop und Cherise übertragen hatte. Er hatte dies in der Absicht getan, weiterhin alle drei im Auge zu behalten, seine Tochter aber gleichzeitig die Erfahrung machen zu lassen, wie es sich anfühlte, gebraucht zu werden und wichtig zu sein. Sie hatte diese Verantwortung nicht nur übernommen, sie war sogar richtig darin aufgegangen – und hatte ihm und Jackie geholfen, die unglaublichsten Kinder großzuziehen. Trotzdem war es nun an der Zeit, dass sie sich etwas Eigenes aufbaute. Ihr eigenes Leben lebte. Seine Toni hatte das verdient.

»Was ist los, Cherise?«, fragte er sie.

»Wir brauchen Toni.«

Da er eine von Cherises Schleifen erkannte, wenn er sie hörte – sie nannten es eine »Schleife«, wenn sie immer wieder dasselbe wiederholte, bis sie in Ohnmacht fiel – ging Paul einfach weiter, und Coop und Cherise folgten ihm. Er betrat den Ballsaal und blieb direkt in der Tür stehen, als ein rosafarbener Ballettschuh an ihm vorbeisauste und mit Kyles Kopf kollidierte. Tragischerweise für Kyle handelte es sich dabei um einen von Orianas Spitzenschuhen, und das harte vordere Ende traf den Jungen direkt ins Auge.

»Du talentloser Trampel!«, schrie Kyle und legte eine Hand auf sein Auge. »Ich sollte dir mit meinen Zähnen die Achillessehne rausreißen!«

»Versuch's doch, du kleines Wiesel, dann hack ich dir die Hände ab.«

Coop schaute Paul an. »Cherise hat recht … wir brauchen Toni.«

Toni stieg aus der Limousine, die sie gebucht hatte, um sie, Ricky und Bert zum Flughafen zu transportieren.

Newark gehörte zu den Flughäfen, die sie sehr gut kannte. Fast genauso gut wie LaGuardia, deshalb hatte sie hier auch viele Kontakte. Sie wusste, dass sie für Bert eine Personaleskorte direkt zum Gate organisieren konnte. Und man würde ihr vielleicht sogar erlauben, mit ihm zu gehen, obwohl sie kein Ticket hatte. Sie war sich jedoch nicht sicher, ob sie auch dem Wolf Zugang verschaffen konnte. Aber sie nahm an, dass es ihm nichts ausmachen würde, zu warten.

»Äh … Toni?«

Toni drehte sich um und lächelte den Wolf an. »Ja?«

Er deutete mit einem Kopfnicken auf die Limousine. Jetzt erst sah Toni die Krallen, die aus dem Dach des Fahrzeugs herausragten. Toni eilte hinüber und ging in die Hocke. Bert hatte seine Schwarzbärenkrallen in das Dach vergraben, seine kräftigen Beine gespreizt und sie links und rechts neben der Tür abgestützt.

»Bert?«

»Ich gehe nicht«, keuchte er verzweifelt. »Ich gehe nicht. Ich gehe nicht. Ich gehe nicht. Ich gehe nicht.«

Toni richtete sich wieder auf. »Ich glaube, er hat Angst vorm Fliegen.«

»Wie kommst du denn auf den Gedanken?«

»Im Moment kann ich keinen Sarkasmus gebrauchen, Landbursche«, schnauzte sie ihn an. Toni atmete tief durch. »Ich werde versuchen, ihn zu überzeugen.«

»Mach schnell. Irgendwann bemerken es sogar die Leute in Jersey, wenn Bärenklauen aus einem Limousinendach ragen.«

Toni beschloss, nicht zu kommentieren, dass der Wolf Mr. Offensichtlich spielte, und lehnte sich in die Limousine.

»Hey, Bert«, sagte sie mit sanfter, beruhigender Stimme, die sie auch benutzte, wenn sie Cherise überreden musste, wieder vom Dach des Hauses herunterzukommen, nachdem sie in Panik geraten war, weil der Paketbote sie gebeten hatte, für eine Lieferung zu unterschreiben. »Hey. Schon okay. Du musst nichts tun, was du nicht tun willst.«

»Ich gehe nicht. Du kannst mich nicht zwingen.«

»Kein Problem.« Sie lehnte sich ganz langsam und vorsichtig zu ihm, streckte ihre Hand aus und nahm ganz vorsichtig seine. »Ich möchte dich nur bitten, diese Krallen wieder … *Oh, mein Gott! Nicht das Gesicht! Nicht das Gesicht!*«

Ricky schaffte es nicht, Toni aufzufangen, als sie rückwärts aus der Limousinentür fiel, aber er verhinderte immerhin, dass ihr Kopf auf dem Asphalt aufschlug. Er betrachtete das als kleinen Sieg.

»Ist mit dir alles in Ordnung?«

»Hab ich meine Nase noch?«

»Jap. Nicht mal ein Kratzer.«

»Dann geht's mir gut. Hilf mir hoch.« Er tat es und hob sie mit Leichtigkeit auf die Beine. Schakalinnen waren wirklich klein. Im Vergleich zu Wölfinnen jedenfalls.

Toni wischte den Hosenboden ihrer Jeans ab und konzentrierte sich dabei auf den Bären in der Limousine, was es Ricky erlaubte, einen ausführlichen Blick auf ihren süßen kleinen Hintern zu werfen.

»Hör auf, meinen Arsch anzustarren, du Freak.«

»Hey!« Der Chauffeur stürmte um die Limousine herum. »Was zur Hölle? Was macht der da mit meinem Wagen?«

»Keine Panik.«

»Panik? Wer wird mir das bezahlen?«

»Können wir uns darüber später noch Sorgen machen?«, fragte Toni, während sie ihre Schlinge wegwarf, das Bein des Bären packte und begann, daran zu ziehen.

»Wir können uns nicht später darüber Sorgen machen! Ich bin für diesen Wagen verantwortlich!« Der Fahrer ging in die Hocke und funkelte den Bären an. »Ich wusste, dass ich keinen Bären in meinen Wagen hätte steigen lassen sollen. Du klebriger, flohbefallener, von Honig besessener Mistkerl!«, zischte der Fahrer, ein Berglöwe, den Bären an, und Bert brüllte zurück.

Das war der Moment, in dem die Polizisten bemerkten, dass hier etwas vor sich ging.

»Wir müssen gehen«, drängte Ricky.

»Ich hab gesagt, dass ich ihn in dieses Flugzeug kriege. Und ich werde …«

Ricky stieß die Schakalin in den Wagen und hoffte, dass sie okay war, da sie mit dem Gesicht voraus auf Berts Brust landete. Er knallte die Tür zu und packte den Berglöwen im Nacken.

Die Katze fauchte, als Ricky sie wieder zur Fahrerseite des Wagens schob. »Steig ein und fahr los, Kätzchen.«

Ricky knallte auch die Fahrertür zu, ging dann vorne um den Wagen herum und winkte den Polizisten lässig zu, die immer näher kamen. Er öffnete die Beifahrertür und schlüpfte hinein. Als er die Tür geschlossen hatte, reihte sich die Katze in den Verkehr ein und fuhr davon.

»Wo fahren wir hin?«, wollte der Berglöwe wissen. »Und wer bezahlt für den Wagen?«

Inzwischen war Toni ein Stück nach vorne gekrabbelt, um an die Glasscheibe zwischen den Vordersitzen und dem hinteren Teil der Limousine klopfen zu können. Die Katze ließ das Fenster herunter und Toni lehnte sich hindurch. Sie gab der Katze eine Adresse, die Ricky nicht kannte.

»Er steigt in kein Flugzeug«, erinnerte Ricky sie.

»Mir fällt schon was ein.«

»Und mein Wagen?«, kreischte die Katze so schrill, dass Ricky

sie anbellte, woraufhin der Berglöwe ihn anfauchte und Bert lautstark brüllte.

»*Das reicht jetzt!*«, kläffte Toni und brachte damit alle drei Männchen zum Schweigen. »Ihr haltet jetzt verflucht noch mal alle die Klappe! Und ich bezahle für deine gottverdammte Limousine, also lass mich endlich damit in Ruhe!«

»Kann ich das schriftlich haben?«, murmelte die Katze.

Tonis dunkelbraune Augen fixierten den Chauffeur. »Ich *werde* diesen Bären auf dich loslassen«, warnte sie ihn mit tiefer Stimme. »Also führe mich nicht in Versuchung.«

Sie atmete aus, drehte sich um und ließ sich auf den Sitz unter dem Fenster fallen.

»Du wirst nicht aufgeben, oder?«, fragte Ricky sie.

»Nein. Ich werde nicht aufgeben.« Sie holte tief Luft. »Aber ich wünschte wirklich, ich müsste mich gerade nur mit dem Übel herumschlagen, das ich schon kenne …«

Coop hatte keine Ahnung, wie Toni Tag für Tag damit fertig wurde. Das Gezanke. Das Geheul. Das Geschrei. Die Todesdrohungen. Und diejenigen, die sich nicht stritten, stifteten die anderen dazu an. Die Zwillinge, zum Beispiel. Sie waren noch nicht mal vier, aber sie bestanden darauf, in sämtlichen Sprachen, die sie beherrschten, hochexplosive Vorschläge in den Raum zu werfen – und es waren eine Menge mehr Sprachen, als Coop vermutet hätte.

Cooper hatte immer gewusst, dass ihn seine große Schwester von vielem abgeschirmt hatte. Wie immer war es ihr einziges Ziel gewesen, dafür zu sorgen, dass er sich auf das konzentrieren konnte, was er liebte. Auf seine Musik. Er erinnerte sich noch genau daran, als er sechs gewesen war und Toni ihre Putzfrau angeschrien hatte, weil sie staubsaugte, während er am Familienklavier übte. Die Haushälterin hatte Toni nie wirklich ernst genommen, weil sie nichts anderes tat, als ihrem Dad zu folgen und noch dazu eine reguläre Schule besuchte. Als die Haushälterin sie ignorierte, hatte Toni den Staubsauger genommen und ihn gegen die Wand geworfen. Dann hatte sie geschrien: »Ich hab gesagt, mein Bruder *übt* gerade!«

Von jenem Tag an hatte Toni ihre Stellung als Beschützerin der Familie etabliert. Ihre Eltern gaben ihren Kindern Geld, Essen, Liebe und Unterstützung, aber Toni kümmerte sich um die Lehrer, die Stundenpläne, die Logistik, die Auseinandersetzungen, das neurotische und oft illegale Verhalten …

Cooper wusste das alles, aber er begriff es erst wirklich, als er gezwungen war, Zia und Zoe von Kyle herunterzuzerren, weil sie mit ihren winzigen, scharfen Welpenzähnchen versuchten, ihm die Nase abzubeißen. Wer hätte gedacht, dass so entzückende kleine Mädchen so wütend sein konnten? So unglaublich wütend.

Während die Mädchen ihren Zorn neu und auf Coopers Hals und Kinn ausrichteten, sah er sich in der Hoffnung um, dass sein Vater ihm vielleicht helfen konnte. Aber nein, konnte er nicht. Er hielt Oriana davon ab, Troy zu erwürgen.

Das Gebrüll und Gezanke waren so laut, dass Jackie schließlich ins Zimmer stürmte.

»Was zur Hölle ist hier los?«, fragte sie, die Hände in die Hüften gestemmt.

»Siehst du das denn nicht?«, fragte Paul, während Oriana wie wild in seinen Armen zappelte.

»Na und, wo ist Toni?«

»Sie ist bei ihrem Vorstellungsgespräch.«

»Sie ist noch nicht wieder zurück?«

»Glaubst du, das hier würde passieren, wenn sie schon wieder hier wäre? Und kannst du vielleicht helfen, anstatt uns nur wegen deiner Tochter anzukläffen?«

»Aber was tut sie denn? Geht sie mit Ulrich noch einen trinken? Oder genießt sie ein entspanntes Mittagessen mit diesem Wolf, den sie neulich kennengelernt hat? Hängt sie irgendwo faul rum? Ich meine, was genau tut meine älteste Tochter bitte, das wichtiger wäre, als ihren Geschwistern zu helfen?«

Toni stellte sich auf den Gehweg, positionierte ihre Füße links und rechts neben der Tür, brüllte: »Zugleich!«, während sie an einem von Berts Beinen zog und der Fahrer ein Stück neben ihr stand und an dem anderen zerrte. Ricky befand sich an der gegenüberliegenden Tür und schob den Schwarzbären von hinten an.

Aber nichts funktionierte. Sie konnten den Bären nicht bewegen, solange seine Krallen noch im Dach steckten.

»Ich gehe nicht!«, schrie Bert. »Ich gehe nicht!«

Toni ließ ihn los und fiel rückwärts auf den Asphalt.

Der Fahrer stürmte davon. »Das ist doch lächerlich!«

»Beruhig dich.« Toni versuchte, sich hochzudrücken, aber ihre Schulter gab nach. Aber auch das war kein Problem. Der Wolf war zur Stelle, packte sie unter den Armen und hob sie hoch. »Danke«, murmelte sie.

»Und was jetzt?«

Sie seufzte. »Ich will mal sehen, was ich machen kann.«

»Wo gehst du denn hin?«, fragte der Fahrer, als sie sich entfernte.

»Bleib einfach hier bei Bert. Ich komme gleich wieder. Und ja«, fuhr sie fort, bevor der Berglöwe sich beschweren konnte, »ich bezahle für deine gottverdammte Limousine. Also lass es endlich gut sein!«

»Ich hab es immer noch nicht schriftlich!«, schoss er zurück, aber Toni ignorierte ihn und betrat das Terminal des Long Island Airports, von dem nur sehr wenige Menschen wussten. Es war ein kleiner, von Gestaltwandlern geleiteter Flughafen mit drei Fluglinien.

Zwei dieser Fluglinien fertigten exotische Importe ab. Zebras, Gazellen, Kaffernbüffel … sie alle kamen mit LoupAir oder Mercer Shipping ins Land. Der einzige Unterschied war, dass Mercer gefrorene Kadaver transportierte, während LoupAir lebende Tiere für die Jagd einführte.

Madra Airlines hingegen flog Gestaltwandler zu den gewünschten Zielen in aller Welt. Madra Airlines, ein Tochterunternehmen von Madra Transportation, wurde vom riesigen Madra-Wildhundrudel geführt und transportierte Gestaltwandler schon seit über einem Jahrtausend von einem Land ins andere. Früher in den Booten, die sie den Wikingern geklaut hatten, die in ihrem Land eingefallen waren und die die Wildhunde dafür im Gegenzug getötet und verspeist hatten, und heute in einigen der modernsten Flugzeuge, die derzeit auf dem Markt waren.

Das Beste an den Madra-Flugzeugen war, dass sie für alle Gestaltwandler gebaut waren. Von den winzigen Füchsen, die gerne klauten – sie wurden immer auf Plätze gebucht, an denen ein Alarm angebracht war, der jedes Mal, wenn sie aufstanden, die Aufmerksamkeit der Flugbegleiter erregte –, über die knapp zwei Meter zwanzig großen Eisbären, die mehr Platz für ihren Kopf und ihre Beine benötigten – sie reisten in umgebauten Flugzeugen, die ursprünglich für Militärtransporte von Lkws und Geländewagen eingesetzt worden waren – bis hin zu den sehr anspruchsvollen Löwen, bei denen das Madra-Personal immer sicherstellte, dass sie nicht in der Nähe von Welpen und Jungen saßen und genügend Essen vorhanden war, um ihren großen Hunger zu stillen.

Und genau das war der Grund, warum Toni Madra liebte. Sie waren zwar teuer, aber wenn sie sicherstellen musste, dass die gesamte Jean-Louis-Parker-Sippe möglichst schnell und ohne potenziell peinliche Risiken von A nach B gelangte, dann zahlte sie dafür gerne etwas mehr und buchte bei Madra Airlines.

»Antonella?«

Toni wirbelte herum und grinste unwillkürlich. »Scotty!« Sie stürzte sich in die offen Arme des Schakals. »Ich hab so sehr gehofft, dass du heute arbeitest.«

»Ist es Kyle?«, fragte er mit einem Lächeln, als Toni sich wieder von ihm löste.

»Ausnahmsweise … nein. Aber ich brauche trotzdem deine Hilfe.« Sie nahm seine Hand und zog ihn zur Eingangstür hinaus und zur Limousine.

»Heilige Scheiße.« Der Schakal lachte, als er den Bären sah.

»Er hat Angst vorm Fliegen«, erklärte Toni ihm. »Kannst du uns helfen?«

»Mit Bären? Darauf kannst du wetten. Sag mir einfach, was passieren *muss*.«

Ricky wartete, bis der Schakal wieder im Flughafengebäude verschwunden war, bevor er fragte: »Und wer ist das?«

»Das ist Scotty.«

»Mir nur den Namen des Mannes zu nennen, hilft mir nicht wirklich dabei, es zu verstehen.«

»Er leitet den Flughafen.«

»Ich dachte, Wildhunde schmeißen hier den Laden.«

»Den Wildhunden *gehört* die Firma. Aber sie stellen andere Hunde an. Sie sind wirklich ein tolles Unternehmen, falls du einen Job suchst.«

»Tue ich nicht. Dachtest du, das täte ich?«

»Ich hab keine Ahnung, aber immerhin hast du Zeit, mir den ganzen Tag nachzulaufen.« Plötzlich runzelte sie die Stirn. »Du bist doch kein Krimineller, oder?«

»Wie kommst du denn auf die Idee?«

»Na ja … du gehörst immerhin zum Smith-Rudel.«

»Und?«

In dem Moment brach der Berglöwe in Gelächter aus. »Oh, komm schon! Willst du wirklich den Beleidigten spielen, weil sie dich das gefragt hat?«

»Was zur Hölle soll das nun wieder bedeuten?«

»Jeder weiß doch, dass alle Mitglieder des Smith-Rudels entweder Kriminelle oder Arschlöcher sind. Für gewöhnlich sogar beides.«

Verärgert und immer bereit, sein Rudel zu beschützen, machte Ricky Lee einen Schritt auf die Katze zu. Die Katze richtete sich sofort zu ihrer vollen Größe auf und fuhr ihre Reißzähne aus.

»Meine Herren«, seufzte Toni, »haben wir dafür jetzt wirklich Zeit?«

Ricky würde sich die Zeit nehmen.

»Was willst du jetzt machen, Snoopy? Ohne dein Rudel? Es gibt nur dich und mich.«

Toni lehnte sich zwischen das knurrende Duo. »Nicht wirklich«, sagte sie und deutete auf die Eingangstür. Ricky und die Katze schauten hinüber und sahen etwa zehn Männchen in Wolfsgestalt, die nur wenige Meter von ihnen entfernt standen. Ricky kannte keinen von ihnen, aber er wusste, dass Wölfe auch ihnen fremde Wölfe immer gegen Katzen verteidigen würden, weil Katzen sie einfach nervten.

Dieser Typ, Scotty – war er ihr Ex-Freund? –, kam wieder aus dem Flughafengebäude. Er zeigte auf die Limousine. »Er ist da drin, Craig.«

Die Wölfe trotteten zu der Limousine hinüber.

»Was machen die denn jetzt mit meinem Wagen?«

»Ihn auseinandernehmen?«

»Hör auf, sie anzustiften«, warnte Toni Ricky.

Die Wölfe blieben ein paar Sekunden lang vor der Limousine stehen. Dann, plötzlich, machte einer von ihnen einen Satz nach vorne und schnappte sich Berts Bein.

»Hey!«, brüllte Bert. »Hör auf!«

Ein weiterer Wolf sprang nach vorne, bellte und schnappte zu.

Dann taten sie es alle, umzingelten die Limousine und griffen Bert von beiden Seiten an.

»Geht von mir runter!«, brüllte er von drinnen. »Ich mach keinen Spaß! Hört auf!«

»Guter Gott«, murmelte Ricky, und seine Verärgerung über die Katze war vollkommen vergessen, während sie mit Toni zwischen sich dastanden und das Spektakel beobachteten. »Sie hetzen diesen verdammten Bären!«

»Das ist einfach nicht richtig«, sagte die Katze.

Es war vielleicht nicht richtig, aber sehr effektiv. Bert schoss plötzlich aus der Limousine, brüllte lautstark und schlug mit seinen Krallen nach den Wölfen. Er traf ein paar von ihnen, und sie flogen mehrere Meter weit durch die Luft.

»Hey, Bär«, sagte Scotty. Als Bert sich umdrehte, bereit, den nächsten Hund anzugreifen, drückte Scotty auf den Abzug des Betäubungsgewehrs, das er in den Händen hielt. Der Pfeil traf Bert im Hals. Der Schwarzbär brüllte und versuchte, wegzurennen, aber die Wölfe jagten ihm nach, drängten ihn zurück und versperrten ihm den Weg, bis er begann, vorwärts zu taumeln … dann rückwärts … und schließlich umkippte wie eine kranke Eiche.

Scotty übergab das Gewehr an irgendeinen Fuchs, der neben ihm stand, und wandte sich wieder an die Wölfe. »Gut, meine Herren. Dann wollen wir den Bären mal ins Flugzeug verfrachten.«

Die Wölfe verwandelten sich wieder in ihre Menschengestalt, hoben den armen Bert hoch und trugen ihn ins Flughafengebäude. Einer von ihnen schnappte sich Berts Gepäck aus dem Kofferraum und folgte den anderen.

Scotty stellte sich mit einem breiten Grinsen vor Toni. »Hab's dir ja gesagt. Ein Kinderspiel.«

»Du bist der Beste, Scotty.«

»Ich weiß.« Er nahm Tonis Hand und legte sie auf seinen Unterarm. »Und das Beste ist … für einen kleinen Aufpreis sorgen wir dafür, dass er auf die gleiche Art auch wieder zurückkommt. Er wird in New York aufwachen und sich noch nicht einmal daran erinnern, wie er aus seinem Hotel ausgecheckt hat.«

»Ausgezeichnet.«

»Dann wollen wir uns mal um den Papierkram kümmern.« Er führte sie nach drinnen. »Hättest du gerne ein Glas Champagner, während wir das erledigen? Du siehst aus, als könntest du den gebrauchen.«

Die Katze sah zu Ricky hinüber. »Er wird sie so was von *flachlegen*.«

Ricky Lee nahm seine Mütze ab und kratzte sich am Kopf. »Weißt du, Katze, du hast teilweise recht.«

»Womit?«

Ricky rammte seinen Kopf gegen den der Katze und knockte sie komplett aus.

Er starrte auf den Berglöwen hinunter und fügte hinzu: »Das Smith-Rudel kann manchmal wirklich ein Haufen von Arschlöchern sein.«

Ricky setzte seine Mütze wieder auf und ging ins Flughafengebäude, um Toni zu suchen.

Kapitel 8

Die Limousine fuhr vor dem Stadthaus vor und Toni stieg aus dem Wagen. Der Wolf folgte ihr. Es war schon fast sieben. Sie war ins Büro zurückgekehrt und hatte Ulrich und Cella Malone mitgeteilt, was sich abgespielt hatte. Sie schienen nicht überrascht zu sein, aber Ric wirkte auch nicht allzu glücklich darüber, dass er eine Limousine gekauft hatte, die er gar nicht benötigte.

Anschließend hatte Toni das Büro wieder verlassen und festgestellt, dass der Wolf und die Katze auf sie warteten. Toni wusste nicht, wie sich der Chauffeur die hässliche Beule an seiner Stirn zugezogen hatte, und sie fragte ihn auch nicht. Sie war einfach nur froh, dass er bereit war, sie nach Hause zu fahren. Warum Ricky mit ihr kam, wusste sich auch nicht so recht. Wenn sie bis jetzt noch kein Fieber hatte, dann würde sie auch keins mehr bekommen. Ihre Schulter tat zwar noch weh, aber das war nichts, womit sie nicht fertigwurde. Morgen würde der Schmerz nur noch eine verblasste Erinnerung sein.

Toni bedankte sich bei dem Katzenmännchen für seine Hilfe, erinnerte den Mann daran, dass er nun *schriftlich* hatte, dass Ulrich bereit war, seinen Wagen durch einen zu ersetzen, dessen Dach nicht von Bärenklauen zerfetzt worden war, und verabschiedete sich von ihm. Dann stieg sie die Stufen zu dem Stadthaus hinauf, schloss die Tür auf und trat hinein.

Sie hatte kaum einen Fuß in den Flur gesetzt, als Coop plötzlich auf sie zuraste. »Lauf!«

»Was?«

»Lauf«, flüsterte er. »Hau ab, solange du noch kannst.«

Ricky hatte nur einen flüchtigen Moment lang Zeit, sich zu wundern, was zur Hölle hier eigentlich vor sich ging, bevor sie über

Toni herfielen und sie gegen seine Brust drückten, während er mit dem Rücken gegen die geschlossene Tür gepresst wurde. Das war wohl die ganze Bande, schätzte er. Tonis Eltern und ihre Geschwister. Und sie alle brüllten Toni an. Und einander.

»Wo warst du denn?«, fragte ihre Mutter mit einem der Zwillinge auf dem Arm.

»Hey!«, rief ihr Vater und versuchte, seine Brut zu beruhigen und den anderen Zwilling auf seinem Arm zu balancieren. »Warum lassen wir Toni nicht ein paar Minuten Zeit, um …«

Aber sein Versuch wurde von Kyle, Oriana und einem anderen Jungen übertönt, die einander gegenseitig Dinge androhten, die niemandem unter fünfundzwanzig über die Lippen kommen sollten.

Cooper stand zusammen mit einem anderen jungen Mädchen hinter der Meute, und sie beide warfen ihrer Schwester einen Blick zu, den Ricky nur als »es tut uns so leid« interpretieren konnte. Er wusste, dass sie es tatsächlich so meinten, aber unglücklicherweise half das auch nicht wirklich.

Und dann entdeckte Ricky sie. Sie schlich aus der Bibliothek und schwebte leise in einem strahlend weißen Sommerkleid, das sanft ihre Knöchel umwehte, den Flur hinunter, während sie an den Füßen bequeme Sandalen trug und eine beigefarbene Messenger-Tasche über ihrer Schulter hing.

Sie sah ganz anders aus als ihre Geschwister. Ihr Haar war blonder und sehr lang und reichte bis über ihren Rücken hinunter. Sie bewegte sich anders, verhielt sich anders.

Er konnte es nicht erklären, aber sie hatte irgendetwas an sich …

Toni ging auf Zehenspitzen und rief dem Mädchen laut zu: »Wo gehst du hin, Delilah?«

Es war die Tatsache, dass sie alle sofort verstummten, die Ricky Sorgen bereitete. Es war, als seien sie mit einem Mal alle erstarrt und sich plötzlich der Anwesenheit des Mädchens bewusst.

Das Mädchen, das Toni Delilah genannt hatte, blieb stehen,

und Tonis Eltern und Geschwister drehten sich allesamt um und schauten den Flur hinunter. Langsam wandte sich Delilah ihnen zu.

»Wie bitte?«

»Ich hab dich gefragt, wo du hingehst.«

Mit einem vorsichtigen Lächeln, das dauerhaft erstarrt zu sein schien, kam Delilah näher.

»Raus. Spazieren«, antwortete sie. Ihre Stimme klang sanft und … melodisch. Überhaupt nicht wie die ihrer Geschwister. Sie wirkte noch nicht mal wie ein Hund. Wenn er nicht den Schakal in ihr hätte riechen können, hätte Ricky sie für einen Vollmenschen gehalten. »Ich bleibe nicht lange weg.«

»Ich kann mit dir gehen«, bot Toni an.

»Nein. Ich bleibe nicht lange weg.«

»Was ist mit Cooper? Nur, um dir Gesellschaft zu leisten.«

»Nein«, wiederholte Delilah. »Ich bleibe nicht lange weg.«

Ihre Stimme veränderte sich nie. Ihre Haltung veränderte sich nie. Es war, als hätte sie nur einen einzigen Tonfall.

»Na gut …« Toni ließ sich wieder auf ihre Fußsohlen sinken. »Aber dann sei vorsichtig, okay?«

Mit einem Nicken wandte Delilah sich ab und ging den Flur hinunter.

Die Familie blieb stumm, bis sie alle hörten, wie sich irgendwo in den Tiefen des Hauses eine Tür öffnete und wieder schloss.

Toni ließ ihren Blick über ihre Geschwister schweifen. »Gut. Alle ins Wohnzimmer. Ruhig. Leise. Kein Streit.«

Sie folgte ihnen, aber Ricky hielt sie an ihrem T-Shirt fest.

»Wer war das?«, fragte er.

»Meine Schwester.«

»Ehrlich?« Sie wirkten viel zu verschieden, um tatsächlich verwandt zu sein. »Wurde sie adoptiert?«

Toni schüttelte den Kopf. »Nein. Sie ist eine von uns. Ist vor ein paar Monaten achtzehn geworden.« Sie setzte sich wieder in Bewegung, blieb dann aber noch einmal stehen und sah sich zu ihm um. »Ich weiß, dass meine Schwester hübsch ist«, sagte sie mit sehr leiser Stimme. »Aber halt dich von ihr fern.«

»Ich bin nicht an ihr interessiert.«

Sie nickte und fügte dann hinzu: »Und sag auch deinem Bruder, dass er sich von ihr fernhalten soll.«

»Weil sie so jung ist? Weil sie zur Familie gehört?«

Toni betrachtete ihn einen Moment lang, bevor sie antwortete. »Nein. Das ist nicht der Grund.«

Ohne ein weiteres Wort ging sie ins Wohnzimmer, und Ricky ließ sich selbst hinaus.

Als er die Treppe hinunterging, bemerkte er eine andere Limousine, die vor dem Haus parkte. Der Fahrer öffnete die hintere Tür, und eine Frau stieg aus. Sie war ein Vollmensch, aber von Wolfsgeruch umhüllt. Die Gefährtin eines Wolfes. Sie kam auf ihn zu, blieb am Fuß der Treppe stehen und blickte mit ihren verstörend blauen Augen zu ihm hinauf.

»Ich kenne Sie«, sagte sie. Dann schüttelte sie den Kopf. »Nein. Nicht Sie. Jemanden, der mit Ihnen verwandt ist. Sie haben sehr ähnliche Wangenknochen und Augen. Sie sind dieser Freund von Dee-Ann.«

»Sie kennen Dee-Ann?«

»Ich bin Irene Conridge Van Holtz.«

»Rics Tante. Ich hab schon viel von Ihnen gehört. Und ich glaube, Sie kennen meine Schwester, Ronnie Lee.«

Sie sah zu dem Stadthaus hinauf. »Gibt's ein Problem?«

»Wie bitte?«

»Sie sind in der Sicherheitsbranche tätig, richtig? Das hat Dee-Ann jedenfalls gesagt. Sie und Ihre Brüder. Wenn Sie also hier am Haus meiner Freundin und ihrer Kinder sind, die ich als meine Familie betrachte, dann frage ich mich, ob Sie hier sind, weil es ein Problem gibt.«

»Kein Problem.«

»Dee-Anns Cousin wohnt mit diesem Wildhundrudel auf der anderen Straßenseite, richtig? Das hat Holtz mir erzählt.«

»Holtz?«

»Mein Mann. Ich nenne ihn Holtz. Wie dem auch sei, ich dachte, Sie seien hier, um sicherzustellen, dass die Wildhunde keinerlei Bedrohungen ausgesetzt sind.«

Ricky lächelte. »Das haben wir schon überprüft, bevor sie überhaupt ihr erstes Gepäckstück hier abgestellt hatten.«

»Ich verstehe.«

»Wie auch immer, ich lasse Sie jetzt reingehen und Ihren Besuch machen.« Er ging noch ein paar Stufen hinunter. »Vielleicht können Sie die arme Toni ja retten. Es war fast, als sei ihre Familie wie eine Meute Höllenhunde über sie hergefallen.«

»Einen schönen Abend noch«, wünschte sie ihm.

»Ihnen auch, Ma'am.«

Irene sah dem Wolf nach, als er die Straße überquerte. Sie musste zugeben, dass sie immer geglaubt hatte, ihr Gefährte sei unnatürlich groß und kräftig, besonders im Schulter- und Nackenbereich. Aber jeder einzelne Wolf aus dem Smith-Rudel, den sie bisher kennengelernt hatte, hatte ihr gezeigt, was unnatürlich groß und kräftig tatsächlich bedeutete. Dicke Nacken. Mächtige Schultern und Brustkörbe. Und geradezu bizarr große Füße – besonders die Frauen.

Und trotzdem mochte Irene an allen Wölfen am meisten, wie leicht es war, herauszufinden, was sie dachten oder fühlten, indem man einfach ihren Gesichtsausdruck beobachtete.

Und Irene wusste, was sie gesehen hatte, als der Wolf Toni erwähnt hatte.

Sie ging die Stufen hinauf, betrat das Haus und bedeutete dem Chauffeur ihrer Limousine, ihr Gepäck auf dem Boden abzustellen.

Während er sich darum kümmerte, ging sie den marmornen Flur hinunter, bis sie die komplette Familie Jean-Louis Parker im Wohnzimmer entdeckte. Toni stand vor ihrer sitzenden Familie, ein Notizbuch in der Hand.

»Also gut«, sagte sie und bemerkte gar nicht, dass Irene da war, »das wird nicht schwer zu regeln sein. Ich stelle für jeden von euch einen Zeitplan auf, und ich bin mir sicher, dass wir die vielen Zimmer hier so verteilen können, dass ihr alle jeden Tag genügend Zeit zum Arbeiten oder Üben habt.«

»Ich sollte den Ballsaal bekommen«, blaffte Oriana sie an. »Ich brauche am meisten Platz.«

»Und die meisten Spiegel«, murmelte Troy.

»Hast du keinen Winkelmesser oder so, den du dir in den Mund schieben kannst ... mit der spitzen Seite zuerst?«

»Buchstabiere Winkelmesser.«

»Ich kann für dich erbärmlicher einsamer *Loser* buchstabieren!«

»Ja«, mischte sich Kyle trocken ein, »was du auch definitiv sein wirst, wenn du erst mal fünfunddreißig bist und deine Karriere vorbei ist.«

»Das *reicht*!«, bellte Toni. Und es war, im wahrsten Sinne des Wortes ... ein Bellen. »Ich allein entscheide, wer welches Zimmer bekommt, und ihr werdet meine Entscheidung wortlos runterschlucken.«

Es war verärgertes Murren zu hören, aber keines der Kinder war mutig genug, seine Schwester herauszufordern.

Toni warf einen Blick auf ihr Notizbuch. »Gut, dann wollen wir mal sehen ...«

In diesem Moment fiel Irene etwas auf: Toni würde nichts zu ihnen sagen. Gar nichts.

Deshalb war es umso besser, dass Irene für ihre kalte, brutale und herzlose Fähigkeit bekannt war, alles direkt auf den Punkt zu bringen. Wenn Toni ihnen nichts sagen würde, dann würde Irene es eben tun.

»Herzlichen Glückwunsch, Antonella«, sagte Irene von ihrem Platz in der Tür aus.

Toni riss den Kopf hoch und starrte Irene mit ihren braunen Augen an.

»Hey, Reeny!«, rief Paul erfreut. Seit Jackie diesen armen Schakal vor all den Jahren angeschleppt hatte, bestand er darauf, Irene »Reeny« zu nennen. Anfangs hatte Irene es gehasst, aber dann war ihr der Spitzname, genau wie Paul, ans Herz gewachsen.

»Hallo, Paul.«

»Also, wozu gratulierst du meinem Mädchen?«

Irene täuschte Überraschung vor, indem sie eine Augenbraue hob. »Sie hat's euch noch gar nicht gesagt?«

Da sich die Aufmerksamkeit der gesamten Familie auf Irene richtete, sahen sie nicht, dass Toni ihr zur Warnung einen Reißzahn zeigte.

»Nein. Sie hat uns nichts gesagt.« Paul sah seine Tochter an. »Was hast du uns nicht gesagt?«

»Das spielt keine Rolle.«

»Geht es um dein Bewerbungsgespräch? Hast du den Job gekriegt?«

Und genau das war der Grund, warum Paul Irene ans Herz gewachsen war. Nicht viele Männer hatten diese Hoffnung und Freude in der Stimme, wenn sie ihre erwachsene Tochter nach einem Bürojob fragten, bei dem es wahrscheinlich hauptsächlich um die Betätigung des Kopierers ging.

Toni zuckte mit den Schultern. »Sie haben mir ein Angebot gemacht, aber bei allem, was bei uns los ist …«

»Was?«, fragte Kyle trocken. »Du willst dir diesen Job nicht unter den Nagel reißen, bei dem du den ganzen Tag eine Bürodrohne spielen kannst? Was denkst du dir nur dabei?«

»Oh«, informierte Irene die Familie und ging langsam ins Wohnzimmer. »Den Job hat jemand anders bekommen. Wahrscheinlich irgendein Collegestudent, aber es war ja auch nur ein Sommerjob. Das Gehalt ist auch nur das eines Praktikanten, aber der Job war eher dafür gedacht, Credits fürs College zu sammeln.«

»Dann hat sie noch nicht mal den Job als Bürodrohne gekriegt?«, fragte Oriana gehässig.

»Nein. Aber sie hat den Job als Direktorin der Abteilung für Mannschaftsreisen und Promotion gekriegt, bei dem sie, glaube ich, ein sechsstelliges Gehalt verdient, einen Firmenwagen erhält, viel reisen muss und krankenversichert ist, einschließlich Arterienwiederherstellung – anscheinend kriegen das alle, die zum Team gehören, und ich habe beschlossen, der Sache nicht weiter als nötig auf den Grund zu gehen. Und außerdem erhält sie einen jährlichen, nicht unerheblichen Bonus, der sich nach ihrer Leistung bemisst. Ich bezweifle ernsthaft, dass das nur ein kleiner Job als Bürodrohne für unsere Antonella ist. Das ist der Beginn einer Karriere für sie. Sind wir nicht alle furchtbar stolz auf sie?«, fragte Irene und begann, höflich zu applaudieren.

Aber niemand schloss sich ihr an. Stattdessen zeigte Oriana anklagend mit dem Finger auf ihre Schwester. »Du lässt uns im Stich?«

»Ich …«

»Du lässt uns im Stich für deine eigene … wie hast du das genannt, Tante Irene? Deine eigene *Karriere*?«

»Ich dachte, *wir* wären deine Karriere«, sagte Troy.

»Genau!«, stimmte Kyle ihm zu. »Ich habe die Absicht, dich zu meiner persönlichen Assistentin zu machen, wenn meine Karriere erst mal richtig gestartet ist, damit du meinen Zeitplan managen und dich um meinen Harem an Frauen kümmern kannst.«

Cooper grinste höhnisch. »Und was genau würdest du mit einem Harem an Frauen anstellen, Kyle?«

»Was wohl? Ihnen erlauben, mir das Abendessen zu kochen und meine Wäsche zu waschen, nachdem sie eine Gazelle für mich gefangen haben. Genau das, was Mom so macht. Was sollte man wohl sonst mit einem Harem machen?«

Erleichtert angesichts dieser Erläuterung eines Elfjährigen sagte Irene: »Ihr musstet doch alle wissen, dass dieser Tag irgendwann kommen würde. Dass eure Schwester euch verlassen und ihr eigenes Leben führen würde … ihre eigene Familie gründen würde.«

»Woher solltet wir das wissen?«, fragte Troy. »Das hat nie jemand mit uns besprochen. Nie. Zu keinem Zeitpunkt.«

»Also«, fragte Cherise plötzlich, »dann hast du wirklich geglaubt, Toni würde für immer bei uns bleiben?«

»Warum sollte sie das nicht?«, fragte Kyle. »Wir sind was Besonderes. Wir brauchen Aufmerksamkeit. Sie ist nur …«

Irene verschränkte die Arme vor ihrer Brust. »Deine Schwester ist nur … was, Kyle?«

Mit weit aufgerissenen Augen starrte Kyle Toni an. »Sie ist … nur … unglaublich? Genau. Sie ist ganz unglaublich darin, sich um uns zu kümmern.«

»Dann ist meine besondere Fähigkeit also die eines Babysitters?«, fragte Toni.

»Du solltest dankbar sein«, fügte Troy hinzu und stand auf. »Wir *erlauben* dir, ein Teil unseres Lebens zu sein. Wir erlauben dir, im Glanz unserer Brillanz zu baden! Und du wagst es, uns damit zu drohen, uns wegen eines lächerlichen *Jobs* zu verlassen?«

Irene hatte die Nase voll und sah ihre beste Freundin an. »Jackie … hast du vielleicht irgendwas dazu zu … zu … bei der fehlerhaften Logik von Albert Einstein, Jacqueline Jean-Louis – *weinst du etwa*?«

»Ich bin … ich bin …« Jackie vergrub ihr Gesicht in den Händen und ihr ganzer Körper bebte unter ihrem Schluchzen.

Toni eilte zu ihr, völlig entsetzt. »Mom, bitte, nicht weinen. Ich werde nicht …«

Bevor Irene Tonis nächsten lächerlichen emotionalen Ausbruch aufhalten konnte, erwischte Paul seine älteste Tochter am Arm und zerrte sie unsanft aus dem Zimmer. Irene ging zu Jackie und half ihr auf. »Komm schon.«

Irene schob sie zur Tür und rief den Kindern über ihre Schulter hinweg zu: »Ihr wartet alle hier, bis ich wieder zurückkomme.«

»Oder was?«, zischte Oriana.

Irene blieb stehen, drehte sich um und fixierte das junge Mädchen. Fixierte sie … und starrte sie an.

Anfangs starrte Oriana zurück, aber dann wandte sie ihren Blick doch ab. Irene funkelte sie weiter an, bis Kyle vor seine Schwester sprang und Irene anbrüllte: *»Was ist denn los mit dir? Hör auf! Hör einfach auf!«*

Zufrieden begleitete Irene ihre Freundin nach draußen, zuversichtlich, dass die Kinder auf sie warten würden, genau wie sie es ihnen befohlen hatte.

»Ich bin eine furchtbare Schwester«, schluchzte Toni und vergrub ihr Gesicht in ihren Händen. »Und eine noch miesere Tochter.«

»Dir ist schon klar, dass du auf Troy, Kyle und Oriana hörst?«

»Sie haben recht!«

»Sie sind selbstsüchtig!«

»Anscheinend bin ich das auch!«

Paul setzte sich auf die Marmorbank im Garten hinter ihrem vorübergehenden Zuhause und sah zu seiner wunderschönen Tochter hinauf. »Du wirst das nicht tun.«

»Ich weiß«, sagte sie hastig und wischte sich das Gesicht mit den Handflächen ab. »Ich werde das nicht tun. Ich werde den Job nicht annehmen.«

»Nein, Toni. Ich meine, du wirst dir von deinen Geschwistern keine Schuldgefühle einreden und dir die Chance deines Lebens entgehen lassen.«

Toni starrte ihren Vater an. »Was?«

»Du hast mich schon verstanden. Du nimmst diesen gottverdammten Job an. Du nimmst ihn an. Und du wirst großartig darin sein. Und du wirst dein eigenes Leben führen.«

»Ich kann euch doch nicht im Stich lassen.«

»Toni?«

»Ja?«

»Du weißt schon, dass das nicht deine Kinder sind, oder?«

Toni wirkte angewidert und fauchte: »Natürlich weiß ich das.«

»Und wie kannst du sie dann im Stich lassen, wenn du nicht ihre Mutter bist? Wir – deine Mutter und ich – können uns selbst um unsere Kinder kümmern.«

»Aber …«

»Wir«, bekräftigte er, »können uns selbst um unsere Kinder kümmern. Wir haben sie bekommen … und wir sind für sie verantwortlich.« Er zuckte mit den Schultern. »Das steht irgendwie auch im Gesetz.«

»Dann werde ich also einfach so verdrängt? Wie ein Löwenmännchen, das aus seinem Rudel gedrängt wird? Ihr seid einfach so mit mir fertig?«

Okay, Paul kannte das. Tonis Mutter reagierte genauso, wenn sie zu gestresst war. Das war der »Nichts, was du sagst, wird es irgendwie besser machen«-Moment.

Deshalb sagte Paul auch nichts. Stattdessen nahm er seine Tochter einfach an der Hand und zog sie zu sich heran, bis sie sich auf seinen Schoß setzte, wie sie es auch damals getan hatte, als diese international berühmte Dirigenten-Katze sie angefallen hatte, als sie sieben gewesen war. Er legte seinen Arm ganz sanft um ihre Taille und lächelte, als ihr Kopf auf seine Schulter kippte.

»Herzlichen Glückwunsch, mein Schatz.«

»Danke, Daddy.«

»Also … dieser Wolf scheint ja ziemlich interessiert an …«

»Fang jetzt bloß nicht damit an.«

Lachend küsste er sie auf die Stirn. »Nicht heute Abend. Aber du weißt, dass ich nicht locker lassen werde.«

»Ich weiß, Daddy. Ich weiß.«

»Schluchzen?«, hörte sie Irene seufzen. »Ehrlich?«

»Du verstehst das nicht.«

»Ich verstehe nicht, wie sehr ihr euch auf Antonella verlasst? Wie sollte ich wohl sonst jemals in den Genuss unserer gemeinsamen Spa-Besuche kommen, wenn Toni sie nicht für uns organisieren würde?«

»Das ist es nicht.«

»Willst du dich nicht Tag für Tag mit Kyle und Oriana herumschlagen müssen? Das verstehe ich vollkommen. Vielleicht können wir die beiden, Troy und meine Dämonen-Brut ja zusammen in ein Apartment sperren und sie einfach dort lassen … für immer. Du hättest immer noch den Rest deiner Kinder und ich hätte immer noch meine Jungs ... es könnte perfekt funktionieren.«

»Verstehst du das denn nicht?«, fragte Jackie. »Ich verliere mein kleines Mädchen!«

»Sie verlieren? Du meinst wohl, sie wird erwachsen.«

»Was auch immer. Alles, was ich weiß, ist, dass mein Baby, meine Erstgeborene, mich verlässt, um ...«

»Ihr eigenes Leben zu beginnen? Ihre eigene Familie zu gründen?«

»Sprich nicht in diesem Ton mit mir, Irene Conridge. So als sei *ich* irrational.«

»Du lässt zu, dass deine Gefühle die Oberhand über deine Vernunft gewinnen. Das würden viele als irrational bezeichnen.«

»Irene.« Jackie setzte sich auf ihr Bett. »Ich brauche jetzt nicht die rationale, logische Irene. Ich brauche die Irene, die mit ihren Kindern ins Fastfood-Restaurant geht, ohne es ihrem Mann zu sagen.«

»Sie essen eben gerne Waffeln.«

»Wölfe lieben Waffeln.«

Irene setzte sich neben sie. »Ich verstehe, dass das für keinen von euch leicht sein wird. Aber du musst sie ziehen lassen. Du musst ihr die Chance geben, herauszufinden, wie ihr eigenes Leben aussehen könnte, auch wenn es nicht so bahnbrechend sein wird wie das ihrer Geschwister.«

»Es hat mich nie interessiert, dass sie kein Wunderkind ist. Für *mich* ist Toni etwas Besonderes.«

»Dich hat es vielleicht nie interessiert, sie aber schon. Sie sagt es dir nicht, aber ich glaube, ein Teil von ihr hat das Gefühl ... dich enttäuscht zu haben.«

»Das ist doch lächerlich.«

»Natürlich ist es das. Aber wenn sie bei diesem Job glänzen kann – und nach allem, was ich von Ulrich gehört habe, ist ihr diese Stelle wie auf den Leib geschneidert –, wird ihr bewusst werden, wie besonders sie ist, wenn sie einfach nur Antonella ist. Manchmal ist das alles, was nötig ist.«

Jackie starrte ihre Freundin an. »Mein Gott, Irene.«

»Was?«

»Das war … wundervoll.«

»Ich bin nicht herzlos, das weißt du.« Sie dachte einen Augenblick lang nach und fügte dann hinzu: »Ich kann es natürlich sein … aber in diesem Moment habe ich mich entschieden, es nicht zu sein.«

»Das weiß ich zu schätzen.« Jackie atmete tief ein. »Irene … wirst du mir da durchhelfen?«

»Ich kann nicht glauben, dass du mich das fragst.«

»Ich weiß, ich weiß.« Jackie warf die Hände in die Luft. »Ich bin erbärmlich. Dich zu bitten, mir dabei zu helfen, mich um meine eigenen Kinder zu kümmern.«

»Nein. Das hab ich nicht gemeint.«

»Hast du nicht?«

»Nein. Ich meine, wenn du nicht gewesen wärst, vor all den Jahren, und dafür gesorgt hättest, dass die Speisekammer immer mit genügend Erdnussbutter und Kräckern gefüllt ist, dass die Stromrechnung bezahlt ist und dass ich wenigstens jeden zweiten Tag vier oder fünf Stunden Schlaf bekomme … dann wäre ich wahrscheinlich eines ebenso tragischen wie sinnlosen Todes gestorben.«

»Oder du wärst einfach zu dem McDonald's um die Ecke von eurer alten Wohnung gegangen und hättest von deinem Büro aus gearbeitet, wenn der Strom abgestellt worden wäre.«

»Nicht, wenn du es nicht vorgeschlagen hättest. Du hast mich am Leben gehalten, bis ich einen Gestaltwandler-Wolf mit einem ganzen Rudel im Rücken getroffen habe, die dafür gesorgt haben, dass ich nicht in einem dunklen Zimmer verhungere. Und deshalb musst du mich auch niemals fragen, ob ich dir dabei helfe, mich um deine brillanten, aber extrem narzisstischen Kinder zu kümmern.«

Jackie seufzte. »Sie sind wirklich ein bisschen narzisstisch, oder?«

»Ein bisschen?«

Toni saß auf einer schönen Ledercouch in einem der vielen Zimmer im Erdgeschoss. Das Haus war wundervoll eingerichtet. Die Wildhunde hatten tolle Arbeit geleistet. Toni war allerdings immer noch der Meinung, dass ihre Mutter zu viel Miete bezahlte, aber es hatte keinen Sinn, ihr das zu sagen. Stattdessen saß Toni einfach auf der schönen Ledercouch und ließ ihren Blick gedankenverloren durch den Raum schweifen.

Ihr Telefon vibrierte, und Toni nahm es von dem Beistelltisch, auf dem es lag. Es war eine SMS von Ulrich.

Im Jet nach Deutschland. Brauche Deine Antwort.
Ja oder nein, Jean-Louis?

Toni starrte auf ihr Telefon, unsicher, was sie tun sollte. Das hier war die Chance ihres Lebens, richtig? Das hatte ihr Vater gesagt. Aber was war mit ihrer Familie?

»Dad hat gesagt, sie kommen auch allein zurecht. Vielleicht sollte ich ihm einfach glauben.«

Sie tippte das Wort »Ja« und wollte gerade mit dem Finger auf SENDEN drücken, als Zia schreiend an ihr vorbeirannte. Keine große Überraschung. Zia war schon immer ein kleiner Schreihals gewesen. Aber dann jagte Zoe hinter ihr her … und sang mit einem Steakmesser in der Hand: »Töten, töten, töten, töten!« Ein paar Sekunden nach ihr folgte Cherise. Sie raste ganz dicht an der Couch vorbei und rief: »Ich krieg sie! Ich krieg sie! Keine Sorge!«

Ihr Finger wartete noch immer darauf, auf SENDEN zu drücken, während Toni ihren Schwestern nachsah, die aus dem Raum rannten.

»Darum sitzt du in der Falle«, sagte Coop, während er sich neben ihr auf die Couch fallen ließ.

Toni sah ihn an. Ihr Bruder aß ein Sandwich und glotzte sie an. »Warum sitze ich in der Falle, oh, weiser Riesenschädel?«

»Weil du jede Minute damit verbringst, zu versuchen, uns vor uns selbst zu beschützen.«

»Das versuche ich doch gar nicht. Hast du nicht bemerkt, dass ich mich gar nicht bewegt hab? Ich weiß, dass Cherise damit fertigwird.«

Zoe rannte wieder durchs Wohnzimmer, noch immer mit dem Steakmesser in der Hand. Aber jetzt hatte Zia eine große Schere zwischen ihre winzigen Finger gekriegt und die heiße Jagd aufgenommen. Cherise hingegen versuchte immer noch, die jüngsten Mitglieder ihrer Familie einzufangen.

»Ich hab sie«, trällerte Cherise jetzt. »Ich hab sie. *Keine Panik!*«

Coop reichte Toni die zweite Hälfte seines Sandwiches. Schinken und Käse auf Sauerteigbrot. »Ich bin nicht in Panik«, sagte er und stellte eine große Tüte Chips zwischen ihnen ab. »Bist du in Panik?«

»Nein. Sie kriegt sie.«

»Au!«, schrie Cherise aus dem Nebenzimmer. »Du kleine Viper! Gib das her!«

»Okay«, sagte ihr Bruder, »vielleicht sieht das ja wirklich schlimm aus. Aber wir müssen alle lernen, allein zurechtzukommen.«

Toni hörte, wie sich die Haustür öffnete, und sah zum Türbogen. Delilah war zurückgekehrt und schwebte still durchs Haus, gefolgt von einem, wie Toni nur annehmen konnte, obdachlosen Vollmenschen. Toni blickte sofort zu Coop hinüber, der sie bereits mit großen Augen anschaute. Jetzt war er definitiv in Panik.

»Nein!«, befahl Toni. Der Vollmensch blieb stehen und drehte sich zu ihr um. »Geh«, fauchte sie ihn barsch an. »Verschwinde sofort wieder!«

Der Vollmensch sah sie an und runzelte verwirrt die Stirn.

Delilah schwebte wieder zurück und legte ihre Hand ganz sanft auf den Arm des Vollmenschen. »Schon okay«, sagte sie mit ihrer weichen, singenden Stimme. »Komm mit. Ich hab was zu essen für dich. Und was Kaltes zu trinken.«

»Nein!« Toni sprang von der Couch auf. Sie benutzte denselben Tonfall auch, wenn nicht angeleinte, aggressive Hunde auf

der Straße wahllos ihre Familie angriffen. Da sie selbst Hunde waren, passierte ihnen das öfter als anderen Familien.

»Raus.« Sie beobachtete, wie der Vollmensch die Situation analysierte. Er war kein netter Mann. Er war nicht aufgrund einer Geisteskrankheit oder unüberwindbarer Umstände obdachlos, das konnte sogar den Besten passieren. Stattdessen war er so geendet, weil er sich in den Schatten aufgehalten hatte und alle möglichen Dinge für das schnelle Geld und einen schnellen Schuss getan hatte. Aber das spielte für Toni keine Rolle. Sie würde nicht zulassen, dass es eine Rolle spielte. Nicht im Haus ihrer Eltern.

Deshalb tat sie, was sie tun musste. Sie fuhr ihre Reißzähne aus und kläffte und jaulte, bis der Vollmensch davonrannte.

Dann drehte sie sich zu ihrer Schwester um. »Wir hatten diese Diskussion doch bereits«, sagte Toni ruhig und freundlich. Sie machte sich bei Delilah nicht die Mühe, ihre Stimme zu erheben. Das war wirkungslos und machte die Sache wahrscheinlich nur noch schlimmer.

»Du bist sehr gemein«, schimpfte ihre Schwester sie sanft. »Er hätte eine anständige Mahlzeit gebrauchen können.«

»Wie schon gesagt: Wir hatten diese Diskussion bereits. Du sollst nicht einfach Fremde von der Straße aufsammeln. Du sollst überhaupt nichts von der Straße aufsammeln. Keine Eichhörnchen, keine Katzen, keine Vollmenschen. Keine Briefträger, keine Polarfüchse. Verstanden?«

Delilah antwortete nicht, sondern starrte Toni nur an, und Toni starrte zurück.

Die Zwillinge schossen durch eine andere Tür erneut ins Zimmer. Während sie weiter Augenkontakt mit Delilah hielt, packte Toni ihre Schwestern an den Händen, in denen sie noch immer die Waffen hielten. Sie nahm ihnen das Messer und die Schere ab und reichte sie Coop – natürlich mit den Griffen zuerst, da seine Hände für knapp eine Million Dollar versichert waren. Dann schnappte sie sich die beiden Welpen und klemmte sich unter jeden Arm einen.

»Hast du das verstanden?«, drängte sie ihre Schwester.

»Ja«, antwortete Delilah. »Ich habe verstanden.« Dann schwebte sie durch den Flur davon.

»Es tut mir leid!«, winselte Cherise, als sie ins Zimmer stolperte. Sie trug Shorts, und Toni konnte deutlich sehen, dass Blut aus mehreren Schnittwunden über ihre Beine lief. Auch ihre Unterarme waren voller Blut, was wahrscheinlich daran lag, dass sie nicht ihre Hände benutzt hatte, um zu versuchen, die Zwillinge zu fangen – nicht, wenn diese Hände für fünfhunderttausend Dollar versichert waren. »Es tut mir so leid!«

»Ist schon gut. Ich hab sie.«

Nein, wurde Toni mit einem innerlichen Seufzen bewusst. Sie konnte ihre Familie nicht einfach im Stich lassen, ganz gleich, was ihr Vater oder Tante Irene sagten. Hauptsächlich, weil Toni die Einzige war, deren Hände man notfalls opfern konnte.

Sie würde Ulrich sagen müssen, dass …

»Äh … Toni?«

Toni sah zu ihrem Bruder hinüber. »Was?«

Er nickte mit dem Kopf in ihre Richtung, und Toni senkte den Blick und sah, dass Zia ihr Telefon hatte und mit ihren kleinen Fingern auf dem leuchtenden Display herumtippte.

»Oh … Mist.«

»Bonjour, oncle Ric!«, trällerte Zia und hielt das Telefon hoch, damit Toni es sehen konnte. *»Bonjour!«*

Coop lehnte sich nach vorne, als das Handy erneut vibrierte, und las die SMS. »Ric antwortet: ›Willkommen an Bord, Cousine!‹«

»Verdammt!«

Toni versuchte, die Zwillinge anders festzuhalten, um das Telefon in die Finger zu kriegen und Ulrich schnell einen Widerruf zu senden, aber Coop nahm ihrer kleinen Schwester das Telefon ab und begann, im Weggehen selbst eine Nachricht einzutippen.

»Was tust du da?«, wollte Toni wissen und folgte ihrem Bruder mit den glucksenden Zwillingen unter den Armen.

»Ich bedanke mich bei Ric für den Willkommensgruß und

sage ihm, dass, ganz gleich, was ich ihm heute Abend noch für Nachrichten schicke, er sie einfach ignorieren soll, weil das nur meine übliche alberne Panik ist.«

»Cooper!«

»Ric sagt, dafür sei es sowieso schon zu spät. Er hat der Mannschaft bereits eine E-Mail geschickt, dass du mit im Boot bist. Oh, guck mal, Schwesterherz! Du kriegst sogar schon Mails. Ein Dankeschön von jemandem namens Malone und eine To-do-Liste von irgendeinem Russen. Novikov? Schau dich nur an, mit all deinen schicken Freunden.«

»Coop, komm schon.«

Er blieb stehen und drehte sich zu ihr um. »Lass es gut sein, Schwesterherz. Du hast den Job.«

Toni hob die Arme, um Cooper die Zwillinge zu zeigen. »Und was soll ich mit den beiden hier machen? Wer wird sich um sie kümmern?«

»Ihre Mutter.« Toni drehte sich um und sah ihre Mutter hinter sich stehen. Sie lächelte. »Ich hab gerade eine SMS von Ric bekommen, der mir zu meiner wundervollen Tochter gratuliert.«

Guter Gott! Wie schnell konnte Ric denn tippen? Er verschickte E-Mails, SMS ... er war wie ein zwölfjähriges Mädchen!

Jackie nahm Toni ihre Zwillingstöchter ab. »Ich bringe die beiden jetzt ins Bett.« Sie lehnte sich nach vorne und küsste Toni auf die Wange. »Ich bin sehr stolz auf dich, mein Schatz.«

»Danke, Mom.«

Jackie verließ das Zimmer. »Komm, Cherise. Ich zeige dir, wie du mit den zweien hier fertigwirst und deine Hände schützen kannst.«

Cherise folge ihr. »Ich hatte an Falkner-Handschuhe gedacht.«

»Die sind gut. Aber du solltest vielleicht auch über Kettenpanzer-Handschuhe nachdenken.«

Coop stellte sich hinter Toni und legte seinen Kopf auf ihrer Schulter ab. »Kettenpanzer-Handschuhe?«

»Hat im Mittelalter auch funktioniert.«

Kapitel 9

Am nächsten Morgen ging Toni in die Küche und betrachtete ihre Familie, die um den großen Holztisch saß und frühstückte.

»Hat jemand den Hund gesehen?«

Kyle ließ die Gabel auf seinen Teller fallen. »Erst nimmst du diesen ach so wichtigen Job an und jetzt kannst du dich noch nicht mal mehr an unsere *Namen* erinnern?«

»Ich meine nicht *dich*. Ich meine den richtigen Hund. Ich sollte mit ihm spazieren gehen, da ich mir sicher bin, dass es von euch niemand tun wird.«

»Haben wir jetzt einen Hund?«

»Ihr habt gestern Abend alle mit ihr gespielt.«

Ihre Familie starrte sie an. Sogar ihre Mutter … die den Hund schließlich angeschafft hatte.

»Wo ist Dad?«, fragte Toni, da sie mit jemandem sprechen musste, der über gesunden Menschenverstand verfügte, aber sie zeigten alle nur in willkürliche Richtungen, was ihr nicht wirklich weiterhalf. »Nutzlos«, murmelte sie. »Ihr alle … brillant, aber nutzlos.«

»Aber wir sind brillant«, sagte Troy grinsend. »Und ist das nicht das Wichtigste?«

»Nein.«

Toni verließ die Küche wieder und ging durch den Flur. Während sie sich der Haustür näherte, ging diese auf und ihr Vater kam mit dem Hund herein, den er an der kurzen, schäbigen Leine führte, die höchstwahrscheinlich noch aus dem Tierheim stammte.

»Sie ist nett«, sagte er und zeigte auf den Hund. »Ich besorge ihr heute Nachmittag ein Halsband und eine richtige Leine.«

»Danke, dass du mit ihr spazieren gegangen bist und sie nicht nur vor die Tür gejagt hast.«

»Ist doch selbstverständlich. Außerdem finde ich, dass die Kinder einen Hund haben sollten.«

»Sollten sie?«

»Je mehr sie sich mit etwas anderem auseinandersetzen als mit …«

»Ihrem eigenen Ego?«

Paul lachte und küsste seine Tochter auf die Stirn. »Viel Glück heute.«

»Danke, Daddy.« Sie machte einen Schritt zurück. »Wie sehe ich aus?«

Ihr Vater betrachtete sie von oben bis unten. »Als würdest du ein Finanzimperium leiten.«

Toni schaute an dem Anzug hinunter, den sie sich von ihrer Mutter geborgt hatte. »Am Wochenende kann ich mir was Neues kaufen.«

»Aber du hasst es, Klamotten zu shoppen.«

»Ich weiß«, seufzte sie.

Toni schaute zu ihrem Vater hinauf und fragte hoffnungsvoll: »Begleitest du mich zur U-Bahn?«

»Nein«, sagte er schlicht, was sie überraschte. »Du kommst schon allein zurecht.« Und damit schob er sie zur Tür hinaus und hielt nur kurz an, um ihren Rucksack zu schnappen und ihn ihr in den Arm zu drücken. »Hab einen tollen ersten Tag, Kleines.« Er zwinkerte ihr zu und knallte ihr die Tür vor der Nase zu.

Schockiert – ihr Vater liebte es, mit ihr spazieren zu gehen – drehte Toni sich um, um die Stufen in ihr neues Leben hinunterzusteigen.

»Morgen.«

Toni blieb verblüfft stehen. Ricky Lee saß auf dem steinernen Geländer und aß Nüsse. Mandeln, wie es aussah.

»Morgen. Was tust du hier?«

»Du hast mich irgendwie in der Luft hängen lassen.«

»In der Luft hängen lassen? Wie meinst du das?«

»Ob du den Job angenommen hast oder nicht.«

»Du kommst um sieben Uhr morgens hierher, weil du wissen willst, ob ich den Job bei den Carnivores angenommen hab?«

»Jap.«

»Du bist ein seltsamer Wolf.«

»Das sagen viele.«

Nicht sicher, wohin diese Unterhaltung führen würde, sagte Toni: »Hör mal, ich muss jetzt gehen.«

»Brauchst du Gesellschaft?«

»Gesellschaft?«

Ricky rutschte vom Geländer, warf sich den Rest der Mandeln in den Mund und nahm sie sanft am Arm. Er ging die restlichen Stufen hinunter und zwang Toni, mit ihm zu gehen.

»Nervös?«, fragte er.

»Ich schätze schon. Schwer, es nicht zu sein.«

»Du schaffst das schon.«

Toni blieb auf der Straße stehen, und der Wolf hielt neben ihr an. »Und was, wenn nicht?«

»Was, wenn nicht was?«

»Was, wenn ich es nicht schaffe? Was, wenn ich es nicht nur nicht schaffe, sondern richtig mies bin?«

»Ich hab dich gestern beobachtet, Toni. Du wurdest für diesen Job geboren.«

»Du hast recht.« Sie nickte und wollte ihm unbedingt glauben. »Du hast recht. Das ist wahrscheinlich gar nicht die große Sache, zu der ich es mache.«

»Genau.«

»Ulrich ist wie ein Cousin für mich. Er gehört zur Familie. Das ist wahrscheinlich nur ein netter Titel mit Bezahlung, damit ich mich besser fühle.«

»Na ja, ich würde nicht sagen …«

»Ich bin mir sicher, dass das gar kein …«, sie malte Gänsefüßchen in die Luft, »… *richtiger* Job ist. Stimmt's?«

Er zuckte mit den Schultern. »Okay.«

Toni fühlte sich schon viel besser. Nun, da sie verstanden hatte, dass es gar kein richtiger Job war, sondern nur eine Möglichkeit, sie den Sommer über zu beschäftigen, steuerte sie wieder auf die U-Bahn-Station zu. Als sie und der Wolf die Straßenecke erreichten, hielt eine Limousine direkt vor ihnen. Die Fahrertür öffnete sich, und der Berglöwe von gestern stieg aus dem Wagen.

Toni warf die Hände in die Luft. »Mr. Van Holtz«, fauchte sie, »hat dir doch schon versichert, dass er für deine gottverdammte Limousine bezahlen wird!«

»Ich weiß. Das ist sie.«

Toni blieb der Mund offen stehen. »Du hast ihn dazu überredet, dir eine Mercedes-Limousine zu kaufen? Verdammte Katzen!« Sie fuchtelte mit den Armen in der Luft herum. »Geh uns aus dem Weg!«

»Ich bin deinetwegen hier.«

»Damit du mit der neuen Limousine angeben kannst, die du einem sehr netten Hund *gestohlen* hast?«

»Nein«, knurrte die Katze zurück. »Ich bin dein neuer Fahrer … Hündchen.«

Toni grinste höhnisch. »Das ist doch totaler Mumpitz.«

»Du bist heute aber ganz schön frech«, neckte der Wolf sie.

»Ruhe.« Sie konzentrierte sich wieder auf die Katze. »Die Carnivores geben mir einen neuen Wagen. Ric würde nicht auch noch Geld für eine Limousine für mich verschwenden.«

»Für deinen persönlichen Gebrauch bekommst du immer noch einen Wagen. Die Limousine kriegst du, damit du dir wegen des Verkehrs keine Sorgen machen musst und nebenbei arbeiten und an Telefonkonferenzen teilnehmen kannst. Dein neues Telefon liegt übrigens auf der Rückbank, und ich glaube, du solltest für eine der russischen Mannschaften gerade auf Abruf sein. Irgendwas wegen der Organisation von Schutzmaßnahmen, weil dieser Novikov irgendwas mit ihrem Coach gemacht hat, als er noch in Minnesota gespielt hat. Ich hab gehört, dass es echt übel war und das Team heimlich aus Russland verschwinden musste.«

»Heißt es jetzt nicht Sowjetunion?«

»Guter Gott«, fauchte die Katze, »Russland heißt nicht mehr Sowjetunion, seit sie sich in den Neunzigern aufgelöst hat.«

»Na, wenn die andauernd ihren Namen ändern, wie soll ich denn da noch mitkommen?«, gab Ricky zurück. »Ich bin Amerikaner! Unser Land hatte bisher nur *einen* Namen!«

Toni rieb sich die Augen. »Ich muss los.«

»Alles okay?«, fragte der Wolf leise, während er der Katze gleichzeitig den Finger zeigte.

»Mir geht's gut«, log sie. »Heute wird toll. Du wirst schon sehen.«

»Okay.«

Sie zwang sich zu einem Lächeln und ging auf die Limousine zu. »Willst du mir nicht die Tür aufhalten?«, fragte sie die Katze.

»Steig einfach in den verdammten Wagen, Hund.«

»Mistkerl«, murmelte sie, bevor sie in die Limousine stieg und an ihr neues Telefon ging.

Ricky betrat das Büro von Llewellyn Security und konnte sich gerade noch unter einer Faust durchducken, die in sein Gesicht flog.

»Mistkerl!«

Lachend wich Ricky vor seinem wutentbrannten kleinen Bruder zurück. »Dir auch einen guten Morgen, Kumpel.«

»Du hast mich mit ihnen allein gelassen«, warf Reece ihm vor. »Du hast mich mit Wölfinnen allein gelassen, die sich *Sorgen* um dich gemacht haben. Die die ganze Zeit damit verbracht haben, über dich und dieses Mädchen zu sprechen, das du vor zehntausend Jahren mal gefickt hast. Und ich, großer Bruder, war in einem Käfig gefangen – *und konnte nicht fliehen*!«

Mindy, die Gepardin am Empfang, kicherte, wandte sich jedoch blitzschnell ab, als Reece sie anfunkelte.

»Es tut mir leid«, sagte Ricky und meinte es auch wirklich so. »Es tut mir leid. Ich bin in Panik geraten und weggelaufen. Genau, wie Daddy es uns beigebracht hat.«

»Gib nicht unserem lieben, netten Daddy die Schuld dafür.«

»Er hat immer gesagt, wenn du das Klicken einer Pistole hörst, das Brüllen einer Bären-Momma oder die Besorgnis einer Wölfin … dann renn. Renn, als sei dir der Teufel höchstpersönlich auf den Fersen. Und das hab ich auch getan. Und du hättest genau dasselbe gemacht.«

»Du bist trotzdem ein Mistkerl.«

»Ich weiß. Aber ich weiß auch, dass du es verstehst.«

Als er die Stimme seiner Schwester hörte, steuerte Ricky sofort wieder auf die Tür zu, aber Reece kam ihm zuvor und schlug sie ihm grinsend vor der Nase zu. Ricky grabschte panisch nach dem Türknauf und zog voller Verzweiflung daran, aber eine starke Hand packte ihn an der Schulter, zerrte ihn zu einem Stuhl und setzte ihn unsanft darauf.

Sissy Mae Smith, die jüngere Schwester von Bobby Ray Smith, streichelte seine Wange. »Du armes, armes Ding. Wie schwer das für dich sein muss.«

Ricky blickte das Alphaweibchen seines Rudels finster an, weil er wusste, dass sich seine Schwester aufrichtig Sorgen machte, Sissy Mae es jedoch besser wusste. Doch genau wie viele andere Smith-Wölfinnen war sie eine bösartige kleine Anstifterin. Er hatte noch nie jemanden kennengelernt, der andere lieber quälte als Sissy Mae Smith … außer vielleicht ihre Momma und dieser Löwe, der Sissy Maes Gefährte war.

»Du kannst dieser Sache nicht aus dem Weg gehen«, sagte Ronnie Lee und machte einen Schritt nach vorne. Sie war erst im zweiten Monat und hatte noch nicht mal einen Bauch, aber ihre Gefühle waren seit dem Moment der Empfängnis der reinste Albtraum aus Liebe und Besorgnis. Ricky wusste, dass das nicht länger anhalten würde, wenn der Welpe erst einmal auf der Welt war, aber die Vorstellung, sich mit der, wie Rory sie nannte, »sorgenvollen Ronnie« auseinandersetzen zu müssen, versetzte Ricky Lee in schiere Panik.

Er liebte seine Schwester und konnte es kaum erwarten, seinen Neffen kennenzulernen, aber er wollte seine kleine Schwester zurück, die ihm vor ein paar Jahren, als er wegen der Trennung von einem Mädchen ziemlich traurig gewesen war, an das er sich jetzt noch nicht einmal mehr erinnern konnte, gesagt hatte: »Komm verdammt noch mal endlich drüber weg, Ricky Lee. Sie vögelt wahrscheinlich schon irgendeinen anderen Typen.«

Gott, wie sehr er sich diese Ronnie Lee zurückwünschte! Er wollte nicht die hier, die ihm den Kopf streichelte, als sei er ein verwundeter Hund, den sie am Rand eines viel befahrenen Highways gefunden hatte und nun schnell zum Tierarzt bringen musste, damit der ihm ein Bein amputierte.

»Ich weiß, dass das hart ist, Ricky Lee. Ich weiß, wie du dich wegen Laura Jane gefühlt hast.«

»Du meinst, als ich achtzehn war? Und auf meinen Schwanz gehört hab?«

»Ist schon gut. Wir sind für dich da.«

Und dann umarmte seine Schwester ihn. Ronnie Lee *umarmte* ihn.

Bitte, jemand soll mich umbringen. Sofort.

»Sie wollen *was*?«

Toni warf einen Blick auf die Notizen, die sie nur mit Mühe hatte hinkritzeln können, während der Dolmetscher des russischen Trainers die Liste mit den Forderungen des sibirischen Gestaltwandler-Teams für das internationale Spiel heruntergerattert hatte. Sie las die Forderungen noch einmal laut vor und hielt inne, als Cella Malone sagte: »Das da.«

Cella Malone, deren lange Beine auf dem Tisch lagen, während ihr schwarzes, mit weißen und orangefarbenen Strähnen durchzogenes Haar lang über ihren Rücken fiel, verschränkte die Arme vor ihrer Brust und atmete tief ein, bevor sie fragte: »Sie wollen Novikov in einem *Käfig*?«

»Ja. Ähm … vor und nach dem Spiel, und während, äh, der Halbzeit.«

»Und du hast dem zugestimmt?«

»Nein.«

»Und bei was hast du zugestimmt?«

Toni, die das Gefühl beschlich, dass sie die Sache vermasselt hatte, gab zu: »Bei nichts.«

»Hast du verhandelt?«

»Nein.«

»Warum nicht?«

Toni ließ ihren Blick über all die Leute schweifen, die um den Tisch herumsaßen, und antwortete: »Ich wusste nicht, dass ich das sollte.«

»Hast du wenigstens nein gesagt?«

»Nein.«

»Dann wird Yuri denken, der Trainer der Moskauer, dass du zugestimmt hast.«

»Aber ich hab nicht zugestimmt.«

»Aber du hast auch nicht gesagt, dass du nicht zustimmst.«

»Aber ich hab auch nicht gesagt, dass ich zustimme.«

»Yuri wird das egal sein. Soweit es ihn angeht, werden wir Novikov in einen Käfig stecken. Nicht, dass ich dem Mann deswegen Vorwürfe mache. Es ist zwar schon ein paar Jahre her, aber dieser arme Bär erholt sich immer noch davon, was Novikov mit ihm gemacht hat. Aber wir stecken Novikov trotzdem in keinen Käfig. Und wir spielen auch nicht ohne ihn gegen das sibirische Team, weil ich nicht gerne verliere. Und gegen eine Mannschaft zu spielen, die aus Eisbären, Tigern und ein paar Füchsen besteht, ist der Stoff, aus dem Albträume gemacht sind.« Cella seufzte und schüttelte den Kopf. »Ich rufe Yuri selbst an.«

»Nein, nein.« Toni schüttelte den Kopf und unterdrückte den Drang, sich in einen Schakal zu verwandeln und anzufangen, vor lauter Nervosität die Möbel zu zerkauen. »Ich kann das erledigen.«

»Ja«, mischte sich einer der Abteilungsleiter ein. »Du hast das bisher ja auch toll hingekriegt, mit Novikov in einem Käfig und so.«

Toni funkelte den Hund – ein Rotfuchs, auf der anderen Seite des Tisches saß – wütend an, schluckte ihre automatische Kyle-Reaktion jedoch hinunter.

»Ich bin mir sicher«, versuchte Toni Cella zu überzeugen, »dass ich das hinkriege. Ich muss nur …«

»Könntet ihr uns allein lassen?«, bat Cella die Runde.

Die anderen Abteilungsleiter verließen schnell den Raum und ließen Toni mit dem Großkatzenweibchen allein. Sie war wirklich eine atemberaubende Schönheit, aber Toni konnte auch ihre Fingerknöchel nicht ignorieren. Sie waren blutig und aufgerissen, so als sei sie gerade erst in einen Kampf verstrickt gewesen. Jedermann kannte die Malones. Eine Tigerfamilie, die aus Irland stammte, einst dem fahrenden Volk angehört hatte und unter Gestaltwandlern einen sehr rauen Ruf genossen. Deshalb wollte sich Toni auch wirklich nicht mit dieser Frau anlegen.

»Hör mal, Kleine«, begann Cella, »ich weiß, dass das alles noch neu für dich ist, aber du musst eine Schippe drauflegen. Ich hab eine Menge zu tun«, jammerte sie und rieb sich die Stirn, »und mörderische Kopfschmerzen. Ich meine, du hast das mit Novikov und Bert wirklich großartig geregelt. Besser als jeder andere. Und du hast Ric Van Holtzs Gütesiegel. Und das ist wirklich alles toll. Aber denk nicht mal eine Sekunde lang, dass deine Beziehung zu Van Holtz dich schützen wird. Wenn du diesen Job nicht vernünftig erledigst … dann feuere ich dich wieder und Van Holtz wird meine Entscheidung auch nicht wieder umstoßen. Also leg eine Schippe drauf.«

Toni nickte. »Ja. Selbstverständlich.«

»Und, Süße … was hast du da an?«

Toni blickte an dem Hosenanzug ihrer Mutter hinunter. »Einen Hosenanzug.«

»Warum? Verkaufst du Versicherungen?«

»Na ja … ich …«

»Es ist nur so … du siehst aus, als ob du dich unwohl fühlst. Und für Gestaltwandler ist sich unwohl fühlen gleichbedeutend mit Schwäche. Du willst doch nicht, dass diese Jungs dich für schwach halten. Sonst werden sie dich praktisch niedertrampeln. Also, lass dir ein Rückgrat wachsen, zieh was an, worin du dich auch wirklich wohlfühlst, und ich kümmere mich fürs Erste um Yuri. Okay?«

»Ja.«

»Gut.« Cella schwang ihre Beine vom Tisch, sammelte ihre Unterlagen ein und verließ den Konferenzraum.

Wieder allein, legte Toni ihren Kopf auf der Tischplatte ab. Es war noch nicht mal Mittag, und sie wollte sich schon vor ein Auto werfen.

Das hier war ein riesiger Fehler gewesen. Riesig. Gigantisch. Was hatte sie sich nur dabei gedacht? Und was noch schlimmer war: Sie hatte den ganzen Morgen über Anrufe und SMS von ihren Geschwistern erhalten. Wie es schien, herrschte zu Hause das reinste Durcheinander – und jetzt auch noch hier. Und alles nur ihretwegen, soweit sie das beurteilen konnte.

»Hi.«

Toni riss den Kopf hoch und sah die Frau an, die in der Tür stand.

»Ich bin Kerri«, sagte die Frau mit einem strahlenden Lächeln.

Toni nickte.

»Ihre Sekretärin.« Oh, Gott. Hatte sie jetzt auch noch eine Sekretärin? Wofür? »Obwohl ich Verwaltungsangestellte bevorzuge, wenn das in Ordnung ist. Oder Assistentin. Was auch immer.« Die Frau war so … fröhlich und munter. Sie konnte unmöglich eine Gestaltwandlerin sein.

»Ja«, sagte sie, so als könne sie Tonis Gedanken lesen. »Ich bin ein Vollmensch. Verheiratet mit einer wundervollen Hyäne. Ich liebe seinen Clan. Wissen Sie, als ich ihn damals kennengelernt habe, hab ich zuerst wirklich geglaubt, er sei eine Frau und hätte nur starke Knochen, aber dann hab ich rausgefunden, dass er in Wahrheit ein Mann ist. Er lacht über alles, zum Beispiel bei der Beerdigung meiner Cousine, was ein bisschen unangenehm war, aber ich liebe ihn einfach. Und Sie sind also …«, sie zeigte mit einem Finger auf Toni, »eine Schakalin, richtig?«

Toni nickte. »Das ist so cool! Ich wünschte, ich wäre auch eine

Gestaltwandlerin. Ein Vollmensch zu sein ist okay. Ich meine, ich bin gesund und nicht unattraktiv. Aber in der Lage zu sein, sich in eine ganz andere Spezies zu verwandeln … das ist so cool!«

»M-hm.«

»Wie dem auch sei, Ihr Büro ist endlich fertig.«

»Büro?« Der Luchs hatte sie an einen Schreibtisch nicht weit von seinem gesetzt, und Toni hatte sich nicht viel dabei gedacht. Er war zwar klein, würde für ihre Zwecke aber ausreichen.

»Floyd hat Ihnen nichts gesagt, oder?«, fragte Kerri und rollte mit den Augen. »Typisch. Sie haben so kurz nach Ihrer Einstellung angefangen, dass wir nicht viel Zeit hatten, Ihr Büro fertig zu machen. Und ich wollte sichergehen, dass alles perfekt ist. Entschuldigen Sie also bitte, dass ich nicht da war, um Sie willkommen zu heißen … und dass Sie sich mit *Floyd* herumschlagen mussten.« Sie streckte die Zunge raus und verdrehte die Augen. Sekunden später kehrte ihr strahlendes Lächeln zurück. »Okay! Dann wollen wir uns mal Ihr neues Büro anschauen!«

Ricky hatte den Kopf in den Nacken gelegt und starrte an die Decke. Es musste einen Ausweg aus dieser Situation geben. Es musste einfach. Er war ein starker, selbstbewusster Wolf, der die ganze Welt bereiste. Und trotzdem wollte ihm anscheinend einfach keine Möglichkeit einfallen, diese beiden Wölfinnen aus seinem Büro zu vertreiben.

Ronnie redete immer noch und war praktisch in Tränen aufgelöst, während Sissy Mae ständig alles wiederholte und ihn damit wahnsinnig machte.

»Ich weiß, dass du versuchst, über diese Sache hinwegzukommen«, sagte Ronnie Lee.

»So sehr versuchst«, stimmte Sissy ihr zu.

»Und dass du so tust, als würde es dir nichts ausmachen, dass sie hier ist.«

»So tust. Die ganze Zeit so tust.«

»Aber wir sind für dich da.«

»Wir sind so sehr für dich *da*.«

Als Ricky gerade mit dem Gedanken spielte, aus dem Fenster zu springen, hörte er ein kurzes Klopfen an der Tür. Ohne auf eine Antwort zu warten, stieß Rory sie auf.

»Hey, Ricky, du musst mir mal …«

Rory hatte einen Aktenordner in der Hand und blieb mitten im Schritt stehen, während sein Blick zwischen Ronnie und Sissy hin und her huschte.

»Was macht ihr denn hier?«

Ronnie legte eine Hand auf Rickys Schulter. »Wir unterhalten uns nur mit meinem Bruder. Ist das in Ordnung für dich?«

Rory ließ den Ordner sinken. »Sag mir nicht, dass es immer noch um diese Laura Jane geht.«

»Na, es ist ja nicht gerade so, als würdest du dich darum kümmern, Rory Lee!«

»Weil es nichts zu kümmern gibt! Und das sieht dieser Idiot genauso!« Rory stampfte zu Ricky hinüber, packte ihn am Unterarm und riss ihn aus dem Stuhl hoch. »Wenn es euch nichts ausmacht, wir haben zu arbeiten.« Rory drückte ihm die Akte in die Hand. »Dieser Klient hat ein Problem mit seinem System. Bitte schau dir das mal an.«

Ricky rannte praktisch aus seinem Büro. »Wird erledigt!«

»Diese Unterhaltung ist noch nicht vorbei, Ricky Lee!«, rief Ronnie ihm nach. »Du wirst dich ihr irgendwann stellen müssen!«

Im Fahrstuhl winkte Ricky kurz der noch immer kichernden Mindy zu, während er auf den Knopf fürs Erdgeschoss haute, bis die Tür sich schloss. Dann atmete er erleichtert aus und sagte: »Nicht, wenn ich es verhindern kann.«

Toni saß an ihrem riesigen Mahagoni-Schreibtisch mit dem hochmodernen Computersystem und drei HD-Monitoren – warum sie mehr als einen Monitor brauchte, wusste sie nicht – in ihrem ergonomisch geschnittenen Chefsessel aus Leder. Sie saß da und rastete in aller Stille aus.

Das war auch eine Gabe, die sie hatte, in aller Stille auszurasten. Die meisten Leute, besonders die in ihrer Familie, taten dies auf sehr lautstarke Weise mit viel Geheul und Gebrüll. Dank der Entschuldigung, dass sie schließlich Künstler waren, waren sie immer sehr emotional, aber Toni konnte es sich nie leisten, genauso zu reagieren. Wenigstens einer in ihrer Familie musste zumindest so *wirken*, als sei er ruhig und rational.

Das traf auch zu, wenn Toni sich eigentlich völlig am Ende fühlte. Genau wie jetzt. Und wie in den vergangenen drei Stunden, während des Mittagsessens und diverser Telefonkonferenzen und während sie nun an ihrem schicken neuen Schreibtisch saß und in aller Stille ausrastete.

»Hi, Boss!«, grüßte Kerri, als sie das Büro betrat. Sie war sehr schnell sehr vertraut geworden, was Toni grundsätzlich nicht störte. Aber sie hasste es, dass Kerri sie permanent »Boss« nannte. Sie war kein Boss. Sie würde niemals ein Boss sein. Zumindest kein guter.

»Oh, das hab ich ja vorhin ganz vergessen. Mr. Van Holtz ist für ein paar Wochen nicht im Büro, aber er hat mich persönlich ausgewählt und wollte nicht, dass Sie sich von meiner extrem fröhlichen Natur und meiner Tendenz, zu viele Informationen über mich selbst preiszugeben, täuschen lassen. Er sagt, ich sei wirklich gut in dem, was ich tue, und geradezu ekelhaft loyal. Er denkt, dass wir uns großartig verstehen werden – und das denke ich auch!«

Sie setzte sich auf den Stuhl gegenüber von Toni. »Okay, jetzt, wo wir ein paar Minuten Zeit haben, sollten wir über meine Rolle sprechen.« Sie klappte die Ledermappe auf, die sie in der Hand hielt. Das Tablet schaltete sich ein, und sie war bereit, sich Notizen zu machen. »Was brauchen Sie von mir?«

Toni saß nur da und starrte die Frau mit weit aufgerissenen Augen an.

»Ma'am?«

»Ich kann das nicht«, gab Toni schließlich zu. »Ich hab keine Ahnung, was ich hier tue. Ich gehöre hier nicht her.« Toni sprang auf. »Ich muss weg.«

»Weg? Jetzt? Aber Miss Jean-Louis …«

»Ich muss nur … ja.«

Toni schwang sich ihren Rucksack über die Schulter, ging aus ihrem Büro und den Flur hinunter zum Fahrstuhl. Während der Fahrstuhl nach oben fuhr, begann sie in ihrem Kopf, ihr Kündigungsschreiben zu verfassen.

Von all ihren dummen Ideen war die, diesen Job anzunehmen, die dümmste gewesen. Aber das war okay. Sie würde das in Ordnung bringen, sobald sie wieder zu Hause war. Sie musste nur zuerst hier raus.

Ricky liebte reiche Leute wirklich. Warum? Weil sie für alles bezahlten. Selbst bei Dingen, bei denen es alle anderen für normal hielten, sie selbst zu erledigen, heuerten reiche Leute jemanden an, der sie für sie erledigte. Zum Beispiel … für den Neustart ihres Überwachungssystems. Was umfasste dieser Neustart? Auf die »Neustart«-Taste auf der Computertastatur zu drücken, bis sich das System neu startete. Das war alles. Damit startete alles neu und war wieder online.

Auch der Besitzer dieses Systems verfügte über diese Information. Die Firma teilte dies all ihren Kunden mit. Und viele von ihnen wussten diese Information auch zu schätzen und machten sie sich zunutze. Aber je reicher die Kunden, desto weniger schienen sie sich selbst helfen zu wollen. Besonders jene Kunden, die schon in ihren Reichtum hineingeboren worden waren. Sie waren so sehr daran gewöhnt, dass andere ihre Arbeit erledigten, dass sie sogar für die einfachsten Aufgaben Personal brauchten.

Aber Ricky interessierte das alles nicht, weil er für seine Firma gerade ein schönes Sümmchen verdient hatte, indem er einen Computer neu gestartet, die Kameras noch einmal überprüft und für rund eine Stunde mit dem Kunden geplaudert hatte, was Ricky auch nichts ausmachte. Er unterhielt sich gerne mit Leuten, auch wenn sie nicht das Geringste gemeinsam hatten. Man wusste einfach nie, was man dazulernte, wenn man sich mit Fremden unterhielt.

Und was noch besser war: Sobald Ricky bei diesem Kunden fertig gewesen war, hatte er nur noch eine Auswertung für eine weitere wohlhabende Familie vorgenommen und für heute Feierabend. Als er sah, dass es schon fast vier Uhr nachmittags war, beschloss er, nachzuschauen, wie sich Toni an ihrem ersten Tag in ihrem neuen Job schlug. Er hatte den Ausdruck des Entsetzens auf ihrem Gesicht gesehen, als ihr bewusst geworden war, dass diese Limousine für sie war. Die meisten Leute wären vor Freude auf den Rücksitz gerannt, gehüpft oder gesprungen, aber sie hatte nur … verwirrt und dann panisch ausgesehen.

Er betrat das Sportzentrum durch die riesigen Glastüren. Dies war die Hauptetage, auf der sich die Vollmenschen aufhielten. Hier befanden sich alle möglichen Sportstätten für ihre Kinder und zukünftige Athleten. Es gab Gymnastikkurse, Basketball, Eiskunstlaufen, Hockey und vieles mehr, aber auch Einrichtungen für Erwachsene. Um das eigentliche Herz des Zentrums zu erreichen, musste man jedoch zu den Untergeschossen hinunterfahren, in denen alle Profi-Sportteams der Gestaltwandler aus der weiteren Gegend trainierten und ihre Heimspiele austrugen. Dort spielte die richtige Musik, aber Ricky schaffte es gar nicht erst bis dort unten …

Sie stand mit dem Rücken an eine Säule gelehnt, ein Bein angewinkelt, die Fußsohle gegen den Beton hinter ihr gedrückt. Ihr langes braunes Haar reichte bis zu ihren Hüften hinunter, ihre leuchtend grünen Augen waren wachsam wie eh und je, und ihre Wangenknochen ebenso spitz wie ihre Zunge. Sie lächelte sofort, als sie ihn sah, und er wusste, dass sie auf ihn gewartet hatte.

Er ging auf sie zu und nickte. »Laura Jane.«

»Hey, Ricky Lee. Dein Bruder hat mir gesagt, dass du hier sein würdest.«

»Rory oder Reece?«

»Reece.«

Das ergab Sinn. Wenn Reece glaubte, er habe eine Chance, Laura Jane flachzulegen, würde er ihr alles sagen, was sie wissen wollte. Nicht, dass Ricky seinem kleinen Bruder das vorwarf. Nach all diesen Jahren sah Laura Jane immer noch gut aus. Schon mit siebzehn hatte sie etwas sehr Sinnliches an sich gehabt. Das hatte sie immer noch, aber inzwischen war es gereift und zu etwas Tödlichem worden.

»Also, was brauchst du, Laura Jane?«

»Na ja, ich bin für ein paar Tage in der Stadt, um meine Verwandten zu besuchen, und deine Schwester hat es mir nicht gerade leicht gemacht.«

»Und was willst du, dass ich deswegen unternehme?«

»Ich dachte, wenn wir ihr zeigen, dass zwischen uns alles okay ist, trotz dem, was vor all den Jahren passiert ist, dann zieht sie sich vielleicht ein bisschen zurück.«

Ricky bezweifelte das zwar, aber er war neugierig, herauszufinden, wohin die Sache führen würde.

»Und wie sollen wir ihr das zeigen? Dass zwischen uns alles okay ist, meine ich.«

Laura Jane zuckte ganz langsam mit den Schultern, wie sie es schon immer getan hatte. Mit siebzehn hatte ihn das ganz verrückt gemacht. »Vielleicht könnten wir zusammen zum Abendessen ausgehen. Über alte Zeiten plaudern. Deiner Schwester zeigen, dass es nichts gibt, worüber sie sich Sorgen machen müsste.«

»Weißt du, Laura Jane, das klingt nach einer wirklich netten Idee, aber …«

Ricky Lees dankende Ablehnung erstarb, als Toni in diesem ungemütlich aussehenden Hosenanzug an ihm vorbeistürmte. Ihr dicht auf den Fersen war irgendein Vollmenschen-Mädchen, das ununterbrochen ihren Namen rief.

»Äh … tut mir leid, Laura Jane. Ich muss …« Ricky machte sich nicht die Mühe, den Satz zu beenden, sondern rannte einfach den beiden Frauen nach und holte sie an der Ecke ein.

»Was ist denn passiert?«, fragte er.

»Ich muss weg«, sagte Toni und streckte den Arm aus, um sich ein Taxi heranzuwinken.

»Aber Miss Jean-Louis«, protestierte die Vollmenschen-Frau, »ich bin mir sicher, dass alles gut werden wird.«

»Nein. Wird es nicht. Ich muss weg.«

Jap, das war Panik. Ricky kannte die Anzeichen.

»Sag ihnen, dass ich kündige«, kläffte Toni und fuchtelte mit dem Arm vor jedem Taxi herum, das an ihr vorbeifuhr.

»Sie sagen Ihnen gar nichts«, befahl Ricky der Vollmenschen-Frau, legte seinen Arm um Tonis Taille und hob sie vom Boden hoch. »Sagen Sie ihnen einfach, sie hätte für heute Feierabend gemacht, okay?«

»Ja, Sir.« Sie griff in die Gesäßtasche ihrer Jeans und holte einen Schlüsselbund und ein Stück Papier heraus. »Das ist auch noch für Miss Jean-Louis.«

Ricky nickte und trat mit Toni im Arm vor ein freies Taxi. Das Taxi kam mit quietschenden Reifen zum Stehen, und während der Fahrer über sie fluchte, trug Ricky Toni zur Rückseite des Taxis und warf sie hinein.

Er sah die Vollmenschen-Frau an. »Sie hat für heute Feierabend gemacht«, erinnerte er sie. »Mehr müssen Sie nicht sagen.«

Grinsend und offensichtlich erleichtert nickte die Frau. »Sie hat für heute Feierabend gemacht. Ich kümmere ich drum.«

Als auch er im Taxi saß, schloss Ricky die Tür und gab dem Fahrer – der ihn noch immer beschimpfte und fluchte – Tonis Adresse.

Als sich der Fahrer endlich in den Verkehr einreihte, sah Ricky zu der Schakalin hinüber, die zusammengerollt in der Ecke des Taxis lag und keuchte.

»Also, Schätzchen«, fragte er, »wie war dein Tag?«

Der Wolf lehnte sich ins Taxi und bestand darauf, sie herauszuziehen.

»Nein!«, wehrte sie sich und schlug ihm auf die Hände. »Ich hab gesagt, bring mich zum LaGuardia! Das ist nicht der LaGuardia!«

»Komm schon. Wenn du erst mal drin bist und wir dir ein bisschen Eiscreme oder heiße Schokolade besorgt haben …«

»Nein!«

»… wirst du dich schon viel besser fühlen.«

»Hör auf, so rational zu sein!« Sie griff nach dem inneren Türgriff der gegenüberliegenden Tür und klammerte sich daran fest.

»Na, Schätzchen«, erwiderte er, »zwing mich nicht dazu, ein Stachelhalsband und eine Leine zu holen.«

»Ich hasse dich! Ich hasse meine Eltern! Ich hasse meine Brüder und Schwestern! Und ich gebe dir für das alles die Schuld!« Toni wusste, dass sie völlig irrational war, aber das interessierte sie schlichtweg *nicht*.

»Du hast vollkommen recht«, beruhigte der Wolf sie. »Und du solltest jetzt da reingehen und ihnen ganz genau sagen, wie du dich fühlst.«

Toni unterbrach ihre Versuche, dem Wolf ins Gesicht zu treten, und dachte darüber nach.

»Ja. Ich sollte ihnen wirklich sagen, wie sehr sie mein Leben versaut haben!«

Sie kletterte aus dem Wagen und riss mehrmals an ihrem Rucksack, als sich ein Träger an der Tür verfing.

»Ich werde ihnen ganz genau sagen, was ich denke!«

»Gut.« Der Wolf löste den Träger mit Leichtigkeit von der Autotür. Sie sah, wie er noch einmal eine Hand ins Taxi steckte und dem Fahrer Geld überreichte.

Wütend auf die ganze Welt stapfte Toni die Stufen hinauf und in das von ihren Eltern gemietete Haus. Doch bevor sie auch nur ein Wort sagen oder noch einen Schritt weitergehen konnte, rannte Kyle aus der Bibliothek in den Flur.

»Sie ist hier!«, brüllte er. »Sie ist zurück!«

»Du musst was tun«, befahl Oriana. »Mom kann einfach keine Zeitpläne erstellen, auch nicht, wenn es sie oder mich das Leben kosten würde. Ich hab heute schon *drei* Kurse verpasst!«

Troy stieß Oriana aus dem Weg. »Du musst für mich ein Treffen mit dem Leiter der mathematischen Fakultät an der Columbia vereinbaren. Tante Irene hat ihn angerufen, aber am Ende hat sie sich nur noch mit dem Typen gestritten.«

»Weil er ein Idiot ist«, beschwerte sich Tante Irene von der Treppe aus. »Oder zumindest ist derjenige, der mich daran gehindert hat, mit dem eigentlichen Leiter der mathematischen Fakultät zu sprechen, ein Idiot. Und ganz offensichtlich eifersüchtig.«

»Eifersüchtig auf was?«, fragte Toni.

»Darauf, dass ich locker mehr Geld für meine Fakultät zusammenbekomme als er.« Irene kam die Treppe herunter, eine Reisetasche in der Hand. »Außerdem habe ich, laut deinem Onkel Van, unglaubliche Beine.«

»Schleichst du deshalb ganz langsam und sexy die Treppe runter?«, neckte Cooper sie.

»Ja.« Irene bahnte sich einen Weg durch die Kinder und reichte Toni die Tasche. Dann drehte sie sich um und schob sie auf die Tür zu.

»Warte«, sagte Kyle. »Wo geht sie denn hin? Warum geht sie schon wieder? *Mach diesem Wahnsinn ein Ende!*«

Die Tür schloss sich hinter Toni, und sie konnte hören, wie die Streitereien weitergingen, als sie die Stufen wieder hinunterging, wo der Wolf noch immer wartete.

»Das ist doch gut gelaufen«, sagte er.

»Ich kann da nicht reingehen«, gab sie zu. »Ich kann sie jetzt nicht ertragen.« Sie blickte sich um. »Aber irgendwo muss ich hin.« Sie stieß ein Seufzen aus. »Ich hasse mein Leben.«

»Komm mit«, sagte Ricky.

»Wo gehen wir denn hin?«

»Ich bin noch nicht ganz sicher«, erwiderte er, was überhaupt keinen Sinn ergab. »Aber ich muss schon sagen, das Amüsement scheint dir zu folgen wie ein Welpe seiner Momma. Und das will ich mir nicht entgehen lassen, Schätzchen.«

Ricky zeigte dem Pförtner die Schlüssel, und er ließ die beiden ohne Fragen zu stellen in den vierzehnten Stock hinauf. Als sie oben waren, gingen sie den Flur hinunter und zur hintersten Wohnung. Ricky schloss die Tür auf, und gemeinsam traten sie ein.

»Wow.« Toni seufzte, als sie weiter hineinging und sich umschaute. »Deine Wohnung ist unglaublich.«

»Das ist nicht meine Wohnung.«

Toni blieb stehen und schaute ihn mit weit aufgerissenen Augen an. »Ziehen wir hier irgendeine illegale Smith-Nummer ab?«

Das brachte Ricky zum Lachen. Alle dachten, die Mitglieder des Smith-Rudels würden andauernd nur illegale Sachen abziehen. Und die meisten taten das auch. Aber Ricky und seine Brüder waren nicht so erzogen worden. Ihre Momma mochte keine »kriminellen Subjekte«, und darum hatte sie auch dafür gesorgt, dass sich keiner ihrer Jungs in eines verwandelte. Zu dumm nur, dass sie diese Einstellung nicht auch ihrer Tochter übermittelt hatte. Aber Ronnie war wieder auf dem richtigen Weg, seit sie nach New York gezogen und die Gefährtin dieses Löwenmännchens mit der riesigen Mähne geworden war.

»Nein, Schätzchen, wir machen nichts Illegales. Das ist nicht meine Wohnung, aber ich glaube, es ist deine.«

Toni blinzelte hektisch und richtete sich blitzschnell kerzengerade auf. »Was? Was erzählst du denn da?«

»Das ist deine Wohnung. Du hattest im Taxi gerade einen kleinen Nervenzusammenbruch, als die kleine Vollmenschen-Frau mir die Schlüssel und diese Adresse gegeben hat.« Er hielt ihr das Stück Papier hin, auf dem der Vollmensch die Adresse notiert hatte. Toni riss es ihm aus der Hand und glotzte darauf.

»Vielleicht hat sie dich ja auch nur angebaggert«, sagte Toni verzweifelt. »Du bist süß. Sie hat wahrscheinlich versucht, dich zu sich nach Hause zu locken, um dich zu vernaschen.«

»Oooh. Du findest mich süß?«

»Guter Gott, würdest du dich bitte konzentrieren?«

»Kein Grund für Blasphemie.«

»Ich weiß noch nicht mal, was das bedeuten soll.«

»Du kannst auch einfach akzeptieren, dass dieses wunderschön möblierte Heim dir gehört.«

»Lügen!«

Ricky deutete auf die zwei Dutzend weiße Rosen auf dem langen Tisch unter dem Spiegel. »Auf der Karte an diesen Blumen steht dein Name.«

»Was?« Sie schnappte sich die Karte, riss sie auf und las laut vor: »Weil es an der Zeit ist, dass du eine eigene Wohnung bekommst. Ric.«

»Siehst du?«

»Siehst du?«, wiederholte sie und sah ihm starr in die Augen. »*Siehst du?* Verstehst du das denn nicht? Das hier ist ein *Albtraum*!«

»Weißt du, was?« Ricky drückte Toni die Tasche in die Hand und drehte sie in Richtung Schlafzimmer. »Warum ziehst du nicht mal diesen unbequemen Anzug aus und was anderes an?«

»Warum hassen bloß alle diesen Anzug?«

»Tun wir nicht. Wir hassen *dich* in diesem Anzug. Du fühlst dich ganz offensichtlich nicht wohl.«

»Ich weiß. Ich fühle mich elend.«

Ricky gab ihr einen kleinen Schubs. »Geh dich umziehen. Ich bestell uns was zu essen. Wie wär's mit chinesisch?«

»Was auch immer.«

Ricky senkte den Kopf, nur für den Fall, dass Toni sich noch einmal umschaute und sah, dass er lachte.

So ein süßes, verwirrtes kleines Ding. Aber auch amüsant. Wirklich sehr amüsant.

Kapitel 10

Toni zwang sich schließlich, das Schlafzimmer, in dem sie sich umgezogen hatte, wieder zu verlassen und ins Esszimmer zu gehen. Eine bunte Auswahl an chinesischem Essen breitete sich über den langen Holztisch aus, der außerdem mit weißen Tellern, Messern, Gabeln, Löffeln und Stoffservietten gedeckt war.

»Erwartest du Gesellschaft?«, fragte sie den Wolf, als er mit einer Flasche Wein und zwei Kristallweingläsern durch die Schwingtür kam.

»Nein. Warum?«

»Das scheint mir eine Menge Essen.«

Er ließ seinen Blick über den Tisch schweifen. »Wirklich?«

Toni schüttelte den Kopf, beschloss, die Sache damit auf sich beruhen zu lassen, und fragte: »Hast du die Teller und das Silberbesteck von einem Nachbarn ausgeliehen oder so?«

»Das ganze Zeug war schon in den Schränken.«

»Du machst Witze.«

»Diese Wohnung ist einsatzbereit, Schätzchen. Bettzeug, Handtücher fürs Badezimmer, Seife, Zahnbürsten, Shampoo und sogar dieses besonders weiche Toilettenpapier. Alles, was dein Herz begehrt, ist hier.«

Toni zog einen der Stühle am Esstisch zu sich heran, ließ sich darauffallen und legte ihr Gesicht auf die Tischplatte. Sie hörte, wie ein weiterer Stuhl über den Boden gezogen wurde, der Wolf sich neben sie setzte und den Stuhl drehte, um sie ansehen zu können.

»Also gut. Sprich mit mir, Schätzchen. Du bist nicht geisteskrank. Ein bisschen verrückt vielleicht, aber nicht geisteskrank. Und das hier … all das, was du in den letzten paar Tagen bekommen hast … Weißt du, wie viele Leute für all das töten würden?«

»Aber diese Leute«, entgegnete sie und hob langsam den Kopf, »wären auch qualifiziert.«

»Du bist qualifiziert.«

»Bin ich nicht.« Schließlich sprach sie die Wahrheit offen aus, die ihr so peinlich war. »Ich hatte noch nie einen Job.«

»Und wie nennst du es, dich um deine Familie zu kümmern?«

»Das ist kein Job. Es gibt jede Menge Frauen und Männer auf der Welt, die dabei helfen, ihre jüngeren Geschwister großzuziehen. An mir ist überhaupt nichts Besonderes.«

Als der Wolf ihr ins Gesicht lachte, ballte Toni die Fäuste und knurrte: »Weißt du was? Du kannst dieses chinesische Essen nehmen und es dir in deinen gottverdammten …«

»Hey, hey, hey. Ich lache dich doch nicht aus. Ich lache darüber, dass du denkst, das, was du tust, sei keine Arbeit. Wie du weißt, gehöre ich einem Rudel an. Und wenn man zu einem Rudel gehört, hilft man dabei, sich um die jüngeren Welpen zu kümmern. So läuft das einfach. Ich und mein Bruder Rory mussten in einem Sommer bei einem Familientreffen der Reeds mal zwanzig Welpen bändigen, die alle höchstens zehn waren. Es war nur für eine Stunde, aber es war die längste verfluchte Stunde meines Lebens. Besonders, weil die Reeds sich wirklich heftig prügeln, wenn sie Welpen sind. Aber weißt du was? Sich mit diesen gemeinen kleinen Scheißern herumzuschlagen, war immer noch leichter als das, was du mit deinen Geschwistern durchmachst. Und weißt du auch, warum?« Sie schüttelte den Kopf. »Weil die meisten Welpen irgendwie dumm sind. Süß … aber dumm. Es geht nur darum, sie davon abzuhalten, sich gegenseitig dauerhafte Schäden zuzufügen. Du hingegen hast es mit Wunderkindern zu tun. Gemeinen, entschlossenen kleinen Wunderkindern. Und davon zehn. Schätzchen, das *ist* ein Job.«

»Okay, ja!«, rief sie aus. »Ich bin der beste Babysitter der Welt. Aber *dieser* Job … Ich hab mit irgendeinem Russen telefoniert, der Novikov in einen Käfig stecken wollte. Und dann sind da diese ganzen Regeln wegen der Hotelaufenthalte, wenn die Mannschaft auf Reisen ist. Ein paar der Jungs können nicht zusammen aufs Zimmer. Und jedes Mal, wenn ich die Trainerin sehe, sind ihre Knöchel blutig und ich durchschaue einfach nicht, ob das eine Art subtiler Drohung sein soll. Und dann haben sie mir dieses riesige Büro gegeben und eine Assistentin und die ist wirklich nett, obwohl sie die Gefährtin einer Hyäne ist, und mindestens sechs Spieler haben mir eine To-do-Liste geschickt, die ich abarbeiten soll, und jetzt bin ich vollkommen verwirrt, weil ich das Gefühl habe, ich sei ihre Assistentin und Ric ist noch nicht mal in der Stadt und ich kann ihn gar nichts fragen, und wie es scheint, will diese Trainerin nicht, dass ich sie auch nur nach einer gottverdammten Sache frage, und sie brüllt mich andauernd an, weil ich nichts weiß, und anscheinend ist das einfach nicht akzeptabel, obwohl das heute mein allererster Tag ist, und …«

»Okay. Okay!« Der Wolf nahm ihre Hände und hielt sie fest. »Hol mal ganz tief Luft.« Er machte eine Pause und fügte dann hinzu: »Lass es raus. Ich will, dass du tief durchatmest.«

Er lehnte sich ein Stück nach unten und schaute sie einfach weiter an, bis sie ihm schließlich in die Augen sah.

»Ich werde jetzt ganz direkt zu dir sein, okay?«

Toni nickte.

»Und ich werde dir dasselbe sagen, was meine Momma mal zu mir gesagt hat … Du musst dir ein paar Eier zulegen.«

Toni blinzelte und lehnte sich zurück.

Das war nun nicht unbedingt das, was sie erwartet hatte …

»Mir ein paar Eier zulegen? Das ist dein toller Ratschlag für mich?«

»Ich gebe nur die Weisheit meiner Mutter weiter.«

»Danke. Das ist großartig. Ich werde jetzt was essen. Kannst du mir bitte die Frühlingsrollen reichen?«

»Jetzt warte doch mal, tu das doch nicht einfach so ab.«

»Das tue ich nicht. Ich habe nur beschlossen, was zu essen, anstatt nach meinen fehlenden Hoden zu suchen.«

Ricky nahm ihr die Frühlingsrolle aus der Hand.

»Das wollte ich essen.«

»Und ich hab's dir weggenommen.«

»Von mir aus.« Sie griff nach der nächsten Frühlingsrolle.

»Und genau da liegt dein Fehler«, verkündete er.

Mit der Frühlingsrolle im Mund murmelte Toni: »Was?«

»Weißt du, was passiert ist, als ich meiner Schwester mal ein Schweinekotelett stibitzt hab?« Er hob seinen Arm, und Toni zuckte zusammen, als sie die Narbe an seinem Unterarm sah. »Da hat sie einen Happen aus mir rausgebissen. Dann hat sie sich ihr Schweinekotelett wieder genommen und es gegessen, während meine Mutter versucht hat, die Blutung zu stoppen. Und weißt du auch, warum?«

Toni schluckte ihr Essen hinunter. »Weil sie psychotisch ist?«

»Manche mögen das vielleicht behaupten. Aber eigentlich ist sie nur ein Raubtier. Und das machen Raubtiere nun mal.«

»Okay. Und?«

»Und du bist daran gewöhnt, mit Vollmenschen zu arbeiten. Mit reichen, schicken Vollmenschen, die sich schon für ein Raubtier halten, wenn sie jemandem die Firma abluchsen. Deine ganze Familie ist daran gewöhnt, mit Vollmenschen zu tun zu haben. Sie wissen, dass sie sich auf eine bestimmte Weise verhalten müssen, um es auf ihrem jeweiligen Gebiet zu etwas zu bringen, weil es Vollmenschen sind, die ihnen Geld geben oder sie engagieren.«

»Ja, ich schätze schon.«

»Aber in diesem Job hast du es mit anderen Leuten zu tun. Jetzt musst du dich mit Raubtieren herumschlagen. Raubtiere, die aufs Eis gehen und sich gegenseitig für Geld die Scheiße aus dem Leib prügeln.«

»Könnte man das nicht von jedem Profiteam behaupten, Gestaltwandler oder nicht?«

»Nicht wirklich. Denk mal drüber nach. Die Mannschaftsärztin ist auf Arterienreparaturen spezialisiert, und die Krankenversicherung des Teams schließt auch den Verlust von Reißzähnen als Langzeitbehinderung ein. Vollmenschen machen sich um diese Dinge keine Sorgen, wir aber schon.«

»Und was soll ich jetzt machen?«

»Behandele sie alle so, wie du Kyle behandelst. Er ist der Einzige deiner Brüder und Schwestern, bei dem du dich nicht zurückhältst.«

»Was ist mit Oriana?«

»Du machst dir zu viele Sorgen, dass sie eine Essstörung entwickeln könnte. Aber Kyle ist zu arrogant, als dass man sich um irgendetwas bei ihm sorgen würde. Also, behandle das Team, die Trainerin eingeschlossen, wie größere, stärkere und dümmere Versionen von Kyle.«

»Und was, wenn der Schuss nach hinten losgeht?«

»Du wolltest doch sowieso schon kündigen. Was hast du also zu verlieren, wenn du es noch einen Tag lang auf meine Weise versuchst? Außerdem … kannst du die Bude hier dann noch einen ganzen Tag länger behalten.«

»Du hängst schon viel zu sehr an dieser Wohnung.«

»Hast du gesehen, wie groß der Fernseher im Wohnzimmer ist?«

Er entdeckte sie sofort. Und war ihr inzwischen seit mindestens einer Stunde gefolgt. Sie faszinierte ihn. Die Art, wie sie überall hin zu schweben schien. Die Art, wie sie dieses sanfte Lächeln auf den Lippen behielt, ganz gleich, was um sie herum in dieser furchtbaren Stadt passierte. Sie hatte irgendetwas an sich, dass er nicht genau benennen konnte, aber es zog ihn einfach an.

Und er wusste: Wenn es ihn anzog, dann würde es auch Chris anziehen.

Sie ging weiter. Bewegte sich mit Leichtigkeit durch die geschäftigen Straßen, scheinbar unberührt von all den Leuten rundum. Sie schwebte. Sie schimmerte. Sämtliche Männer bemerkten sie, einige sprachen sie an, aber keiner versuchte, sie aufzuhalten. Sie versuchten nicht, ihr Dahinschreiten zu stören. Und sie schien sie auch gar nicht zu bemerken. Sie blieb eine Weile lang bei den Straßenkünstlern stehen und studierte ihre Arbeiten. Sie diskutierte kurz über das, was sie sah, aber auch damit hielt sie sich nicht lange auf.

Schließlich ging sie die Straße hinunter, die er so gut kennengelernt hatte, seit er in diese furchtbare Stadt gezogen war, und zu seinem Entsetzen stieg sie die Steintreppe zu seinem wahren Zuhause hinauf und setzte sich auf eine Stufe in der Mitte, mit dem Rücken zu der großen Doppeltür.

Nun ging er doch auf sie zu und hockte sich neben sie. Zärtlich nahm er ihre Hand, und sie drehte ihm den Kopf zu und sah ihn mit ihren großen blauen Augen an.

»Du suchst nach etwas«, verkündete er ihr. »Du suchst nach der Wahrheit. Nach Freude. Nach Glück. Du hast gesucht, und endlich hast du es gefunden.«

Sie erwiderte nichts, sondern starrte ihn nur mit diesen großen blauen Augen an, mit demselben leisen Lächeln auf den Lippen.

»Komm mit mir. Ich zeige dir die Wahrheit, wenn du mich lässt. Ich zeige dir den Weg. Er wartet auf dich.«

Sie nickte. »In Ordnung.«

Nach ihrer Zustimmung führte er sie auch die letzten Stufen hinauf. Er klopfte an, und die Tür öffnete sich. Er lächelte und nickte den Anhängern zu, die die Tür bewachten. Er konnte ihre Eifersucht erkennen. Auch sie wussten, dass er etwas Außergewöhnliches mitbrachte.

Er führte sie durch den Tempel. Während sie weitergingen, schaute sie sich um und sog mit ihren blauen Augen alles in sich auf. Sie stellte jedoch keine Fragen und stellte auch ihn oder seine Beweggründe nicht infrage. Sie ließ sich einfach von ihm durch sein Zuhause führen, während seine Hand ihre hielt.

Er blieb vor einer Doppeltür im Inneren des Tempels stehen, wartete und schenkte ihr ein tapferes Lächeln. Sie starrte ihn nur an.

Er klopfte nicht an. Das musste er nicht. Schließlich öffnete sich die Tür, und Chris stand vor ihnen. Er betrachtete sie und erfuhr, wer sie war, indem er sie nur anschaute. Chris konnte in die Seele eines Menschen blicken, ihre Bedürfnisse und Begierden verstehen und ihnen dann helfen, die Wahrheit über ihr eigenes Leben herauszufinden.

Chris war ihr Retter, und schon bald würde die ganze Welt davon erfahren.

»Ich bin Chris«, sagte er und streckte seine Hand aus.

»Ich bin Delilah.«

»Ich bin hier, um dir zu helfen«, erklärte Chris. »Um dich ins Licht zu führen.«

Delilah ließ ihre Hand in seine fallen, starrte Chris mit diesen großen blauen Augen an und erwiderte: »Okay.«

Der Fernseher *war* nett und der perfekte Abschluss für einen perfekt beschissenen Tag. Nachdem sie beide mehr von dem chinesischen Essen verdrückt hatten, als Toni für möglich gehalten hätte, lümmelten sie sich auf die Couch, schauten sich Sendungen über wahre Verbrechen an und aßen Gourmet-Pekannussbutter-Eiscreme, die ebenfalls bereits im Gefrierschrank gewesen war.

»Diese Strafverteidiger muss man einfach lieben«, sagte Ricky, nachdem er einen weiteren Löffel von seiner Eiscreme hinuntergeschluckt hatte. »Ganz egal, mit wie viel Mist ihre Mandanten davonzukommen versuchen, sie scheinen immer hinter ihnen zu stehen.«

»Strafverteidiger sind wichtig. Man weiß nie, wann man selbst mal einen braucht.«

»Planst du, deinen dritten Ehemann auf dieselbe Weise umzubringen wie deinen ersten, damit du seine Lebensversicherung kassieren und dir noch ein paar Chanel-Taschen kaufen kannst, ja?«

»Ich plane überhaupt nichts. Das Leben ist zu kurz, um auch nur eine Sekunde im Gefängnis zu verbringen. Aber man kann nie wissen, wann man mal fälschlicherweise beschuldigt wird. Das passiert öfter, als die Leute wahrhaben wollen. Und wenn es mir passieren würde, dann wüsste ich gerne, dass es einen Strafverteidiger gibt, der mir den Arsch rettet.«

»Dann sitzt du also die ganze Zeit da und machst dir Sorgen darüber, dass du fälschlicherweise beschuldigt werden könntest?«

»Nicht die ganze Zeit.« Sie zuckte mit den Schultern, als er eine Augenbraue hob. »Ich mach mir eben Sorgen. So bin ich nun mal.«

»Und du bist verdammt gut darin.«

»Ja, ja. Ich weiß. Das ist alles, was ich tue. Rumsitzen und mir Sorgen um meine Familie machen.« Aber wenn sie sich keine Sorgen um ihre Familie machte, wer würde es dann tun? Irgendein Halsabschneider von einem Agenten? Der Produzent einer Reality-TV-Show? Toni erschauderte bei dem Gedanken daran.

»Ist das der Grund, warum ihr Schluss gemacht habt?«

»Wie bitte?«

»Warum ihr Schluss gemacht habt?«, wiederholte Ricky.

»Wer hat Schluss gemacht …?« Sie dachte einen Moment lang nach. »Oder müsste es heißen: Wer hat mit wem Schluss gemacht?«

»Warum du mit deinem letzten Freund Schluss gemacht hast?«

»Warum fragst du mich das?«

»Bin nur neugierig.«

»Na, dann sei über irgendwas anderes neugierig.«

»Dann war die Trennung also wirklich so schlimm, was?«

Toni verdrehte die Augen. »Willst du mit diesem mitleidigen Blick etwa bewirken, dass ich dir alles über meine letzte Beziehung erzähle?«

»Funktioniert das etwa nicht? Weil das bei anderen nämlich schon geklappt hat, die ungefähr genauso große Brüste hatten wie du.«

»Nein, das wird nicht funktionieren.« Aber Toni konnte ein Lachen nicht unterdrücken.

»Komm schon«, flehte er mit einem Lächeln. »Erzähl mir ein bisschen was. Wirf diesem Wolf einen Knochen zu.«

»Na gut, na gut. Er war ein Vollmensch …«

»Fehler Nummer eins.«

»Lässt du mich ausreden oder kommentierst du jede neue Enthüllung einzeln?«

»Okay. Erzähl zu Ende.«

»Er war – ist – ein Vollmensch und Augenchirurg. Er war nett, aber sehr … speziell.«

»Was eure Sex-Geschichten angeht?«

»Noch mal: *nein*. Aber danke, dass du mich so angewidert hast.« Sie zuckte mit den Schultern. »Er hatte nur spezielle Ansichten darüber, wie die Dinge laufen sollten. Er schien immer einen Zeitplan zu haben.«

»Ich dachte, du würdest auf Männer mit Zeitplänen stehen.«

»Nicht, wenn dieser Zeitplan ganz eindeutig auch mich mit einschließt.«

»Lass mich raten: Er wollte heiraten, richtig?«

»Wie kommst du denn auf die Idee?«

»Alle Vollmenschen wollen heiraten. Reine Geldverschwendung, meiner Meinung nach.«

»Das haben meine Eltern auch immer gesagt, wenn ich sie gefragt habe, warum sie nicht verheiratet sind. Das Komische war nur, dass die Mutter von meinem Ex meine Eltern andauernd gefragt hat, wann sie denn nun endlich heiraten und nicht mehr in Sünde leben würden. Ihre Worte. Trotzdem war mein Dad jeden Abend bei seiner Gefährtin zu Hause …«

»Daher auch die vielen Welpen.«

»Ganz genau. Während der Dad von meinem Ex seine Sekretärinnen gevögelt hat. Aber *meine* Eltern sind diejenigen, die in Sünde leben? Ernsthaft?«

»Vollmenschen urteilen eben gerne über andere.«

Toni zuckte flüchtig mit den Schultern. »Ich weiß nicht. Gestaltwandler können auch verurteilend sein.«

Ricky wedelte mit seinem Löffel hin und her. »Nein, nein. Das ist nicht dasselbe. Wir werden mit vorgefassten Ansichten über andere Spezies geboren. Katzen hassen Hunde. Wölfe hassen Kojoten. Niemand vertraut den Füchsen, und alle haben Angst vor Grizzly-Mommas. Das sind Grundeinstellungen, die sich durch das gemeinsame Überleben in der Wildnis über Jahrhunderte hinweg entwickelt haben – und weil wir uns beim Essen in diversen Van-Holtz-Restaurants andauernd mit dem Mist der anderen herumschlagen mussten.«

Damit hatte er nicht ganz unrecht.

»Also, was ist passiert?«, fragte er erneut. »*Hat* er auf eine Heirat gedrängt?«

»Hat er. Aber das war nicht das Hauptproblem.« Toni zog ihre Beine an und drehte ihren Oberkörper ein wenig, um den Wolf anschauen zu können, weil sie auf einmal sehr erpicht darauf war, diese Unterhaltung zu führen. Sie hätte mit Coop sprechen können, als es passiert war, aber er war gerade auf Tournee gewesen. Sie hätte auch mit Cherise darüber reden können, aber sie nahm es immer zu persönlich, wenn irgendjemand einem ihrer Geschwister wehtat, und Toni wollte nicht die Verantwortung für das übernehmen, was sie vielleicht aus Wut tun würde. Dann war da noch Livy, Tonis beste Freundin. Aber wenn es keine gute Idee war, Cherise wütend zu machen, dann kam es einem Fehler von globalem Ausmaß gleich, Olivia Kowalski wütend zu machen, die in Amerika geborene Tochter chinesisch-polnischer Einwanderer, die sich von niemandem etwas gefallen ließ.

»Das Hauptproblem war, dass er nicht verstehen konnte, was für eine enge Verbindung ich zu meiner Familie habe.«

»Natürlich konnte er das nicht«, sagte der Wolf emotionslos. »Glaubst du wirklich, irgendein Vollmenschen-Mädchen könnte es verstehen, wenn es eines Morgens aus meinem Bett aufstehen, ins Wohnzimmer gehen und mein komplettes Rudel schnarchend auf dem Boden oder mit einem Joghurt in der Hand vorfinden würde, während sie sich das Brickyard 400 im Fernsehen anschauen?«

»Sollte ich etwa wissen, was das ist?«

Er seufzte, lang und tief. »Armer, hübscher Yankee. Das ist ein NASCAR-Rennen, Schätzchen. Was *das* ist, weißt du doch, oder?«

»Ja«, antwortete sie eifrig. »Troy und Freddy schauen sich das gern aus mathematischen und wissenschaftlichen Gründen an – ich glaube, sie planen heimlich, ein Auto zu bauen. Kyle sieht es gerne, weil er meint, es sei lustig, zu beobachten, was der«, sie malte Anführungszeichen in die Luft, »›durchschnittliche‹ Mensch so in seiner Freizeit macht.«

»Es muss schwer für den guten alten Kyle sein, dass er so …«

»Arrogant ist? Unhöflich? Herablassend?«

»Ich wollte eigentlich nur patzig sagen, aber deine Attribute passen auch.«

»Eigentlich ist er gar nicht so schrecklich«, gab sie zu. »Leider … weiß er aber nicht, dass er gar nicht so schrecklich ist.«

»Ich muss allerdings auch zugeben … dass ich Kyle mag.«

»Tust du? Denn da bist du einer von ganz wenigen.«

»Ich mag seine Einstellung.«

»Ernsthaft?«

»Oh, ja. Und weißt du auch, warum?«

»Ich habe nicht den Hauch einer Ahnung.«

»Weil er ist, wie er ist. Das gefällt mir an einem Hund.«

»Du bist ein eigenartiger Mann.«

Er kratzte den Rest der geschmolzenen Eiscreme in seiner Schüssel zusammen. »Das mögen manche behaupten.«

»Also«, fragte Ricky, während er die leere Schüssel auf dem Couchtisch abstellte, »wie ist das mit deinem Freund zu Ende gegangen?«

»Ich habe etwas … Verwerfliches getan.«

Ricky lehnte sich zurück und wartete, bis sie ihm selbst erzählte, was passiert war, anstatt sie weiter zu drängen. Und sie erzählte es ihm tatsächlich.

»Ich hab ihn mit Kyle allein gelassen.«

»Du bist eine grausame Frau.«

»Ich weiß, ich weiß. Ich fühle mich deswegen immer noch mies. Der Mann hat seinen Abschluss an der Harvard Medical School gemacht, und als Kyle mit ihm fertig war, musste er im Krankenhaus ein Sabbatjahr beantragen.«

Ricky lachte über die Schwäche des Vollmenschen.

»Das ist nicht komisch. Ich weiß immer noch nicht, was Kyle zu ihm gesagt hat, aber er war nur zehn Minuten da drin. Höchstens fünfzehn. Ich dachte, er würde nur versuchen, ihn zu vertreiben oder so. Ihm beweisen, dass meine gesamte Familie aus einem Haufen verwöhnter Bälger besteht, die kein normaler Mann um sich haben will. Aber wie sich herausstellte, mochte Kyle ihn wirklich überhaupt nicht. Kein bisschen.« Sie verzog das Gesicht. »Ich glaube, er hat geweint, als er gegangen ist. Und Kyle hat gelächelt … andererseits galt das auch für meinen Dad, Coop und Freddy.«

»Wenn dein Daddy ihn nicht mochte, hätte dir das eigentlich zu denken geben müssen.«

»Mein Vater hat noch nie einen meiner Freunde gemocht.«

»Alles Vollmenschen?«

»Mit denen hatte ich eben am meisten zu tun, abgesehen von den Van Holtzs. Aber alles, worüber das ganze Rudel spricht, ist kochen. Und ich mache immer noch Fertiggerichte.«

»Ich liebe Fertiggerichte.«

Sie grinste. »Ich auch. Immer, wenn wir wissen, dass Onkel Van nicht in der Stadt ist, laden wir Tante Irene und die Kinder zu uns ein und ich mache eine große Portion Fertignudeln für alle.«

»Und warum nur, wenn er nicht in der Stadt ist?«

Sie schwieg einen Moment, bevor sie antwortete: »Für meinen Onkel Van ist eigentlich alles ein großer Spaß, außer drei Dingen: erstens seine Tochter Ulva, der ich während eines Familienfußballspiels mal eine verpasst hab, weil sie Cherise zum Weinen gebracht hat, zweitens die Sauberkeit seiner Küche und drittens sein Essen. Onkel Van nimmt sein Essen sehr, sehr ernst. Also, ja, unsere Fertiggerichte-Abende sind und bleiben topsecret. Und du solltest ihm auch besser niemals davon erzählen.«

»Dein Geheimnis ist bei mir sicher. Die Reeds sind für ihre Fähigkeit bekannt, den Mund zu halten. Tatsächlich sitzen ein paar meiner Cousins genau aus diesem Grund irgendwo im Mittleren Westen im Gefängnis.«

»Weißt du, an deiner Stelle würde ich das den Leuten auch lieber *nicht* erzählen.«

»Lustig, meine Momma sagt genau dasselbe.«

»Du solltest auf sie hören.«

Tonis Telefon klingelte, und sie holte es aus ihrem Rucksack, der an der Couch lehnte.

»Schickes Telefon«, sagte er, während sie darauf starrte.

»Das hab ich mit meinem neuen Job bekommen … und trotzdem hat Kyle die Nummer schon.«

Ricky kicherte, und Toni nahm den Anruf entgegen. »Ja, Kyle? Nein, Kyle. Nein, du darfst ihr nicht sagen, dass sie fett ist. Weil sie es nicht ist, und weil es falsch ist. Nein, du kannst sie nicht in eine Essstörung drängen. Nein, du kannst Troy nicht davon überzeugen, dass Daddy nicht wirklich sein Vater, sondern in Wahrheit der langsame Trottel ist, den Mom adoptiert hat. Könnt ihr nicht einfach alle zusammenarbeiten?« Mit einem lauten Seufzen schloss Toni die Augen, und Ricky sah, wie all die Anspannung, die sich in den letzten zwei Stunden langsam aus ihrem Körper gelöst hatte, sofort wieder zurückkehrte. »Nein, du bist ihnen *nicht* überlegen. Du bist einer von uns, und du wirst mit den anderen zusammenarbeiten. Gottverdammt, Kyle, ich mach keine Witze.« Sie schaute auf ihre Uhr. »Na schön. Ich komme. Ich bin in …«

In dem Augenblick riss Ricky ihr das Telefon aus der Hand, und während sie ihn stumm beobachtete, zerquetschte er das kleine technische Wunderwerk in seiner Faust. »O-oh … schau nur, was ich gerade gemacht hab. Ich hab mit meinen großen, ungeschickten Wolfshänden dein winziges, schickes Telefon kaputtgemacht. Weißt du, was das bedeutet?«

»Dass du geisteskrank bist?«

»Nein. Dass der gute alte Ric Van Holtz sehr sauer auf mich sein wird, weil er dir jetzt ein neues kaufen muss. So sauer, dass er Dee-Ann Smith vorbeischicken wird, damit sie mir eine Tracht Prügel verpasst, weil er es nicht riskieren kann, sich seine hübschen kleinen Händchen zu verletzen.«

»Mach dich nicht über Ric lustig. Er ist einer meiner liebsten Nicht-Wirklich-Cousins.«

»›Nicht wirklich Cousins‹?«

»Mit Bindestrich zwischen den einzelnen Worten. Mit anderen Worten: Er gehört zur Familie, obwohl wir nicht blutsverwandt sind.«

»Dann erfindest du also völlig grundlos irgendwelche Begriffe?«

»So ungefähr.«

Ricky zuckte mit den Schultern. »Okay. Also, willst du rummachen?«

»Nein, will ich *nicht.*«

Er glotzte sie an, wartete ungefähr eine Minute ab und fragte dann: »Und wie ist es jetzt?«

»Nein!« Aber sie lachte und war nicht mehr so angespannt.

»Und wenn ich noch fünf Minuten warte …?«

»Dann bleibt meine Antwort trotzdem dieselbe.«

»Aber ich schlafe heute nach hier …«

»Wann hab ich dich denn eingeladen …?«

»… und du kannst nicht von mir erwarten, dass ich ganz allein hier draußen liege, während eine wunderschöne Frau im Nebenzimmer schläft … oder?«

»Doch, kann ich.«

»Herzlos.«

»Das hat Kyle mir auch schon gesagt.« Toni lehnte sich entspannt auf der Couch zurück und lächelte ihn an: »Danke.«

»Gern geschehen.« Ricky lehnte sich ebenfalls entspannt zurück, und seine Schulter berührte ihre. »Wenn ich dich schon nicht dazu bringen kann, mit mir rumzumachen … Wie wär's, denn du mir den Kopf massierst?«

»Was?«

»Bitte?«

»Meinst du eine … Kopfhautmassage?«

»Das ist für mich das Größte. Du hast diese kräftigen Hände. Und außerdem«, er nahm seine Baseballkappe der Tennessee Titans ab, »hab ich tolles Haar. Ganz glänzend, weich und seidig. Wenn ich bei Mitch Shaw bin, dann schüttle ich extra immer mein Haar aus, damit er ganz neidisch wird, weil es so wunderschön ist.«

Sie runzelte die Stirn. »Ist Mitch Shaw ein Löwe?«

»Kennst du ihn?«

»Nein. Aber wenn sich ein Wolf über die Haare eines Mannes lustig macht, dann geht es entweder um ein Supermodel … oder um ein Löwenmännchen, das völlig besessen von dieser gottverdammten Mähne ist, die sie alle haben.«

Lachend bettete Ricky seinen Kopf in Tonis Schoß und legte die Füße auf der Armlehne ab. »Ich muss zugeben, Schätzchen, dass ich dich immer lieber mag.«

»Ich lerne auch, dich zu tolerieren.«

Und dann, zu Rickys großer Freude, vergrub Toni ihre Finger in seinem Haar und gab ihm eine der besten Kopfhautmassagen, die er je bekommen hatte.

»Ich tue das nur«, murmelte Toni, »weil ich das Gefühl habe, dass ich dir für heute etwas schuldig bin. Du weißt schon … weil du mich wieder beruhigt hast und so.« Dann, mit festerer Stimme, fauchte sie: »Aber gewöhn dich bloß nicht dran. Das hier ist eine einmalige Sache. Verstanden?«

»Sicher.«

Aber natürlich bedeutete verstehen nicht, dass er irgendetwas zustimmte, verdammt …

Ronnie Lee Reed wusste, dass die Mädchen sich langweilten. Natürlich hatte sie ihnen nicht gesagt, dass sie nichts trinken durften. Das war Sissy gewesen. Sissy, die das Folterpotenzial, das in Ronnies Schwangerschaft steckte, ganz eindeutig genoss.

»Ist das nicht toll?«, fragte Sissy ihre Mit-Wölfinnen. »In diesem tollen Club abzuhängen und *nichts* zu trinken?«

Sie alle murmelten ein »Ja, toll«, aber es waren bittere, sehr bittere Worte.

»So können wir uns alle mal richtig *unterhalten*, ohne uns Sorgen machen zu müssen, dass der Fusel uns den Verstand vernebelt. Stimmt's oder hab ich recht?«

Weiteres Gemurmel folgte, und Ronnie musste schnell den Kopf senken und sich auf etwas anderes konzentrieren. Auf irgendetwas, sonst würde sie in schallendes Gelächter ausbrechen. Sissy wusste das. Auf diese Weise amüsierten sich die beiden seit Jahren. Es war falsch, das wusste Ronnie. Aber es war auch ein großer Spaß.

»Hi, zusammen.«

Ronnie hob den Blick und schaute zu Laura Jane Smith hinauf. Komisch. Sie hatte Laura Jane schon nicht gemocht, als sie zusammen in Tennessee aufgewachsen waren, aber jetzt mochte sie sie noch weniger.

Es war eine solche Erleichterung gewesen, als Laura Jane zu den Smiths nach Mississippi gezogen war, einem großen Rudel voller Reed-Männchen, denen sie den Kopf verdrehen konnte. Cousins, von denen Ronnie ohnehin nicht besonders viel hielt. Einigen ihrer Verwandten stand sie viel näher. Wie zum Beispiel ihren eigenen *Brüdern*.

Es war das Einzige gewesen, wobei Ronnie und ihre Mutter je einer Meinung gewesen waren: wie sehr ihnen die Beziehung zwischen Ricky Lee und Laura Jane missfiel. Es lag nicht daran, dass Laura Jane, wie Sissy es gerne formulierte, »eine Nutte« war.

Verdammt. Sissy und Ronnie waren genau solche Nutten gewesen, bevor sie sich mit ihren Gefährten niedergelassen hatten. Aber sie hatten immer ihre Grenzen gekannt. Die Familie war zwar keine Sperrzone, aber wenn man nur ein bisschen Spaß haben wollte, ohne Verpflichtungen, dann hielt man sich von ihr fern. Laura Jane hatte das jedoch nicht getan. Sie hatte mit Ricky Lee und mehreren anderen Männchen gespielt, mit denen sie damals gleichzeitig zusammen gewesen war. Nicht okay, soweit es Ronnie Lee anging. Und dass diese Schlampe nun in die Stadt gekommen war, um ihre »Lieblingsverwandten zu besuchen«, reizte Ronnies ohnehin bereits sensible Nerven nur noch mehr.

Rory Lee warnte Ronnie ständig, sich aus der Sache herauszuhalten. Aber sie wollte nicht. Weibchen wie Laura verstanden

Subtilität nicht. Aber Ronnie wusste auch, dass Ricky ihr aus dem Weg ging, und das gefiel ihr ebenso wenig. Wenn sich jemand unbehaglich fühlen sollte, dann war es Laura Jane.

Aber dieses Weib fühlte so gut wie gar nichts. Sie war viel zu sehr damit beschäftigt, durch die Gegend zu rennen und »sinnlich« auszusehen. Das war das Wort, mit dem sie sämtliche Jungs beschrieben hatten, als sie zusammen aufgewachsen waren.

Das musste doch ziemlich anstrengend sein, wenn man Ronnie Lee fragte. Die ganze Zeit so zu posen und sicherzustellen, dass man auch einen schönen Schmollmund machte.

Laura Jane zog einen Stuhl zu sich heran und ließ sich darauf fallen. »Und, was machen wir heute Abend Schönes?«

»Rumhängen. Einfach das Leben erleben«, antwortete Sissy Mae, und ihr Lächeln wurde breiter. »Ohne Alkohol.«

Laura Jane gelang es, ihr perfektes, sinnliches Lächeln aufrechtzuerhalten. »Ehrlich? Wie abgefahren.«

»Und, gefällt dir bisher dein Besuch in unserer schönen Stadt?«, fragte Sissy ihre Cousine.

»Tut er. Tut er. Obwohl es nicht wirklich *deine* Stadt ist, Sissy Mae, nicht wahr?«

»Ich wohne hier, oder etwa nicht?«

»Schon. Aber du wirst immer ein Mädchen vom Land bleiben.« Laura Janes Augen verengten sich ein wenig. »Genau wie der Rest von uns.«

Sie hatte die Worte freundlich ausgesprochen, aber Ronnie ließ sich nicht täuschen. Genauso wenig wie Sissy Mae, und genau deshalb war sie auch Ronnies beste Freundin.

Laura Jane sah zu Ronnie hinüber. »Wie geht's dir, Süße?«

»Gut.«

»Hast du schon Morgenübelkeit?«

»Die kommt und geht. Genau wie meine Momma.«

»Schön, schön. Ihr kennt doch meine Schwester Sally, die Arme? Gott, sie hat während ihrer Schwangerschaften die Hölle durchgemacht. Sie musste neun Monate lang fast jeden Tag ins Bad rennen und sich übergeben. Armes Ding.«

»M-hm.«

Laura Jane lehnte sich über den Tisch und sagte zu Ronnie: »Ich hab heute deinen Bruder getroffen, Süße.«

Ronnie hatte schon vor langer Zeit gelernt, nicht einfach sofort auf alles zu reagieren. Sie hatte sich diese Fähigkeit mühevoll antrainieren müssen, denn wenn man Sissy Mae Smith zur Freundin hatte, dann war sie unerlässlich. Die Wölfin durfte zum Beispiel noch immer nicht wieder in einige Länder in Europa und Asien einreisen. Natürlich galt das auch für Ronnie Lee, aber das lag nur an Sissy Mae. Es lag *immer* alles nur an Sissy Mae!

»Tatsächlich? Und, wie geht's ihm? Hab ihn seit ein oder zwei Tagen nicht gesehen. Ist immer so beschäftigt, unser Ricky Lee.«

»Es scheint ihm gutzugehen. Er sieht auch gut aus.« Laura Jane zwinkerte ihr zu, und Ronnie hätte der Schlampe am liebsten mit ihren Reißzähnen die Augen ausgebissen. »Aber ich bin überrascht über ihn und diese Schakalin. Es sieht ihm gar nicht ähnlich, jemanden dafür zu benutzen, sich aus einer unangenehmen Unterhaltung zu ziehen. Ein merkwürdig aussehendes kleines Ding. Ich meine, es sei denn, sie hätte dafür *bezahlt*, dass ihr Haar so aussieht.«

Ronnie und Sissy konnten nicht anders: Sie schauten erst einander an und dann wieder zurück zu Laura Jane.

Schließlich fragte Ronnie Lee: »Welche Schakalin?«

Kapitel 11

Toni hatte jahrelang keinen Wecker mehr gebraucht, der sie morgens weckte, denn wenn sie einmal später aufstand, bedeutete das nur, dass sie sich mit ausgewachsenen Zankereien herumschlagen durfte, anstatt sie zu verhindern. Als die Sonne also durch die großen Fenster hereinströmte und sie mitten ins Gesicht traf, wusste sie sofort, dass sie aufstehen musste. Obwohl ihre Mutter für alle Kinder das Frühstück machte – sie liebte es, sich morgens mit ihren Welpen zu unterhalten, sie zu füttern und sie dann mit ihrem Lieblingsspruch in den Tag hinauszuschicken: »Ihr seid alle gleichermaßen unglaublich, und lasst euch von niemandem etwas anderes einreden.« –, musste Toni trotzdem noch dafür sorgen, dass die größeren Kinder alles dabei hatten, ihren Zeitplan kannten und, am allerwichtigsten, die grundlegende Körperhygiene nicht vernachlässigten. Oriana war dabei kein Problem, aber Kyle und Troy vergaßen diesen Punkt oft einfach. Sie vertieften sich so sehr in ihre Arbeit oder ihr aktuelles Studium, dass sie Dinge wie Zähneputzen, Baden oder Sockenwechseln als sekundär einstuften.

Toni betrachtete sie hingegen nicht als sekundär, und deshalb wusste sie, dass sie aufstehen musste. Aber aus irgendeinem Grund wollte Toni heute nicht aufstehen. Sie fühlte sich hier viel zu wohl, mit ihrem Gesicht in die sehr warme Couch vergraben, die wirklich gut roch. In der Tat so gut, dass Toni sogar ihr Gesicht an der Couch rieb.

Und genau in dem Moment knurrte die Couch.

Toni riss die Augen auf und setzte sich gleichzeitig auf, bevor sie voller Entsetzen feststellte, dass sie *auf* Ricky Lee Reeds Brust geschlafen hatte. Womöglich sogar die ganze Nacht lang!

Die bernsteinfarbenen Augen, umrahmt von überraschend langen Wimpern, öffneten sich, und ein langsames, faules Lächeln breitete sich auf seinen Lippen aus, während er sie mit seinem Blick fixierte. »Morgen, Schätzchen.«

»Warum liege ich auf deiner Brust? Warum hab ich auf deiner Brust *geschlafen?*«

»Weil ich so kuschelig bin?«

Nicht seine blöde Frage, sondern vielmehr seine Stimme war der Grund dafür, dass sie ihm einen Schlag auf die Brust verpasste, auf der sie bis eben noch geschlafen hatte. Kein Mann, ob Wolf oder sonst was, sollte so gottverdammt früh am Morgen eine so tiefe, sexy Stimme haben!

»Au!«, heulte er und bedeckte seine Brust mit seinen Armen. »Wofür war das denn?«

Es half auch nicht, dass er immer noch grinste, während er sich vor weiteren Schlägen schützte.

»Du weißt genau, wofür das war!«, knurrte sie und versuchte dann, von ihm herunterzuklettern. Aber der Wolf packte sie an den Hüften und zog sie direkt auf seinen Schoß, ihre Beine links und rechts neben seiner Taille.

Toni schnappte nach Luft und funkelte zu dem riesigen Mistkerl hinunter. »Bist du steif?«, fragte sie, als sie spürte, dass sich eine Art Bleirohr gegen ihren Oberschenkel presste.

Sein verdammtes Grinsen wurde noch breiter. »Jeden Morgen, da kannst du die Uhr nach stellen.«

Toni beschloss, dass sie genug davon hatte, packte seine Hände und riss sie von ihrer Taille. Sie rutschte von seinem Schoß, stand auf und rückte ihre Klamotten zurecht. »Du bist so ein …«

»Na, na, na. Kein Grund, gleich so ausfallend zu werden, nur, weil du dich an mich rangekuschelt hast, als sei ich ein großer alter Teddybär.«

»Halt die Klappe.« Sie ging aus dem Zimmer, als ihr plötzlich auffiel, dass sie ihre Umgebung gar nicht erkannte. »Wo sind wir hier?«

»In deiner Wohnung«, antwortete der Wolf und verschränkte die Arme hinter dem Kopf.

»Meiner …?« Dann fiel ihr alles wieder ein, und Toni schüttelte den Kopf. »Der Job. Ich muss meinen Job kündigen.«

»Du wirst deinen Job nicht kündigen.«

»Warum nicht?«

»Weil du diesen Job, diese grandiose Wohnung und diesen *grandiosen Fernseher* behältst.«

»Was hat *mein* Fernseher denn mit dir zu tun?«

»Kann ich denn nicht mal vorbeikommen und hier fernsehen?«

»Nein!«

»Keine Loyalität unter euch Schakalen. Ich schätze mal, die Bibel hatte doch recht, was euch betrifft.«

»Die Bibel ist *voreingenommen.* Schakale sind wundervoll … oh! Warum streite ich mich überhaupt mit dir?«, fragte sie, bevor sie durch eine Tür hinausstürmte.

»Kein Morgenmensch?«

»Halt die Klappe!«

Ricky lachte leise und amüsierte sich blendend, als er von der Couch aufstand und der wütenden kleinen Schakalin folgte.

Sie war gar nicht wirklich auf ihm eingeschlafen. Oder hatte sich an ihn herangekuschelt. Sie war nur am anderen Ende der Couch eingeschlafen, und ihre Hände und Füße hatten gezuckt, während sie in ihren Träumen gerannt war. Und sicher, Ricky hätte sie dort liegen lassen und auf seiner Seite der Couch schlafen können, oder auf einer der anderen beiden Couches in dem riesigen Raum. Aber es war so furchtbar kalt in dem Zimmer gewesen … nachdem er die Klimaanlage hochgedreht hatte. Deshalb hatte er sie in seine Arme gezogen, und sie hatte sich glücklich an seine Brust geschmiegt, so als gehöre sie dorthin.

Vielleicht nicht die ehrbarste Möglichkeit, mit der Situation umzugehen, aber er war schließlich ein Wolf und nicht irgendein Vollmensch mit einer langen Liste von Regeln und Vorschriften, wie man sein Leben zu leben hatte.

Außerdem hatte sie sich wirklich gut in seinen Armen angefühlt und sogar noch besser gerochen.

Genau wie jetzt. Obwohl sie so sauer war, roch sie immer noch so gut.

Er spürte sie in einem der Schlafzimmer auf, wo sie vor einer Kommode stand.

»Was ist los?«, fragte er sie.

Sie schaute sich zu ihm um. »Glaubst du, er hat mir auch Klamotten gekauft?«

»Ich muss zugeben, falls er das getan hat … dann wäre das irgendwie seltsam.«

»Ja.«

»Besonders, falls sie perfekt passen.«

»Hör auf.« Sie öffnete eine der Schubladen und stieß ein Seufzen aus. »Leer. Gut. Aber jetzt muss ich nach Hause fahren.«

»Was ist mit der Tasche, die deine Tante dir gestern gegeben hat?«

»Ich hab an, was sie mir mitgegeben hat.«

»Sie hat dir eine riesige Tasche mit nur einem Outfit drin gegeben?«

»Irenes Genie konzentriert sich auf andere Dinge.«

»Andere Dinge als Logik?«

»Größtenteils.« Sie drehte sich zu ihm um. »Ich muss nach Hause, damit ich mich umziehen, ins Sportzentrum fahren und meinen Job kündigen kann.«

»Und was ist mit meinen Fernsehbedürfnissen?«

Sie schloss die Augen, bevor sie um ihn herumging und das Schlafzimmer verließ.

»Ich komme mit dir«, schlug er – aufdringlich – vor.

»Nein. Ich schaffe es auch allein zurück.«

Sie schnappte sich die Reisetasche, die sie im Flur hatte liegen lassen, und war bereits an der Wohnungstür, als Ricky wieder hinter ihr auftauchte.

»Wir sehen uns«, sagte sie, als sie die Tür öffnete.

»Wann?«

Sie blieb stehen und schaute ihn an. »Was?«

»Wann sehen wir uns? Heute Abend? Morgen? Dieses Wochenende?«

»Ich gehe nicht mit dir aus.«

»Wer hat denn irgendwas von ausgehen gesagt? Wir sind Gestaltwandler. Gestaltwandler gehen nicht aus. Das ist was für Vollmenschen.«

»Und was schlägst du dann vor?«

»Sex. Vorzugsweise eine Menge davon.«

»Nur Sex? Ist das alles, was du willst?«, drängte sie ihn.

»Was denn noch? Redest du dabei gerne oder so?«

»Nein.«

Ricky grinste. »Dann willst du also einfach loslegen?«

»Nein! Ich meine … oh! Warum führe ich überhaupt diese Unterhaltung mit dir?«

»Weil du fasziniert von mir bist, und irgendwie angetörnt. Das ist schon okay. Ich weiß, dass du an Vollmenschen und ihre komplizierten Sitten gewöhnt bist, aber es ist an der Zeit, dass du die Sitten von deinesgleichen lernst.«

»Oder ich könnte dich einfach nie wiedersehen.«

»Warum solltest du das tun?«

»Weil … es ist nur … *warum führe ich immer noch diese Unterhaltung mit dir*?«, beendete sie den Satz schreiend.

»Na ja …«

»Halt die Klappe!« Sie wirbelte herum und rauschte aus der Wohnung.

»Du bist verflixt süß, wenn du wütend bist«, rief er ihr hinterher. »Verdammt, Schätzchen, also ehrlich! Diese Geste war wirklich unnötig!«

Ricky trat wieder in die Wohnung und machte sich auf die Suche nach den Stiefeln, die er gestern Abend getragen hatte. Während er suchte, musste er die ganze Zeit über lachen. Ja … das würde wirklich ein *Spaß* werden.

Kyle wartete darauf, dass seine Schwester nach Hause kam. Er wusste, dass sie zurückkommen würde, um nach ihnen zu sehen, und wenn sie es tat, dann hatten er, Oriana und Troy den perfekten Plan. Sie würden sie mit Schweigen strafen. Ihr zeigen, dass sie sie nicht brauchten. Jedenfalls nicht so, wie Toni anscheinend glaubte. Und dann, wenn sie das Ausmaß ihrer Idiotie begriffen hatte, würden sie ihr wieder erlauben, ihre Leben zu managen. Denn mit seiner Tante Irene zu arbeiten, war – auch wenn sie sie alle anbeteten – wirklich die Hölle auf Erden.

Diese Frau war einfach unmöglich! Bis zur Grenze der Unhöflichkeit! Und außerdem unterbrach sie Kyle andauernd mitten im Satz, um ihm zu sagen, dass er unrecht hatte und um ihn daran zu erinnern, dass er erst elf war. Er wusste selbst, dass er elf war. Er war sich der Tatsache sehr bewusst, dass er elf war. Man musste ihn nicht daran erinnern. Und seine Tante musste ihn auch nicht unterbrechen, wenn er gerade sprach. Das war inakzeptabel!

Hatte sich Michelangelo auch mit solchen Dingen herumschlagen müssen? Oder Rodin? Kyle bezweifelte es. Genies sollten nicht dazu gezwungen werden, sich mit so lächerlichen Dingen wie Zeitplänen herumzuschlagen und sich Sorgen darüber zu machen, dass sie irgendwelche Leute zum Weinen brachten.

Und natürlich verstand seine liebe, süße, aber ahnungslose Tante Irene das nicht. Sie war Wissenschaftlerin. Ja, eine brillante Wissenschaftlerin, aber eben nur eine Wissenschaftlerin. Sie war *keine* Künstlerin, und deshalb verstand sie *gar nichts*. Ganz eindeutig verstand sie die Dinge nicht so, wie Toni es tat, und außerdem war Toni viel weniger furchteinflößend als Tante Irene, was äußerst wichtig war.

Wenn Toni also nach Hause kam, würde Kyle ihr in deutlichen Worten mitteilen, dass er und die anderen ihr lächerliches Verhalten nicht mehr länger tolerieren würden. Sie hatte einen Job zu erledigen, und dieser Job war hier bei ihnen, bei ihrer *Familie*. Nicht bei irgendwelchen Fremden, die nichts weiter taten, als auf Schlittschuhen einem winzigen Puck hinterherzujagen. Vollblut-Bären taten dasselbe in Russland zur Belustigung von Vollmenschen, deshalb war Kyle davon alles andere als beeindruckt.

Freddy kam in die Küche gerannt, ein dickes und, darauf würde Kyle wetten, *langweiliges* Buch in den Händen. Er hielt es hoch, damit ihr Vater es sehen konnte.

»Guck mal, was für mich gekommen ist, Daddy!«

»Was ist das?«

»Miki hat mir ein Buch über meinen Lieblingsphysiker geschickt, Henry Cavendish!«

Ich hatte recht. Langweilig.

»Ich werde es hinten im Garten vergraben!«, freute sich Freddy, bevor er zur Hintertür rannte.

»Du hast es doch noch gar nicht gelesen«, erinnerte ihr Vater ihn.

Freddy blieb stehen und starrte das Buch in seinen Händen an.

Kyles Bruder war *so* ein Hund. Wenn ihm irgendetwas wichtig war, dann vergrub er es im Garten. Was wahnsinnig nervte, wenn er in Panik geriet, weil er jemandem etwas gestohlen und es im Garten verscharrt hatte und sich dann weigerte, den anderen zu sagen, wo. Und für ein so gesprächiges Kind konnte Freddy wirklich gut die Klappe halten, wenn ihm danach war.

»Warum frühstückst du nicht erst mal«, schlug ihr Vater vor, »liest dann das Buch und entscheidest dich anschließend, ob du es vergraben willst oder nicht?«

»Es ist von Miki«, wiederholte Freddy, so als würde das sein Bedürfnis erklären, das blöde Ding zu verscharren.

»Miki wer?«, fragte Troy.

»Kendrick«, antwortete Oriana. »Tante Irenes Freundin mit der großen Klappe.«

»Sie ist nett«, sagte Freddy.

»Du findest jeden nett.«

Ihr Vater zog einen Stuhl vom Tisch weg. »Setz dich, Freddy. Iss. Du vergisst immer, was zu essen.«

»Oriana vergisst nie, was zu essen«, scherzte Kyle. Obwohl er sich nicht mehr so sicher war, dass es die Mühe wert gewesen war, als Oriana ihren knochigen Ellbogen zwischen seine Rippen rammte.

»Au! Dad!«

»Hör auf!« Die Stimme ihres Vaters klang ruhig, aber andererseits brüllte er sowieso nur sehr selten. Meistens überließ er das Toni.

Oriana hob den Kopf und hatte ihre Schüssel mit Müsli – und Kyles verletzbare Rippen – bereits vergessen. Ihre Nase zuckte. »Ich glaube, Toni kommt«, flüsterte sie Kyle zu.

»Was meinst du damit, du *glaubst* es?«

»Ich lerne immer noch, einzelne Gerüche voneinander zu trennen. Und wenn du mir gegenüber noch mal diesen Ton anschlägst, du Winzling, dann beiße ich dir die Nase ab.«

»Aufhören!«, bellte Troy. »Alle beide. Seht lieber kalt und gleichgültig aus.«

Kyle betrachtete seinen Bruder. »Du siehst immer kalt und gleichgültig aus.«

»Dann folgt meinem Beispiel.«

Das taten sie. Kyle und Oriana setzten sich kerzengerade auf – nun, Orianas Haltung war ohnehin ausgezeichnet, daher galt dies hauptsächlich für Kyle – und ließen ihren Blick durch den Raum schweifen, weg von der Hintertür, die in die Küche führte. Ja. Toni würde sofort bemerken, dass sie ignoriert wurde, und es würde in ihr *brennen*.

Die Hintertür ging auf, und Toni stapfte in die Küche.

»Hey, Kleines«, begrüßte ihr Vater sie, während er unverhohlen die flohverseuchte Promenadenmischung fütterte, die ihre Mutter mit nach Hause gebracht hatte. Was tat ihr Vater nur mit diesem Hund? Hatte er keine eigenen Kinder, um die er sich kümmern konnte?

Die Tür knallte zu, und Kyle sah sofort, dass seine große Schwester wütend war. Er ging im Kopf unwillkürlich alles durch, was er in den letzten vierundzwanzig Stunden getan hatte, das dieses Reaktion hervorrufen könnte, aber er war die ganze Zeit zu Hause in seinem Zimmer gewesen und hatte mit Oriana und Troy Pläne geschmiedet – und war Tante Irene aus dem Weg gegangen.

»Mein Fernseher?«, knurrte Toni. »Er interessiert sich für meinen Fernseher. Unglaublich!« Sie stampfte durch die große Küche. »Verdammte Wölfe. Ich hasse Wölfe!«

»Ich glaube, dein Onkel Van dürfte ein Problem damit haben«, sagte ihr Vater, als sie an ihm vorbeistürmte und sich die Promenadenmischung ganz dicht an sein Bein drückte. Wahrscheinlich aus Angst.

»Onkel Van kann sich auch zum Teufel scheren!« Toni blieb vor der Schwingtür stehen, die ins Esszimmer führte. »Eigentlich … *können sich alle zum Teufel scheren*!«, kreischte sie plötzlich, bevor sie die Tür aufstieß und hindurchmarschierte.

Nach ein paar Augenblicken des Schweigens einer Gruppe, die sonst niemals schwieg, fragte Freddy: »Willst du denn nicht mit ihr reden, Daddy?«

»Oh, nein«, antwortete ihr Vater mit dem breiten Lächeln, das er immer im Gesicht hatte. Was gab's denn da zu lächeln? »Ich erkenne Wut. Ich werde mich da ganz sicher nicht einmischen.«

»Du hast das schon mal gesehen?« Oriana blickte sich um und fragte dann: »Bei Toni?«

»Nein. Bei eurer Mutter. Natürlich bin ich für gewöhnlich derjenige, der diese Wut auslöst.« Sein Lächeln schien noch breiter zu werden. »Aber nicht diesmal. Nicht bei Toni.«

»Und wer hat sie dann ausgelöst?«

»Keiner von euch, also macht euch deswegen keine Sorgen. Aber was euch drei angeht«, sagte ihr Vater zu Kyle, Oriana und Troy, »wenn ich ihr wäre, würde ich diesen Plan mit dem Schweigen als Strafe erst mal ruhen lassen. Einfach ruhen lassen.«

Die drei sahen einander an, schauten dann zu ihrem Vater und nickten.

Denn brillant zu sein bedeutete auch, zu wissen, wann man

nicht Leib und Leben riskieren sollte, indem man seine bereits wutentbrannte Schwester nur noch mehr reizte.

Brendon Shaw küsste den Nacken seiner schlafenden Gefährtin und schlüpfte vorsichtig aus dem Bett, um sie nicht zu wecken.

Jetzt, wo Ronnie Lee schwanger war, schlief sie viel mehr und war viel seltener in Faustkämpfe verwickelt. Ihr nicht mehr das Blut von den Fingerknöcheln wischen und irgendwelchen Supermodels, die in einer Bar ein wenig vorlaut geworden waren, Schmerzensgeld bezahlen zu müssen, gefiel ihm entschieden besser.

Nackt verließ Brendon das Schlafzimmer, schloss leise die Tür hinter sich und ging durch das Wohnzimmer der Präsidentensuite seines Kingston Arms Hotels. Da seit 1909 kein Gestaltwandler mehr ins Weiße Haus eingezogen war, nutzte er die Suite für sich und seine Familie.

Zu Brendons Pech war seine »Familie« sehr viel weiter gewachsen, als er gehofft hatte.

Er blieb mitten in seinem Wohnzimmer stehen, seufzte tief und sah zur Küchentheke hinüber, an der einer von Ronnie Lees nutzlosen Brüdern stand, Joghurt aß und ihn anstarrte.

»Morgen.«

»Ich dachte, ich hätte dir und deinen idiotischen Brüdern klargemacht, dass ihr nicht einfach so hier reinschneien könnt.«

»Na, na, na, du großes Kätzchen. Wir sind doch eine Familie. Und Familie ist nun mal Familie.«

»Was zur Hölle soll das denn bedeuten?«

Anstatt ihm zu antworten, hielt der Wolf nur seine Schüssel hoch. »Joghurt?«

»Ich will keinen Joghurt. Und ich hab dem Personal gesagt, dass sie meinen Kühlschrank nicht mehr mit diesem Mist auffüllen sollen.«

Brendon hatte angenommen, wenn er keinen Joghurt mehr hatte, würde er auch weniger Besuch von Ronnie Lees Rudel und Familie erhalten.

»Du hast es ihnen zwar gesagt«, erwiderte der Wolf, »aber wir haben vorhin mit den Wölfen gesprochen, die gerade Dienst haben, und sie haben sofort dafür gesorgt, dass wir alles haben, was wir brauchen. Es war entweder das, oder wir hätten uns mit unserem nächtlichen Geheul über sie lustig gemacht.«

Der Wolf gestikulierte in Brendons Richtung. »Ich schätze, wenn das Baby erst mal da ist, solltest du anfangen, im Bett wenigstens eine Unterhose zu tragen, Kumpel.«

Welcher Bruder war das noch mal? Oh, ja. Der mittlere. Ricky. Er war etwas weniger nervtötend als Reece Lee und definitiv nicht so verklemmt wie Rory, aber er war trotzdem noch ein männlicher Hund in Brendons Haus.

»Iss auf und verschwinde.«

»Wie du willst.«

Brendon spielte mit dem Gedanken, die Schlösser erneut auswechseln zu lassen, wusste jedoch, dass dies reine Zeitverschwendung wäre, da Wölfe so gut wie alles öffnen konnten, wenn sie es wollten, also setzte er sich wieder in Bewegung. Er war jedoch kaum zehn Schritte weit gegangen, als sich die Tür der Suite öffnete und ein weiteres Mitglied von Ronnie Lees Familie in sein Zuhause eindrang.

»Hier bist du«, sagte Reece Lee, als er seinen Bruder entdeckte. Er betrat das abgesenkte Wohnzimmer, blieb kurz vor Brendon stehen und bemerkte: »Schätze, du solltest anfangen, Unterhosen zu tragen, wenn Ronnies Baby da ist.«

»Es ist auch mein Baby, auch wenn du und deine Brüder diesen Teil gerne zu vergessen scheinen.«

»Ich hoffe, dein Welp…«

»Junges.«

»… kommt nicht mit einem schiefen Reißzahn zur Welt wie Bobby Lees Mischlingscousine in North Carolina. Hübsches Mädchen, bis sie sich verwandelt, dann sieht die Sache schon ganz anders aus.«

»Vielleicht kriegt es ja Stoßzähne wie Novikov«, vermutete Ricky.

»Ich hasse euch beide.« Brendon grinste höhnisch.

»Kannst du nicht.« Reece klopfte Brendon auf die Schulter. »Wir sind jetzt alle eine große Familie, oder etwa nicht?«

»Komm und nimm dir was von seinem Joghurt, kleiner Bruder. Im Kühlschrank sind sogar frische Beeren zum Unterrühren.«

»Ich mag meinen Joghurt genau so, wie ich meine Frauen mag«, erwiderte Reece mit einem breiten Grinsen. »Naturbelassen und säuerlich.«

»Brendon verdrehte die Augen und ging auf die Wäschekammer zu, um sich ein paar saubere Klamotten zu suchen und über die Vorzüge von Privatschulen in der Schweiz nachzudenken, bevor die Reed-Jungs die Möglichkeit hatten, ihre Südstaaten-Logik an sein wehrloses Kind weiterzugeben.

Nachdem er sich eine eigene Schüssel mit Joghurt geholt hatte, setzte sich sein Bruder neben Ricky an die Theke.

»Wo bist du denn gestern hingegangen?«, fragte Reece.

»Hab ein Mädchen kennengelernt«, antwortete Ricky, den Mund voller Joghurt.

»Jemand, den ich schon mal gevögelt hab?«

»Nein, diesmal nicht. Aber du kennst sie. Sie ist eine der neuen Abteilungsleiterinnen bei euch. Mannschaftsreisen und Promotion, glaub ich.«

Reece ließ seinen Löffel fallen. »Die kleine reiche Schakalin?«

»Jap.«

»Du und ein reiches Mädchen? Daddy würde das als ein Anzeichen für das Ende aller Tage bezeichnen.«

»Daddy mag einfach nur keine reichen Leute.«

»Stimmt. Trotzdem … sie scheint mir nicht ganz dein Tempo zu fahren, großer Bruder. Ein Reed schleicht nicht gerne auf der Kriechspur.«

»Ich hab noch nie ein schnelles Auto gebraucht, um mein Interesse zu erregen.« Ricky aß den Rest von seinem Joghurt und schob die Schüssel von sich weg. »Bist du deswegen hier? Um mich das zu fragen?«

»Nein. Rory will, dass wir heute früh ins Büro kommen.«

»Warum?«

»Irgendein wichtiger Klient aus dem Sportzentrum kommt vorbei. Ich glaube, sie wollen, dass wir ihr schickes Sicherheitssystem überprüfen.«

Ricky nickte. »Perfekt. Ich hatte sowieso vor, ins Sportzentrum zu fahren und ein bisschen Zeit mit der Schakalin zu verbringen.«

»Momma sagt, Schakale vollbringen das Werk des Teufels.«

»Meine Schakalin sagt, das sei nur Propaganda.«

Die beiden beobachteten, wie Brendon Shaw durch sein Wohnzimmer zurücktrottete. Dankbarerweise trug er inzwischen eine Jogginghose.

»Und was ist damit, dass Momma sagt, Katzen seien die Vertreter des Satans persönlich?«

Die Katze blieb stehen und funkelte die beiden an. *»Raus, ihr Hunde!«*, brüllte er.

Ricky zwinkerte seinem grinsenden Bruder zu und erwiderte: »Ich muss zugeben, dass Momma damit wahrscheinlich recht hatte.«

Coop klopfte kurz an Tonis Tür und trat dann in ihr Zimmer. »Hab gehört, dass du hier oben bist und dich über Fernseher und Wölfe aufregst. Kyle denkt, du hättest wegen deines neuen Jobs, den er standhaft als dämlich bezeichnet, einen Nervenzusammenbruch erlitten.«

Toni kam frisch aus der Dusche, war gerade in eine Jeans und ein T-Shirt geschlüpft und hatte sich das nasse Haar aus dem Gesicht gebürstet, bevor sie sich nun ein Paar Socken und ihre Laufschuhe schnappte. »Es ist nichts.« Sie wollte jetzt nicht darüber sprechen. Sie wollte nicht darüber sprechen, was zwischen ihr und diesem nutzlosen Wolf vorgefallen war.

Sie setzte sich auf die Holzbank neben ihrem Bett und zog die

Schuhe an. »Hör mal, Coop, ich muss ins Büro, aber sobald ich wieder zurück bin …«

»Mach dir keine Sorgen, Schwesterherz. Ich hab alles unter Kontrolle.«

Toni hörte auf, sich die Schuhe zu binden, und blickte zu ihrem Bruder hinauf. »Was meinst du damit?«

»Cherise und ich haben für diesen Sommer all unsere Konzerte abgesagt. Wir bleiben zu Hause, um uns um die Kinder zu kümmern.«

»Ihr habt was?«

»Nein, nein. Reg dich nicht auf.« Coop ging vor ihr in die Hocke und band ihre Schuhe für sie zu. »Ich weiß, was du denkst, aber ich brauche sowieso eine Pause. Ich bin seit Monaten nonstop auf Tournee. Und Cherise … lass es mich so formulieren: Als ich ihr den Vorschlag unterbreitet hab, hat sie sich in meine Arme geworfen und mein Gesicht geküsst, als hätte ich sie aus einem sinkenden Boot gerettet, das von Haien umkreist wird.«

»Aber Coop …«

Coop war fertig mit ihren Schnürsenkeln, legte seine Hände auf ihre Knie und blickte tief in Tonis Augen. »Du, große Schwester, hast das verdient. Du hast es *verdient.* Du hast dich immer um uns gekümmert, und jetzt sind wir an der Reihe, dasselbe für dich zu tun. Also lass uns.«

»Aber solltest du nicht für den König von …«

»Wenn du für einen König gespielt hast, dann hast du für alle gespielt, vertrau mir. Unsere Familie ist wichtiger. Und auch wenn Tante Irene wirklich versucht, zu helfen, macht sie den Kindern furchtbare Angst.«

»Ich weiß«, seufzte Toni.

»Außerdem ist gestern eine Riesenladung Computerkram hier angekommen, und sie war die ganze Nacht wach und hat mit Troy und Freddy alles zusammengebaut.«

»Troy und Freddy waren die ganze Nacht wach?«

»Bis drei Uhr, aber vorher gehen sie sowieso nie ins Bett.« Das stimmte. Toni versuchte immer, sie an einen Zeitplan zu gewöhnen, der eher dem anderer Kinder in ihrem Alter entsprach, aber die Rädchen in ihrem Kopf hörten einfach nie auf, sich zu drehen, und ihr Verstand arbeitete ununterbrochen. Wenn sie sie doch einmal früh ins Bett schickte, blieben sie nur die ganze Nacht wach und dachten nach, bis Freddy sich selbst ein Magengeschwür verursachte und Toni entdeckte, dass Troy sämtliche Wände in seinem Zimmer mit Gleichungen vollgekritzelt hatte. »Damit ich es nicht vergesse«, hatte er gesagt, als sie ihn um sechs Uhr morgens mit dem Stummel eines blauen Buntstifts in der Hand und wild leuchtenden Augen gefunden hatte.

»Und du weißt ja, wie Tante Irene ist, wenn sie sich in ihre Arbeit stürzt«, fuhr Coop fort. »Deshalb brauchst du mich und Cherise hier. Wir können einander helfen, und dir. Zur Abwechslung.«

Toni spielte mit dem Gedanken, ihrem Bruder zu sagen, dass sie nur ins Büro fahren wollte, um den Job zu kündigen, für den sie so unqualifiziert war, aber sie brachte es nicht übers Herz. Er war einfach so verdammt stolz auf sich. Sie hatte diesen Blick nicht mehr bei ihm gesehen, seit er zehn Jahre alt gewesen und gebeten worden war, in London für Queen Elizabeth zu spielen. Obwohl er Toni später gefragt hatte: »Ist das die mit den roten Haaren?« Und anschließend geflüstert hatte: »Ist die nicht tot? Werde ich für einen Zombie spielen?« Ihre Schuld. Sie hatte ihm erlaubt, mit ihr aufzubleiben und sich *Die Nacht der lebenden Toten* anzuschauen, nachdem ihre Eltern ausgegangen waren. Der Babysitter hatte natürlich keine Ahnung gehabt.

»Nein«, hatte Toni ihm erklärt. »Das ist die Ururururenkelin oder so von dieser Elizabeth. Die wurde schon vor hundert Jahren oder so geboren.«

Glücklicherweise hatten sich Tonis Geschichtskenntnisse im Laufe der Jahre erweitert.

Aber welche Elizabeth es auch immer gewesen sein mochte, Coop hatte damals einen Ausdruck des puren Stolzes im Gesicht gehabt, und jetzt hatte er denselben Ausdruck wieder. Es bedeutete ihm sehr viel, seiner Familie zu helfen.

Und auch wenn Toni diesen Job kündigen würde, weil sie schmerzlich unterqualifiziert dafür war, musste sie ihrem Bruder ja nichts davon erzählen. Und wenn sie Glück hatte, fand sie vielleicht sogar einen Job, der besser zu ihren Fähigkeiten passte, und Coop konnte den Sommer trotzdem damit verbringen, ihr mit den anderen Kindern zu helfen.

Verdammt, wenn es ihren kleinen Bruder glücklich machte, warum sollte sie sich dann mit ihm darüber streiten?

»Danke, Coop. Ich weiß deine Hilfe wirklich zu schätzen.«

»Ist mir ein Vergnügen.«

Toni stand auf und schnappte sich ihren Rucksack. »Wir sprechen später weiter, okay?«

»Mach dir deswegen keine Gedanken. Ich weiß, dass du bei diesem neuen Job viel zu tun haben wirst.«

»Ja.« Toni setzte sich in Bewegung, blieb dann jedoch noch einmal stehen. »Kann ich dein Telefon für eine Weile ausleihen?«

»Sicher. Freddy hat dein neues Telefon doch nicht auch schon auseinandergenommen, oder?«

»Nein, nein.« Sie nahm ihrem Bruder das Telefon aus der Hand. »Aber ich will auch nicht darüber sprechen, *was* damit passiert ist.«

Toni verließ das Zimmer, ging die Treppen hinunter und steuerte auf die Haustür zu. Mit einer Hand auf dem Türknauf blickte sie den Flur hinunter und sah, wie Oriana, Kyle und Troy plötzlich ins Wohnzimmer abtauchten. Nur Freddy blieb tapfer stehen. Er winkte ihr zu, und Toni lächelte ihn an, zwinkerte ihm zu und warf ihm eine Kusshand zu.

Sie verließ das Haus und blieb stehen, als sie beinahe mit Delilah zusammenprallte.

»Kommst du jetzt erst nach Hause?«, fragte Toni und schaute auf ihre Uhr.

»M-hm.«

Delilah versuchte, um sie herumzugehen, aber Toni schnitt ihr den Weg ab und fragte: »Wo warst du, Delilah?«

»Nur spazieren.«

Delilah versuchte wieder, an ihr vorbeizugehen, und Toni machte ebenfalls einen Schritt zur Seite und versperrte ihr wieder den Weg. »Wo warst du spazieren?«

Langsam hob ihre Schwester den Kopf und sah Toni mit ihren blauen Augen an. »Hier in der Gegend.«

»Du bist doch vorsichtig, ja? Manhattan ist nicht Seattle.«

»Ich weiß.« Sie tätschelte sanft auf die riesige Schultertasche, die sie immer dabeihatte. Darin waren ihr Zeichenblock, ein Notizbuch und Bleistifte. Die Tatsache, dass sie zeichnen konnte wie Künstler, die dreißig Jahre älter waren als sie, hatte Delilah zu einem Wunderkind gemacht. Aber das war nicht der Grund, warum Toni noch immer so ein wachsames Auge auf ihre achtzehnjährige Schwester hatte. Nein. Es war nicht ihr Talent als Künstlerin, das Delilah so einzigartig machte ... und das wussten sie beide.

»Mach dir um mich keine Sorgen, Toni.« Delilah strich zärtlich mit ihren Fingern über Tonis Wange, und Toni musste all ihre Kraft zusammennehmen, um nicht vor der Berührung zurückzuweichen. »Ich bin immer vorsichtig.«

»Ich weiß.«

Mit einem sanften Lächeln auf den Lippen ging Delilah um Toni herum und ins Haus.

»Aber in Wahrheit mache ich mir nicht wirklich Sorgen um dich, kleine Schwester ... stimmt's?«, fragte Toni Delilahs Rücken.

In der Tür drehte Del sich noch einmal um und neigte ein wenig den Kopf, als sie Toni ansah. Ihr Lächeln wurde breiter – es dehnte sich zu einem anzüglichen Grinsen aus, bevor sie ihrer Schwester die Tür vor der Nase zumachte.

Toni stieß die Luft aus, die sie immer anhielt, wenn sie versuchte, herauszufinden, was zur Hölle ihre Schwester vorhatte.

Nachdem sie beschlossen hatte, dass sie im Moment keine Zeit dafür hatte, ging Toni die Treppe hinunter und blieb stehen, als sie die vorletzte Stufe erreichte und sah, dass Johnny DeSerio vor dem Haus der Wildhunde stand und auf die andere

Straßenseite starrte. Er war ein junger Wolf, aber trotzdem bewegte er sich nicht. Das kam ihr seltsam vor. Junge Hunde waren für ihre immense Energie bekannt.

Besorgt wartete Toni auf eine Lücke im Verkehr und lief dann über die Straße zu Johnny.

»Ist alles okay?«, fragte sie ihn.

»Meine Füße haben aufgehört, sich zu bewegen«, murmelte er. »Ich hab die Fähigkeit zu gehen verloren.«

»Okay. Aber du stehst. Stehen ist gut. Deine Wirbelsäule hat also keinen Schaden erlitten.«

Toni stellte sich direkt neben ihn.

»Wie ich sehe, hast du deine Geige dabei«, bemerkte sie.

»Hab ich das? Vielleicht sollte ich sie lieber drin lassen. Ich bin nicht sehr gut.«

»Da sagt meine Mutter aber was anderes.«

»Deine Mutter ist eine törichte Frau!«, explodierte er plötzlich, und Toni musste sich beherrschen, um nicht loszuprusten. Auf die Innenseite ihrer Wange zu beißen, half definitiv. Als sie sich endlich wieder unter Kontrolle hatte, legte Toni eine Hand auf Johnnys Unterarm.

»Würdest du gerne eine Tasse Kaffee mit mir trinken?«

»Ich will mich im Keller verstecken.«

»Ich weiß, aber ich glaube, Kaffee und vielleicht was zum Frühstück wären wahrscheinlich besser.« Sie zog ihn am Arm. »Komm mit. Da hinten ist ein Café.«

»Hast du wirklich nichts Besseres zu tun, als mit mir Kaffee zu trinken?«, fragte er.

Toni zuckte mit den Schultern, da sie annahm, dass sie schließlich jederzeit kündigen konnte. »Nein. Ich hab nichts Besseres zu tun.«

Kapitel 12

Sie landeten schließlich in einem Starbucks am Ende der Straße, und Toni brachte den Wolf nicht nur dazu, eine große Tasse Kaffee zu trinken, sondern überredete ihn auch, mehrere Zimtschnecken und drei Stücke Streuselkuchen zu verdrücken. Nicht das gesündeste Frühstück, aber sie war sich sicher, dass er es wieder abarbeiten würde.

»Also, was ist los?«, fragte sie ihn, als sie erkannte, dass Johnny sich ein wenig beruhigt hatte. »Worüber machst du dir solche Sorgen?«

»Über alles.«

Toni lächelte. »Über alles, hm? Also … die Wirtschaftskrise? Kriege in anderen Ländern? Wer dieses Jahr den Super Bowl gewinnt? Das alles?«

»Da mich das alles nicht interessiert … nein.«

»Das dachte ich mir. Also, was ist es wirklich?«

»Was, wenn ich nicht so gut bin, wie deine Mutter denkt?«, fragte er schließlich, und es war ein riesiger Sprung des Vertrauens, dass er Toni seine Schwäche zeigte, seine wahre Angst.

»Das musst du sein«, antwortete Toni rundheraus, »denn wenn es *darum* geht, irrt meine Mutter sich nie. Sie ist vollkommen nutzlos, wenn es um grundlegende Dinge wie Mathematik geht oder darum, die richtige Zeit zu benutzen, wenn sie italienisch spricht. Und wenn sie nicht gerade Frühstück macht, steckt sie wahrscheinlich das ganze Haus in Brand, falls sie versucht, eine Mahlzeit zuzubereiten. Aber wenn es um Musik geht … wenn es um das geht, was du machst … dann irrt meine Mutter sich nie.«

»Aber«, er schob sich noch einen Happen Streuselkuchen in den Mund, »was, wenn sie sich *diesmal* irrt? Bei *mir*?«

»Weil du diese Macht hast, ja? Du bist ja ganz schön narzisstisch«, neckte sie ihn.

Er schaute sie einen langen Augenblick lang an, bevor er zugab: »Du hast recht. Ich bin erbärmlich.« Dann ließ er seinen Kopf auf den Tisch knallen und seufzte … dramatisch.

Toni verdrehte die Augen, holte das Handy ihres Bruders aus ihrer Hosentasche, hielt es unter dem Tisch und schickte schnell eine Nachricht an ihre Mutter. Es war eine Fähigkeit, die sie im Laufe der Jahre entwickelt hatte: Nachrichten zu verschicken, ohne hinzusehen. Sie hatte es von Oriana gelernt, und in Momenten wie diesem war sie froh, dass sie diese Kunst beherrschte.

Starbucks an der Ecke. Ich bins, Toni.
Brauche Dich. Noch ein Schüler kurz davor, von Deiner Brillanz zerstört zu werden.

Nachdem sie ein paar Minuten lang auf Johnnys Hinterkopf gestarrt hatte, sah Toni ihre Mutter die Straße entlangeilen. Sie kam schliddernd zum Stehen, als sie die Tür des Starbucks' erreichte, holte tief Luft, strich sich das Haar aus dem Gesicht und schlenderte betont entspannt in das Café.

Wieder gelang es Toni nur, nicht laut loszulachen, weil sie sich auf die Innenseite ihrer Wange biss.

Jackie bestellte lässig einen Chai Latte bei einem der Baristas, bevor sie ebenso betont lässig zu ihrem Tisch schlenderte.

Ihre Mutter war nach ausgiebigem Training inzwischen die Königin der Lässigkeit.

»Hey, Süße«, begrüßte sie Toni. »Was machst du denn … Moment mal. Johnny? Was machst *du* denn hier?«

Der Wolf hob seinen Kopf vom Tisch hoch, blinzelte heftig und starrte panisch in Jackies braune Augen.

Jackie gab vor, nachzudenken, und tippte sich mit dem Zeigefinger ans Kinn. »Haben wir nicht gerade eine Verabredung?«

»Es tut mir leid, Miss Jean-Louis. Ich … ich … es ist nur …«

»Mach dir deswegen keine Sorgen.« Jackie tat Johnnys panisches Stottern mit einem Winken ab. »Ich kann mir selbst ganz schlecht Termine merken. Mein Gefährte hilft mir dabei immer, stimmt's, Toni?«

»Sicher«, log Toni, da ihr Vater höchstwahrscheinlich zu spät zu seiner eigenen Beerdigung kommen würde, wenn Toni nicht dafür sorgte, dass er pünktlich war.

Jackie trat an die Theke, holte sich ihren Tee ab, kehrte dann wieder zurück und setzte sich neben Toni.

»Also«, fragte sie und nippte an ihrem Chai Latte, »worüber sprechen wir?«

Johnny blickte zu Toni, und seine Augen flehten sie an, nichts zu verraten.

»Filme«, log Toni. Ganz ehrlich, Toni würde nur begrenzt lügen, um ihrer Mutter zu helfen.

»Ich liebe Filme«, verkündete Jackie. »Was sind deine Lieblingsfilme, Johnny? Stehst du auf dieses Scifi-Zeug mit jeder Menge großer Explosionen? Ich persönlich hasse Frauenfilme oder alles, was es ganz offensichtlich darauf anlegt, mich zum Weinen zu bringen. Ich hasse das.«

Da sie wusste, dass ihre Mutter von hier an allein zurechtkam, griff Toni nach ihrem Rucksack und stand von ihrem Stuhl auf.

Jetzt, nachdem sie sich um dieses kleine Drama gekümmert hatte, wusste Toni, dass es ein Kinderspiel werden würde, ihren Job zu kündigen.

Ricky lehnte sich gegen die eine Seite des Rahmens der Bürotür und Rory gegen die andere, während Reece zwischen ihnen stand, die Arme vor der Brust verschränkt. Gemeinsam sahen sie zu, wie ein großes Löwenmännchen Arschfangen mit seiner Frau spielte. Natürlich war das sein gutes Recht. Die Firma gehörte ihm schließlich zum Teil.

»Mace!«, kicherte die Vollmenschen-Frau quietschend. »Hör auf!«

Er hatte Desiree MacDermott-Llewellyn, erstklassiger Detective der Gestaltwandler-Einheit des NYPD, mit seinen Löwenschenkeln gegen den Schreibtisch gepresst, während er dem armen kleinen Ding zeigte, was ein echter Mann war – oder in seinem Fall: ein echter *Löwe*.

»Komm schon, Dez«, drängte die Großkatze, »gib mir nur zehn Minuten.«

»Das klingt alles andere als beeindruckend für einen ehemaligen Navy-Mann.«

»Im Gegensatz zu deinen Marine-Brüdern … wissen Navy SEALS, wie man eine Sache erledigt: schnell und flink und zur Zufriedenheit aller. Wir stürmen nicht einfach den Strand, Baby. Wir nehmen das ganze verdammte Land ein.«

Ricky sah seine Brüder an, und sie verdrehten beide angewidert die Augen. Katzen waren schon schlimm genug, aber Militärkatzen konnten die Schlimmsten sein. Diese Mähne in Kombination mit der Fähigkeit, ihr Land zu schützen, machte die meisten von ihnen einfach vollkommen unerträglich.

»Was machen wir hier?«, fragte eine Stimme hinter Ricky und seinen Brüdern, und er schämte sich, zuzugeben, dass sie alle reagierten, wie jeder vernunftbegabte Mensch reagiert hätte, wenn plötzlich ein riesiger Eisbär hinter ihm auftauchte: Sie kreischten wie kleine Mädchen und wirbelten mit ausgefahrenen Reißzähnen und Krallen herum, bereit, bis zum Tode zu kämpfen.

Lou »Crush« Crushek mampfte etwas, das wie getrocknetes Robbenfleisch roch, und starrte sie an, vollkommen unbeeindruckt von ihrer panischen Reaktion. Im Gegensatz zu Grizzlys rasteten Eisbären nicht schon bei der kleinsten Provokation aus. Natürlich neigten Eisbären aber auch eher dazu, einen Menschen zu verspeisen, nur, weil das gestrandete Walross, das sie witterten, irgendwo meilenweit entfernt auf einer Eisscholle trieb und der Mensch eben, na ja … direkt *da* stand.

Crushek nickte Reece zu. Ricky wusste, dass er Reece zunickte, weil Reece der Einzige von ihnen war, der professionell Eishockey spielte. Reece war zwar nicht der Beste, den die Carnivores hatten, aber er war derjenige, der immer mehr als bereit zu sein schien, sich selbst zu opfern und ein mögliches Tor der gegnerischen Mannschaft zu verhindern. Der Wolf hatte in den letzten paar Jahren so viele Operationen über sich ergehen und alle möglichen Schäden reparieren lassen müssen, dass es schon nicht mehr schön war, aber er liebte Eishockey wirklich, und dank seiner Persönlichkeit war er der Liebling der Fans.

»Wie geht's dir, Crush?«

Der Bär zuckte mit den Schultern. Crushek war kein Mann für, na ja, *Worte*. Aber das war schon okay. Seine Gefährtin, Coach Cella Malone, machte das mehr als wieder wett, denn dieses geschwätzige Kätzchen wusste einfach nicht, wann zur Hölle sie die Klappe halten musste.

»Gut«, sagte Reece und deutete das Schulterzucken als positive Reaktion.

Der Bär blickte zu MacDermott hinüber, die nun Ricky und seine Brüder anfunkelte. »Bist du soweit, MacDermott?«

Sie waren nicht unbedingt ein Paar, MacDermott und Crushek, aber die beiden Kollegen arbeiteten sehr gut zusammen und hatten, seit sie Partner waren, schon viele Fälle für das NYPD gelöst. Bei ein paar der Fälle hatten sie durch die Sicherheitsfirma auch mit Ricky und seinen Brüdern zusammengearbeitet.

»Ja, ich bin soweit.« Sie küsste ihren Gefährten auf die Wange, verließ das Zimmer und blickte die Reeds mit ihren wunderschönen grau-grünen Augen wütend an, als sie sich an ihnen vorbeischob. Die drei Brüder sagten nichts zu ihr, sie wussten es besser. Selbst Reece. Sie mochte vielleicht ein Vollmensch sein, aber Dez MacDermott-Llewellyn war immer bewaffnet und allzeit schussbereit. Tatsächlich war sie einer der ganz wenigen Vollmenschen, der Sissy Mae und Dee-Ann Smith glücklich als ihre »Freundinnen« bezeichnete und es auch noch so meinte.

Sie war schon fast an ihnen vorbei, als sie noch einmal zurückzuckte. Alle drei machten einen Satz nach hinten, und Reece bedeckte sofort sein Gesicht mit den Unterarmen, da er es für sein bestes Stück hielt.

Mit einem hämischen Grinsen ging sie zur Tür hinaus, und Crushek folgte ihr glucksend.

»Ich liebe dich, Schatz«, rief Llewellyn ihr nach. »Wir sehen uns zu Hause.«

»Ich liebe dich auch«, rief sie zurück.

Llewellyn ging um den Schreibtisch herum, und als er seinen Stuhl zu sich heranzog, bemerkte er, dass die drei Wölfe ihn beobachteten. »Was?« Er funkelte sie an, und alle drei nickten mit dem Kopf zur Seite. »Hört mal, ich bin vielleicht ein Löwe, aber ich kann trotzdem ›ich liebe dich‹ sagen ... und es auch so meinen. Ehrlich.«

Toni setzte sich an den Schreibtisch, den sie schon bald wieder aufgeben wollte, und öffnete ihr E-Mail-Programm. Sie tippte »Lieber Ric«, hatte dann aber Angst, dass es zu unseriös klang, wenn sie seinen Spitznamen benutzte. Deshalb versuchte sie es stattdessen mit »Lieber Ulrich«, fand das dann aber zu förmlich.

»So wird das nichts«, murmelte sie, und ihr gesamter Körper sank in ihrem teuren, ergonomisch korrekten Schreibtischstuhl zusammen. »Was soll ich ihm denn sagen? ›Danke für die Chance, aber ich würde mich lieber selbst in Brand stecken, als auf ganzer Linie in diesem Ausmaß zu versagen‹?« Nein. Das klang tragisch und erbärmlich. Selbst für sie. Und sie wusste, dass Ric sie nur drängen würde, es »weiter zu versuchen«, wenn sie erbärmlich klang! Er selbst war auch ein Typ, der es immer weiter versuchte. Ein Typ, der glaubte, jeder könne erreichen, was er wolle, wenn er sich nur genug darauf fokussierte.

Deshalb wusste sie, dass sie einen Weg finden musste, zu kündigen, ohne dass er sie deswegen nervte. Das würde nicht leicht werden. Auch wenn er ein wunderbarer, netter Wolf war, konnte Ulrich Van Holtz genauso penetrant sein wie die anderen Van Holtzs.

Während sie noch über die beste Art und Weise nachdachte, ihre Kündigung zu formulieren, tauchte Kerri in der Tür auf, mit einem breiten Grinsen im Gesicht.

»Ich bleibe nicht«, sagte Toni sofort, und sie fühlte sich tatsächlich ein wenig bestürzt, als das breite Grinsen erstarb.

»Aber warum denn nicht?«

»Kerri …«

»Ich weiß, dass dieser Job eine Menge Druck auf Sie ausübt, aber …«

»Es ist nicht der Druck. Mit Druck kann ich umgehen. Ich bin einfach nicht die Richtige dafür …« Toni verstummte, als sie die hübsche dunkelhäutige Frau sah, die hinter Kerri stand und den langen Korridor hinunterstarrte.

»Kann ich Ihnen helfen?«, fragte Toni.

Während sie ihren Blick weiter auf den Flur richtete, antwortete die Frau: »Äh, ja … Ich bin hergekommen, um danke zu sagen, aber … äh …«

Toni schnupperte in die Luft und seufzte beinahe hörbar. Das Weibchen war eine Wolfshündin, Tonis Einschätzung nach mit die anstrengendsten unter den Hybriden. Sie waren einfach so … chaotisch. Null Konzentration. Null Klarheit. Null geistige Gesundheit.

»Herzchen …?«, drängte Toni frustriert, weil sie das Gespräch mit Kerri fortsetzen wollte.

»Ja, tut mir leid.« Die Wolfshündin konzentrierte sich auf Toni. »Wisst ihr, wer dieses Löwenmännchen ist? Der mit dem T-Shirt von den Los Angeles Raiders?«

»Oh«, antwortete Kerri, »das ist der neue Spielertrainer, der eben erst eingestellt wurde. Er kommt aus Los Angeles.« Sie senkte ihre Stimme. »Er ist sehr braungebrannt.«

»Hat Malone eine Menge Geld bezahlt, um ihn herzuholen?«

Das schien Toni eine seltsame Frage zu sein, weshalb sie auch wissen wollte: »Warum spielt das eine Rolle?«

»Äh … weil er sich gerade selbst eingeladen hat, mit Bo zu trainieren.«

»Novikov?«

Kerri sah sie mit panisch geweiteten Augen an.

Toni schoss aus ihrem Stuhl hoch, rannte um den Schreibtisch herum und raste den Flur hinunter. Als sie die beiden Männchen erreichte, hielt Bo Novikov den Neuen bereits in einem Würgegriff, der die meisten Hunde und kleineren Katzen getötet hätte. Nur Löwenmännchen und Hyänen konnten sich dagegen länger als zwei Sekunden wehren.

Das Problem war natürlich, dass Bo die Katze nicht wieder freilassen würde, nur, weil sie allmählich das Bewusstsein verlor. Die dämliche Katze hatte sich Bo in den Weg gestellt. Warum lernten die Leute nicht einfach, Menschen mit besonderer Getriebenheit und Konzentration aus dem Weg zu gehen? Das erstaunte Toni immer wieder.

Toni nahm an, dass es seine Verlobte war, die er unbedingt in Chicago hatte treffen wollen und die nun versuchte, Bos Arm von der Katze zu lösen, während sie ihn anflehte: »Lass los, Bo! Bitte!«

Aber Novikov erhörte ihr Flehen nicht. Er erhörte ihr Bitten nicht. Ein Mann wie Bo Novikov hörte nur eine Sache …

»Du kommst du spät, Bo!«

Bo drehte seinen Kopf, um Toni anzuschauen, löste seinen Griff jedoch keinen Millimeter. »Was?«

»Du kommst zu spät. Zu deiner Besprechung.«

»Ich komme nie zu spät«, knurrte er. »Und was für eine Besprechung?«

»Die Besprechung wegen der neuen Promotion-Ideen für dich? Weißt du nicht mehr?«

»Es gibt nichts zu wissen, weil wir keine Besprechung geplant hatten.«

»Hatten wir doch«, sagte Toni und ging zur Seite, um sich genau zwischen ihn und Kerri zu stellen. Mit der Hand auf dem Rücken gab sie ihrer Assistentin mit den Fingern Zeichen. »Ich hab alles schon heute Morgen vorbereitet.«

»Wir hatten keine Besprechung geplant.« Er funkelte sie an. »Ich weiß genau, wann ich eine Besprechung habe.«

»Sie steht in deinem Zeitplan.«

»Ich kenne meinen Zeitplan. Wir hatten keine Besprechung geplant.«

»Ich spreche nicht von deinem persönlichen Zeitplan, Bo. Zu dem habe ich keinen Zugang. Ich habe eigene Zeitpläne aufgestellt und sie allen Teammitgliedern aufs Telefon geschickt.«

Kerri lehnte sich um Toni herum, hielt ihren Tablet hoch und sagte: »Sehen Sie? Es steht genau hier.«

»Ich hab nichts auf mein Telefon gekriegt.«

»Ehrlich? Ich hab dir zur Sicherheit noch eine E-Mail geschickt.« Gott, sie trieb ihre Lüge wirklich auf die Spitze, aber der Löwe lief bereits blau an. Ernsthaft. Blau.

»Ich krieg keine E-Mails auf mein Telefon.«

»Kannst du keine empfangen oder tust du es einfach nicht?«

»Ich schätze, ich hab's einfach nie eingestellt, als alle in der Mannschaft ihr neues Telefon gekriegt haben. Aber wozu auch die Mühe? Malone ruft mich an, wenn sie mit mir reden will.«

»Ich hab eine Menge zu tun und muss möglichst leicht mit euch kommunizieren können. So kann ich euch auch Reiseinformationen zuschicken, und wenn es ein Problem gibt, könnt ihr mir sofort Bescheid sagen und ich kann es in Ordnung bringen.«

»Planst du, eine Menge Fehler zu machen?«

»Nein. Aber ich gehe davon aus, dass andere irgendwas vermasseln und baue gerne einen Puffer ein, damit ich dann genügend Zeit habe, das Problem selbst zu lösen.«

Das war nicht die Antwort, die er erwartet hatte, aber sie konnte sehen, dass er beeindruckt war. Nicht, dass er das je zugeben würde.

»Wenn das Telefon während des Trainings die ganze Zeit klingelt, stört mich das.«

»Du musst dich nicht darum kümmern, während du trainierst. Du musst nur mal draufschauen, wenn du mit dem Training fertig bist. Und du musst dir den Zeitplan der Mannschaft anschauen, der schließlich zu deinem persönlichen Zeitplan passen muss, richtig? Immerhin geht's hier um die Belange des Teams.« Sie tippte auf ihre Armbanduhr. »Und du kommst zu spät.«

Plötzlich entspannte sich der wirklich mächtige Körper des Hybriden, und er ließ seine Beute endlich wieder frei. Die Katze fiel zu Boden, hustete heftig und bekam nur langsam ihre übertrieben braune Farbe zurück.

»Warum wartest du nicht im Büro, Bo?«

»Ja. Okay. Aber das darf nicht lange dauern. Ich muss …«

»Trainieren. Ich weiß. Deshalb hättest du ja auch pünktlich kommen sollen, richtig?«

Er kniff die Augen zusammen, ging aber auf ihr Büro zu. Dann blieb er noch einmal stehen, drehte sich um und versetzte der Katze einen Tritt, woraufhin der Löwe mehrere Meter durch die Luft flog. Erst dann ging er den Flur hinunter.

Kerri atmete aus. »Wollen Sie, dass ich …?«

»Ja.«

»Für …«

»Ja, für heute.«

»Auch die Jungs aus der zweiten Garde?«

»Nein. Aber geben Sie mir ihre Namen. Vielleicht beraume ich ja mit allen auf einmal ein Treffen an.«

Kerri grinste und führte einen kleinen Tanz auf, bevor sie den Flur hinunterrannte. Toni wusste, warum der Vollmensch so glücklich war, aber nichts von alledem bedeutete, dass Toni ihre Meinung geändert hatte. Sie half nur aus. Besonders, wo Ulrich für eine Weile nicht in der Stadt war.

Gottverdammt! Sie war einfach nur ein guter Mensch!

»Wow!«, sagte Bos Verlobte und glotzte Toni an. »Du warst unglaublich. Wie du mit ihm umgegangen bist. Du hast noch nicht mal versucht, sie zu trennen.«

Toni runzelte die Stirn. »Warum zur Hölle sollte ich versuchen, zwei Spitzenprädatoren voneinander zu trennen?«

Die Wolfshündin zuckte mit den Schultern. »Ich tue das immer.«

Während sie zu dem Schluss kam, dass diese Antwort entweder bedeutete, dass die Wolfshündin ziemlich dumm oder gefährlich geisteskrank war, wandte Toni sich von ihr ab und konzentrierte sich auf die Katze.

»Ich bin übrigens Blayne. Bos Verlobte.«

Toni nickte, hatte aber im Prinzip bereits aufgehört, über die Wolfshündin nachzudenken. »Alles okay?«, fragte sie die Katze. Er rappelte sich langsam und mühevoll wieder auf.

»Dieses Arschloch ist total irre«, krächzte er erstickt, und an seinem Hals bildeten sich bereits blaue Flecken, dort, wo Novikov ihn gewürgt hatte.

»Ich möchte Ihnen wärmstens empfehlen, Mr. Novikov nicht mehr zu belästigen. Das mag er nicht.«

Der Löwe, der nun in seiner vollen Größe von einem Meter vier- oder fünfundneunzig vor ihr stand, starrte auf Toni hinunter. Seine Nasenlöcher zuckten, und seine Augen verengten sich sofort, als er bemerkte, dass sie ein Hund war.

»Hör mal«, begann er in ausgesprochen herablassendem Tonfall, »Mäuschen …«

»Wir sind hier fertig.« Toni ließ die Katze stehen und ging zurück zu ihrem Büro. Sie hatte einfach keine Zeit für Idioten, und jeder, der sie »Mäuschen« nannte, ohne sie zu kennen, war einfach nur unhöflich.

Als sie sich ihrem Büro näherte, kam Coach Malone auf sie zu. Erschienen hier etwa alle früher zur Arbeit? Toni hatte vorgehabt, die – wie sie vermutet hatte – Ruhe dazu zu nutzen, ihre Flucht zu planen. Aber ihr Plan ging einfach nicht auf!

»Oh, gut. Du bist hier.« Malone blieb vor ihr stehen. »Wir brauchen neue Fotos von den Jungs.«

»Wie bitte?«

»Du weißt schon. Promo-Bilder. Die sie signieren können. Du musst einen Fotografen besorgen, aber bitte einen mit ein bisschen Talent, der nicht gleich anfängt zu heulen.«

»Zu heulen?«

»Und ich will auch keine langweiligen Porträts. Die hasse ich.«

Toni holte tief Luft. »Also, ich hatte gehofft, dass wir uns mal unterhalten können …«

»Gott, ich muss dir bei dieser Sache doch nicht etwa auch noch die Hand halten, oder?«

»Nein, nein. Es ist nur …«

»Weil ich einen Haufen Mist zu erledigen und einfach keine Zeit dafür habe. Könntest du das also bitte einfach erledigen? Großartig! Danke! Ich muss los.«

Mehr als frustriert stapfte Toni in ihr Büro und setzte sich hinter ihren Schreibtisch. Bo beobachtete sie.

»Alles in Ordnung?«

»Ja. Ich schätze schon. Kerri!«, rief sie. Die Vollmenschen-Frau erschien schon nach wenigen Sekunden.

»Ja, Boss?«

»Nennen Sie mich nicht Boss. Und Coach Malone will neue Mannschaftsfotos. Gibt's jemanden, den ihr dafür regelmäßig engagiert?«

»Gab es.«

»Was?«

»Nach dem Prozess können wir ihn wirklich nicht mehr anheuern.«

»Prozess?« Toni fixierte Bo.

»Ich war das nicht«, sagte er schnell. »Es war Malone. Sie hat damals selbst noch gespielt, und er meinte, er würde nur versuchen, sie in die richtige Pose zu setzen. Sie meinte, sie kann es nicht leiden, wenn er ihr seine Hand auf den Hintern legt. Und im nächsten Moment hatte dieser Leopard einen gebrochenen Wangenknochen, eine angeknackste Nase und zwei zertrümmerte Arme.« Plötzlich lächelte der Hybride, und Toni stellte fest, dass er sogar ganz attraktiv war, wenn er nicht gerade soziopathenmäßig finster dreinschaute. »Und ausnahmsweise … war es nicht ich.«

»Möchten Sie, dass ich noch eine Liste mit Namen zusammenstelle?«, fragte Kerri.

Toni dachte einen Moment lang darüber nach und schüttelte dann den Kopf. »Nein. Ich glaube, ich habe eine andere, vollkommen geisteskranke Option.«

Bo betrachtete sie einen Augenblick lang. »Das klingt nicht sehr vielversprechend.«

»Ja.« Toni seufzte und nahm das Handy aus ihrer Hosentasche. »Ich weiß.«

Die elektronischen Baupläne des Sportzentrums erschienen auf dem Bildschirm, und Rory deutete auf mehrere Türen im Inneren des Gebäudes, die nur unter Gestaltwandlern bekannt waren und auch nur von ihnen benutzt wurden. »Die Wachleute des Zentrums haben hier Vollmenschen gerochen. Hier. Und hier.«

»Sind sie jemals reingekommen?«, fragte Reece.

»Nein. Aber das Zentrum braucht ein besseres Sicherheitssystem, sonst kommt es vielleicht bald zu einer Situation, bei der Dee-Ann eingreifen muss, weil irgendein Vollmensch zu viel gesehen hat.«

»Wir könnten sämtliche Schlösser austauschen«, schlug Ricky vor, »aber dann kämen nur noch Wölfe und Füchse rein.«

»Nein«, erwiderte Reece. »Die Bären würden einfach die Türen aus den Angeln reißen. Besonders, wenn sie das Essen von den Imbiss-Restaurants riechen.«

»Seid ihr zwei fertig?«, fragte Rory.

Ricky und Reece sahen einander an und dann wieder zu Rory zurück. »Nein«, antworteten sie gemeinsam.

»Hört mal.« Rory stellte sich vor den Bildschirm. »Das ist ein großer Job für uns, deshalb müsst ihr euch konzentrieren.«

Reece knuffte Ricky mit dem Ellbogen in die Seite. »Jemand gibt sich ganz eindrucksvoll, weil er für eine Beförderung vorgesehen ist.«

»Trägst du von jetzt an einen Anzug zur Arbeit, Rory?«, wollte Ricky wissen. »Und schicke italienische Halbschuhe?«

»Können wir uns bitte einfach auf den Job konzentrieren?«

Ricky erhob sich. »Reece und ich gehen rüber ins Sportzentrum und schauen uns mal um. Mal sehen, was wir ausrichten können.«

»Ich wette, Ricky Lee will nur seine neue Freundin besuchen« sagte Reece.

»Freundin? Welche Freundin?«

»Sie ist nicht meine Freundin, aber ich hoffe, dass sie meine Fickfreundin wird.«

»Sie ist eine Schakalin.«

»Halt die Klappe, Reece.«

»Eine Schakalin?«, fragte Rory. »Der Hund des Teufels?«

»Hör auf, sie so zu nennen.«

»Warum?«

»Weil ich sie nie ins Bett kriege, wenn meine eigene Familie sie beleidigt.«

»Da hat er nicht unrecht«, gab Reece zu und zuckte mit den Schultern. »Im Gegensatz zu Männern sind Mädchen in dieser Hinsicht komisch. Es ist fast so, als würden sie nach einem Grund suchen, nicht mit dir zu schlafen.«

Rory starrte seinen Bruder nur an. »Ich glaube, das trifft nur auf dich zu.«

»Das kann nicht sein. Ich bin viel süßer als ihr zwei zusammen.«

Er sah Delilah auf den Stufen vor seiner Kirche sitzen. Vor seinem Tempel, besser gesagt. Der Ort, an den Menschen von überall her kamen, um ihn zu treffen. Um sein Wissen zu vernehmen. Um zu lernen, wie sie ihr Leben führen sollten. Er war für sie da, wenn es sonst niemand war. Weil er sie liebte. Er liebte sie alle.

Und trotzdem ... er wusste, dass Delilah etwas Besonderes war. Etwas, das über all die anderen hinausging.

Chris ging die Stufen hinunter, und seine Leibwächter folgten nur wenige Meter hinter ihm. Er setzte sich neben sie. Er wusste, dass er in seiner zerrissenen Jeans und den bequemen Sandalen für all die Passanten aussah wie jeder andere gewöhnliche New Yorker auch. Aber sie würden schon bald erfahren, dass er ganz anders als »jedes gewöhnliche« Wesen auf diesem Planeten war.

»Hallo.«

Sie drehte den Kopf, um ihn anzusehen, das sanfte Lächeln auf ihren Lippen. Sie war einfach so unschuldig. So zart.

»Du bist zurückgekommen«, sagte er.

»Das bin ich.«

»Wirst du für eine Weile bleiben?«

Ihr Lächeln wurde ein klein wenig breiter. »Das werde ich.«

Kapitel 13

Sie verirrte sich bei dem Versuch, Toni zu finden. Das hatte sie nun davon, dass sie versuchte, die Nachricht auf ihrer Mailbox zu verstehen, ohne noch mal anzurufen und die Sache zu bestätigen. Aber sie hatte geschlafen, als das Telefon geklingelt hatte, und war nicht gerade die Freundlichkeit in Person, wenn jemand versuchte, sie aufzuwecken, bevor sie soweit war. Deshalb hatte sie den Anruf ignoriert und anschließend lieber die Nachricht abgehört.

Und jetzt war sie hier und irrte durch dieses gottverdammte Sportzentrum. Sie war noch nie vorher hier gewesen. Sie interessierte sich nicht dafür. Sie hasste Sport prinzipiell. Es war ihr egal, wer spielte. Vollmenschen. Gestaltwandler. Wer auch immer. Sport war nur etwas, das sie bis zur Weißglut langweilte.

Sie zog eine Tür auf, hinter der sie, wie sich herausstellte, durch eine Eishalle ging. Das bedeutete wahrscheinlich Eishockey. Sie hasste Eishockey.

Sie ging über das Eis und blieb neben einem Löwenmännchen und einem Weibchen stehen, die sich unterhielten.

»Entschuldigung«, sagte sie und ging näher, »wisst ihr zufällig …«

»Hey«, sagte das Löwenmännchen und sah wütend zu ihr herab, »siehst du nicht, dass ich mich gerade unterhalte?«

Sie nickte. »Doch. Und es tut mir leid, dass ich euch unterbreche. Aber ich hab mich verlaufen und muss nur …«

Der Löwe lehnte sich zu ihr nach unten und schnupperte an ihr. Verwirrt richtete er sich wieder auf. »Großartig. Noch ein Hybriden-*Freak*.«

Tatsächlich war sie gar keine Hybride. Sie gehörte nur einer Gestaltwandler-Spezies an, über die nicht viel gesprochen wurde. Ihresgleichen blieben unter sich, mieden die meisten anderen

Gestaltwandler und mochten es gar nicht gern, verhöhnt zu werden.

Genau so, wie dieser Löwe sie gerade verhöhnte.

»Hör mal, du Freak, ich bin beschäftigt«, sagte der Löwe und winkte ihr mit seiner großen, starken, übermäßig gebräunten Hand zu, sie solle verschwinden. »Wenn du Hilfe brauchst … dann geh und such' dir jemand anders. Klar?«

Sie nickte. »Sicher.« Sie entfernte sich etwa zehn Schritte. Dann stellte sie vorsichtig ihren Rucksack auf dem Eis ab, ließ ihre Nackenwirbel und Fingerknöchel knacken, wirbelte herum – und griff an.

Toni war gerade unterwegs zu dem Starbucks im Restaurantbereich des Sportzentrums, um sich noch einen dringend benötigten Kaffee zu holen, als sie Cella Malone und Dee-Ann Smith sah.

»Hast du schon einen Fotografen gefunden?«, fragte Cella.

»Gott, Malone«, lachte Dee-Ann, »kannst du nicht wenigstens mal ›hallo‹ sagen, bevor du dem Mädchen an die Gurgel gehst?«

»Ich bin ihr überhaupt nicht an die Gurgel gegangen. Bin ich dir an die Gurgel gegangen?«, fragte Cella.

Toni, die das allgemeine Gezicke der Frau ohnehin satt hatte, antwortete: »Du gehst mir an die Gurgel, seit ich hier angefangen hab, und das ist heute erst mein zweiter Tag in diesem Job.«

Dee-Ann schnaubte, und Cella drehte sich um und rammte der Wölfin ihre Faust gegen die Schulter. Toni war sich sicher, dass sie jetzt eine demolierte Schulter hätte, wenn Cella sie so geboxt hätte. Aber Dee-Ann war eine Wölfin, und die meisten Wölfinnen waren von Natur aus wie Footballspieler gebaut, deshalb renkte die Wölfin ihre Schulter einfach wieder ein und sagte: »Keine Ahnung, warum du so gereizt bist.«

»Weil du mich nervst.«

»Du bist schon genervt, wenn der Wind weht, Kätzchen.«

»Halt die Klappe.« Cella zeigte auf Toni. »Hör mal, es tut mir leid, dass ich so hart zu dir bin, aber ich hab eine Menge zu tun und keine Zeit, mich mit diesem Mist rumzuschlagen.«

»Dann lass mich das regeln.«

»Dich?«

»Ja. Mich. Wenn du nur nervst und durchdrehst, dann kümmere ich mich lieber selbst drum, verdammt.«

Cella und Dee-Ann sahen einander an und dann wieder zurück zu Toni. »Ich glaube, die kleine Schakalin hat sich seit gestern ein paar Eier wachsen lassen«, sagte Dee.

»Ich glaube, das sind die Klamotten«, vermutete Cella. »Ich hab dir doch gesagt, dass dieser Anzug eine dumme Idee war. Außerdem … hattest du darin so breite Hüften.«

Beleidigt – sie hatte keine breiten Hüften – erwiderte Toni: »Mail mir einfach eine Liste mit den Dingen, die erledigt werden müssen. Ich kümmere mich dann darum.«

»Und der Fotograf?«

»Ich hab schon jemanden angerufen, der den Job wahrscheinlich übernehmen kann. Wenn du später da bist und sie heute noch vorbeikommt, kannst du sie ja vielleicht …«

Ein schmerzerfülltes Brüllen explodierte in der Trainingshalle, und zehn Sekunden später platzte der neu eingestellte Löwe durch die Doppeltür. Der Grund, warum Toni jedoch einen verzweifelten Seufzer ausstieß, war das Weibchen, das auf dem Rücken des Löwen hing, seine überlangen vorderen Krallen in dessen Gesicht vergrub und sich mit einem Mund voller Reißzähne in seinem Hinterkopf festbiss.

»Gottverdammt«, murmelte Toni.

»Hey«, sagte Dee-Ann, »ist das nicht deine …«

»Ja.« Toni seufzte, typisch angewidert.

»*Sie* ist die Fotografin, die du für das Team angerufen hast?« Und im selben Moment warf Dee-Ann Smith – »Frau der raren Worte und furchteinflößenden Augen«, wie die Van-Holtz-Welpen sie getauft hatten – ihren Kopf in den Nacken und lachte schallend. Warum? Weil auch sie das Weibchen kannte, das an dem Löwenmännchen hing. Sehr gut kannte. Wahrscheinlich sogar zu gut, nachdem sich die beiden bei einem Abendessen an Weihnachten, das sie alle gemeinsam auf dem Van-Holtz-Anwesen in Washington gefeiert hatten, einen Faustkampf geliefert hatten.

»Wer ist das?«, fragte Cella.

»Olivia Kowalski«, antwortete Toni. »Wir sind zusammen aufgewachsen. Sie ist eine brillante Fotografin. Sie hat schon für AP, Reuters und National Geographic gearbeitet …«

»Aber …?«

»Aber was?«

»Sie hat schon für Reuters, AP, National Geographic gearbeitet, und trotzdem ist sie hier, um Sportfotos für ihre Freundin zu machen?«

Toni zuckte mit den Schultern. »Sie hat Probleme.«

Cella sah wieder zu dem kämpfenden Weibchen und dem Löwen hinüber. »Wirklich?«, sagte sie, triefend vor Sarkasmus. »Das finde ich wirklich schockierend.«

»Sie ist wie meine Geschwister. Sie ist eine unglaubliche Künstlerin, aber auf menschlicher Ebene muss sie noch an sich arbeiten. Aber ich weiß, wie ich mit ihr umgehen muss.«

»Mit ihr umgehen?«

Die drei Weibchen sahen gerade noch, wie der Löwe Livy schließlich doch von seinem Kopf riss und sie durch die Lobby schleuderte. Livy knallte hart auf dem Boden auf, rollte weiter und prallte gegen die Wand. Wenn irgendjemand anders von einem wütenden, erschrockenen Löwenmännchen so durch die Gegend geworfen worden wäre, hätte Toni sofort den Notarzt gerufen, aber das hier war Livy. Und sie war … einzigartig.

Nachdem Livy gegen die Wand geknallt war, rollte sie wieder zurück und kam auf die Beine. Sie wirbelte herum, zeigte ihre Krallen, stürmte los und rammte sich mit ihrem kleinen Körper in den Löwen, schlang ihre Arme und Beine um ihn und griff sein Gesicht mit ihren Reißzähnen an.

»Holt sie von mir runter!«, brüllte der Löwe, der gar nicht

mehr arrogant und herablassend klang, sondern nur noch zu Tode erschrocken und schmerzerfüllt. »*Holt sie von mir runter!*«

Toni, der plötzlich bewusst wurde, wie dumm sie gewesen war, weil sie Livy diesen Job angeboten hatte, versuchte, den Schaden bei Malone so gut wie möglich zu reparieren. »Cella, ich …«

»Sie soll's machen«, sagte die Tigerin.

Toni blinzelte schockiert. »Was?«

»Ja, engagier sie.« Sie schaute auf ihre Uhr. »Smith, wir sollten besser los, wenn wir uns mit Crush und Dez treffen wollen.«

Die beiden entfernten sich, aber Toni konnte es immer noch nicht glauben …

»Bist du sicher?«, rief sie Cella hinterher.

»Jap. Irgendetwas sagt mir, dass sie nicht wie der letzte Fotograf, den wir hatten, heulend die Flucht ergreifen wird.«

Wobei der »letzte Fotograf« der Typ war, den Malone verprügelt hatte, aber wie auch immer.

Irgendwie stolz, dass sie zum ersten Mal jemanden angeheuert hatte, rief Toni: *»Livy!«*

Livy riss ihre scharfen Reißzähne aus dem Schädel des Löwen und starrte sie an.

Toni winkte sie zu sich heran. »Gehen wir.«

Livy löste sich von dem Löwen und ließ sich auf den Boden fallen. Mit nur einem Meter fünfundfünfzig war sie für einen Gestaltwandler winzig, aber ihre Größe hatte Livy noch nie davon abgehalten, eine Herausforderung anzunehmen. Aus diesem Grund war ihre Schulzeit auch äußerst unterhaltsam gewesen.

Livy spuckte das Blut des Löwen aus und ging ganz entspannt um die noch immer brüllende Katze herum. Sie ging zurück in die Trainingshalle und kam ein paar Sekunden später mit ihrem abgenutzten Rucksack wieder heraus.

Als Livy neben ihr stand, winkte Toni in Richtung der Katze, um die sich nun mehrere Personen scharten, die dem Löwen helfen wollten, und fragte: »Gab's einen Grund, warum du das gemacht hast?«

Livy zuckte mit den Schultern. »Er war unhöflich«, antwortete sie emotionslos. »Du weißt doch, wie sehr ich Unhöflichkeit hasse.«

Toni machte sich nicht die Mühe, Livy zu sagen, sie solle nicht schon bei der kleinsten Provokation angreifen. Sie hatte schon vor Ewigkeiten aufgehört, ihr Vorträge zu halten. Ihre Freundin würde sich niemals ändern, weil Livy liebte, wer sie war – und wenn Toni ehrlich war, dann liebte auch sie Livy ganz genauso.

Aber was am allerwichtigsten war: Auch ihre komplette Familie liebte sie, obwohl Livy nie verstanden zu haben schien, warum.

»Also, was ist los?«, fragte Livy, nachdem sie noch ein wenig Blut ausgespuckt hatte.

»Hab einen Job für dich.«

»Werde ich mich prostituieren?«

»Diesmal nicht, tut mir leid.«

»Du weißt doch, wie sehr ich es liebe, mich zu prostituieren«, bemerkte Livy in diesem nüchternen Tonfall, der den meisten Leuten Angst machte, weil sie nie wussten, ob sie scherzte oder nicht. Er hatte schon zu einigen unbehaglichen Situationen geführt, wenn die Polizei involviert gewesen war, aber Toni konnte die Polizisten für gewöhnlich davon überzeugen, Livy nicht zu verhaften.

»Ich weiß.« Toni zog Livy am Ärmel ihrer leichten schwarzen Jeansjacke. »Machen wir dich erst mal sauber, und dann erzähl ich dir alles.«

»Seid ihr sicher?«, fragte die Tigerin. Und wie zwei gut dressierte Äffchen nickten Lou Crushek und Desiree MacDermott synchron.

Dee nahm Malone das Blatt Papier ab und betrachtete das Fahndungsfoto von Whitlans ehemaligem Zellengenossen. »Ich kümmer' mich drum.«

»Nein«, sagten die anderen drei unisono.

»Wisst ihr«, erwiderte Dee, »wenn ich ein sensibles Mädchen wäre, wäre ich jetzt wahrscheinlich beleidigt.«

»Es ist nichts Persönliches, Smith«, versicherte Malone ihr. »Und vertrau mir, wenn ich dir sage, dass du dabei sein *musst.* Aber …« Sie sah Desiree an.

»Du bist unsere …« Desiree überlegte einen Moment. »… Frau der letzten Option.«

»Was zur Hölle soll das nun wieder heißen?«

»Dass wir uns an dich wenden, wenn alles andere versagt hat.«

»Ich glaube, wir sollten das durchziehen, sobald alles vorbereitet ist«, sagte Crushek. »Wenn Whitlan erfährt, dass wir es wissen, dann könnt ihr mir glauben, wenn ich sage, dass er einen Weg finden wird, sich diesen Typen zu schnappen.«

»Scheiße«, fauchte Malone plötzlich. »Ich kann nicht.«

»Warum nicht?«

»Ich muss nach Russland. Um mich mit dem Trainer der sibirischen Mannschaft zu treffen.«

Dee seufzte. »Jetzt?«

»Ja. Jetzt. Ric hat mir eben mitgeteilt, dass ich die Sache erledigen soll.«

»Wir sollten uns Cella nicht in den Weg stellen, wenn sie was für Ric zu erledigen hat«, stärkte ihr Crushek, ein fanatischer Hockeyfan, den Rücken. »Das ist eine Mannschaftsangelegenheit.«

»Und ich kann auch nicht gehen«, verkündete Desiree.

»Warum kannst du denn nicht gehen?«

»Der Captain lässt mich nicht. Ich hab schlechte Erfahrungen mit klinisch getesteten Psychopathen gemacht.«

»Schlechte Erfahrungen?«

Desiree kratzte sich am Hals. »Ich hab vielleicht ein paar von ihnen erschossen. Aus reiner Notwehr, natürlich.«

»Aber der Captain hätte gerne zuerst ein paar Antworten«, erklärte Crushek freundlicherweise.

Dee, die die Einschränkungen nicht verstand, mit denen das NYPD arbeiten musste, wandte sich wieder an Malone. »Hast du denn nicht das entsprechende Personal, das dir dabei helfen könnte?«

»Doch, aber …« Malones Blick schweifte plötzlich ab und sie grinste breit. »Doch, tatsächlich *habe* ich das entsprechende Personal …«

Ricky saß mit Reece auf der Treppe an einem der Ausgänge, als Rory auftauchte.

»Und?«, fragte ihr Bruder.

»Hier waren überall Vollmenschen«, sagte Reece.

»Sind sie reingekommen?«

»Nee«, versicherte Ricky und gähnte ausführlich. »Aber es könnte wirklich nicht schaden, das Sicherheitssystem auf Vordermann zu bringen.«

»Oh, tut mir leid, kleiner Bruder«, höhnte Rory. »Ist das sehr langweilig für dich?«

»Ein bisschen.« Als Rory die Augen zusammenkniff, hob Ricky schnell seine Hände. In diesem Treppenhaus war nicht besonders viel Platz, was es schwieriger machte, gegen seinen Bruder zu kämpfen.

Rory schaute sich um. »Was ist mit Kameras?«

»In den Treppenhäusern gibt's keine, aber ich schlage vor, ihnen zu empfehlen, hier welche zu installieren.«

»Und eine permanente Überwachung«, fügte Reece hinzu.

»Rund um die Uhr, mit von uns ausgebildetem Sicherheitspersonal. Im Moment hat das Zentrum nur ein paar alte Leoparden, die hier nach Geschäftsschluss die Stellung halten.«

»Ja, das klingt gut. Ich schreibe den Bericht.«

Ricky und Reece nickten und erhoben sich. Rorys Telefon klingelte, und er zog es aus der Gesäßtasche seiner Jeans. Er nahm den Anruf entgegen, und einen Moment lang war er still. Dann fixierte er plötzlich Ricky.

»Ich frage ihn«, sagte Rory.

»Was fragst du mich?«

»Das ist Ronnie Lee. Laura Jane erzählt den anderen Wölfinnen, dass dich ihre bloße Anwesenheit gestern so aus der Fassung gebracht hat, dass du irgendeiner Schakalin nachgerannt bist. Ronnie will wissen, ob du wirklich Tränen in den Augen hattest, als du die Flucht ergriffen hast.«

Während Reece so schallend lachte, dass er vornüberkippte und sich mit den Händen auf den Knien abstützen musste, nahm Ricky seine Tennessee-Titans-Kappe ab und kratzte sich am Kopf. Sein Tag war gerade ein bisschen mieser geworden.

Livy hielt ein Farbfoto von Bo Novikov hoch und versuchte, sich zu einem Lächeln zu zwingen. »Das ist der Stoff, aus dem Albträume sind.«

»Ich weiß«, stimmte Toni ihr zu, während sie den letzten Rest des griechischen Joghurts von ihrem Löffel leckte. »Deshalb brauchen wir dich ja.«

»Das ist nicht so richtig mein Ding, Toni. Ich …«

»Wenn du jetzt sagst, dass du Künstlerin bist, dann hau ich dich.«

Kichernd warf Livy das Foto wieder auf Tonis Schreibtisch und aß noch ein paar von den Pommes Frites, die sie sich gekauft hatte. Nachdem sie sich gegenseitig auf den neuesten Stand gebracht hatten, hatten sie sich im Restaurantbereich des Sportzentrums etwas zum Mittagessen geholt. Fish und Chips für Livy und für Toni Joghurt, Salat und einen Burger, der groß genug war, dass ein Nashorn daran ersticken konnte. Toni hatte die Pommes Frites ausgelassen, aber als sie jetzt Livy dabei zusah, wie sie ihre aß, bereute sie es.

»Das wollte ich ja gar nicht sagen. Zumindest nicht zu dir.« Livy zuckte mit den Schultern. »Aber ich hasse Sport. Ich hasse Sporttypen. Ich hasse Leute. Ich hasse es, mit ihnen zu tun zu haben. Mit ihnen zu sprechen. Und Porträtfotografie bedeutet, dass man mit den Leuten sprechen muss. Außerdem hasse ich …«

»Ja, Livy, ich weiß. Du hasst … so ziemlich alles.«

»So ziemlich.«

»Aber das hier ist leicht verdientes Geld. *Sauberes* Geld, Liv. Und Gott weiß, dass du dich nicht noch mal an einem Bürojob versuchen kannst.«

»Warum nicht? Ich tippe sehr schnell.«

»Ja. Aber hinterher wirfst du den Computer nach dem Abteilungsleiter, und ich darf dann deine Kaution bezahlen und dich aus dem Knast abholen … mal wieder.«

»Er war unhöflich.«

»Du findest jeden unhöflich. Bei Gestaltwandlern kannst du damit zwar recht haben, aber sie können sich auch wehren. Oder sie sind zumindest schnell genug, um sich unter einem fliegenden Computer wegzuducken.«

»Die Festplatte hat sich direkt in sein Hirn gerammt. Er war bestimmt zehn Minuten weggetreten oder so.«

»Ist die einstweilige Verfügung noch gültig?«

»Ich glaube, die ist letztes Jahr abgelaufen. Aber ich hatte sowieso nicht vor, in nächster Zeit mal nach Utah zu fahren.« Livy nahm eine Handvoll Pommes aus der Zeitung, in die sie eingewickelt waren, und ließ sie neben den Burger auf Tonis Teller fallen. »Aber mal ehrlich, wie viel Geld könnte ich mit der Sache verdienen?«

»Eine Menge.«

»Ehrlich?«

»Du solltest mal drüber nachdenken. Du könntest in einer Wohnung wohnen, für die du auch bezahlst, anstatt nur bei irgendwem auf der Couch zu pennen … oder auf der Couch von Leuten, die du gar nicht kennst.«

»Das nennt man Hausbesetzung, und es hat seinen berechtigten Platz in der Gesellschaft. Und mit einem Gehaltsscheck werde ich auch nicht …«

»Das ist mir bewusst. Deshalb habe ich mit ein paar PR-Leuten der anderen Teams hier und in Jersey gesprochen.«

Livy grinste spöttisch. »Bist du jetzt meine Agentin oder was?«

»Wenn es sein muss. Ganz offensichtlich hat dein Agent von

deinen wahren Bedürfnissen und Fähigkeiten keinen blassen Schimmer.«

Livy dachte einen Moment lang nach. »Na ja … es wäre schon schön, irgendwann eine eigene Wohnung zu haben.«

»Wo wohnst du denn jetzt gerade?«

»Irgendein Typ hat an der Ecke Zweiunddreißigste Straße und Fifth Avenue sein Fenster offen gelassen, also bin ich …«

»Okay. Das reicht.« Toni schüttele den Kopf, um das Bild loszuwerden, wie ihre beste Freundin in das momentan leer stehende Zuhause irgendeines Typen einstieg, damit sie einen Platz hatte, an dem sie nachts schlafen konnte. Es lag in Livys Natur, Toni verstand das. Aber es lag auch in Tonis Natur, ihre Geschwister in einem Bau in Sicherheit zu bringen … und sie tat es trotzdem nicht, richtig? »Die ganze Familie ist den Sommer über in Manhattan, du kannst also bei uns wohnen. Aber Ende August solltest du besser eine eigene, *angemietete* Wohnung haben, Olivia. Du kannst so nicht weiterleben. Das ist nicht richtig, vor allem nicht, weil du nicht obdachlos sein *musst!*«

»Okay, okay. Beruhig dich.« Livy grinste. »So emotional.«

»Halt die Klappe. Ich versuche nur, dir zu helfen.«

»Ich weiß. Und ich danke dir.«

»Gern geschehen.«

»Aber du weißt schon, dass ich Geld habe, richtig?«

»Kein sauberes Geld.«

»Es ist sauber … mehr oder weniger.«

»Tja, ich ziehe es vor, zu denken, du hättest keinen müden Cent – sauber oder nicht –, damit ich rechtfertigen kann, dass du lebst, ohne Miete zu bezahlen.«

»Ich muss nicht leben, ohne Miete zu bezahlen. Ich bleibe nur nicht gerne an einem Ort, wenn es all diese verfügbaren Plätze gibt, in die ich reinpasse.«

»Ich will darüber jetzt nicht diskutieren«, verkündete Toni. »Das wühlt mich nur auf.«

»Okay, okay. Also, wann fange ich an?«

»Na ja …«

Die Tür ihres Büros öffnete sich – ohne ein Klopfen – und Ricky Reed kam herein, zog einen der Stühle zu sich heran, die an der Wand neben ihrem Schreibtisch standen – wenigstens war dieser Stuhl nicht festgeschraubt – und ließ sich darauf fallen.

»Denkst du manchmal:«, begann er plötzlich, »Wie konnte ich *nicht* erkennen, dass sie eine Narzisstin mit Wahnvorstellungen ist?«

Livy starrte den Wolf an und antwortete: »Jeden Tag.«

Ricky wandte sich Livy zu. »Hi. Ich bin Ricky Lee Reed.«

»Ich bin Livy.«

»Freut mich, Sie kennenzulernen, Ma'am.«

Livy sah schnell zu Toni hinüber, riss die Augen auf und sagte stumm: *Ma'am?*

»Ich bin mir nicht sicher, was du meinst«, gab Toni zu. Sie wollte wegen vorhin eigentlich sauer auf ihn sein, aber es fiel ihr schwer, wenn er so niedergeschlagen wirkte.

»Meine Ex-Freundin erzählt in meinem ganzen Rudel rum, dass ich gestern heulend die Flucht vor ihr ergriffen hätte.«

»Und hast du?«, fragte Livy.

»Nein, hab ich nicht. Ich bin nur ihr nachgerannt«, sagte er und zeigte auf Toni. »Und wenn überhaupt jemand geheult hat, dann sie.«

»Ich hab nicht geheult. Ich war nur in Panik.«

Der Wolf schaute sich in Tonis Büro um. »Ich dachte, du wolltest kündigen.«

»Warum willst du denn kündigen?«, fragte Livy. »Der Job scheint doch wie für dich gemacht: dich um nutzlose Idioten kümmern.«

»Meine Geschwister sind nicht nutzlos.«

»Freddy ist nicht nutzlos … und die Zwillinge sind noch zu klein, um schon ein endgültiges Urteil über sie zu fällen. Aber der Rest von ihnen … ziemlich nutzlos.«

»Halt die Klappe«, fauchte Toni.

»Halt du die Klappe.«

»Halt du noch mehr die Klappe.«

»Das ergibt noch nicht mal Sinn.«

»Entschuldigt bitte«, sagte der Wolf, »aber wir sprachen gerade über *mich*. Nicht über euch.«

»Da hat er nicht unrecht«, gab Livy freundlich zu, was Toni nur noch mehr nervte.

Reece Reed betrat Tonis Büro – auch er fragte nicht, ob es in Ordnung war, wenn er einfach hereinkam –, warf die Hände in die Luft und baute sich vor seinem Bruder auf. »Ich hab versucht, mit dir zu reden, Ricky Lee.«

»Nein. Du und Rory habt mich ausgelacht, und ich bin in zu schlechter Stimmung, um einfach dazusitzen und mir das anzuhören.«

»Hör mal, ich hab nur gesagt, dass Laura Jane damals in der Highschool verrückt war. Sei *jetzt* nicht wütend auf mich, nur, weil ich …« Reece schnupperte in die Luft. »Weil ich …« Er schnupperte noch einmal. Dann fiel er auf die Knie und vergrub sein Gesicht seitlich in Livys Hals.

Livys ganzer Körper spannte sich an. Sie mochte es nicht, berührt zu werden … jemals. »Könntest du deine Hinterwäldler-Nase von mir wegnehmen?«, fragte sie trocken.

»Was *bist* du?«, fragte Reece zurück.

Toni schloss kurz die Augen, da sie wusste, dass diese Frage im Laufe der Jahre zu allen möglichen üblen Situationen geführt hatte.

»Sei nicht so unhöflich, kleiner Bruder«, warnte Ricky.

»Riech mal an ihr«, forderte Reece seinen Bruder auf. »Was bist du?«

»Dein schlimmster Albtraum, wenn du mich nicht sofort in Ruhe lässt«, antwortete Livy ruhig.

»Bist du eine Hybride?«

»Nein, Livy!«, schrie Toni beinahe, als sie sah, wie ihre Freundin die Hand hob und ihre tödlichen Krallen aus ihren Fingerspitzen schossen. »Wag es ja nicht! Er ist in der Hockeymannschaft und braucht seine Augen noch.«

»Dann«, erwiderte Livy und starrte den viel größeren Wolf rundheraus an, »muss er jetzt verschwinden.«

»Reece … beweg dich.«

»Ja, aber …«

»Reece!« Toni zeigte auf einen weiteren Stuhl, der an der Wand stand. »Setz dich hin. *Sofort.*«

Grummelnd erhob sich der Wolf und stampfte durch den Raum, bis er sich auf den Stuhl fallen lassen konnte. »Ich hab sie doch nur was gefragt.«

»Siehst du?«, sagte Livy zu Toni und fuhr dankbar ihre Krallen wieder ein. »Du bist perfekt für diesen Job.«

»Halt die Klappe«, erwiderte Toni lachend.

»Halt du die Klappe.«

»Halt du noch mehr die Klappe.«

»Ich weiß immer noch nicht, wovon ihr beiden da eigentlich sprecht«, beschwerte sich Ricky. »Und davon abgesehen sollten wir über *mich* sprechen.«

»Ehrlich?«, fragte Toni. »Weil ich mich gar nicht erinnern kann, dass ich dem zugestimmt hätte.«

»Würde es dich umbringen, mir fünf Minuten deiner Zeit zu widmen, nachdem ich dir gestern all dieses chinesische Essen gekauft hab?«

»Ich wusste nicht, dass ich dir wegen des chinesischen Essens was schuldig bin.«

Als er von der Schakalin nicht die Antwort erhielt, die er sich erhofft hatte, wandte er sich an ihre Freundin. Und Reece hatte recht … Ricky hatte auch keine Ahnung, was sie war. Verglichen mit Hybriden, die manchmal eine Mischung aus Gerüchen an sich hatten, roch dieses Weibchen ganz anders. Aber nicht schlecht, wie Hyänen manchmal, wenn sie nicht regelmäßig badeten. Nur … anders. Sie wirkte ziemlich tough, hatte kurzes, glattes tiefschwarzes Haar mit einer weißen Strähne an der Seite und dunkle, sehr *dunkle* braune Augen. Ihre Hautfarbe und die Form ihrer Augen legten die Vermutung nahe, dass sie teils asiatischer Abstammung war, und obwohl sie nicht stand, erkannte er, dass sie nicht sehr groß oder schlank war. Mit ihren breiten Schultern wirkte sie für ein so kleines Weibchen jedoch sehr stark. In diesem sehr kompakten Körper steckte eine Menge Kraft, was, wie er annahm, auch der Grund dafür war, dass Reece sie immer noch anstarrte. Nun, deshalb und weil er immer noch versuchte, herauszufinden, was sie war.

»Sie hat mich letzte Nacht in ihre neue Wohnung geschleppt«, begann Ricky.

Tonis Freundin – Livy, oder? – schaute Toni unvermittelt an. »Du hast eine eigene Wohnung?«

»Nein.«

»Aber …«

»*Nein.*« Die Schakalin vergrub energisch ihre Hände in ihrem lockigen Haar, wodurch es irgendwie wild und noch anziehender aussah. »Erstens glaube ich noch nicht mal, dass das überhaupt meine Wohnung ist.«

»Was soll das denn bedeuten?«

»Und zweitens, selbst wenn es meine Wohnung wäre und so sehr ich dich auch liebe, Livy, würde ich dir niemals erlauben, dort zu übernachten.«

»Was bist du nur für eine Freundin?«

»Eine, die ihre Grenzen kennt.« Toni nahm einen kleinen Zettel von ihrem Schreibtisch und kritzelte etwas darauf. »Hier.« Sie knallte den Zettel neben ihrer Freundin auf den Schreibtisch. »Das ist die momentane Adresse meiner Familie. Du *wirst* dort einziehen«, befahl sie.

»Du lässt sie bei deinen wehrlosen Verwandten wohnen, aber nicht in deiner eigenen Wohnung?«

»Weil sie unordentlich ist.«

»Ich bin nicht unordentlich.«

»Oh, mein Gott, Livy!«

»Wenn du eine Putzfrau hättest, wäre das gar kein Thema.«

»Ich engagiere keine Putzfrau, nur, damit du schlampig sein kannst.«

»Na schön. Dann bezahle ich sie eben, du geizige Töle.«

»Ich engagiere keine Putzfrau!«

Da er spürte, dass diese beiden praktisch wie Schwestern waren und dieser seltsame kleine Streit noch *ewig* dauern konnte, beschloss Ricky, etwas zu unternehmen. Er holte das Bargeld heraus, das er in seine vordere Hosentasche gestopft hatte, und reichte Tonis Freundin ein paar Zwanziger.

Livy starrte auf das Geld, bevor sie verkündete: »Für Blowjobs verlange ich normalerweise mehr.« Sie sagte es so nüchtern, dass Ricky einen Moment brauchte, bevor ihm klar wurde, dass sie nur sarkastisch war.

»Das kannst du mit deiner Momma und dem lieben Gott ausmachen, aber ich hab dir das Geld gegeben, damit du dir ein Taxi rufst und von hier verschwindest.« Er nahm den Zettel mit der Adresse der Familie vom Schreibtisch und legte ihn zusammen mit dem Geld in Livys Hand. »Ist nichts Persönliches, aber ich will, dass sich Miss Toni ausschließlich auf *mich* konzentriert, damit ich sie in Frieden vollheulen kann wie ein richtiger Wolf. Mit Publikum kann ich das nicht. Meinesgleichen betrachtet das als ein Zeichen von Schwäche.«

Reece hatte sich hinter Livy geschlichen und fragte: »Was betrachtet *deinesgleichen* als Schwäche?«

»Dein Gesicht«, schoss Livy zurück, bevor sie aufstand, sich ihren Rucksack schnappte und ihn sich über die Schulter schwang, wodurch er gegen Reeces Kopf knallte, da er gerade dabei war, sich wieder zu seiner vollen Größe aufzurichten. »Bis später«, sagte Livy zu ihrer Freundin und verließ das Büro. Es gab kein Geschnatter wie »Wir telefonieren später« oder »Was machst du nachher noch?« oder irgendwas darüber, dass sie zusammen shoppen gehen würden. Nichts von dem, was Rickys Daddy als »Frauenkram« bezeichnete. Nein. Sie hatte nur »Bis später« gesagt und war dann verschwunden.

Ricky musste zugeben … dass ihm das an einem Weibchen gefiel. Und es gefiel ihm besonders, dass Toni der abrupte Abgang ihrer Freundin nicht zu stören schien.

»Also«, sagte Reece und wollte sich auf den Stuhl setzen, den Livy soeben frei gemacht hatte.

»Dieser Hintern«, warnte Ricky, »sollte besser nicht diesen Stuhl berühren, sonst knallt dein Gesicht auf den Boden.«

Reece richtete sich wieder auf. »Weißt du, großer Bruder, es gibt auch nettere Möglichkeiten, mir mitzuteilen, dass ich verschwinden soll.«

»Aber auf keine von denen würdest du auch tatsächlich hören.«

Reece grunzte und ging hinaus.

Nun, da sie allein waren, sah Ricky Toni an.

»Du schmollst«, bemerkte sie.

»Weil mich mein ganzes Rudel stinksauer macht.«

»Ich dachte, das Problem sei deine Ex-Freundin.«

»Meine Ex-Freundin ist einfach nur eine riesige Nervensäge. Aber dass mein Rudel ihr tatsächlich glaubt …? Sie sollten doch mir gegenüber loyal sein, findest du nicht?«

Toni lehnte sich auf ihrem Stuhl zurück und verzog ihre Augenbrauen zu einem ernsten Stirnrunzeln. »Was machen wir hier?«, fragte sie dann unvermittelt.

»Plaudern.«

»Sind wir jetzt Freunde?«

»Wir sind zumindest keine Feinde.« Er hob eine Augenbraue. »Oder?«

»Droh mir nicht mit deinen Augenbrauen.«

»Tu ich doch gar nicht. Ich befrage dich mit *einer* erhobenen Augenbraue. Wenn ich dir drohen wollte, würde ich beide Augenbrauen einsetzen. Etwa so.« Er lehnte sich nach vorne und hob beide Brauen, während er die Augen ganz weit aufriss. Als sie ein Kichern nicht mehr unterdrücken konnte, lehnte sich Ricky wieder auf seinem Stuhl zurück und sagte: »Siehst du jetzt den Unterschied?«

Nein. Toni sah den Unterschied nicht, aber die Tatsache, dass er den Mumm hatte, ihr tatsächlich etwas so Lächerliches zu demonstrieren, beeindruckte sie durchaus. Abgesehen von Cooper und ihrem Dad wurden im Jean-Louis-Parker-Clan nicht häufig absichtliche Albernheiten zur Schau gestellt. Aber natürlich gab es unbeabsichtigte Albernheiten. Wie konnte es auch anders sein, wenn man mit Kyle und Troy zusammenlebte? Aber davon würde man die beiden niemals überzeugen.

»Na schön«, seufzte Toni schließlich. »Dann erzähl mir schon von deinem …«

»Oh, gut. Du bist noch hier«, sagte Cella, die in der Tür stand. Dee-Ann war neben ihr und lehnte sich an den Türrahmen.

»Wo sollte ich wohl sonst sein?« Toni schaute auf ihre Uhr. »Es ist noch nicht mal zwei Uhr.«

»Hätte ja sein können, dass du für heute Feierabend gemacht hast.«

»Hätte es? Warte mal … Soll ich nur halbtags arbeiten oder so?«

»Keine Ahnung.« Cella winkte ausladend und schlug Dee-Ann beinahe ihre Hand ins Gesicht. »Ich bin nicht hier, um mit dir über deinen Arbeitsplan zu sprechen.«

»Okay.«

»Du hast doch gesagt, du könntest mir helfen, richtig?«

»Sicher.«

»Hervorragend.« Cella betrat das Büro und warf etwas auf Tonis Schreibtisch, das wie ein Reiseplan aussah. »Das hilft mir wirklich. Vielen Dank.«

»Warte mal.« Toni blickte erst auf die Dokumente hinunter und dann wieder zu Cella Malone hinauf. »Du willst, dass ich nach … nach …«

»Ja.«

»Und warum fliege ich nach *Russland?*«

»Weil ich nicht kann. Ich muss mich hier um was anderes kümmern. Und du hast gesagt, du würdest mir helfen.«

»Ich dachte, ich könnte dir mit Sachen helfen, die nichts mit deinen Aufgaben als Trainerin zu tun haben. Oder, ich weiß auch nicht … deine Akten in Ordnung bringen oder so.«

»Das hier betrifft nicht unbedingt nur meine Aufgaben als

Trainerin. Außerdem geht's dabei um Novikov. Und du magst Novikov.«

»Was hat das denn mit *irgendwas* zu tun?«, fragte Toni verzweifelt.

»Tatsächlich hat das mit Mannschaftsreisen zu tun, und die *gehören* zu deinem Job.«

»Ja, aber …«

»Also, flieg nach Russland und sorg dafür, dass sie die Mannschaft *mit* Novikov ins Land lassen, und zwar nicht in einem Käfig. Aber vergiss nicht: kein Novikov, kein Spiel, auch wenn wir dann nie eine Chance auf den Titel als die Besten der Welt haben.«

Ricky grinste höhnisch. »Hast du dir diesen Titel gerade ausgedacht, Cella Malone?«

»Halt die Klappe, Reed.«

Einer Panik nahe fragte Toni: »Aber ist es denn wirklich so wichtig, dass er dabei ist?«

»Er muss dabei sein«, mischte Reed sich ein. »Das Team kann ohne Novikov nicht gegen die russischen Mannschaften gewinnen. Die russischen Teams bestehen hauptsächlich aus Bären.«

»Das ist mir *egal.*« Toni machte eine kurze Pause und holte tief Luft. »Ich halte es nur nicht für eine gute Idee, wenn ich als Schakalin in eine von Bären bevölkerte Gegend reise, um über die Rechte von Bo Novikov zu debattieren.«

»Immer noch besser, wenn du es tust anstatt ich.«

»Inwiefern ist das besser, Cella? Du bist die Trainerin der Mannschaft *und* eine Sibirische Tigerin … sind die Russen denn nicht dein Volk?«

»Nicht wirklich. Die Sibirischen Tiger in Russland sind keine Fans der Malones.«

»Ist irgendjemand ein Fan der Malones?«, warf Dee ein.

»Halt die Klappe, Hinterwäldlerin.«

»Aber«, versuchte Toni es weiter, noch immer völlig verzweifelt, »was soll ich denn mit einem Haufen russischer Bären machen?«

»Mach, was du willst.«

»Was soll das denn heißen?«

»Hör mal, Kleines«, begann Cella und klang enervierend gereizt, »du hast es geschafft, Bo ›den Marodeur‹ Novikov ohne den Einsatz einer Elektroschockwaffe oder eines Betäubungspfeils zu beruhigen. Und wenn du mit ihm zurechtkommst … ich glaube, dann kommst du auch mit ein paar verfluchten Bären zurecht.«

»Ja, aber …«

»Tu's einfach. Mein Gott! Zeig mal ein bisschen Initiative! Sei eine Frau!«

»Ich glaube nur nicht, dass ich mich dabei sehr … sicher fühle. Verstehst du? Unsichere Arbeitsplatzsituation oder so.«

»Da hat sie nicht ganz unrecht«, gab Dee-Ann zu bedenken. »Wenn sie deinetwegen von ein paar russischen Bären zerfleischt wird, dann reißt Ric dir den Arsch auf. Sie gehört bei den Van Holtzs zur Familie.«

»Du und ich müssen uns um andere Dinge kümmern, Smith.«

»Erstens, fauch mich nicht so an, Höllenkatze. Und zweitens, besorg ihr einfach ein bisschen Sicherheitspersonal.«

»Ich würde ja Bert schicken … aber er hasst fliegen und ist immer noch in Alaska.«

»Gott, Weib, du sollst doch keinen Spieler mit ihr mitschicken«, blaffte Dee-Ann sie an. »Du sollst jemanden mitschicken, der eine *Ausbildung* als Personenschützer hat.« Und dann zeigte sie auf Ricky. »Er macht es.«

Der Wolf, der während des Großteils dieser Unterhaltung eher unbeteiligt gewirkt hatte, sah plötzlich sehr wachsam aus. »Was?«

»Als hättest du irgendwas Besseres zu tun.«

»Das ist doch gar nicht der Punkt, Dee-Ann. Ich bin nur ein Wolf – und das sind Bären. Russische Bären. Das Smith-Rudel und russische Bären passen nicht zusammen, oder erinnerst du dich nicht mehr an die Rudel-Legenden?«

»Das war vor hundert Jahren oder so. Ich bin mir sicher, dass sie inzwischen darüber hinweg sind, was damals passiert ist.«

Toni stützte sich mit den Ellbogen auf ihrem Schreibtisch ab und vergrub ihr Gesicht in den Händen. »Das wird der reinste Albtraum.«

»Oh, reiß dich zusammen, Kleine«, sagte Cella, streckte eine Hand über den Schreibtisch aus und tätschelte Tonis Schulter. »Alles wird gut. Mach einfach keinen von ihnen wütend, lass die Eisbären nicht an dir schnüffeln und sorg dafür, dass du nie mit einem der Kamtschatka-Bären allein bist, wenn sie noch nichts gegessen haben.«

Langsam hob Toni den Kopf und blickte die Cheftrainerin der New York Carnivores an. »Ernsthaft? Das ist das *Beste*, was du hast?«

»So ziemlich. Viel Glück!« Cella ging zur Tür hinaus. »Komm schon, Smith. Gehen wir.«

Dee-Ann blickte zwischen Toni und Ricky hin und her. Nach einer Weile sagte sie: »Pass gut auf sie auf, Ricky Lee. Mach deine Momma stolz.«

Sie verschwand, und Ricky sprang auf. »Ich bin gleich wieder da«, sagte er, bevor er hastig das Zimmer verließ.

Keine Minute später war er wieder zurück und ließ sich auf den Stuhl fallen, aus dem er eben aufgesprungen war.

»Das ging ja fix«, sagte Toni.

»Ja.«

»Was hat Dee gesagt?«

»Bevor ich auch nur ein Wort sagen konnte, meinte sie, ich könnte entweder mit dir fliegen und mich um die Bären kümmern oder hierbleiben und ausführliche, bedeutungsvolle Gespräche über Laura Jane mit den Weibchen meines Rudels führen.« Er grinste. »Rate mal, wofür ich mich entschieden habe.«

»Ricky?«

»Ja?«

Sie lehnte sich ein Stück nach vorne und flüsterte: »Ich will nicht nach Russland.«

»Komm schon, Schätzchen, es wird schon nicht so schlimm werden. Und im Gegensatz zu meinem jüngeren Bruder weiß ich, wie man mit Bären umgeht. Außerdem bist du doch schon so viel gereist, da willst du mir doch wohl nicht erzählen, dass du noch nie in Russland warst.«

»Sicher war ich das. Aber ich war in *Russland*-Russland. Du weißt schon, Moskau, Sankt Petersburg, Omsk.«

»Omsk?«

»Ja. Da bin ich mit meinem Bruder gewesen. Coop ist ein Riesenstar in Russland. Was bedeutet, dass meine Mutter und mein Bruder an all diesen Orten vor Würdenträgern und Mitgliedern von Königshäusern gespielt haben. Aber ich war noch nie im russischen Bärenterritorium. Und weißt du auch, warum?« Ricky schüttelte den Kopf. »Weil meine Eltern mir gesagt haben, dass ich nie ins russische Bärenterritorium reisen soll! Tatsächlich waren die exakten Worte an ihren Nachwuchs: ›Ihr werdet sterben, wenn ihr ins russische Bärenterritorium reist‹.«

»So schlimm wird es nicht. Ich werde da sein und passe die ganze Zeit auf dich auf. Versprochen.«

»Aber weißt du, was an dieser ganzen Sache wirklich das Schlimmste sein wird?«

Er schenkte ihr ein schiefes Lächeln. »Deiner Familie zu erzählen, dass du nach Russland fliegst?«

Toni ließ ihren Kopf auf den Schreibtisch fallen und machte sich diesmal gar nicht erst die Mühe, ihn mit den Händen abzustützen.

»Das wird der reinste Albtraum«, wiederholte Toni, diesmal direkt *in* den Schreibtisch. Nicht, dass das irgendwie geholfen hätte.

Kapitel 14

Delilah Jean-Louis Parker durchwühlte die Klamotten ihrer Schwester. Manchmal versteckte Oriana Geld in den Schubladen ihrer Kommode. Da ihre Eltern so ziemlich für alles bezahlten und das Einzige, was Oriana interessierte, das Tanzen war, gab sie ihr Taschengeld nur selten aus. Tatsächlich gaben die wenigsten Kinder ihr Taschengeld aus, und ein paar von ihnen bemerkten es gar nicht, wenn das Geld verschwunden war. Was wie ein kleiner Segen für Delilah war.

Nachdem sie ein ordentliches Bündel Scheine gefunden hatte, nahm Delilah über die Hälfte an sich und versteckte die letzten paar Scheine wieder in Orianas Kommode. Sie machte die Schublade zu und verließ das Zimmer. Sie schaute den Flur hinauf und hinunter, vergewisserte sich, dass niemand da war, und ging ins Nebenzimmer.

Sie suchte flink und leise, gelangweilt von allem, was kein Bargeld war oder etwas, das sie zu Bargeld machen konnte. Das Beste an ihrer Familie war, dass sie alle tagein, tagaus so sehr in das vertieft waren, was sie taten, dass sie nur sehr selten wahrnahmen, was Delilah tat.

Als sie weder Bargeld noch Wertgegenstände fand, setzte sie sich aufs Bett. Dann entdeckte sie einen Rucksack und machte den Reißverschluss auf. Sie durchwühlte ihn, bis sie ein Notizbuch fand, das ihr irgendwie fehl am Platz vorkam. Delilah holte es heraus und begann, es durchzublättern. Im Gegensatz zu ihren Geschwistern betrachtete sich Delilah als nichts Bestimmtes. Sie wusste, dass sie eine gute Künstlerin war. Ihr fiel das Zeichnen leicht. Aber dasselbe galt für Mathematik und Wissenschaft. Man hatte ihr mehrere Stipendien angeboten, bevor sie die Highschool verlassen hatte. »Verlassen«, weil sie nie ihren Abschluss gemacht hatte. Obwohl ihre Eltern annahmen, dass sie ihren Abschluss gemacht hatte. Sie hatte ihnen *erzählt*, dass sie ihren Abschluss gemacht hatte. Del hatte es sogar geschafft, sich während der Abschlussfeier in der Halle aufzuhalten. Na ja, jedenfalls bis jemand wegen der Bombendrohung Alarm geschlagen hatte und alles abgesagt worden war. Dann, mithilfe von Troys PC und ihren Designfähigkeiten, war sie in der Lage gewesen, ihren Eltern ein hübsches Abschlusszeugnis vorzulegen.

Denn wenn man so schlau war wie Delilah, wofür brauchte man dann ein echtes Abschluss- oder Diplomzeugnis? Wo lag da der Sinn? Selbst ohne Zeugnis wusste sie, dass sie gerade etwas sehr Wertvolles in ihren Händen hielt. Etwas, das sie wirklich zu Geld machen konnte.

»Was zur Hölle machst du hier drin?«

Zuerst dachte Delilah, es sei Toni, als sie die knurrende Frage hörte, aber als sie aufblickte, sah sie in Orianas Gesicht.

Delilah steckte das Notizbuch wieder zurück – warum sollte sie es stehlen, wenn sie genau wusste, wo es sich die ganze Zeit befand? – und stand auf. »Nichts. Ich bin nur neugierig.«

Oriana sah sie einen Moment lang an und schüttelte dann den Kopf. »Ich sag Toni, dass du wieder unsere Sachen klaust.«

Das würde die kleine Petze ganz sicher tun.

Delilah sah zu, wie sich ihre Schwester umdrehte und aus dem Zimmer ging, um Toni zu suchen. Und wenn es eines gab, wofür Delilah jetzt nicht in der Stimmung war, dann war es eine dieser typischen Diskussionen mit Toni.

Deshalb packte Delilah Oriana am Hals. Aber nicht an der überschüssigen Haut, die alle Hunde dort hatten – das hier war schließlich kein liebevolles Tadeln unter Geschwistern. Stattdessen grabschte Delilah nach der Kehle der Schlampe und riss sie zurück, bis sie ihren Mund auf das Ohr ihrer Schwester pressen konnte.

»Wie wär's …«, begann Del.

»Lass mich los!«

»… wenn du einfach vergisst, was du gesehen hast, kleine Schwester?«

Oriana wand ihren Körper und versuchte, Delilahs Arme zu packen, die sie von hinten festhielten. *»Lass mich los, Delilah!«*

Orianas Hand klatschte auf Delilahs Gesicht. Es tat weh, aber das war Del egal. Sie hatte schon immer eine hohe Toleranz für Schmerzen gehabt, und meistens konnte sie sich einen oder zwei Tage später noch nicht einmal mehr an den Schmerz erinnern. Manchmal auch nach zehn Minuten.

Schmerzen waren auch nicht der Grund, warum Del aus Wut die Spitze ihres kleinen Butterflymessers auf das Gesicht ihrer Schwester presste, direkt unter deren Auge. Tatsächlich fühlte Delilah überhaupt nichts außer einem kleinen bisschen Freude, als ihre Schwester plötzlich aufhörte, sich zu wehren.

»Ich sag es jetzt noch einmal … Vergiss, was du gesehen hast. Oder ich sorge dafür, dass du nie wieder etwas siehst. Verstanden?«

»Ja.«

Delilah hielt ihre Schwester noch ein wenig länger fest. Nicht, um ihrer Aussage mehr Nachdruck zu verleihen, sondern weil sie wirklich gegen das starke Bedürfnis ankämpfte, ihrer Schwester die Augen aus ihrem Kopf zu schneiden. Aber sie wusste, wenn sie das tat … dann musste sie sich mit Toni herumschlagen. Delilah hasste es, sich mit Antonella herumzuschlagen. Ihre kleinere – und hübschere – Schwester aufzuschlitzen, würde also noch warten müssen.

Sie stieß Oriana von sich weg, grinste, als ihre Schwester gegen die Wand knallte und herumwirbelte, um sie anzufunkeln.

Delilah ließ die stumpfe Seite der Messerklinge über ihre eigene Wange gleiten, damit ihre Schwester auch wirklich verstand, was sie riskierte, wenn sie sich mit ihr anlegte. Sie machte einen Schritt nach vorne, und genau in dem Moment kam Tonis beste Freundin in ihr Blickfeld.

Delilah legte blitzschnell ihren Arm auf ihren Rücken, um ihr Messer zu verstecken, klappte es zu und lächelte Livy Kowalski an.

»Hallo, Olivia.«

Livy ließ ihren Blick zwischen Delilah und Oriana hin und her huschen und fragte nach einer Weile: »Ist alles okay, Oriana?«

Oriana biss die Zähne zusammen und presste ein »Ja, alles okay« hervor.

»Gut. Ich werde für eine Weile hier wohnen.«

Oriana nickte. »Okay. Ich sag Mom und Dad Bescheid.«

»Danke.«

Oriana entfernte sich, und Delilah drehte sich um, um ihr zu folgen. Livy streckte jedoch einen Arm aus, rammte eine Hand gegen den Türrahmen und versperrte ihr den Weg.

Der kleine Freak lehnte sich nach vorne, ging auf Zehenspitzen, um Delilahs Hals näher zu sein, und atmete ganz tief ein.

Gott, Del hasste diese Schlampe. Schon immer.

Aber sie würde sich auch nicht provozieren lassen. Del stieß Livys Arm zur Seite und machte einen Schritt in den Flur hinaus. Livy schien sie ziehen zu lassen, aber als Del an ihr vorbeiging, riss Livy ihr das zusammengeklappte Messer aus der Hand. Dann hörte sie, wie die Schlampe es gekonnt öffnete.

Delilah wirbelte herum, ohne nachzudenken, und im nächsten Moment presste sich ihr eigenes Messer gegen ihre Kehle. Der Freak neigte den Kopf zur Seite und betrachtete sie ausführlich.

»Wenn du noch mal eines dieser Kinder bedrohst«, warnte Livy sie, »dann schlitz ich dir die Kehle auf und schaue zu, wie du verblutest.«

»Ich glaube, damit hätte Toni ein Problem.«

»Nein, hätte sie nicht. Und das wissen wir beide.«

Und verdammt sollte sie sein, aber Delilah wusste tatsächlich, dass die Schlampe recht hatte.

Sie fuhren zuerst am Hotel vorbei, um Rickys Sachen für die Reise einzupacken. Er bot Toni an, sich zu Hause bei ihren Eltern wieder mit ihr zu treffen, aber als er den Ausdruck der Panik auf ihrem Gesicht sah, zog er diesen Vorschlag sofort wieder zurück und versprach ihr, dass er nicht von ihrer Seite weichen würde.

Deshalb öffnete er zuerst die Tür, ging ins Haus und schnupperte, um sicherzugehen, dass keine Mitglieder seines Rudels in der Nähe waren.

Toni lehnte sich zu ihm. »Wäre es dir peinlich, wenn uns deine Freundin zusammen sehen würde?«

»*Ex*-Freundin. Und nein. Ich will mich nur nicht einer Befragung des Verhörtrupps der Smith-Rudel-Weibchen unterziehen müssen.«

»Das klang ja, als sei das eine offizielle Organisation.«

»Ist es auch. Ich bin überrascht, dass du noch nie von ihnen gehört hast. Überall in den Vereinigten Staaten sitzen eine Menge Mädchen in Psychiatrien, die schon mal dem Verhörtrupp der Smith-Rudel-Weibchen gegenüberstanden.«

»Okay.« Sie drängte sich an ihm vorbei und betrat das Hotelzimmer. »Ganz nett hier.«

»Ja.«

Sie schaute zu ihm hinauf und rümpfte ihre kleine Nase. »Aber ist das nicht ziemlich teuer? Im Kensington Arms zu wohnen, anstatt sich eine eigene Wohnung in Brooklyn oder Queens zu suchen?«

»Sind das reale Orte?«

»Sehr witzig.«

»Meine Schwester wird den Hybriden-Freak des Hotelbesitzers zur Welt bringen.«

»Hybriden-Freak?«, fragte sie.

»Keine Sorge. Ich werde diesen kleinen Scheißer anbeten wie den Mond.«

Sie verdrehte die Augen und ging ganz in das Zimmer hinein. Ricky folgte ihr und schloss die Tür hinter sich.

»Mach's dir bequem«, sagte er und ging ins Schlafzimmer. »Ich bin gleich wieder da.«

»Warum hast du eine Suite gekriegt?«, wollte sie wissen.

»Ich hab keine verlangt, falls du das glaubst. Brendon Shaw

hat mir und meinen Brüdern je eine gegeben, in der Hoffnung, dass wir dann aufhören, unangemeldet oben in seiner Wohnung aufzutauchen, wann immer es uns passt.«

»Und, habt ihr?«, fragte sie aus dem Nebenzimmer.

»Nein!« Ricky zog den altbewährten Matchsack heraus, der mit ihm schon zu allen möglichen und unmöglichen Orten auf der Welt gereist war.

»Ist Brendon Shaw nicht ein Löwe?«

»Jap.«

»Dann wisst ihr schon, dass es reinster Folter gleichkommt, wenn ihr andauernd bei einem Mann zu Hause auftaucht, der sich für den wahren König von … na ja … wahrscheinlich von allem hält.«

»Natürlich wissen wir das. Darum machen wir es ja. Außerdem hat er immer diesen griechischen Joghurt im Haus, der einfach irgendwie besser schmeckt, wenn wir ihn in seiner Wohnung essen statt in unserer.«

Ricky packte schnell und effizient. Er hatte das vor langer Zeit gelernt. Obwohl er als Kind nicht oft außerhalb der Staaten verreist war, hatten sein Vater und seine Onkel ihn und seine Brüder – hin und wieder zusammen, meistens allerdings nicht – in verschiedene Länder geschickt, um andere Reeds zu treffen und die Grundlagen der Selbstverteidigung zu erlernen. Die Reeds hielten das für wichtig. Sicher, fast alle bezeichneten sie als die Straßenköter des Smith-Rudels, aber in Wahrheit waren sie einfach nur daran interessiert, das Rudel – und natürlich die Familie Reed – verteidigen zu können, wenn es nötig war.

Die Smiths funktionierten als Rudel deshalb so gut, weil sie bereit waren, jeden zu vernichten, der auch nur darüber *nachdachte*, einem von ihnen zu nahe zu kommen. Aber die Smiths waren auch wilde Kämpfer. Wie dieser Junge auf dem Schulhof, gegen den niemand kämpfen wollte, weil er sich sonst eine Schaufel schnappen und jedem gezielt den Kopf einschlagen würde, anstatt wie irre um sich zu schlagen wie jeder normale Siebenjährige. Die Reeds betrachteten sich stolz als cleverere

Kämpfer, genau wie die Vollblut-Wölfe. Sie schlugen nachts zu, fanden die Schwachstellen ihrer Gegner und taten ihr Bestes, um sicherzustellen, dass es keine – oder zumindest *weniger* – »Kollateralschäden« gab. Rickys Großvater hatte es einmal damit verglichen, die Berserker – die Smiths – vorne loszulassen, während sich die römischen Soldaten – die Reeds – von hinten anschlichen und den Feind vernichteten.

Die Beziehung zwischen den Smiths und den Reeds funktionierte schon seit Jahrhunderten, seit sie dieses Land ein paar Jahre vor den Pilgervätern erreicht hatten, und Ricky respektierte diese Beziehung mehr, als er mit Worten ausdrücken konnte. Er betrachtete die Smiths nicht als von ihm getrennt, sondern als Teil seines Lebens, genau wie Momma, Daddy und seine Geschwister. Und er wusste, dass die Smiths genauso empfanden. Wenn Bubba Smith solche Sachen sagte wie: »Leg dich mit den Smiths an, und wir kommen über dich, als hätte die Hölle ihre Tore geöffnet und das Schlimmste frei gelassen, was sie zu bieten hat …«, dann sprach er nicht nur davon, seine Blutsverwandten zu beschützen. Er sprach von *jedem*, den er als Teil des Smith-Rudels betrachtete. Das war die Philosophie der Smiths.

Wenn die Reeds also ihre Welpen großzogen, dann brachten sie ihnen bei, »ihresgleichen« zu beschützen, was bedeutete, ihre Blutsverwandten und ihre Rudelverwandten zu beschützen. Es bedeutete, ihre Geschwister und ihre Cousins ebenso zu beschützen wie die alte Mrs. Sandy Mae am Ende der Straße, die oft mit Vollmenschen in der Nachbarstadt aneinandergeriet, weil sie ein bisschen verrückt war.

Jemanden zu beschützen war etwas, das die Reeds nicht auf die leichte Schulter nahmen.

Deshalb war der Job bei Llewellyn Security für Ricky auch so perfekt. Es gehörte nicht nur zu seinen Aufgaben, die New Yorker Smiths zu beschützen – ein Job, für den er geboren worden war –, sondern auch, andere für Geld zu beschützen – ein Job, der ihm eine sehr stattliche Rendite einbrachte und bei dem er hin und wieder kleine Reisen wie diese machen konnte.

Natürlich schadete es auch nicht, dass er mit der kleinen, sexy Toni Jean-Louis Parker verreisen würde. Nein. Das schadete ganz und gar nicht.

»Apropos schützen …« Ricky betrachtete die ungeöffneten Kondompackungen in seinem Medizinschränkchen. Nach einer Weile zuckte er mit den Schultern, schnappte sich eine Schachtel … und dann eine zweite. »Kann nicht schaden«, murmelte er, nachdem er die Packungen in seinen Matchsack geworfen hatte.

Ricky hob den Kopf und schnupperte in die Luft. *Rory*.

Als er wieder in seinem kleinen Wohnzimmer stand, kam sein Bruder gerade zur Tür herein. Seine Miene sagte Ricky, dass er nicht glücklich war.

»Du gehst nach *Sibirien?*«

»Nein. Wir gehen nach Russland. Wahrscheinlich irgendein Ort in der Nähe von Moskau. Richtig, Toni?«

Sie fasste in ihren Rucksack und zog den Reiseplan heraus, den sie von Cella Malone bekommen hatte.

»Wir fahren an den Baikalsee. Moment mal.« Sie blinzelte, ließ die Unterlagen sinken und sagte: »Das *ist* in Sibirien.«

Ricky verdrehte die Augen. *Lieber Gott.*

»Wir fahren nach Sibirien?«, fragte Ricky.

»Wahrscheinlich kommt die Mannschaft von dort. Die meisten russischen Teams trainieren dort vermutlich außerhalb der Saison.« Das ergab Sinn. Sie bezweifelte, dass irgendwelche neugierigen Vollmenschen das Gestaltwandler-Team belästigen würden, während es in Sibirien für die nächsten Spiele trainierte. Und im Baikalsee gab es Süßwasserrobben, was die Eisbären wahrscheinlich großartig fanden.

Toni sah den Wolf an und hatte sofort Mitleid mit ihm. Er hatte sich für diesen Trip nicht freiwillig gemeldet. Moskau, oder irgendein Ort in der *Nähe* von Moskau, war eine Sache. Aber ihn zu bitten, mit ihr nach Sibirien zu reisen, war ganz offensichtlich zu viel für den Mann.

»Hör mal, Ricky, du musst nicht …«

»Ich hab schon mit Vic gesprochen«, unterbrach Rickys Bruder sie, ging um die Couch herum, auf der Toni saß, und legte den Aktenkoffer, den er dabeihatte, auf dem Couchtisch ab. »Er holt euch am Flughafen ab und bringt euch zum Baikalsee.«

Toni war völlig verwirrt und hielt ihre eigenen Unterlagen hoch. »Ich hab einen Reiseplan.«

»Ich weiß, Schätzchen«, erwiderte Rory, nahm ihr gleichzeitig die Papiere aus der Hand und steckte sie zurück in ihren Rucksack. »Der wird euch helfen, wenn ihr dort seid, aber ich will erst mal sichergehen, dass ihr auch gesund und munter ankommt und gesund und munter *bleibt*, wenn ihr erst mal dort seid. Und dafür wird Vic sorgen.«

»Wer ist Vic?«

»Dee hat ihn uns vor einer Weile empfohlen. Er hilft unserer Firma, wenn wir Kontakte in osteuropäischen Ländern brauchen.«

»Er ist in Chicago geboren und aufgewachsen, aber sein Fachgebiet ist Osteuropa«, erklärte Ricky.

»Du siehst besorgt aus«, wandte sich Toni an Rory. »Ich hab das Gefühl, als sollte ich ausflippen. Sollte ich ausflippen?«, fragte sie Ricky.

»Nein. Es wird alles gutgehen. Das ist nur eine Vorsichtsmaßnahme.«

»Wie kommt es, dass Cella Malone diese Vorsichtsmaßnahmen nicht treffen musste?«

»Du hast es doch selbst gesagt, Schätzchen. Sie ist eine Sibirische Tigerin *und* eine Malone. Niemand legt sich mit ihr an.«

»Aber wahrscheinlich ist es wirklich am besten, wenn sie nicht selbst hinfliegt«, gab Rory zu. »Ihr Ruf ist bei den russischen Teams nicht viel besser als Novikovs, und sie hätte wahrscheinlich Dee-Ann gebeten, mit ihr zu kommen …«

Die Brüder sahen einander an und brachen dann in schallendes Gelächter aus.

»Gott«, sagte Ricky schließlich, »das wäre wirklich übel gewesen.«

»Was soll das nun wieder bedeuten?«

»Es ist einfach besser, wenn *du* hinfliegst«, bekräftigte Rory. »Also, du hast doch einen Reisepass, oder?«

»So viel, wie meine Familie reist? Der Agent meiner Mutter hat sogar einen Zeitplan, wer von uns wann einen neuen Reisepass beantragen muss.«

»Ausgezeichnet.« Rory winkte seinen Bruder ab. »Ich weiß, dass du hast, was du brauchst. Ich hab schon mit Llewellyn gesprochen, und er hat alles mit dieser Airline arrangiert, mit der ihr fliegt. Madra Air?«

»Ja.«

»Er sagt, du sollst nur deine Knarre mitnehmen, sonst nichts.«

Toni setzte sich kerzengerade auf. »Du nimmst eine Pistole mit ins Flugzeug?«

»Mach dir deswegen keine Sorgen.«

»Ich würde lieber nicht auf der Schwarzen Liste von Madra landen, wenn es dir nichts ausmacht.«

»Mach dir deswegen keine Sorgen.« Er schaute wieder zu seinem Bruder hinüber. »Dee-Ann hat sich also schon für uns mit Vic in Verbindung gesetzt. Und er ist immer noch in Russland?«

»Für den Moment, ja. Er hilft dabei, Whitlan aufzuspüren.«

»Moment mal«, warf Toni ein. »Wer zur Hölle ist Whitlan?«

»Vic wird euch besorgen, was immer ihr braucht, wenn ihr erst mal in Russland seid«, fuhr Rory fort und ignorierte sie.

»Das sollte besser mehr sein als nur eine Knarre«, murmelte Toni, und ihr wurde bewusst, dass die beiden Brüder sie anstarrten. »Wir sprechen hier von Bären und Sibirischen Tigern. Eine Knarre wird nichts weiter ausrichten, als sie zu reizen.«

»Woher willst du das denn wissen?«, fragte Rory.

»Wenn du ein kleiner Hund in einer Welt voller Großkatzen, Wölfe und Bären bist, dann findest du andere Wege, zu kämpfen. Vertraut mir, wenn Vollblut-Schakale Daumen hätten, dann wüssten sie auch, wie man einen Löwen mit einem 416er Remington ausschaltet.

Ricky grinste. »Auch?«

»Könntet ihr zwei später weiterflirten?«

Toni knurrte Rory an. »Ich hab nicht geflirt…«

»Ihr solltet lieber nicht vergessen, dass mit diesen russischen Bären nicht zu spaßen ist«, fuhr Rory fort. »Wenn es also so aussieht, als würde eine Situation aus dem Ruder laufen«, er schaute seinem Bruder direkt in die Augen, »dann lässt du Toni das Reden übernehmen.«

Toni blinzelte hektisch. »*Mich?* Warum denn mich?«

»Wenn du Novikov beruhigen kannst, bei Gott, Weib, dann kannst du verdammt noch mal praktisch jeden beruhigen.«

»Danke?«

Rory ging um die Couch herum, bis er direkt vor Ricky stand. »Hör mir gut zu, kleiner Bruder. Wenn die Sache da drüben explodiert, dann lässt du Vic tun, was er am besten kann, und bringst dich und unsere kleine Toni hier in Sicherheit. Versuch nicht, für irgendjemand den verfluchten Helden zu spielen.«

»Das ist Reeces Schwäche, Rory. Meine war das noch nie.«

»Dann belass es auch dabei.«

Die Brüder starrten einander ein paar Sekunden lang an und umarmten sich dann.

Im selben Moment brüllte Toni schließlich: »Macht sich sonst noch irgendjemand Gedanken darüber, dass wir das alles nur tun, um einen Vertrag für eine gottverdammte Sportmannschaft auszuhandeln?« Sie warf die Hände in die Luft. *»Irgendjemand?«*

Die Brüder lösten ihre Umarmung, und Ricky tadelte sie: »Keine Blasphemie.«

Toni verdrehte die Augen. »Halt die Klappe.«

Sie gingen mitten durch ein Handgemenge. Und es war alles andere als harmlos. Überall flogen Fäuste und Beine, und Geschrei, Gebrüll und Gejaule erfüllten die Luft.

Aber Ricky musste zugeben, dass er beeindruckt war. Denn während die beiden Ältesten versuchten, herauszufinden, was sie tun sollten, steuerte Toni direkt in die Höllengrube aus fliegenden Armen und Beinen zu und begann, Welpen auseinanderzureißen und sie durchs Zimmer zu schleudern, bis sie Oriana erreichte, die bereits zu alt war, um sie noch irgendwo hinzuschleudern.

»*Das reicht!*«, bellte Toni über das andauernde Geschrei und die Drohungen hinweg, während sie ihre fünfzehnjährige Schwester in einem ganz anständigen Schwitzkasten hielt. »*Ich meine es ernst!*«

Das schien sie alle zu beruhigen, und sie stieß ihre Schwester von sich weg, bevor sie sich zu Cooper und Cherise umdrehte. »Wo sind Mom und Dad?«

»Sie sind mit Tante Irene ausgegangen.«

»Wann?«

Coop wandte den Blick ab, eindeutig peinlich berührt, und gab zu: »Vor fünfzehn Min…«

»Fünfzehn? Du konntest sie nicht mal für *fünfzehn* Minuten unter Kontrolle halten?«

»Es ist nicht seine Schuld«, mischte sich Cherise ein, die hinter Coop stand. »Er hat geübt, und ich hab ihm gesagt, dass ich mich um die Kinder kümmern würde, aber dann sind die Dinge so schnell außer Kontrolle geraten …«

Toni verschränkte die Arme vor ihrer Brust und sah auf ihre Füße hinunter.

»Hey«, sagte Coop und legte eine Hand auf Tonis Schulter, »das ist doch keine große Sache. Wir kriegen das schon hin. Wir schaffen das. Gib uns einfach nur noch ein bisschen …«

»Zeit?«, fragte Toni und schaute zu ihrem Bruder hinauf. »Wir haben keine Zeit. Ich fliege heute nach Russland. Geschäftlich.«

»Du lässt uns im Stich?« Kyle rappelte sich auf und glotzte seine Schwester an. »Du lässt uns wegen dieses lächerlichen *Jobs* im Stich?«

In diesem Augenblick sah Ricky, wie Toni zu wanken begann. Sie wollte ihre Familie nicht im Stich lassen.

Sie begann zu sprechen, wahrscheinlich, um ihre Meinung zu ändern, aber Cherise kam hinter Cooper hervor und stellte sich an Tonis Seite. »Ja, sie geht. Toni geht nach Russland. Ohne uns.« Cherise lächelte, und es war ein sehr hübsches Lächeln. Sie sollte es viel öfter tun, um nicht immer so verängstigt auszusehen. »Und wir werden sehr stolz auf sie sein, wenn sie geht.«

»Aber Kyle, dieser Idiot, hat recht.« Oriana funkelte ihren Bruder wütend an. »So sehr ich es auch hasse, das zuzugeben.« Sie wandte sich an die anderen. »Sie kann nicht einfach abhauen und uns allein lassen! Hier ist nichts organisiert. Mom und Dad haben keine Ahnung, was sie tun! Coop ist damit beschäftigt, sich auf sein nächstes Konzert vorzubereiten, und sein Agent ruft andauernd wegen eines neuen Plattenvertrags mit den Londoner Philharmonikern hier an. Und Cherise ist sowieso nur ein gottverdammter hoffnungsloser Fall.«

Cherise runzelte die Stirn. »Hey.«

»Und du denkst, du könntest einfach so *weggehen?*«, fragte Oriana ihre älteste Schwester.

Toni ließ ihren Blick über die Gesichter ihrer Geschwister schweifen, bevor sie antwortete. »Na ja …«, begann sie, aber im selben Moment fasste Ricky sie um die Taille und zerrte sie aus dem Zimmer.

»Entschuldigt uns kurz.«

»Hey, Country-Boy!«, kläffte Kyle. »Wo gehst du mit unserer Schwester hin?«

Ricky zog Toni in den Flur hinaus und zur Treppe. »Geh nach oben. Packen.«

»Aber …«

»Kein ›Aber‹, Weib. Tu's einfach.«

Freddy tauchte hinter Ricky auf und nahm seine Schwester an der Hand. »Komm mit, Toni. Ich helf dir packen.«

Der kleine Junge ging die Stufen hinauf, drehte sich noch einmal zu Ricky um und zwinkerte ihm zu.

Wenigstens eines ihrer Geschwister dachte noch an jemand anders als nur an sich selbst. Es war eine nette Abwechslung.

Ricky kehrte in das große Wohnzimmer zurück und wandte sich an die Kinder: »So, hört mal alle her«, begann er. »Ich weiß, dass es schwer für euch ist, eure Schwester gehen zu lassen, wenn ihr sie so dringend braucht. Aber ihr müsst sie das wirklich machen lassen. Ihr müsst ein bisschen erwachsener werden und eurer Schwester zeigen, was für große Jungs und Mädchen ihr schon seid.« Er schenkte ihnen sein bestes Lächeln. »Hab ich recht?«

Als ihn sämtliche Welpen nur anstarrten, warf Kyle dramatisch seine Hände in die Luft, verdrehte die Augen und ließ sich wieder auf die Couch fallen, während Troy murmelte: »Der Mann von der Straße hat gesprochen.«

»Du solltest was Hübsches mitnehmen«, schlug Freddy Toni vor, während der Kleine ihr beim Packen zusah und auf ihrer Frisierkommode saß.

»Warum?«

»Weil.« Er schenkte ihr ein entzückendes Lächeln und schaute zur Decke hinauf.

»Frederick Jean-Louis Parker ... was hast du vor?«

»Ich mag vielleicht noch klein sein, Toni, aber ich bin kein *Kind* mehr.« Doch, war er. »Dieser Wolf mag dich. Und du magst ihn. Aber du musst hübsch aussehen. Damit er das Interesse nicht verliert. Dann könnt ihr beide ein Paar werden, und er kann dir Sachen schenken, die du anschließend gewinnbringend verkaufen kannst.«

Toni kicherte vor sich hin und legte noch eine Jeans zusammen. »Wo hast du nur immer solche Sachen her, Freddy?« Sie wusste, dass es weder von ihrer Mutter noch von Tante Irene kommen konnte. Und es kam definitiv nicht von ihrem Dad, der sich bis zum heutigen Tage als Feminist bezeichnete, »weil ich jetzt selber zu viele Mädchen habe, um keiner zu sein«.

»Von Delilah.«

Toni erstarrte mitten im Packen, als sie Freddys Antwort hörte, und ließ die zusammengelegte Jeans über ihrer Reisetasche schweben. »Du hast Zeit mit Delilah verbracht?«

»Ein bisschen. Sie ist nett und lustig.«

Toni zwang sich, weiterzupacken und ihren Tonfall genauso beiläufig klingen zu lassen. Sie wusste, wenn sie überreagierte, würde Freddy in Panik verfallen. Freddy und Panik waren zwei Worte, die überhaupt nicht gut zusammenpassten. Überhaupt nicht gut.

»Sie ist lustig? Ehrlich? Was habt ihr zwei denn zusammen gemacht?«

»Wir haben Geld für die Waisenkinder gesammelt. Zu Hause auch schon, aber sie hat gesagt, dass wir jetzt auch hier damit anfangen. In New York gibt's noch viel mehr Waisenkinder.«

Toni war nicht mehr in der Lage, weiterzupacken, drehte sich um und starrte ihren kleinen Bruder an. »Ihr habt Geld für die Waisenkinder gesammelt?«

»M-hm.«

»Wie habt ihr das denn gemacht?«

Freddy blickte zur offenen Zimmertür. »Das darf ich nicht verraten«, flüsterte er.

»Mir kannst du es sagen. Das weißt du doch.«

Freddys vertrauensvolles Lächeln brach ihr das Herz. »Ich weiß, dass ich das kann.« Er bedeutete ihr, näher zu kommen. Als sie direkt vor ihm stand und sich seine kleine Knie gegen ihre Hüften pressten, sagte er: »Manchmal sitzen wir nur im Park und ich sehe traurig aus, und Delilah bittet die Leute um Geld. Manchmal wollen sie es ihr nicht geben oder sie möchten, dass sie irgendwo mit ihnen hingeht, damit sie ihr das Geld geben können, aber das will sie nicht. Deshalb denkt sie sich Geschichten aus, die sie ihnen erzählt. Ich weiß, dass du und Daddy immer sagt, dass wir nicht lügen sollen, aber um Waisenkindern zu helfen, ist es okay, denke ich. Du nicht auch?«

Anstatt ihm zu antworten, fragte Toni: »Und was macht ihr zwei sonst noch so?«

»Delilah gibt mir diesen kleinen Fernseher und Kopfhörer, und darauf kann ich mir ansehen, wie sie mit anderen Leuten Karten spielt. Und ich … ich … ich …« Sein kleines Gesicht verzerrte sich, während er versuchte, die richtigen Worte zu finden.

»Du zählst die Karten?«

»Genau!« Er grinste. »Das ist ganz leicht für mich.«

»Und niemand merkt, was sie macht?«

»Nein. Aber ich glaube, das liegt daran, dass die meisten von ihnen Männer sind und sie nur anstarren, ohne das Ding in ihrem Ohr zu sehen. Sie starren sie wirklich sehr häufig an. Wahrscheinlich, weil sie so hübsch ist.« Freddy runzelte die Stirn. »Was ist denn?«

»Gar nichts«, log Toni. »Aber am Montag fängt dein Unterricht an. Dann hast du für das alles keine Zeit mehr, okay?«

»Okay.«

»Hey.« Sie legte ihre Hände auf seine Hüften und lehnte sich zu ihm. »Würdest du mir einen großen Gefallen tun?«

»Klar!«

»Ich brauche Reiseproviant. Das *gute* Zeug!«

»Willst du, dass ich dir was aus Moms Geheimvorrat von diesen edlen Pralinen besorge?«

»Du kannst meine Gedanken lesen.«

Toni schnappte mit ihren Lippen blitzschnell die Nase ihres kleinen Bruders und drehte sie, während er herzlich kicherte und sie wegschubste. Dann schlang sie ihre Arme um seine Taille, küsste ihn auf den Hals und hob ihn von der Kommode. Sie wirbelte ihn einmal durch die Luft, bevor sie ihn auf dem Boden absetzte.

»Und solange ich weg bin …«

»Ich weiß. Ich soll mir von Kyle nicht einreden lassen, dass ich ein Loser bin, nur, weil ich kein Künstler bin. Und ich soll mir von Troy nicht einreden lassen, dass ich ein Loser bin, nur, weil er älter ist und glaubt, er sei schlauer als ich.«

»Und?«

»Nicht stehlen. Nicht das Haus in Brand stecken.«

»Guter Junge. Und jetzt hol, was du finden kannst, und pack es für mich ein.«

»Okay!« Er rannte aus der Tür, und als Toni seine kleinen Füße auf der Treppe hörte, ging sie ebenfalls zur Tür. Im selben Moment wurde sie von hinten gepackt und zu ihrem Bett zurückgezerrt.

Sie erschrak nicht wirklich, als sie zurückgerissen wurde, da sie wusste, dass Livy die ganze Zeit über unter ihrem Bett geschlafen hatte. Livy war kein normaler Hausgast. Ihr gefiel das Gefühl wirklich, bei jemandem durchs Haus zu schleichen, selbst wenn sie eingeladen worden war, und niemanden im gesamten Jean-Louis-Parker-Clan interessierte das im Geringsten.

»Denk noch nicht mal drüber nach, Antonella«, sagte Livy ihr ins Ohr, während sie mit Toni rang.

»Ich werde dieser Schlampe den Hals umdrehen, bis er abreißt«, knurrte Toni und wehrte sich verzweifelt gegen die starken kleinen Arme, die sich um sie schlangen. »Ich werde sie erledigen, dieses kranke kleine Miststück!«

Toni wurde aufs Bett geworfen, und Livy kletterte auf ihre Brust und hielt sie fest.

»Du bist nicht rational«, sagte Livy ruhig.

»Scheiß auf rational! Sie stirbt noch heute Nacht!«

»Äh …«, sagte Ricky, der in der Tür stand. »Ist alles in Ordnung?«

Livy winkte Ricky mit einem Kopfnicken herein und sagte: »Komm rein und mach die Tür zu.«

Rickys Grinsen war *riesig.* »Na, aber gerne doch.«

»Hier geht's nicht um dich, du Hinterwäldler.« Livy sah wieder zu Toni hinunter. »Du musst dich beruhigen. Du kannst nicht einfach deine Verwandten umbringen. Nicht mal, wenn sie es verdient haben. Wie du weißt, hab ich das auch versucht, und es ist einfach nicht gut für mich gelaufen. Diese Fußfesseln, mit denen sie überwachen, wo du dich rumtreibst, sind wirklich *nicht* gemütlich.«

»Diese miese Schlampe benutzt meinen kleinen Bruder dazu, Leute über den Tisch zu ziehen.«

»Wer?«, fragte Ricky.

Livy grinste schief. »Delilah.«

»Die Blondine?«

»Ja«, antwortete Livy. »Was dich wirklich nervt«, wandte sich

Livy wieder an Toni, »ist nicht, dass es eines deiner Geschwister ist, sondern dass es Freddy ist.«

»Weil Freddy der Einzige ist, den sie so hinters Licht führen und ausnutzen kann. Kyle und Oriana gehen ihr aus dem Weg. Zia und Zoe weinen, wenn sie in der Nähe ist. Troy könnte es tun und würde es wahrscheinlich sogar, aber er ist selber so ein harter Hund, dass er Geld fürs Kartenzählen verlangen würde. Und er hätte diese Waisenkindergeschichte niemals geglaubt.«

Ricky steckte die Hände vorne in seine Jeanstaschen und fragte: »Ist Troy nicht erst … neun oder so?«

»Na und?«

»Und ich will ja nicht taktlos sein, aber seid ihr nicht alle ziemlich reich?«

»Ziemlich reich?« Toni stieß Livy von sich herunter und setzte sich auf. »Meine Mutter könnte das Haus, in dem wir uns gerade befinden, kaufen, ohne mit der Wimper zu zucken … und es bar bezahlen. Aber meine Schwester zockt Leuten gerne Geld ab. Und weißt du auch, warum?«

»Ein typisches gelangweiltes reiches Mädchen?«

»Ich wünschte, es wär so. Die Zwillinge sind gelangweilte, reiche kleine Mädchen. Mit gelangweilten, reichen kleinen Mädchen werde ich fertig.«

»Aber mit Soziopathen …«, murmelte Livy.

»Na, jetzt komm aber«, erwiderte Ricky. »Ich hab im College Psychologie belegt …«

»Du warst auf dem College?«, fragte Livy, was ihr von Toni einen Schlag mit dem Ellbogen einbrachte. »Au! Es war doch nur eine gottverdammte Frage.«

»… und ihr solltet nicht mit Begriffen wie ›Soziopath‹ um euch schmeißen, wenn ihr von einem Familienmitglied sprecht.«

»Glaub, was du willst.« Toni schwang ihre Beine über die Bettkante und setzte sich neben Livy. Sie dachte einen Moment lang nach, bevor sie sich beschloss, was sie zu tun hatte.

»Ich habe meine Entscheidung getroffen. Ich kann diese Reise ganz offensichtlich nicht antreten. Ich kann nicht.«

Und dann warf Livy Toni zu Boden und hielt sie dort fest – weil die gute Frau die Bedeutung des Wortes »subtil« einfach nicht kannte.

Ricky riss das kleine, aber überraschend starke und boshafte Weibchen von Toni herunter.

»Sag ihr«, befahl Livy ihm, als er sie von Toni getrennt hatte, »sag ihr, dass sie *sehr wohl* fährt.«

»Wie kann ich jetzt noch fahren?«, schoss Toni zurück. »Anfangs dachte ich, ich müsste mich nur um die Probleme mit den Zeitplänen kümmern, und diese Herausforderung war schon groß genug. Aber jetzt … nach dem, was ich über Delilah herausgefunden habe?«

»Ausreden!«, warf Livy ihr vor und zeigte mit einem tadelnden Finger auf Toni. »Du benutzt irgendwelche sinnlosen Ausreden, um aus dieser Sache rauszukommen. Weil du Angst hast.«

»Es sind Bären! Natürlich hab ich Angst!«

»Nicht vor den Bären, du Idiotin!« Livy fuchtelte mit den Armen herum, bis Ricky gezwungen war, sie loszulassen. Sie rückte ihr T-Shirt und ihren Jeansminirock zurecht. »Du hast Angst vor Veränderungen. Du hast Angst, diese Chance zu ergreifen und allein hinaus in die Welt zu ziehen.«

»Sie brauchen mich.«

»Weil du sie hilflos gemacht hast. Was, wenn ich dich daran erinnern darf, nicht deine Aufgabe ist. Deine Aufgabe als die Älteste unter Schakalsgeschwistern ist es, sie auf ein Leben auf eigenen Beinen vorzubereiten.«

»Aber was ist mit Delilah?«, fragte Toni. »Sie ist ein ganz eigenes Problem.«

»Sollten sich darüber nicht deine Eltern Sorgen machen?«, fragte Ricky.

»Meine Eltern wollen es nicht wahrhaben. Ich schon.«

»*Ich* passe auf Freddy auf«, sagte Livy.

»Ich kann nicht von dir verlangen …«

»Ich passe auf Freddy auf, also schluck's verdammt noch mal endlich runter.«

»Fluch mir nicht ins Gesicht, du Hure!«

»Trächtige Kuh!«

»Okay!«, ging Ricky dazwischen, bevor er selbst noch verletzt wurde, weil er die beiden Weibchen davon abhalten wollte, sich einen Kampf mit ausgefahrenen Krallen zu liefern. »Das reicht!« Er wandte sich an Toni. »Es ist doch so: Wenn du diese Reise nicht antrittst, dann kann ich dir versichern, dass Cella Malone dich feuern wird, ganz egal, wessen Cousine du bist.«

»Das ist mir egal«, behauptete Toni mit fester Stimme. »Soll sie mich doch feuern. Ich gehe nicht. Zumindest nicht, solange hier nicht alles … organisiert ist.«

»Organisiert?«

»Genau. Sobald ich ihre Zeitpläne organisiert hab, wird alles gut. Das wird nur ein paar Tage dauern. Ich bin mir sicher, dass Cella das nichts ausmachen wird.«

Toni ging aus dem Zimmer und ließ Ricky und Livy einfach stehen und auf die offene Tür starren.

»Wird das dieser Cella-Malone-Tussi was ausmachen?«, fragte Livy ihn.

»Definitiv.«

»Dann müssen wir ihr ihre Ausreden wegnehmen.«

Ricky zuckte mit den Schultern. »Ich hab da vielleicht eine Idee.« Er holte sein Telefon heraus. »Aber die wird meinem kleinen Bruder gar nicht gefallen.«

»Deinem kleinen Bruder? War das der andere Wolf, der mit uns im Büro war?«

»Jap.«

»Dann ist es mir scheißegal, ob es ihm gefällt oder nicht.«

Ricky lachte und machte seinen ersten Anruf.

Kapitel 15

Paul stieg aus dem Taxi und streckte seine Hand aus, damit Jackie sich daran festhalten konnte. Er half ihr aus dem Wagen und hielt dann auch Irene seine Hand hin. Wie immer ignorierte sie ihn völlig und stieg ohne Hilfe aus. Aber das nahm er nicht persönlich. Das hatte er noch nie. Es war einer der Hauptgründe dafür, dass sie sich so gut verstanden. Paul nahm nie irgendetwas persönlich, was Irene tat. Sie war so brutal direkt und standhaft ehrlich, dass es keinen Sinn hatte, sich aufzuregen, wenn sie solche Sachen sagte wie: »Ich würde es vorziehen, wenn du mich nicht berühren würdest« oder »Starrst du mich an, weil du eine Frage hast oder weil du planst, mich umzubringen, sobald die Umstände günstig für dich sind?«.

Paul, das erste und einzige Kind seiner Hippie-Mutter, liebte diese Direktheit. Er liebte es, zu wissen, dass seine wunderschöne Gefährtin immer in Sicherheit sein würde, solange sie bei Irene Conridge war, weil sie sich niemals die Mühe machte, zu lügen. Und als sie dann ihre ersten Welpen bekommen hatten, hatte er gewusst, dass auch seine Kinder in ihrer Nähe immer in Sicherheit sein würden. Er war zwar kein Fan der Wölfe gewesen, die Teil ihres Lebens geworden waren, als Irene mit Niles Van Holtz zusammengekommen war, aber es machte durchaus Sinn. Irene passte einfach nicht zu den Vollmenschen, auch wenn sie selbst einer war. Sie brauchte ein Raubtier als Gefährten … auch wenn dieses Raubtier ein Wolf mit einer Zwangsneurose war.

Und im Laufe der Zeit waren Paul und Van sogar Freunde geworden. Irgendwie. Van behandelte auch sämtliche Jean-Louis-Parker-Kinder als Teil seiner Familie und seines Rudels, was Paul viel bedeutete. Es hatte sich also alles zum Besten entwickelt.

Wie jetzt auch. Dass Irene bei ihnen wohnte, solange sie in New York waren, machte Jackie glücklich. Die beiden konnten zusammensitzen und über die Kinder schwatzen und scherzen oder sich komplett auf deren zukünftige Ausbildung fixieren. Und während sie das taten, konnte auch Paul tun, was er am liebsten tat … fernsehen, ein Buch lesen und alte Autos reparieren.

Es schien ein wirklich schöner Sommer zu werden, nun, da Irene bei ihnen war.

Die drei erreichten die Steintreppe vor ihrem gemieteten Zuhause und stiegen die Stufen hinauf. Paul blickte über seine Schulter und sah eine Limousine, die ein Stück weiter am Straßenrand parkte. Er wusste nicht, warum sie dort stand oder warum sie ihm überhaupt auffiel.

Jackie holte ihren Schlüssel heraus und hatte ihn bereits ins Schloss gesteckt, als die Tür aufging und dieser Landwolf davor stand. Mann, der Junge legte sich ja mächtig ins Zeug, was Pauls kleines Mädchen anging. Normalerweise hätten sich Paul deswegen sämtliche Haare gesträubt, aber nachdem sie der letzte Idiot so unglücklich gemacht hatte, schien der Wolf eine gute Übergangslösung zu sein, um sich von dieser vergangenen Beziehung zu lösen und sich einer neuen zuwenden zu können.

»Richard Reed?«, sagte Irene, weil sie ganz sicher niemanden Ricky Lee nennen würde. »Was tun Sie denn hier?«

»Miss Irene. Miss Jackie. Mr. Paul.«

»Bitte nennen Sie mich nicht so«, flehte Paul beinahe, als sie alle in den Flur traten und er die Tür schloss. Er fühlte sich schon alt genug, ohne dass man seinem Vornamen ein »Mister« vorausschickte, so als müsste er ein Halstuch tragen.

»Ich muss Sie alle bitten, mir einen Gefallen zu tun und einfach bei dem mitzuspielen, was gleich passieren wird.«

Paul blinzelte. »Warum? Was wird denn gleich passieren?«

Es klopfte an der Tür, die Paul eben erst geschlossen hatte, und er machte sie wieder auf. »Guter Gott«, murmelte er und starrte an dem Hünen hinauf, der in der Tür stand. Dann schaute er wieder zu Ricky hinüber. »Bringt Toni jetzt schon heimatlose Hockeyspieler mit nach Hause?«

»Tatsächlich habe ich Mr. Novikov gebeten, herzukommen. Um uns zu helfen.«

»Wobei zu helfen?«, fragte Irene und fixierte den Mann, der in ihr vorübergehendes Zuhause stapfte. »Haben Sie vor, sämtliche Kinder umzubringen, damit sie keine Umstände mehr machen?«

»Irene«, tadelte Jackie sie, »nicht die richtige Reaktion.«

»Weil es moralisch falsch wäre oder weil du Angst hast, dass er wütend werden und uns auch töten könnte?«

»Beides!«, fauchte Jackie sie an.

»Hi!« Eine hübsche dunkelhäutige Frau sprang hinter Novikov hervor. Sie hatte ein freundliches, strahlendes Lächeln und bezaubernde Grübchen, aber Paul verstand weder, warum sie hier war noch warum Novikov es war. Was zur Hölle ging hier vor?

»Ich bin Blayne. Bos Verlobte. Ich bin auch hier, um zu helfen.«

»Auch wenn ich sie nicht um ihre Hilfe gebeten habe«, erwiderte Novikov, und seine kalten blauen Augen suchten den Flur ab, als versuche er, herauszufinden, wie er die Wände am besten einreißen konnte, um zu den schwachen Welpen zu gelangen, die sich dahinter befanden. »Aber sie hat Angst, dass ich Ihre Kinder zum Weinen bringe.«

»Nein, nein«, warf seine Verlobte hastig ein und versuchte, die ganze Sache wegzulachen. »Er kann sehr gut mit Kindern umgehen. Und das muss er auch.« Die Wolfshündin packte mit sehr kräftig aussehenden Händen seinen dicken Arm. »Das *musst* du auch.«

»Wenn du schon wieder von unserem zukünftigen Nachwuchs sprichst: Ich hab dir doch schon gesagt, solange sie Zeitpläne, Zeitmanagement und den nötigen Fokus verstehen … wird alles gut.« Er richtete seine kalten blauen Augen auf Ricky Reed. »Wo sind sie?«

»Ich zeig's dir.«

»Werden Sie?«, fragte Paul und versuchte, die Tatsache zu ignorieren, dass seine Stimme brach.

»Spielen Sie einfach mit«, bat der Wolf noch einmal, bevor er den Flur hinunterging.

Paul sah Jackie und Irene an. Beide Frauen zuckten mit den Schultern, und da sie nicht wussten, was sie sonst tun sollten, folgten sie dem Wolf und den beiden labil wirkenden Hybriden.

Ihre Kinder befanden sich im Wohnzimmer und stritten miteinander. Paul hatte sie vor über einer Stunde genauso zurückgelassen, und es schien sich nicht viel verändert zu haben, außer, dass Toni nun mitten im Geschehen steckte.

Sie stand neben einem Whiteboard, das von eindeutigen Krallenspuren zerrissen war.

»Das hier«, sagte Toni und zeigte auf das Whiteboard, »war nicht sehr hilfreich, Oriana.«

Pauls fünfzehnjähriges Mädchen hatte im letzten Jahr angefangen, ihren kompletten Körper zu verwandeln und lernte momentan noch, diese Kräfte zu kontrollieren, was bedeutete, dass sie schon bei der geringsten Provokation ihre Krallen ausfuhr.

»Du stellst dich immer auf Kyles und Troys Seite«, warf Oriana Toni vor. »Ich hab das so satt.«

»Ich stelle mich nicht immer auf ihre Seite.«

»Nein«, korrigierte Kyle sie, »sie stellt sich immer auf Coopers und Cherises Seite.«

»Warum bist du überhaupt hier, Cooper?«, wollte Troy wissen.

Cooper hob seine Hände, ließ sie wieder fallen und fragte: »Warum greifst du mich denn an? Ich hab nur versucht, euch kleinen Nervensägen zu helfen.«

»Hast du wirklich toll gemacht, du Genie.«

Cooper kniff die Augen zusammen und ging mehrere Schritte auf Troy zu, aber Toni packte seinen Arm und hielt ihn zurück. Es kam nur selten vor, dass Coopers Temperament zum Vorschein kam, aber Kyle und Troy gelang es immer wieder, ihm diese Wut zu entlocken.

Ricky Reed machte einen Schritt nach vorne und sagte: »Toni, ich hab dir und deiner Familie ein bisschen Hilfe mitgebracht.«

Toni sah zu ihm hinüber, und ihre Augen weiteten sich, als sie Bo Novikov entdeckte. Dann sprang Kyle auf und rief: »Mr. Novikov! Sind Sie hier, um für mich Modell zu sitzen?«

»Nein!«, antworteten Novikov und Toni simultan.

Toni wandte sich an den großen Hybriden: »Was *machst* du hier?«

»Reeds idiotischer Bruder hat mich angerufen …«

»Ich hab einen Namen, Kumpel.«

»… und gesagt, du bräuchtest Hilfe mit Zeitplänen und Organisation.«

»Aber musst du denn nicht zum Training?«

»Malone hat es für heute Abend abgesagt, was bedeutet, dass meine andere Option ein weiteres aufregendes Abendessen mit einem Haufen Wildhunde gewesen wäre, die einfach nie die Klappe halten.«

»Sie lieben dich eben!«, sagte Blayne mit dem breitesten Grinsen.

Novikov sah seine Verlobte an und dann wieder zu Toni zurück. »Siehst du, was ich meine?«

»Hi, Toni!«, begrüßte die Wildhündin sie fröhlich.

»Oh.« Toni runzelte die Stirn. »Hi, ähm …«

Das Lächeln der Wolfshündin verblasste. »Blayne. Blayne Thorpe.«

»A-ha.«

»Wir haben uns erst heute Morgen kennengelernt?«

»A-ha.«

Sie versuchte es erneut. »Bos Verlobte?«

»Oh. Richtig. Bane.«

»Blayne.«

»Richtig.« Toni wandte sich wieder Novikov zu. »Und du bist hier, um zu helfen?«

»Warum glauben Sie denn, dass *Sie* uns helfen können?«,

fragte Troy und klang dabei besonders snobistisch. »Ich meine, Sie sind doch nur einer von diesen Sportlertypen, richtig? Sie sind wie Oriana … nur auf Schlittschuhen.«

»In physischer Hinsicht hingegen«, warf Kyle ein, »ist er die reine Perfektion.« Als ihn alle nur anstarrten, fügte er hinzu: »Perfekt für einen Bildhauer wie mich.«

»Okay.«

Novikov ging auf Toni zu, stellte sich neben sie und baute sich vor den Kindern auf. Er wirkte wie ein Riese.

»Was ich bin, du winziges Kind, das ich problemlos mit einer Hand zerquetschen könnte, ist der beste Eishockeyspieler der Vereinigten Staaten. Nicht nur *einer* der Besten. Ich bin *der* Beste. Und mit dem nötigen Fokus, Entschlossenheit und dem Willen, jeden zu vernichten, der versucht, mir meinen Puck wegzunehmen, sorge ich dafür, dass ich auch der Beste bleibe. Und was mir dabei hilft, alles zu erledigen, was ich den Tag über so zu tun habe, ist, meinen Zeitplan einzuhalten und mein Leben präzise zu organisieren. Das hier ist meine Verlobte, Blayne.« Er zeigte auf Blayne, die jedoch immer noch Toni anstarrte. »Sie ist total chaotisch. Zeitpläne bedeuten ihr nichts. Sie schreibt Listen, befolgt sie dann aber nicht. Das ist wahrscheinlich auch der Grund dafür, dass sie Klempnerin ist.«

Damit erlangte er Blaynes volle Aufmerksamkeit. »Ich bin gerne Klempnerin.«

»Aber du bist nicht die beste Klempnerin.«

»Ich bin eine der besten Klempnerinnen im Großraum Manhattan.«

Er schaute wieder Pauls Kinder an. »*Eine* der besten«, wiederholte er. »Seht ihr, was ich meine?«

»Aber Sie können uns helfen, richtig?«, fragte Kyle.

»Ich *werde* euch helfen. Das ist das Mindeste, was ich für eure Schwester tun kann.«

»Für Toni?« Troy betrachtete seine Schwester flüchtig. »Was sind Sie ihr denn schuldig?«

»Ich bin der Beste in den Staaten. Und sie wird mir dabei helfen, nach Russland zu reisen, damit ich beweisen kann, dass ich auch der *Beste der Welt* bin.« Er sah Toni an, und zum ersten Mal, seit er ihr Haus betreten hatte, lächelte der Hybride. Er sah dadurch nicht zugänglicher oder netter aus, aber es half trotzdem … ein wenig. »Richtig, Toni?«

Toni schluckte und nickte mit einem tiefen Seufzen. »Ja. Das ist richtig.«

»Dann solltest du jetzt besser los.«

»Bist du sicher, dass du das tun willst?«, fragte Toni. »Das sind wirklich schreckliche Kinder.«

»Wo bleibt deine Loyalität?«, beschwerte sich Kyle.

»Sie sind nicht schrecklich«, korrigierte Novikov sie. »Sie sind nur entschlossen. Ich verstehe Entschlossenheit. Ich kann mit Entschlossenheit umgehen. Womit ich nicht umgehen kann, ist, wenn man mir sagt, dass meine Hochzeitsfeier so *gegen* drei beginnt.«

»Schmierst du mir das immer noch aufs Brot?«, knurrte Blayne.

»Ja!«

»Du brauchst ein neues Whiteboard«, bemerkte Toni.

»Ich mag keine Whiteboards.« Er sah die Kinder an. »Kann mir irgendjemand sagen, warum?«

Kyle hob die Hand, und als Novikov auf ihn zeigte, antwortete er: »Weil man sie abwischen kann?«

»Ganz genau. Sie sind nicht von Dauer. Aber ich hab ein paar Blocks entfernt einen Laden für Bürobedarf gesehen. Wir können uns diese riesigen Klebezettel besorgen, die man an die Wand kleben kann. Nein, eigentlich sollten wir uns Klebezettel in verschiedenen Größen besorgen. Und in verschiedenen Farben. Und Textmarker in unterschiedlichen Farben. Wasserfeste. Nicht abwaschbar. So können wir allem eine dauerhafte Farbkodierung geben. Ich mag Farbkodierungen.« Er deutete auf die Zwillinge, Freddy und Dennis. »Die ganz Kleinen bleiben hier. Ich werde nicht die Verantwortung für ihre Sicherheit übernehmen. Aber die drei da nehme ich mit.« Er deutete auf Oriana, Kyle und Troy. »Ich kann jetzt schon vorhersagen, dass sie während dieses ganzen Prozesses am meisten Ärger machen werden.« Aber das schien ihn gar nicht zu stören.

»Kann ich auch mitkommen?«, fragte Blayne.

»Nein. Du wirst nur wieder durch sämtliche Gänge gehen und Sachen kaufen wollen, die wir für dieses Projekt nicht brauchen. Aber ich bring dir ein paar von diesen riesigen Schokoriegeln mit, die sie an der Kasse verkaufen.«

Blayne grinste. »Okay!«

»Ihr drei«, befahl Novikov. »Gehen wir.«

Und zum allerersten Mal, soweit Paul sich erinnern konnte, standen seine drei mittleren Kinder auf und folgten jemandem, *ohne Fragen zu stellen*. Es war wirklich verblüffend.

»Wo gehst du denn hin?«, fragte Jackie Toni.

»Nach Russland. Um mit Bären zu verhandeln.«

»Aber machen Sie sich keine Sorgen«, warf Ricky Reed ein und legte einen Arm um Tonis Schultern. »Ich gehe mit ihr, um sie zu beschützen.«

»Weil russische Bären Wölfe so sehr lieben?«

Der Wolf grinste. »Mr. Parker, nennt ihr Yankees das etwa Sarkasmus?«

Livy Kowalski kam ins Wohnzimmer. »Deine Tasche ist gepackt und bereit«, verkündete sie Toni. »Deine Limousine wartet draußen.«

»Ja, aber …«

»Kein aber, Hündchen. Geh einfach. Du musst das tun.«

»Sie hat recht«, sagte Paul, stellte sich vor seine Tochter und nahm ihre Hände in seine. »Gehört das zu deinem Job, Kleines?«

»Tut es.«

»Dann musst du gehen.«

»Oder ich könnte kündigen.«

»Ich will dich was fragen … Willst du kündigen? Und bevor du antwortest: Ich frage dich nicht, ob du denkst, dass du kündigen solltest oder ob du glaubst, deine Geschwister wollen, dass du kündigst. Ich frage dich, ob du kündigen *willst*.«

Toni schwieg für einen langen Augenblick, bevor sie antwortete: »Ich glaube nicht. Zumindest noch nicht.«

»Dann steig' in dieses Flugzeug und erledige deinen Job.«

»Und was ist mit euch?«

»Wir kommen zurecht. Versprochen.« Er lehnte sich nach vorne und küsste sie auf die Wange. »Ich liebe dich, Kleines.«

»Ich liebe dich auch, Dad.«

»Und sei vorsichtig.«

»Ja, Sir.«

Toni ging aus dem Wohnzimmer und blieb nur noch einmal kurz stehen, um ihre Mutter und Tante Irene zu umarmen. Sie winkte Cooper zu, ihr zu folgen.

Ricky Reed nickte Paul zu. »Ich werde sie mit meinem Leben beschützen, Sir.«

»Das sollten Sie auch besser«, erwiderte Paul rundheraus. »Weil ich Sie umbringen werde, wenn meiner Tochter irgendwas passiert. Und das meine ich ernst.«

»Ich verstehe, Sir.« Und Paul glaubte ihm, was eine Überraschung war, weil Paul Wölfen nur sehr selten glaubte, wenn sie nicht gerade Niles Van Holtz waren.

Jackie wandte sich an Paul, als die Kinder am anderen Ende des Flurs an der Tür standen und sich von Toni verabschiedeten. »Wir lassen unsere Tochter ziehen, damit sie mit *Bären* verhandeln kann?«

»Nein. Wir lassen unsere Tochter ziehen, damit sie ihr Leben als erwachsene Frau leben kann. Es ist an der Zeit, Jack.«

»Ich weiß. Ich weiß.«

Er schlang seine Arme um seine Gefährtin und drückte sie ganz fest an sich. »Von all unseren Kindern ist sie diejenige, bei der ich weiß, dass sie in jeder Situation zurechtkommt. Also mach dir keine Sorgen.«

»Okay.«

Sie hielten einander eine Zeitlang umarmt, bis Jackie fragte: »Wo steckt eigentlich dieser Hund, den du unbedingt behalten willst?«

»Entschuldigen Sie.« Blayne, von der Paul gar nicht bemerkt hatte, dass sie sich immer noch im Wohnzimmer aufhielt, lächelte und winkte ihm zu. »Ihr Hund ist unter der Couch.«

Paul und Jackie hielten sich weiter fest und lehnten sich ein Stück zur Seite, um unter die Couch sehen zu können.

»Hm«, sagte Jackie. »Da sitzt sie tatsächlich.«

»Das ist wahrscheinlich Bos Schuld«, erklärte Blayne. »Er macht normalen Hunden Angst. Er meint es nicht so, aber es lässt sich nicht ändern.«

Paul schüttelte den Kopf. »Schon gut. Es ist nicht ...«

»Ich bin wirklich froh, dass er ein bisschen Zeit mit Ihren Kindern verbringen wird«, fuhr Blayne fort und unterbrach Paul, obwohl sie es schaffte, dabei nicht unhöflich zu sein. Sie schien nur all diese Energie zu besitzen, die sie einfach nicht in sich halten konnte. »Ich habe vor, selbst einen ganzen Bus voller Kinder zu bekommen, und er muss lernen, wie man mit Kindern umgeht, ohne dass sie anfangen zu weinen, sich verkriechen oder hysterisch schreien.«

Jackie spannte sich in Pauls Armen an, also drückte er seine Gefährtin noch ein wenig enger an sich und hielt sie ganz fest.

»Er ist so ein toller Kerl, aber das sieht nie jemand, weil, Sie wissen schon ... Der böse Blick und all das *sind* abschreckend, aber das ist nur seine Entschlossenheit. Aber jetzt, wo ich Ihre Kinder kennengelernt habe, weiß ich, dass Sie das absolut verstehen. Wie ist das denn so, so viele Wunderkinder in der Familie zu haben?«

»Na ja ...«, begann Paul.

»Obwohl ich natürlich nicht weiß, ob sie alle so sein werden wie Bo. Ehrlich gesagt, hab ich schreckliche Angst, dass sie alle so werden wie ich. Ich bin mir nicht sicher, wie er damit klarkommen würde. Aber das hier ist ein guter Anfang, denken Sie nicht? Er kann sich erst mal um Kinder kümmern, die genauso sind wie er, und dann kann ich ihn langsam an ... anspruchsvollere Kinder heranführen. Ja. Das ist ein guter Plan.«

»O...«

»Wie dem auch sei, es ist wirklich nett von Ihnen, dass wir hierbleiben dürfen. Wir schlafen einfach auf der Couch. Machen Sie sich keine Sorgen«, sie grinste und zwinkerte ihnen zu, »kein Schweinkram, während wir hier sind.«

Paul hielt Jackie noch fester. »Sie bleiben hier?«

»Oh, ja. Ich dachte, wir bräuchten für die ganze Sache vielleicht einen Tag, aber nachdem ich Ihre Kinder kennengelernt und gesehen habe, wie ähnlich sie Bo sind … denke ich, dass Sie mit mindestens zwei Tagen, wahrscheinlich sogar eher drei Tagen der Qual rechnen müssen, bis alle einverstanden sind. Aber laut Ricky Lee fangen die meisten Kurse und so sowieso nicht vor Montag an, also haben wir noch genügend Zeit. Ich würde mir keine Sorgen machen.« Sie kam einen Schritt näher. »Ich muss wirklich sagen, Sie beide sind *so* ein süßes Pärchen, und ich glaube, wir werden ganz dicke Freunde werden!«

Paul hielt seine Gefährtin inzwischen so fest, dass er überrascht war, dass er ihr noch keine Rippen gebrochen hatte. Aber er musste das Risiko eingehen, da Jack Leute hasste, die, wie sie es nannte, »immer weiterquasselten«. Und zum Teufel noch mal, konnte diese Wolfshündin quasseln! Und zu viel Gequassel bedeutete hin und wieder, dass Jackie in Wallung geriet, und Paul wollte sich das Geheule wirklich nicht anhören, das unausweichlich folgen würde, falls Jack beim Üben die Knöchel anschwollen. Es war wirklich schwierig, Geige zu spielen, wenn man geschwollene Fingerknöchel hatte.

»Während wir warten, dass Bo und die Kinder zurückkommen«, fuhr Blayne fort, »hätten Sie vielleicht Lust auf einen Kaffee oder …«

Plötzlich packte Irene Blaynes Unterarm, ziemlich unsanft. Genau wie Paul konnte Irene Jack lesen wie ein offenes Buch. Es half ihnen, zusammenzuarbeiten, um sie zu beruhigen. »Kommen Sie mit«, befahl Irene.

»Wohin denn?«, fragte Blayne unschuldig.

»Irgendwohin, wo wir eine intelligente Unterhaltung darüber führen können, warum Ihr Verlobter so abartig riesig ist und so unmenschlich aussieht. War er Strahlung ausgesetzt, als er noch im Mutterleib war?«

Jackie lachte schnaubend und vergrub schnell ihr Gesicht in Pauls Hals, während sich Paul fest auf die Innenseite seiner Wange biss, um nicht auch loszulachen.

Blayne blieb direkt vor dem Wohnzimmer stehen und sah Irene stirnrunzelnd an. »Moment mal … was?«

Kapitel 16

Nichts konnte ein Mädchen besser in miese Laune versetzen als ein vierzehnstündiger Flug.

Auch wenn Toni und der Wolf dank der Tatsache, dass sie mit Madra Airlines flogen, ihre Beine ausstrecken konnten, da das Flugzeug mit Blick auf russische und Alaska-Bären entworfen worden war. Außerdem konnten sie aus Vorspeisen wie Rind, Gazelle, Büffel, Zebra und, für die Eisbären, Wal- oder Robbenspeck wählen.

Aber davon abgesehen war es immer noch derselbe, quälend lange Flug, der es immer war, ganz egal, ob die Airline von Gestaltwandlern oder Vollmenschen betrieben wurde.

Toni ließ ihre Tasche auf den Boden fallen, streckte und reckte sich ganz ausführlich, was auch dringend nötig war, und schüttelte sich dann von oben bis unten aus.

Als sie damit fertig war, holte sie den Reiseplan aus der Gesäßtasche ihrer Jeans.

»Okay. Jetzt müssen wir nach …« Toni verstummte, als sie spürte, dass jemand direkt vor ihr stand. Langsam hob sie den Blick höher, höher und noch ein bisschen höher, bis sie das Männchen sah, das sich vor ihr auftürmte.

»Hallo«, sagte er und lächelte sie an.

»Hi.«

»Ich bin Vic Barinov.«

»Hey, Vic«, begrüßte Ricky ihn, streckte eine Hand aus und schüttelte seine.

»Ricky Lee. Lang nicht mehr gesehen.« Er nickte mit dem Kopf zur Seite. »Lasst uns gehen. Ich hab einen Wagen für uns besorgt. Er bringt uns zu einer privaten Startbahn.«

Toni sah auf ihren Reiseplan. »Aber wir fahren mit der Transsibirischen Eisen…«

»Das hat sich geändert«, verkündete Barinov ihnen. »Ihr wollt schließlich nicht in einem Zug feststecken, falls es ein Problem gibt.«

Toni schüttelte völlig verwirrt den Kopf. »Ich weiß nicht … ich meine …« Sie sah die beiden Männchen an, die sie anschauten. »Was ich zu sagen versuche … Ihr beide wisst schon, dass ich nur eine Vereinbarung zwischen unserer *Hockey*mannschaft und der der Russen aushandeln werde, oder? Ich bin nicht 007 und versuche auch nicht, einen Waffendeal auszuhandeln.«

Barinov stieß ein tiefes Grummeln aus, während Ricky sie nur angrinste.

»Ist sie nicht süß?«, fragte der Wolf.

»Sehr. Gehen wir.«

Großartig. Noch ein Männchen, das sie ignorierte.

»Wer ist dieser Typ?«, fragte sie Ricky.

»Das ist Vic Barinov.«

»Ich kenne seinen Namen, Ricky Lee. Aber wer, und wo wir schon dabei sind, *was* ist er? Weil er ganz sicher nicht nur irgendein Sicherheitsexperte ist.«

»Er ist ein ehemaliger Marine oder Navy SEAL. Irgend so was. Er ist in den Staaten geboren und aufgewachsen, aber seine Eltern stammen aus Russland und sind auch hier aufgewachsen. Sein Daddy ist ein Kamtschatka-Grizzly und seine Momma eine Sibirische Tigerin.«

»*Er* ist unser Schutz?«

»Vertrau mir, Schätzchen«, Ricky lachte und legte einen Arm um ihre Schultern, »dieser Junge wird keine Probleme machen, wenn er es dadurch vermeiden kann, es auch nur für zwei Sekunden mit Dee-Ann Smith zu tun zu bekommen.«

Toni dachte darüber nach, während sie zum Ausgang gingen und sich an mehreren Touristen und Einheimischen vorbeidrängten, die zu ihren Flügen eilten. Und dann wurde Toni bewusst, dass Ricky völlig recht hatte. Niemand wollte es mit Dee-Ann Smith zu tun bekommen, wenn es nicht unbedingt sein musste.

Devon »Junior« Barton saß in Iowa schon seit über zehn Jahren in der Todeszelle. Anfangs war es nur lebenslänglich gewesen, aber nachdem er ein paar Mitgefangene umgebracht hatte, hatte er sich den Umzug in eine Todeszelle eingehandelt. Nicht, dass ihn das besonders kümmerte. Junior kümmerte ohnehin nicht besonders viel. Ihn hatten die Süchtigen nicht gekümmert, denen er Drogen verkauft hatte. Ihn hatten die Dealer nicht gekümmert, die er angeheuert hatte und die er, als sie ihn betrogen hatten, mit Eisenrohren zu Tode geprügelt hatte. Und ihn hatte es ganz sicher nicht gekümmert, als er seiner dritten Frau mit den Händen an ihrem Hals das Leben aus dem Leib gequetscht hatte oder dass seine Tochter dabei zugesehen hatte, wie er es tat.

Junior Barton kümmerte nicht viel. Welchen Sinn hatte das auch? Er langweilte sich zwar oft, aber es gab immer wieder Leute, die ihn retten wollten. Diese religiösen Typen, die seine Seele retten wollten – sie zu quälen, machte immer Spaß. Dann gab es noch diejenigen, die nur sein Leben retten wollten, weil sie die Todesstrafe für falsch hielten. Und wenn er sich so richtig langweilte, konnte er seiner Tochter schreiben und ihr Leben mit ganz wenigen, gezielt formulierten Worten in einen Albtraum aus Flashbacks verwandeln, damit sie wieder schreiend zu ihrem Therapeuten rannte.

Es spielte wirklich keine Rolle für ihn. Für ihn war alles nur ein Spiel.

Als dieser echt große Gefängniswärter daher um ein Uhr morgens an seiner Zellentür auftauchte und ihm mitteilte, er habe Besuch … kümmerte das Junior nicht sonderlich. Er hätte angenommen, dass es mal wieder an der Zeit für eine Tracht Prügel von den Wärtern war, aber dieser spezielle Wärter – ein großer dunkelhäutiger Typ namens Gowan – verbrachte nicht viel Zeit mit den anderen. Er sprach im Allgemeinen nicht viel, und die meisten anderen Insassen machten einen großen Bogen um ihn. Die Verrückten bewarfen ihn nie mit Scheiße, wenn sie mal wieder ausflippten, und die gefährlichen Häftlinge versuchten nie, ihn aufzuschlitzen oder ihm ein Auge herauszuschneiden. In diesem Gefängnis gab es zwar noch andere große, dunkelhäutige Wärter, aber dieser eine spezielle … Er war anders.

Als Gowan also immer weiterging, bis sie den Raum erreichten, in dem er sich damals auch mit diesem Priester getroffen hatte, von dem Junior wusste, dass es ihm ein Leichtes gewesen wäre, ihn dazu zu bringen, sich in ihn zu verlieben, begann er doch allmählich, sich zu fragen, was hier eigentlich los war. Und er fragte sich, ob es etwas Spaßiges war.

»Hinsetzen«, befahl Gowan. Er war von der abrupten Sorte, aber niemals unhöflich. Im Gegensatz zu einigen der anderen Wärter bereitete es ihm kein Vergnügen, die Gefangenen zu quälen. Er machte einfach nur seine Arbeit.

Junior setzte sich an den langen Tisch und wartete darauf, dass Gowan ihn an eines der Metallbeine kettete, aber er tat es nicht. Das war das Seltsamste überhaupt, weil alle wussten, dass Junior jede Schlampe sofort aufschlitzen würde, wenn er nur die kleinste Chance dazu bekam. Er hätte ihr das Gesicht einfach abgeschnitten … und hatte es bei einer auch bereits getan. Bei einer Ärztin, die ihm nach einem Kampf geholfen hatte. Sie war sogar irgendwie hübsch gewesen, aber jetzt nicht mehr. Nicht, nachdem er mit ihr fertig gewesen war.

Gowan trat neben die Tür, blieb dort stehen und wartete.

Und dann wurde Junior bewusst, dass ihn kein anderer Wärter je ohne einen Partner irgendwo hingeführt hatte. Normalerweise waren es sogar mehr als einer.

Was war hier los?

Eigenartig, aber Junior sagte nichts. Er fragte Gowan nicht, was hier los war. Hauptsächlich, weil es ihn nicht kümmerte.

Schließlich, nach etwa fünfzehn Minuten oder so, ging die Tür auf und drei Personen betraten den Raum. Einer von ihnen war ein wirklich großer Typ. Er sah ein bisschen so aus wie ein Biker, den Junior früher gekannt hatte. Vielleicht. Die zweite war ein Weibchen. Sehr hübsch. Langes schwarzes Haar mit roten und weißen Strähnen; groß; dicke Titten, die hoch auf ihrer Brust standen. Er würde darauf wetten, dass sie auch eine schöne enge Muschi hatte. Mann, wie gerne er das herausgefunden hätte. Die dritte Person war ebenfalls eine Frau. Sie hatte kurzes Haar, war jedoch nicht wirklich hübsch und hatte eine Menge Narben, aber als Erstes fielen ihm ihre seltsamen Augen auf. Ihre Augen erinnerten ihn an die eines Pitbulls, den er mal zu seinem Schutz gehabt hatte. Dieser Hund hatte dieselbe Augenfarbe gehabt.

Die drei Fremden kamen in den Raum, und das heiße Weibchen setzte sich auf den Stuhl gegenüber von Junior. Der Biker stellte sich hinter sie, mit dem Rücken zur Wand, und die mit den Hundeaugen setzte sich schräg gegenüber von der heißen Tussi.

»Mr. Barton?«

Junior antwortete nicht, sondern starrte sie nur an und wartete ab, wohin das Ganze führen würde.

»Ich werde mich nicht damit aufhalten, uns vorzustellen«, fuhr sie fort, und ein Lächeln huschte über ihr hübsches Gesicht. Dieses hübsche Gesicht, das geradezu darum bettelte, zerstört zu werden. »Stattdessen komme ich direkt zur Sache. Wir sind hier, weil wir Informationen brauchen. Über einen Ihrer alten Zellenkumpel.« Sie betrachtete Junior einen Moment lang und fügte dann hinzu: »Frank Whitlan.«

Das wollten sie also. Sie wollten den guten alten Frankie. Junior hatte keine Freunde, und Frankie genauso wenig. Aber sie beide verstanden die Welt, in der sie lebten – und wie das System des Feilschens funktionierte.

»Ich hab Frankie Whitlan seit vielen Jahren nicht mehr gesehen. Ich kann euch nicht viel über ihn sagen.«

»Wir sind nicht an den neusten Informationen interessiert. Nur an ein paar Einzelheiten, die sonst vielleicht niemand kennt, nur der Mann, der sich mal eine Zelle mit ihm geteilt hat.«

»Und was habe ich davon, wenn ich euch diese Informationen gebe?«

»Was hätten Sie denn gerne … im Rahmen der Vernunft, natürlich?«

»Du könntest damit anfangen, auf die Knie zu gehen und mir den Schwanz zu lutschen. Und danach sehen wir weiter.«

Der ganze Körper des Bikers spannte sich an, und er knurrte hörbar. Ein tiefes, grollendes Knurren, das Junior zum Lachen brachte. Diese Typen glaubten immer, es würde sich furchteinflößend anhören, wenn sie knurrten.

Die heiße Braut lächelte. »Das wird nicht passieren, Süßer. Tut mir leid.«

»Dann weiß ich wirklich nicht, was ihr euch erhofft.«

»Du wirst uns wirklich nicht helfen, oder? Das kann ich in deinen toten kleinen Augen sehen.«

Junior erwiderte nichts, weil es keinen Sinn hatte. Die heiße Braut schien ihn perfekt zu verstehen.

Sie blickte den Biker über ihre Schulter hinweg an, und Junior wappnete sich dafür, von dem Typen verprügelt zu werden.

Der Biker stieß sich von der Wand ab, kam auf Junior zu … und ging dann an ihm vorbei zur Tür. Die heiße Braut stand auf und folgte ihm, und sie ließen Junior mit dem unscheinbaren Mädchen allein.

Die wartete, bis sich die Tür hinter ihren beiden Freunden und dem Wärter geschlossen hatte, streckte dann eines ihrer langen Beine aus und legte es auf dem Metalltisch ab.

»Du hast aber mächtig große Füße, Prinzessin«, bemerkte Junior.

Die Unscheinbare sagte nichts, sondern streckte nur ihr anderes Bein aus, überkreuzte beide an den Knöcheln und verschränkte die Arme vor ihrer nicht existenten Brust.

Junior starrte sie an und wartete. Sie starrte zurück.

Sie starrte … und starrte … und starrte …

Cella saß auf Crushs Schoß und legte ihren Kopf auf seiner breiten Schulter ab. »Mom hat uns für dieses Wochenende zum Abendessen eingeladen.«

»Okay.«

»Kommst du meinetwegen mit? Oder kommst du mit, weil du

dann Zeit mit meinem Dad verbringen und dir noch mehr Geschichten über die guten alten Zeiten des Gestaltwandler-Hockeys anhören kannst?«

»Warum muss es denn das eine oder das andere sein?«

Cella lachte und kuschelte sich noch enger an ihn.

»Wie lange sollten wir sie wohl da drin lassen?«, fragte Pete Gowan. Er wirkte allmählich ein wenig nervös.

»Gib ihnen noch ein paar Minuten.«

»Ja, aber …« Das Leopardenmännchen wankte von einem Fuß auf den anderen. »Ich werde es erklären müssen, falls ihm irgendwas passiert.«

»Würde ich dich je so hängen lassen, Gowan?«, fragte Cella die andere Katze.

»Ja.«

Crush lachte. »Wenigstens ist er bei klarem Verstand.«

»Sei du bloß still.«

Nach weiteren fünfzehn Minuten klopfte es an der Tür. Gowan schloss sie blitzschnell auf, und ebenso blitzschnell würgten sie alle drei, als sie den Gestank rochen, und drehten ihre Köpfe weg.

Nachdem Smith den Raum wieder verlassen hatte, knallte Gowan die Tür zu. »Bevor ich da wieder reingehe«, brummte er, »was hast du da drin angestellt, Hund?«

Smith zuckte mit den Schultern. »Gar nichts.«

»Und warum«, wollte Cella wissen, »hat er sich dann vollgeschissen?«

Ein weiteres Schulterzucken. »Ich weiß es nicht. Er hat sich plötzlich vollgepisst und musste dann scheißen.«

»Nie und nimmer, Smith.« Gowan schüttelte den Kopf. »Der Mann wurde von drei verschiedenen Psychiatern, darunter auch der, der für seine Verteidiger gearbeitet hat, als Soziopath diagnostiziert. Du musst also irgendwas mit ihm gemacht haben.« Gowan öffnete die Tür, schaute noch einmal hinein und machte sie dann wieder zu. »Weil er da drin hockt und schluchzt. Soziopathen schluchzen nicht, Smith. Sie wissen gar nicht, wie man schluchzt, es sei denn, um zu kriegen, was sie wollen.«

»Vielleicht simuliert er ja«, schlug Cella vor. »Soziopathen können alles Mögliche simulieren.«

»Nein«, entgegnete Smith, »er simuliert nicht.«

Da versuche ich, einem Hund zu helfen, und das krieg ich dann dafür …

»Und was hast du dann mit ihm gemacht?«, drängte Gowan.

»Gar nichts«, bekräftigte Smith. »Ich hab ihn nur angestarrt.«

»Du hast ihn nicht geschlagen?«, fragte Gowan. »Oder ihn mit deinem Messer geschnitten? Ihm die Kniescheibe zerschossen?«

»Nein.«

»Gibt's irgendeinen Grund, warum ich ihn möglichst schnell auf die Krankenstation bringen sollte?«

»Nein.«

»Hast du wenigstens was rausgefunden?«, wollte Crush wissen.

»Ja.«

Als die Wölfin nichts weiter sagte, begann Cella, sich die Augen zu reiben, um sich nicht in einen Faustkampf mit Smith zu stürzen.

»Wie wär's, wenn du uns erzählen würdest, was er gesagt hat?«, schlug Crush vor, da der Bär entschieden mehr Geduld hatte als jede Katze.

»Whitlan hat ein Kind. Eine Tochter.«

Cella setzte sich in Crushs Schoß auf. »Eine Tochter? Bist du sicher?«

»Er hat mich nicht angelogen«, sagte Dee und meinte Barton.

»Wo ist sie? Hast du einen Namen?«

»Er wusste den Namen der Tochter nicht, aber den von ihrer Mutter.«

Crush stand auf und stellte Cella vorsichtig auf ihre Füße. »Gute Arbeit, Dee.«

»Vielen herzlichen Dank.« Sie blickte zu Gowan hinauf. »Tut mir leid wegen der Sauerei, Kumpel.«

»Ja, sicher.« Er stieß die Tür auf und trat in den Raum. Smith sah den Gefangenen an und sagte: »Tschüss, Schätzchen. Danke für deine Hilfe!«

Cella zuckte zusammen, als sie ein Geräusch hörte, das alle Malones kannten, die am St. Patrick's Day schon mal bei einer Parade gewesen waren.

»*Mein Gott, Smith!*«, explodierte Gowan in dem Raum. »Du hast ihn dazu gebracht, sich zu übergeben! *Gott! Er kotzt mir hier das ganze gottverdammte Zimmer voll!*«

Smith zuckte mit den Schultern und gesellte sich zu Cella und Crush. Ein weiterer Gestaltwandler, ein Schwarzbär, wartete bereits, um sie hinauszuführen, während die Überwachungskameras praktischerweise vorübergehend ausgeschaltet waren.

»Was hast du wirklich mit ihm gemacht?«, fragte Cella sie.

»Gar nichts.«

»Smith«, hakte sie nach und hielt den Bären auf. »Der Mann hat sich vollgeschissen, vollgepisst und gekotzt, nachdem er nicht mal dreißig Minuten mit dir allein verbracht hatte. Dafür muss es doch einen Grund geben.«

»Keine Ahnung. Alles, was ich gemacht hab, war, ihn anzustarren, bis er mir irgendwas sagt, was ich gebrauchen kann.«

Der Bär betrachtete Smith von oben bis unten. »Hast du ihn mit deinen komischen Augen angestarrt?«

»Ich hab die Augen meines Daddys.«

»Unnnnd wir haben unsere Antwort«, verkündete Cella, bevor sie das Hochsicherheitsgefängnis verließen und wieder nach Hause fuhren.

Kapitel 17

Als Toni in Sibirien aus dem kleinen Flugzeug stieg, fiel ihr wieder ein, dass sie ihr Handy einschalten sollte, und es piepte sofort ununterbrochen, als eine SMS nach der anderen eintraf.

Toni hatte es in Long Island ausgeschaltet, bevor sie ins Flugzeug gestiegen war. Sie schaltete es immer aus, wenn sie irgendwo hinflog. Sie benutzte es auch nicht zur Unterhaltung wie der Großteil des Universums. Sie nutzte es ausschließlich zu Kommunikationszwecken. Und normalerweise war das auch kein Problem. Aber das lag daran, dass sie gewöhnlich mit dem Großteil oder sogar mit ihrer ganzen Familie reiste. Jetzt hingegen war ihre Familie weit weg in New York und ihrer momentanen Zeitzone acht Stunden hinterher, was bedeutete, dass sie in diesem Moment erst in den vollen Genuss der Novikovschen Organisationsbehandlung kamen.

Und nachdem Toni die ersten Nachrichten gelesen hatte, wusste sie, dass es ihnen keinen Spaß machte. Toni stand mitten in dem winzigen Flughafen und antwortete schnell Oriana, dann Cooper, dann Kyle. Sie wollte gerade eine Nachricht an Troy schicken, als sich eine Hand in ihren Nacken legte. Ohne nachzudenken wirbelte sie herum und schwang ihre rechte Faust.

Ricky war schockiert, blockte den wilden Schwinger aber instinktiv ab und machte mit weit aufgerissenen Augen schnell einen Schritt zurück.

»Oh«, sagte sie, zog ihre Hand zurück und kratzte sich im Nacken. »Tut mir leid.« Sie wandte sich von ihm ab und tippte wieder in ihr Telefon.

»Ist alles okay, Toni?«

»Ja. Mir geht's gut. Es ist nur …« Sie bekam eine Antwort von Oriana, schüttelte ihr Telefon in ihrer nun schmerzenden Faust und fletschte die Zähne. »*Diese lächerlichen, teuflischen Kinder!*«

»Ooookay.« Ricky ging wieder einen Schritt auf sie zu, berührte sie diesmal jedoch nicht. »Wir müssen los.«

»Los?«, blaffte sie ihn an. »Los wohin?«

»Wir fliegen mit dem Hubschrauber zum Baikal…«

»Gott! Jetzt müssen wir auch noch in einen Hubschrauber steigen?«

»Na ja, um diesen speziellen Ort zu erreichen …«

Sie hatte die Nase voll. »Oh, von mir aus.«

Toni stürmte davon und ging davon aus, dass Ricky ihr folgen würde.

Ricky sah zu, wie die Schakalin davonmarschierte, während sich Barinov von hinten an ihn heranschlich.

»Was zur Hölle …?«, fragte der Hybride.

»Ich hab keine Ahnung. Ich hab sie vorher noch nie so gesehen.«

»Na gut, aber sie muss sich beruhigen, Reed. Wenn sie so bei den Bären auftaucht …«

»Ich weiß, ich weiß.« Er zuckte mit den Schultern und folgte ihr. »Vielleicht ist sie nur müde. Unser erster Flug hat vierzehn Stunden gedauert, und dann dieser Sechsstundenflug in dem kleineren Flugzeug.«

»Sollen wir heute Abend lieber im Hotel übernachten und noch warten, bis wir uns mit den Bären treffen?«

»Ich glaube, sie erwarten uns heute Abend. Außerdem hab ich Angst davor, was sie tun wird, wenn wir das Ganze hier auch nur ein kleines bisschen in die Länge ziehen.«

Die Männchen erreichten die Reihe aus Glastüren, durch die ein reges Kommen und Gehen zu beobachten war. Toni stand auf der anderen Seite – und schrie.

»Kommt ihr zwei jetzt oder was?«

Ricky sah Barinov an. »Vielleicht braucht sie doch nur mal eine ordentliche Mütze Schlaf.«

»Oder ein paar Antidepressiva für Welpen.«

»Hör auf.«

Der Hubschrauber flog sie in eine Vollmenschen-Kleinstadt, die nur eine oder zwei Stunden entfernt von einem kaum bekannten reinen Gestaltwandler-Territorium lag, über das niemand wirklich sprach.

»Ich hab einen Wagen für uns bestellt«, verkündete Barinov ihnen. Er trug eine kleine Tasche bei sich und führte sie zu einem Range Rover, der aussah, als komme er mit jeder Art von Gelände zurecht.

Ricky hielt die Tür für Toni auf und sie stieg ein, lehnte sich in dem bequemen Sitz zurück und stellte ihre Tasche neben sich ab.

»Wie geht's dir so?«, fragte der Wolf sie.

Toni schrieb eine Nachricht an Kyle und informierte ihn darüber, dass es definitiv illegal war, jemandem etwas ins Essen zu mischen, das ihn »du weißt schon … irgendwie krank machen« konnte.

Jemanden »irgendwie krank zu machen« war nicht in Ordnung!

Sie erinnerte Kyle außerdem daran, dass, falls er jemals für *irgendetwas* ins Gefängnis gehen würde, niemand in seiner Familie die Kaution für ihn bezahlen würde, damit er wieder auf freien Fuß kam. Niemand.

Sie drückte auf SENDEN, hob schließlich ihren Kopf, um den Wolf anzusehen und sagte: »Was?«

»Ich hab dich gefragt, wie's dir geht.«

»Wie sieht es denn aus, wie es mir geht?«, blaffte sie ihn an, weil das einfach eine so verdammt bescheuerte Frage war. »Ich bin völlig erschöpft. Ich bin gestresst. Und ich will diese blöde Reise einfach nur hinter mich bringen.«

»Na schön.« Er gestikulierte in Richtung Windschutzscheibe. »Vic meinte, wir sind schon fast am Hotel.«

»Hotel? Warum fahren wir denn zuerst ins Hotel? Ich dachte, wir würden direkt zu unserem Treffen mit den Bären fahren.«

»Nee, nicht mehr heute Abend. Es ist schon viel zu spät. Wir schlafen uns erst mal richtig aus und …«

»Du hörst mir nicht zu«, erklärte sie dem Wolf. »Ich will die Bären sehen. Ich will die Bären noch *heute Abend* sehen!«

Ricky starrte die Schakalin auf dem Rücksitz an, von der er allmählich glaubte, dass sie den Verstand verlor. Und egal, ob dies nun der Fall war oder nicht, aus Sicherheitsgründen würde er auf keinen Fall zulassen, dass Toni sich heute Abend noch mit diesen Bären traf. Das würde erst morgen passieren, nachdem sie geduscht, geschlafen und vielleicht ein paar Valium geschluckt hatte, wenn er welche in die Finger bekam.

»Das ist weder in deinem besten Interesse noch in dem der Mannschaft, Antonella.«

Toni ließ ihr Telefon in ihren Schoß fallen, um ihre Hände zu Fäusten ballen zu können. »Ich will diese Bären jetzt sehen. Jetzt! Hast du mich verstanden? Jetzt!«

»Das wird nicht passieren, also kannst du dich auch einfach wieder beruhigen.«

»Ich hasse dich!«

»Tja, im Moment mag ich dich auch nicht besonders, Schätzchen, das erscheint mir also nur fair.«

Frustriert versuchte Toni, ihr Fenster hinunterzulassen, indem sie auf den Knopf drückte. Ricky hatte keine Ahnung, was los war, aber das Fenster öffnete sich nicht. Dann fing sie an, mit den Fäusten gegen die Scheibe zur trommeln.

»Hey«, sagte Barinov. »Reed.«

»Was?«

»Du weißt schon, was hier los ist, oder?«

»Nein«, schoss Ricky zurück. »*Das* ist hier ganz und gar nicht los.«

»Machst du Witze? Was sollte es wohl sonst sein?«

Ricky schüttelte den Kopf. »Es ist irgendwas anderes. Erschöpfung oder plötzliches Auftreten von Geisteskrankheit. Das ist es.«

»Meinst du das ernst?«

»Ich meine das sehr ernst. Wenn ich's dir doch sage – es ist nicht … *das*.«

Ricky drehte sich zur Rückbank um und sah, wie Toni versuchte, sich mit den Händen am Fenster festzukrallen, weil sie es immer noch nicht öffnen konnte.

»Ich bin gefangen«, knurrte sie. »*Gefangen!*«

»Nein«, murmelte Barinov. »*Das* kann es auf gar keinen Fall sein.«

Sie erreichten ein großes Hotel, das sich auf beiden Seiten der Grenze zwischen dem Vollmenschen- und dem Gestaltwandler-Gebiet erstreckte.

Toni stieg aus dem Wagen und blickte an dem Gebäude hinauf. »Hier?«, fragte sie. »Wir fliegen um die halbe Welt, und du bringst uns in einem Kettenhotel unter? Da hätten wir uns ja auch genauso gut am Autobahnkreuz in Jersey mit ihnen treffen können.«

Ricky sah Barinov an. »Könntest du uns einchecken?«

»Sicher.«

Als der Hybride im Hotel verschwunden war, drehte sich Ricky zu ihr um. »Hör mal, Schätzchen. Ich versuche verzweifelt, nicht richtig sauer auf dich zu werden. Aber du raubst mir wirklich meinen letzten Hinterwäldler-Nerv.«

»Was soll das denn nun wieder heißen?«

»Es soll heißen, dass wir in einem fremden Land und noch dazu in einem feindseligen Teil dieses fremden Landes sind, zumindest, was unsereins angeht. Mein einziges Ziel ist es, dich gesund und sicher wieder nach Hause zu bringen. Dein Vater hat eindeutig klargestellt, dass er nichts anderes akzeptieren wird. Und dich gesund und sicher wieder nach Hause zu bringen, heißt auch, dass du keine Bären wütend machst. Und so, wie du dich im Moment verhältst … wirst du sie sehr wütend machen.«

»Na schön.«

Ricky runzelte die Stirn. »Na schön?«

»Na schön.«

Vielleicht war sie wirklich ein wenig … angespannt. Toni war gewillt, das zuzugeben. Wahrscheinlich brauchte sie nur ein bisschen Schlaf. Es war eine quälend lange Anreise gewesen, und dass sie sich um die SMS ihrer Geschwister hatte kümmern müssen, war auch nicht unbedingt hilfreich gewesen.

Ricky nickte. »Dann lass uns gehen.«

Sie betraten das Hotel, und Toni war angenehm überrascht, dass das Innere wirklich wunderschön aussah und eine einladende Atmosphäre verbreitete. Wie in einem hippen Apartment aus den Sechzigern, nur, dass nichts überholt oder alt wirkte. Tatsächlich versprühte es ein ziemlich modernes, europäisches Flair. Sie fand es toll.

Nicht, dass sie das Ricky gegenüber jetzt zugeben würde.

Als sie die Rezeption erreichten, hatte Barinov bereits ihre Zimmer klargemacht. Er sprach fließend Russisch, und sein Akzent war fast so gut wie der der Zwillinge – obwohl deren Akzent inzwischen fehlerlos war, nachdem sie sich neulich nachmittags im Kabelfernsehen einen russischen Film in der Originalversion angeschaut hatten. Mehr als einmal waren Toni und ihre Mutter bereits gefragt worden, welche russische Adoptionsagentur sie benutzt hatten.

Barinov reichte Toni eine Schlüsselkarte und steuerte ohne ein weiteres Wort auf die Fahrstühle zu. Sie fuhren in den neunten Stock hinauf und gingen den Korridor hinunter.

»Das ist dein Zimmer«, sagte er und blieb kurz davor stehen. »Ich bin im Zimmer links, Reed im Zimmer rechts neben dir. Wenn du einen von uns brauchst …«

»Oh, bitte.« Toni öffnete die Tür mit ihrer Schlüsselkarte und ging hinein. Sie knallte den beiden Männchen die Tür vor der Nase zu und war noch nicht einmal in der Stimmung, ihnen eine gute Nacht zu wünschen. Sie ging weiter in den Raum hinein und sah sich um. Sie war von ihrem Zimmer ebenso beeindruckt wie von der Lobby des Hotels. Hier würde sie es die nächsten paar Tage sehr gut aushalten können.

Toni stellte ihre Tasche auf der Kommode ab und setzte sich aufs Bett. Ihr Telefon vibrierte, und sie stieß ein Seufzen aus. Sie hatte drei Nachrichten auf einmal erhalten. Oriana informierte Toni darüber, dass sie »unter diesem Regime nicht existieren« könne. Kyle flehte sie an, ihre Meinung noch einmal zu überdenken, was seinen Wunsch betraf, einen nackten Novikov zu malen. Und Bo Novikov bat sie eindringlich, ihren kleinen Bruder davon zu überzeugen, ihn nicht mehr zu fragen, ob er ihn nackt malen dürfe: »Das wird mir langsam unangenehm.«

Nicht in der Lage, auch nur eine dieser Nachrichten zu beantworten, warf Toni ihr Telefon aufs Bett und ließ sich auf die Matratze fallen. Sie konnte das hier schaffen. Sie *würde* das hier schaffen. Alles, was sie brauchte, waren ein wenig Zimmerservice und eine ordentliche Mütze Schlaf.

Vic starrte Ricky an.

»Was?«, fragte Ricky ihn genervt, obwohl der Hybride noch gar nichts gemacht hatte.

»Wirst du das Problem jetzt anerkennen?«

»Sie ist nur müde«, erwiderte er noch einmal. »Morgen wird sie …«

»Noch schlimmer sein.« Vic schürzte kurz die Lippen. »Ich hab immer geglaubt, du wärst nicht so stur wie deine Brüder. Ich schätze, da lag ich wohl falsch.«

»Kein Grund, gleich so fies zu werden.«

Vic schüttelte den Kopf und ging auf sein Zimmer zu. »Wir sehen uns morgen früh.«

»Ja.« Ricky wartete, bis sich die Tür von Vics Zimmer wieder geschlossen hatte, und blieb mehrere Minuten lang vor Tonis Tür stehen. Er starrte darauf und fragte sich, ob er die ganze Nacht davor stehen bleiben sollte oder nicht.

Als er nichts Hysterisches aus dem Inneren hörte, beschloss er, sich in sein eigenes Bett zu legen. Der Zimmerservice würde schon bald Feierabend machen, und er brauchte wirklich was zu essen. Ein Steak und Pommes Frites wären jetzt genau das Richtige.

»Alles, was sie braucht, ist ein bisschen Schlaf«, erinnerte er sich selbst. »Eine ordentliche Mütze voll Schlaf, und schon geht’s ihr wieder gut.«

Kapitel 18

Am nächsten Morgen weckte Ricky das unvertraute Klingeln seines Zimmertelefons. Er hatte es geschafft, in der vergangenen Nacht ein paar Stunden zu schlafen, aber es war nicht leicht gewesen. Sein Körper war immer noch an die New Yorker Zeit gewöhnt, aber er hatte schließlich einen Job zu erledigen. Deshalb nahm Ricky den Hörer von dem noch immer läutenden Telefon.

»Jap?«

»Bereit, dem Tag zu begegnen?«

Ricky grummelte. »Du bist viel zu gut gelaunt, verdammt.«

Vic lachte. »In einer halben Stunde dann?«

»Ja, das passt.«

»Wir können unten im Restaurant frühstücken.«

Ricky grunzte und klang dabei ein bisschen wie sein Daddy. Er legte auf. Er duschte, schlüpfte in eine schwarze Jeans, ein schwarzes T-Shirt und schwarze Stiefel und schob die in ihrem Holster steckende 45er Halbautomatik, die Vic ihm bei ihrer Ankunft in Russland gegeben hatte, hinten in den Bund seiner Jeans. Er zog eine Jeansjacke über, um die Waffe zu verstecken, und ging aus seinem Zimmer und zu Tonis hinüber. Er klopfte an, bekam jedoch keine Antwort. Er klopfte erneut.

Inzwischen stand auch Vic neben ihm.

»Nichts?«, fragte er.

»Nein.« Ricky schaute ans eine Ende des Korridors, dann ans andere. Als er niemanden sah, beugte er sich nach vorne, presste seine Nase gegen die Tür und schnupperte.

Ricky machte einen Schritt zurück. »Sie ist da drin.«

Vic griff in die Gesäßtasche seiner Jeans und holte eine Schlüsselkarte heraus.

»Hast du für ihr Zimmer noch zusätzlich eine machen lassen?«

»Jap.«

Vic griff gerade nach der Türklinke, als die Tür von innen geöffnet wurde. Die beiden Männchen wichen instinktiv zurück, aber Toni lächelte sie nur an.

»Tut mir leid, dass ich so lange gebraucht hab, um an die Tür zu kommen. Ich bin erst vor ein paar Minuten aus der Dusche gestiegen.«

Toni trug eine blaue Jeans, sexy, kniehohe braune Stiefel mit acht Zentimeter hohen Absätzen und ein unauffälliges weißes T-Shirt und winkte den Männern zu, hereinzukommen. »Ich bin fast fertig«, sagte sie.

»Okay.« Ricky schloss die Tür. »Vic hat vorgeschlagen, dass wir unten im Speisesaal frühstücken.«

»Klingt gut«, sagte sie aus dem Badezimmer durch die offene Tür. »Der Zimmerservice war auch gut.«

Sie kam mit einem Handtuch wieder ins Zimmer. Ihr Haar war triefend nass, ihre dicken Locken fielen bis über ihre Schultern herunter und ihr Pony bedeckte ihre Augen. »Habt ihr zwei gut geschlafen?«

»Jap«, antwortete Ricky.

Sie lächelte – sie wirkte viel entspannter als am vergangenen Abend –, beugte sich nach unten und warf ihr Haar nach vorne. Während Toni weiter sorgfältig mit dem Handtuch das Wasser aus ihren Haaren quetschte, knuffte Vic Rickys Schulter mit seiner. Als Ricky zu ihm sah, deutete Vic mit einem Kopfnicken auf die Schlafzimmertür.

Ricky schaute hinter sich und riss bei dem Anblick, der sich ihm bot, die Augen auf. Er sah Krallenspuren auf der Innenseite der Tür – so als sei ein wildes Tier in dem Zimmer eingesperrt gewesen und nicht mehr herausgekommen.

Angewidert wandte Ricky seine Aufmerksamkeit wieder Toni zu. Sie stand wieder aufrecht und schüttelte ihr Haar. Die Locken waren jetzt kürzer und lockten sich immer mehr, je trockener das Haar wurde.

»Okay, ich bin so weit.« Sie warf das Handtuch zurück ins Badezimmer und schnappte sich einen kleinen Rucksack und einen dicken Aktenordner, die auf ihrem Bett lagen. Sie ging zur Tür und zog sie mit ihrer freien Hand auf.

»Was ist denn mit der anderen Seite der Tür passiert?«, fragte Ricky sie.

»Hä?«, fragte Toni zurück und starrte ihn mit großen Augen an, so als habe sie keine Ahnung, wovon er eigentlich sprach. Sie ging weiter und sagte nichts mehr.

»Wirst du es jetzt zugeben?«, fragte Vic ihn.

»Nein. Werde ich nicht.« Er zeigte auf den Hybriden. »Ich weiß, dass das für eine Bären-Tiger-Laune-der-Natur nur schwer zu verstehen ist, aber auch wenn alle Hunde zur Gattung der Hunde gehören, sind nicht alle aus der Gattung der Hunde auch Hunde.«

»Hast du das in deinem ›Grundlagen der Logik‹-Kurs im College gelernt?«

»Vielleicht.«

»Kommt schon, Jungs«, rief Toni aus dem Flur. »Gehen wir. Ich hab heute eine Menge Arbeit zu erledigen.«

»Lass es einfach gut sein«, warnte Ricky den Hybriden. »Es geht ihr gut.«

»Wenn du es sagst.«

»Pass auf deinen Tonfall auf, Junge.«

Vic kicherte und ging aus dem Zimmer. Ricky folgte ihm.

Noch immer angewidert.

Sie sah das Mädchen, Delilah Jean-Louis Parker, auf den Stufen vor der Kirche sitzen. Sie konnte nicht älter als achtzehn oder neunzehn sein, aber Miss Parker war atemberaubend schön.

Es war schon äußerst spät, als sie sich neben das Mädchen setzte. Sie blickte über ihre Schulter, und ihr wurde bewusst, dass Parker nicht allein war. Mindestens drei Männer, wahrscheinlich alle Mitglieder der Kirche – oder des Kults, je nachdem, mit wem man sprach –, standen in den Schatten, bereit, Parker zu beschützen.

Das war in Ordnung. Sie hatte ebenfalls Verstärkung mitgebracht.

»Hi«, begrüßte sie das Mädchen schließlich. Sie wusste, dass sie »eine warme Ausstrahlung« hatte, wie es in ihren Beurteilungen stand. Das war etwas, das sie zu ihrem Vorteil einsetzte.

»Hallo.« Parker sah sie an. Sie hatte ein sanftes Lächeln und tote Augen.

»Ich habe durch unseren gemeinsamen Freund Ihre Nachricht erhalten, und wir sind definitiv interessiert.«

»Okay.«

»Wir sind bereit, Sie zu bezahlen …«

»Ich will eine Million. Auf dieses Konto auf den Cayman Islands.« Sie reichte ihr ein Stück Papier mit Zahlen darauf. »Geben Sie mir die, und ich gebe Ihnen, was Sie wollen.«

»Eine Million? Das scheint mir … erheblich. Für etwas, von dem wir nicht mal sicher sind, dass es funktionieren wird.«

»Eine Million, oder Sie kriegen gar nichts.«

»Hören Sie, Miss Jean-Louis Parker …«

»Hey«, sagte Parker tonlos. »Woher kennen Sie meinen Namen? Oh, nein. Wenn Sie meinen Namen kennen … dann wissen Sie auch, wo ich wohne. Was soll ich denn jetzt tun? Diese Angst. Dieser Schrecken.« Parker lehnte sich näher zu ihr. »Ist es das, was Sie hören wollten? War das die Reaktion, die Sie brauchten?«

Sie mochte vielleicht noch ein Mädchen sein, aber sie war schlau. Und kalt. Verdammt eiskalt.

»Ich spreche mit meinen Vorgesetzten, Miss Parker.«

Parker zuckte flüchtig mit den Schultern, noch immer mit demselben trügerischen Lächeln auf den Lippen. »Okay.«

Sie steckte das Stück Papier in ihre Jeans, ging die Stufen wieder hinunter und auf die Straße. Sie schlenderte einen Block weit, bis ihr Team sie einsammelte. Sie stieg in den Lincoln Town Car und schloss die Tür.

»Und?«

»Arrogantes kleines Biest.«

»Wir wissen, wo sie wohnt.«

»Diesem Mädchen Gewalt anzudrohen, wird nicht funktionieren. Nicht bei ihr.«

»Und was willst du dann tun?«

»Wir werden sehen, ob wir es selbst finden können.«

»Und wenn nicht?«

Sie dachte wieder daran, wie aufgeregt ihr Vorgesetzter gewesen war, als sie ihm die Information einer ihrer Kontaktpersonen gezeigt hatte. »Dann geben wir der Schlampe, was sie will.«

Obwohl Toni schon früher in Russland gewesen war – mehrmals sogar – hatte sie sich dort noch nie weit außerhalb einer großen Stadt aufgehalten. Sie war noch nie in Sibirien gewesen.

Und Sibirien war, mit einem Wort, unglaublich.

So saftig und grün. Ganz und gar nicht das, was Toni erwartet hatte.

»Wunderschön, nicht wahr?«, fragte Barinov, während er sie im Rückspiegel anschaute.

»Ist es. Ich schätze, ich hab wohl eher …«

»Eine schneebedeckte Wildnis erwartet?«

»Es ist schließlich Sibirien.«

»Hier gibt's auch Sommer, wisst ihr? Tatsächlich ist es für diese Jahreszeit gerade besonders heiß. Fast achtzehn Grad, als ich heute Morgen nachgeschaut hab.« Da Toni gerade erst der, wie sie es nannte, erdrückenden Hitze der Ostküste entflohen war, musste sie darüber ein wenig kichern.

Die Fahrt dauerte gut dreißig Minuten, bis sie den Ort erreichten, an dem sie sich mit den Bären treffen wollten: ein lächerlich großer … nun … Palast. Ja. Es war ein Palast. Keine Villa. Kein Schloss. Ein Palast.

»Gute Güte«, murmelte Ricky.

Barinov grunzte. »Das ist das Haus …«

»Haus?«, fragte Toni ungläubig.

»… das demjenigen gehört, der gerade die Stadt regiert. Und in den letzten eineinhalb Jahrhunderten waren das die Zubachevs.«

»Warum kommt mir dieser Name bekannt vor?«, fragte Ricky gähnend und nahm seine Mütze ab, um sich am Kopf zu kratzen.

»In den Staaten gibt's eine Menge Zubachevs, ein paar von ihnen auch in Maine. Wie zum Beispiel die Familie meiner Mutter, die aus Kamtschatka stammt.«

»Entzückend.« Ricky setzte seine Mütze wieder auf. »Einfach entzückend.«

»Was ist denn los?«, fragte Toni.

Barinov zuckte mit den Schultern. »Kamtschatka-Bären hassen …«

»Hunde«, beendete Ricky den Satz. »Sie hassen uns alle. Wölfe. Schakale. Wildhunde. Füchse. Ganz egal, welche Gattung oder ob du in den Genpool gehörst: Wenn du auch nur ein bisschen Hundeblut in dir hast, hassen sie dich.«

Barinov brachte den Wagen vor dem Palast zum Stehen. »Das nennt man die Ein-Achtel-Regel.«

»Die Ein-Achtel-Regel?«

»Wenn ein Gestaltwandler mehr als ein Achtel Hundeblut in sich hat, dann ist er für die Kamtschatka-Bären ein Hund.«

»Und machen wir uns nichts vor«, sagte Ricky und grinste sie an, »wir wissen doch alle, dass in jedem von uns ein bisschen Hundeblut fließt.«

Sie verdrehte die Augen, konnte ein Lächeln aber nicht unterdrücken. So ein Spinner, dieser Typ.

»Noch irgendwelche besonderen Anweisungen, bevor wir aus diesem Wagen steigen?«, fragte Ricky Barinov.

»Ja. Keine plötzlichen Bewegungen. Auch wenn sich in einem Umkreis von zwei Meilen keine Grizzlys befinden, keine plötzlichen Bewegungen. Keiner von denen wird euch mögen, das müsst ihr jetzt einfach akzeptieren. Und sie alle hassen Novikov.«

»Der Junge hat sich auf alle Fälle einen Namen gemacht.«

»Das ist nicht seine Schuld.« Toni hatte das Gefühl, sie daran erinnern zu müssen, da sie sich sicher war, dass sie eines Tages dieselbe Unterhaltung über einige oder sogar alle ihre Geschwister würde führen müssen. »Wenn man der Beste in dem ist, was man tut, fällt es schwer, sich ins Gedächtnis zu rufen, dass noch andere Menschen direkt neben einem stehen.«

Ricky drehte sich um und legte einen Arm auf die Lehne seines Sitzes. »Wie lange übst du diese Rede schon?«

»Seit Kyle sechs ist. Nur, dass ich diesmal an das ›fällt es schwer, sich ins Gedächtnis zu rufen, dass noch andere Menschen direkt neben einem stehen‹, kein ›Senator‹ oder ›Euer Ehren‹ oder ›Herr Verteidiger‹ angefügt hab.«

»Was Sie nicht vergessen dürfen, Miss Parker …«

»Nenn mich einfach Toni.«

»Das ist Toni mit einem ›i‹«, hatte Ricky das Bedürfnis, klarzustellen. »Nicht mit ›y‹.«

»Okay. Nun, was du nicht vergessen darfst, Toni, ist die Tatsache, dass es für alle Bären hier, ganz egal, was sie sagen werden, wichtig ist, dass ihr Territorium sicher bleibt und dass sie Hockey spielen und mit dem Hockeyspielen Geld verdienen können. Vergiss das nicht, dann sollte alles gutgehen.«

Die Eingangstür des Palastes öffnete sich, und einige sehr große Männchen kamen durch die Doppeltür. Toni hatte angenommen, dass die Doppeltür nur da war, weil sie schick aussah, aber nun wurde ihr bewusst, dass sie tatsächlich benötigt wurde, damit diese breiten Männchen das Gebäude überhaupt betreten und verlassen konnten.

Toni nickte und legte ihre Hand an den Türgriff. Aber als sie aus dem Wagen stieg, war Ricky bereits da und legte ihr seine Hand auf den unteren Rücken.

»Ganz egal, was passiert«, sagte er, »denk einfach daran, dass ich hier bin. Und Vic ist auch hier. Du bist nicht allein, Schätzchen.«

»Das weiß ich«, erwiderte sie aufrichtig. »Weil ich sonst nämlich schon längst wie wild in die Wälder geflohen wäre. Schakale sind mutig, wenn ihre Welpen in der Nähe sind, aber wir sind nicht dumm.«

Toni folgte Barinov die Stufen hinauf. Er sprach russisch mit dem Bären, der am Kopfende der Treppe stand, ein Grizzly, der von einem Haufen anderer Bären umringt war, die von Grizzlys über Schwarzbären und Eisbären bis zu Brillenbären reichten.

»Ivan Zubachev«, sagte Vic schließlich auf Englisch, »das ist Antonella …«

Zubachev schnitt Vic mit einem wütenden Knurren das Wort ab. »Diese amerikanische Schlampe, Malone«, grummelte er mit unglaublich tiefer Stimme, »hat diese *Hündin* geschickt, damit sie spricht mit Yuri Asanov? Größtem Hockey-Coach, der jemals hat gelebt?«

Toni unterdrückte den Drang, die Augen zu verdrehen. Sie musste Kyle zustimmen. Sie verstand diese Liebe zum Sport einfach nicht.

Anstatt dies anzumerken, sagte sie jedoch: »Miss Malone bittet vielmals um Entschuldigung, dass sie nicht selbst an diesem Treffen teilnehmen kann, aber sie hatte andere Verpflicht…«

»Das will ich nicht hören! Deine bloße Anwesenheit ist Beleidigung für diese Mannschaft. Beleidigung für Yuri Asanov. Verschwinde, Hundchen. Niemand will mit dir sprechen.«

»Einen Augenblick mal.« Toni konnte nicht glauben, was sie da hörte. »Ich verstehe ja, dass Sie deswegen aufgebracht sind, Mr. Zubachev. Aber ich bin autorisiert, mit Mr. Asanov und der Mannschaft zu verhandeln.«

Der Bär blickte böse zu ihr hinunter. Er musste selbst in Menschengestalt knapp zwei Meter fünfzig groß sein. Sie wollte sich noch nicht einmal vorstellen, wie groß er als Bär war.

Er verzerrte die Lippen und brummte: »Ich höre Hund bellen … aber es bedeutet nichts für mich.« Er gestikulierte wild. »Geh, kleiner Hund. Geh in anderer Stadt mit anderen Hunden spielen. Hier ist kein Platz für dich.«

Und mit einem letzten finsteren Blick machte Zubachev auf dem Absatz kehrt und stolzierte davon. Der Rest der Bären folgte ihm.

Wut pulsierte durch Tonis Körper. Sie konnte hören, wie

sie in ihren Ohren rauschte. Und als sie sah, wie sich die Doppeltür schloss, riss ihr sprichwörtlicher Geduldsfaden, den sie stets benutzt hatte, um in allen möglichen Situationen ruhig zu bleiben.

Ricky starrte auf die leere Stelle, an der Toni eben noch gestanden hatte. Normalerweise reagierte er in gefährlichen Situationen sehr schnell, aber er musste zugeben, dass er einfach nicht erwartet hatte, dass irgendjemand jemals Bären *hinterherrennen* würde. Vor Bären wegrennen, ja. Aber ihnen hinterher?

»Scheiße«, knurrte Vic. Der Hybride jagte die Treppe hinauf und Toni hinterher, aber als er die Tür erreichte, wurde sie ihm vor der Nase zugeknallt und abgeschlossen.

»Können wir die Tür eintreten?«, fragte Ricky, der Vic nachgeeilt war.

»Dieses Haus wurde 1918 erbaut von Bären, kurz bevor der russische Bürgerkrieg Sibirien erreichte. Und keines der Dinge, die im restlichen Sibirien passiert sind, sind auch hier passiert, weil niemand an den Bären vorbeikam, die dieses Gebiet bewachten – oder an den unglaublich stabilen Holztüren.«

»Wir können sie aber nicht einfach da drin lassen.«

»Ich glaube, wir haben keine andere Wahl.« Vic zuckte mit den Schultern. »Aber sie sollten ihre entstellte Leiche jeden Moment hier rauswerfen.«

Ricky starrte den Mann mit offenem Mund an. »Nicht. Hilfreich.«

Toni war sich durchaus bewusst, dass mehrere Hände nach ihr grabschten, als sie sich zwischen den unglaublich großen Männern hindurchbewegte, um ihr Ziel zu erreichen. Aber sie war schnell, und sie war starrköpfig, deshalb ignorierte sie diese Hände, bis sie die vorderen Männer erreicht hatte, und sprang vor Ivan Zubachev.

Sie blieb stehen und streckte ihren Arm aus, die Handfläche nach vorne. »Warte mal eine Sekunde, Papa Bär.«

Zubachev blieb stehen, aber seine Miene ließ vermuten, dass er nicht lange warten würde.

»Es wäre gut für dich, mir zu gehen aus Weg, kleiner, winziger Hund.«

»Ich dachte, ich sei hier, um etwas Geschäftliches zu besprechen.«

»Katzenschlampe sollte kommen hierher. Aber sie nicht hier, sondern du. Ich spreche nicht mit Hund.«

Er setzte sich wieder in Bewegung, und Toni ging ein paar Schritte rückwärts, den Arm immer noch ausgestreckt. »Du willst nicht mit Hunden reden? Denkst du vielleicht, ich will mit dir reden? Denkst du, ich fühle mich in der Gesellschaft *so* riesiger Menschen wohl? Tue ich nicht. Aber ich hab einen Job zu erledigen, also hab ich mich nicht so angestellt und bin hergekommen. Und jetzt willst du noch nicht mal mit mir sprechen. Inwiefern ist das akzeptabel?«

»Ich spreche nicht mit Hund«, wiederholte er, und Toni wusste, dass er es ernst meinte. Er würde nicht mit ihr sprechen, und das nur, weil sie ein Hund war.

Fanatiker!

Wenn der Bär also so schwierig sein wollte wie alle sturen Bären es gerne waren, dann würde Toni eben so schwierig sein wie alle Hunde es gerne waren.

»Verschwinde durch Tür«, sagte der Bär und ging um sie herum, und die anderen folgten ihm. Toni sah zu, wie sie allesamt davonmarschierten, und als sie sich in sicherer Entfernung befanden, jaulte Toni. Mehrmals.

Die Bären blieben stehen. Zubachev bedeckte seine Ohren und wirbelte zu ihr herum.

»*Was ist das für Geräusch?*«, brüllte er.

»So unterhalten sich Schakale. Ich bin ein Schakal, kein Hund. Hunde bellen. Schakale jaulen.«

»Dann hör auf!«

Toni schüttelte den Kopf. »Nein.«

Sie jaulte weiter.

Zubachev ließ die Hände senken und machte wütend ein paar Schritte nach vorne. »Hör auf«, befahl er. »Oder wir bringen dich dazu, aufzuhören.«

»Dazu müsstet ihr mich erst mal fangen, und ich kann euch versichern … Schakale sind schneller als Bären. Weil wir es sein müssen. Und eure Bude hier«, sie hob die Arme und drehte sich im Kreis, »hat eine tolle Akustik. Ich kann mich überall verstecken und dieses Geräusch machen, den … ganzen … Tag … *lang.*«

Dann fing sie wieder an und jaulte und jaulte und jaulte.

Ricky und Vic entfernten sich von der Tür.

»Guter Gott, was ist das für ein Lärm?«, fragte der Hybride.

»Das sind die sanften Klänge des Schakals deines Vertrauens.«

»Sind das Hilfeschreie?«

»Nein.« Ricky schüttelte den Kopf. »Sie sagt nur mal hallo.«

Vic kniff die Augen zusammen. »Ich würde sie dafür am liebsten umbringen.«

Und genau das machte Ricky Sorgen. Besonders, als er das eindeutig wütende Gebrüll von Bären aus dem Inneren des Gebäudes hörte.

»Sie sorgt noch dafür, dass die sie umbringen«, warnte Vic.

Ricky wich zurück und betrachtete die Vorderseite des Gebäudes. »Komm mit. Wir müssen einen Weg da rein finden.«

»Mach, dass sie aufhört!«, schrie ein Eisbär Zubachev auf Russisch zu. Sie wusste nur, was er gesagt hatte, weil er Sätze benutzte, die auch einer von Coops Klavierlehrern, ein großartiger Pianist aus Moskau, immer benutzt hatte. Normalerweise kurz bevor der Mann ihrem Bruder mit einer Reitgerte, die er immer dabei hatte, auf die Hand haute. Toni hatte dies beim ersten Mal noch durchgehen lassen, aber beim zweiten Mal hatte sie dem Arschloch eine verpasst, und das war das Ende der Beziehung zwischen ihrem Bruder und diesem speziellen Klavierlehrer gewesen.

Zubachev versuchte, Toni zu packen, aber sie war – genau, wie sie es gesagt hatte – zu schnell für ihn. Außerdem hatte sie sich, im Gegensatz zu vielen anderen Hunden, schon mit acht Jahren das Klettern beigebracht, weil ein reiches Junges aus einem Rudel in ihrer Nachbarschaft behauptet hatte, Hunde könnten nicht klettern. Toni hatte es als ihre Pflicht angesehen, zu beweisen, dass Katzen immer falsch lagen.

Und so stand sie nun ganz entspannt auf einer der großen Statuen, die den marmornen Flur flankierten.

»Du weißt, wie du mich aufhalten kannst, Ivan.«

Der Grizzly funkelte sie an.

»Du weißt, wie du mich aufhalten kannst«, wiederholte sie. Als er noch immer nichts erwiderte, begann sie wie ihre Geschwister zu heulen. Es war ein Geräusch, das ihre Familie immer als sehr beruhigend empfand, weil es bedeutete, dass jemand da war, der auf dich aufpasste und sich um dich kümmerte. Andere hingegen – etwa Bären, Löwen, Hyänen, Geparden, Leoparden und so weiter – empfanden das Geräusch als so schmerzlich enervierend, dass sie gar nicht schnell genug vor den Schakalen davonrennen konnten.

»*Schön!*«, brüllte Zubachev, und sie konnte deutlich sehen, wie sehr es ihn schmerzte, das sagen zu müssen. Was Toni, wie sie insgeheim zugeben musste, durchaus genoss.

Sie hörte auf zu heulen, und Zubachev sagte: »Ich spreche mit Yuri über Treffen mit dir wegen durchgeknalltem Freak.«

»Mehr verlange ich ja gar nicht.«

»Aber du wirst Lärm nicht noch mal machen.«

»Okay.«

»Weil er nervt.«

»Ich weiß. Er ist nervig.« Andererseits galt das auch für fanatische Bären.

Ivan zeigte auf einen Schwarzbären. Toni hatte irgendwie Mitleid mit diesem Bären. In körperlicher Hinsicht war er entschieden kleiner als die Grizzlys und Eisbären, aber dafür so breit gebaut wie … ein Berg. »Hilf Hund runter.«

»Ich schaff das schon.« Und das tat sie auch und kletterte

geschickt an der Statue hinunter, bis sie wieder den Boden berührte.

Sie starrte zu dem Bären hinauf. »Also, was passiert als Nächstes?«

»Hier lang, kleiner Hund.«

»Oder du könntest mich einfach Toni nennen.«

»Könnte. Werde nicht.«

Sie beschloss, sich über diesen Punkt nicht mit ihm zu streiten, und folgte der Gruppe den Flur hinunter. Sie fühlte sich an Versailles in Frankreich erinnert, mit den stattlichen Marmorböden und Spiegeln, die vom Boden bis zur Decke reichten und den gesamten Korridor säumten. Alles war sehr aufwendig, für ihren Geschmack aber ein klein wenig zu üppig. Während sie weitergingen, stürmten Ricky und Barinov mit gezogenen Waffen aus einem der großen Zimmer.

Der Raum, aus dem die beiden Männchen auftauchten, befand sich auf der anderen Seite des Hauses – sie mussten um den sehr weitläufigen Palast herumgesprintet sein, um so schnell hier sein zu können.

»Geht's dir gut?«, fragte Ricky sie. Zur Abwechslung sah sie kein hämisches Grinsen in seinem Gesicht, sondern echte Besorgnis.

»Mir geht's gut.« Aber gerade, als sie das sagte, vibrierte ihr Telefon. Noch eine SMS. Seufzend angelte Toni ihr Telefon aus der Gesäßtasche ihrer Jeans. Sie war von ihrer Mutter.

> Frage … Hast Du Novikov gesagt, dass er den Bodenbelag austauschen kann? In unserer MIETwohnung?

Toni wusste noch nicht einmal, was zur Hölle das bedeuten sollte. Und warum stellte ihre Mutter ihr diese Frage so spät am Abend? Spät nach New Yorker Zeit jedenfalls, denn dort war es noch nicht einmal vier Uhr morgens. Und was zur Hölle war zu Hause eigentlich los? Warum benahmen sie sich alle so lächerlich?

»Toni?«

Sie schaute zu Ricky hinauf. »Was?«

»Dein Hals wird ganz rot.«

Toni rieb sich mit den Händen den Hals. »Oh. Das. Ja. Das passiert manchmal.«

»Kann ich dir irgendwie helfen?«

»Niemand kann mir helfen.« Sie schob ihr Handy wieder in ihre Jeans. »Bringen wir das hier einfach zu Ende.«

Vielleicht, nur vielleicht, wenn sie diese Verhandlungen schnell hinter sich bringen konnte, könnte sie heute Abend schon in einen Flieger steigen und wieder nach Hause fliegen, bevor ihre ganze Familie implodierte.

Ja. Ausgezeichneter Plan.

Toni wandte sich an Zubachev. »Bringen wir die Sache ins Rollen, Mr. Zubachev.«

Er nickte und ging weiter den Flur hinunter. Sie alle folgten ihm, bis er ein Zimmer erreichte. Er trat ein und wartete darauf, dass Toni, Ricky und Barinov ihm folgten. Als sie alle im Zimmer waren, sagte er: »Wartet hier.«

Zubachev ging wieder hinaus und schloss die Tür hinter sich. Die drei starrten einander an, bis sie sich alle mit einem Schulterzucken auf die verfügbaren Stühle und die Couch setzten. Sie blieben knapp drei Stunden in dem Raum sitzen, bevor Zubachev wieder zurückkehrte.

Er sah Toni an. »Komm morgen wieder. Neun Uhr früh.«

Dann ging er hinaus.

Schockiert glotzte Toni auf die Stelle, an der der Bär gestanden hatte, aber Barinov erhob sich und fragte: »Habt ihr Hunger? Weil ich nämlich am Verhungern bin.«

»Warte. War's das?«

»Bis morgen.«

»Ich verstehe nicht. Warum kann ich mich nicht heute mit Asanov treffen?«

»Das könnte eine Menge Gründe haben.« Barinov dachte einen Moment lang nach. »Aber wahrscheinlich wollen sie dich einfach nur zappeln lassen.«

Er ging zur Tür, und Toni rappelte sich aus ihrem Stuhl auf. »Aber morgen werden sie mich treffen, richtig?«

Barinov sah sie an und zuckte mit den Schultern. »Wahrscheinlich. Vielleicht. Schon möglich.«

Ricky schaute zu ihr hinunter. »Schätzchen, dein Hals wird schon wieder ganz rot.«

Früh am Morgen, die Sonne war kaum aufgegangen, stand Bo Novikov im Garten hinter dem gemieteten Haus der Schakale.

Es war ein wirklich schönes Plätzchen. Gut für Kinder. Nun, gut für die meisten Kinder. Nicht für diese Kinder. Diese Kinder waren Dämonen, direkt aus der Höllengrube.

Bo mochte sie.

Besonders Kyle. Dieser Junge hatte eine große Zukunft als grandioser Künstler vor sich ... oder er würde eines Tages von seiner Gefährtin vergiftet werden. Beides war möglich.

Trotzdem hatte Bo nicht erledigt, weswegen er hergekommen war. Noch nicht. Er hatte die Zeitpläne für diese Kinder noch nicht erstellt. Er musste zugeben, dass er geglaubt hatte, es würde ganz leicht werden. Blayne hatte versucht, ihn zu warnen. Sie hatte gesagt, es wäre, als würde man mit zehn kleinen Bos arbeiten. Einer der Welpen, die Achtzehnjährige, bei der immer alle ganz still wurden, wenn sie durchs Zimmer schwebte, brauchte keinen Zeitplan. Sie meinte zwar, sie habe Unterricht, aber bei wem oder worin, wusste Bo nicht, und es war ihm auch egal.

Aber die anderen ... die anderen hatte *alle* Unterricht. Sogar die Dreijährigen. Die Zwillinge würden ab der kommenden Woche Kurse bei Berlitz belegen, um noch *mehr* Sprachen zu lernen. Sie hatten Bo bereits auf Deutsch, Russisch und Kantonesisch beschimpft. Drei Sprachen, die er selbst ein bisschen konnte, weil er im Laufe der Jahre in all diesen Sprachen schon von gegnerischen Spielern verflucht worden war. Tatsächlich konnte Bo genau aus diesem einfachen Grund in fast allen Sprachen fluchen.

Trotzdem war es viel schwieriger, als er gedacht hatte, mit einem sehr und einem etwas weniger beschäftigten Elternteil die prallvollen Zeitpläne für neun Welpen zu erstellen, eben weil alle neun Kinder dieselbe Getriebenheit hatten wie Bo. Sie wollten keinen Millimeter nachgeben. Es interessierte sie nicht, dass es eines ihrer Geschwister problemlos zu seinem Kurs für Fortgeschrittene schaffen würde, wenn sie bereit waren, einen Fortgeschrittenenkurs in ihrem Spezialgebiet zu besuchen, der etwas später am Tag stattfand. Es war ihnen egal, dass es der ganzen Familie besser gehen würde, wenn sie nur ein klein wenig nachgaben. Alles, was sie interessierte, war, genügend Zeit zu haben, das zu tun, was sie liebten und worin sie gut waren.

Ja. Bo bewunderte das, aber es machte die ganze Sache auf jeden Fall schwieriger. Zu dumm also für die Gören, dass Bo eine Verpflichtung eingegangen war, und wenn er erst einmal eine Verpflichtung eingegangen war, dann war das alles, was *ihn* interessierte. Deshalb würde er auch nicht aufgeben, ganz gleich, wann Toni wieder zurückkam. Auch wenn Tonis Mutter, Jackie, von ihrer Tochter gehört hatte und es aussah, als würde ihre Reise noch etwas länger dauern, als Toni geplant hatte. Vielleicht hätte Bo sie warnen sollen, dass Verhandlungen mit Russen zu den schwereren – und unterhaltsameren – Dingen gehörten, die man im Leben tun konnte. Ob Bären oder Vollmenschen, die Russen waren harte Verhandlungspartner.

Bo hörte ein Rascheln in den nahen Büschen. Er drehte sich noch rechtzeitig um, um zu sehen, wie eines der Parker-Kinder herauskrabbelte. Seine Hände, sein Gesicht und die Knie seiner Jeans waren verdreckt, als der kleine Junge aufstand und vor Schreck erstarrte, als er Bo vor sich stehen sah.

»Was hast du da gemacht?«, fragte Bo den Jungen.

»Ähm … gegraben?«

»Fragst du mich das oder sagst du es mir?«

Der Junge bewegte sich auf ihn zu. »Das kommt drauf an, ob Sie mich verraten.«

»Hast du eine Leiche vergraben?«

Mit weit aufgerissenen Augen schüttelte der Junge den Kopf. »Nein, Sir.«

»Dann gibt's auch nichts zu verraten.«

Mit einem strahlenden Lächeln auf dem Gesicht sagte der Junge: »Ich bin Freddy.«

»Der Siebenjährige.«

»Richtig.«

»Hast du was Wichtiges vergraben, Freddy?«

»Wichtig für mich.«

»Das ist alles, worauf es ankommt.«

»Ich vergrabe nur Sachen, die mir wichtig sind.«

»Warum?«

»Ich glaube, das hat eine Menge mit meiner Hunde-Abstammung zu tun.«

»Wie ein Hund, der einen Knochen vergräbt?«

»Ganz genau! Toni mag dieses Beispiel nicht, aber in wissenschaftlicher Hinsicht scheint es das präziseste zu sein.«

Gott. Bo vergaß immer wieder, wie schlau diese Kinder wirklich waren, weil es ihm nie in den Sinn gekommen wäre, die Tatsache zu analysieren, dass er Walrossspeck mochte oder ständig gegen sein Bedürfnis ankämpfen musste, einfach die ganze Zeit zu schlafen, bis Blayne ihm das Abendessen brachte.

Der Junge betrachtete ihn einen Moment lang und fragte dann: »Macht es Ihnen gar nichts aus, hier zu sein?«

»Nein.«

»Liegt das daran, dass Sie Kyle so ähnlich sind?«

Darüber musste Bo grinsen. »Nein.«

Freddy kam noch weiter auf Bo zu, bis er nur noch ein paar Zentimeter von ihm entfernt war und zu ihm hinaufschaute. Dann wartete er. Zumindest fühlte es sich so an. Als würde der Junge auf irgendetwas warten. Bo wusste nicht, worauf, aber es war ein komisches Gefühl, einfach nur so dazustehen, deshalb sagte er: »Du bist ziemlich früh auf.«

»Nicht für mich.«

Nach dieser Aussage sagte der Junge nichts mehr, starrte ihn aber weiter an. Schließlich hielt Bo es nicht mehr aus.

»Wolltest du mich noch was fragen, Freddy?«

»Kann ich auf Ihren Schultern stehen?«

»Was?«

»Kann ich auf Ihren Schultern stehen? Nur für eine Minute oder so.«

»Warum?«

»Ich will wissen, wie es ist, so groß zu sein.«

Bo wollte gerade erklären, dass die Chancen für einen Schakal, jemals so groß zu werden wie er – ein Löwen-Bären-Hybride – gegen null gingen, entschied sich dann aber dagegen. Tatsächlich konnte er in seinem Kopf deutlich hören, wie Blayne ihn warnte, das *nicht* zu Freddy zu sagen. Also beugte sich Bo stattdessen nach unten und streckte seinen Arm aus. Der Junge hielt sich mit beiden Händen daran fest, und Bo hob ihn hoch und setzte seine kleinen Füße auf seinen Schultern ab. Als der Junge sicher auf seinen Schultern stand und er seine Hände fest um Freddys Knöchel geschlungen hatte, richtete Bo sich auf.

»Wooooooow«, stieß Freddy aus. »Ich kann von hier oben die ganze *Welt* sehen.«

Darüber musste Bo lächeln.

»Ich wette, Sie finden es toll, so groß zu sein, Mr. Novikov.«

»Ich hab nichts dagegen. So ist es leichter, Blayne in einer Menschenmenge zu finden. Sie hüpft gerne mal, anstatt zu gehen. Deshalb suche ich einfach nach ihrem Kopf, der irgendwo auftaucht, und finde sie meistens ganz schnell wieder.«

»Ich mag Blayne. Sie lächelt oft.«

»Das tut sie.«

»Und sie ist gut darin, mich zu beruhigen.«

»Das ist sehr wichtig für dich, oder, Freddy?«

»Ist es. Sonst mache ich Sachen, die ich nicht machen soll. Toni ist ausgezeichnet darin, mich zu beruhigen, aber Blayne ist auch gut.«

Natürlich war Blayne deshalb so gut darin, andere zu beruhigen, weil sie jahrelang Aggressionsbewältigungskurse hatte besuchen müssen – für gewöhnlich aufgrund eines Gerichtsurteils.

Bo wusste nicht, wie lange sie beide nun schon dort standen, aber es war ein netter, entspannter Start in den Tag.

»Bo?«

Als er die Stimme seiner Verlobten hörte, sah Bo zu Blayne hinüber. »Hey, was gibt's?«

»Alles okay?«

»Wir gucken nur in die Welt«, antwortete er.

Grinsend kam Blayne auf die beiden zu, klatschte in die Hände und streckte ihre Arme zu Freddy aus. »Deine Mom sucht dich, Fredster.«

»Okay.«

Der Junge sprang von Bos Schultern in Blaynes Arme. Dankbarerweise war Blayne Mitglied eines Rollschuhderby-Teams und es war ihr ein Leichtes, Freddy aufzufangen, ohne auf den Hintern zu fallen, obwohl er aus so großer Höhe heruntersprang.

Sie stellte Freddy auf dem Boden ab, und er rannte zur Hintertür. »Danke, Mr. Novikov!«

»Gern geschehen.«

Blayne lächelte zu Bo hinauf.

»Was?«

»Ich bin nur so …«

»Gibt's einen Grund, warum du hier rausgekommen bist?«, unterbrach er sie, bevor sie ihm schon wieder sagen konnte, wie stolz sie auf ihn war, weil er es geschafft hatte, noch keins der Parker-Kinder umzubringen. »Oder wolltest du nur sichergehen, dass ich noch keins von den Kleinen zertrampelt hab?«

»Ich hab es schon mal gesagt und ich wiederhole mich gerne noch mal: Du guckst eben nicht immer, wo du hintrittst. Aber deshalb bin ich nicht hier.«

Bo seufzte. »Und warum dann?«

Blayne nahm Bos Hand und führte ihren Gefährten und zukünftigen Ehemann zurück ins Haus der Jean Louis Parkers und in den Ballsaal im Erdgeschoss. Kyle hatte Arbeiter damit beauftragt, einen riesigen Block aus weißem Marmor für ihn dort aufzustellen. Und direkt neben diesem Block standen Kyle, Troy und Oriana und stritten sich. Diese drei stritten sich die ganze Zeit. Wirklich. Die. Ganze. Zeit.

»Du bist ein richtiger kleiner Scheißkerl, Kyle!«, keifte Oriana ihren Bruder an.

»Ich brauche den Platz!«, kläffte Kyle zurück.

»Ich auch!«

»Und was ist mit mir?«, wollte Troy wissen.

»Du stellst Gleichungen auf«, erinnerte Oriana ihren Bruder. »Wofür in aller Welt solltest du *bitte* so viel Platz brauchen?«

»Ich brauche den Platz an den Wänden. Damit ich meine Gleichungen aufschreiben«, er deutete mit der Hand den Flur hinunter, »und in einer langen Reihe sehen kann.«

»Du bist ein Idiot«, seufzte Oriana. »Nur ein dickköpfiger Idiot.«

»Und du bist eine verklemmte kleine …«

»Das reicht!«, ging Bo dazwischen und beeindruckte Blayne mit seiner nüchternen Herangehensweise an fluchende Kinder. »Genug jetzt.«

»Das können Sie sofort wieder vergessen, Mr. Novikov«, sagte Kyle und kippte auf die Fersen seiner Turnschuhe, die beim Gehen blinkten und Blayne daran erinnerten, dass dieses selbstbewusste Kind erst elf war. »Die Arbeiter sind schon weg. Der Marmor bleibt also, wo er ist.«

Bo schnaubte. »Tatsächlich?«

Bo ging zu dem riesigen Block aus wunderschönen Marmor, von dem Blayne annahm, dass Kyle vorhatte, eine Statue daraus zu meißeln, und betrachtete ihn einen Moment lang. Er ging darum herum. Dann packte er den Marmorblock von hinten und zerrte ihn mit einem Grunzen über den Boden, als sei er ein voller Kühlschrank.

Blayne klatschte die Hände auf den Mund, als sie sah, dass Bo tiefe Rillen im Parkettboden hinterließ.

Als er sich am anderen Ende des Raumes befand, ließ Bo den Marmorblock los und ging wieder zu den Kindern zurück. Sie glotzten ihn an, mit einer Mischung aus Angst, Neid und Bewunderung auf ihren Gesichtern.

»Du bringst hier keine riesigen Marmorblöcke mehr rein, Kyle, verstanden?«

»Wissen Sie, wie viel der wiegt?«, fragte Kyle und glotzte noch immer.

»Und«, verkündete Bo den dreien, »es wird niemand mehr diesen Raum für sich selbst beanspruchen. Ich übernehme ihn für den Moment. Ich brauche mehr Platz, als ich in der Bibliothek habe.«

»Es waren zehn Vollmenschen nötig, um den zu bewegen«, fügte Troy hinzu. »Zehn.«

»Vollmenschen sind von Natur aus schwach. Das solltet ihr ihnen nicht vorwerfen.«

»Tun wir ja gar nicht«, murmelte Oriana. »Sie machen uns einfach nur Angst.«

»Dann solltet ihr mich besser nicht wütend machen.« Bo sah jedes der Kinder einzeln an, bevor er fragte: »Verstanden?«

Alle drei nickten.

»Gut. Und jetzt hab ich Hunger. Lasst uns was essen.« Er ging aus dem Raum und zwinkerte Blayne im Vorbeigehen zu.

Die beiden Jungen folgten ihm, und Kyle befand, dass Bo einfach »wundervoll« war.

Oriana blieb vor Blayne stehen. »Ich weiß«, sagte sie über ihren Bruder, »ich weiß.«

»Na ja … Bo *ist* wundervoll.« Sie hätte einfach nur nicht erwartet, dass ein elfjähriger Junge sich dabei wohlfühlen würde, das laut auszusprechen.

Kapitel 19

Am dritten Tag glaubte Toni ernsthaft, ihr Kopf würde explodieren.

Drei Tage lang hatte sie nun gezwungenermaßen in diesem Zimmer gesessen. Drei Tage lang hatte sie gezwungenermaßen stundenlang gewartet, bis jemand kam, der ihr sagte: »Versuch es morgen noch mal.« Und drei Tage lang hatte sie gezwungenermaßen ihr Temperament im Zaum gehalten.

Obwohl Toni vorher gar nicht bewusst gewesen war, dass sie ein solches Temperament hatte. Je mehr sie sie warten ließen, desto übler wurde es. Aber was die ganze Sache noch schlimmer machte, waren die beiden Männchen, mit denen sie hier festsaß.

Sie ließ ihren Blick durch den Raum schweifen. Erst zu Vic Barinov. Er las ein Buch über teutonische Ritter und ihre Schlachten.

Ernsthaft? *Ernsthaft?* War es wirklich so wichtig, etwas über teutonische Ritter zu lesen? Wo gerade ihr ganzes Leben um sie herum zusammenbrach?

Da sie wusste, dass sie nur wenige Augenblicke davon entfernt war, dem Mann die Nase abzubeißen, richtete Toni ihre Aufmerksamkeit lieber auf den Wolf. Im Gegensatz zu dem Hybriden las er nicht. Er saß nur da und starrte seelenruhig an die Wand. Wie schaffte er das nur? Wie schaffte das *irgendjemand*, der sich nicht ohnehin bereits in einer Art katatonischem Zustand befand?

Diese ganze Situation war völlig krank! Und machte sie total verrückt. Und noch schlimmer waren die regelmäßigen SMS ihrer Familie. SMS auf SMS auf SMS, die gerade genügend Informationen enthielten, damit Toni sich ernsthafte Sorgen um ihre kollektive Sicherheit machte.

Und interessierte irgendetwas davon diese Bären? Nun, sie

hatte keine Ahnung, weil sie noch mit keinem von ihnen gesprochen hatte. Stattdessen hatte sie einer der Bären in »Den Raum« geführt, wie Toni das Zimmer jetzt nannte, und sie stundenlang dort sitzen lassen, bis sie ein anderer Bär wieder hinausführte.

Aber nicht mit ihr. Heute würde es anders laufen. Heute würde sie aufstehen und sagen: »Mir reicht's!«

Doch bevor sie das tun konnte, ging die Tür auf und irgendein Bär glotzte sie an und sagte: »Du kannst jetzt gehen.«

Mit einem Jaulen, bei dem der Bär rückwärts wieder aus der Tür stolperte, sprang Toni auf, schnappte sich ihren Rucksack und stürmte aus dem Raum. Sie schaute sich nicht um, um zu sehen, ob ihr die beide Männchen folgten, die sie begleiteten, weil es sie nicht mehr kümmerte. Die beiden kümmerten sie nicht mehr. Genauso wenig wie dieser Job. Oder diese Bären. Oder irgendetwas anderes im Universum. Sie hatte die Nase von allem und jedem gestrichen voll.

Toni erreichte den Wagen als Erste und klopfte ungeduldig mit dem Fuß auf, während die beiden Männchen zu ihr schlenderten. Barinov schloss die Türen auf, und Toni stieg ein. Sie warf ihren Rucksack auf den Boden, zog ihre Füße auf den Sitz und schlang ihre Arme um ihre Schienbeine. Sie bemühte sich, ihre Atmung zu kontrollieren, da sie wusste, dass eine Panikattacke im Anmarsch war. Ja, genau wie Freddy und Cherise litt auch Toni hin und wieder unter Panikattacken, aber sie hatte in den vergangenen Jahren hart daran gearbeitet, das Problem in den Griff zu bekommen, da sie es sich nicht leisten konnte, eine Panikattacke zu haben, wenn ihre Geschwister auch gerade eine hatten.

Und schon ein paar Tage unter fanatischen Bären schienen all die gute Arbeit ihres Therapeuten zerstört zu haben. Das war einfach inakzeptabel!

»Wie geht's dir, Schätzchen?«, fragte der Wolf vom Beifahrersitz aus.

Toni vergrub ihre Fingernägel in ihren Händen und log: »Bestens.«

Ricky schaltete den Fernseher in seinem Zimmer an, machte ihn aber schnell wieder aus. Er verstand kein Russisch und würde es jetzt auch nicht lernen, und es war einfach irgendwie verstörend, sich einen John-Wayne-Film anzuschauen, der in einer anderen Sprache synchronisiert war und in dem niemand Amerikanisch sprach. Oder, wie seine Schwester ihn gerne verbesserte: »Du meinst Englisch, du Volltrottel!«

Also schnappte sich Ricky einen Laptop und ließ einen der Filme laufen, die er auf seiner Festplatte gespeichert hatte. Er fing gerade an, das Original von *Ocean's Eleven* richtig zu genießen, als Vic an seine Tür klopfte.

»Wir wissen doch beide, dass du einen Schlüssel hast«, rief Ricky.

Ein paar Sekunden später stand der Hybride in seinem Zimmer. »Natürlich hab ich einen Schlüssel, aber das bedeutet ja nicht, dass es richtig ist, dass ich hier einfach so reinplatze, ohne vorher zu fragen. Ich bin keine Hauskatze, weißt du?«

»Du meinst doch eigentlich Löwen, oder?« Ricky nahm seine Titans-Kappe ab und warf sie auf den Couchtisch. »Okay, wie lange wird die Sache hier noch dauern?«

»Bin nicht sicher.«

»Ich will ehrlich mit dir sein, Vic. Ich bin mir nicht sicher, wie lange sie noch …«

Ricky verstummte plötzlich und schaute zu Vic hinauf. Gleichzeitig eilten beide auf die Türen zu, die Rickys Zimmer von Tonis trennten. Vic öffnete die erste Tür, und Ricky trat die zweite ein, da er annahm, dass sie verschlossen war. Sie stürzten hindurch und erstarrten auf der Stelle.

»Heilige Scheiße, Rick.«

»Ich weiß.«

Es sah aus, als sei ein Tornado durch das Zimmer gefegt. Alles darin war zerfetzt. Die Tagesdecke, die Laken, die Bettdecken, die Kissen, das Bett, der Schreibtisch, der Fernseher und das Möbel, auf dem der Fernseher gestanden hatte. Alles. Und es war nicht nur zertrümmert oder von einem kleinen schmollenden

Mädchen kaputtgemacht worden. Nein. Das hier waren Hundeschäden. Krallen und ein Hund hatten all das angerichtet.

Und jetzt … haute dieser Hund seine Krallen in die Zimmertür und versuchte, sich seinen Weg freizukratzen und zu beißen. Es war, als hätte Toni vergessen, dass sie zwei Daumen hatte.

»Kann ich es *jetzt* sagen?«, fragte Vic.

Ricky seufzte. »Schön, von mir aus.«

Der Hybride lehnte sich näher zu ihm. »Trennungsangst, Kumpel.«

Ricky, der ebenfalls zur Gattung der Hunde gehörte – aber genau wie Toni kein Hund war – schämte sich, es zuzugeben. Aber ja: Das hier war ganz eindeutig Trennungsangst. Sie litt unter Trennungsangst, weil sie von ihrer Familie getrennt war. Und je länger die Bären sie warten ließen, desto schlimmer wurde es.

»Und was wollen wir jetzt tun?«, fragte Barinov.

»Das Einzige, was wir tun können.«

Toni wusste, dass sie die Kontrolle verlor, aber sie konnte nichts dagegen tun. Was sie jedoch überraschte, war, dass Ricky zuließ, dass sie die Kontrolle verlor und nicht viel mehr tat, als sie von der Zimmertür fernzuhalten.

Auch als sie sich wieder auf das Bett stürzte und sich hineingrub, bis sie auf Federn und Holz traf – hielt er sie nicht auf. Selbst als sie anfing, das Holz und die Federn zu zerkauen und sie durchs ganze Zimmer zu spucken – hielt er sie nicht auf.

Und als sie begann, die Glastüren anzufallen, die auf den Balkon hinausführten, hielt er sie auch nicht auf.

Aber als es später dunkel wurde, gegen acht Uhr abends, hob der Wolf plötzlich ihren Schakalkörper hoch, steckte sie in seinen leeren Matchsack und verließ das Hotel. Vielleicht gingen sie ja nach Hause! Vielleicht hatten sich die Bären ja doch endgültig geweigert, sich mit einem niederen Hund zu treffen. Vielleicht … vielleicht …

Noch immer in der Tasche wurde Toni unsanft auf den Rücksitz des Wagens geworfen, und sie setzten sich in Bewegung. Nach etwa fünfundvierzig Minuten blieb der Wagen stehen, und Toni wurde in der Tasche vom Rücksitz gezerrt, bevor sich der Sack öffnete und umgedreht wurde.

Toni landete auf dem Rücken und sah zu dem Wolf hinauf.

»Laut Vic befinden wir uns hier in Hunde- und Katzenterritorium. Das ist deine Chance, zu rennen. Renn dir dein kleines Herz aus dem Leib. Renn dir alles von der Seele. Denn wenn du das erst mal getan hast, kannst du vielleicht wieder klar denken und diesen gottverdammten Job zu Ende bringen.« Er warf die Hände in die Luft. »Sieh nur, was du mit mir gemacht hast! Jetzt bin ich schon genauso blasphemisch wie du!«

Toni drehte sich um und starrte in die dunkle, aber saftig grüne sibirische Landschaft in der Nähe des Baikalsees hinaus. Gott, sie wollte unbedingt rennen. Sie wollte rennen, bis alles in ihr wehtat.

Sie stellte sich gerade auf ihre vier Beine, als ein großer, buschiger Schwanz gegen ihre Schnauze schlug. Einmal, zwei Mal. Ricky hatte sich in seine Wolfsgestalt verwandelt und schob ihr seinen Hintern ins Gesicht. Unhöflich!

Toni machte einen Satz auf den Rücken des Wolfes und sprang dann wieder von ihm herunter. Sie wedelte mit ihrem Schwanz in seinem Gesicht herum, bevor sie davonrannte. Als sie sich umschaute, sah sie, dass der Wolf direkt hinter ihr war.

Lachend legte Toni an Geschwindigkeit zu und rannte sich das Herz aus dem Leib.

Reece wurde auf die Hauptetage des Gestaltwandler-Bereichs bestellt, um sich fotografieren zu lassen. Es machte ihm nichts aus, fotografiert zu werden. Im Gegensatz zu seinen Brüdern war er wirklich fotogen. Trotzdem: Hier rumzusitzen und darauf zu warten, gestylt und höchstwahrscheinlich eingeölt zu werden wie ein Pornostar, fand er doch ein wenig unbehaglich. Und wenn Reece ein wenig unbehaglich war, suchte er nach etwas, womit er sich ablenken konnte. Etwas, das er wahrscheinlich nicht tun sollte, bei dem er sich aber nicht beherrschen konnte, weil ihm so schnell langweilig wurde.

Das war nicht seine Schuld, er war einfach schon so zur Welt gekommen. Laut seiner Momma war er schon als Baby so gewesen. »Ich konnte dich keine fünf Minuten lang allein lassen, Reece Lee Reed«, erzählte seine Momma noch heute. »Denn sobald ich dir den Rücken zugedreht hab, hast du irgendwas Dummes gefunden, was du anstellen konntest.«

Was viele jedoch nicht verstanden, war, dass Reece gar nicht immer nach Ärger suchte. Manchmal fand ihn der Ärger auch von ganz allein. Manchmal schlich sich der Ärger direkt an ihn heran und setzte sich neben ihn auf die Bank.

Wie jetzt.

»Na, hallo auch, Reece Lee.«

Reece aß weiter sein Käsesteak-Sandwich und erwiderte: »Hi, Laura Jane.«

»Hab gehört, dass dein großer Bruder die Stadt verlassen hat.« Sie legte ihre Hand auf ihre Brust, und der V-Ausschnitt ihres engen weißen T-Shirts brachte ihr Dekolleté bestens zur Geltung. »Ich hoffe, das hat nichts mit meiner Wenigkeit zu tun.«

»Äh … Rory hat die Stadt verlassen?«

Laura Janes linkes Auge zuckte kaum merklich.

Reece wusste, dass Laura Jane ihn immer für dumm gehalten hatte. Und manchmal konnte er das auch sein. Aber die meiste Zeit machte es ihm einfach Spaß, die Leute zu reizen, indem er den Trottel spielte. Es war einer der Hauptgründe, warum Bo Novikov darauf bestand, ihn bei jeder Gelegenheit zu verprügeln. Ganz ehrlich, Reece sollte den jähzornigen Hybriden in Ruhe lassen, aber er konnte eben nicht anders. Der Mann war einfach so verklemmt!

»Nicht Rory», entgegnete Laura Jane, und es gelang ihr immer noch, ihre Stimme süß und sinnlich klingen zu lassen. »Ich spreche von Ricky Lee.«

»Oh. Ja. Er ist in Russland.« Reece biss von seinem Sandwich ab, kaute ein bisschen und fügte dann hinzu: »Aber ich bin mir sicher, dass es nichts mit dir zu tun hatte.«

Laura Jane räusperte sich und wischte sich dann den Krümel des Käsesteaks ab, der auf ihrer Wange gelandet war. Gott, war er unhöflich. Unhöflich!

Die Wölfin versuchte es erneut, schob sich auf der Bank näher an ihn heran und stellte sicher, dass sie sich tief genug nach unten beugte, damit er ihr in den Ausschnitt gucken konnte. Nein. Da war kein BH. Obwohl der dringend nötig gewesen wäre.

»Weißt du, Reece Lee, ich hab so viel Gutes über dich und die Hockeymannschaft gehört.«

»Ehrlich? Weil die meisten sagen, ich sei nur ein guter alter Rammbock. ›Keine Technik‹, das höre ich besonders oft. Kein Stil. Nur Kloppereien.«

»Das ist irgendwie sexy.«

»Ehrlich? Meine Momma sagt, es sei traurig, dass sie sich am Ende um mich kümmern muss, wenn ich einen Hirnschaden habe.«

Reece sah, dass sich Laura Janes Geduld allmählich dem Ende zuneigte, aber sie befand sich auf einer Mission, deshalb würde sie sich zusammenreißen, solange sie konnte. Er fragte sich, was sie vorhatte. War sie wirklich so verzweifelt, dass sie es für eine gute Idee hielt, sich zwischen die Reed-Jungs zu drängen? Oder, noch viel wichtiger, dass das überhaupt möglich war?

Der Titel »Reed-Jungs« wurde nicht einfach leichtfertig an sämtliche Reed-Männchen vergeben. Geschwister mussten ihn sich erst verdienen und ihn anschließend verteidigen, und sie verteidigten ihn durch Loyalität. Reece mochte seinen Bruder vielleicht täglich, manchmal sogar stündlich quälen, aber das bedeutete nicht, dass er jemals mit einer Frau schlafen würde, an der Ricky interessiert war.

Was Laura Jane allerdings nicht wusste, war, dass Reece sie hier und jetzt ficken konnte, direkt auf dieser Bank, vor Gott und der Welt, und er war sich ganz sicher, dass es Ricky Lee scheißegal gewesen wäre. Es wäre ihm schon vor zwei Wochen scheißegal gewesen, aber jetzt war es ihm besonders scheißegal. Denn jetzt hatte er ein Auge auf diese kleine Schakalin geworfen. Und Reece wusste auch, warum Ricky so fasziniert von ihr war. Es lag höchstwahrscheinlich an diesen Haaren. Sie waren so wild und lockig und sahen immer aus, als sei Toni nach einer Nacht mit wildem Sex gerade erst aus dem Bett aufgestanden. Es gab nur wenige Männer, die so etwas widerstehen konnten.

Trotzdem wollte Reece wissen, was Laura Jane vorhatte. Immerhin hatte sie bereits erfolgreich seine Schwester verarscht. So ordentlich, dass Ronnie Lee sogar zu Hause in Tennessee angerufen hatte, um sich zu beschweren. Ronnie Lee rief nicht oft zu Hause in Tennessee an. Selbst als sie erfahren hatte, dass sie schwanger war, war Reece derjenige gewesen, der es ihrem Daddy erzählt hatte, der es wiederum ihrer Momma erzählt hatte, die anschließend Ronnie Lee angerufen und sie angebrüllt hatte, weil sie sie nicht selbst angerufen hatte. Wie dem auch sei: So sollten Familien funktionieren – in einem netten kleinen Kreislauf der Verärgerung.

»Weißt du was, Reece?«, schlug Laura Jane mit sanfter Stimme vor, und ihre Brust streifte dabei seinen Arm. »Warum gehen wir zwei nicht irgendwo hin und unterhalten uns ein bisschen. Ich mach mir Sorgen um Ricky Lee. Ich schwöre, dass ich nicht hergekommen bin, um ihm irgendwelche Probleme zu machen.«

Um ehrlich zu sein, hätte Reece sich lieber von einem Berg gestürzt, aber um herauszufinden, was diese egozentrische kleine Schlampe vorhatte …

»Hey«, blaffte ihn eine tiefe Stimme hinter ihm an. »Hinterwäldler! Kommst du jetzt oder nicht? Ich hab schon die ganze Zeit auf dich gewartet.«

Reece sah zu dem kleinen Weibchen hinauf, dessen Geruch ihn an nichts erinnerte, was er schon mal irgendwann gerochen hatte. Sie war keine Hybride, aber sie gehörte auch keiner Gattung oder Art an, der er schon einmal begegnet war. Und sie wollte ihm einfach nicht sagen, was sie war. Was war sie? Es trieb ihn beinahe in den Wahnsinn!

»Hast du?«

»Ich schieße dein Foto. Schon vergessen?«

»Du bist also die Fotografin, ja?« Reece zuckte mit den Schultern. »Okay, äh …«

»Livy.« Sie nickte mit dem Kopf. »Komm jetzt.«

Reece erhob sich, aber Laura Jane packte ihn mit überraschend starken Händen am Arm. »Entschuldige«, kläffte die ehemalige Debütantin Livy praktisch an, »aber wir unterhalten uns gerade.«

»Und wir haben eine Verabredung, also verpiss dich.«

Laura Jane stand ganz langsam auf. »Willst du dich wirklich mit *mir* anlegen?«

»Herzchen, ich versuche, nett zu dir zu sein. Aber an deiner Stelle würde ich mein Glück bei mir nicht zu sehr strapazieren.«

»Bei dir? Du winziger kleiner Hybriden-Freak? Was willst du denn tun?«

»Moralisch verwerfliche Dinge, die die meisten Menschen als abstoßend empfinden würden.«

Die Wölfin gaffte Livy an. Sie war weder an den nüchternen Tonfall noch an die eigenartig formulierte Drohung gewöhnt.

Laura Jane schaute Reece an, aber alles, was er tun konnte, war, mit den Schultern zu zucken. Was erwartete sie denn von ihm?

Angewidert von seiner ausbleibenden Reaktion funkelte Laura Jane Livy von oben herab an. »Geh mir aus den Augen, Freak«, befahl sie.

Reece kannte Livy nicht sehr gut, aber irgendetwas sagte ihm, dass es nicht die Worte waren, die sie wütend machten, sondern der Stoß, mit dem Laura Jane sie unterstrich, als sie die kleinere Frau unsanft an den Schultern schubste. Denn beinahe im selben Moment klappte sie das Butterfly-Messer gekonnt aus und schnitt Laura Jane in den Arm.

Schockiert – Gestaltwandler kämpften nur mit Reißzähnen und Krallen gegen andere Gestaltwandler, niemals mit Waffen –

wich Laura Jane taumelnd vor Livy zurück. Das winzige Weibchen holte erneut mit der Klinge aus und ließ sie diesmal über Laura Janes Brust sausen. Reece sah Blut aus beiden Wunden fließen.

Dann klappte Livy die Klinge wieder ein und steckte sie in die Gesäßtasche ihrer Jeans zurück, bevor sie mit einer Hand ausholte und Laura Jane mit ausgefahrenen Krallen ins Gesicht und auf den Hals schlug. Livy versetzte der Wölfin einen Tritt, der sie zu Boden beförderte, landete auf ihr und schlug immer wieder auf Laura Jane ein, bis die Wölfin ausgeknockt war und von ihrem eigenen Blut überströmt dalag.

Livy stand wieder auf, ließ ihre Halswirbel knacken und ging zu Reece hinüber. Er starrte sie an und fragte sich, ob sie ihn als Nächsten verprügeln würde. Aber stattdessen schnappte sie sich die andere Hälfte seines Käsesteak-Sandwiches und begann zu essen.

»Also, bringen wir das jetzt über die Bühne oder was?«, fragte sie ruhig.

»Ja«, antwortete er schnell und versuchte, die noch immer ausgefahrenen, blutbefleckten Krallen zu ignorieren, die sich nun um das Brot und das Fleisch schlossen. »Ja, sicher.«

Reece stand auf, aber als er über seine Schulter blickte, sah er, dass Ronnie Lee, Sissy Mae und die New Yorker Smith-Wölfinnen dastanden und sie beobachteten. Gott, das war gar nicht gut. Laura Jane war trotz allem eine Smith. Und die Smith-Loyalität bedeutete alles, auch wenn ein Smith sie nicht unbedingt verdient hatte.

Aber falls Livy sich Sorgen machte … dann ließ sie es sich nicht anmerken. Tatsächlich zeigte sie nicht die geringste Angst. Sie aß nur weiter sein köstliches Sandwich, starrte die Wölfinnen an und wartete.

Als Livy den letzten Bissen des Sandwiches hinuntergeschluckt hatte, rülpste sie laut.

»Bist du so weit?« ,fragte sie ihn schließlich.

»Ja, ich bin so weit.«

»Gut. Ich muss nämlich auch noch eine lange Liste mit anderen Schwachköpfen abarbeiten.«

Sie entfernte sich, und Reece schaute zu seiner Schwester hinüber und fragte sich, was sie tun würde.

Sissy Mae ging zu ihrer Cousine, sah kurz auf sie hinunter, machte auf dem Absatz kehrt und verschwand. Ohne ein weiteres Wort folgten ihr die anderen Wölfinnen, auch Ronnie Lee.

In dem Moment wusste Reece, dass sie bereits beobachtet hatten, was Laura Jane vorhatte, bevor Livy aufgetaucht war – und es hatte ihnen gar nicht gefallen. Wenn die Wölfinnen ihr selbst eine Abreibung verpasst hätten, wäre das nicht besonders cool gewesen, aber wenn es ein kleineres, gemeineres Weibchen tat … würden sich die Männchen des Rudels nicht in die Sache einmischen. Soweit es also das New Yorker Rudel betraf, war die Sache damit erledigt.

Reece atmete aus, stieg über die noch immer bewusstlose Laura Jane und betrat den Raum, in dem Livy die Fotos machte.

Sie richtete gerade die Scheinwerfer aus, als er hereinkam – ihre Klauen waren wieder eingefahren und ihre Hände sauber –, und zeigte auf einen Metallhocker.

»Wir machen erst mal ein paar Aufnahmen zur Sicherheit, bevor ich was anderes ausprobiere.«

»Okay.« Reece setzte sich und beobachtete, wie sich das Weibchen durch den Raum bewegte. Schließlich musste er sie einfach fragen.

»Was zur Hölle bist du?«

Sie sah ihn an. »Das geht dich gar nichts an, verdammt«, erwiderte sie milde. »Und jetzt zieh dein Hemd aus und sieh hübsch aus.«

Kapitel 20

Sie rannten über drei Stunden lang. Drei Stunden ununterbrochener Bewegung durch herrlich grüne, wunderschöne Wildnis.

Ricky fragte sich, wie die Landschaft wohl aussah, wenn sie unter dem Schnee und Eis begraben lag, für die Sibirien berühmt war. Aber für den Moment ging es auch so.

Schließlich kamen sie neben dem Range Rover wieder zum Stehen, brachen beide neben den Reifen zusammen und keuchten heftig und mit heraushängenden Zungen. Sie blieben eine Weile so liegen, bis Ricky bewusst wurde, dass noch andere Hunde durch den dichten Wald streiften. Da er nicht in einen Territorialstreit mit russischen Wölfen und Füchsen verwickelt werden wollte, stand er auf, schlüpfte in seine Jeans und warf den Rest seiner Klamotten in den Wagen. Er hielt die Tür auf, und Toni sprang auf den Rücksitz. Sie legte sich auf die Seite, während Ricky auf den Fahrersitz kletterte und denselben Weg zurückfuhr, den sie gekommen waren. Als sie das Hotel erreichten, ging er oben ohne und ohne Schuhe durch die Eingangstür. Das Personal an der Rezeption beobachtete ihn, sagte jedoch nichts. Vielleicht nahmen sie an, der Amerikaner habe zu viel von ihrem heimischen Wodka getrunken.

Er durchquerte die Hotellobby, bis er den hinteren Teil erreichte. Ricky ließ sich von den abgeschlossenen Türen nicht im Geringsten beeindrucken, öffnete sie und ließ Toni hindurch. Sie war noch immer in ihrer Schakalsgestalt und trottete die Stufen bis in den neunten Stock hinauf. Sie ging zu ihrer Tür, aber Ricky schüttelte den Kopf. »Da drin kannst du nicht bleiben, Schätzchen. Dieses arme Zimmer ist durch die Hölle und zurück gegangen.« Er nickte in Richtung seiner eigenen Tür, während er die Schlüsselkarte ins Schloss steckte. »Komm mit. Du kannst heute Nacht hier schlafen.«

Toni folgte ihm ins Zimmer, rannte hindurch und tauchte kopfüber auf die Couch. Sie rollte eine gute Minute lang darauf herum und rieb ihren Rücken an den Kissen. Ricky ging in sein Badezimmer, schnappte sich ein Handtuch und brachte es zu der endlich wieder glücklichen Hündin hinaus.

Er warf es über sie, und es bedeckte ihren Körper komplett. Ein paar Sekunden später verwandelte sie sich wieder in ihre Menschengestalt, und plötzlich befand sich eine verdammt attraktive Frau in seinem Zimmer, die nur in ein Handtuch gehüllt war.

Das war einer dieser Momente, in denen sein Daddy sagen würde: »Ein Beweis dafür, dass das Leben schön ist. Das Leben ist sehr, sehr schön.«

Toni schob eine Hand unter ihren Kopf und schaute zur Decke hinauf.

Okay. Sie musste es zugeben. Sie litt unter einem schlimmen Fall von Trennungsangst. Zwar gaben nur Wolfshunde offen zu, Probleme damit zu haben, aber alle Hunde litten hin und wieder darunter.

Doch nachdem sie ihr Hotelzimmer zerlegt und anschließend den Luxus genossen hatte, durch diese wundervollen Wälder zu rennen, fühlte sie sich verdammt gut. Aber nicht nur das, sie musste zugeben, dass sie auch ein wenig … nun … verstört war.

Für gewöhnlich verbrachte Toni so viel Zeit damit, sich Sorgen um ihre Geschwister zu machen, dass sie sich nicht allzu sehr auf sich selbst konzentrierte. Sie hatte weder die Zeit noch die Neigung dazu. Aber nun, da sie auf dieser Couch lag, nur mit einem Handtuch bekleidet, während ein sehr süßer Wolf mit nackter Brust über ihr stand, schossen ihr alle möglichen Gedanken durch den Kopf, denen sie sich normalerweise nicht hingab.

Und noch dazu waren sie Tausende Kilometer von ihrer Familie entfernt. Es waren nur sie beide in diesem Zimmer … allein.

»Schätzchen«, knurrte der Wolf förmlich, »wenn du mich weiter so anschaust, dann kriegen wir zwei ein Problem.«

»Wie schaue ich dich denn an?«

»Als könntest du mich bei lebendigem Leib auffressen.«

Sie zuckte mit den Schultern und ließ ihren Blick durch den Raum schweifen. »Vielleicht könnte ich das.«

»A-ha«, sagte Ricky und machte einen Schritt auf die Couch zu. »Wenn du mich anmachen willst, Antonella, dann musst du mich auch anschauen.«

Toni tat es, und die beiden schauten einander für einen langen Moment an.

Schließlich gab Toni zu: »Ich hab keine Ahnung, was ich als Nächstes sagen soll.«

»Warum musst du denn irgendwas sagen?«

»Muss ich das denn nicht?«, fragte sie aufrichtig. »Um dich ins Bett zu locken?« Sie hatte sich in der Schule und auf dem College immer mehr Mühe geben müssen als die hübscheren Vollmenschen-Mädchen. Toni hatte die Männer immer zuerst mit ihrem Intellekt faszinieren und darauf warten müssen, dass sie sie auch in sexueller Hinsicht attraktiv fanden.

Aber Ricky Lee lachte nur. »Schätzchen, du hast wirklich zu viel Zeit mit Vollmenschen verbracht.«

Er ging langsam neben der Couch auf die Knie. »Weißt du, was nötig ist, um mich ins Bett zu locken?«

»Was?«

»Dass du mich weiter so ansiehst wie jetzt und …« Ricky zog vorsichtig das Handtuch von ihrem Körper. »Das.«

Toni wusste, dass sie Narben hatte. Es war schwer, als Raubtier aufzuwachsen und keine Narben davonzutragen, aber sie wusste auch, dass sich andere Raubtiere nicht im Geringsten dafür interessierten. Ricky hätte niemals vorgeschlagen, dass sie medizinische Pflaster auf ihre Narben klebte, damit sie verblassten, oder ihr freundlich einen plastischen Chirurgen empfohlen, der ihr helfen konnte. Ihre Narben waren ihm egal, und bei dem Gedanken daran kribbelten ihre Zehen.

Ricky betrachtete ihren Körper ausführlich und ließ seinen Blick von ihrem Kopf bis zu ihren Zehen und wieder zurück wandern. Als er ihr direkt in die Augen sah, sagte er nichts, weil es nichts zu sagen gab.

Toni stützte sich auf den Ellbogen ab und lehnte sich nach vorne, bis ihre Gesichter nur noch wenige Zentimeter voneinander entfernt waren. »Ich glaube«, neckte sie ihn, »ich hab immer noch ein bisschen Angst. Weil ich doch von meiner Familie getrennt bin und all das.«

»Ehrlich?«, fragte Ricky mit einem breiten Grinsen. »Weißt du, Schätzchen, ich könnte dir da helfen.«

»Das hoffe ich wirklich, weil ich ehrlich verzweifelt bin.«

»Ah, ja?« Er lehnte sich näher zu ihr, berührte sie jedoch noch immer nicht. »Dann solltest du das lieber beweisen, bevor ich auch noch Angst kriege und die Flucht ergreife.«

Und genau das tat Toni. Sie bewies ihm, wie verzweifelt sie wirklich war.

Ricky würde nicht lügen. Er hatte im Laufe der Jahre eine Menge Frauen geküsst. Viele von ihnen Raubtiere. Und einige Vollmenschen. Aber dieser leidenschaftliche und dennoch schüchterne Kuss hatte irgendetwas an sich, dass seine Knie ganz weich werden ließ und sein Herz zum Rasen brachte. Und er konnte sich nicht daran erinnern, dass ihm das irgendwann schon einmal passiert wäre. Zumindest nicht so.

Tonis Arme schlangen sich um seinen Hals, und sie presste ihren Mund auf seinen. Ihre Lippen öffneten sich, und er spürte ihren Atem, wenige Sekunden bevor sich ihre Zunge sachte in seinen Mund schob.

Ricky schmolz bei dem Kuss völlig dahin. Er konnte nicht anders. Es war so ein süßer Kuss. Und irgendwie absolut aufrichtig.

Während sie sich weiter an ihm festhielt, kam Toni auf der Couch auf die Knie, und ihre Brüste streiften ihn, als sie sich bewegte. Ihre Hände glitten in sein Haar, und sie winkelte die Finger an und massierte seine Kopfhaut.

Mit einem tiefen Stöhnen stand Ricky auf und grinste zu Toni hinunter. »Also, das war jetzt einfach nur gemein.«

Tonis Lächeln war pure Verschlagenheit. »Nicht gemein … nur kalkuliert.«

»Mir gefällt kalkuliert.« Er schloss seine Arme um Tonis Taille und zog sie hoch, bis sie auf einer Augenhöhe waren. Er küsste sie. Hart, drängend, weil er wissen musste, dass sie das hier wirklich wollte.

Sie erwiderte seinen Kuss leidenschaftlich und ohne zu zögern und hielt seinen Hals noch fester.

Das war alles, was Ricky brauchte.

Er hob sie von der Couch hoch und trug sie zum Bett. Sie ließen sich darauf fallen, und Ricky drückte sie mit seinem Körper in die Matratze.

Ricky Lee Reed war ein großer Wolf mit breiten Schultern und muskulösen Oberschenkeln. Als sie ihn zum ersten Mal gesehen hatte, hatte Toni sie als ein wenig abstoßend empfunden. Sie hatte gedacht, das sei einfach zu viel Körper, als dass eine Frau allein damit fertigwerden könnte. Jetzt wusste sie jedoch, dass sie damit falsch gelegen hatte. Nichts fühlte sich besser an, als die schmalen Hüften dieses Wolfes zwischen ihren Schenkeln zu spüren, während sich seine starke Brust auf ihren Busen drückte.

Toni fühlte sich gleichzeitig sicher und angetörnt.

Ricky ließ seine Finger an ihren Oberschenkeln hinaufgleiten, über ihre Hüften und über die Seiten ihrer Brüste. Toni wölbte sich in seine Hände und warf den Kopf in den Nacken. Wer hätte geglaubt, dass sich so große Hände so gut anfühlen konnten?

Er ließ seine Hände auf ihren Hüften ruhen, lehnte sich zu ihr und verschlang ihren Mund mit seinem, eroberte ihn für sich.

Toni schob ihre rechte Hand zwischen ihren und seinen Körper und ließ sie nach unten wandern, bis sie sie durch seine Jeans um seinen Schwanz legen konnte. Ricky stöhnte und vergrub sein Gesicht in ihrem Hals. Sie neigte den Kopf zur Seite, um es ihm leichter zu machen, während sie den Reißverschluss fand und ihn öffnete. Sie schob ihre Hand hinein. Er hatte sich nicht die Mühe gemacht, in seine Boxershorts zu schlüpfen, als er sich am Auto angezogen hatte. Es war ihr egal. So war es nur noch einfacher, ihre Fingerspitzen über seinen Schwanz gleiten zu lassen.

Reißzähne streiften Tonis Hals, bevor Ricky sie erneut küsste.

Nach einigen Minuten lehnte er sich ein Stück zurück und schaute ihr direkt ins Gesicht. Seine Augen hatten die Farbe gewechselt und waren strahlend blau, was bedeutete, dass in den Reeds auch ein wenig Polarwolf steckte.

»Ich kann nicht mehr warten«, sagte er rundheraus. Kein Grinsen. Kein lockeres Geplänkel. In diesen Polarwolfaugen lag nur eine Art Verzweiflung.

»Ich auch nicht«, gab sie zu.

»Gott sei Dank.« Er stand auf und griff nach seiner Jeans.

»Warte«, sagte sie und hätte beinahe gelacht, als er sie mit kläglichem Entsetzen anstarrte. »Sag mir, dass du Kondome dabei hast.«

»Kondome?« Er tat, als kenne er das Wort überhaupt nicht. Dann blinzelte er und nickte. »Richtig. Kondome.« Während sein Schwanz aus seiner offenen Jeans hervorlugte, rannte er durchs Zimmer und begann, Klamotten aus seiner Tasche zu werfen. Schließlich hielt er eine Schachtel Kondome in die Luft und drehte sich mit einem fetten, triumphierenden Lächeln wieder zu ihr um.

Als Toni die Stirn runzelte, fügte Ricky hastig hinzu: »Ich war eben voller Hoffnung, das ist alles. Nur voller Hoffnung. Ein Mann kann doch wohl Hoffnung haben.«

Zu wissen, dass er diese Kondome ihretwegen eingepackt hatte, machte Toni nicht annähernd so sauer, wie sie vermutet hätte. Und als er wieder vor ihr stand, sein Schwanz aus seiner Jeans hing und seine blauen Augen sie stumm anflehten, konnte Toni nur noch fragen: »Willst du nur da rumstehen oder kommst du her und besorgst es mir?«

Als Ricky danach aufs Bett sprang, konnte Toni nur noch kreischen und sich zur Seite rollen.

Ricky bekam Toni zu fassen, bevor sie vom Bett rollte.

»Tut mir leid«, sagte er, als er sie wieder in Sicherheit zog. »Ich wollte nicht …«

Er verstummte, als er sah, dass sie lachte und ihn strahlend anlächelte.

»Da haben wir aber ein geiles kleines Äffchen«, neckte sie ihn.

»Nur deinetwegen, Schätzchen.« Er lachte. »Ich hab mich einfach nicht unter Kontrolle.«

Sie schüttelte den Kopf. »Das will ich auch gar nicht.« Sie streckte eine Hand aus, legte sie auf sein Gesicht und streichelte seine Wange. »Ich will nicht, dass du dich unter Kontrolle hast.«

Also entsprach er ihrem Wunsch. Er schleuderte seine Jeans durchs Zimmer und streifte ein Kondom über. Dann ging er auf die Knie, lehnte sich auf seine Fersen zurück und streckte seine Arme nach Toni aus. Er musste sie nicht weit ausstrecken. Sie richtete sich auf, legte sich in seine Arme und vertraute ihm auf eine Weise, auf die es die wenigsten Raubtiere tun würden. Er legte seine Hände auf ihre Taille, hob sie hoch und senkte sie dann wieder ab, direkt auf seinen Schwanz. Sie jaulte erschrocken auf, schlang dann jedoch ihre Arme um seinen Hals und ihre Beine um seine Taille.

»Küss mich noch mal«, sagte sie. »Ich mag es wirklich, wenn du mich küsst.«

Ricky hatte keine Ahnung, warum es ihn so sehr freute, diese Worte zu hören. Es lag nicht nur daran, dass er es auch mochte, sie zu küssen. Vielleicht lag es eher daran, dass ihre Worte einfach und direkt waren, und genau das mochte er an Toni. Ganz gleich, was um sie herum oder – wie in diesem Fall – in ihr passierte, sie war immer direkt. Obwohl er zugeben musste, dass an ihr selbst nur wenig einfach war. Außer jetzt. Wo es nur sie beide gab.

Er küsste sie, küsste sie immer weiter, während er anfing, sie zu vögeln. Langsam, vorsichtig. Weil er sie nicht verschrecken oder verletzen wollte. Was allerdings nicht leicht war. Sie war so eng. Es war offensichtlich, dass sie sich nicht allzu sehr ausgetobt hatte, seit sie sich von ihrem letzten Freund getrennt hatte.

Ricky küsste sie noch intensiver, als ihm bewusst wurde, dass er nicht über ihren letzten Freund nachdenken wollte. Und er wollte ganz sicher nicht, dass *sie* an ihren letzten Freund dachte.

Nein. Alles, was Ricky im Moment wollte, war, dass sie an ihn, seinen Schwanz und seine Hände auf ihrem Körper dachte. Er würde sicherstellen, dass das alles war, woran sie dachte.

Heilige Scheiße. *Das* hatte sie also bei ihren sicheren Vollmenschen-Freunden verpasst? Kein Wunder, dass Coop ständig versuchte, sie in die Arme anderer Gestaltwandler zu treiben. Sie hatte immer angenommen, er sei einfach nur fanatisch. Aber nein. Nicht wirklich.

Ricky umfasste ihre Taille noch fester, während er in sie eindrang und sein Schwanz immer wieder in sie hineinstieß.

Toni legte ihre Stirn auf Rickys Schulter und krallte sich mit ihren Fingern in seinem Haar fest. Sie wusste, dass ihm das gefiel, und es war alles, wozu sie fähig war, wenn sie nicht gerade seine Küsse erwiderte.

Sie wand sich lustvoll. Ihr ganzer Körper fühlte sich heiß an, und ihre Nippel wurden so hart, dass sie wehtaten. Sie erschauderte, weil sie nicht an diese intensiven Gefühle gewöhnt war.

Toni würde es zwar erst später bewusst werden, aber das hier war der Teil, bei dem sie aufhörte, an irgendetwas anderes zu denken. An irgendetwas anderes als das, was zwischen ihr und Ricky passierte. Sie machte sich keine Sorgen. Sie analysierte nichts. Sie plante nichts. Sie ließ nur zu, dass er seinen Körper gegen ihren presste, bis sie zu zittern begann. Bis sie in den dicken Nacken des Mannes zu stöhnen und zu keuchen begann. Sie verlor sich so sehr in dem, was sie tat, dass sie gar nicht merkte, dass ihre Hände an seinem Rücken hinuntergewandert waren und sie die Krallen ausgefahren und sie in seine Wirbelsäule gebohrt hatte, als sie kam, während sie Ricky mit ihrem ganzen

Körper festhielt und auch er zum Höhepunkt kam, am ganzen Körper bebte und ein »Au« in die Stille stöhnte.

Als ihr bewusst wurde, dass sie bis zur Nagelhaut in dem Mann steckte, riss Toni ihre Krallen sofort wieder heraus.

Ricky jaulte auf, und sein Körper wand sich vor Schmerzen. Toni zuckte zusammen und lehnte sich zurück. »Oh, Gott, Ricky. Es tut mir so leid.«

»Schon okay.« Er küsste ihren Hals, ignorierte offensichtlich den Schweiß, der sich dort gebildet hatte, und fügte hinzu: »Ich hatte einen Onkel, der mir immer gesagt hat, dass ich meinen Job nicht richtig erledige, wenn mir ein Raubtierweibchen beim Sex nicht irgendein Körperteil zerreißt.«

Angewidert *und* amüsiert schüttelte Toni den Kopf und flehte: »Bitte sag mir, dass diese Unterhaltung erst stattgefunden hat, als du mindestens achtzehn warst.«

»Eher sechzehn. Aber mach dir keine Sorgen: Meine Momma hat ihn hinterher nicht mehr ins Haus gelassen, bis Reece achtzehn war. Und sie spricht immer noch nicht mit dem Mann, wenn er an Thanksgiving zum Essen kommt.«

Ricky, der noch immer tief in ihr steckte, küsste ihr Schlüsselbein, ihren Hals und ihr Kinn. »Also, Schätzchen … fühlst du dich besser?«

Lächelnd schlang Toni ihre Arme um Rickys Hals und gab zu: »Besser … aber immer noch ein bisschen angespannt.«

»Na, das können wir natürlich nicht zulassen.« Ricky breitete sie auf dem Bett aus und grinste zu ihr hinunter. »Nicht, wenn du dich mit diesen gemeinen alten Bären herumschlagen musst und all das.«

Toni grinste zurück. »*Genau* das hab ich auch gedacht.«

Ronnie Lee aß Popcorn und entspannte auf ihrer Couch neben Shaw.

Sie musste zugeben, dass sich der Löwe wirklich sehr gut um sie kümmerte. Das hatte er schon immer getan, aber er schien ihre Schwangerschaft in vollen Zügen zu genießen. Und er saß liebend gerne mit ihr auf der Couch und guckte den »Frauensender«, wie er es für gewöhnlich nannte. Sie hatten beide eine Schwäche für diese richtig schlechten Filme, in denen die Frau eines Millionärs herausfindet, dass ihr Mann mit ihrer besten Freundin und dem Babysitter geschlafen hat, bevor aufgedeckt wird, dass der Gärtner ein Serienkiller ist und sie bis über beide Ohren in den bescheidenen, nüchternen Polizisten verliebt ist, der sie in letzter Minute rettet.

Außerdem gefielen ihnen Filme, die auf wahren Begebenheiten beruhten. Ihr absoluter Lieblingsfilm war immer noch der über Betty Broderick. Es spielte keine Rolle, wie oft sie ihn bereits gesehen hatten, sie verpassten nie eine Chance, ihn noch einmal anzuschauen. Und er lief auch heute Abend.

Deshalb waren sie auch besonders genervt, wenn Reece Lee zu den unmöglichsten Zeiten – für gewöhnlich aber um zehn Uhr abends – in ihre Wohnung platzte. Heute durchwühlte er die Kisten, die sie in ihrem Kleiderschrank verstaut hatte. Sie stammten aus ihrem alten Kinderzimmer, und ihre Momma hatte sie ihr nach einer ihrer Auseinandersetzungen geschickt. Auf dem Zettel, den sie mitgeschickt hatte, stand: »Hier ist dein Kram.«

Shaw stieß ein tiefes Seufzen aus und sein ganzer Körper spannte sich an, als er sah, wie ihr idiotischer Bruder die Schranktüren aufriss und sämtliche Kisten herauszog, die sie wenig liebevoll dahinter verstaut hatte.

»Reece Lee Reed, was in Dreiteufelsnamen machst du da?«, fragte Ronnie.

»Beachtet mich gar nicht. Ich suche nur was.« Er begann, die Deckel von den Kisten zu reißen und sie wie ein tollwütiges Eichhörnchen zu durchwühlen.

»Reece.«

»Je mehr du mich nervst, desto länger dauert es.«

»Wenn du mir sagst, was du suchst, könnte ich dir vielleicht …«

»Ich bezweifle, dass du dich noch daran erinnern kannst, aber du hattest immer eins.«

Ronnie und Shaw sahen einander an und schüttelten die Köpfe. Von ihren drei Brüdern war Reece definitiv der … schwierigste.

Ronnie bot Shaw noch mehr Popcorn an, und als er wieder zu essen begann, fühlte sie sich schon besser. Sie machte sich eigentlich nur ernsthafte Sorgen, wenn der Mann aufhörte zu essen. Denn dann würde jeden Moment die Hölle losbrechen.

Nachdem ihr Bruder rund dreißig Minuten gegraben hatte, fragte Ronnie: »Schon was von Ricky gehört?«

»Er ist immer noch in Russland. Bin nicht sicher, wann er zurückkommt. Anscheinend sind die Bären gar nicht nett.«

»Das werden sie auch nie sein«, murmelte Shaw mit einem Mundvoll Popcorn.

»Warum sagst du das?«, wollte Ronnie wissen.

»Russische Bären sind berüchtigt dafür, schwierige Verhandlungspartner zu sein. Ich habe in dem Land immer noch kein Hotel, weil russische Bären so verdammt schwierig sind.«

»Na, ich hoffe jedenfalls, dass mein Bruder in Sicherheit ist.«

Reece zuckte mit den Schultern und wühlte in einer Kiste mit Kinderspielzeug. »Ist er doch immer. Du müsstest dir nur Sorgen machen, wenn ich da hingeflogen wäre.«

Wenigstens war sich Reece seiner individuellen Grenzen bewusst.

»Hey«, fragte Ronnie, »wer zur Hölle war eigentlich dieses Mädchen, mit dem du heute gesprochen hast?«

»Da musst du wirklich entschieden genauer sein.«

»Die, die diese Schlampe Laura Jane aufgeschlitzt hat.«

»Jemand hat Laura Jane aufgeschlitzt?«, fragte Shaw grinsend.

»Ich hätte das natürlich nicht tun können«, erinnerte Ronnie ihn. »Ich gehöre zum selben Rudel, und sie hat mir schließlich nichts getan. Aber dieses Mädchen ist mit einem Messer und Krallen auf sie losgegangen. Es könnte gut zwei volle *Tage* dauern, bis ihre Wunden wieder verheilt sind.«

»Deshalb bin ich hier«, sagte Reece. »Ich komm einfach nicht dahinter, was sie ist.«

Ronnie blinzelte. »Was sie ist?«

»Ja. Sie will's mir nicht sagen. Es macht mich ganz wahnsinnig!«

»Oh, Gott, Reece. Du hast doch kein Interesse an ihr, oder?«

»Nee. Sie ist viel zu furchteinflößend. Ich hab Laura Jane schon öfter kämpfen sehen, und dieses kleine Weibchen hat unserer Wölfin noch nicht mal die Chance gegeben, ihre unehrenhaften Kampfpraktiken auszupacken. Sie hat Laura Jane mit ihren eigenen unehrenhaften Waffen geschlagen. Mit so jemand kann ich nicht ausgehen. Aber bei Freunden weiß ich das zu schätzen. Sie würde einen guten Freund abgeben.«

»Du bist wirklich ein seltsamer Junge.«

»Hier ist es!«, rief Ricky aus und hielt ein sehr altes Buch in die Höhe.

»Was ist das?«

»Erinnerst du dich nicht? Das ist *Das berüchtigte Buch der Gerüche*.«

Shaws Kopf wirbelte herum. »Das was?«

Überrascht starrten die Geschwister den Löwen an.

»Hattest du etwa nie *Das berüchtigte Buch der Gerüche*?«, fragte Reece.

»Sollte ich das?«

»Wie konntest du denn sonst den Unterschied zwischen Grizzlys und Schwarzbären riechen?«, wollte Ronnie wissen. »Oder zwischen Berglöwen, Geparden und Leoparden?«

»Ich hab das so nach und nach durch Erfahrungen gelernt. Habt ihr das denn nicht auch so gemacht?«

»Letzten Endes schon, aber jeder Welpe im Rudel beginnt mit dem …«

»*Berüchtigten Buch der Gerüche*?«

»Ganz genau.«

»Und was ist das genau?«

Reece brachte das Buch zum Tisch. »Das ist ein Fühl- und Riechbuch für Kinder. Mit dem Geruch der verschiedenen Spezies. Ich hab dadurch viel gelernt, noch bevor mir die ersten Reißzähne gewachsen sind.«

»Ja, aber das ist eine alte Ausgabe«, erinnerte Ronnie ihn.

»Denkst du, die Gerüche sind schon verflogen?«

»Nein. Aber es ist nicht die aktuellste Auflage.«

»Ich weiß. Genau das will ich auch.«

Reece setzte sich auf den Stuhl, der Shaw am nächsten stand, begann auf der ersten Seite und blätterte sich durch. Er fühlte und schnupperte. Fühlte und schnupperte.

Fasziniert beobachtete Ronnie ihren Bruder, bis er auf einer Seite plötzlich innehielt. Fühlte. Roch. Fühlte. Roch. Die Seite studierte. Fühlte. Roch.

»Das ist es. Das ist das Richtige.« Er schaute erneut auf die Seite und kniff die Augenbrauen zusammen.

»Was ist sie, Reece?«

Er hob den Kopf, seine Stirn noch immer in Falten.

»Zeig's mir«, drängte sie ihn und platzte beinahe vor Neugier. Sie musste es wissen!

Mit einem Schulterzucken drehte Reece das Buch und hielt es hoch, wie ihre Grundschullehrerin es immer getan hatte, wenn sie eine Seite gelesen hatte und der Klasse das entsprechende Bild zeigen wollte.

Ronnies Kinnlade klappte herunter, bevor sie fragte: »Guter Gott, Reece Lee Reed! *Das* ist die Frau, die du zum Freund haben möchtest?«

»Jetzt mehr als je zuvor!«

Shaw warf die Hände in die Luft, aber Ronnie seufzte nur. Ihr Bruder war … also manchmal … ganz ehrlich, *manchmal* …

Kapitel 21

Toni hatte sich gerade auf den Rücken gerollt und reckte und streckte genüsslich ihren ganzen Körper, als es an Rickys Tür klopfte und sie aufging. Ohne Vorwarnung.

Toni jaulte auf und rollte sich zu einer Kugel zusammen. Ricky breitete sofort seinen Körper über ihrem aus und schützte sie vor Vic Barinovs Blicken.

»Oh. Tut mir leid. Stör ich?«

»Ja!«, zischte Ricky. »Du störst.«

»Tut mir leid. Aber ihr solltet euch fertig machen, wenn wir zu eurem Treffen mit den …«

»Treffen?«, höhnte Toni.

Nun, nachdem sie eine Nacht lang durch die wunderschöne sibirische Wildnis gerannt und von Ricky Lee Reed so herrlich durch sein Zimmer gevögelt worden war, trübte Tonis Panik nicht länger ihren Verstand. Stattdessen war sie nur noch genervt, dass die Bären ihre verfluchte Zeit vergeudeten.

»Sie werden sich nicht mit mir treffen. Sie haben nicht die geringste Absicht, mit mir zu verhandeln. Wir können verdammt noch mal genauso gut wieder nach Hause fliegen, anstatt noch einen einzigen verfluchten Tag mit diesem Scheiß zu verschwenden.«

Barinov zuckte mit den Schultern. »Natürlich. Ich hole den Wagen und sage im Hotel Bescheid, dass wir auschecken.«

Ricky schnappte sich das Laken und zog es hoch, bis es Tonis Körper bis zum Hals bedeckte. Dann setzte er sich auf, versperrte mit seinem Körper weiter die Sicht auf sie und sagte: »Warte.«

Barinov hatte die Hand bereits auf dem Türknauf und drehte sich noch einmal zu ihnen um.

»Weißt du, was mit diesen Bären los ist?«, fragte Ricky.

Toni hatte keine Ahnung, warum er Barinov überhaupt irgendwas fragte. Außer, dass er sichergestellt hatte, dass sie rechtzeitig ankamen und dass Toni in Sicherheit war, schien er in dieses ganze Drama nicht allzu sehr involviert zu sein.

»Weißt du«, begann Barinov, »ich sollte darin nicht allzu sehr involviert sein.«

Siehst du?

Ricky beugte sich nach unten und hob seine Jeans vom Boden auf. Er holte sein Handy heraus und wählte per Kurzwahl eine Nummer. Er schaltete den Lautsprecher ein, und ein paar Sekunden lang saßen sie schweigend da und lauschten dem Klingeln des Telefons.

»Jap?«, meldete sich eine Stimme am anderen Ende der Leitung, und Barinov verdrehte sofort die Augen und erinnerte Toni einen Augenblick lang an Kyle, wenn sie ihn mal wieder dabei erwischt hatte, wie er Oriana wegen ihrer nicht existenten Gewichtsprobleme quälte.

»Hey, Dee«, grüßte Ricky ins Telefon. »Wie geht's?«

»Gut.« Es folgte eine Pause, dann fragte Dee: »Bist du wieder zurück in New York?«

»Nein. Die russischen Bären machen auf schwierig.«

»M-hm. Hab diese russischen Bären noch nie gemocht.«

»Wir haben dich gar nicht erwähnt«, erklärte Ricky ihr. »Ich glaube nicht, dass sie schöne Erinnerungen an dich oder deinen Daddy hätten.«

»Hey.«

»Wie dem auch sei«, fuhr Ricky fort, »ich bin mir nicht sicher, was ich tun soll. Irgendwelche Vorschläge?«

»Ist Barinov nicht da?«

Ricky sah zu dem Hybriden hinauf. »Doch. Er steht direkt neben mir. Aber er meint, er will nicht involviert werden.«

Es folgte ein langes Seufzen am anderen Ende. »Schalt den Lautsprecher aus«, befahl Dee, »und gib Barinov das verdammte Telefon.«

Ricky tat genau das, und nachdem er ihm einen ziemlich langen Reißzahn gezeigt hatte, hielt sich Barinov das Telefon ans Ohr. »Hey, Dee. Na ja … ja, ich … kein Grund, gleich so fies zu werden, Smith. Ja. Schön. Von mir aus.« Barinov beendete das Gespräch und warf das Telefon wieder zu Ricky.

»Du bist ein Arschloch«, knurrte der Hybride.

»Ich bin ein Reed. Wir haben nie gelernt, fair mit anderen umzugehen.«

Barinov ging von der Tür weg und schaute über Rickys Schulter auf Toni. »Du hast mit den Bären verhandelt, seit du am allerersten Tag einen Fuß aus dem Wagen gesetzt hast«, erklärte er ihr abrupt.

Verwirrt durch diese Aussage richtete sich Toni ein wenig auf und zog das Bettlaken über ihre Brust. »Warte mal kurz … was?«

»Du weißt von nichts?«

»Sehe ich aus, als wüsste ich es?«

»Es war schwer zu sagen, mit der ganzen Trennungsangstgeschichte und so.« Dann wandte sich Barinov Ricky zu und grinste hämisch.

»Oh, mein Gott«, murmelte Ricky und legte sein Telefon auf dem Nachttisch ab. »Das wird er uns noch ewig aufs Brot schmieren.«

»Ich will dich was fragen.« Barinov machte einen Schritt auf das Bett zu. »Hast du dich über Verhandlungstaktiken informiert, bevor du hierhergekommen bist, Toni?«

»Natürlich.«

»Und hast du dich auch über Verhandlungen mit Russen informiert?«

»Nein. Aber ich habe früher schon mit Russen verhandelt.«

»Ging es da um deine Familie?«

»Ja.«

»Um die mächtige Musikfamilie, die jeder irgendwie liebt?«

»Solange man sie nicht persönlich kennt«, warf Ricky ein.

Toni schubste Ricky an der Schulter und antwortete gleichzeitig Barinov: »Ja.«

»Dann war das etwas ganz anderes, als über einen Eishockeydeal zu verhandeln.«

»Warum ist das etwas ganz anderes?«

»Deine Familie besteht aus einem Haufen amerikanischer Künstler, und deshalb behandeln die Russen – die Musik genauso sehr lieben wie die Luft zum Atmen – sie während Verhandlungen anders. Besonders, wenn sie es mit einem Familienmitglied zu tun haben. Aber Hockey ist nicht nur ein sehr beliebter Sport, sondern *auch* ein wichtiger russischer *Geschäftszweig*. Besonders für die sibirischen Bären.«

»Dann sind diese Verzögerungen … also nur …«

»Eine Verhandlungstaktik.« Barinov zuckte mit den Schultern. »Ich dachte wirklich, du wüsstest das.«

»Nein. Deshalb hat es mich auch so wahnsinnig gemacht. Ich hab nicht verstanden, warum sie sich nicht mit mir treffen wollten. Wenn ich meinem Bruder oder meiner Schwester geholfen habe, einen Deal auszuhandeln, wurde ich *immer* ganz wunderbar behandelt. Ich schätze, ich hab diesmal wohl dasselbe erwartet.«

»Du hättest ruhig was sagen können, Vic«, sagte Ricky.

»Die Leute heuern mich nicht an, damit ich meine Meinung kundtue, Reed. Das weißt du.«

»Ich bin aber nicht die Leute«, entgegnete Toni. »Ich bin verzweifelt. Ich *brauche* deine Meinung. Ich muss wieder nach Hause, bevor meine ganze Familie durch ihren Wahnsinn zerstört wird. Und ich muss gestehen … dass dieser Punkt bei ihnen sehr schnell erreicht ist.«

»Also, hilfst du uns, Kumpel?«, bat Ricky.

»Ich bin nicht daran gewöhnt, richtig involviert zu sein.«

Toni kroch ganz dicht hinter Ricky, legte ihr Kinn auf seine Schulter und lächelte süß. »Bitte?«, flehte sie. »Für mich?«

»Du magst mich doch noch nicht mal«, warf Barinov ihr vor.

»Ich könnte aber lernen, dich zu mögen … wenn du mir hilfst.«

Er grunzte. »Na schön. Von mir aus.«

Toni stieß ein glückliches Jaulen aus, aber Barinov bellte zurück: »Mach in meiner Anwesenheit nie wieder dieses Geräusch. Dabei würde ich am liebsten rausrennen und die Rinde von den Bäumen reißen.«

»Also, was sollten wir als Erstes tun?«, fragte Ricky.

»Als Erstes … sagen wir für heute ab.«

»Wir sagen ab?«

»Wenn sie mit harten Bandagen kämpfen … dann macht ihr das auch. Außerdem müssen wir uns heute mit jemand anders treffen.«

»Mit jemandem, der uns helfen kann?«, fragte Toni und versuchte, nicht zu hoffnungsvoll zu klingen.

»Jap. Mit jemandem, der uns helfen kann.«

Sie jaulte erneut, und diesmal bellten beide Männchen: »Toni.«

»Tut mir leid, tut mir leid. Die Macht der Gewohnheit.«

Es war bereits ziemlich spät, als Livy mühevoll durch ein offenes Fenster in die Küche kletterte.

Ja. Sie hatte einen Schlüssel. Toni gab ihr immer den Schlüssel zu den Wohnungen oder Hotelsuiten, in denen sie und ihre Familie wohnten, wenn Livy auch gerade in der Nähe war. Und wenn Toni ihr den Schlüssel einmal nicht gab, weil sie gerade einen ihrer albernen Streits hatten, dann gaben Tonis Eltern Livy den Schlüssel. Paul und Jackie liebten Livy. Sie wusste allerdings nicht, warum. Die meisten Gestaltwandler mochten Livy nicht, obwohl sie noch nicht einmal wussten, was sie war, und Schakale mochten sie am allerwenigsten. In der Wildnis gingen Vollblut-Schakale und ihresgleichen wie Hunde und Katzen aufeinander los.

Andererseits konnte ihresgleichen auch nichts und niemand davon abhalten, gegen alle anderen Spezies zu kämpfen. Das machten sie nun mal. Und genau das hatten Livys Vorfahren, größtenteils Hexen und Heiler, so sehr an dem Tier gemocht. Wie bösartig und furchtlos es war. Während viele andere also lernten, sich in mächtige Spitzenprädatoren zu verwandeln, wurden ihresgleichen klein und tödlich.

Als Livy noch ein kleines Mädchen gewesen war, hatte sie nicht verstanden, warum sie sich nicht auch in ein cooles Tier verwandeln konnte wie die Kinder der anderen Gestaltwandler, die ihre Eltern kannten. Aber nun, da sie erwachsen war … liebte sie, was sie war. Sie liebte es wirklich. Genauso, wie sie ihre beste Freundin liebte.

Toni war ein ungewöhnliches Mädchen. Sie selbst dachte das nicht. Sie selbst betrachtete sich als durchschnittlich. Und verglichen mit dem Rest der Jean-Louis-Parker-Brut war es auch nicht überraschend, dass sie sich so fühlte. Aber trotzdem war Toni definitiv einzigartig. Von Natur aus mütterlich. Von Natur aus freundlich. Und sie ging Livy ständig auf die Nerven.

Livy war bewusst geworden, dass sie als Teil der Familie akzeptiert worden war, als die Frau – damals noch ein Mädchen – angefangen hatte, sich um Livys Karriere zu kümmern. Oder zumindest, sich um Livys Agenten zu kümmern, während sie versuchte, ihr Leben in eine bestimmte Richtung zu lenken. Es machte Toni wahnsinnig, dass Livy überall leben konnte, wenn es sein musste, und dies auch sehr oft tat. Sie hatte kein Problem damit, für ein paar Tage ein fremdes Haus zu übernehmen, wenn sie sah, wie die Bewohner es mitsamt Gepäck verließen. Sie passte jedes Mal auf, dass sie nichts kaputtmachte und alles wieder ersetzte, was sie vielleicht benutzt hatte. Sicher, Livy konnte sich eine eigene Wohnung leisten und hatte auch eine in Washington, aber es gefiel ihr einfach, in den Wohnungen anderer Leute zu hausen. Es war alles so faszinierend. Man wusste nie, was man von völlig Fremden alles lernen konnte.

Livy machte den Kühlschrank auf und griff nach einer Flasche Orangensaft.

»Hi!«

Livy wirbelte herum und fletschte ihre Reißzähne.

Die Wolfshündin machte einen Satz mach hinten und hob die Hände, um ihr Gesicht zu schützen. »Tut mir leid! Tut mir leid! Ich wollte dich nicht erschrecken!«

Tatsächlich … hatte sie Livy gar nicht erschreckt. Aber die

Wolfshündin war einfach so verflucht fröhlich. Das war nervig. Wirklich, wirklich nervig.

»Immer noch hier?«, fragte Livy zickig.

Die Wolfshündin schaute an sich hinunter. »Ich denke schon … oder?«

Livy stieß ein Seufzen aus, wandte sich wieder dem Kühlschrank zu und holte den Orangensaft heraus. Sie machte die Flasche auf und wollte gerade daraus trinken, als ihr die Wolfshündin ein Glas hinhielt.

»Was ist das?«, fragte Livy.

»Etwas, in das du deinen Saft einschenken kannst. Damit du nicht direkt aus der Flasche trinken musst.«

Livy starrte die Wolfshündin an, setzte die Flasche an ihre Lippen und trank. Sehr lange und ausgiebig.

Die Wolfshündin kniff die Augen zusammen, und ihre Wange zuckte ein wenig.

Als Livy fertig war, schmatzte sie genüsslich – und laut.

»Das war gut.« Livy seufzte. Dann streckte sie der Wolfshündin die Flasche hin. »Willst du auch was?«

»Nein, danke.«

»Bist du sicher?«, drängte Livy und hielt ihr die widerliche Flasche, deren Öffnung vor Speichel triefte, noch näher hin. »Der ist wirklich gut. Ohne Fruchtfleisch.«

»Nein. Wirklich. Ich möchte nichts.«

Mit einem Schulterzucken schraubte Livy den Deckel wieder zu und stellte den Saft zurück in den Kühlschrank.

»Willst du den einfach da drin lassen?«

Livy machte die Kühlschranktür zu. »Ja! Es wäre nicht richtig, ihn nicht zu teilen, oder?«

»Aber …«

Livy stellte sich ganz dicht vor sie. »Aber … was?«

Als die Wolfshündin nichts sagte, bewegte sich Livy auf die Schwingtür zu.

»*Aber du hast die ganze Flasche vollgeschlabbert!*«, schrie die Wolfshündin, bevor Livy es zur Tür hinausschaffte.

Ganz langsam drehte sich Livy wieder zu der Hündin um. »Weißt du was, Blayne?«, fragte Livy milde. »Du hast vollkommen recht. Das habe ich.« Sie lehnte sich nach vorne und senkte ihre Stimme. »Und es hat sich *gut* angefühlt.«

Die Wolfshündin schnappte nach Luft und ihre Kinnlade klappte herunter, aber bevor sie noch etwas sagen konnte, ging Livy aus der Küche.

Auf halbem Weg durch den Flur kam sie an Coop vorbei. »Hey«, sagte Livy und packte ihn am Arm. »Tu mir einen Gefallen.«

»Sicher.«

»Wenn du in die Küche gehst, dann trink unbedingt von dem Orangensaft, der ganz vorne steht. Der ohne Fruchtfleisch.«

»Du bist die Einzige, die den ohne Fruchtfleisch trinkt. Wir anderen mögen alle Fruchtfleisch.«

»Ich weiß. Vertrau mir einfach.«

Coop schüttelte den Kopf. »Du treibst wieder deine Spielchen mit Blayne, stimmt's?«

»Na ja, deine Schwester ist ja nicht hier, um das zu erledigen, also springe ich für sie ein.« Sie drückte seinen Unterarm. »So was tun Freunde für einander, Coop.«

»Unschuldige quälen?«

»Ja. Ganz genau.«

Sie fuhren zurück in das Gebiet, in das Ricky Toni auch am Abend zuvor gebracht hatte und in dem sie stundenlang durch die Gegend gerannt waren. Ganz ehrlich, tagsüber war die Landschaft sogar noch schöner. So grün. Ricky würde wirklich gerne mitten im Winter wiederkommen. Um zu sehen, wie alles von Eis und Schnee bedeckt war. Es musste unglaublich sein. Besonders der Baikalsee selbst.

Vic fuhr sie durch den Wald, durch den sie gerannt waren, und bog auf eine Straße ab, die zu einem Dorf führte. Er blieb vor einem kleinen Haus stehen, vor dem ein Haufen Kinder umhertollte.

»Wo sind wir hier?«

»Das ist das Zuhause von Genka Kuznetsov.«

»Warte mal.« Ricky kratzte sich am Kopf. »Kuznetsov?«

»Stimmt was nicht?«

Toni beugte sich nach vorne. »Sind die mit dem Kuznetsov-Rudel in New York verwandt?«

»Erwähne bloß das New Yorker Kuznetsov-Rudel nicht, oder dass du eine Verbindung zu ihnen hast«, warnte Vic.

»Warum nicht?«

»Sabina Kuznetsov ist die Tochter von Anton Kuznetsov. Ihr Rudel aus verwaisten Wildhunden hat Sabinas Nachnamen angenommen, weil sie fanden, er klinge cooler als Jessica Wards Nachname, was in New York ja auch stimmt. Unglücklicherweise ist Sabina aber nur in New York gelandet, weil ihr Vater von Genka aus dem Rudel geworfen wurde, und bis heute verabscheut sie ihren Bruder mit dem Feuer von tausend Sonnen.«

»Das ist ganz schön viel Hitze«, bemerkte Ricky.

»Allerdings.«

»Vielleicht sollten wir dann besser nicht hier sein.«

»Du brauchst Informationen. Und genau damit handeln die Kuznetsovs. Mit Informationen.«

»Okay.«

Vic schaute zwischen den beiden hin und her. »Seid ihr bereit?«

»Jap.«

Sie stiegen aus dem Wagen, und plötzlich schienen erwachsene Wildhunde von überall aus dem Nichts aufzutauchen. Sie umringten das Haus und vor allem die Kinder, um sie zu beschützen.

Eine ältere Hündin kam aus dem Haus und blieb auf der kleinen Veranda stehen. Ihr Haar erstrahlte in einer Explosion aus Farben, von Golden über Braun und Rot bis hin zu Weiß, größtenteils jedoch Blond. Jede Menge Blond. »Warum bist du hier, Victor Barinov?«

»Ich hab dir ein paar Freunde mitgebracht, Genka. Sie brauchen deine Hilfe.«

Die Wildhündin hob den Kopf und schnupperte in die Luft. »Wenigstens sind es diesmal Hunde. Im Gegensatz zu dir.«

»Ich bin zwar kein Hund, aber ich komme auch nicht mit leeren Händen.« Er hob beide Arme. In einer Hand hielt er zwei Flaschen mit sehr teurem Wodka, in der anderen einen Korb mit gutem französischem und italienischem Käse und Kräckern aus England.

Mit einem Mal sahen die Wildhunde gar nicht mehr misstrauisch aus, sondern hoben stattdessen ihre eigenen Arme zur Begrüßung und riefen Vics Namen. Genka machte die Haustür auf. »Kommt herein, Freunde. Kommt herein. Setzen wir uns und genießen diese wundervollen Gaben, die uns unser Freund Barinov mitgebracht hat.«

Und genau das taten sie auch.

Toni musste zugeben, dass sie fasziniert war. Und äußerst genervt. Nicht wegen der Wildhunde. Sobald sie ein paar Geschenke bekommen hatten, waren sie bester Laune. Aber die Bären spielten Spielchen. Und Spielchen nervten sie.

»Ich mag Novikov«, sagte Genka rundheraus. Ihr Englisch hatte einen starken Akzent, war aber leicht zu verstehen. »Er ist stark wie Eisbär, aber gemein wie Löwe. Er ist Hybride wie du, Victor Barinov, aber mit Talent.«

Barinov schnaubte. »Danke, Genka.«

»Gerne.« Sie zündete sich eine Zigarette an, nahm einen ausführlichen Zug und zeigte dann mit der Zigarette auf Toni. »Weißt du, Problem ist nicht, dass Novikov hat getreten Yuri Asanov in Arsch.«

»Und Novikov hat Yuri Asanov wirklich getreten in Arsch«, bemerkte Genkas ältere Schwester, als sie ins Zimmer kam und sich auf die Couch am anderen Ende des kleinen Wohnzimmers fallen ließ.

»Problem ist, dass er ganze Mannschaft hat schlecht aussehen lassen. Sie sehen schwach aus. Jetzt sie wollen ihn schwach aussehen lassen.«

»Dabei kann ich ihnen nicht helfen«, erwiderte Toni und schüttelte den Kopf.

»Natürlich nicht. Du bist Hund wie ich. Wir sind loyal. Nicht wie Katzen.« Genka blickte demonstrativ zu Barinov hinüber.

Der Hybride warf die Hände in die Luft. »Willst du mich die ganze Zeit niedermachen, während ich hier bin, Genka Kuznetsov?«

»Ja«, antworteten Genka und ihre Schwester gleichzeitig.

Genka wandte sich wieder Toni zu und zog noch einmal an ihrer Zigarette. Toni hasste den Zigarettengeruch, aber das würde sie sicher nicht laut aussprechen. Im Laufe der Jahre hatte sie für ihre Familie weiß Gott schon Schlimmeres ertragen. Sie konnte dasselbe für die Mannschaft tun, die ihr so viel Geld bezahlte.

»Weißt du, sie erzählen dir nicht Wahrheit, kleine Amerikanerin«, sagte Genka, griff nach der Wodkaflasche, die auf dem Tisch stand, und schenkte sich noch ein Schnapsglas voll ein. »Erstens, diese Bären alle sprechen Englisch so gut wie ich, egal, wie dumm sie sich aufführen in deiner Anwesenheit. In Russland, wir alle lernen irgendwann Englisch in Schule. Außerdem du denkst, du wartest auf Treffen mit Mann, der hat das Sagen. Aber Yuri Asanov hat nicht das Sagen.«

»Hat er nicht?«, fragte Toni überrascht. »Aber er ist der Coach der Mannschaft.«

»Er ist Coach. Und er ist wichtig. Aber er ist nicht, mit wem du verhandeln solltest. In Gestaltwandler-Sport in Russland hat Kontrolle über Team, wer Rechnungen bezahlt.«

»Und wer bezahlt die Rechnungen?«

Genka blies eine dicke Rauchwolke aus, und ihre braunen Augen richteten sich auf Toni, bevor sie antwortete: »Ivan Zubachev.«

»Was? Aber mit ihm haben wir schon gesprochen. Er hat uns gleich am ersten Tag getroffen.«

»Richtig. Und ihr kanntet ihn nicht. Ihr habt ihn nicht begrüßt als Mann, der hat das Sagen. Also spielt er Spielchen jetzt. Er ist sehr wohlhabend, deshalb er hat nicht viel anderes zu tun als zu verarschen Amerikaner.«

»Die Zubachevs leiten dieses Territorium und diese Mannschaft«, erklärte Barinov, »seit Vadim Zubachev Stalin gesagt hat, dass er seinen Schwanz lutschen kann.«

Toni dachte einen Moment lang nach und fragte schließlich: »Warte mal, es tut mir leid, aber … Weiß die russische Vollmenschen-Regierung, dass ihr hier lebt?«

»Sie wissen mindestens seit Jahrhunderten«, antwortete Genka.

»Und sie haben nie was gesagt? Sie haben euch nie gejagt?«

»Sie haben versucht.« Sie hielt einen Zeigefinger hoch. »Einmal. Haben geschickt eine ganze Armee, um uns auszulöschen, weil wir sind anders. Weil wir sind, wer wir sind. Diese Männer niemals kamen zurück.« Sie grinste hämisch. »Aber wir haben gegessen gut in diesem Winter. Wie Könige.«

Ricky nickte. »Alles klar.«

»Dann ist Zubachev also derjenige, mit dem ich verhandeln muss?«, fragte Toni.

»Ist er. Wie die meisten Bären, er ist schwierig. Starrköpfig. Wie die meisten Russen … er ist schwierig. Starrköpfig. Er wird es dir nicht leicht machen.«

»Und was kann *ich* tun, um es für mich leichter zu machen?«

»Geschenke immer helfen. Aber, mein Kindchen, Problem ist, dass Ivan Zubachev und seine ganze Familie sind reich. Sie-könnten-kaufen-Manhattan-reich. Es gibt wenig, was du ihm kannst bieten, das er nicht schon hat oder kann kaufen, deshalb du musst dir etwas Einzigartiges einfallen lassen. Das *nur du* kannst geben.«

»Großartig.« Toni seufzte.

»Was mag er denn?« fragte Ricky.

Genka zuckte mit den Schultern. »Hockey. Frauen. Obwohl«, fügte sie hinzu und schaute Toni an, »du bist nicht sein Typ. Zu klein, wie Vogel.«

»Hey.«

»Haar zu durcheinander.«

»Ich mag dein Haar«, erinnerte Ricky sie.

»Das hilft mir auch nicht.«

Ricky liebte es, Tonis Gesicht zu beobachten, wenn sie gezwungen war, ein Schnapsglas voll Wodka zu trinken. In Russland galt es als unhöflich, bei einem Toast nicht mitzutrinken. Also hatte sie sich zuckend und schüttelnd hindurchgequält, sich aber ganz wacker geschlagen. Die Frau war auf jeden Fall entschlossen. Und das gefiel ihm an ihr auch.

Nach einem herzhaften Mittagessen und einem Abschied voller Umarmungen sowie dem Versprechen an die Wildhunde, dass sie eine Privataudienz mit Bo Novikov höchstpersönlich erhalten würden – »Wir haben Cousins in Mongolei, die ihn auch treffen wollen. Wir bringen mit«, hatte Genka verkündet – waren sie wieder zu ihrem Wagen zurückgegangen.

Ricky hatte gerade die Hintertür geöffnet, damit Toni auf den Rücksitz klettern konnte, als Barinovs Telefon klingelte. Er grinste, als er den Namen des Anrufers auf dem Display sah, und nahm den Anruf entgegen.

»Barinov.« Nach einer Weile ging er um den Wagen herum, bis er vor Toni stand. Er reichte ihr das Handy. »Es ist Ivan Zubachev, *Ma'am*.«

Toni nahm das Telefon und meldete sich: »Ja? Oh. Hallo, Mr. Zubachev. Hab ich das? Ich hab mein Treffen heute verpasst? Oh. Das tut mir so leid. Ich weiß wirklich nicht, wie das passiert ist. Es ist einfach so viel los, schätze ich. Aber machen Sie sich keine Sorgen, morgen werde ich da sein. Bereit zu verhandeln!«

Ricky und Vic kicherten über ihren Tonfall.

»Ja. Natürlich. Bis morgen dann.«

Sie beendete das Gespräch. »Er ist *stinksauer.*«

»Russen hassen Verspätungen«, erklärte Vic. »Und überhaupt nicht aufzutauchen … gilt als sehr unhöflich.«

»Dann sollte er eben keine Spielchen mit mir spielen. Damit

darf ich mich schon jeden Tag bei meiner Familie herumschlagen. Aber ich liebe sie, deshalb lasse ich mir das gefallen.«

»Dann geht's also morgen los.« Vic grinste zu ihr hinunter. »Bist du bereit dafür?«

»Ich kann's kaum erwarten.« Sie stieg in den Wagen, und Ricky schloss die Tür und drehte sich zu Vic um.

»Hier.« Vic reichte Ricky die Wagenschlüssel.

»Wo gehst du denn hin?«

»Ich gehe zu Fuß zurück. Den Wodka abbauen.« Er zeigte auf eine Straße, die von der Hauptstraße abzweigte, auf der sie hergekommen waren. »Fahr in die Richtung, dann kommst du zum Baikalsee. Zum reinen Gestaltwandler-Teil. Er ist für alle Arten und Gattungen geöffnet.«

»Willst du denn nicht mitkommen?«

»Hab ihn schon gesehen.« Katzenartige Augen blickten zu Toni und dann wieder zurück zu Ricky. »Ich wünsche euch beiden viel Spaß. Wir sehen uns dann im Hotel.«

Ricky schnaubte. »Ernsthaft?«

»Ich weiß doch, wie ihr Hunde seid, Reed. Ihr sagt, es sei nichts, aber in Wahrheit ist es alles. Gib's einfach endlich zu.«

Lachend entfernte sich der große Hybride, und Ricky machte sich nicht die Mühe, mit ihm zu streiten. Stattdessen öffnete er Tonis Tür.

»Raus da«, sagte er, und sie stieg sofort aus dem Wagen.

»Was stimmt denn nicht?«

»Gar nichts.« Er schloss die Hintertür und machte die Beifahrertür auf. »Da wir den Rest des Tages freihaben, machen wir ein bisschen Sightseeing.«

Toni blinzelte scheinbar überrascht und fragte: »Ehrlich?«

»Möchtest du denn?«

»Ja.« Sie überlegte einen Moment, und ein breites Lächeln erstrahlte auf ihrem Gesicht. »Ja. Das würde mir wirklich Spaß machen.«

»Dann steig ein, Schätzchen. Weil ich keine Ahnung habe, wo wir hinfahren.«

»Es gibt da dieses Ding, das man GPS nennt, Reed. Das ist schon in den Wagen eingebaut.«

»Steig ein, Klugscheißer.«

Kichernd tat sie, was er sagte, und machte sich ausnahmsweise nicht die Mühe, zu widersprechen. Ausnahmsweise.

Es war sieben Uhr morgens, und Coop ging nach unten, um ein wenig zu üben, bevor das große Chaos ausbrach. Der Konzertflügel, den er bestellt hatte, stand im großen Ballsaal. Dem Saal, um den sich alle stritten. Aber als er ihn betrat, war der Flügel verschwunden, und Kyle stand in der Ecke auf einer Trittleiter und meißelte an seinem Marmor herum, während Oriana den Rest des Platzes zum Tanzen nutzte. Ein spezieller Bodenbelag war auf dem ursprünglichen – und kaputten – Holzboden verlegt worden, damit sie ohne Probleme in ihren Spitzenschuhen tanzen konnte.

»Gut«, sagte Novikov und gesellte sich zu Coop. »Du bist hier.« Er reichte ihm ein Blatt Papier. »Das ist der Zeitplan. Lies ihn. Lern ihn auswendig. Lebe ihn.«

Coop warf noch nicht einmal einen Blick darauf. Stattdessen blickte er zu dem über zwei Meter großen Hybriden hinauf und sagte: »Du hast meinen Flügel verschwinden lassen. Hat er dich beleidigt?«

Novikov starrte ihn an. »Du bist seltsam. Deine Schwester ist nicht so nervig.«

»Welche?«

»Alle.« Er reichte Coop ein zweites Blatt Papier. »Ich hab deinen Flügel in den Keller umgesiedelt.«

»Wann?«

»Vor einer Stunde.«

»Ich hab gar keine Möbelpacker kommen hören.«

»Möbelpacker?«

Coop lehnte sich ein Stück zurück. »Du hast meinen Steinway-*Flügel* ganz allein in den Keller geschleppt?«

»Ich musste die Sache hier vorantreiben. Dein Bruder und

deine Schwester mussten diesen Raum ab sechs Uhr dreißig nutzen können.«

Guter Gott! Wo war Toni, wenn er sie brauchte? Denn dieser ganze Scheiß hier war Comedy auf höchstem Niveau, und Toni war die Einzige, die das wirklich zu schätzen gewusst hätte!

»Ist der Flügel noch in einem Stück?«

»Natürlich ist er das. Er hat nicht einen einzigen Kratzer. Oh, und deine nervöse kleine Schwester …«

»Cherise.«

»Ja. Sie sagt, die Akustik da unten sei großartig. Sie übt in einem anderen Zimmer im Keller. Ihr seid also beide versorgt.«

»Großartig. Ausgezeichnete Planungsarbeit.«

»Ich weiß. Wir sind noch nicht ganz fertig, aber fast.«

»Wir sind noch nicht fertig?«

»Nein.«

Genauso plötzlich, wie er aufgetaucht war, drehte Novikov sich wieder um und verschwand.

Coop schüttelte den Kopf und studierte die Seiten, die er bekommen hatte. Auf einer stand der Zeitplan, wie Novikov es gesagt hatte, auf der anderen eine Übersicht darüber, wer an welchem Tag welches Zimmer bekam und für wie lange. Es war unglaublich organisiert.

Eine kleine Hand zerrte an Coops Jeans. Freddy sah mit Augen, die genauso aussahen wie seine eigenen, zu ihm hinauf.

»Was ist denn los?« Gott, er hoffte, dass es nicht wieder Delilah war. Toni würde eine Arterie platzen.

»Es ist handgeschrieben«, flüsterte Freddy.

»Was denn?«

Er zeigte auf das Blatt Papier, das Coop in der Hand hielt.

Coop schaute darauf und schüttelte den Kopf. »Nein, Kumpel. Das ist ausgedruckt. Es wurde abgetippt.«

»Nein, wurde es nicht. Ich, Denny und die Zwillinge haben ihm eine Stunde oder so zugeschaut, als er es geschrieben hat. Er hat jeden Plan einzeln geschrieben. Von Hand. Wir mussten gehen, als Zoe angefangen hat, zu weinen. Sie war total aufgelöst.«

Freddy lehnte sich noch ein bisschen näher zu ihm und flüsterte wieder: »Ich glaube, wenn sie noch länger geblieben wäre, hätte sie ihn erstochen. Und ich glaube nicht, dass einer von uns anderen versucht hätte, sie aufzuhalten.«

Coop ging vor seinem Bruder in die Hocke und legte eine Hand auf seine Schulter. »Das kommt daher, dass du eine Zwangsneurose erkennst, wenn du eine siehst. Du blickst in Troys Zukunft. Davor solltest du dich fürchten.«

»Oh«, sagte Freddy mit weit aufgerissenen Augen, »das tue ich, Coop. Das tue ich wirklich.«

Sie parkten ein Stück entfernt, um zum See spazieren zu können.

Der Baikalsee galt als ältester und tiefster Süßwassersee der Welt und war einer der unglaublichsten Orte, den Toni je gesehen hatte. Das Wasser war sauber und klar, die umliegende Landschaft üppig und grün. Nicht im Entferntesten das, was sie sich bisher vorgestellt hatte, wenn jemand Sibirien erwähnte.

Ricky Lee stand neben ihr, und sie beide schwiegen mehrere Minuten lang. Sie genossen die Kulisse und das Glück, dass sie dieses traumhafte Land besuchen durften.

»Das ist wunderschön«, sagte Ricky schließlich.

»Ja. Ist es.«

»Aber ich kann es nicht wirklich genießen, weil alles, woran ich denken kann, ist, dich wieder ins Hotel zu fahren und nackt auszuziehen.«

»Gott sei Dank!«, platzte Toni heraus. »Ich dachte schon, ich wäre die Einzige. Ich hab mich die ganze Zeit gefragt: ›Wie kannst du diese wundervolle Natur nicht genießen?‹« Sie sah ihm direkt in die Augen und gestand: »Aber du siehst nackt so verdammt gut aus.«

Er nahm ihre Hand in seine, blickte ihr tief in die Augen und sagte: »Das tun wir beide. Und wie sollen wir uns auf irgendwas anderes konzentrieren, wenn wir beide nackt so verflixt gut aussehen?«

Toni lachte. »Du bist so ein Trottel.«

»Nein. Mein kleiner Bruder ist ein Trottel. Ich bin nur ein bisschen albern. Eine feine Mischung aus Reeces trotteligem Verhalten und Rorys verklemmtem Lebensstil.« Er drückte ihre Hand und besaß die Dreistigkeit – Dreistigkeit! – seinen Kopf zur Seite zu neigen und sie durch seine unfassbar langen Wimpern anzuschauen.

»Komm schon, Schätzchen«, drängte er sie. »Fahren wir zurück ins Hotel, machen uns nackt und staunen ganz ehrfürchtig darüber, wie gut wir aussehen.«

»Aber wir sind in Sibirien«, winselte Toni. »Es ist ja nicht so, als würden wir jeden Tag hier rauskommen. Wir sollten die Gegend erkunden oder so. Irgendwas Touristisches.«

Ricky erwiderte nichts, sondern zog sie nur näher zu sich heran, dann noch näher … bis er seinen Arm um ihre Taille legen konnte. Dann drückte er sie sanft gegen seinen Körper, und Tonis Haut glühte ganz heiß. Vielleicht schwitzte sie sogar.

Er starrte auf ihren Mund. Starrte sie einfach nur an. Ohne ein Wort zu sagen.

»Aber es ist auch nicht so, als würde Sibirien irgendwo *hingehen*.« Toni, die sich immer noch schuldig fühlte, weil sie diese seltene Gelegenheit nicht in vollen Zügen nutzte, kaute kurz auf ihrer Unterlippe herum, und Ricky reagierte mit einem Grummeln. »Der Baikalsee ist schon seit zig Millionen Jahren oder so hier, und ich bin mir sicher, dass er auch nächstes Jahr noch hier sein wird … oder im Jahr darauf.«

Die Hand, die auf ihrer Hüfte lag, rutschte tiefer, und Rickys Finger grabschten ihren Hintern und drückten ihr Becken näher an seinen Körper heran, bis Toni nichts mehr spürte außer seiner unglaublichen Erektion, die sich gegen sie presste.

Toni stieß einen zitternden Atem aus und schloss kurz die Augen. »Okay, ja. Dieser See ist riesig. Er wird noch ewig hier sein. Und vergiss den Jetlag nicht. Ich bin mir sicher, dass wir immer noch unter dem Jetlag leiden. Und den können wir nur überwinden, wenn wir in … einem Bett liegen.«

Grinsend machte Ricky Lee einen Schritt zurück, nahm ihre Hand wieder in seine und ging zurück in Richtung Auto.

Blayne saß am Küchentisch im Schakal-Haus – wie sie es gerne nannte – und sah zu, wie einer aus der Nachwuchshorde – wie Bo sie gerne nannte – vorsichtig einen Apfel in gleich große Spalten schnitt.

Da er sicherstellte, dass alle Stücke exakt gleich groß waren, brauchte er ziemlich lange dafür.

»Möchtest du, dass ich dir was zu essen mache, Troy?«

»Nein.« Er atmete aus, setzte sich wieder auf seinen Stuhl, schüttelte den Kopf und fragte: »Möchtest du die?«

»Deine Apfelspalten?«

»Ja.« Er hielt ihr den Pappteller hin, nahm einen weiteren Pappteller vom Stapel in der Mitte des Tischs und einen weiteren Apfel aus der Schale, die daneben stand. Dann begann er von vorne.

Ganz ehrlich, wenn schon Bo Novikov behauptete: »Der Junge ist *wirklich* obsessiv«, dann hatte man ein echtes Problem.

Besorgt lehnte sich Blayne zu Troy und versuchte es erneut. »Süßer …«

»Ich gehe wegen dieser Dinge schon zur Therapie, also lass es einfach gut sein.«

»Na schön.«

Blayne aß die Apfelspalten und sah zu, wie der Junge zwei weitere Äpfel zerlegte, bevor er glücklich mit dem Ergebnis seiner Bemühungen war. Das war ungefähr der Zeitpunkt, als Oriana die Küche betrat. Sie schwitzte und lächelte, trug einen schwarzen Gymnastikanzug und rosa Strümpfe. Ihre Füße steckten noch immer in ihren Spitzenschuhen, ihre Beine in weißen Stulpen, und sie hatte sich ein Handtuch um den Hals gelegt. Sie nahm sich ein Glas aus dem Schrank und schaute in den Kühlschrank. Als das Mädchen die Flasche mit dem Orangensaft ohne Fruchtfleisch herausholte, kreischte Blayne und sprang auf.

»Nicht den!«, jaulte sie und sauste durch den Raum, um Oriana die kontaminierte Flasche aus der Hand zu reißen.

»Stimmt irgendwas nicht, Blayne?«

Blayne kniff die Augen zusammen und sah, wie das Mädchen spöttisch grinste. »Hast du mit Livy gesprochen?«

»Ich hab keine Ahnung, was du meinst.«

Blayne stellte die Flasche zurück in den Kühlschrank und holte eine ungeöffnete heraus. Der Saft war mit Fruchtfleisch, aber damit würde Oriana wohl einfach leben müssen. Als sie ihr die Flasche gegeben hatte, drehte sie sich gerade noch rechtzeitig um, um zu sehen, wie eines der älteren Geschwister an ihr vorbeiging.

»Hi, Cherise!«

Cherise erstarrte. Es wirkte, als würde sie glauben, sie könne mit dem Fliesenspiegel hinter dem Spülbecken verschmelzen.

Cherise nickte, ohne Blayne anzusehen. »Hi, äh, Blayne.«

»Gehst du jemals wieder weg?«, fragte Oriana Blayne. »Oder ziehen du und der unglaubliche Hulk den ganzen Sommer über bei uns ein?«

»Hör auf, ihn so zu nennen. Und wir sind nur hier, bis Bo überzeugt davon ist, dass dieses ganze Zeitplandings perfekt funktioniert. Er will deine Schwester nicht enttäuschen.«

»Warum denn nicht? Wir enttäuschen sie andauernd.«

»Das ist … entzückend.« Sie drehte sich wieder zu Cherise um, aber die war schon beinahe zur Hintertür in der Küche hinausgeschlichen. Blayne flitzte zu ihr. »Hey, Cherise?«

Cherise erschrak und wirbelte herum. »Ja?«

»Ich hab mich gefragt, ob du heute Abend vielleicht mit mir ausgehen willst.«

»Warum?«

»Weil es Spaß machen wird!«

»Du kennst mich doch gar nicht.«

»Nein. Aber so lernt man jemanden kennen, indem man Zeit mit ihm verbringt. Du wirst auch meine beste Freundin kennenlernen, Gwen. Du wirst sie mögen. Vielleicht. Sie ist eine Katze und du bist ein Hund. Aber ich bin auch ein Hund und sie ist eine Katze, und wir verstehen uns großartig.«

Oriana legte einen Arm um Blaynes Schultern und schaute ihre Schwester an. »Oh, Cherise, du *musst* mitgehen. Weil das nach so viel Spaß für *dich* klingt.«

Blayne nickte. Sie hätte mit Oriana kaum mehr einer Meinung sein können! Und wie nett von ihr, das zu sagen!

»Komm schon! Das wird ein Riesenspaß!«

Cherise zuckte mit den Schultern und gab schließlich zu: »Ich gehe nicht so gern raus.«

»Dann musst du eben einfach mehr ausgehen! Dann wird's dir irgendwann gefallen!«

»So einfach ist das!«, freute sich Oriana. »Du musst mitgehen!«

Cherise lächelte – obwohl es ein wenig gequält wirkte – und nickte. »Na schön.«

»Großartig!«

Und vor lauter Begeisterung für ihre Schwester riss Oriana die Arme in die Luft und jubelte: *»Großartig!«*

Blayne ging wieder zu ihren Apfelspalten zurück, als sie Oriana jaulen hörte: »Au!«

Blayne drehte sich um und sah, dass sich das Mädchen den Fuß hielt und auf dem anderen auf und ab hüpfte.

»Bist du okay?«

»Es war meine Schuld«, gestand Cherise. »Ich bin gestolpert und ihr direkt auf den Spann getreten. Zu dumm, dass ich stattdessen nicht ihre Zehenspitzen erwischt hab. Das hätte nämlich gar nicht wehgetan, stimmt's, Oriana?« Sie küsste ihre Schwester auf die Wange und ging wieder auf die Hintertür zu. »Es tut mir so leid, Süße.«

Schulterzuckend griff Blayne nach einer Apfelspalte und steckte sie sich in den Mund. *So eine reizende Familie!*, dachte sie glücklich bei sich.

Kapitel 22

Es hatte schon was, wenn eine nackte Frau hinter dir saß, ihre langen Beine um deine Taille schlang, einen Arm um deinen Hals und eine Hand über deinen Sixpack bis in deinen Schritt wandern ließ, bis sie deinen Schwanz packen und ihn ganz festhalten konnte.

Ricky stieß ein zufriedenes Seufzen aus, als Toni erst seinen Hals und dann seine Schulter küsste. Er lehnte sich entspannt gegen sie, und ihre Brüste drückten sich in seinen Rücken. Nichts hatte sich jemals so verdammt gemütlich angefühlt. Er hatte immer geglaubt, »gemütlich« sei gleichbedeutend mit »langweilig«, aber jetzt wurde Ricky Lee bewusst, wie sehr er sich geirrt hatte. Antonella Jean-Louis Parker hatte wirklich nichts Langweiliges an sich.

Sie streckte ihr Bein ein wenig aus und drehte ihren Fuß, bis sie ihn unter sein Knie schieben konnte. Sie knabberte an den Sehnen in seinem Nacken, aber er verspürte nicht das instinktive Bedürfnis, sie zu schützen, wie es normalerweise der Fall war, wenn ein Raubtierweibchen diesem Teil seines Körpers zu nahe kam.

»Du bist wirklich wunderschön«, seufzte Ricky.

Toni kicherte. »Ich wette, das sagst du zu allen Hündinnen, die deinen Schwanz festhalten.«

»Nein. Tue ich nicht.« Er sah sich zu ihr um. »Tatsächlich sage ich überhaupt nicht viel.«

Sein Motto war immer gewesen: »Rein, raus, und genieß es, so lange es dauert.« Aber bei Toni stellte Ricky fest, dass er es drinnen wie draußen genoss.

Plötzlich löste sich Toni von ihm, und Ricky hatte schon Angst, er sei zu weit gegangen. Raubtierweibchen mochten es nicht, wenn Männchen zu sehr klammerten oder zu sentimental wurden. Es gab ihnen das Gefühl, in der Falle zu sitzen. Aber Toni ergriff nicht vor ihm die Flucht, sondern krabbelte stattdessen vor ihn und warf ihn auf den Rücken. Grinsend setzte sie sich rittlings auf seine Brust, ihre Knie links und rechts von seinen Hüften.

»Ich bin so froh, dass du mich auf dieser Reise begleitest«, sagte sie, schmiegte sich an seinen Hals und nagte an seinem Ohr. »Ich glaube, sonst wäre es ziemlich langweilig gewesen.«

»Nichts erscheint langweilig, wenn du da bist, Schätzchen.«

Ricky packte Toni an der Taille und rollte sie herum, bis sie unter ihm lag. »Seltsam und willkürlich vielleicht, aber langweilig?« Er gluckste. »Niemals.«

Ricky beugte sich ein wenig nach unten, saugte Tonis Nippel in seinen Mund und spielte mit seiner Zunge daran herum. Sie stöhnte und vergrub ihre Hände in seinem Haar. Er liebte es, wenn sie das tat.

Als sie sich genüsslich unter ihm wand, fragte er: »Was soll ich machen, Toni?«

Sie zögerte nicht. »Iss mich.«

Ricky begann, sich an Tonis Körper nach unten zu arbeiten. »Hatte ich schon erwähnt«, fragte er und grinste zu ihr hinauf, »dass ich es liebe, wenn eine Frau weiß, was sie will ... und keine Angst hat, darum zu bitten?«

»Das trifft sich gut«, keuchte sie, als er an der Innenseite ihres Oberschenkels knabberte. »Weil ich wirklich fordernd sein kann, wenn mir danach ist.«

»Genau das wollte ich hören, Schätzchen. Genau das wollte ich hören.«

Toni streckte die Arme über ihrem Kopf aus und lachte, als Ricky Lee sie auf den Bauch drehte.

»Du nimmst mich wie ein Wolf«, beschwerte sie sich und stöhnte, als seine Zunge ihre Wirbelsäule hinaufwanderte.

Ricky Lee knurrte sie nur an, und im selben Moment spürte sie, wie ein Reißzahn über ihren Rücken strich.

»Keine Reißzähne!«, befahl sie. »Keine Reißzähne!« Toni hatte in ihrem Leben genügend Wölfe gekannt, um zu wissen, wozu Reißzähne beim Sex führen konnten, und sie hatte keine Ahnung, ob einer von ihnen beiden bereit für eine solche Bindung war. Zumindest noch nicht.

Starke, große Hände packten Tonis Hüften und zogen sie auf die Knie. Ricky drang grob in sie ein, und seine Finger gruben sich in ihre Haut. Sie wünschte, sie hätte sagen können, dass sie es hasste, aber sie war in ihrem ganzen Leben noch nie so angetörnt gewesen.

Er hielt sie für einen langen Moment so fest, tief in ihr vergraben. Er lehnte sich zu ihr, und sein Atem fühlte sich ganz heiß in ihrem Nacken an.

»Du machst mich ganz verrückt, Schätzchen.«

»Ich hab doch gar nichts gemacht.«

»Lügnerin«, flüsterte er.

Diesmal streckte Toni ihren Körper ganz aus, und Ricky stöhnte laut.

»Siehst du, was ich meine?«, fragte er vorwurfsvoll.

»Nein.« Dann spannte sie ihre Muschi um seinen Schwanz herum an, und sein Stöhnen verwandelte sich in ein wildes Knurren.

»Verdammt, du böses Weibchen!« Er richtete sich auf, und seine Finger hatten sich inzwischen in Krallen verwandelt und gruben sich tief in ihre Hüften.

Ricky zog seinen Schwanz aus ihr heraus und stieß ihn dann wieder in sie hinein.

»Ich hab keine Ahnung, wovon du redest«, keuchte Toni, während sie versuchte, sich mit ihren Armen hochzudrücken. Aber als eine Hand fest auf ihren Hintern klatschte, jaulte sie auf, knurrte und kam zum Höhepunkt – alles auf einmal. Sie hatte so etwas noch nie gespürt. Und als sie kam, fickte Ricky sie noch härter, rammte sich in sie hinein und verlängerte ihren Orgasmus, während er auf seinen eigenen zusteuerte.

Sie kam so mächtig, dass sie nicht mehr atmen, nicht mehr

denken und noch nicht einmal mehr schreien konnte. Sie keuchte einfach nur noch und hoffte, nicht das Bewusstsein zu verlieren. Sie war sich nicht sicher, ob sie das gesteigerte Selbstbewusstsein des Wolfes verkraften konnte, wenn sie beim Sex in Ohnmacht fiel, obwohl kein Alkohol im Spiel gewesen war. Daher empfand sie eine gewisse Erleichterung, als sie ihn wie ein Löwenmännchen brüllen hörte, bevor er wie ein Sack wirklich schwerer Wäsche auf ihren Rücken fiel.

Als er sich auch nach mehreren Minuten noch nicht wieder bewegt hatte und die Zuckungen seines Körpers abgeebbt waren, rammte Toni ihren Ellbogen in Rickys Magen, bis er von ihr herunterrollte. Aber auch jetzt dauerte es ein paar Minuten, bevor er die Botschaft zu verstehen schien.

Als Ricky Lee flach auf dem Rücken lag, drehte Toni sich um und legte ihren Kopf auf seine Schulter.

»Du hast mich böse genannt«, erinnerte sie ihn.

»Na ja, du bist schließlich Satans Haustier.«

Toni richtete sich auf und grinste zu ihm hinunter. »Und bist du nicht froh darüber?«

Ricky grinste zurück. »Ehrlich gesagt … bin ich das tatsächlich.«

Cherise wusste wirklich nicht, wie sie das überhaupt hatte zulassen können. In welchem Moment hatte sie die Kontrolle verloren?

Okay, okay. Sie hatte fast nie die Kontrolle. Sie wusste das, aber das hier … das hier war ungeheuerlich!

Wie hatte sie sich nur von einer Wolfshündin dazu überreden lassen können?

»Blayne … ich bin mir bei der Sache hier wirklich nicht sicher.«

»Du wirst das toll machen! Wird sie doch, Gwen, oder?«

Die goldäugige Katzen-Hybride band ihre Rollschuhe zu, bevor sie Cherise begutachtete. »Sie sieht ziemlich verängstigt aus, Blayne.«

»Ist sie nicht. Bist du das, Cherise?«

»Na ja …«

»Siehst du? Außerdem ist das hier nur ein Probetraining.«

»Weißt du, Blayne«, versuchte Cherise es erneut, »ich kann das wirklich nicht tun. Ich sollte nicht. Wegen meiner Hände.«

Gwen stand auf und betrachtete Cherises Hände. »Was stimmt denn nicht mit ihnen?«

»Gar nichts. Das ist es ja. Ich muss dafür sorgen, dass ihnen nichts passiert. Sie sichern meinen Lebensunterhalt.«

»Bist du Chirurgin?«

»Nein. Cellistin.«

Die Katze starrte sie an, wie es nur eine Katze konnte. »Oh. Ist das wirklich ein Beruf, den jemand ausübt … auf dieser Welt?«

»Gwen!«, fauchte Blayne sie an.

»Was denn? Es war doch nur eine Frage.«

»Unhöflich!« Blayne nahm Gwens Arm und hob ihn hoch. »Siehst du Gwens Hände, Cherise? Vor allem ihre Fingernägel?«

Wie hätte Cherise die übersehen können? Sie waren unvernünftig lang, rot und schwarz lackiert und ihre Spitzen mit glitzerndem Strass beklebt. Sie hätten auch direkt aus einem von Cherises Albträumen stammen können.

»Wenn ihre Nägel immer noch so lang sind«, gab Blayne zu bedenken, »dann sind auch deine Hände sicher!«

Das schien Cherise zwar keine lückenlos durchdachte Logik zu sein, aber bevor sie über diesen Punkt debattieren konnte, zog sie eine Hand an ihrem Haar. Erschrocken jaulte sie auf und wirbelte herum, bereit, die Flucht zu ergreifen, falls es nötig sein sollte.

»Was machst du hier?«, fragte die beste Freundin ihrer Schwester rundheraus.

»Was machst *du* hier?«, schoss Cherise in Livy Kowalskis Richtung zurück.

»Coop hat mich geschickt. Er wäre selbst gekommen, um dich zu holen, aber ein sehr großer Neandertaler hat auf einen riesigen

Klebezettel gezeigt und behauptet, jetzt sei seine planmäßige Übungszeit.«

Blayne stampfte mit ihrem Fuß auf, der in einem Rollschuh steckte. »Er ist kein Neandertaler! Er wird nur missverstanden!«

Livy, die sich mit allzu gefühlsbetonten Menschen nie wohlfühlte, warf Blayne einen bösen Blick zu, bevor sie sich wieder an Cherise wandte.

»Warum hast du Freddy mitgebracht?«, fragte Cherise Livy. Der Junge hätte zu Hause sein und sich fürs Abendessen fertig machen sollen anstatt sich in den Straßen New Yorks herumzutreiben. Toni würde das überhaupt nicht gefallen.

»Ich hab Toni gesagt, dass ich ihn im Auge behalte. Und auf diese Art kann ich ihn im Auge behalten.«

Cherises Bruder hielt Livys Hand und schaute mit großen Augen zu all den Weibchen der verschiedensten Gattungen und Arten hinauf, unter ihnen auch Hybride. Sobald sie den kleinen Freddy entdeckt hatten, versammelten sie sich um ihn und machten »ooooh« und »aaaah«. Es schien ihn nicht zu stören. Glücklicherweise schien er mehr nach Cooper zu kommen als nach Cherise. Er genoss die Aufmerksamkeit, musste aber nicht in ihr baden wie Delilah oder erwartete sie sogar wie Oriana und Kyle.

»Kann ich ihn mal halten?«, fragte eine Löwin.

Livy sah die Katze stirnrunzelnd an. »Er ist kein Welpe mehr, Mann.«

Die Katze grinste schief, und Cherise fragte ihren Bruder hastig: »Macht es dir was aus, Freddy?«

Als Antwort streckte er die Arme in die Luft, und die Löwin hob ihn glücklich hoch und drehte sich, um ihn den anderen Weibchen zu zeigen. »Ist er nicht verflucht entzückend?«

Livy gähnte und deutete auf Cherise. »Also … was machst du hier?«

»Es war meine Schuld«, erklärte Blayne, und Livy richtete ihre kalten, schwarzen Augen auf die Hybride.

»Deine?«

»Ja. Ich dachte, es wäre toll für Cherise, wenn sie mal ein bisschen rauskommt. Die ganze Zeit, in der Bo und ich jetzt schon im Haus sind, scheint sie kein einziges Mal ausgegangen zu sein.«

»Willst du mehr ausgehen?«, fragte Livy Cherise.

»Nicht wirklich.«

»Aber du hast es doch noch gar nicht probiert!«

Livy verschränkte die Arme über ihrer Brust und schaute zu Gwen hinüber. »Habt ihr vielleicht eine Quote? Eine gewisse Anzahl von Leuten, die an eurem Probetraining teilnehmen müssen?«

»Natürlich nicht!«, rief Blayne aus.

»Jap«, antwortete Gwen. »Das ist zwar keine Bestimmung des Teams oder so, aber Blayne besteht darauf, ihre eigene Quote zu erfüllen.«

Blayne funkelte ihre Freundin böse an. »Petze.«

»Das hab ich mir gedacht.« Livy nickte Cherise zu. »Willst du bleiben oder gehen?«

»Ich dachte, du wärst gekommen, um mich zu holen.«

»Wer bin ich?«, fragte Livy. »Deine Mutter?« Sie überlegte einen Moment und entschied sich dann um. »Toni?«

»Es sind nur wir«, versicherte Blayne ihnen. »Nur die Mannschaft und unser Trainer. Das ist kein Wettkampf. Nur eine Gelegenheit für dich, ein bisschen Rollschuh zu laufen und zu sehen, ob es dir gefällt oder nicht. Kein Druck.«

»Jedenfalls solange du tust, was sie sagt.«

»Halt die Klappe, Gwen«, zischte Blayne, bevor sie Cherise wieder anlächelte. »Es wird Spaß machen! Ich verspreche es!«

»Na ja …« Cherise blickte sich um, und sämtliche Weibchen starrten sie an. »Ich hab ja schließlich schon Rollschuhe an.«

»Ja!«, freute sich Blayne. »Du wirst es nicht bereuen!« Sie umarmte Cherise, was Cherise nicht gefiel, weil sie es wirklich nicht mochte, berührt zu werden.

Gwen rollte um Livy herum und schnupperte an ihr.

»Wenn ich diese Nase noch mal auf mir spüre, Katze«, warnte Livy trocken, »dann fang ich an, dich auseinanderzunehmen.«

»Was bist du?«

»Der Tod!«

»Olivia!«, schimpfte Cherise.

»Sie hat gefragt.«

»Bist du eine Hybride?«, fragte ein sehr großes Liger-Weibchen, das hinter Livy stand.

»Nein.«

Gwen stellte sich vor Livy und betrachtete sie von oben bis unten. »Was ist mit dir?«

»Was soll mit mir sein?«

»Machst du heute Abend auch beim Probetraining mit?«

»Um in eure Derby-Mannschaft zu kommen?« Livy grinste spöttisch. »Das wollt ihr nicht.«

»Weil du eine Hybride bist?«, fragte eines der anderen Mädchen. »Wir haben nämlich schon eine Menge von denen im Team.«

»Ich bin keine Hybride. Und ihr wollt mich sicher nicht in eurer Mannschaft.«

Gwen zuckte mit den Schultern. »Wir sind immer auf der Suche nach potenziellen Jammern.«

»Sie ist doch kein Jammer, O'Neill.« Das Liger-Weibchen schüttelte den Kopf. »Sie ist ein Blocker.«

»Die?« Gwen begutachtete Livy erneut. »Sie ist kleiner als ich.«

»Aber sie hat mächtig Kraft.« Der Liger reichte Livy einen Helm und zeigte auf eine Reihe mit Rollschuhen. »Finden wir doch einfach raus, wie viel Kraft sie hat.«

Sie ließen sich Essen aufs Zimmer bringen und aßen, während sie im Bett lagen und nichts weiter anhatten als ein Laken.

Es war herrlich dekadent.

»Du wirkst, als ob es dir schon viel besser geht«, verkündete Ricky, bevor er die Sahnesoße seines Hühnchens von seinem Daumen schleckte.

Toni zuckte mit den Schultern und spießte noch eine gegrillte Tomate auf ihre Gabel. »Ich hab endlich raus, was los ist, meine Geschwister schicken mir viel weniger SMS, und Bo hat mir geschrieben, dass er mit dem Zeitplan fast fertig ist.«

Ricky blinzelte. »Der Mann hat den endgültigen Zeitplan immer noch nicht fertig?«

»Der Mann ist in unser Haus eingezogen. Mit Blayne. Mein Vater ist total durcheinander. Aber Bo kriegt das hin. Und er kriegt es ohne mich hin.«

»Ist das der einzige Grund, warum du dich besser fühlst?«

»Ja.«

Ricky lehnte sich näher zu ihr. »Bist du sicher?«

»Ich weiß wirklich nicht, was du von mir hören willst.«

In dem Moment stürzte sich der Wolf auf sie, stieß ihre Tabletts vom Bett und warf Toni auf den Rücken.

»Die Zimmermädchen werden uns hassen!«, beschwerte sich Toni kichernd und wehrte sich schwächlich gegen ihn.

»Wir geben ihnen ein ordentliches Trinkgeld.«

»Das ist nicht der Punkt, Ricky!«

»Würdest du bitte aufhören zu kreischen und mich an diesem köstlichen Hals knabbern lassen?«

»Nein! Ich werde nicht aufhören zu kreischen. Und ich war auch noch nicht mit essen fertig.«

»Auf dem Tisch ist noch mehr zu essen. Ich hab uns genug bestellt, damit es für die ganze Nacht reicht.«

»Nicht, wenn du es weiter auf den Boden schmeißt!«

Ricky drückte sie mit seinem Körper aufs Bett und schaute ihr direkt ins Gesicht. »Willst du dich weiter beschweren oder wirst du mich jetzt küssen?«

»Eigentlich wollte ich mich bei dir bedanken.«

»Na ja, ja, ich *bin* gut im Bett.«

»Nicht dafür, du Hohlkopf.« Sie lachte. »Dafür, dass du dich so gut um mich gekümmert hast, seit wir hier sind, und mir geholfen hast, mich zu entspannen. Ich weiß, dass ich manchmal ein bisschen verspannt sein kann.«

»Wann hattest du denn schon mal Zeit, verspannt zu sein? Jedes Mal, wenn ich dich gesehen habe, warst du damit beschäftigt, dich um einen Haufen mies gelaunter Wunderkinder zu kümmern. Das würde ich nicht als verspannt bezeichnen.«

»Alle anderen tun das aber.«

»Das liegt daran, dass sie dich nicht verstehen.«

»Aber du schon.«

»Ich finde dich faszinierend.« Er ließ seinen Blick über ihren Körper schweifen und zog mit einer Hand das Laken von ihr herunter. »Und wunderschön.« Er warf das Laken auf den Boden an ihrem Fußende und küsste sie auf die Wange. »Und sexy.« Er küsste ihren Kiefer. »Und klug.« Er küsste ihren Hals.

»Bitte sag nicht kess.« Sie hasste dieses Wort, wenn es darum ging, Frauen zu beschreiben. Es war, als würde man von einer Hauskatze sprechen, die ihrer Familie tote Vögel mit nach Hause brachte.

»Das würde ich nur zu dir sagen, wenn ich *nicht* wollte, dass du Sex mit mir hast.«

Toni schlang ihre Arme um Rickys Hals und grinste strahlend in sein hübsches Gesicht. »Okay. Du kennst mich wirklich gut.«

»Sag ich ja.«

Gwen O'Neill streckte einen Arm aus, schnappte Blayne und zog sie ganz dicht zu sich heran, damit sie nicht von ihrer Leoparden-Teamkollegin mitgerissen wurde, die gerade wie ein voller Müllsack über die Bahn geschleudert worden war.

»Cherry hatte recht«, gab Gwen zu.

»Sie hat immer recht.«

»Ich dachte, die kleine Schlampe hätte nur eine große Klappe und nichts dahinter, du weißt schon. Aber sie ist eine richtig fiese kleine Schlange.«

»Ich weiß.«

»Sie wird großartig sein.«

Blayne runzelte die Stirn.

»Was ist denn, Blayne?«

»Findest du nicht, dass sie ein bisschen grausam ist?«

»Grausam? Süße, der Marquis de Sade war grausam. Dieses Mädel ist eine miese Schlampe erster Güte. Ich glaube, sie würde ihrer eigenen Mutter die Kehle aufschlitzen, wenn sie ihr in die Quere käme.«

»Und warum …?«

»Weil ich gerne gewinne.«

Blayne seufzte. »Gott, du und Bo.«

»Ich weiß zwar immer noch nicht, was du in dem Mann siehst, aber ich bewundere, wie fokussiert er ist.«

Ein großer Arm schlang sich um Gwens Taille, und eine Nase drückte sich zärtlich in ihren Nacken.

Lächelnd drehte sie sich um und sprang in die Arme ihres Gefährten und Verlobten.

Lock MacRyrie drückte Gwen an sich und küsste sie. Sie wusste, dass er direkt aus seiner Werkstatt kam, weil sie die verschiedenen Arten von Holz an ihm riechen konnte, mit denen er an diesem Tag gearbeitet hatte. Lock konnte sich seinen Holzarbeiten nun schon seit rund einem Jahr Vollzeit widmen. Die Übergangsphase war eine unsichere, bange Zeit für ihn gewesen. Ihm hatte zwar die Sicherheit in der Softwarebranche gefallen, aber die Arbeit hatte er gehasst. Nun, wo er tat, was er liebte, wirkte er wie ein ganz anderer Bär. Gwen liebte es, ihn so glücklich zu sehen, obwohl ihr sein Wunsch, das Budget für ihre Hochzeit zu erhöhen, einen eiskalten Schauer über den Rücken gejagt hatte. Sie wusste auch genau, was ihn dazu getrieben hatte. Nicht nur das zusätzliche Geld, das er mit seinen Geschäften inzwischen verdiente, sondern auch seine Onkel, die ihn dazu anstachelten, »die größte MacRyrie-Hochzeit *aller Zeiten*« auszurichten. Etwas, das sie die ganze Zeit zu vermeiden versucht hatte. Verzweifelt.

Glücklicherweise würde es eine Doppelhochzeit mit Blayne und Bo werden, und das Einzige, was Gwen inzwischen zu ihrem Vorteil nutzte, war, dass Locks Onkel nicht freiwillig in Bo Novikovs Nähe gingen. Nur sehr wenige Leute mit gesundem Menschenverstand taten das.

Und Blayne war dafür bekannt, dass sie kaum über gesunden Menschenverstand verfügte.

»Wie ist es heute gelaufen?«, fragte Gwen, als Lock sie wieder auf dem Boden abstellte.

»Ziemlich gut. Ich hab diesen Esstisch aus Marmor und Holz verkauft.« Sie kniff die Augen zusammen und er fügte hastig hinzu: »Für den Preis, den du vorgeschlagen hast. Ich schwöre es. Ich hab keinen Rabatt gegeben.«

»Dann haben sie dich entweder in den Wahnsinn getrieben oder es waren Vollmenschen.«

»Sie waren Snobs … und Vollmenschen.«

»Was auch immer.«

»Ich glaube, ich hab mich geirrt, was Cherise betrifft«, sagte Blayne und rollte zu ihnen, um Lock zur Begrüßung zu umarmen.

»Das Mäuschen?«, fragte Gwen. »Ich bin überrascht, dass sie sich nicht schon unter der Tribüne verkrochen hat.«

Lock grunzte. »À la Jess Ward!«

Gwen schaute von Blayne zu Lock. »Wir haben keine Ahnung, wovon du da sprichst.«

Lock machte sich nicht die Mühe, es zu erklären, und holte stattdessen ein Plastikfläschchen mit Honig heraus. Eines von denen, die aussahen wie ein Teddybär.

»Also, wie lange noch?«, fragte er und nickte in Richtung des Probetrainings.

»Noch vierzig Minuten. Ist das okay?«

»Klar.« Er machte den Mund auf, legte den Kopf in den Nacken und quetschte eine unverfrorene Menge Honig in seinen Rachen.

Als er fertig war, skatete Kowalski zu ihnen herüber.

»Also«, wandte sich Gwen an die unheimliche, kleine, noch immer undefinierte Gestaltwandlerin, »bist du dabei oder nicht?« Sie hielt sich bei der Frau nicht mit Höflichkeiten auf. Sie wusste zwar selbst nicht, warum, aber sie sah darin keinen Sinn.

»Ich weiß nicht. Vielleicht. Im Moment fühle ich mich weniger aggressiv, was normalerweise ein gutes Zeichen ist.« Dann drehte sie sich plötzlich zu Lock um, und Gwen sah, wie die Schlampe ihren Verlobten beäugte. Gwen ließ ihre Fingerknöchel knacken, und Blayne rollte vor sie und hielt Gwen für den Moment davon ab, der Hure, die offensichtlich ihren Verlobten klauen wollte, mit ihren Katzenkrallen das Gesicht zu zerkratzen.

»Kann ich was davon haben?«, fragte Kowalski Lock. Sie klang beinahe höflich.

»Von dem?« Lock hielt das Fläschchen mit dem Honig hoch.

Als das Weibchen nickte, reichte er ihr die Flasche, und sie tat dasselbe, was er getan hatte. Sie legte den Kopf in den Nacken, machte den Mund auf und goss sich eine unverfrorene Menge Honig in den Rachen. Als sie fertig war, gab sie Lock das nun beinahe leere Honigfläschchen wieder zurück.

»Danke.«

»Jap.«

Und damit skatete Kowalski wieder auf die Bahn.

Gwen und Blayne schoben sich näher zu Lock, eine auf der linken, die andere auf der rechten Seite des Grizzlys.

»Hey«, flüsterte Blayne, »ist sie auch ein Bär?«

»Sie riecht nicht wie ein Bär«, sagte Gwen. »Aber sie riecht auch nicht wie eine Hybride. Und die Sache mit dem Honig …«

Lock blickte zwischen den beiden Frauen hin und her. »Sie ist keine Bärin.«

»Ist sie nicht?«

»Ihr zwei wisst wirklich nicht, was sie ist?«

»Es macht mich noch wahnsinnig!«, flüsterte Blayne weiterhin lautstark. »Ich hab sie schon tagelang um mich, und ich komme einfach nicht dahinter.« Sie wippte auf ihren Rollschuhen auf und ab. »Bitte sag's mir, Lock. Bitte!«

Lock zuckte mit den Schultern. »Sie ist ein Honigdachs.«

Gwen verdrehte die Augen. »Jetzt erfindest du also irgendwelchen Mist? Gib doch einfach zu, dass sie die ganze Sache mit dem Honig nur gemacht hat, um mit dir zu flirten.«

»Diese Frau flirtet nicht. Sie hat nicht mit mir geflirtet. Sie wollte den Honig. Sie war nett zu mir, weil ich etwas hatte, das sie wollte. Aber vertrau mir … wenn ich nein gesagt hätte, hätte sie mir den Honig aus der Hand gerissen und möglicherweise noch ein paar meiner Finger dazu. Ihre Krallen sind länger als deine.«

»Das sind keine Krallen.« Gwen hielt ihre fachmännisch manikürten Fingernägel in die Höhe. »Das ist ein Fashion-Statement.«

»Krallen.«

»Aber, Lock«, wandte Blayne ein, »ich hab noch nie von Honigdachs-Gestaltwandlern gehört.«

»Sie sind äußerst privat. Ich meine, man könnte denken, wir seien schon privat, was die Regierung betrifft. Aber sie sind bei *jedem* so privat. Natürlich könnte das auch eine Menge damit zu tun haben, dass sie Diebe sind.«

»Wie Füchse?«

Er lachte. »Füchse sind wie kleine Kinder, die sich in eine Kneipe schleichen, um Süßigkeiten zu klauen. Honigdachse stehlen richtiges Zeug.«

Gwen beobachtete, wie Kowalski einem über zwei Meter großen Grizzly-Weibchen ihre Faust ins Gesicht rammte. In ihren Augen lag keinerlei Furcht. Nur eine versteckte Wut, über die Gwen noch nicht einmal nachdenken wollte. »Sie wirkt auf alle Fälle ziemlich gemein.«

»Sie sind die gemeinsten Tiere und Gestaltwandler der Welt«, erwiderte Lock. »Das habe ich festgestellt, als ich zu den Marines gegangen bin.«

»Was meinst du damit?«

»Kennst du diese Militärtypen, die nie viel sagen und immer direkt daneben stehen, wenn gleich irgendwo jemand explodiert und es ein riesiges Problem gibt? Sie sind normalerweise klein, sehen sehr kräftig aus … und grinsen hämisch. Und wenn es dann zu der Explosion kommt, für gewöhnlich in einer Bar direkt vor dem Stützpunkt, dann sind sie die Ersten, die sich mitten ins Geschehen stürzen, wild um sich schlagen und am Ende im Bau landen, weil sie den größten Schaden angerichtet haben und selbst am wenigsten mitgenommen aussehen. Ja … *das* sind Honigdachse. Und die Weibchen sind definitiv noch schlimmer.«

Blayne klatschte fröhlich in die Hände. »Das ist so …«

»Halt die Klappe, Blayne«, schnauzte Gwen sie an, bevor ihr das Wort »cool« über die Lippen kommen konnte.

Blayne beruhigte sich sofort wieder, und sie beobachteten weiter das Probetraining. Cherise war für eine Weile verschwunden, kam später aber wieder zurück auf die Bahn. Und wirkte – wie immer – zu Tode erschrocken.

»Wir sollten sie da rausholen«, bemerkte Gwen.

»Ich hab gerade dasselbe gedacht.« Blayne skatete auf die Bahn, aber Kowalski schnitt ihr den Weg ab. Blayne kreischte, als sie das gefährliche Weibchen sah, und rollte schnell wieder zu Gwen zurück.

»Willst du, dass ich mich um Cherise kümmere?«, fragte das Weibchen und schien von Blaynes hysterischer Reaktion völlig unbeeindruckt zu sein.

»Du musst sie nicht umbringen«, antwortete Blayne mit Panik in der Stimme.

Kowalski verdrehte die Augen und rollte wieder auf die Bahn. Sie blieb neben Cherise stehen und flüsterte ihr etwas zu. Als sie fertig war, kehrte Kowalski wieder zu ihnen zurück.

»Okay«, sagte sie.

Der erste Pfiff ertönte, und Cherise und ein anderes Mädchen, das auf der Position des Jammers am Probetraining teilnahm, schossen davon. Ein zweiter Pfiff ertönte, und der Rest der Meute jagte den beiden Weibchen hinterher. Der Jammer, der sich an die Spitze setzte, würde Punkte einfahren, wenn er die Mädchen des anderen Teams überholte. Es klang zwar einfach, aber an einer zwei Meter zehn großen Bärin mit Mutterkomplex vorbeizukommen, war für niemanden einfach.

Was Gwen jedoch beinahe umhaute, war nicht die Tatsache,

dass Cherise jedes Mal aufschrie, wenn ihr eine der Spielerinnen zu nahe kam, sondern dass sie sich so schnell bewegte. Unglaublich schnell. Auch wenn sie dabei kreischte, brüllte und um sich schlug und so Körper, Hände und alles andere, was ihr zu nahe kam, aus dem Weg räumte.

Es war unterhaltsam, wenn auch auf wirklich entsetzliche Weise.

»Was hast du zu ihr gesagt?«, wollte Gwen von Kowalski wissen.

Das Weibchen zuckte mit den Schultern. »Sie hat ein Problem mit Keimen. Ich hab sie nur darauf hingewiesen, dass sich keine, die heute am Probetraining teilnimmt, in den letzten zwei Stunden die Mühe gemacht hat, sich die Hände zu waschen, noch nicht mal die, die auf der Toilette waren. Sie ist eine Hündin, die durch ihre Angst angetrieben wird. Man muss nur einen Weg finden, sich diese Angst zunutze zu machen.«

Angewidert sagte Blayne: »Aber du gehörst für sie doch zur Familie.«

»Ja. Deshalb weiß ich ja auch, wie man sie manipulieren kann. Genau das macht deine Familie schließlich mit dir.«

Darüber musste Gwen lachen – weil der Honigdachs recht hatte.

»Ermutige sie nicht noch, Gwenie!«

»Ich kann nicht anders!«

»Ich glaube, wir müssen uns mal unterhalten.«

Toni setzte sich auf und starrte ihn an. Irgendwie waren sie auf dem Boden von Rickys Hotelzimmer gelandet. Toni überraschte ihn immer wieder und schien sich über Kleinigkeiten überhaupt keinen Kopf zu machen, etwa darüber, Sex auf dem Boden mit ihm zu haben.

»Ich hab dir doch gesagt, dass es mir leidtut«, erwiderte Toni. »Diesmal hab ich ja noch nicht mal die Haut aufgekratzt.«

»Davon spreche ich doch gar nicht.« Obwohl die Schmerzen, die er auf seinem ganzen Rücken spürte, nahelegten, dass sie die

Haut *sehr wohl* aufgekratzt hatte, aber er würde sich darüber nicht mit ihr streiten. Es waren nur ihre Krallen gewesen. Hätte sie ihre Reißzähne benutzt, wäre diese Diskussion anders verlaufen. »Ich möchte nur noch etwas klären, bevor wir uns heute mit den Bären treffen.«

»Ich weiß, ich weiß«, sagte Toni und winkte ab, während sie sich wieder auf dem Boden ausstreckte und ihren Kopf auf seinem mit einem Laken bedeckten Schoß ablegte. Sie ließ zu, dass er mit ihren Locken spielte, aber »nur, bevor ich unter die Dusche gehe. Danach ist anfassen nicht mehr erlaubt!« Nun, das würde sich erst noch zeigen.

»Ich soll meine Füße nicht auf dem Tisch ablegen«, fuhr sie fort. »Die Russen empfinden das als unhöflich. Und ich soll nicht mit den Händen in den Hosentaschen dastehen. Sie hassen das. Ich frag mich, warum. Lässt das darauf schließen, dass man etwas zu verbergen hat? Ich mache das nur, weil ich sonst nicht weiß, wohin mit meinen Händen und immer mit meinen Fingern rumspiele. Cherise spielt auch immer mit ihren Fingern rum und sieht dabei aus wie ein nervöses Wrack.«

»Ich spreche nicht von diesem verdammten Treffen morgen.«

»Oh. Tut mir leid.«

»Ich will nur klarstellen, dass wir noch nicht fertig sind, wenn wir morgen wieder zurückfliegen.«

»Ach, nein?« Sie blinzelte. »Ich meine, sind wir nicht?«

»Nein. Ich weiß nämlich nicht, warum das hier nur ein One-Night-Stand sein sollte.«

»Ich dachte, darauf hätten wir uns geeinigt.«

»Wann haben wir das denn? Ich habe nur angemerkt, dass sich Wölfe hervorragend für einen gelegentlichen One-Night-Stand eignen. Ich hab aber nicht gesagt, dass wir uns darauf beschränken sollten.«

Toni setzte sich wieder auf.

»Ich bin mit deinen Haaren noch nicht fertig«, beschwerte sich Ricky.

»Vergiss meine Haare.«

»Das kann ich nicht. Ich liebe sie.«

»Was, wenn sie mir morgen ausfallen?«

»Warum sollten sie dir morgen ausfallen?«

»Könnte doch sein!«

Ricky konnte die Panik in ihren hübschen Augen erkennen. Er wusste, dass sie nur Angst hatte. Er warf ihr das nicht vor. Er war sich ja selbst nicht sicher, was zur Hölle hier eigentlich los war, aber er wusste, dass er nicht zurück in die Staaten fliegen und so tun wollte, als hätten die beiden vergangenen Nächte nie stattgefunden.

»Liegt es daran, dass ich ein armer Landjunge aus Tenne…«

»Oh, halt die Klappe.«

Ricky lachte, und es gelang ihm einfach nicht, den mitleiderregenden Ausdruck auf seinem Gesicht aufrechtzuerhalten. Aber das spielte keine Rolle. Sie durchschaute ihn sowieso immer nach ein paar Sekunden.

»Das hat damit überhaupt nichts zu tun, und das weißt du auch. Aber wir stammen aus verschiedenen Welten.«

»Du bist Romeo und ich Julia? Warte mal.« Ricky überlegte kurz. »Andersrum.«

»Das ist zwar ein alberner Vergleich, aber gar nicht so weit entfernt. Ich bin eine Schakalin. Du bist ein Wolf. Ich meine«, fuhr sie fort, »kannst du dir vorstellen, dass *ich* Teil eines Rudels werde? Und nur für die Wünsche und Bedürfnisse anderer lebe und – oh, mein Gott! Warum sagst du mir nicht, dass ich mich wie ein Idiot anhöre?«

Kichernd gab Ricky zu: »Ich dachte, du bist schlau genug, um das selbst rauszufinden.« Weil sich ihr ganzes bisheriges Leben darum gedreht hatte, für andere zu leben.

»Hör mal, Schätzchen. Alles, was ich sagen will, ist, dass ich nicht so tun will, als würden wir uns noch nicht mal kennen, wenn wir wieder zurück sind.«

»Das können wir auch nicht. Weil sonst *alle* wissen, was wir getrieben haben.«

»Das ist ein gutes Argument, aber du weißt, was ich meine.«

»Tue ich, aber …«

»Aber … wenn wir zurück sind, musst du Zeit mit deiner Familie verbringen, sicherstellen, dass es allen gutgeht und dass Kyle am Ende nicht doch im Gefängnis gelandet ist.«

»Darüber mache ich mir tatsächlich Sorgen.«

»Ich weiß. Und natürlich wirst du dich um deine Familie kümmern, wenn wir zurück sind. Genauso, wie ich nach meinen idiotischen Brüdern sehen muss.«

»Und sichergehen, dass Reece nicht schon wieder eine Arterien-Operation braucht?«

»Du wärst erstaunt, wie viele dieser Operationen der Junge schon hinter sich hat.«

»Ich hab Reece kennengelernt … so erstaunt bin ich gar nicht.«

»Dann sind wir uns also einig?«

»Einig worüber?«

»Wenn wir zurückkommen, geht das mit uns weiter. Zumindest, bis wir herausgefunden haben, ob das – was auch immer es ist – das ist, was wir wollen.«

»Das wird nicht leicht werden. Wir sind beide ziemlich beschäftigt.«

»Ich bin so beschäftigt, wie ich es sein will. Und ich mag deine Familie. Es stört mich nicht, sie um mich zu haben.«

Dabei verdrehte sie die Augen. »Klar, sicher.«

»Sie bringen das Amüsement zu mir. Und wir wissen schließlich beide, dass das alles ist, was ich mir wünsche.«

»Über diesen Punkt kann ich wirklich nicht mit dir streiten, oder?«

»Nicht wirklich.«

Ricky streckte einen Arm aus und zog Toni auf seinen Schoß. Er streichelte ihren Rücken und küsste sie auf die Schulter.

»Glaubst du wirklich, dass wir morgen wieder nach Hause fliegen?«, fragte sie leise.

Ricky schaute auf seine Uhr. »Wohl eher heute … Und ja, das glaube ich.« Er zog Toni noch näher zu sich heran und schlang seine Arme um sie, und sie legte ihr Kinn auf seinem Schlüsselbein ab. »Ich glaube, wenn wir fertig sind … werden diese Bären gar nicht mehr wissen, was zur Hölle eigentlich mit ihnen passiert ist.«

Kapitel 23

Während Freddy wie ein Rucksack auf ihrem Rücken hing und Cherise und Blayne sie links und rechts flankierten, ging Livy zu ihrem aktuellen Zuhause zurück. Es war ein langer Abend gewesen, aber auch ein guter. Sie hatte Spaß gehabt.

Natürlich hasste die komplette Derby-Mannschaft sie, aber was auch immer. Sie hatte ihre Familie und ihre Freunde, und das war alles, was Livy etwas bedeutete. Sie brauchte nicht noch mehr Freunde. Eine kleine Gruppe loyaler Freunde war ihr wichtiger als ein Haufen Saufkumpane. Dass sie nach dem Probetraining nicht mit der Mannschaft einen trinken gegangen war, spielte für sie deshalb auch keine Rolle. Stattdessen war sie »Olivia, die Verantwortungsbewusste« gewesen, wie Coop sie gerne nannte, und hatte den anderen mitgeteilt, dass sie Freddy nach Hause bringen musste.

Cherise hatte sich ihr dankbar angeschlossen, während Blayne so getan hatte, als sei sie darüber gar nicht glücklich, aber selbst Livy wusste, dass sie nur zu dieser wandelnden Landmasse nach Hause wollte, die sie als ihren Verlobten bezeichnete.

Livy stand an einer Straßenecke und wartete darauf, dass die Ampel umschaltete. Während sie das tat, schaute sie sich um, beobachtete ihre Umgebung und hielt nach möglichen Bedrohungen in der Nähe Ausschau. Es war eine Fähigkeit, die sie von ihren Eltern gelernt hatte, noch bevor sie sich selbst hatte ernähren können.

Und während sie sich umblickte, entdeckte sie sie. Auf der anderen Straßenseite kam sie aus einer Kirche.

»Hey, Cherise.« Sie knuffte die Schwester ihrer besten Freundin in die Seite. »Siehst du auch, was ich sehe?« Im Universum gab es nicht viel, was Livy erstaunte, aber Delilah Jean-Louis

Parker aus einer gottverdammten Kirche kommen zu sehen, gehörte definitiv dazu.

»Heilige Scheiße!«, platzte Cherise heraus. »Raubt sie jetzt schon Kirchen aus?«

»Nicht mal *meine* Mutter würde so tief sinken.«

Nur, dass Delilah mit Leuten aus der Kirche sprach. Mit ihnen sprach und sie umarmte.

Livy erschauderte bei dem Gedanken daran, Delilah zu umarmen.

Blayne stellte sich neben Livy. »Das ist keine Kirche. Na ja … eigentlich kommt das darauf an, was du über Religion denkst und was du als Religion bezeichnen würdest und was als …«

»Blayne«, unterbrach Livy sie. »Komm zum Punkt, bevor ich dir wehtun muss.«

»Das ist ein Kult. Sie haben die Kirche vor einem Jahr oder so übernommen, aber die Leute in der Nachbarschaft haben versucht, ihnen das Handwerk zu legen. Irgendwie ging es darum, dass sich junge Leute der Kirche angeschlossen haben und dann auf irgendeine Farm weiter nördlich verschwunden sind.«

Livy seufzte. »Wunderbar.«

Livy beschloss, mit Toni darüber zu sprechen, wenn sie von ihrer Reise zurück war und sich erholt hatte. Sie setzte Freddy auf ihre Hüfte und ging weiter.

Als sie das Haus erreichten, trottete Livy die Stufen hinauf und Freddy kicherte und hüpfte auf ihrem Rücken herum. An der Tür holte sie ihren Schlüssel heraus und schloss auf. Doch sobald sie einen Schritt über die Schwelle gemacht hatte, erstarrte sie. Sie hob den Kopf und schnupperte in die Luft. Als Cherise sie erreichte, drückte Livy ihr Freddy in die Arme.

»Bring ihn auf die andere Straßenseite. Blayne, du gehst mit ihnen.«

Cherise entfernte sich, ohne Fragen zu stellen, genau, wie man es ihr beigebracht hatte. Aber Blayne …

»Bist du …«

»Beschütz Freddy.«

Das schien zu wirken, denn Blayne folgte Cherise.

Livy trat mit stummen Schritten tiefer in das Haus hinein, schnupperte in die Luft und horchte ein paar Sekunden lang. Als sie sich umdrehte und sah, dass sich die drei nun auf der anderen Straßenseite in Sicherheit befanden, da sich die Haustür der Wildhunde öffnete und sie hineingebeten wurden, fuhr Livy ihre langen, stahlharten Krallen aus. Sie roch Menschen. Vollmenschen im Haus ihrer Familie. Zumindest ihrer inoffiziellen Adoptivfamilie. Und wenn ihnen etwas – irgendetwas – passierte, während Toni weg war, weil Livy sie nicht beschützt hatte, dann würde sie sich das selbst niemals verzeihen.

Sie haftete sich an den stärksten noch in der Luft hängenden Duft und ging die Treppe hinauf. Sie konnte riechen, dass sich die Vollmenschen in jedem einzelnen Schlafzimmer aufgehalten hatten, obwohl alles unangetastet wirkte. Ehrlich gesagt, wenn sie keine Gestaltwandlerin gewesen wäre, hätte sie niemals gewusst, dass jemand hier gewesen war.

Livy nahm sich eine Etage nach der anderen vor, überprüfte sie alle sorgfältig und stellte schnell fest, dass niemand zu Hause war. Auch wenn die meisten Eltern dafür sorgten, dass ihre Kinder um diese Uhrzeit bereits im Bett lagen, waren die Jean-Louis Parkers dafür bekannt, dass sie die Dinge auf ihre eigene Art regelten, sofern die Kinder am nächsten Tag nicht zur Schule mussten. Es bestand also durchaus die Möglichkeit, dass sie Eis essen gegangen waren oder Ähnliches. Doch als Livy die Treppe erreichte, die in den vierten und letzten Stock führte, blieb sie stehen und schnupperte erneut in die Luft.

»Jackie«, flüsterte sie und rannte dann die Stufen hinauf und in Jackies Übungszimmer. Sie stieß die Tür auf und trat hinein, blieb jedoch sofort stehen, als sie Jackie auf der Couch liegen sah, mit dem Gesicht zur Rückenlehne.

Mit zitterndem Herzen näherte sich Livy Tonis Mutter, und als sie nahe genug war, berührte sie sanft Jackies Schulter.

Und in dem Augenblick schrie Jackie Jean-Louis auf und drehte sich blitzschnell um.

Livy stolperte rückwärts, während Jackie hysterisch lachte.

»Gottverdammt, Livy! Schleich dich nie wieder so an mich ran! Du hast mit zu Tode erschreckt!«

Livy hatte *sie* erschreckt?

Nach einer Weile verstummte Jackies Lachen. »Was ist denn, Süße? Du siehst ganz aufgebracht aus.«

Livy atmete tief ein und sagte: »Jemand ist ins Haus eingebrochen. Ich dachte, sie hätten dich umgebracht.«

Jackie blinzelte. »Was? Und ich hab gar nichts gehört? Oh.« Sie hielt ihre Ohrenstöpsel hoch. »Ich hab Johnny beim Spielen zugehört, bevor ich eingeschlafen bin. Möglich, dass sie währenddessen reingekommen sind.« Sie betrachtete Livy einen Moment lang. »Du siehst aus, als würdest du gleich in Tränen ausbrechen. Ist das meinetwegen? Oh, Kleines!«

»Jacqueline!«

»Tut mir leid. Tut mir leid.«

»Wo sind denn alle?«

»Paul ist mit ihnen Eis essen gegangen.«

»Gut.«

Plötzlich sprang Jackie auf. »Oh, mein Gott … Irene!« Sie rannte aus dem Zimmer, und Livy folgte ihr auf den Fersen in das einzige andere Zimmer auf dieser Etage.

Jackie stieß die Tür auf, und Irene wirbelte in ihrem Bürostuhl herum. Computerzubehör, Papiere und Bücher bedeckten die beiden Schreibtische. Ein kleines Bett stand an der einen Seite des Raumes und sah sehr unbenutzt aus.

»Was ist denn mit euch beiden los?«, wollte Irene wissen.

»Wir wurden ausgeraubt!«, gab Jackie zurück.

»Nein, nein«, korrigierte Livy schnell. »Es wurde eingebrochen. Aber ich kann nicht erkennen, dass sie irgendwas mitgenommen hätten. Ehrlich gesagt, wenn ich sie nicht gerochen hätte, glaube ich nicht, dass einer von uns bemerkt hätte, dass sie überhaupt hier waren. Sie sind gut.«

»So gut wie die Regierung?«, fragte Jackie.

Livy zuckte mit den Schultern. »Ich schätze schon.«

Daraufhin starrte Jackie ihre Freundin an. »Schon wieder, Irene?«

»Woher willst du wissen, dass das irgendwas mit mir zu tun hat?«

Jackie hob eine Augenbraue, und Irene seufzte.

»Ich gehe nach Hause.«

»Nein.« Jackie schüttelte den Kopf. »Wir können nicht annehmen, dass es um dich geht. Und wenn es was mit Freddy oder Troy zu tun hat, dann brauche ich dich hier.«

»Wir besorgen uns ein Sicherheitsteam«, sagte Livy.

»Und sprechen mit Dee-Ann«, fügte Irene hinzu.

»Wofür zur Hölle denn das?«, wollte Livy wissen.

»Wenn es eine Person gibt, die Kontakte hat, von denen du und ich nur träumen können, und die, was noch viel wichtiger ist, diesen Kontakten so viel Angst einjagen kann, dass sie ihr bereitwillig Auskunft darüber geben, warum Fremde dieses Haus durchsuchen … dann ist das Dee-Ann Smith.«

Wie immer hatte Irene recht.

»Du kümmerst dich darum«, sagte Livy. »Und ich kümmere mich um das Sicherheitsteam. Aber tut mir einen Gefallen: Wartet drüben im Haus der Wildhunde, bis ich wieder zurück bin. Und ruf Paul an, damit er weiß, dass er mit den Kindern dort hinkommen soll anstatt hierher.«

»Wo gehst du denn hin?«, fragte Jackie, als Livy zur Tür ging.

»Ich bin bald wieder da. Und Jackie … sorg dafür, dass niemand Toni eine SMS schickt oder sie anruft.« Sie sah die Frau, um die sie so flüchtig getrauert hatte, mit zusammengekniffenen Augen an. »Und das gilt auch für dich, meine Liebe.«

»Aber sie sollte wissen …«

»Jackie!«

»Oh, schon gut! Ich verspreche es! Und du kannst diese abscheulichen Krallen wieder einfahren, kleines Fräulein. Es ist nicht nötig, mir zu drohen!«

Reece Lee hatte sich gerade umgedreht und lächelte über seinen Traum, in dem er nackt vor einer Zuschauermenge aus wunderschönen Raubtierweibchen Schlittschuh fuhr, als ihn ein Geruch weckte, den er gerade erst zu erkennen gelernt hatte. Er dachte schon, er hätte womöglich *Das berüchtigte Buch der Gerüche* neben sich auf dem Nachttisch liegen lassen, aber als er die Augen aufmachte, sah er, dass das bösartig aussehende Honigdachs-Weibchen an seiner Bettkante stand und ihn anstarrte.

»Aaaah!«, schrie Reece und krabbelte rückwärts, bis er mit den Schultern gegen das Kopfteil knallte.

»Du kreischst wie ein Mädchen«, bemerkte sie.

»Warum bist du hier? Bist du hergekommen, um mich umzubringen?«

»Der Gedanke ist mir gekommen, aber nein. Ich brauche ein Sicherheitsteam, und ich hab gehört, das Unternehmen, für das du arbeitest, soll wirklich gut sein.«

»Kann das nicht bis morgen warten?«

»Nein.«

Da ihm bewusst wurde, dass er dieses wilde kleine Weibchen nicht kampflos aus seiner Hotelsuite kriegen würde, lenkte Reece ein: »Hör mal, wenn du das komplette Team für diese Sache willst, dann wird dich das was kosten, Schätzchen.«

Livy hob eine dunkelgrüne Reisetasche vom Boden auf, machte den Reißverschluss auf, drehte sie um und warf im wahrsten Sinne des Wortes einen dicken Haufen Bargeld auf Reeces Bett ab.

»Reicht das?«, fragte sie. Als er sie nur anstarrte, fügte sie ein wenig defensiv hinzu: »Es ist sauber.«

»Weißt du, Schätzchen, das hätte ich dich eigentlich gar nicht gefragt. Aber nun, da du diese Information freiwillig rausrückst, beschleicht mich der Gedanke, dass es nicht immer ganz so sauber war.«

»Willst du es oder nicht?«

»Sei doch nicht gleich so angespannt. Das war doch nur eine Feststellung.«

»Können deine Leute morgen anfangen?«

»Ja.« Das Unternehmen hatte einen Einsatzplan für kurzfristig angeheuerte Sicherheitsteams. »Ich kümmere mich drum.«

»Okay.«

»Geht es nur um dich?«

»Nein. Um die Familie Jean-Louis Parker.«

Reece setzte sich auf. »Tonis Familie?«

»Es geht allen gut, und Toni ist noch in Russland.«

»Ja, ich hab eine SMS von Ricky gekriegt. Sie sind uns so weit voraus, dass er Angst hat, mich anzurufen, weil ich vielleicht schlafen könnte.«

»Wir müssen dafür sorgen, dass die Familie in Sicherheit ist«, sagte sie nach einer Weile. »Wenn Toni nach Hause kommt und …«

»Mach dir deswegen keine Sorgen. Wenn du denkst, dass Toni dir den Arsch aufreißt, falls irgendwas passiert, während sie weg ist, dann gilt das für meinen Bruder in zehnfachem Maße.« Er grinste. »Er steht ein bisschen auf deine Freundin.«

»Ich glaube nicht, dass es nur ein bisschen ist, aber du bist ein Männchen – ich erwarte nicht, dass du das verstehst.«

Reeces Grinsen wurde noch breiter. »Willst du, dass ich diese Decke aufklappe und dir zeige, wie männlich ich wirklich bin?«

Ohne eine Miene zu verziehen erwiderte Livy: »Willst du, dass ich dir den Schwanz abschneide?«

Reece schluckte. »Nicht wirklich.«

»Dann schlage ich vor, dass du unter dieser Decke bleibst, bis ich wieder im Nebenzimmer bin. Okay?«

»Ja, Ma'am.«

»Gut.« Sie ging hinaus, und Reece atmete erleichtert aus.

»Entweder wird mich dieses Mädchen am Ende umbringen«, murmelte er, »oder eine meiner besten Freundinnen werden.«

»Ich werde dich am Ende wohl eher umbringen«, rief sie ihm aus dem Wohnzimmer zu.

Reece kauerte sich in seinem Bett zusammen und zog seine Decke bis ans Kinn hoch. »Honigdachse sind einfach nur gemein«, flüsterte er und betete, dass sie ihn nicht gehört hatte. *»Gemein.«*

Kapitel 24

Vic brachte den Range Rover zum Stehen und stellte den Motor ab. »Alle bereit?«, fragte er.

»Ja«, antwortete Toni vom Rücksitz aus. Ricky hätte gesagt, dass sie »tapfer« aussah, aber das stimmte nicht. Sie sah entschlossen aus. Und er fand das viel furchteinflößender als tapfer, denn wenn sich diese Frau erst einmal etwas in den Kopf gesetzt hatte …

»Und vergesst die Regeln nicht.« Vic sah Ricky ganz direkt an. »Haltet eure Füße vom Tisch.«

»Warum sagt ihr mir das immer wieder?«, fragte er.

»Weil du deine Füße auf den Tisch legen wirst«, antworteten Vic und Toni unisono.

»Na schön, aber ich verstehe wirklich nicht, wo das große Problem liegt. Diese Bären und all ihre verfluchten Regeln.«

Sie öffneten die Türen und stiegen aus dem Wagen.

Toni ließ ihre Halswirbel knacken und kreiste mit den Schultern. Sie sah aus, als würde sie gleich einen Boxring betreten.

»Bereit?«, fragte Ricky sie.

Sie nickte. »Stecken wir ein paar Bären in die Tasche.«

Sie gingen den Flur hinunter zu demselben Raum, in den die Bären Toni jedes Mal gesteckt hatten, wenn sie zu einem Treffen gekommen war. Sie ließ sich von einem von ihnen zu dem Zimmer führen, während Ricky und Vic dicht hinter ihr folgten. Sie schnüffelte jedoch nach einem bestimmten Geruch, und als sie ihn fand, hängte sie sich daran und bog in einen anderen Flur ab.

»Du! Hund! Wohin gehst du?«, fragte der Bär hinter ihr.

Toni ignorierte ihn und ging weiter, bis sie ein Zimmer erreichte, aus dem männliches Lachen und der Geruch von Bären zu ihr drangen. Vieler Bären.

Sie holte tief Luft, stieß die Tür auf und trat ein. »Guten Morgen, meine Herren!«, sagte sie lächelnd. »Wie geht's uns denn heute so?«

Das Gelächter und Geplauder erstarben, aber Toni ignorierte all das und bewegte sich auf den langen Tisch zu. Sie entdeckte einen leeren Platz und steuerte darauf zu, als wüsste sie, dass er nur für sie bestimmt war. Sie bat nicht um Erlaubnis und blieb nicht stehen, um sich umzusehen. Stattdessen erinnerte sie sich an das, was Ricky gesagt hatte: dass man immer so aussehen musste, als wüsste man, wohin man ging, selbst wenn das gar nicht der Fall war. Sie setzte sich und stellte ihre Aktentasche neben ihrem Stuhl auf dem Boden ab.

»Okay«, begann sie und sorgte dafür, dass ihr Grinsen breit und selbstbewusst wirkte. »Fangen wir an.«

Die Bären schauten einander an, und dann nickte einer von ihnen, der schreckliche Schnittwunden im Gesicht hatte – sie nahm an, dass dies Yuri Asanov war, da er der Einzige war, der in einem Rollstuhl saß –, mit dem Kopf.

»Gut«, sagte Toni, griff in die Aktentasche und holte ihre Unterlagen heraus.

Während sie einen Ordner nach dem anderen herauszog, beobachtete sie aus dem Augenwinkel, wie sich einer der Bären vom Tisch wegschob und aufstand.

Toni blickte auf und sagte: »Wo gehen Sie denn hin, Ivan Zubachev?«

Zubachev ging auf die Zimmertür zu und machte sich nicht die Mühe, sie anzuschauen, als er antwortete: »Ich habe Geschäfte, können nicht warten.«

»Dann warten wir einfach hier, bis Sie wieder zurück sind.«

Der Grizzly blieb stehen. »Was?«

»Ohne Sie wird in dieser Stadt kein Deal ausgehandelt, Ivan Zubachev. Ich verschwende nur meine Zeit, wenn ich mit all diesen attraktiven, aber relativ nutzlosen Bären spreche und Sie nicht dabei sind. Deshalb werden wir auf Sie warten. Den ganzen Tag, wenn es nötig ist. Das ganze Jahrhundert.«

Er drehte sich langsam zu ihr um, sagte jedoch nichts.

»Seien wir doch ehrlich, Ivan. Hier geht es nicht darum, was Bo Ihrem Jungen angetan hat.« Toni schaute zu dem Mannschaftscoach hinüber und sagte: »Übrigens, der Rollstuhl ist ein bisschen zu viel des Guten.« Und als Yuri Asanovs Wangen ganz leicht rot zu glühen begannen, wusste sie, dass sie recht gehabt hatte. »Aber ich möchte mich bei Ihnen dafür entschuldigen, was er Ihrem Gesicht angetan hat, Yuri Asanov.« Weil das wirklich übel war.

Sie blickte wieder zu Zubachev zurück. »Hier geht es darum, was Novikov *Ihnen* angetan hat. Und was er Ihnen angetan hat, Ivan Zubachev, war, Ihr Jobangebot abzulehnen.«

Zubachev verschränkte seine mächtigen Arme vor seiner immensen Brust, sagte aber immer noch nichts.

»Was Sie nicht verstanden haben, ist, dass das nichts Persönliches war. Der Punkt ist, dass es für ihn keine Herausforderung gewesen wäre, *mit* Ihrer Mannschaft zu spielen. Eine Mannschaft, die nur aus Bären, Sibirischen Tigern und *Novikov* besteht – kann gar nicht anders, als zu gewinnen. Er weiß das. *Sie* wissen das. Deshalb wollten Sie ihn ja auch. Aber Novikov braucht eine Herausforderung. Er muss wissen, dass er nicht einfach mit einer Trophäe davonmarschieren wird. Er will sich diesen Sieg *verdienen*. Also lassen Sie uns die Vergangenheit vergessen. Lassen Sie uns irgendwelche Käfige vergessen. Lassen Sie uns die Beleidigungen vergessen. Und lassen Sie uns über *Geld* sprechen. Denn wenn es zu einem Spiel zwischen unseren beiden Mannschaften an einem neutralen reinen Gestaltwandler-Ort kommt, dann wird Geld auf uns herabfallen wie der Schnee auf Sibirien.«

Das entlockte Zubachev ein Grinsen, und nach einer Weile ging er zu dem Stuhl zurück, von dem er gerade aufgestanden war, zog ihn zu sich heran und ließ sich darauf fallen.

Er hob kurz die Hände und senkte sie dann wieder. »Verhandeln wir … kleines Hundchen.«

Toni grinste. »Ja. Verhandeln wir. Sie großer, bezaubernder Bär, Sie.«

Zwölf Stunden. Zwölf Stunden, um über ein gottverdammtes Hockeyspiel zu verhandeln. Während der ganzen Zeit hatten Ricky und Vic hinter oder neben Toni gestanden – Vic war hin und wieder hinausgegangen, um einen Anruf entgegenzunehmen –, und Toni hatte die ganze Sache wie ein Profi gemeistert. Sie sah niemals müde aus, obwohl Ricky sich sicher war, dass sie die Erschöpfung bis in die Zehenspitzen spürte. Sie verlor auch nicht die Fassung, als die Bären schwierig wurden. Und wie die meisten Bären machte es auch diesen russischen Bären sichtlich Spaß, schwierig zu werden.

Genau wie jetzt, wo die Bären allen Bedingungen zugestimmt hatten – bis auf einer. Obwohl sie nicht mehr forderten, Novikov in einen Käfig zu stecken, bestanden sie darauf, dass dem Mann vor und nach dem Spiel Hand- und Fußfesseln angelegt wurden. Toni erinnerte sie daran, dass sich ihr Trainer seine Verletzungen *während* eines Spiels zugezogen hatte, also was hatte es da für einen Sinn, ihren Spieler vorher und hinterher zu fesseln? Aber die Bären ließen sich von diesem Punkt nicht abbringen, und Ricky nahm schon an, Toni würde nachgeben und beschließen, nach Hause zu fahren. Vor allem, als plötzlich ihr Telefon piepste.

Toni warf einen Blick aufs Display, während einer der Bären ein »Unhöflich« murmelte.

»Alles in Ordnung?«, fragte Ricky sie.

»Es ist nur Cooper.« Sie seufzte und schaute zu Ricky hinauf. »Er fragt sich, wann ich wieder nach Hause komme.«

»Ich kann einfach nicht glauben, dass Cooper Jean-Louis Parker wirklich dein Bruder ist«, verkündete Vic plötzlich … und ziemlich laut. So laut, dass sowohl Ricky als auch Toni den Mann anstarrten. »Nur so eine Feststellung.«

»Cooper Jean-Louis Parker?«, wiederholte Zubachev, und sämtliche Bärenaugen richteten sich auf Toni. Ricky kam noch näher und legte eine Hand auf ihre Schulter. In den zwölf Stunden, die er dort gestanden hatte, waren ihm alle möglichen Fluchtstrategien eingefallen, falls sich die Sache in eine unschöne Richtung entwickeln sollte. »Du kennst Cooper Jean-Louis Parker?«

»Er ist ihr Bruder«, erwiderte Vic und bewegte sich näher zum Tisch und zu Toni.

Zubachev schnaubte. »Lüge. Der Katzenfreak lügt.«

»Das finde ich sehr verletzend, Ivan.«

»Halt's Maul.« Zubachev sah Toni über den Tisch hinweg böse an. »Beweise, dass er dein Bruder ist, oder ich glaube gar nichts.«

Toni zuckte mit den Schultern und sah erneut auf ihr Telefon. Sie begann, tonnenweise Fotos zu durchsuchen – *Wie viel Speicher hatte ihre Kamera bitte?* –, aber anstatt sich für eines zu entscheiden, murmelte sie nur: »Nee, nicht das. Da sehe ich zu dick aus. Nein. Coop hat dieses alberne Lächeln im Gesicht. Nein. Wenn ich das zeige, wird Cherise stinksauer.«

Irgendwann hatte Ricky, der selbst ziemlich erschöpft war, die Nase voll, nahm ihr das Telefon ab und blätterte noch durch ein paar Fotos, bis er eines fand, das Bruder und Schwester zeigte, wie sie einander umarmten und in die Kamera grinsten. Er ließ das Telefon über den Tisch zu Zubachev schliddern.

Der Bär starrte auf den winzigen Bildschirm, während sich die anderen Bären einer nach dem anderen von ihren Stühlen erhoben und um ihn scharten, und sie alle glotzten auf das kleine Telefon in seiner riesigen Hand.

Nach fast einer geschlagenen Minute schauten sie alle zu Toni hinüber.

»Du kennst ihn wirklich«, sagte Zubachev. »Du kennst den Coop.«

»Das sollte ich auch besser«, murmelte Toni. »Er hat immer mit seinen dreckigen Windeln nach mir geworfen. Das hab ich hoffentlich nicht grundlos über mich ergehen lassen.«

»Der Coop«, sagte ein weiterer Bär grinsend. »Den Meister.«

Und dann beobachtete Ricky, wie zwölf Bären unterschiedlichster Art und Größe Luftklavier spielten.

Es war … bizarr. Ja. Das war das passendste Wort dafür. Bizarr.

»Ihr habt allen möglichen Mist über Hunde erzählt«, erinnerte Toni Zubachev, »aber ihr liebt meinen Bruder?«

»Er spielt Musik wie Gott«, freute sich Zubachev. »Spezies spielt keine Rolle, wenn Mann so spielt.«

»Er ist trotzdem noch ein Hund.«

»Er ist der Coop«, bekräftige Zubachev, als würde das alles erklären. »Du solltest stolz sein, dass du bist seine Schwester!«

»Das bin ich!«, schoss Toni zurück, und ihre Erschöpfung holte sie schließlich doch ein. Sie lehnte sich in ihrem Stuhl zurück und schnaufte und keuchte ein wenig, während Vic sein Knie gegen die Rückenlehne ihres Stuhls rammte. Toni funkelte den Mann böse an. Vic hob die Augenbrauen und deutete auf Zubachev.

Nach einem Moment richtete Toni ihre Aufmerksamkeit wieder auf Zubachev. Sie studierte ihn ganz genau und sagte schließlich: »Wissen Sie ... er geht im September auf Russland-Tournee. Ich bin mir sicher, dass ich ihn davon überzeugen könnte, dieses Territorium in seinen Tourneeplan aufzunehmen.«

Zubachev grinste höhnisch. »Welcher Preis?«

»Sein übliches Honorar, denn das ist das Mindeste, was er verdient. Das Konzert wäre für alle Spezies und Gattungen offen, und natürlich gehört ein Abendessen mit seinem Gastgeber dazu. Aber *keine* Ketten für Novikov. Stattdessen werden wir darauf vertrauen, dass Novikov sich mir gegenüber verpflichtet fühlt und niemanden verletzt. Aber das gilt natürlich nur, wenn keiner von euch«, sie sah sämtliche Spieler am Tisch mit festem Blick an, »ihn abseits des Eises provoziert. Willigt ein, und mein Bruder wird mir diesen Gefallen liebend gerne tun.«

Zubachev versuchte sich an einem indifferenten Schulterzucken. »Ich weiß nicht.«

»Ich sorge dafür, dass er den *Hummelflug* spielt.«

Ein paar der Spieler schnappten nach Luft, und dann flüsterten sie Zubachev alle etwas auf Russisch zu.

Ricky ging neben Toni in die Hocke. »Den *Hummelflug*? Ich hab gehört, dass der echt schwierig ist.«

»Ja, ist er. Und er stammt von einem russischen Komponisten.« Sie sah Ricky an und flüsterte ihm aus dem Mundwinkel zu: »Coop hat ihn schon mit drei gemeistert.«

Ricky schnaubte im selben Moment, als Zubachev den Kopf hob und sie ansah.

»Wir haben Deal, kleines Hundchen.« Der Grizzly grinste. »Du verhandelst wie russische Bärin.«

»Ooooh«, sagte Toni und lächelte ihn warm an. »Vielen Dank! Das ist so süß.«

Vielleicht nur für andere Gestaltwandler, aber im Moment reichte das aus.

»Und jetzt wir sprechen Toast!«, verkündete Zubachev. »Aleksai! Bring Wodka!«

Vic tippte Ricky auf die Schulter und bedeutete ihm mit einem Kopfnicken, ihm in eine Ecke des Zimmers zu folgen. Während er seinen Blick weiter auf Toni gerichtet hielt, die sich zuckend und schüttelnd durch ein Glas des selbstgebrannten Bären-Wodkas nach dem anderen kämpfte, stellte sich Ricky neben Vic.

»Was ist denn?«

»Ich fliege mit euch zurück.«

»Warum?«

»Anweisung von Dee-Ann. Außerdem will sie, dass wir Antonella noch genauer im Auge behalten.«

»Aber sie kennt den Coop!«, erwiderte Ricky trocken.

Vic kicherte. »Ja, ich glaube nicht, dass da das Problem liegt. Sie meinte, wir würden alles erfahren, wenn wir wieder zurück sind. Ich hab der Airline schon Bescheid gesagt, dass wir kommen. Okay?«

Ricky betrachtete den Hybriden eindringlich. »Bist du sicher, dass du nicht mehr weißt als das?«

»Wenn ich mit jemand anders gesprochen hätte, würde ich vielleicht lügen. Aber du kennst doch Dee-Ann. Glaubst du wirklich, wir hätten eine lange, bedeutungsschwangere Unterhaltung über das Thema geführt?«

»Na ja, wir wissen schließlich alle, was für ein geschwätziges kleines Mäuschen sie ist.«

Kopfschüttelnd entfernte sich Vic, und Ricky drehte sich wieder zu Toni um, die gerade von Ivan Zubachev bärig umarmt und in die Luft gehoben wurden. Sie schien darüber nicht allzu glücklich zu sein, aber für ihren Job … ließ sie es über sich ergehen.

Er atmete aus und zwang sich zu einem Lächeln. Das Letzte, was er wollte, war, sie zu beunruhigen, bevor sie überhaupt wieder zu Hause waren. Nicht, weil sie sich Sorgen um sich selbst gemacht hätte. Das hätte sie nicht. Das wusste er inzwischen. Aber wenn ihre Familie in Schwierigkeiten steckte …? Nun, um es mit Rickys Mit-New-Yorkern auszudrücken: *Ui, ui, ui.*

Kapitel 25

Dee-Ann schloss die Haustür auf und betrat das Haus, in dem die Schakale wohnten. Sie hatte es bereits durch den halben Flur geschafft, bevor sich einer der erwachsenen Schakale zeigte. Es war Jackie Jean-Louis. Sie nickte Dee zu, huschte an ihr vorbei und lief die Treppe hinauf.

»Morgen, Dee«, rief sie ihr von oben auf der Treppe zu. »In der Küche und im Esszimmer sind Plunderteilchen, falls du Hunger hast.«

»Vielen lieben Dank«, rief sie zurück, ein wenig verstört, dass sich niemand an einer beinahe Fremden im Haus zu stören schien. Kein Wunder, dass hier zwielichtige Regierungstypen unentdeckt durchs Haus spazieren konnten.

Dee machte noch ein paar Schritte, und schließlich kam Cooper aus dem Esszimmer. Genau wie seine Mutter schien er völlig abgelenkt zu sein, als er an ihr vorbeiging, ein Teilchen mit Himbeerfüllung aß und auf den Fußboden starrte.

»Ich wünsche dir einen guten Morgen, Cooper.«

Der Schakal blieb stehen und blinzelte mehrfach, so als würde er versuchen, sie zu fokussieren. »Oh. Morgen, Dee-Ann.«

»Alles in Ordnung hier?«

»Definiere in Ordnung.«

»Verzeihung?«

Die Schwingtür zur Küche am anderen Ende des Flurs flog auf, und Dee und Cooper standen Jeff Stewart gegenüber, einem Löwenmännchen und Sicherheitsspezialisten, der für Bobby Rays Unternehmen arbeitete und momentan in Mehl gehüllt war. Und er schien darüber ziemlich sauer zu sein.

»Wir haben ein Problem«, verkündete die Katze.

»Was für ein Problem?«

»Wir dachten, wir würden ältere Kinder beschützen, Smith.«

»Was? Du kriegst ein paar Kleinkinder nicht in den Griff?«

»Ich bin ein Löwenmännchen.«

»Verspürst du das Bedürfnis, die Kleinkinder zu töten, damit ihre Mutter wieder läufig wird?«

Er kniff seine goldenen Augen zusammen. »Nein. Aber ich bin Profi. Ich gebe mich nicht mit Kleinkindern ab.«

»Wie schlimm können die schon sein?«

Stewart drehte sich um, und eine Mehlwolke traf Dee und Cooper im Gesicht.

Hustend klopften sie sich das Mehl ab und folgten Stewart zurück in die Küche.

Mehl, gemahlener Kaffee, Kaffeebohnen, Zucker, Kakao und Erdnussbutterkleckse waren überall. Wirklich überall.

Dee schüttelte angewidert den Kopf. »Konntest du zwei kleine Mädchen nicht unter Kontrolle bekommen, bevor sie dieses Chaos anrichten?«

»Sie sind keine kleinen Mädchen«, blaffte Stewart Dee an. »Sie sind die Brut des Teufels!« Er zeigte auf die zwei Mädchen. Sie saßen ganz friedlich auf der Küchentheke, beide vollkommen sauber bis auf ihre Hände, an denen jede Menge Erdnussbutter klebte … oh, und Marmelade. Ihr kleinen Füße schaukelten vor und zurück und knallten mit den Fersen immer wieder gegen die Holztüren der Theke.

»Bonne journée«, sagte die eine.

»Buongiorno«, grüßte die andere.

Dann lächelten sie beide.

»Ich bin hier raus«, verkündete der Löwe ihnen.

Cooper hob seine Hand. »Warten Sie. Ich bin mir sicher, dass wir irgendeine Möglichkeit finden, damit Sie sich keine Gedanken mehr um sie machen müssen.« Als der Löwe die Augen zusammenkniff, fügte er hinzu: »Ich verspreche es.«

Der Löwe stieß die Schwingtür der Küche auf. »Was auch immer.«

»Ich liebe Katzen.« Dee lächelte, als sie den schockierten Ausdruck auf Coopers Gesicht sah. »Sie sind alle so verflixt launisch.«

Cooper wandte sich den Zwillingen zu und fragte: »Was hab ich euch beiden gesagt?«

»Hai detto …«

»Auf *Englisch*, Zia.«

Die beiden Mädchen fassten sich an ihren mit Erdnussbutter verschmierten Händen und begannen gleichzeitig auf Englisch: »Bleib bei uns …«

»Und zitiert nicht aus *Shining*. Ihr wisst doch, dass die Leute ausflippen, wenn ihr zwei das macht.«

»Habt ihr mal drüber nachgedacht, ein Kindermädchen für die beiden zu besorgen?«

»Ein Kindermädchen?«, wiederholte Coop, als habe er das Wort noch nie zuvor gehört.

»Ja. Ein Kindermädchen. Reiche Leute stellen die andauernd ein.«

»Aber wir sind Schakale.«

»Und außerdem ist eure Familie total bizarr. Wenn ihr schon den König des Dschungels in die Flucht treibt, braucht ihr vielleicht spezielle Hilfe. Oder zumindest jemanden, der eine hohe Toleranzschwelle für Bizarres hat.«

Sie beide sahen die Zwillinge an, und als Antwort schürzten die Mädchen die Lippen und schmatzten. Luftküsse. Es war gleichzeitig süß und furchteinflößend, weil sie es simultan taten.

»Eine *sehr* hohe Toleranzschwelle für Bizarres.«

Cooper schüttelte den Kopf. »Toni wird total ausflippen. Scheiße.« Er holte sein Telefon heraus. »Wann kommt sie noch mal zurück nach Hause?«

»Scheiße«, wiederholte eins der Mädchen lächelnd.

»Scheiße«, ahmte ihre Schwester sie nach.

»Merde.«

»Hovno.«

»Stront.«

»Merda.«

»Mierda.«

Dee starrte die dreijährigen Zwillinge an. »Gott … wie viele

Sprachen sprecht ihr denn?« Dann runzelte sie die Stirn und wandte sich wieder an den Bruder der beiden, als ihr etwas anderes bewusst wurde. »Und woher zur Hölle kennen sie *Shining*?«

»Warum siehst du mich an? Es war wahrscheinlich Kyle, der ihnen erlaubt hat, den Film anzuschauen.«

»Kyle ist elf.«

»Physisch vielleicht.« Er hielt sein Telefon hoch. »Hab die Nachricht gefunden. Sie sollte morgen Abend wieder hier sein.«

»Zum Glück. Ihr dreht alle total durch, wenn sie nicht da ist.«

Ein Kuss auf ihre Stirn weckte Toni. Ihre Wange ruhte auf Rickys Brust, der sie im Arm hielt.

»Wir sind fast zu Hause, Schätzchen«, flüsterte er. »Zeit, deinen Sicherheitsgurt anzulegen.«

Gähnend setzte sich Toni auf und schlug die Decke weg, unter der sie lag. Sie schloss ihren Sicherheitsgurt und sah zu den Sitzen auf der anderen Seite des Gangs.

»Warum ist er hier?«, fragte sie zum wiederholten Mal. Sie hatte schon einmal gefragt, als Barinov in Russland am Flughafen mit ihnen eingecheckt hatte, aber Ricky hatte ihr nur irgendeine unsinnige Antwort gegeben, die sie ihm nicht abgenommen hatte. Trotzdem hatte sie sich nicht die Mühe gemacht, tiefer zu bohren. Sie war ohnehin zu weit weg, falls zu Hause irgendetwas passiert war, und sie wollte nicht auf dem Flug ausrasten. Also hatte sie gewartet. Aber nun, da ihr Flugzeug zur Landung ansetzte, wollte sie Antworten.

Ricky schien das zu verstehen, denn er antwortete: »Jemand ist in euer Haus eingebrochen. Es geht allen gut. Die Kinder waren nicht zu Hause.«

Toni nickte. »Okay.«

»Ich hab mit Dee-Ann gesprochen, bevor wir ins Flugzeug gestiegen sind. Deine Honigdachs-Freundin hat anscheinend sofort die Initiative ergriffen, als es passiert ist. Sie hat meine Firma eingeschaltet, und deine Tante Irene hat Dee-Ann hinzugezogen.«

»Wozu das denn?«

»Irene scheint zu glauben, dass die Regierung involviert war. Aber wer auch immer es war, er hat versucht, es so aussehen zu lassen, als sei niemand da gewesen. Und wenn wir keine Gestaltwandler wären, hätten wir auch wirklich nichts davon bemerkt.«

»Aber alle sind in Sicherheit?«

»In absoluter Sicherheit. Du kannst gar nicht sicherer sein, als wenn Dee-Ann involviert ist, Schätzchen. Es sei denn, du stehst nicht auf ihrer Seite.«

»Gut.«

»Tut mir leid, dass ich es dir nicht schon früher gesagt hab, aber …«

»Nein, nein. Ich verstehe das. Ich wäre nur den ganzen Flug über total ausgerastet, und genauso landen Schakale auch auf den schwarzen Listen von Gestaltwandler-Fluglinien. Das kann ich mir nicht leisten.« Sie betrachtete ihn. »Aber in irgendeiner anderen Situation … solltest du niemals etwas vor mir verbergen, was meine Familie betrifft.«

»Ich weiß.« Sie konnte an seinem Ausdruck ablesen, dass er ihre Warnung ernst nahm. »Vertrau mir.«

Und das tat sie auch. Zumindest, was das betraf.

»Du bist völlig erschöpft«, murmelte er und strich ihr das Haar aus der Stirn.

»Bin ich. Aber du auch.«

»Ich bring dich nach Hause, und wir klären später, wie's weitergeht, okay? Keine Entscheidungen, solange wir so müde sind.«

»In Ordnung.«

Er küsste sie, und Toni fragte sich allmählich, was passieren würde, wenn sie erst wieder richtig wach waren und den Jetlag überwunden hatten. Denn schon bei diesem einfachen Kuss rollten sich ihr die Zehen in ihren Stiefeln zusammen.

»Tut mir leid«, sagte eine der Flugbegleiterinnen mit einem Lächeln. »Sie müssen Ihren Sitz aufrecht stellen. Wir sind bereit zur Landung.«

Toni nickte und richtete ihren Sitz auf. Als die Flugbegleiterin sich wieder entfernte, um die restlichen Passagiere zu überprüfen, lehnte sich Ricky zu ihr und flüsterte: »Wenn du mich weiter so küsst, Schätzchen, dann klären wir gar nichts, außer auf welcher Seite des Bettes du schlafen möchtest.«

Es war noch nicht einmal sieben Uhr morgens, aber Oriana saß bereits mit einer Schüssel warmer Haferflocken und einer Flasche kaltem Wasser am Küchentisch. Sie war seit fünf Uhr dreißig auf, um sich für ihre Kurse am heutigen Tag aufzuwärmen. Außerdem stand ein Wettbewerb an, auf den sie sich freute, weil daraus riesige Möglichkeiten für ihre Karriere entstehen konnten.

Ihre Karriere. Das war alles, worüber sich Oriana wirklich jemals Gedanken machte. Tanzen und ihre Karriere als Tänzerin. Sie wusste, dass die meisten Mädchen in ihrem Alter ihre Sommer damit verbrachten, sich mit ihren Freunden zu treffen, ins Kino zu gehen, Musik zu hören und zu versuchen, die süßesten Jungs dazu zu bringen, sie zu beachten. Aber Oriana wusste auch, dass sie nicht wie »die meisten Mädchen« war. Man hatte ihr eine Gabe geschenkt, und die würde sie nicht mit beschissener Musik, nervtötenden Pseudo-Freundinnen und irgendeinem Typen vergeuden, der am Ende mit ihrer besten Freundin ins Bett ging oder so. Außerdem hatte Oriana ihre Familie, und ihr gegenüber musste sie sich keine Ausreden einfallen lassen, warum sie nicht ausgehen wollte oder warum sie der neueste Blockbuster nicht interessierte.

Ehrlich gesagt, war alles, was sie interessierte, ihre Drehungen zu perfektionieren, die perfekte Körperspannung zu erlangen und sich zu einer weltberühmten Primaballerina zu entwickeln.

Alles andere bedeutete ihr nicht viel.

Während Oriana ihre Haferflocken löffelte, gesellten sich auch ihre Geschwister an den Tisch. Der fünfjährige Dennis und die Zwillinge würden den Tag mit ihrem Vater verbringen, während der Rest von ihnen Kurse überall in der Stadt besuchte. Nun …

alle außer Delilah, aber sie passte sowieso nie wirklich in ihre Familienplanungen. Wenn Oriana ehrlich sein sollte, schien Delilah auch noch nie wirklich zur Familie gehört zu haben. So schrecklich sich Oriana, Kyle und Troy auch gegenüber Leuten benehmen konnten, die sich ihnen in den Weg stellten – Delilah war definitiv schlimmer. Eher wie eine gefährlich labile Verwandte als ein direktes Mitglied der Familie, das sie alle tolerieren mussten.

Und während sich der Rest der Kinder das Frühstück schmecken ließ, das ihre Mutter zubereitet hatte, schlich sich Delilah heimlich, still und leise zur Hintertür hinaus und würde sich wahrscheinlich bis am späten Abend nicht mehr blicken lassen.

Oriana erschauderte unwillkürlich. Sie konnte noch immer die Klinge gefährlich nahe an ihren Augen sehen, konzentrierte sich jedoch wieder darauf, ihr Frühstück zu essen, als sie sah, wie Freddy seinen Kopf hochriss. Er schnupperte in die Luft und verzog sein kleines Gesicht, während er versuchte, zu verstehen, was er roch. Dann riss er plötzlich die Augen auf, und sein kleines Gesicht begann vor Aufregung zu glühen, als er von seinem Stuhl aufsprang und davonrannte.

Als ihre Mutter und ihr Vater einander angrinsten und vom Tisch aufstanden, wusste Oriana, dass Toni wieder zu Hause war. Die anderen Kinder, abgesehen von Oriana, Kyle und Troy, folgten ihren Eltern aus der Küche.

»Ich schätze, sie ist wieder zurück«, murmelte Kyle in seinen Teller mit Eiern und Speck.

Troy schob sein Essen von sich weg. »Endlich. Ich hab schon gedacht, sie hätte vor, in Russland zu *bleiben*, so lange, wie sie sich Zeit gelassen hat.«

»Vielleicht hätte sie das tun sollen.« Oriana kratzte sich im Nacken.

»Ja«, stimmte Troy ihr zu, »weil *wir* sie nämlich nicht brauchen.«

»Richtig.« Kyle nickte. »Wir brauchen sie nicht.« Er stocherte in seinem Speck herum, bevor er hinzufügte: »Und das sollten wir ihr auch ins *Gesicht* sagen.«

Übereinstimmend sprangen die drei von ihren Stühlen auf und gingen zur Haustür. Um ihrer Schwester zu sagen, dass sie sie nicht brauchten. Kein bisschen.

Toni hatte Freddy gerade wieder auf dem Boden abgestellt, nachdem sie den kleinen Kerl mit ihrer stürmischen Umarmung in die Luft gerissen hatte, und streckte ihre Arme nach Dennis aus, als sich drei unverschämte Blagen auf sie stürzten. Sie wäre ungebremst auf den Boden geknallt, wenn Ricky nicht hinter ihr gestanden hätte. Er hielt sie aufrecht, als Oriana, Kyle und Troy sie ganz fest in den Arm nahmen.

Schockiert blickte Toni sofort zu Coop. Er war allerdings auch keine Hilfe, sondern lachte nur und wandte sich von ihr ab.

»Wie kannst du es wagen?«, fauchte Oriana. »Wie kannst du es wagen, uns mit diesem … diesem …«

»Neandertaler!«, fügte Troy ein.

»Er hat doch einen funktionierenden Zeitplan für euch erstellt, oder?« fragte Toni und tätschelte Oriana und Troy unbeholfen den Rücken, während Kyle seine Arme um ihre Taille schlang.

»Das ist nicht der Punkt!«, erwiderte Troy.

Aber Toni wusste genau, was der Punkt war. Auch wenn Bo alles organisiert hatte, war er dabei ganz sicher nicht nett gewesen. Er würde Empfindlichkeiten nie im selben Maße berücksichtigen wie Toni es tat. Natürlich hatte sie das gewusst, als Ricky ihn vorgeschlagen hatte … und genau das war auch der Hauptgrund gewesen, warum sie letzten Endes zugestimmt hatte. Weil jemand Nettes nur vom Jean-Louis-Parker-Familienzug überrollt worden wäre.

Wie sagte Tonis Dad immer? »Wenn man es mit den alten Römern zu tun bekommt, braucht man eben einen Hannibal, der ihnen in den Hintern tritt.«

Ihr Vater hatte eine Schwäche für römische Geschichte.

»Ihr scheint es doch alle überlebt zu haben«, sagte sie zu ihren Geschwistern.

»Gerade so«, murmelte Troy.

Toni sah zu, wie ihr ganz persönlicher Hannibal mit seiner Reisetasche die Treppe ihres gemieteten Familienheims hinunterstampfte. Hinter ihm folgte … jemand.

»Du bist zurück«, begrüßte Bo sie und blieb vor ihr stehen.

»Bin ich. Möchtest du ein Update dazu, was passier…«

»Später. Ich muss aufs Eis.«

»Gut, dann danke für …«

»Was auch immer. Ich muss aufs Eis.«

»Okay.«

Der Hybride starrte auf sie hinunter und Toni starrte zurück, nicht sicher, was er wollte.

»Ich muss aufs Eis«, wiederholte er.

»Ja, ich weiß.«

»Aber ihr steht mir im Weg.«

»Oh. Richtig.« Toni ging sofort von der Tür weg und zog ihre Geschwister mit sich. Während sie mit ihren Brüdern und Schwestern rangelte, vernachlässigte sie Ricky und Vic Barinov, die sie offensichtlich nicht mehr abschütteln konnte, seit sie in den Staaten gelandet waren.

»Hi, Toni«, sagte jemand hinter Bo.

»Oh. Hi. Ähm …«

Dem Jemand klappte das Gesicht herunter. »Blayne.«

»Richtig! Richtig.« Toni nickte. »Hi.«

»Bewegst du dich mal?«, fragte Bo Ricky.

»Sicher. Was willst du denn sehen? Den Ententanz?« Und dann legte der durchgeknallte Wolf los und tanzte den gottverdammten Ententanz. Direkt hier. In ihrer Diele, unter den Augen ihrer Familie und *vor* Bo Novikov.

Toni schob Oriana und Kyle hinter sich, streckte eine Hand aus, packte Ricky Lees Unterarm und musste all ihre Kraft aufbringen, um ihn wegzureißen.

Was dazu führte, dass Bo Novikov nun Vic Barinov anstarrte.

Und zwar sehr intensiv. So intensiv wie in einer Szene aus *Im Reich der wilden Tiere*. So intensiv wie zwei Bärenmännchen, die um einen Hirschkadaver kämpften.

Sie verzogen ihre Lippen und fuhren ihre Reißzähne aus, während Speichel auf den Boden triefte, als sich eine Stirn gegen die andere rammte und mächtiges Gebrüll ertönte. Mein Gott! Dieses Gebrüll! Es kam so unwillkürlich und war so wutentbrannt, dass Toni sich sicher war, dass die beiden sich kannten.

Toni sah sofort zu ihren Eltern hinüber, aber sie hatten bereits reagiert. Die Zwillinge saßen auf dem Arm ihres Vaters – beide Mädchen wehrten sich gegen ihn, weil sie das Blutvergießen sehen wollten –, während ihre Mutter Freddy und Dennis an den Händen hielt. Sie verschwanden den Flur hinunter, weil sie wussten, dass sich Toni um die älteren Kinder kümmern würde. Doch auch wenn Toni bereit war, sich vor die anderen zu stellen, um sie vor Gefahr zu schützen, wusste sie, dass sie es nicht würde tun müssen. Kyle und Oriana würden nie eine Verletzung riskieren, die sie vielleicht davon abhalten würde, das zu tun, was sie liebten. Cherise schlich sich bereits davon. Coop konnte ziemlich schnell sein, wenn er wollte, und würde sich auch um Troy kümmern. Delilah war gar nicht hier, und Toni machte sich ohnehin nie Sorgen um sie.

Ein Alternativplan war jedoch nicht mehr nötig, als Dee-Ann den Flur entlangschlenderte. Zu Tonis unendlicher Überraschung folgte Livy direkt hinter ihr. Überraschung, weil Toni wirklich geglaubt hatte, dass Livy ihre Familie inzwischen verlassen hatte. Nicht für immer und ewig, aber Livy war einfach nicht der Typ, der allzu lange an einem Ort blieb.

Natürlich legte die Tatsache, dass sie noch hier war, auch nahe, dass der Einbruch ernster gewesen war, als Ricky vorgegeben hatte. Ohne jemanden wissen zu lassen, was sie tat, öffnete Toni daher all ihre Sinne für ihre Umgebung, während es ihr gleichzeitig gelang, sich weiterhin auf die männliche Idiotie zu konzentrieren, die sich direkt vor ihrer Nase abspielte.

Dee-Ann blieb etwa drei Meter vor den unglaublich großen

Hybriden-Männchen stehen, und nachdem sie die beiden eine Weile beobachtet hatte, zog sie das Jagdmesser heraus, das immer hinten im Bund ihrer Jeans oder in einer Scheide an ihrem Oberschenkel steckte. Sie hatte es gerade herausgezogen, als … äh – Blank? Hieß sie so? – vor Dee-Ann sprang.

»Das kannst du nicht!«, schrie Blank. »Das kannst du einfach nicht!«

In dem Moment verdrehte Livy die Augen, ging an den anderen vorbei und warf sich direkt zwischen die beiden Männchen. Im Vergleich zu dem zwei Meter zwanzig großen Bo Novikov und dem zwei Meter zehn großen Vic Barinov wirkte Livy wie eine Milbe im Fell eines Wolfs. Aber, wie immer, ließ sie sich von ihrer Größe nicht davon abhalten, zu tun, was sie tun musste.

Sie drängte sich zwischen die beiden Männchen und rammte jedem eine ihre Hände gegen die Brust. Dann drückte sie die beiden auseinander und zwang sie einen Schritt rückwärts. Vielleicht sogar zwei Schritte.

»Hört auf damit, verdammte Scheiße!«, befahl sie, noch nicht einmal wütend. »Novikov, du wolltest gerade gehen.«

»Ja, ich gehe.« Er stürmte an Livy und Barinov vorbei und zur Tür hinaus. Blank blieb noch lange genug stehen, um allen zuzuwinken, und zeigte dann auf Cherise und Livy. »Wir sehen uns heute Abend, Mädels!«, freute sie sich.

Toni, die sich nicht sicher war, was das zu bedeuten hatte, winkte Bos Verlobter zu. »Tschüss, Blank!«

Sie blieb noch einmal stehen, wirbelte herum und fauchte: »Ich heiße *Blayne.*«

»Richtig. Blayne. Tut mir leid.«

Schulterzuckend schloss Toni die Haustür und wandte sich an Barinov. »Sag mir wenigstens, dass du Novikov kennst.«

»Das war Novikov?« Als ihn alle nur anstarrten, fügte er hinzu: »Ich bin kein großer Hockeyfan. Ich mag Football.«

Toni seufzte, als ihr bewusst wurde, wie erschöpft sie tatsächlich war, und fragte: »Du willst doch nicht weiter hier rumhängen, oder?«

»Das kommt auf sie an«, antwortete er und deutete auf Dee-Ann. »Sie hat mich angeheuert.«

Da sie wusste, dass es keinen Sinn hatte, die Sache noch weiter mit Dee-Ann zu diskutieren, schob sich Toni an Barinov vorbei und packte Cherise hinten am T-Shirt, bevor sie in ein anderes Zimmer fliehen konnte.

Als sich ihre Schwester zu ihr umgedreht hatte, fragte Toni: »Warum hat Bland gesagt: ›Wir sehen uns heute Abend‹? Warum gibst du dich mit Bland ab?«

Cherise versuchte es mit einem Ausweichmanöver, was bei Toni nie funktionierte. »Ich glaube, ihr Name ist Blayne.«

»Ist mir egal.«

»Bist du sicher, dass du ihren Namen nicht nur falsch sagst, weil du keine Leute magst, die immer fröhlich sind?«

»Ich mag meine Assistentin. Sie ist fröhlich. Und versuch nicht, mich abzulenken. Was hat sie gemeint?«

»Cherise und ich«, sagte Livy hinter Toni, »wurden gebeten, uns der örtlichen Derby-Mannschaft anzuschließen, und wir haben heute Abend Training. Mit Bland.«

Toni rieb sich die Schläfen und fragte das Universum: *»Ernsthaft?«*

Sie saßen hinten im Garten an einem langen Picknicktisch aus Marmor mit passenden Bänken. Cherise brachte Kaffee und frisch gekaufte Muffins aus der Bäckerei am Ende der Straße zu ihnen heraus. Coop trug einen Krug mit Orangensaft in den Garten.

Als er den Krug in der Mitte des Tisches abgestellt hatte, ging Coop zu Toni, um sich neben sie zu setzen, doch bevor er das tun konnte, hatte sich der Wolf bereits neben ihr niedergelassen. Er setzte sich rittlings auf die Bank, Toni zugewandt, und seine Knie berührten einen Teil ihres Körpers.

Coop konnte nicht anders, als Cherise und Livy einen Blick zuzuwerfen.

Um nicht laut loszukichern, stopfte sich Cherise einen Muffin in den Mund. Einen kompletten, riesigen Muffin. Livy hingegen, die den Wolf nicht sehr gut kannte und von Natur aus misstrauisch war, starrte den Eindringling mit zusammengekniffenen schwarzen Augen an.

Cherise erstickte beinahe an ihrem Muffin, und Toni schenkte ihr schnell ein Glas Orangensaft ein, während Coop seiner Schwester auf den Rücken klopfte, bis sie abwinkte.

»Na schön«, sagte Toni in die Runde, als alle saßen, »redet mit mir.«

Cherise wischte sich den Mund ab und begann: »Ich werde nur einen Wettkampf mitmachen. Nur, um zu sehen, ob es mir gefällt.«

Coop sah, wie seine ältere Schwester Cherise anschaute. Toni war ganz eindeutig völlig erschöpft. Er konnte es an ihrem Gesicht erkennen, an ihrem Körper. Es war auch nicht nur der Jetlag. Aber sie war schließlich auch nicht im Urlaub gewesen. Sie hatte in einem fremden Land mit Bären verhandelt.

»Das ist mir egal, Cherise«, verkündete Toni ihrer Schwester.

Cherise schob ihre Unterlippe zu einem traurigen kleinen Schmollen nach vorne. »Es ist dir völlig egal?«

Der Wolf sah Coop mit zusammengekniffenen Augen an, aber der schüttelte nur den Kopf. So war seine Familie nun mal, nicht wahr?

»Natürlich ist es mir nicht völlig egal, Cherise, aber du musst diese Entscheidung allein treffen. Ich würde vorschlagen«, fuhr Toni fort, weil sie einfach nicht anders konnte, »dass du eine oder zwei Wochen vor deinen Konzerten nicht spielst. Falls du dir doch mal die Arme, Handgelenke oder Finger während eines Spiels verletzt, hast du auf die Art genügend Zeit, bis alles wieder verheilt ist. Okay?«

Cherise lächelte. »Okay.«

»Und jetzt du«, wandte sich Toni an Livy.

»Ich bin zu Ricky Lees Bruder Reece gegangen. Hab ihm gesagt, er soll ein Team aus eurer Firma zusammenstellen, Ricky.«

»Ich hätte dasselbe getan«, sagte Ricky.

»Er war toll. Jackie liebt ihn.«

»Er hat durchaus Schlag bei älteren Damen.«

»Was noch?«, drängte Toni ihre Freundin.

»Sie haben das Haus gesichert.«

»Nein, Liv. Ich meine, was sagt ihr mir nicht?«

Livy sah Coop an und hob die Augenbrauen.

»Sag es ihr«, drängte er sie, weil er wusste, dass seine Schwester ohnehin keine Ruhe geben würde, bis sie es taten.

»Irene hat Dee-Ann hinzugezogen.«

Toni lehnte sich zurück. »Und warum noch gleich?«

»Ehrlich? Ich glaube, Irene fühlt sich schuldig.«

»Hat sie irgendwas getan?«

»Ich glaube nicht. Aber eure Mutter will sie nicht gehen lassen, und ich glaube, Irene hat Angst, dass es ihretwegen sein könnte, falls einem der Kinder irgendwas passiert.«

Toni seufzte. »Ich schätze, das ist wohl auch der Grund, warum mir dieser Riese überall hin folgt.«

»Wer ist das überhaupt?«

»Sein Name ist Vic Barinov. Er war zusammen mit Ricky mein Beschützerteam in Russland.« Sie sah Livy eindringlich an. »Was denkst du?«

Livy zuckte mit den Schultern. »Dee-Ann mit ins Boot zu holen, ist nicht gerade meine Lieblingsidee.« Sie sah Ricky an. »Ich hab nichts gegen deine Freundin persönlich, aber …«

»Aber man ruft Dee-Ann Smith für gewöhnlich nicht an, wenn man nicht will, dass jemand stirbt«, beendete Ricky Livys Satz. »Dasselbe gilt für ihren Daddy. Aber wir heuern Dee-Ann und ihren Daddy auch an, wenn wir Probleme vermeiden wollen. Wenn es eine Person gibt, die dieser Sache auf den Grund gehen kann, schnell und unauffällig, dann ist es Dee-Ann Smith.«

Toni nickte. »Dann belassen wir es dabei. Wenn sich Irene dadurch besser fühlt, dass Dee-Ann mit dabei ist, dann soll sie es machen. Außerdem will ich, dass die Sache erledigt wird.«

Livy stimmte ihr zu. »Dann wäre das beschlossen.«

»Sonst noch was?«

»Nichts Dringendes«, erwiderte Cooper, der sich Sorgen darüber machte, wie müde seine Schwester aussah. Er hoffte wirklich, dass ihr neuer Job all die Anstrengungen wert war, die sie dafür auf sich nahm.

»Okay.« Sie erhob sich. »Sag Mom, dass ich in einer Weile zum Frühstück wieder da bin. Livy … komm mit.«

Sie entfernte sich, und Livy folgte ihr zurück ins Haus.

Ricky drehte sich auf der Bank um, bis er Cherise und Coop ansehen konnte.

Nach einer langen Minute des Schweigens sagte Ricky: »Eure Schwester war in Russland unglaublich.«

Coop wollte gerade ein »Ich weiß« erwidern, aber Cherise ergriff zuerst das Wort.

»Meine Schwester ist immer unglaublich.« Cherise schnappte sich noch einen Muffin und zerdrückte ihn, bis er in ihrer Hand zerkrümelte. »Und wenn du das jemals vergisst und sie zum Weinen bringst, wie es dieser wertlose Vollmensch getan hat, dann werde ich dafür sorgen, dass es dir leidtut, dass du Tennessee jemals verlassen hast.« Sie stand auf und wandte sich ab, blieb dann jedoch noch einmal stehen und fügte hinzu: »Was ein ganz zauberhafter Bundesstaat ist, aber das ist hier nicht der Punkt.«

Coop sah zu, wie seine jüngere Schwester davonmarschierte und eine Spur aus Muffin-Krümeln hinterließ.

»Ich mag eure Familie wirklich«, sagte der Wolf. Und als Coop Ricky Lee ansah, erkannte er, dass der Mann das völlig ernst meinte.

»Ja, sie sind großartig, oder?«, stimmte Coop ihm zu.

Toni saß auf ihrem Bett und zog ihre Stiefel aus. »Okay.« Sie sah ihrer Freundin direkt in die Augen. »Was hast du mir nicht erzählt?«

»Ich hab gesehen, wie Delilah aus einer Kirche kam.«

»Großartig. Klaut sie jetzt Kreuze?«

»Blayne meinte, es sei ein Kult. Sie haben die Kirche übernommen, als die ursprüngliche Gemeinde ausziehen musste.«

Toni lachte plötzlich und war selbst überrascht darüber. »Ich wünschte, ich könnte behaupten, dass mich das schockiert, aber …«

»Ich weiß. Ich weiß.« Auch Livy musste lachen. »Aber wenn man mal darüber nachdenkt, dann würde sie doch perfekt in diese Ruhmeshalle passen, oder nicht? Charles Manson. David Koresh. Jim Jones. Sie passt dazu.«

»Nicht ganz. Das waren zwar Ungeheuer, aber sie waren alle irgendwie geisteskrank. Laut Kyle besteht ein Unterschied zwischen Persönlichkeitsstörungen und Geisteskrankheiten. Del ist nicht verrückt. Sie hat bloß keine Seele.«

Livy schlug ihre Beine auseinander und verschränkte ihre Arme vor der Brust. »Ich hab für jedes der Kinder einen Leibwächter bestellt.«

Toni betrachtete ihre beste Freundin eindringlich. »Warum?«

»Ich weiß auch nicht. Es fühlte sich einfach …« Sie suchte nach dem richtigen Wort. »Notwendig an.«

»Dann ist es auch notwendig.« Livy traf wichtige Entscheidungen nicht aus einer Laune heraus, deshalb stellte Toni sie auch nicht infrage.

Gähnend sagte Toni: »Sag mir, wie viel ich dir für diese ganzen Sicherheitsmaßnahmen schulde, weil Mom und Dad meinten, sie hätten noch für nichts bezahlt …« Aber Livy hatte das Zimmer bereits verlassen.

»Ich zahl's dir zurück, Honigliebhaberin!«

»Halt die Klappe!«

Toni kicherte, als Ricky das Zimmer betrat.

»Deine Mutter meinte, das Frühstück für uns sei in einer Weile fertig.«

»Okay.«

Er durchquerte das Zimmer, warf sich auf ihr Bett und rollte herum, bis er auf dem Rücken liegen blieb. Er sah sie kurz an und begann dann wieder von vorne.

Toni lachte laut. »Was ist bloß *los* mit dir?«

»Ich freue mich, dass wir wieder zu Hause sind.« Er drehte

sich auf die Seite, schlang seine Arme um ihre Taille und zog sie ganz nah zu sich heran. »Du nicht?«

»Doch. Aber ich sollte mal nach den Kindern sehen.«

»Den Kindern geht's gut. Ihre *Eltern* haben es geschafft, sich sehr gut um sie zu kümmern.«

»Auf diesen Südstaaten-Sarkasmus stehe ich überhaupt nicht.«

»Komm schon, Schätzchen. Lass uns wie richtige Hunde kuscheln.«

»Ich weiß nicht, ob das so eine gute Idee ist.«

»Das ist sogar eine großartige Idee. Das nennt man entspannen. Eine Pause machen. Sie rufen uns, wenn das Frühstück fertig ist.«

»Na ja …«

Aber Ricky Lee hatte sie auf dem Bett schon ganz sanft zu sich herangezogen, und Toni kuschelte sich genüsslich an ihn. Sie hatte nicht das Bedürfnis, noch etwas zu sagen. Außerdem, was konnten fünf Minuten Pause schon schaden?

Kapitel 26

»Frühstück, Toni.«

Toni drehte sich um, als sie die Stimme ihres kleinen Bruders hörte. Freddys kleine Hand tätschelte ihre Schulter.

»Schon okay«, sagte sie, »ich hab im Flugzeug gefrühstückt.«

Das Tätscheln hörte auf, und es folgte eine lange Pause, bevor Freddy erwiderte: »Das war gestern.«

Toni schoss hoch, setzte sich im Bett auf und blinzelte, während sie versuchte, ihren Blick zu fokussieren. Sie griff nach dem Wecker, der in ihrem Zimmer stand. Nach ein paar Sekunden gelang es ihr, die Ziffern zu lesen.

»Es ist sechs Uhr dreißig? *Morgens?*«

Freddy nickte. »M-hm. Mommy hat dir Waffeln und Speck gemacht.« Freddy lächelte. »Ich bin so froh, dass du wieder zu Hause bist.«

Toni lächelte ihren Bruder an. »Ich auch.«

Er ging zur Tür und sagte über seine Schulter hinweg. »Sie sind auch eingeladen, Mr. Reed.«

»Nenn mich einfach Ricky Lee.«

»Okay, Ricky Lee.«

Ihr Bruder ging aus dem Zimmer, und Toni wirbelte herum und landete auf ihren Knien. »Du warst die ganze Nacht lang hier?«

Gähnend kratzte sich der große Wolf am Kopf und rollte sich auf den Rücken. »Ich schätze schon.«

»Was zur Hölle hast du dir dabei gedacht?«

»Dass ich müde war … dass du müde warst … dass wir müde waren.«

»Aber du warst die ganze Nacht hier. In meinem Bett. Und Freddy hat uns gesehen!«

Ricky stützte sich auf seinen Ellbogen ab und richtete sich ein wenig auf. »Ist ja nicht so, als wären wir nackt.«

»Das ist nicht der Punkt. Wenn Freddy es weiß, dann weiß es die ganze *Welt.*«

Ricky zuckte mit den Schultern. »Das ist mir wirklich schnurzpiepegal.«

»Mir aber nicht.«

»Liegt das daran, dass du dich schämst, mit mir gesehen zu werden?«

Überrascht von dieser Frage antwortete Toni sofort: »Natürlich nicht!«

»Bist du sicher? Ich weiß, dass die meisten deiner Freunde bedeutende Künstler und Musiker sind. Und ich bin nichts weiter als ein guter alter Wolf aus Tennessee.«

»Dein Akzent wird wirklich ziemlich breit, wenn du versuchst, mir Schuldgefühle einzureden.«

»Funktioniert es?« Er streckte einen Arm aus, legte ihn um ihre Taille und zog sie zu sich heran. Er lachte leise, als sie auf ihn fiel.

Toni legte ihre Hände auf seine Brust, versuchte jedoch nicht allzu angestrengt, sich von ihm wegzustoßen.

»Ich schwöre«, versicherte er und schaute auf ihren Mund, »dass ich nicht wollte, dass das passiert. Ich dachte einfach, wir schlafen eine oder zwei Stunden. Nicht den ganzen Tag und die ganze Nacht.«

»Ich hab mir eher Sorgen gemacht, dass wir die ganze Nacht wach sein würden. Du weißt schon, wegen der Zeitverschiebung.«

»Ich schätze, die Verhandlungen mit diesen Bären haben uns einfach ausgelaugt. Es war das erste Mal, dass du schlafen konntest, ohne dir Sorgen zu machen.«

Toni lächelte. »Das erklärt aber nicht, warum du so lange geschlafen hast.«

»Das ist deine Schuld.«

»Meine Schuld?«

»Mich an dich ranzukuscheln, ist einfach so verflixt gemütlich. Warum sollte ich mich da noch bewegen?« Plötzlich küsste er sie auf den Hals, bevor er sich von ihr löste. »Verflixt, riechen diese Waffeln gut. Ich hoffe, deine Momma hat genug gebacken.«

»Wie viele brauchst du denn?«

»Eine Menge.« Er kletterte aus dem Bett und ging in das angeschlossene Badezimmer. »Ich benutz deine Zahnbürste.«

»Sicher. Warum nicht?«

»Kein Grund für diesen Tonfall«, neckte er sie. »Du kannst meine Zahnbürste jederzeit benutzen, wenn du das Bedürfnis dazu hast.«

»Ja dann.« Toni ließ sich rückwärts aufs Bett fallen. »Wenn du es so ausdrückst …«

Sie betraten gemeinsam die Küche, und Ricky erwartete dieselbe Behandlung, die er auch von seinen eigenen Verwandten und seinem Rudel bekommen hätte: jede Menge dramatisches Innehalten und Starren, durch das sich das Pärchen ganz unbehaglich fühlte. Aber die Schakale wirkten nicht sonderlich interessiert.

»Guten Morgen, ihr zwei«, begrüßte Jackie sie. »Waffeln und Speck zum Frühstück. Wie viele willst du, Ricky? Eine oder zwei?«

»Versuch's mal mit sechs«, bemerkte Toni, als sie nach einer der Plastiktassen auf dem Tisch griff und den Krug mit Orangensaft nahm.

»Kein Problem.« Jackie lachte. »Ich musste auch diesen Löwen aus dem Sicherheitsteam füttern. Meine Güte, konnte der essen.«

»Sie wissen aber schon, dass sie das Team nicht füttern müssen, oder, Miss Jackie?«

»Das macht mir nichts aus. Zumindest beim Frühstück. Ich mache kein Mittag- oder Abendessen. Dafür gibt es Take-away und Lieferdienste.«

Ricky setzte sich an den Tisch und nickte den Jean-Louis-Parker-Geschwistern zu. Sie frühstückten weiter, in ihre eigenen Gedanken versunken, wie es schien. Bis Kyle in ein Stück Speck biss und fragte: »Also, Freddy hat uns erzählt, er hätte dich dabei erwischt, wie du unsere Schwester schändest.«

Toni erstickte beinahe an ihrem Orangensaft, klatschte sich schnell eine Hand auf den Mund und wandte sich vom Tisch ab, damit sie die anderen, die um den Tisch saßen, nicht ansprühte.

»Nun …«, begann Ricky, aber Cooper unterbrach ihn mit erhobener Hand.

»Kyle«, fragte Coop, »weißt du überhaupt, was ›schänden‹ bedeutet?«

»Natürlich tue ich das.«

»Nein, tust du nicht«, entgegnete Oriana.

»Halt die Klappe. Tu ich wohl.«

»Du weißt überhaupt nichts. Du bist ein Idiot.«

»Und du wirst fett!«

»Kyle!«, brüllten Toni, Cooper und Cherise unisono.

»Sie hat angefangen!«

Jackie stellte einen Teller mit einem hohen Turm aus Waffeln und einen weiteren Teller mit einem großen Hügel aus Speck vor Ricky ab. Grinsend zwinkerte sie ihm zu und flüsterte: »Halt dich nur von meinem Gefährten fern, während er sich erholt.«

»Erholt?«

Sie sah zu ihrem nun streitenden Nachwuchs hinüber und beugte sich nach vorne, um Ricky ins Ohr zu flüstern: »Er erholt sich davon, dass er erfahren musste, dass sich seine Tochter in einen Wolf verliebt hat. Wofür er ganz sicher Irene die Schuld geben wird. Sie ist ein schlechter Einfluss, wusstest du das nicht? Zumindest hat meine Mutter das immer gesagt.«

Als sie sich wieder ein wenig zurückzog, fragte Ricky leise: »Sind Sie sich da sicher? Was das Verliebtsein anbelangt, meine ich. Weil ich es nämlich nicht genau sagen kann.«

»Das liegt daran, dass du ein Männchen bist und ihr alle hoffnungslos dumm seid.« Sie lächelte ihn an und ging zurück an den Herd.

Als Ricky sich seinen Waffeln widmete, hatten Toni und ihre Geschwister aufgehört zu streiten und starrten ihn stattdessen an.

»Was denn?«, fragt er, den Mund voller Essen.

»Willst du das wirklich alles essen?«, fragte Coop.

Ricky zuckte mit den Schultern. »Ich hab Hunger.«

Im Garten hinter dem Haus drehte sich Toni zu ihrer besten Freundin um, während der Rest ihrer Familie noch immer in der Küche saß und zusah, wie sich Ricky Lee seine *dritte* Portion Waffeln und Speck schmecken ließ.

»Was hast du gesagt?«, fragte Toni.

»Der Wolf … er ist in dich verliebt.«

»Halt die Klappe.«

»Halt du die Klappe.«

»Er ist nicht in mich verliebt.«

»Du bist bescheuert. Du bist ein bescheuerter Dummkopf.«

Toni presste ihre Lippen aufeinander. Durch das Stirnrunzeln wirkte sie wild und bösartig, auch wenn sie eigentlich nur versuchte, nicht zu lachen.

»Du kannst der Wahrheit auch genauso gut ins Auge blicken. Der Wolf hat sein Ziel fixiert. Und ich glaube, dieses Ziel ist dein fetter Hintern.«

»Mein Hintern ist nicht so fett wie deiner.«

»Ich bin kompakt und kräftig. Du hingegen bist eine Schakalin und solltest eher wie Oriana aussehen. Aber wenn sie diesen Hintern hätte, wäre sie für niemanden eine prima irgendwas.«

»Du bist *so* eine Schlampe.«

»Und auch noch gut darin.«

»Ich werde jetzt etwas tun, für das du mich hassen wirst, Livy.«

Livy studierte Toni einen Moment lang und kniff ihre schwarzen Augen zusammen. Dann flehte der Honigdachs: »Bitte nicht.«

»Ich muss.«

»Nein. Du musst nicht. Wir können die Sache auch einfach auf sich beruhen lassen.«

»Wir lassen gar nichts auf sich beruhen. *Ich* lasse nichts auf sich beruhen. Nicht jetzt. Und auch sonst niemals.«

Angewidert knurrte Livy: »Dann bringen wir es endlich hinter uns.«

Und genau das tat Toni – indem sie ihre beste Freundin umarmte.

»Ich danke dir, dass du so gut auf diese kleinen Scheißer aufgepasst hast, die ich liebe.«

»Du weißt, dass mir das nichts ausmacht.«

»Ich weiß.« Sie umarmte Livy noch fester. »Aber es bedeutet mir alles.«

»Was auch immer.«

»Weißt du … es muss dir nicht peinlich sein, wenn du auf mich stehst. Anscheinend tun das gerade eine Menge Leute.«

Fauchend stieß Livy eine lachende Toni von sich weg.

»Du bist so ein Freak«, zischte sie. »Und ich hab dir doch gesagt, dass ich auf sie aufpassen werde.«

»Ich weiß.«

»Ich meine, ich mag vielleicht eine kalte, herzlose Schlampe sein, aber wenn ich erst mal ein Versprechen gegeben habe, dann halte ich es auch.«

»Ooooh. Kann ich dich noch mal umarmen?«

»Nein.«

Toni lachte, bis sie ihren Vater auf sich zukommen sah, während der Hund, den ihre Mutter aus so selbstsüchtigen Gründen angeschafft hatte, neben ihm her trottete. Es gefiel ihr irgendwie, dass ihr Vater seinen eigenen Begleiter hatte, solange sie in New York waren. Obwohl er in ihrem eigentlichen Zuhause eine Menge Freunde hatte, fehlte es ihm hier in der Stadt daran, aber er hatte auch nicht das Gefühl, neue Freunde finden zu müssen. Immerhin verschaffte ihm der Hund – und wahrscheinlich Coop – eine Pause davon, sich Sorgen darüber zu machen, dass seine Kinder sich gegenseitig umbringen könnten.

»Hi, Dad.« Toni lächelte ihren Vater an, aber er erwiderte nichts, sondern schlang nur seine Arme um sie und drückte sie ganz fest an sich.

»Äh … Dad?«

»Mein armes, armes Mädchen. Ich gebe Irene dafür die Schuld!«

Toni schaute zu Livy hinüber, aber ihre Freundin war kurz davor, einen Streit mit einem unhöflichen Eichhörnchen anzufangen, das sich von einem hohen Ast aus andauernd über sie lustig machte.

»Wofür gibst du Irene die Schuld?«

»Für diesen … diesen … diesen Albtraum.«

Oh, Mann. »Dad …«

»Du weißt schon, dass er nicht wie die Van Holtzs ist, oder?« Ihr Vater löste sich von ihr, um ihr direkt in die Augen schauen zu können, aber er hielt sie weiter an den Schultern fest. »Er ist kein Koch und in keiner Weise kulturell veranlagt, sofern kein Banjo im Spiel ist.«

»Dad!«

»Ich will doch nur, dass du weißt, worauf du dich einlässt. Weil ich nämlich glaube, dass du der irrigen Annahme aufsitzt, Wölfe seien besser als sie es tatsächlich sind. Aber das sind sie nicht.«

»Dad, du nimmst das alles viel zu ernst.«

»Das ist alles meine Schuld«, fuhr er fort. »Ich hätte das von Anfang an unterbinden müssen. Aber ich dachte, er könnte dich von diesem lächerlichen Vollmenschen ablenken, um den du immer noch getrauert hast. Ich wusste ja nicht, dass du es ernst mit ihm meinen würdest!«

»Dad, ich hab überhaupt nicht mehr um irgendwen getrauert.«

»Aber du warst in den letzten Monaten so geknickt.«

Sie zuckte mit den Schultern und gab zu: »Ich hab angefangen, zu glauben, dass mein ganzes Leben nur daraus bestehen würde, mich um meine Geschwister zu kümmern. Ich liebe sie alle, aber jeden Tag dafür zu sorgen, dass genügend Geld da ist, falls Kyle jemanden so wütend macht, dass er eine plastische Gesichts-OP braucht, trifft nicht meine Vorstellung von einem erfüllten Lebensziel.«

»Das würde ich niemals zulassen. Versteh mich nicht falsch. Ich kann mir nicht vorstellen, diese Familie ohne deine Hilfe zu führen, aber ich hatte nie die Absicht, dich bis in alle Ewigkeit als Kindermädchen für jemanden zu missbrauchen. Du verdienst es – mehr als irgendjemand sonst – dein eigenes Leben zu führen und eine eigene Familie zu gründen.« Er hielt einen Moment inne und fügte dann hinzu: »Eine Familie mit nicht so verwöhnten *Schakal*kindern.«

»Dad.«

»Ich will damit ja nur sagen, dass man ein Risiko eingeht, wenn man verschiedene Arten mischt.«

»Und das von einem Mann, der ganze Nächte damit verbracht hat, vor irgendwelchen Bars rumzulungern, damit er Tickets für ein Dead Kennedys-Konzert gekriegt hat? Was ist nur aus meinem gefühlvollen, liberalen Dad geworden? Und außerdem«, fügte sie hinzu, »wissen wir beide, dass es auch keine Garantien gibt, wenn man reinrassig ist.«

Und um ihren Standpunkt zu verdeutlichen, blickte sie zu ihrer besten Freundin hinüber, der sie in den vergangenen Tagen ihre Geschwister anvertraut hatte.

Livy hatte sich verwandelt, saß nun hoch oben im Baum und war in einen Faustkampf mit dem Eichhörnchen verwickelt. Im Vergleich zu einem vollblütigen Honigdachs war Livys verwandelte Gestalt zwar riesig, aber ein fünfzig Kilo schwerer Honigdachs-Gestaltwandler war im Vergleich zu den Löwen-, Tiger- und Bären-Gestaltwandlern immer noch winzig. Natürlich hatte dieser Unterschied Livy nicht davon abgehalten, es irgendwann mit dem einen oder anderen von ihnen aufzunehmen.

Ehrlich gesagt hätte sie auch gegen die Königin von England gekämpft, wenn sie der Ansicht gewesen wäre, die Frau habe sie zu lange angestarrt.

»Das ist kein fairer Vergleich«, widersprach ihr Vater, aber er zuckte zusammen, als Livy das Interesse an dem Eichhörnchen verlor und einen Bienenstock ein paar Äste höher entdeckte.

»Oh-oh«, seufzte ihr Vater laut. »Ich hol die Antihistamin-Salbe aus dem Erste-Hilfe-Kasten.«

Er ging zur Hintertür, blieb dann noch einmal stehen, drehte sich zu Toni um und lächelte. »Ich liebe dich, Kleines.«

Toni strahlte über die warmen Worte ihres Vaters und ignorierte das Geräusch des brechenden Astes, bevor Livy auf den Boden knallte, den Bienenstock zwischen ihren Krallen.

»Ich liebe dich auch, Dad.«

Er setzte sich wieder in Bewegung und winkte ihr zu. »Viel Glück bei der Arbeit heute.«

Als ihr Vater im Haus verschwand, kam Ricky Lee gerade heraus.

»Morgen, Mr. Parker.«

»Was auch immer«, knurrte ihr Vater, bevor er dem Wolf auswich und im Haus verschwand.

Ricky Lee sah Toni an und verzog das Gesicht. Der Junge tat ihr leid. Niemand stellte sich gerne einem Hundevater, wenn dieser wusste, dass man gerade mit seiner Tochter herumgemacht hatte.

»Schätze, er ist sauer, was?«, fragte Ricky, als er vor ihr stand.

»Er macht sich nur Sorgen um mich. Ich hab versucht, ihm zu sagen, dass es nichts Ernstes ist, aber er glaubt mir nicht.«

»Natürlich tut er das nicht. *Ich* glaube dir auch nicht.«

Sie verdrehte die Augen. »Ich bin nicht in dich verknallt, wenn du dir darüber Sorgen machst.«

»Mach ich nicht. Aber was, wenn ich in dich verknallt bin?«

Toni machte einen Schritt zurück. »Aber das bist du nicht.«

»Ich hab dir doch gesagt, dass er's ist.« Sie schauten beide zu der nun wieder menschlichen Livy hinüber, aus deren Händen immer noch ihre Krallen ragten, während ihr nackter Körper von umherkrabbelnden Bienen bedeckt war und sie sich die mit Larven gefüllten Honigwaben in den Mund stopfte. »Ihr Hunde hört nie auf mich, obwohl ich immer recht hab.« Sie streckte eine Pfote aus und öffnete sie. »Larve?«

Toni erschauderte. »Nein. Aber vielen Dank.«

Kapitel 27

Ricky führte Toni und Vic Barinov den Flur zu seinem Hotelzimmer entlang. »Ich will nur kurz duschen und mich umziehen, dann können wir ins Sportzentrum fahren.«

»Oder ich gehe alleine vor und treffe euch zwei dann später dor…«

»Nein«, unterbrachen sie beide Männer gemeinsam.

Ricky öffnete die Tür, trat hindurch und hielt sie für Toni und Barinov auf.

»Bis wir herausgefunden haben, warum jemand in euer Haus eingebrochen ist«, erklärte er ihr, »kannst du dich genauso gut daran gewöhnen, dass wir beide dir wie ein Schatten folgen werden.«

»Meine Geschwister brauchen Schutz, nicht ich.«

»Und den haben sie auch.«

Toni drehte sich zu ihm um. Sie war ihm gegenüber ein bisschen kurz angebunden gewesen, seit er ihr mitgeteilt hatte, dass er es, möglicherweise, vielleicht doch ein wenig ernster meinte. Puh! Er konnte von Glück sagen, dass er ihr nicht gebeichtet hatte, dass er es definitiv ernst mit ihr meinte. Dann wäre sie wirklich sauer gewesen.

»Hör mal, ich weiß nicht, wer diese Leute sind, die auf meine Brüder und Schwestern aufpassen. Ich weiß nicht, ob sie ihre Sache gut machen und ob sie auch zu dem- oder derjenigen passen, für den oder die sie eingeteilt wurden …«

»Ob sie zu ihnen passen? Sie sind Leibwächter!«

»Ich hab gesehen, wie dieses Löwenmännchen geweint hat.«

Ricky zuckte zusammen, aber Vic sagte: »Das ist nicht deine Schuld.« Er schüttelte den Kopf. »Das waren diese seltsamen kleinen Zwillingsmädchen.«

Toni funkelte ihn an. »Diese seltsamen kleinen Zwillingsmädchen sind meine Schwestern.«

»Na ja, ihr Russisch ist ausgezeichnet, aber es zu benutzen, um diesen Löwen davon zu überzeugen, dass sie mit fremden Zungen sprechen und das Ende aller Tage nahe ist, erscheint mir einfach nur grausam.«

Toni rieb sich die Stirn. »Ich spreche mit ihnen und sage Kyle, dass er mit ihnen nicht mehr *Das Omen* anschauen soll.«

Ricky warf seine Tasche zur Seite, bevor er fragte: »Das Original oder das Remake?«

»Das Original«, antwortete sie, ging um seine Couch herum und ließ sich darauf fallen. »Das Remake hat mich überhaupt nicht überzeugt. Obwohl mein Lieblingsfilm mit Gregory Peck immer *The Boys from Brazil* sein wird.«

»Den hab ich noch nie gesehen«, erwiderte Ricky, während er sich fragte, warum Vic andauernd in Richtung des Schlafzimmers in Rickys Zwei-Zimmer-Suite gestikulierte.

Toni schnappte nach Luft. »Ernsthaft?«

Vic machte eine Sanduhr-Geste mit seinen Händen, und Ricky wurde bewusst, dass der Hybride ihm zu sagen versuchte, dass sich eine Frau in seinem Schlafzimmer befand. Er dachte sofort an Laura Jane und begann, sich hastig auf das Zimmer zuzubewegen, um sie hinauszubefördern. Sofort.

»Das ist so ein toller Film«, fuhr Toni fort. »Den musst du sehen.«

Ricky war nur wenige Schritte von seinem Schlafzimmer entfernt, als eine Stimme von drinnen rief: »Das *ist* ein guter Film.«

Ricky blieb wie erstarrt stehen und machte einen Schritt zurück. »Momma?«

Toni erhob sich, als die Wölfin aus dem Schlafzimmer kam. Sie war groß und wie ihr Sohn kräftig gebaut, und ihr Gesicht wäre hübsch gewesen, wenn sie mehr gelächelt hätte. Irgendetwas sagte Toni, dass diese Frau sich nicht die Mühe machte, zu lächeln. Die Frage war nur, warum. War sie aus einem bestimmten Grund unfroh? Oder gefiel es ihr einfach nur, unfroh zu sein? Toni war sich nicht sicher … noch nicht.

»Momma, was machst du denn hier?«, fragte Ricky sie.

»Kann eine Mutter denn nicht ihren Sohn besuchen kommen?« Sie betrachtete Ricky Lee von oben bis unten. »Vor allem, wenn er damit beschäftigt ist, winzige Hybride damit zu beauftragen, seine Ex-Freundin zu verprügeln.«

»Was?«

»Tu nicht so, als hättest du mich nicht gehört, Junge. Ich hab das Gesicht dieses Mädchens gesehen. Gut, ich mag Laura Jane nicht und hab sie noch nie gemocht, aber einem anderen Mädchen zu sagen, dass es sie verprügeln soll …«

»Momma, ich habe nichts dergleichen getan. Ich war ja noch nicht mal hier.«

Sie grunzte, und im selben Moment fiel ihr Blick auf Toni. »Und wer ist das?«, fragte sie und deutete mit einer schnellen Handbewegung auf Toni. »Ist das diese winzige Hybride?«

»Ich bin keine Hybride«, erwiderte Toni. »Ich bin ein Schakal.«

»Das Haustier des Teufels.«

»Momma!« Ricky sah Toni an. »Das ist Antonella Jean-Louis Parker.«

»Kurz: Toni.« Toni machte einen Schritt nach vorne und streckte ihre Hand aus. »Freut mich, Sie kennenzulernen, Mrs. Reed.«

»Ich heiße *Miss* Evans, Miss Tala Evans. Ich bin eine Wölfin, warum in aller Welt sollte ich mich also damit aufhalten, zu heiraten?« Sie ging an Toni vorbei, ohne ihr die Hand zu schütteln. »Und warum ruft mich Laura Janes Mutter an und erzählt mir, mein Sohn würde ihr idiotisches Kind verprügeln?«

»Weil Laura Jane eine durchgeknallte Lügnerin ist.«

»Ich dachte, wir hätten uns auf Narzisstin geeinigt«, erinnerte Toni ihn, aber als Rickys Mutter sie nur anstarrte, fügte sie hinzu: »Sie wissen schon, weil sich alles immer nur um sie dreht?«

»Und warst du diejenige, die Laura Jane verprügelt hat?«

»Ich? Gegen eine Wölfin kämpfen?« Toni schüttelte den Kopf. »Nein, Ma'am. Mir gefällt mein Gesicht so, wie es ist. An meinem Schädel.«

»Momma, ich war in Russland. Ich hab Laura Jane einmal gesehen, seit sie in der Stadt ist. Ich war mit anderen Dingen beschäftigt.«

Die Wölfin beäugte Toni. »Warst du das?« Dann drehte sie sich abrupt wieder zu ihrem Sohn um. »Weißt du, ich bin nicht sonderlich überrascht, dass Laura Jane diese Spielchen spielt. Das macht diese kleine Schlampe nun mal. Da kommt sie nach ihrer Momma. Aber was mich wirklich überrascht hat, Ricky Lee Reed, war, wie defensiv dein Bruder reagiert hat, als ich es ihm gegenüber erwähnt habe.«

»Rory?« Ricky Lee zuckte mit den Schultern. »Du weißt doch, wie er ist.«

»Nicht Rory. Rory weiß noch gar nicht, dass ich hier bin.« Sie sah Toni an. »Ich glaube, mein Ältester ist meinetwegen manchmal ein bisschen angespannt.«

»*Reece* hat mich verteidigt?«

»Er hat dieses kleine Ding mit allen möglichen Namen beschimpft – ich hatte wirklich geglaubt, ich hätte ihn besser erzogen. Aber er war beharrlich. Er hat nicht nur gesagt, dass du nichts damit zu tun hattest, sondern auch, dass es irgendeine dunkelhaarige kleine Fotografin war, der Laura Janes Gesicht einfach nicht gefallen hat. Nicht, dass ich ihr das vorwerfen würde.«

Ricky schloss kurz die Augen, aber Toni brach in Gelächter aus.

»Hab ich irgendwas verpasst?«, fragte Miss Tala.

»Nein, gar nichts, Momma.«

»Und was hast du überhaupt in Russland gemacht?«

»Mich beschützt.« Toni setzte sich wieder auf die Couch. »Vor den Bären. Und jetzt wird er, weil ich angeblich nicht in der Lage bin, auf mich selbst aufzupassen, auch noch bei meinem Job an mir kleben.«

Die Wölfin sah Toni direkt in die Augen und hielt ihren Blick fest. »Ist das so?«

»M-hm. Ich warte nur darauf, dass er duscht und sich was anderes anzieht, damit wir gehen können.« Toni tippte auf die Uhr an ihrem Arm. »Also … wenn es dir nichts ausmacht.«

»Na ja ….« Ricky blickte zwischen Toni und seiner Mutter hin und her. Er wollte die beiden ganz eindeutig nicht allein lassen.

Was wahrscheinlich auch der Grund dafür war, dass die Wölfin ein Lächeln aufsetzte und ihren Sohn aus dem Zimmer winkte. »Geh schon, Ricky Lee. Ich kann deiner hübschen kleinen Schakalin Gesellschaft leisten, bis du wieder da bist.«

»Ja, aber …«

»Ich hab gesagt«, wiederholte seine Mutter mit einem tiefen Knurren, »du sollst gehen.«

»Ich bin *sofort* wieder da.« Mit einem entschuldigenden Blick in Tonis Richtung verschwand Ricky im Schlafzimmer.

Die Wölfin setzte sich ans andere Ende der Couch. Sie grinste, und sie schauten beide zu Barinov hinüber. Der Hybride blickte von einer Frau zur anderen, zeigte dann auf die Tür und sagte: »Warum … beschütze ich nicht den Korridor?«

Als er sich in die Freiheit geflüchtet hatte, drehte sich Toni wieder zu Ricky Lees Mutter um. Sie betrachtete die ältere Frau von oben bis unten.

»Wissen Sie, Miss Tala, es tut mir wirklich leid, dass Sie sich wegen dieser Sache extra hierher bemühen mussten.«

»Tut es das?«

»Natürlich! Dass Sie den ganzen weiten Weg hierher reisen mussten, weil Sie so unschöne Dinge über Ihren Sohn gehört haben? Dinge, die nicht der Wahrheit entsprechen. Er war definitiv mit mir in Russland. Wir sind erst gestern Morgen zurückgekommen, und er war bis heute im Haus meiner Eltern. Es tut mir so leid, dass Sie irgendjemand für eine so lächerliche Vendetta missbraucht.« Toni lehnte sich nach vorne und stellte sicher, dass ihr Gesichtsausdruck auch angemessen besorgt wirkte. »Möchten Sie vielleicht einen Tee? Oder, noch besser, wir rufen den Zimmerservice. Ich wette, ein Eistee und ein paar Scones wären an einem so heißen Sommertag genau das Richtige.«

»Sie sind wirklich sehr freundlich.«

»Das muss ich sein«, gab Toni zu. »Es ist meine Aufgabe, all meine Geschwister zu beschützen. Und denken Sie, sie wüssten das zu schätzen? Nein. Sie behandeln mich wie ein Kindermädchen. So als hätten sie mich für diesen Job angeheuert.«

»Nun, wie viele Geschwister haben Sie denn?«

»Zehn.«

»Guter Gott.«

»Ganz genau. Und ... sie sind *alle* Wunderkinder.«

»Wunderkinder? Meinen Sie ...?«

»Genies. Ein Wissenschaftler, ein Mathematiker, mehrere Künstler, eine zukünftige Primaballerina. Und alle sind Wunderkinder. Außer mir.«

»Ich bin mir sicher, dass Sie auch ein Talent haben, auf das Sie stolz sein können.«

»Ich bin gerade wohlbehalten von Verhandlungen mit Honig liebenden russischen Bären zurückgekehrt.«

»Das ist beeindruckend. Wie ich höre, sind die Russen harte Verhandlungspartner.«

»Es ging um ein Hockeyspiel.«

»Oh.« Sie schwiegen eine Weile, bis die Wölfin Tonis Knie tätschelte. »Warum rufen wir nicht diesen Zimmerservice, Schätzchen? Wie es scheint, können Sie süßen Tee und ein paar Scones besser gebrauchen als ich.«

Ricky wusste, dass er nicht allzu lange in seinem Schlafzimmer gewesen war. Er hatte so schnell wie möglich geduscht, sich rasiert und sich frische Klamotten angezogen. Aber als er wieder zurückkam, musste er feststellen, dass seine Mutter und Toni ... Scones aßen?

Und kein Vic! Diesen verdammten Katzen-Bären-Hybriden konnte man einfach nicht vertrauen!

»Alles in Ordnung da draußen?«, fragte er und näherte sich den beiden vorsichtig.

»Ja.« Toni hielt den Teller mit den Scones hoch. »Möchtest du einen?«

»Sicher.« Ricky nahm sich einen Blaubeer-Scone, wandte seinen Blick aber keine Sekunde von den beiden Frauen ab. »Ich schätze, wir bringen dich besser zur Arbeit, Toni.«

»Ja.« Toni atmete seufzend aus.

»Was ist denn, Schätzchen?« fragte seine Mutter und schockierte Ricky mit der Besorgnis, die er in ihrer Stimme hörte.

»Ich hab noch mit niemandem gesprochen. Ich meine, ich hab dem Coach der Mannschaft sämtliche Einzelheiten unseres Deals gemailt, aber … sie ist schwer zu lesen. Ich glaube, ich nerve sie.«

»Was ist sie?«

»Eine Tigerin.«

Tala Lee Evans schnalzte mit der Zunge. Ihr typisches Geräusch, wenn sie angewidert war.

»Momma«, warnte Ricky sie.

»Du weißt doch, was ich von diesen Katzen halte, Ricky Lee. Man kann ihnen nicht vertrauen«, teilte sie Toni mit. »Aber du darfst dich auch nicht von irgendeiner Katze fertigmachen lassen. Du gehst mit erhobenem Haupt da rein und sagst ihr klipp und klar, wie gut du die Sache für sie gemeistert hast. Verstanden?«

»Ja, Ma'am.«

»Gut.« Sie stand auf und winkte sie beide zur Tür hinaus. »Und jetzt verschwindet. Wir sehen uns heute Abend bei deinen Eltern, Antonella.«

Ricky erstarrte. »Was?«

»Ja, ich hab meiner Mom schon eine SMS geschickt.« Toni grinste. »Ich kann's kaum erwarten, zu sehen, was sie zum Abendessen bestellt.«

Die beiden Weibchen lachten, während Tala Lee sie zur Tür begleitete. »Ich wünsch euch einen schönen Tag, ihr zwei. Und Ricky Lee …?«

Inzwischen im Korridor, drehte sich Ricky noch einmal zu seiner Mutter um, und sein Mund stand vor lauter Verwirrung ein wenig offen. »Mach dir wegen Laura Jane keine Sorgen mehr. Ich kümmere mich um sie.«

»Warte mal, Momma …«

»Und jetzt geh. Wir sehen uns heute Abend.« Sie blies ihm eine Kusshand zu und machte ihm die Tür vor der Nase zu.

Langsam drehte er sich zu Toni um. Sie sah zu ihm hinauf und lächelte.

Im selben Moment nahm er sie hoch, warf sie über seine Schulter und trug sie den Flur hinunter zum Fahrstuhl. Der verräterische Katzen-Bären-Hybride folgte dicht hinter ihnen.

Als sie den Fahrstuhl erreicht hatten, stellte Ricky Toni wieder auf die Füße und fragte: »Was hast du mit ihr gemacht?«

»Gar nichts.«

»Das war nicht meine Mutter. Meine Mutter ist eine misstrauische, ziemlich unfrohe Wölfin, deren einzige Freundin das furchteinflößende Alphaweibchen des Smith-Rudels in Tennessee ist. Die Frau, die uns gerade aus dem Zimmer gescheucht hat, ist nicht diese Person.«

»Na ja …«

»Und was hat sie damit gemeint, dass sie heute Abend deine Eltern besuchen will? Warum geht meine Momma deine Eltern besuchen?«

»Schrei mich nicht so an.«

»Ich schreie nicht. Ich rede vor lauter Panik nur sehr laut.«

»Ja.« Vic beschloss, sich einzumischen. »Wenn er schreit, klingt das normalerweise nicht so hoch.«

»Halt die Klappe. Nicht hilfreich!«, schoss Ricky zurück.

»Warum gerätst du denn in Panik? Ich mag deine Mutter.«

Ricky konnte sich die Frage nicht verkneifen. »Warum?«

Toni verdrehte die Augen und verließ den Fahrstuhl, als sich die Tür im Erdgeschoss öffnete. »Das ist eine lächerliche Frage.«

»Nein, ist es nicht.«

»Ist es wohl. Deine Mutter ist völlig in Ordnung, und die Tatsache, dass sie vier Kinder großgezogen hat, sagt eine Menge über sie aus.«

»Sie hatte meinen Daddy und ein komplettes Rudel an ihrer Seite.«

»Du würdigst sie nicht genug.«

»Hör mal, ich liebe meine Momma, aber ich mache mir auch keine Illusionen, was sie betrifft. Und ich mag deine Eltern. Sie sind wundervolle, freundliche Menschen, und ich finde wirklich nicht, dass wir sie dazu zwingen sollten, Zeit mit meiner Mutter zu verbringen.«

Toni blieb stehen und wirbelte zu Ricky herum. »Warum gibst du denn nicht zu, dass du nicht willst, dass deine Mutter Zeit mit meinen Schakaleltern verbringt?«

»Weil das nicht wahr ist. Ich will nicht, dass deine Schakaleltern Zeit mit meiner Mutter verbringen.«

»Wo liegt der Unterschied?«

»Das ist ein riesiger Unterschied. Genauso wenig will ich, dass deine Eltern mit Reece abhängen.«

Toni zuckte mit den Schultern. »Gut, das verstehe ich vollkommen.«

Toni trat im Sportzentrum aus dem Fahrstuhl und steuerte direkt auf die Mannschaftsbüros zu. Ricky und Barinov klebten an ihren Fersen. Wie es schien, würden sie ihr wirklich den ganzen Tag folgen.

Im Vorbeigehen entdeckte Toni Cella, die sich in Richtung Trainingsstadion bewegte. Sie beschleunigte ihren Schritt, um die Katze einzuholen, wollte aber auch nicht aussehen, als würde sie rennen.

»Hi, Cella.«

Cella war damit beschäftigt, die Zeitung zu lesen und ihren Kaffee zu trinken und blickte sich zu ihr um. »Oh. Toni. Hey. Wie geht's dir, Süße?«

»Gut. Hast du die Einzelheiten zu dem Deal gekriegt, die ich dir gemailt hab?«

»Ja. Ja«, wiederholte sie und las noch immer in ihrer Zeitung. »Der Deal sieht ziemlich gut aus.«

»*Ziemlich* gut?« fragte Ricky, aber Toni winkte ab, und damit war die Sache für sie erledigt. Vielleicht hatte sie Cella Malone ja doch nicht beeindruckt. Katzen waren berüchtigt dafür, dass sie schwer zu beeindrucken waren, aber das bedeutete nicht, dass Toni es nötig hatte, dass Ricky Lee diese Sache für sie in die Hand nahm.

»Ja. Wie schon gesagt. Ziemlich gut. Äh … gute Arbeit.«

Nun, selbst Toni musste zugeben, dass Cella nicht klang, als hätte sie den letzten Teil auch so gemeint.

»Ich hab noch was anderes, das du für mich erledigen kannst«, fügte Cella hinzu.

»Oh, ja?«

»Ja. Ich muss in meinem Büro ein paar Sachen organisieren.«

»Organisieren?«

»Ja.« Cella blieb vor der Tür zum Trainingsstadion stehen. »Du hast doch gesagt, dass du mir ein bisschen Arbeit abnehmen kannst, oder?«

»Ja. Sicher.«

»Großartig.« Sie deutete in Richtung Eisstadion. »Komm mit. Ich geb dir die Liste, während ich das morgendliche Training vorbereite.«

»Okay.« Toni gab sich alle Mühe, nicht lautstark zu seufzen. Es war ein ziemlicher Rückschritt von Verhandlungen mit russischen Bären zum Aufräumen des Büros des Coachs, aber es führte nur dazu, dass Toni noch entschlossener war, Cella Malone zu beeindrucken. Sie *würde* sie beeindrucken.

Sie folgte Cella ins Stadion und schwang ihren Rucksack nach vorne, um einen Notizblock und einen Stift herauszuholen und sich Notizen machen zu können. Doch als sie stolpernd zum Stehen kam und ihren Rucksack auf der Suche nach ihrem blöden Notizblock durchwühlte, hörte sie ein Knallen. Ein seltsames Knallen.

Toni blickte blinzelnd auf, und vor Überraschung blieb ihr der Mund offen stehen.

Das komplette Team der Carnivores stand in voller Montur auf dem Eis, einschließlich ihrer Heimtrikots, und sämtliche Spieler klopften mit ihren Schlägern aufs Eis, während das Büropersonal, darunter auch ihre Assistentin Kerri, und die aktuelle Mannschaftsfotografin des Teams, Livy, außerhalb der Eisfläche standen und klatschten und jubelten.

Reece Lee skatete übers Eis, die Arme hinter dem Rücken. Als er den Rand der Eisfläche erreichte, wo Toni auf dem Teppichboden stand, hielt er an und brachte seine Arme nach vorne. Er hielt zwei Dutzend in Zellophan eingewickelte Rosen in der einen und eine Schachtel mit teuren Pralinen in der anderen Hand. Er grinste breit und zwinkerte ihr zu.

Mit zitternden Händen nahm Toni die Geschenke entgegen, und Reece skatete rückwärts davon. Er fing an zu jaulen, und der Rest der Mannschaft stimmte ein. Nur, dass jeder Spieler sein eigenes Ding machte, wodurch die Halle von Gebrüll, Geheul und gewaltigem Zischen erfüllt wurde. Toni war noch nicht einmal bewusst, dass sie weinte, bis die Tränen auf ihren nackten Unterarm tropften.

Cella legte einen Arm um Tonis Schultern und drückte sie ganz fest an sich. »Nachdem du den Bären in Russland so dermaßen einen eingeschenkt hast, Süße, solltest du lieber deine Familie organisieren, weil die Carnivores dich so schnell nicht wieder ziehen lassen.« Cella schüttelte den Kopf und fügte lachend hinzu: »Außerdem hat Ivan Zubachev angerufen, und nachdem er dich in den Himmel und wieder zurück gelobt hatte, hat er gefragt, ob du noch Single bist.«

Das brachte Toni zum Lachen, bis Ricky, der neben ihr stand, sagte: »Nein. Ist sie nicht.«

Sowohl Cella als auch Toni starrten ihn an, aber der Wolf zuckte nur mit den Schultern. »Was denn? Bist du nicht.«

Kapitel 28

Toni konnte kaum glauben, wie beschäftigt sie an diesem Tag war. Sie hatte eine Besprechung nach der anderen und musste einige Telefonate erledigen. Ja. Sicher. Alle waren wirklich beeindruckt davon, was sie in Russland erreicht hatte, aber nun erwarteten sie, dass sie sie auch in Zukunft beeindruckte.

Sie wusste nicht, ob sie das schaffen würde. Vielleicht waren die Verhandlungen mit den Russen ja nur ein Glückstreffer gewesen. Und außerdem hatte ihr Vic Barinov geholfen, nicht wahr? Sie musste also vorsichtig sein und sicherstellen, dass sie all die Aufmerksamkeit, die man ihr heute geschenkt hatte, auch verdiente.

Nun, zumindest bedeutete die Tatsache, dass sie so beschäftigt war, dass ihr Arbeitstag im Nu verflogen war. Es war bereits vier Uhr nachmittags und sie war bereit, nach Hause zu fahren, nach den Kindern zu sehen und Abendessen zu bestellen, bevor Rickys Mutter kam.

Toni schaute zu Ricky Lee hinüber. Er hatte den ganzen Tag auf demselbem Stuhl gesessen, Anrufe entgegengenommen und aus der Ferne andere Aufgaben für seine Sicherheitsfirma erledigt. Überraschenderweise schien es ihn nicht zu stören, hier mit ihr festzusitzen. Das war gut. Sie wusste nicht, ob sie ihn die ganze Zeit unterhalten konnte, wenn sie ständig E-Mails von Bo Novikov beantworten musste, der sich alle zwei Stunden nach den Mannschaftsreisen erkundigte.

»Bist du soweit, können wir los?«, fragte sie.

»Jap.« Er und Vic Barinov, der gelegentlich das Büro verließ, um »die Umgebung zu checken«, wie er es nannte, sich einen Kaffee oder mehr zu essen, als ihr natürlich erschien, aus dem Restaurantbereich zu holen, standen auf.

Im selben Moment betrat Livy mit einem Tablet-Computer in der Hand das Büro.

»Hey, hey.«

»Hey.« Toni lächelte ihre Freundin an. »Wo warst du denn? Ich hab dich seit heute Morgen nicht gesehen.«

»Ich wollte das hier fertig machen.«

Livy legte den Tablet vor Toni auf den Tisch und berührte den Bildschirm. Tonis Gesicht erstrahlte. »Oh!« Dann verblasste ihr Lächeln. »Oh.« Das Lächeln verschwand völlig und wurde durch ein Stirnrunzeln ersetzt. »Oh … mein Gott! *Warum sind sie nackt?*«

Ricky und Vic sprinteten praktisch durchs Zimmer, um zu sehen, was Toni sich anschaute.

»Gute Güte!« Ricky wich von ihrem Schreibtisch zurück. »Warum sehe ich mir den Penis meines Bruders an?«

»Was ist denn los?«, fragte Livy. »Das hier gehört zu meinen besten Arbeiten, bei denen nicht auf mich geschossen wurde.«

»Sozusagen«, murmelte Vic leise.

Toni blätterte durch die anderen Fotos. Sie waren größtenteils schwarz-weiß, obwohl einige farbig waren und nur den Eindruck erweckten, sie seien schwarz-weiß. Alle Spieler waren wunderschön ausgeleuchtet, und jede einzelne ihrer Muskeln und Sehnen war zu sehen. Das waren wirklich einige von Livys besten Arbeiten.

Und vollkommen nutzlos für Tonis Belange!

»Was soll ich damit anfangen, Livy?«

»Was meinst du denn damit?«

»Ich brauche Mannschaftsfotos für die Fans. Für die Kinder. Keine Boudoir-Fotos für ihre Ehefrauen.«

»Komm schon, die sind …«

»Nutzlos für mich!« Toni lehnte sich näher zu ihr. »Ich weiß noch nicht mal, wer das da ist. Er ist kopflos!«

»Er hat eine ziemlich hässliche Fresse.«

Barinov lachte schnaubend über Livy und ging zu seinem Stuhl zurück.

»Was ist denn so lustig?«, knurrte Livy ihn an.

»Muss ich dir das wirklich sagen?«

Toni stand auf und tat etwas, was sie noch nie zuvor getan hatte. Sie stellte Forderungen.

»Bring das in Ordnung«, befahl sie ihrer Freundin.

»Was soll das denn heißen?«

»Das soll heißen«, Toni drehte sich zu Livy um, »bring. Das. In. Ordnung. Ich will deine beschissene Kunst nicht. Ich will keine stimmungsvolle Beleuchtung. Ich will unglaubliche, *brauchbare* Fotos von unserer Mannschaft. Dafür bezahle ich dich. Schon vergessen? Hol dir eine *Sports Illustrated* oder was weiß ich, wenn du Ideen brauchst.«

»*Sports …*«

»*Sports Illustrated*, Livy. Nicht Mapplethorpe. Mapplethorpe ist nicht deine Inspiration, während du diesen Job für mich erledigst. Hast du mich verstanden?«

Livy wirkte völlig abwesend, und Toni schnippte mit den Fingern vor dem Gesicht ihrer Freundin. »Hast du?«

»Ja, ich hab dich verstanden.«

Toni schnappte sich ihren Rucksack und schwang ihn über ihre Schulter. »Ich geh jetzt nach Hause. Sprich mit Kerri und mach neue Termine mit der Mannschaft aus.«

»Schon gut.«

Toni blieb stehen. »Falls du eine Freigabe von den Jungs bekommst, schlage ich vor, dass du die Bilder für eine Kunstaustellung benutzt.«

»Mich interessiert nicht, was mein Bruder unterschreibt«, sagte Ricky, zog die Bürotür auf und hielt sie für Toni offen. »Aber ich möchte auf keinen Fall seinen nackten Hintern oder Penis bei irgendjemand an der verdammten Wand hängen sehen.«

Livy rollte mit den Augen und hob den Tablet vom Schreibtisch auf. Sie stürmte hinaus und drängte sich an Ricky vorbei.

Toni folgte ihr kopfschüttelnd. »Künstler«, beschwerte sie sich, als sie an Ricky vorbeiging.

Coop saß auf der Couch im Wohnzimmer der Jean-Louis Parkers und starrte seine Schwester an. »Du willst, dass ich *was* mache?«

»Ich will, dass du in Sibirien spielst.«

»Warum?«

Sie räusperte sich, und es war ihr ganz offensichtlich unangenehm, ihren Bruder um diesen Gefallen zu bitten. »Weil ich den Bären versprochen habe, dass du dort hinfliegen und für sie spielen würdest.«

»Sie sind wirklich Riesenfans«, erklärte Ricky ihm. »Als sie erfahren haben, dass Toni deine Schwester ist, konnten sie ihr gar nicht genug entgegenkommen.«

»Können sie nicht einfach nach Moskau oder Sankt Petersburg kommen, um mich zu sehen … wie jeder andere in Russland auch?«

»Ich hab's ihnen versprochen.«

»Du hast es ihnen versprochen, ohne mich vorher zu fragen. Du hast meinen Namen benutzt, um zu kriegen, was du willst.« Er wischte sich eine nicht existierende Träne weg. »Ich bin so stolz auf dich.«

»Oh, halt die Klappe!«

»Vielleicht hat Kyle ja recht. Du würdest eine tolle Geschäftsführerin für ihn abgeben.«

»Ist das ein Ja oder ein Nein?«

»Das ist ein ›Mein Agent wird sich drum kümmern‹.«

»Sie werden auch ein Abendessen mit dir wollen.«

Coop schnaubte und stieß Ricky mit dem Ellbogen an. »Großartig. Ein Abendessen mit Bären. Ich weiß jetzt schon, dass ich das lieben werde.«

»Das machst du in Italien doch andauernd.«

»Weißt du, wie die italienischen Bären essen? Wie Götter, große Schwester, wie Götter.«

Toni und ihr Bruder lachten. Ricky vermutete, dass sie nicht einmal bemerkten, wie Dee-Ann leise das Zimmer betrat und sich hinter die Couch stellte. Aber sie taten es. Beide verstummten sofort mitten im Lachen und blickten langsam über ihre Schulter.

»Hi, Dee-Ann«, begrüßte Toni sie und versuchte zu lächeln.

»Hey.«

»Gibt's ein Problem?«

»Nee. Ist dieser Dachs da?«

Toni sah schnell zu Ricky hinüber, ihre Augen weit aufgerissen.

»Warum?«, fragte sie Dee.

»Ja«, stimmte Ricky ein, »warum?«

»Geht dich gar nichts an, Ricky Lee.«

»Es geht mich schon was an, wenn es wegen Laura Jane ist.«

»Laura Jane ist auf dem Weg nach Hause. Deine Momma hat die Sache blitzschnell erledigt.«

»Hat sie?«

»Jap.«

Ricky war überrascht. Seine Mutter war weniger als eine Stunde nach Ricky und Toni bei den Jean-Louis Parkers eingetroffen und hatte Laura Jane mit keinem Wort erwähnt. Aber sie hatte Lebensmitteltüten mitgebracht, weil sie ihr berühmtes Brathähnchen kochen wollte. Jackie hatte ihr versichert, dass das nicht nötig sei, aber seine Momma wollte nichts davon hören. Seither war sie in der professionell ausgestatteten Küche beschäftigt.

»Außerdem«, fügte Dee hinzu und schaute sich im Zimmer um, »hatten sich ein paar der Schnittwunden, die dieser Dachs ihr verpasst hat, entzündet.«

Ricky zuckte zusammen, als er das hörte. Er wollte nicht, dass Laura Jane leiden musste oder so, er wollte nur, dass sie vergaß, dass er je existiert hatte, da er sich sicher war, dass sie sich sowieso nicht wirklich für ihn interessierte.

»Wie dem auch sei«, fuhr Dee fort, »wenn ihr sie seht, dann sagt ihr, dass ich mit ihr reden muss. Klar?«

»Okay.«

Und damit schlenderte Dee-Ann wieder aus dem Zimmer, und Rickys Momma kam herein. Sie hatte eine Papiertüte mit Lebensmitteln dabei, die einfach köstlich roch.

»Hier«, sagte sie und reichte Ricky die Tüte.

»Was ist das?«

»Euer Abendessen und Dessert. Und jetzt verschwindet.«

»Verschwindet?« Ricky sah Toni an, und sie zuckte mit den Schultern. »Was soll denn das heißen?«

»Wie es scheint, hat Miss Antonella eine eigene Wohnung. Ich glaube, es ist höchste Zeit, dass sie lernt, die auch zu genießen. Und ihre Momma und ihr Daddy stimmen mir da zu.«

»Aber ich dachte, wir würden alle gemeinsam zu Abend essen«, widersprach Toni und erhob sich.

»Wir werden das auch. Aber im Moment brauchst du, Toni, ein wenig Zeit ohne diese Kinder, glaube ich.«

Toni blinzelte und neigte den Kopf zur Seite. »Warum kann ich sie nicht hören?«, fragte sie.

»Ich beschäftige sie mit Kekse backen.«

»Sie beschäftigen *meine* Brüder und Schwestern mit Kekse backen? Ernsthaft?«

»Das war gar nicht so schwer. Ich hab Dennis und Kyle gebeten, die Kekse zu entwerfen – und ihnen gesagt, dass sie versuchen sollen, sich gegenseitig zu übertrumpfen –, während Oriana den Fettgehalt analysiert und versucht hat, weniger fetthaltige Kekse zu kreieren. Und Troy hab ich dazu gebracht, ihr dabei zu helfen, indem er die tatsächlichen prozentualen Anteile berechnet. Cherise hat sie alle überwacht, und die Zwillinge haben zugeschaut und versucht, was von dem Teig zu stibitzen. Siehst du? Kinderleicht.«

Doch bevor Ricky seiner Momma zu ihren außergewöhnlichen Fähigkeiten in der Kinderbetreuung gratulieren konnte, stürmte Toni plötzlich zu Tala und umarmte sie fest.

»Oh, Miss Tala! Vielen Dank!«

Tala lachte und tätschelte der Schakalin den Rücken. »Gute Güte, du bist genau wie deine Momma.«

Reece betrat das Zimmer. »Hey. Wann gibt's was zu essen?«, begann er, aber Toni griff ihn an wie eine Schlange.

»Sei lieb zu deiner Mutter!«, brüllte sie ihn an und zeigte mit dem Finger auf ihn.

»Frag sie netter!« Sie umarmte Tala erneut. »Diese Frau ist eine Heilige. Eine Heilige! Und ihr Jungs solltet das lieber nicht vergessen, sonst strecke ich euch nieder wie durch den Zorn Gottes!«

Reece zuckte mit den Schultern und winselte: *»Aber ich hab Hunger!«*

Sie betraten Tonis Wohnung. Auf dem Beistelltisch neben der Tür lag ein kleiner Stapel Post.

»Ich kriege hier schon Post?«, wunderte sich Toni.

»Scheint so. Und jemanden, der sie bringt.«

Sie schaute sich um und schnupperte in die Luft. »Ich rieche Desinfektionsmittel. Ich glaub, ich hab eine Putzfrau.«

»Da bin ich mir ganz sicher.«

Ricky ging ins Esszimmer und stellte das Essen auf den Tisch. Als er mit Tellern, Gläsern und Besteck aus der Küche zurückkam, saß Toni am Tisch und zog die Briefe aus den Umschlägen.

»Was ist das alles?«, fragte er, während er Tischsets ausbreitete.

»Der Mietvertrag für diese Wohnung. Ric will, dass ich ihn unterschreibe. Anscheinend ist das eine Mietkauf-Wohnung.«

Ricky zuckte zusammen. »Ich hab Angst, zu fragen, was dich das kosten würde.«

Toni antwortete nicht, sondern starrte nur auf das Papier.

»Machst du Witze?«, fragte er. »So billig?«

»Das könnte ich mit meiner Kreditkarte bezahlen.« Als Ricky die Kinnlade herunterklappte, kicherte Toni und fügte hinzu: »Ich mach nur Witze. Es ist gar nicht so schlimm. Aber … Ric verlangt definitiv sehr viel weniger, als er vermutlich sollte.«

»Du gehörst zur Familie, Schätzchen. Was hast du denn von ihm erwartet? Dass er eine Fantastillion Dollar von dir verlangt?«

»Ja. Hab ich.«

Sie holte tief Luft und schloss die Augen. »Mann, dieses Hühnchen riecht *unglaublich*.«

»Das ist das preisgekrönte Brathähnchen meiner Momma.

Und du wirst die Tatsache, dass es preisgekrönt ist, noch öfter hören, als dir lieb ist.«

»Es riecht, als hätte sie allen Grund, stolz darauf zu sein.«

»Ich hoffe, sie hat uns genug mitgegeben, damit wir morgen noch kaltes Hühnchen essen können. Nichts ist besser als Mommas Brathähnchen am nächsten Tag, und dazu ein paar kalte Bierchen.«

Grinsend näherte sich Toni ihm. »Und wie ist es mit Mommas Brathähnchen ein paar Stunden später?«

Ricky erwiderte ihr Grinsen, schlang seinen Arm um ihre Taille und zog sie zu sich heran. »Das könnte die *beste* Art sein, es zu essen.«

Er lehnte sich zu ihr, und Toni konnte ihn jetzt schon auf ihren Lippen schmecken, seine Hände auf ihrem Körper spüren. Bis ....

»Abendessen fertig?«

Knurrend wirbelte Toni zu ihrer besten Freundin herum. »Livy!«

»Was? Ich hab Hunger.«

»Du bleibst nicht hier.«

»Du hast das ernst gemeint?«

Toni wollte auf ihre Freundin losgehen, aber Ricky hielt sie ganz fest und zog sie wieder zurück.

»Dee-Ann sucht dich«, teilte er Livy mit.

»Dee-Ann wer?«

Er kratzte sich am Kopf. »Smith.«

»Oh. Warum?«

»Keine Ahnung.«

»Hast du Laura Jane angegriffen?«, wollte Toni wissen.

Livy sah Toni an. »Wen?«

»Die Wölfin, die du vor ein paar Tagen angegriffen hast?«

»Da musst du schon etwas genauer sein.«

»Ich glaube, mein Bruder war irgendwie involviert«, sagte Ricky.

Livy überlegte einen Moment. Dann nickte sie. »Oh. Ja. Okay. Ich glaub ich weiß, wen du meinst.«

»Warum?«

»Warum was?«

Toni knurrte leise und fragte dann: »Warum hast du sie angegriffen?«

Livy musste kurz darüber nachdenken, so als würde sie jeden Tag so viele Leute angreifen, dass sie sich nicht so leicht an jeden Einzelnen erinnern konnte. »Es war Zeit für seinen Termin bei mir, und sie war mir im Weg. Außerdem«, fügte sie hinzu, »hat mir ihr Gesicht nicht gefallen. Also hab ich sie verprügelt.«

Ricky betrachtete die Frau eindringlich. »Also, Livy … was bist du?«

Er erwartete ihre übliche Antwort: »Das geht dich nichts an.« Aber diesmal war sie mit ihrer Antwort genauso direkt wie mit ihren Prügeln.

»Ein Honigdachs.«

»Aaaaah.« Er nickte. »Das erklärt alles.«

Dann musste Ricky einfach lachen.

»Was ist denn so lustig?«

»Laura Jane hat einen Honigdachs wütend gemacht«, sagte er und konnte sein Grinsen nicht verbergen. »Besser geht's einfach nicht.«

Toni legte ihren Arm um seine Schulter. »Tut es wirklich nicht.«

Dee-Ann beendete das Telefonat und betrat ihr Haus.

Irene hatte mit einer Sache recht gehabt: Dieser Einbruch ins Haus der Jean-Louis Parkers war keine Kleinigkeit gewesen, aber das war auch schon alles, was sie wusste. Dass es gewisse Aktivitäten unter ihren Vollmenschen-Brüdern gab: Eiskalte Killer wie sie selbst, die spezielle Aufgaben für die Regierung erledigten. Mit diesen Leuten war nicht zu spaßen. Aber wenn sie jemanden hätten tot sehen wollen, dann hätten sie bereits zugeschlagen. Der Tod war also nicht das, was sie wollten. Es war etwas anderes.

Und sie würde herausfinden, was das war, und der Sache dann

ein Ende bereiten. Weil Dee-Ann immer ein wenig sauer wurde, wenn Welpen und Junge in so etwas mit hineingezogen wurden. Das war auch die Grenze gewesen, die sie selbst nie überschritten hatte, als sie noch bei den Marines gewesen war, und auch jetzt würde sie dies ganz sicher niemals tun. Selbst wenn es sich um Hyänen-Welpen handelte, die von Geburt an tödlich waren, wartete Dee, bis sie zumindest Anfang zwanzig waren, bevor sie ernsthaft darüber nachdachte, sie ins Visier zu nehmen.

Dee ging in ihr Wohnzimmer.

»Ich …«, war das einzige Wort, das Dee hörte, bevor sie ihre 45er zog, herumwirbelte, auf ein Knie fiel und ihr Ziel fixierte.

»… hab gehört, du suchst nach mir«, beendete der Honigdachs seinen Satz ohne Unterbrechung.

Olivia Kowalski starrte Dee mit furchtlosen schwarzen Augen an. Sie forderte sie nicht heraus. Aber sie wich auch nicht zurück.

Furchtlos. Ja. Genau das war sie. Und genau das brauchte Dee-Ann.

Dee-Ann richtete sich wieder auf und steckte ihre Waffe zurück ins Holster. »Ich will dich anheuern.«

»Ich töte nicht auf Befehl.«

»Ich will auch nicht, dass du jemanden tötest, Schätzchen. Ich will, dass du das Familiengeschäft weiterführst.«

»Das mache ich nicht mehr.«

»Erzähl mir keine Märchen. Du wirst bezahlt. Großzügig.«

»Warum machst du es nicht selbst?«

Dee-Ann zuckte mit den Schultern. »Nicht mein Fachgebiet«, gab sie zu. »Wenn ich bei jemandem einbreche, dann tue ich das nur aus einem einzigen Grund.«

»Hat das damit zu tun, was bei Toni zu Hause passiert ist?«

»Nein. Hier geht's um einen anderen Fall. Ich kümmere mich zuerst um Tonis. Aber wenn ich damit fertig bin, brauche ich deine Hilfe. Und du würdest damit auch nicht nur mir helfen. Du würdest eine wirklich wichtige Aufgabe erfüllen, Schätzchen. Etwas, worauf du stolz sein kannst … zur Abwechslung.«

Kowalski ging zur Haustür. »Ich denk drüber nach.«

Dee wartete, bis sich die Haustür geschlossen hatte und sie wusste, dass der Dachs verschwunden war. Sie holte ihr Telefon heraus und wählte per Kurzwahl Malones Nummer.

»Was gibt's?«

»Kowalski ist dabei.«

»Ist sie?«

Dee zuckte mit den Schultern. »Sie wird es sein.«

Kapitel 29

Toni rollte sich in ihrem Bett herum und streckte sich.

»Morgen«, hörte sie Vic Barinov sagen.

Toni riss die Bettdecke bis zu ihrem Kinn hoch, setzte sich im Bett auf und brüllte: »Ricky!«

Ricky kam aus dem Badezimmer, frisch aus der Dusche, ein Handtuch um die Hüften geschlungen, mit Rasierschaum im Gesicht und einen Rasierer in der Hand. Ehrlich gesagt, wenn Toni nicht so erschrocken darüber gewesen wäre, dass Barinov in ihrem Schlafzimmer herumlungerte, dann hätte sie diesen leckeren Anblick durchaus genossen. Der Mann sah einfach verdammt gut aus.

»Was zur Hölle, Vic?«

»Tut mir leid. Ich wollte euch nicht erschrecken. Aber wir haben ein Problem.«

»Ein Problem?«

Barinov sah Toni an. »Es geht um die Zwillinge.«

Livy beobachtete, wie ihre beste Freundin im Ballsaal hin und her tigerte, während die Rettungssanitäter taten, was sie tun mussten. Sie wusste, dass Toni das hier nicht gut verkraften würde. Nein. Ganz und gar nicht gut.

»*Was habt ihr euch dabei gedacht?*«, brüllte Toni. »Ich verstehe das einfach nicht!« Sie beugte sich nach unten, um mit erhobenem Zeigefinger direkt vor Zoes und Zias Gesichtern herumzuwackeln. »Ihr wart böse. Böse, böse, böse, böse, *böse.*«

Die Rettungssanitäter waren selbst Gestaltwandler und arbeiteten für ein Gestaltwandler-Krankenhaus. Als einer von ihnen sagte: »Machen Sie sich bereit«, zuckte Livy instinktiv zusammen, noch bevor sie hörte, wie der Knochen des Löwenmännchens wieder an die richtige Stelle geschoben wurde.

Paul rauschte mit seinem Hund an seiner Seite in den Ballsaal.

»Warum steht da ein Krankenwagen vor … oh.« Er sah zu, wie die Sanitäter Jeff Stewart auf eine Krankentrage schnallten, die auch für Bären groß genug war.

Während sie ihn hinausrollten, rief er Ricky Reed zu: »Ich möchte dafür eine Bescheinigung zur Arbeitsunfähigkeit, Reed! Hast du mich verstanden? Sag Llewellyn, dass ich als arbeitsunfähig eingestuft werden will!«

Paul gesellte sich zu Livy. »Was zur Hölle ist denn passiert?«

»Ich bin mir nicht sicher«, gab Livy zu. »Ich hab ihn schreien gehört, und als ich hergerannt bin, hab ich ihn mit gebrochenem Bein auf dem Boden gefunden und die Mädchen haben dagesessen und Plunderteilchen gegessen.«

»Sag mir, dass das Himbeermarmelade auf ihren Gesichtern ist.«

»Es ist kein Blut.«

»Das ist ja schon mal was.« Paul atmete langsam aus. »Hast du Stewart gefragt?«

»Hab ich. Er wollte mir nichts sagen und hat immer nur wiederholt: ›Dieser gottverdammte Job ist doch keine Arbeit‹. Immer und immer wieder.«

Toni entfernte sich von ihren Schwestern, ging an Ricky Lee vorbei und stellte sich neben Livy und Paul.

»Kann ich euch wirklich nicht mal für eine Nacht allein lassen?«, beschwerte sie sich.

»Die Mädchen haben ihm keinen körperlichen Schaden zugefügt. Ich glaube, sie haben ihn nur fast in den Wahnsinn getrieben. Den Rest hat er sich selbst angetan.«

Paul ging auf seine Zwillingstöchter zu. »Ich regle das, Toni. Geh du zur Arbeit.«

»Aber, Dad …«

»Kein Aber. Ich komme mit meinen eigenen Kindern schon zurecht.«

»Na schön.« Sie küsste ihren Vater auf die Wange, ging in die Hocke, küsste ihre Schwestern und schimpfte sie dann wieder mit erhobenem Zeigefinger aus. »Böse, böse, *böse.*«

Livy folgte Ricky und Toni in den Flur hinaus. Beim Gehen sagte Ricky: »Ich ruf Rory an und besorge jemanden, der Stewart ersetzt.«

»Jemand Besseren«, knurrte Toni. »Keine Löwenmännchen mehr, die noch nicht mal mit zwei ungezogenen Dreijährigen klarkommen.«

Die Zwillinge mochten vielleicht ungezogene Dreijährige sein, aber das bedeutete nicht, dass sie deshalb weniger gefährlich waren. Aber das würde Livy ihrer besten Freundin sicher nicht sagen. Nicht, solange sie noch so wütend war.

Als sie die Haustür erreichten, drehte sich Toni zu Ricky um. »Ich weiß, dass dein Bruder sich um diesen Job gekümmert hat, aber ich will, dass du noch mal das komplette Personal überprüfst, das direkt mit *meinen* Geschwistern zu tun hat. Du verstehst sie, Reece nicht.«

»Wird erledigt.«

Kluger Wolf. Er wusste es besser, als sich mit Toni zu streiten, wenn es um ihre Geschwister ging. Weil er diesen Kampf nicht gewinnen konnte. Sondern nur einsame Nächte.

»Gut.« Toni griff nach dem Türknauf und riss die Tür auf. Der Chauffeur ihrer Limousine stolperte rückwärts.

»Oh«, sagte er, »ich wollte gerade …«

»Jetzt geh schon!«, brüllte sie ihn an.

»Was schreist du mich denn so an?«, wollte die Katze wissen. »Ich hab doch gar nichts gemacht!«

»Halt's Maul und fahr, du Idiot.«

Zankend stürmten die beiden aus dem Haus. Ricky sah Livy an, seufzte, schüttelte den Kopf und folgte ihnen.

Livy folgte Toni nicht. Sie wusste es besser.

Es dauerte fast einen halben Tag, bis Ricky seinen Bruder endlich erreichte. Rory hatte mehrere Besprechungen mit Kunden gehabt, und außer, dass er ihm hin und wieder eine SMS mit »Hör auf, mich zu nerven« geschickt hatte, hatte er nichts von sich hören lassen. Aber jetzt hatte Ricky ihn endlich in der Leitung und zwang Rory, noch einmal jedes Teammitglied durchzugehen, das er für den Job bei den Jean-Louis Parkers eingeteilt hatte, und durchzusprechen, welches Kind er ihnen jeweils zugeteilt hatte. Sein Bruder war darüber gar nicht glücklich – er mochte es nie, von jemandem infrage gestellt zu werden, ganz besonders, wenn dieser jemand Reece oder Ricky war. Aber da Stewart nun im Krankenhaus lag und von einem hässlichen Fieber ans Bett gefesselt wurde, während sein Bein verheilte, wusste Rory, dass er keine andere Wahl hatte.

Bisher war Ricky mit dem Team, das Rory zum Schutz der Kinder zusammengestellt hatte, jedoch einverstanden – er warf es keinem Männchen vor, noch nicht einmal einer Katze, wenn es ein bisschen Angst vor den Jean-Louis-Parker-Zwillingen hatte. Dann teilte Rory ihm mit, wen er für Freddy eingeteilt hatte.

Ricky saß in Tonis Büro, das mit Blumen überfüllt war, die ihr einzelne Spieler – vor allem die russischer und mongolischer Abstammung, die nun die Chance bekommen würden, auf Mannschaftskosten entfernte Verwandte zu besuchen – und osteuropäische Gestaltwandler-Hockeymannschaften geschickt hatten, die offensichtlich über Zubachev von Toni gehört hatten, und widersprach seinem Bruder rundheraus: »Nein.«

»Was meinst du damit, ›nein‹?«

»Ich meine nein. Ich will nicht, dass Roy auf Freddy aufpasst.«

»Warum nicht?«

»Er ist faul.«

»Komm schon, Kumpel. Wie viel Anstrengung kann es schon kosten, auf einen Siebenjährigen aufzupassen?«

»Ich will Roy dafür nicht.«

»Wen dann?«

Ricky dachte einen Moment lang nach. »Was ist mit Miranda?«

»Miranda? Kann die überhaupt mit Kindern umgehen?«

»Das ist mir egal. Und ich kann dir auch versprechen, dass es Freddys Schwester egal sein wird. Es geht darum, dass er in Sicherheit ist, und Freddy hat viele Kurse außer Haus. Also teil sie für ihn ein.«

»Okay, okay. Gott, bist du knurrig. Du klingst langsam wie Dad.«

»Nur, weil du mich bis aufs Blut reizt, verdammt.«

»Ich hab gesagt, okay! Ich kümmer' mich drum. Aber Miranda erledigt heute einen anderen Job in Queens. Ich kann sie abziehen, aber es dauert eine Weile, bis sie wieder in der Stadt ist, deshalb wird Roy bei dem Jungen bleiben müssen, solange er in der Schule ist.«

Ricky schaute auf seine Uhr. »Ja, in Ordnung.« Er würde Roy selbst ersetzen, aber der Kojote musste warten, bis Ricky bei ihm war.

»Sag ihr, dass sie ins Parker-Haus kommen soll.«

»Ja, okay.« Plötzlich kicherte sein Bruder. »Parker-Haus ... Parker House Rolls ... sind das nicht diese Brötchen?«

Jap. Das Reedsche Familiengeheimnis – Rory war ein bisschen albern.

»Riecht deine heiße neue Freundin auch nach Brötchen?«

Ricky schaute zu seiner »heißen neuen Freundin« hinüber.

»Rory?«, sagte Ricky zu seinem großen Bruder.

»M-hm?«

»Momma ist in der Stadt.«

»Warte. *Was?*«

»Tschüss!« Ricky legte auf und schaltete sein Telefon aus.

»Was ist denn los?«, fragte Toni. Sie konzentrierte sich auf ihren Computermonitor, während ihre Hände über die Tastatur flogen, und er hatte nicht angenommen, dass sie ihm zugehört hatte.

»Ich mach nur meinem Bruder ein bisschen Angst.«

»Du hast Freddy erwähnt. Was ist mit Freddy?«

Verdammt, die Frau war gut.

»Ich werde Freddy heute von der Schule abholen.«

»Ich komme mit dir.«

»Vertraust du mir nicht, was deinen Bruder angeht?«

»Ich vertraue nicht darauf, dass er es nicht schafft, dich dazu zu überreden, sich in einem Schokoladen-Eisbecher zu ertränken, der so groß ist wie sein Kopf.« Sie grinste. »Er kann ziemlich überzeugend sein, mein kleiner Bruder.«

»Und ich frage mich, wo er das gelernt hat.«

»Sei still, du.«

Freddy Jean-Louis Parker hasste die Schule. Er hasste die Lehrer. Sie wurden immer so gemein, wenn er sie verbesserte. Wieso war es seine Schuld, wenn sie etwas falsch machten? Wieso war es *seine* Schuld, dass sie nicht so viel wussten, wie sie zu wissen glaubten?

War es nicht! Es war nicht seine Schuld! Und es war auch nicht fair, wenn sie ihn anbrüllten! Er tat doch nichts Falsches. Und selbst wenn er mal etwas Falsches tat, brüllten seine Eltern ihn nie an. Nicht einmal Toni brüllte ihn an, und Toni brüllte so ziemlich jeden an. Sie hatte ihm zwar damals die Streichhölzer aus der Hand geschlagen, aber das warf er ihr nicht vor. Außerdem hatte sie ihn anschließend beruhigt. Toni beruhigte ihn immer. Sie war wirklich gut darin.

Freddy ging aus dem Klassenzimmer, und der Mann namens Roy folgte ihm. Freddy war sich bei Roy nicht so sicher. Er seufzte die ganze Zeit und wirkte ziemlich gelangweilt. Wie konnte jemand von Atom- und Teilchenphysik gelangweilt sein? Sicher, der Lehrer war nicht so wissend, wie er glaubte, was ihn ein bisschen langweilig machte, aber das Fachgebiet an sich war faszinierend! Wann immer Freddy sich schlecht fühlte oder er wegen irgendetwas furchtbar angespannt war, konzentrierte er sich auf die Welt der Wissenschaft und alles wurde besser. Toni und sein Therapeut, Dr. Mathews, hatten ihm das beigebracht. Denn wenn alles wieder besser wurde, war es weniger wahrscheinlich, dass Freddy … Dinge tat, die er nicht tun sollte.

Freddy ging den Korridor hinunter und kam sich ziemlich klein vor. Alle um ihn herum waren so groß … und alt. Aber Toni sagte Freddy immer wieder, dass diese Leute vielleicht körperlich groß sein mochten, dass Freddy außer seiner Klugheit aber noch etwas anderes besaß, was niemand von diesen Leuten hatte – er hatte seine Familie. Selbst wenn sie körperlich voneinander getrennt waren, selbst wenn sie sich stritten, selbst wenn sie sich gegenseitig mit Klagen wegen Urheber- und Markenrechtsverletzungen drohten, waren sie immer noch seine Familie. Und sie würden immer seine Familie bleiben.

Und genau deswegen ging Freddy mit hoch erhobenem Kopf durch die Menge, während Roy dicht hinter ihm folgte. Als sie draußen waren, klingelte Roys Telefon.

»Ja? Ja. Okay. Warte mal, Kleiner.«

Freddy blieb auf der dritten Stufe stehen und sah sich zu Roy um.

»Wir müssen hier warten. Ricky Lee kommt, um dich abzuholen.«

Freddy lächelte. »Okay!« Er mochte Ricky Lee. Sehr. Er war lustig und nett und brachte Toni zum Lachen. Ihr Dad nannte ihn seit einer Weile »diesen miesen Wolf«, aber Freddy ließ sich davon nicht täuschen. Er wusste, dass sein Dad Ricky Lee auch mochte. Er wollte es bloß nicht zugeben.

Roy schaute auf Freddy hinunter. »Soll ich den Rucksack für dich halten, Kleiner?«

Freddy schüttelte den Kopf und hielt sich an den Trägern fest. »Nein, danke.«

»Okay. Aber sag mir Bescheid, wenn er dir zu schwer wird.«

Roy blickte sich um und sah eine Traube von Mädchen ganz in der Nähe. Grinsend ging er zu ihnen, stellte sich vor und begann, sich mit ihnen zu unterhalten. Gelangweilt entfernte sich Freddy.

»Hey«, sagte Roy und schnappte sich Freddy auf der Mitte der Treppe. »Nicht davonlaufen.«

»Okay.«

Aber Roy unterhielt sich noch immer mit diesen Mädchen, und Freddy war noch immer gelangweilt. Er war es leid, einfach nur dazustehen, also ging er zu der Mauer, die das Gebäude umgab, und lehnte sich daran.

Während er wartete, sah er mehrere Schüler und den Lehrer

aus dem Kurs, den er gerade besucht hatte. Da er sich nicht schon wieder mit ihnen auseinandersetzen wollte, schob er sich um die Mauer herum, bis er sie von der anderen Seite beobachten konnte.

Diese Schüler hatten gelacht, als Freddy den Lehrer verbessert hatte. Dann hatten sie ihn angestarrt, als sie herausgefunden hatten, dass er recht gehabt hatte. Sie hatten ihn angestarrt, als sei er ein Freak.

Er war kein Freak! Toni fand, dass er klug und unglaublich war! Und Toni irrte sich nie. Niemals!

Er hasste die Schule.

»Hi«, sagte eine weibliche Stimme hinter ihm. Freddy schaute über seine Schulter. Sie war alt. Ungefähr in Tonis Alter. Aber wirklich hübsch mit ihren dunklen Haaren und leuchtenden Augen. Sie war auch sehr hübsch angezogen. Und sie hatte ein hübsches Lächeln.

»Hi«, grüßte Freddy zurück.

»Könntest du mir helfen?«

Freddy drehte sich zu ihr um. »Dir helfen?«

»Ich hab meinen Welpen verloren und hatte gehofft, dass …«

»*Fremde! Gefahr!*«, schrie Freddy, genau wie Toni es ihm beigebracht hatte. Nun, er erinnerte sich nicht mehr an die genauen Worte, die sie ihm beigebracht hatte, aber das Schreien genügte schon. »*Fremde! Gefahr!*«

Das hübsche Gesicht der Frau veränderte sich. Zuerst wirkte sie geschockt, dann wurde sie wütend und versuchte, ihn zu packen. Noch immer schreiend begann Freddy, mit den Armen herumzufuchteln und um sich zu treten.

Die Frau kreischte auf, als er sie mit voller Wucht am Knie traf, und er rannte wieder vor das Gebäude und schrie dabei die ganze Zeit: »*Fremde! Gefahr! Fremde! Gefahr!*«

Er sah sich nach Roy um, aber stattdessen sah Freddy, wie Toni auf ihn zugerannt kam. Er wusste, dass er bei ihr in Sicherheit sein würde und warf sich in ihre Arme. Sie hob ihn hoch, und Freddy schlang seine Arme um ihren Hals und seine Beine um ihre Taille und hielt sie ganz fest.

»Was ist passiert?«, fragte Toni und schüttelte ihn ein bisschen. »Was ist passiert?«

Freddy zeigte auf die Ecke des Gebäudes. »Eine Frau. Sie hat versucht, mich zu packen.«

Toni drückte ihn noch fester an sich, während Ricky Lee und Roy davonrannten. Ein weiterer Mann, der sich als Vic vorstellte und sagte, er sei hier, um Toni zu beschützen, stellte sich neben sie. Er sah gemein und bereit aus, Menschen wehzutun. Die Menge der älteren Schüler teilte sich, um ihnen Platz zu machen.

»Geht's dir gut?«, fragte Vic. Freddy wurde bewusst, dass der Mann gar nicht gemein war. Nicht so gemein, wie diese Frau es gewesen war. Er war nur besorgt. Freddys Dad war auch manchmal so. Zum Beispiel, als Cherise in Panik ausgebrochen war, weil bei ihnen zu Hause ein Opossum hinter einem Baum hervorgesprungen war und sie sich selbst ausgeknockt hatte, weil sie gegen einen anderen Baum gerannt war. Der Rest von ihnen hatte gelacht, aber Daddy hatte besorgt ausgesehen und Cherise und alle anderen angebrüllt. Irgendwann war Freddy klargeworden, dass er das nur tat, weil er sich Sorgen um sie machte. Sorgen, dass Cherise sich wehgetan hatte. Und genauso sah Vic jetzt auch aus.

Und obwohl Freddy nun wusste, dass Vic sie beschützen würde und dass er auch groß und stark genug war, um das zu tun, spielte es eigentlich keine Rolle. Nicht für Freddy. Nicht, wenn er sich an seiner Schwester festhielt und zweifelsfrei wusste, dass er in Sicherheit war.

Denn bei Toni, das wusste Freddy, war er immer in Sicherheit.

Ricky stürmte um die Hausecke und erhaschte einen letzten Blick auf ein langes Bein, wenige Sekunden, bevor es auf der Beifahrerseite eines Autos verschwand und sich die Tür hinter ihm schloss.

»Bleib bei Toni!«, befahl er Roy.

»Warte …«

»Tu's einfach!«

Ricky Lee rannte dem Wagen nach und wich den Fahrzeugen wütender New Yorker aus, als er die Straße überquerte, weil der Wagen um eine Ecke bog.

Das Auto bog noch einmal ab, und Ricky folgte ihm weiter, stieß mehrere Leute aus dem Weg und ignorierte die unschönen Dinge, die sie ihm hinterherbrüllten. Der Wagen zweigte noch mehrere Male ab, bis er in einer Gasse stehen blieb.

Er stand einfach nur da, mit laufendem Motor. Ricky bewegte sich ganz langsam vorwärts und schlich sich an das Fahrzeug heran, bis er durch die Fenster sehen konnte. Es war ein Mercedes, ein ganz neues Modell. Wirklich schön, und mit getönten Fensterscheiben. Ricky lehnte sich näher und wollte gerade seine Nase in die Spalte zwischen dem Fenster und der Tür drücken, um zu sehen, ob er im Inneren jemanden riechen konnte. Er hielt jedoch inne, bevor seine Nase das Auto berührte, als sich der kalte Lauf einer Pistole in seinen Nacken presste.

»Du bist wirklich schnell, Junge«, sagte eine männliche Stimme hinter ihm.

Um zu beweisen, dass der Mann damit absolut recht hatte, drehte sich Ricky blitzschnell um, packte den Typen mit einer Hand am Handgelenk und rammte seine freie Hand gegen den Ellbogen des Mannes.

Der Knochen brach und riss die Haut des Mannes auf, bohrte sich hindurch und ragte aus seinem Arm.

Der Mann schrie auf, und Ricky knallte ihm eine Hand auf den Mund und warf ihn gegen die Wand.

»Lass ihn los.« Eine Frau. Und noch eine Pistole.

Dann sah er noch eine, und eine männliche Stimme befahl: »Sofort.«

Ricky wusste, dass er nur eine Chance hatte. Wenn er die versaute, dann würde er diese Gasse nicht lebend verlassen. Da er bereits Pläne fürs Wochenende hatte, beschloss er, dass ihm dieser Gedanke nicht sonderlich gefiel.

Also bewegte er sich erneut blitzschnell, riss dem Mann auch seinen restlichen Arm ab und schlug der Frau damit ins Gesicht. Sie kreischte auf und krümmte sich zusammen, als ihr das Blut die Sicht nahm. Dann warf Ricky den schreienden Mann auf den anderen Typen, sprang auf einen Müllcontainer, griff nach der untersten Sprosse einer Feuerleiter und kletterte daran hinauf.

Als er bereits auf dem Dach stand, versuchte die Frau noch immer, sich das ganze Blut aus dem Gesicht zu wischen, während der Mann versuchte, Ricky zu finden. Er schaute nicht nach oben, weil es ihm nie in den Sinn gekommen wäre, dass irgendjemand so schnell über die Leiter aufs Dach gelangen könnte. Diese Leute waren sich auf keinen Fall darüber im Klaren, dass sie es mit Gestaltwandlern zu tun hatten. Aber sie gehörten definitiv zur Regierung. Zu welcher Regierung wusste Ricky nicht. Noch nicht.

Ricky wartete ab, bis die beiden den nun einarmigen Mann auf dem Rücksitz verstaut hatten. Die Frau setzte sich zu ihm und rief dem Mann zu, dass sie ihn ins Krankenhaus bringen mussten. Ricky hatte jedoch das Gefühl, dass der andere Mann nicht die Absicht hatte, sich diese Mühe zu machen, als er den Arm seines Partners achtlos auf den Vordersitz schmiss, so als werfe er einen alten Wäschesack in den Wagen.

Das Auto fuhr aus der Gasse und raste davon, und Ricky holte sein Telefon aus der Gesäßtasche seiner Jeans. Sein ältester Bruder ging sofort dran.

»Was ist los?«, begrüßte Rory ihn.

»Spür Dee-Ann für mich auf.«

Es folgte eine lange Pause, und dann erwiderte Rory seufzend: »Tja, das ist nie ein guter Anfang für eine Unterhaltung.«

Nein. Das war es ganz sicher nicht.

Als Ricky wieder zu seinem Wagen zurückkehrte, hielt Toni noch immer ihren Bruder auf dem Arm, flankiert von Vic und Roy, die die Vollmenschen-Schüler und -Lehrer verscheuchten, obwohl sie keine Bedrohung darstellten. Sie waren einfach nur sie selbst. Ricky erkannte, dass die Vollmenschen gerne geholfen hätten. Aber das taten sie nicht, und er wusste auch, warum. Sie hatten viel mehr Angst vor dem Raubtier-Weibchen, das das Kind auf dem Arm hielt, als vor den viel größeren und furchteinflößender aussehenden Raubtieren, die neben ihm standen. Denn im Augenblick betrachtete Antonella Jean-Louis Parker *jeden* als Bedrohung – und es gab nichts Tödlicheres als ein Raubtier-Weibchen, das glaubte, einer der seinen sei in Gefahr.

Ricky stellte sich vor Toni, um die Vollmenschen ringsum von ihren bösen Blicken abzuschirmen. »Warum setzt du ihn nicht in den Wagen, Schätzchen?«

»Du hast keinen Kindersitz.«

Irgendetwas sagte ihm, dass es auch keine Rolle gespielt hätte, wenn er einen gehabt hätte – sie wollte ihren Bruder nicht loslassen.

Sie hatte ihr Telefon in einer Hand und hielt es hoch. »Ich hab nicht den Notruf gewählt. Aber das sollte ich, oder? Ich sollte irgendwas tun.«

»Wir brauchen keine Polizei.« Er streckte seine Hände nach Freddy aus, aber Toni hielt ihn nur noch fester.

»Es ist schon gut. Gib ihn mir.«

Nach einer Weile ließ sie den Jungen los, und Ricky nahm ihr Freddy ab.

»Ich will meine Mommy.«

»Ich weiß. Und wir bringen dich jetzt gleich nach Hause.« Ricky öffnete die hintere Tür seines Wagens und setzte ihn auf den Rücksitz. Während er Freddy anschnallte, sagte er: »Du warst wirklich schlau, Freddy. Wie du die Situation gemeistert hast. Du solltest wirklich stolz auf dich sein.«

Der kleine Junge lächelte tapfer. »Toni hat mir beigebracht, was ich machen muss.«

»Und du hast auf sie gehört. Guter Junge. Vic hier wird hinten neben dir sitzen.« Er lehnte sich näher zu Freddy und flüsterte: »Bitte ihn, dir seine Krallen zu zeigen. Die sind *riesig.*«

»Ehrlich?«

»Jap. Ist es nicht so, Vic?«

»Gigantisch.« Vic setzte sich neben Freddy in den Geländewagen. »Willst du mal sehen?«

»Ja!«

Ricky schloss die Tür und ging zu Toni zurück. Sie stand gegen den Wagen gelehnt. Ihr ganzer Körper war angespannt und bereit, zuzuschlagen wie eine Kobra.

»Wir werden uns darum kümmern«, versprach Ricky ihr.

»Das waren sie, oder? Die, die auch in unserem Haus waren.«

Ricky nickte. »Die Gerüche haben gepasst, ja.«

»Regierung?«

»Wahrscheinlich. Aber ich glaube nicht, dass sie hinter Freddy her waren, weil er ist, was er ist. Sie wussten gar nicht, was das ist.«

»Wenn wir nicht auf ihn aufgepasst hätten, Ricky …«

»Haben wir aber. Und er ist in Sicherheit. Und wir werden dafür sorgen, dass er auch weiterhin in Sicherheit ist. Lass ihn uns nach Hause bringen.«

»Und was dann?«

Er nahm ihre Hand und hielt sie ganz fest. »Dann werden sie dafür bezahlen.«

Kapitel 30

Als sie das Haus erreichten, saß Dee-Ann bereits auf dem steinernen Geländer, ihre langen Beine vor sich ausgestreckt. Toni nahm an, dass sie in ihrer uralten Jeans, ihrem verwaschenen Led-Zeppelin-T-Shirt und ihrer schwarzen Baseballkappe ohne Logo auf Passanten ziemlich harmlos wirkte.

Aber Toni wusste es besser. Sie wusste, dass eine Dee-Ann, die einfach nur dasaß und wartete, zu den gefährlichsten Dingen der Welt gehörte.

Mit Freddy auf dem Arm ging Toni die Treppe hinauf. Sie blieb neben Dee-Ann stehen, und die Wölfin zupfte Freddy am T-Shirt. »Hey, kleiner Mann.«

»Hi, Dee-Ann.«

»Hab gehört, dass du heute richtig mutig warst.«

»Mutig?«

»Ja.« Dee lehnte sich zu ihm und flüsterte: »Ricky Lee Reed sagt das nicht einfach über jeden, weißt du? Deshalb musst du unglaublich gewesen sein.«

Ein wenig verlegen und überwältigt lächelte Freddy sie an und vergrub sein Gesicht in Tonis Hals.

»Bring ihn schon rein«, schlug Dee-Ann vor. »Ich komm mit den Jungs auch gleich nach.«

Toni nickte und ging weiter die Treppe hinauf. Als sie die oberste Stufe erreichte, ging die Haustür auf und ihre Mutter stand vor ihr. Sie hatte geweint, aber sie versuchte, es zu verbergen. Sie breitete die Arme aus, und Toni übergab ihr Freddy. Jackie hielt ihren Sohn mit einem Arm fest, streckte den anderen nach Toni aus und drückte ihre Tochter ganz fest an sich.

»Es wird alles gut, Mom«, versicherte Toni ihr. »Es wird alles gut.«

Die Haustür fiel ins Schloss, und Dee drehte sich zu Ricky Lee um.

»Da klebt Blut an dir.«

Er schaute an sich hinunter. »Oh. Ja.«

»Muss irgendwas aufgeräumt werden?«

»Sie haben ihn mitgenommen. Er hat noch gelebt, als ich ihn das letzte Mal gesehen hab, aber ich bezweifle, dass er durchhalten wird, wenn sie ihn nicht ins Krankenhaus bringen. Und irgendwas sagt mir, dass sie das nicht tun werden.«

»Warum sollten sie den Jungen wollen?«, fragte sie.

»Ich weiß es nicht. Ich war mir ganz sicher, dass sie es auf Irene abgesehen hatten.«

»Wollten sie ihn als Druckmittel benutzen?«

»Vielleicht.«

»Aber das klingt auch nicht richtig, oder?«

»Nein. Der Junge ist auch ganz allein brillant, Dee. Wir haben ihn von einem Kurs an der Uni abgeholt. Er ist sieben. Als wir zurückgefahren sind, meinte er, der Lehrer hasst ihn, weil er dauernd seine Gleichungen verbessert oder so.«

Dee schaute an Ricky vorbei und nickte dem großen Männchen zu, das hinter ihm stand. »Barinov.«

»Dee-Ann.«

»Hast du irgendeine Idee?« Der Katzen-Bär zuckte mit den Schultern, was bedeutete, dass er eine hatte. Sie hasste es, wenn er so ausweichend war. Sie mochte zwar keine geschwätzigen Männer, aber auf schüchterne stand sie auch nicht besonders. Und genau das war sein Problem, auch wenn er es gut versteckte. »Sag es mir einfach, bevor ich mit meiner Geduld am Ende bin.«

»Wenn sie nur den Jungen wollten«, fragte Vic schließlich, »warum haben sie ihn sich dann nicht gleich am Anfang geschnappt? Warum sich zuerst die Mühe machen, ins Haus einzubrechen?« Er verschränkte die Arme vor seiner Brust. »Ich glaube nicht, dass sie wirklich den Jungen wollen.«

Dee dachte einen Moment darüber nach und rutschte dann vom Geländer.

»Wo gehst du denn hin?«, wollte Ricky wissen.

»Rausfinden, was sie gewollt haben könnten.«

Jackie wartete, bis Toni Freddy nach oben geschickt hatte, um seine Hausaufgaben zu machen, bevor sie mit den restlichen Kindern sprach. Sie wusste, dass sie das, was sie ihnen gleich sagen würde, nicht glücklich machen würde, aber das war eben Pech.

Sie ging ins Wohnzimmer. Außer den Zwillingen und Dennis warteten schon alle auf sie. Die drei waren noch in einem Alter, in dem sie einfach dort hingingen, wo man sie hinschickte. Aber der Rest der Bande …

Eine von ihnen fehlte natürlich. Delilah. Aber sie war in letzter Zeit ohnehin nicht oft zu Hause. Sie war jetzt achtzehn und wusste, dass ihre Eltern keine gesetzlichen Möglichkeiten mehr hatten, ihr zu sagen, dass sie nach Hause kommen sollte, und deshalb machte Jackie sich auch nicht die Mühe. Allerdings sorgte sie sich auch nicht im selben Maße um Delilah wie sie sich um die anderen sorgte. Das musste sie einfach nicht.

»Was ist denn los, Mom?«, fragte Oriana. Sie hatte mehrere Paar Spitzenschuhe vor sich ausgebreitet und nähte die Bänder wieder an, die sie um ihre Knöchel schlang. »Du weinst ja. Tante Irene versucht, Onkel Van zu erreichen. Und in unserem Haus scheinen sich auch immer mehr Hinterwäldler-Wölfe rumzutreiben.«

»Hey«, warnte Toni sie und stellte sich neben Jackie. »Sei nett.«

»Was denn? Nur weil du mit einem Hinterwäldler gehst, müssen wir sie jetzt alle tolerieren, oder was?«

»Ja«, fauchte Toni ihre Schwester an. »Müsst ihr!«

»Hört auf, alle beide.« Jackie holte tief Luft und verkündete: »Wir fahren zurück nach Washington. Noch heute Nacht.«

Troy drehte sich zu Kyle um. »Was hast du jetzt wieder angestellt?«

»Halt die Klappe.«

»Kyle hat gar nichts angestellt«, ging Jackie dazwischen, bevor ein Streit ausbrechen konnte. »Es ist wegen Freddy.«

Oriana seufzte. »Oh, Gott. Was hat er denn jetzt abgefackelt?«

»Oder geklaut?«, warf Troy ein.

»Er hat nichts dergleichen getan. Mein Gott, was ist bloß mit euch los?«

Kyle schnaubte. »Vielleicht sollte sich hier einfach mal jemand darüber informieren, wie man verstörte Kinder großzieht.«

»Du bist nicht verstört, Kyle. Du bist verstörend.«

»Hört auf!«, befahl Toni. »Ihr alle. Ausnahmsweise geht es nicht nur um euch. Es geht um die Familie.«

»Wieso ist es unser Problem, dass Freddy irgendein Haus abgefackelt hat?«

»Er hat überhaupt nichts abgefackelt!«, brüllte Jackie.

Dankenswerterweise kam Toni dann endlich auf den Punkt. »Jemand hat heute versucht, Freddy zu entführen.«

»Was meinst du mit ›entführen‹?«, wollte Kyle wissen.

»Ich meine damit, dass sie sich deinen kleinen Bruder auf offener Straße schnappen wollten.«

»Warum das denn?«, fragte Troy. »Zur Sklavenarbeit in einem fremden Land?«

Toni schaute zu Jackie hinüber und dann wieder zu ihrem Bruder. *»Ernsthaft?«*

»Warum klingst du denn so schockiert? So was passiert doch andauernd. Und er ist ein kräftiger kleiner Junge und ziemlich ordentlich. Er würde einen guten Arbeiter in einem ausbeuterischen Betrieb abgeben.«

»Okay, hör auf.« Toni holte tief Luft und versuchte es erneut. »Wir gehen zurück nach Washington … aus Sicherheitsgründen.«

»Nein.«

Jackie wünschte sich, dieses Nein wäre von einem der Kinder gekommen, die vor ihr saßen, weil sie das ohnehin erwartet hatte. Aber leider … war das nicht der Fall.

»Freddy«, begann sie, aber es war bereits zu spät. Ihr kleiner Junge hatte alles mit angehört.

Freddy stand unter dem Türbogen und schüttelte den Kopf. »Wir gehen hier nicht weg. Nicht wegen mir.«

»Freddy.« Toni versuchte, ihn zu beruhigen, und ging auf ihren Bruder zu. »Ich weiß, dass das schwer zu verstehen ist …«

»Ich bin nicht dumm!«

Als sich Oriana erhob, zuckte Jackie zusammen, aber dann sagte ihre Fünfzehnjährige: »Wir versuchen, dich zu beschützen. Hier geht es um die Familie, Fred. Um uns alle. Wir beschützen dich, und du beschützt uns. Auch wenn wir dich für einen untalentierten kleinen Mistkerl halten«, fügte sie hinzu und blickte zu Kyle hinüber.

Der sich mit: »Oder eine schwabbelige, überhebliche Hexe mit *mächtigen* psychischen Problemen bist« revanchierte.

Verwirrt fragte Freddy: »Ihr seid nicht böse? Wenn wir zurückgehen? Ich meine … ihr habt doch alle eure Kurse und so, die ihr besuchen wollt.« Er zeigte auf die Wand, die mit riesigen Klebezetteln mit Novikovs sorgfältiger Handschrift bedeckt war. »Unsere Zeitpläne.«

»Unser Talent geht dorthin, wo wir auch hingehen«, sagte Oriana, und es gelang ihr, dabei gleichzeitig liebevoll und eingebildet zu klingen. Auch diese Gabe besaß sie. »Das gilt zumindest für diejenigen von uns, die ein Talent haben. Um ganz ehrlich zu sein, bin ich nicht schockiert darüber, dass jemand versucht hat, dich zu entführen. Immerhin bist du ein Jean-Louis Parker. Wir werden immer sehr nachgefragt sein. Stimmt's, Mom?«

»Äh … ja. Stimmt genau.«

»Außerdem«, fügte Oriana hinzu, »ist es immer noch besser, zurückzugehen, als dass sie dich tatsächlich entführt hätten. Weil wir dann nämlich trauern oder unsere ganze Zeit damit verschwenden müssten, nach dir zu suchen.«

»Wow.« Troy seufzte. »Daran hab ich noch gar nicht gedacht. Was für ein Albtraum!«

»Eben.«

Toni stemmte die Hände in die Hüften. »Oriana … *ernsthaft*?«

»Was denn? Ich will mit siebzehn beim Royal Ballet tanzen.

Und das schaffe ich nicht, wenn ich damit beschäftigt bin, Milchtüten mit Freddys Gesicht darauf zu verteilen.«

»Oh, mein Gott!«

»Antonella«, ging Jackie dazwischen und schüttelte flüchtig den Kopf, »arbeiten wir einfach mit dem, was wir haben.«

»Narzisstischen Kindern?«

»Ja!«, sagte sie zu ihrer ältesten Tochter. »Genau die haben wir. Also komm damit klar.«

»Toni«, fragte Troy, »kommst du auch mit uns?«

»Nein«, antwortete Oriana.

»Woher zur Hölle willst du das denn wissen?«, fragte Toni.

»Weil du endlich etwas gefunden hast, worin du gut bist. Und, was noch wichtiger ist, es macht dir Spaß, dass du gut darin bist. Das kannst du nicht einfach so aufgeben.«

»Und das weißt du, weil …?«

»Weil du schon den ganzen Tag Blumen und Geschenkkörbe von allen möglichen Leuten kriegst. Die Blumen haben wir im ganzen Haus auf Tischen verteilt, aber die Löwen aus dem Sicherheitsteam haben das Fleisch aus den Geschenkkörben gegessen, und die Bären-Sicherheitsleute das ganze Obst. Ich muss zugeben, dass ich mir nicht sicher bin, dass diese Sicherheitsfirma ihre Leute ausreichend bezahlt, weil sie wirklich ziemlich hungrig zu sein scheinen.«

»Die Idiotin hat recht«, teilte Kyle Toni mit. »Auch wenn ich immer geplant hatte, dich zu meiner persönlichen Assistentin und Geschäftsführerin zu machen … dauert es noch ein paar Jahre, bis ich dich Vollzeit brauche. Es ist am besten, wenn du dich in anderen Bereichen ein bisschen fortbildest, bevor ich dich in mein Team hole.«

»Gott«, erwiderte Toni trocken. »Danke, Kyle.«

Er lächelte. »Gern geschehen.«

»Hört mal«, sagte Toni, »darüber können wir uns später noch Gedanken machen. Im Moment habe ich immer noch vor, mit euch zurück nach Hause zu fahren. Und jetzt alle Mann nach oben. Packen!«

»Ihr müsst Umzugshelfer bestellen, um meinen Marmor zu transportieren«, sagte Kyle.

»Können wir dir nicht neuen Marmor kaufen, wenn wir wieder zu Hause sind?«

»Aber ich hab schon angefangen!«

»Kyle!«

Jackie packte Kyle an den Schultern und drehte ihn zur Tür. »Wir werden das später mit deinem Vater besprechen. Und jetzt … geh packen.«

Während die anderen Kinder das Zimmer verließen, gingen Jackie und Toni vor Freddy in die Hocke.

»Geht's dir gut?«, fragte Toni ihn.

»Ich dachte, sie wären alle sauer auf mich.«

»Nee, nicht wegen so was.« Toni küsste ihren Bruder auf die Wange. »Und jetzt geh nach oben und pack. Ich versuche, noch für heute Abend einen Flug für uns zu finden. Aber falls das nicht klappt, dann spätestens für morgen früh, also halt dich bereit. Okay?«

»Okay!« Er umarmte erst Toni und dann Jackie, bevor er aus dem Zimmer und die Treppe hinaufrannte.

Toni wartete, bis sie seine kleinen Füße im ersten Stock hörte, bevor sie sagte: »Ich mache für übermorgen einen Termin mit seinem Therapeuten aus und entferne sämtliche Streichhölzer aus dem Haus.«

»Großartig. Danke, mein Schatz.«

Toni lächelte und fühlte sich wie immer wohl in der Rolle als Beschützerin ihrer Geschwister.

Freddy packte seinen Koffer und legte gerade sorgfältig sein Batman-T-Shirt zusammen, als Delilah plötzlich auf seinem Bett saß.

»Hi, Del«, sagte er und lächelte seine Schwester an.

»Hi, Freddy.«

»Wo warst du denn?«

»Mit Freunden aus.«

»Hast du's schon gehört?«

»Hab ich.« Delilah lehnte sich zu ihm und lächelte. »Tatsächlich hat Toni mich geschickt.«

Freddy verstand nicht. »Dich geschickt?«

»Ja. Sie will, dass ich dich von hier wegbringe.«

»Nein. Ich gehe mit der Familie.«

»Oh, Süßer. Sie will nicht, dass du sie auch noch in Gefahr bringst.«

»Aber sie haben gesagt ...«

»Sie wollten nur nett sein. Für Mom. Aber du willst doch auch das tun, was das Beste für die Familie ist, oder?«

»Natürlich will ich das.«

Sie lächelte. »Dann komm mit mir. Ich bringe dich an einen sicheren Ort.«

»Nur wir beide?«

»Fürs Erste. Aber mach dir keine Sorgen. Du wirst bald wieder bei der Familie sein. Aber du möchtest sie doch keinem Risiko aussetzen, oder? Wenn ihnen etwas passieren würde, würdest du dich dann nicht schrecklich fühlen?«

Es war das erste Mal, dass Freddy sich je so gefühlt hatte. Es kam plötzlich über ihn, legte sich über ihn wie eine Decke. Und er wusste auch, welches Wort Toni dafür benutzt hätte ... instinktiv. Er wusste *instinktiv*, dass Delilah ihn anlog. Ihn die ganze Zeit angelogen hatte. Ihn auch in diesem Moment anlog.

»Freddy?«

»Was willst du wirklich, Del?«, fragte er sie.

»Wo ist dieses Notizbuch Freddy? Dieses blaue Spiralheft, das du in deinem Rucksack versteckt hattest?«

»Ich hab's nicht mehr.«

»Du lügst, Freddy.«

Er schüttelte den Kopf. Er hatte zwar gelogen, aber er wusste auch, dass es falsch gewesen wäre, es Del zu geben. Es wäre ... gefährlich. »Ich werd's dir nicht sagen.«

»Aber du weißt auswendig, was in dem Buch steht, oder? Du kannst ganz genau aufschreiben, was darin steht, stimmt's?«

Toni hatte ihm immer gesagt, dass er seinen Instinkten vertrauen sollte, und Freddy wusste, was sein Instinkt ihm zu sagen versuchte. Er sagte ihm, dass er davonlaufen sollte.

Freddy drehte sich um und rannte zur Tür. Seine Hand lag auf dem Türknauf, als Delilah ihn von hinten schnappte und etwas auf sein Gesicht drückte, das seltsam roch.

Er versuchte, sich zu wehren, aber …

Oriana war im Garten hinter dem Haus und hatte das Packen aufgeschoben, bis sie mit dem Brief an ihre Lieblingslehrerin fertig war. Sie wusste, wie wichtig es war, einen guten Eindruck zu hinterlassen. Vielleicht konnte sie es sich eines Tages leisten, auch außerhalb ihrer Familie die anspruchsvolle Diva zu spielen, aber bis dahin musste sie tun, was in ihrer Macht stand, um dafür zu sorgen, dass diejenigen, die für ihre Karriere von Nutzen sein konnten, sie in guter Erinnerung behielten. Und sich nicht nur daran erinnerten, was für eine unglaubliche Tänzerin sie war, sondern auch, wie leicht man mit ihr arbeiten konnte.

Während sie mit dem zweiten Absatz kämpfte, hörte sie, wie die Hintertür aufging. Sie machte sich jedoch erst die Mühe, den Kopf zu heben, als sie hörte, wie dieser Typ, Roy, jemanden mit den Worten »Hallo, Herzchen« begrüßte.

Da sie sich Sorgen machte, dass er Cherise anbaggerte – die mit diesem Druck weiß Gott nicht fertiggeworden wäre – blickte Oriana doch auf und sah, wie der große Idiot in die Küche trottete und die Tür hinter sich schloss. Dann hörte sie, wie sich das Gartentor öffnete und richtete ihren Blick darauf. Aber es war nicht Cherise – es war Delilah, für die sich Oriana unmöglich noch weniger hätte interessieren können. Dann erkannte Oriana jedoch, dass ihre Schwester einen ohnmächtigen Freddy in den Armen hielt …

Oriana wusste, dass er bewusstlos war, weil der arme kleine Freddy so gut wie niemals schlief. Schon gar nicht um neun Uhr abends. Sie sprang von der Bank auf, rannte ihrer Schwester hinterher, stützte sich mit den Händen auf dem Gartentor ab und machte einen Handstandüberschlag darüber, weil sie sich nicht damit aufhalten wollte, es zu öffnen. Als sie wieder auf den Füßen landete, warf sie sich auf Dels Rücken und rammte ihren Körper mit voller Wucht gegen sie.

Aber Delilah war überraschend stark. Sie stolperte nur ein wenig, stürzte jedoch nicht. Stattdessen drehte sie sich um, stieß Oriana weg und ging weiter auf ein Auto zu, das mit laufendem Motor auf der Straße wartete.

Oriana stürmte ihr wieder nach. »Gib ihn mir!«, befahl sie ihrer Schwester.

Del hielt Freddy mit einem Arm fest, packte Oriana am Hinterkopf, drehte sie herum und rammte mit dem Schwung aus der Bewegung ihr Gesicht gegen die Hauswand.

Und das war so ziemlich das Letzte, woran sich Oriana erinnerte.

Kyle sah, wie Oriana losrannte und über das Gartentor verschwand. Er kannte seine Schwester. Oriana rannte nicht. Sie joggte nicht. Und sie machte auch definitiv keinen Handstandüberschlag über zwei Meter hohe Zäune – es sei denn, sie hatte keine andere Wahl. Er sah Troy an – sie waren nach draußen gekommen, um in aller Ruhe über … irgendetwas zu streiten, an das er sich nun nicht mehr erinnern konnte – und rannte seiner Schwester hinterher. Im Gegensatz zu Oriana musste er anhalten, um das Tor zu öffnen, aber als er hindurchgerannt war, sah er, wie Delilah Oriana gegen die Hauswand rammte. Hart. Er hörte etwas zerbrechen. Und sah selbst in der Dunkelheit, wie das Blut spritzte.

»Nein!«

Kyle rannte zu seiner Schwester und schlidderte neben ihr auf die Knie. Troy stürmte an ihnen vorbei, um Delilah zu verfolgen, die in den wartenden Wagen stieg und mit Freddy davonfuhr.

Troy brüllte dem Wagen nach und schrie einfach nur Freddys Namen.

Als Kyle Oriana nicht aufwecken konnte, legte er den Kopf in den Nacken und stieß ein jaulendes Heulen aus, bis sich sämtliche Erwachsene aus der ganzen Straße um ihn scharten.

Kapitel 31

Chuck Roberts verließ sein Büro in der Kirche und ging zur Hintertür. Jemand klopfte schon seit einer ganzen Weile, und er hatte beschlossen, es zu ignorieren, so lange er konnte. Die restlichen Kirchenmitglieder waren auf die Farm umgesiedelt, aber Chuck war zurückgeblieben, weil er sich weigerte, auf diesen Betrug hereinzufallen. Er wusste es besser.

Er und Chris waren schon seit Langem befreundet, und sie hatten Geld immer gemocht. Aber Chuck machte sich keinerlei Illusionen darüber, wer sie waren oder woher sie kamen. Chris hingegen hatte angefangen, diesen ganzen Mist zu glauben. An diesen Anbetungskram zu glauben. Verrückt.

Und trotzdem nützlich. Weil Chris so auf die Gläubigen fixiert war – besonders auf die jungen weiblichen –, bemerkte er gar nicht, dass Chuck Geld aus den Cayman-Konten abgezweigt und auf sein eigenes Konto in Genf transferiert hatte. Nur noch ein paar Tage, und Chuck würde von hier verschwinden und diesen ganzen Irrsinn weit hinter sich lassen.

Er öffnete die Tür nur einen Spaltbreit, um zu sehen, wer davor stand – viele Obdachlose kamen in die Kirche und baten um etwas zu essen oder um einen Platz zum Schlafen, und Chuck war definitiv nicht in der Stimmung, sich um so einen Mist zu kümmern – und sah eine wunderschöne dunkelhaarige Frau in einer engen Jeans und einem T-Shirt mit V-Ausschnitt. Sie lächelte ihn an.

»Hi«, schnurrte sie förmlich.

»Hi.« Chuck konnte nicht anders und machte die Tür ganz auf. »Kann ich dir helfen?«

Sie neigte den Kopf zur Seite, und ihre Augen reflektierten das Licht der Straßenlaterne. Wie die einer Katze.

Ohne nachzudenken, aber von kläglicher Angst erfasst, griff

Chuck nach der Tür, um sie der Frau wieder vor der Nase zuzuknallen, aber eine Hand grub sich von hinten in sein Haar, während jemand ein Messer an seine Kehle drückte.

»Hallo, Schätzchen«, knurrte eine andere Frauenstimme in sein Ohr. »Es macht dir doch nichts aus, oder? Aber ich und Malone hier haben ein paar Fragen an dich.«

Die, von der er annahm, dass sie Malone war, ging in die Kirche und knallte die Tür mit ihrem Fuß zu. Sie lächelte wieder, und Chuck hätte schwören können, dass er Reißzähne gesehen hatte.

»Komm schon. Gehen wir irgendwo hin, wo wir uns unterhalten können.«

Dann zerrte ihn die Frau, die ihn festhielt und die so verdammt stark war, den Flur hinunter, und Chuck wusste, dass diese Sache unmöglich gut ausgehen konnte.

»Ein Notizbuch?« Toni schüttelte den Kopf, als sie Dee-Anns Worte hörte. »Was für ein Notizbuch?«

»Keine Ahnung.«

»Wenn alles, was Delilah wollte, ein Notizbuch war, warum hat sie es sich dann nicht einfach genommen?«, fragte Cooper. »Sie musste doch wissen, dass sie uns nur wütend macht, wenn sie Freddy verschleppt.«

»Ich kann mir nur vorstellen, dass Freddy es aus irgendeinem Grund nicht hatte.«

»Wahrscheinlich hat er es versteckt«, sagte Oriana leise, während sie sich eine Tüte mit gefrorenen Erbsen an ihre geschwollene Stirn hielt. »Das macht er manchmal. Wie ein Labrador gräbt er ein Loch und legt irgendetwas rein, das ihm viel bedeutet.«

»Gut, aber es kann keins von seinen Notizbüchern sein«, meinte Toni. »Sein eigenes Zeug ist ihm nicht wichtig. Deshalb muss es etwas sein, dass er gestohlen hat …« Sie blickte über den Küchentisch zu Irene, aber die beste Freundin ihrer Mutter schüttelte sofort den Kopf.

»Ich vermisse nichts, und du weißt, dass es mir auffallen würde, sofern es nichts zu essen ist.« Dann wandte Irene jedoch plötzlich ihren Blick ab und legte eine Hand auf den Mund. »Oh, nein.«

»Was ist denn?«

»Ich glaube, ich weiß, wo das alles angefangen hat.« Sie stützte sich mit den Ellbogen auf dem Tisch ab und vergrub ihre Hände in ihrem Haar. »Miki.«

»Kendrick?« Irenes Protegée und Freundin, die sie erst vor ein paar Wochen im Hotel besucht hatten. »Was ist denn mit …« Toni knallte sich beinahe eine Hand auf die Stirn. »Die Schachtel mit den Taschentüchern.«

»Die Schachtel mit den Taschentüchern.«

»Er hatte eine Schachtel Taschentücher geklaut?«, fragte Cella.

»Nein. Aber er war für eine Weile allein in Mikis Zimmer. Er liebt sie. Gut möglich, dass er eins von ihren Notizbüchern geklaut hat. Das ist seine Art, sie in seiner Nähe zu haben. Das würde er Delilah niemals geben.«

»Und deshalb hat sie ihn entführt?«, fragte Ricky.

»Er hat ein fotografisches Gedächtnis. Wenn sie das Notizbuch nicht kriegen konnte, dann ist es genauso gut, ihn mitzunehmen.«

Dee-Ann stand, zu ihrer vollen Größe aufgerichtet, neben Cella, verschränkte die Arme vor der Brust und sah Toni an. »Was sollen wir machen?«

Toni zögerte nicht. »Ich will, dass ihr herausfindet, an wen sie diese Informationen verkaufen will. Ich glaube, sie wollten Del umgehen und sind deshalb in unser Haus eingebrochen und haben anschließend versucht, Freddy zu entführen.« Sie strich sich die Haare aus den Augen. »Dee-Ann, ich will, dass du rausfindest, wer dahintersteckt, und dich darum kümmerst.«

»Und du?«

»Was glaubst du wohl? Meine Mutter ist oben und schluchzt. Mein Vater versucht, die jüngeren Kinder zu beruhigen.« Sie deutete auf ihre fünfzehnjährige Schwester. »Sie hat Oriana den Schädel gespalten.« Toni schaffte es kaum, ein Knurren zu unterdrücken, als sie sah, wie furchtbar geschwollen das Gesicht der armen Oriana war. »Ich werde meinen Bruder zurückholen.«

Ricky machte sich nicht die Mühe, mit Toni zu streiten. Das hatte keinen Sinn. Stattdessen wandte er sich an Vic. »Was hast du?«

»Wir haben das Nummernschild, das Troy gesehen hat, zu einer Farm weiter nördlich zurückverfolgt. Ich hab ein bisschen gegraben. Sie gehört der Kirche.«

»Gut.« Ricky konzentrierte sich auf seine Brüder. »Reece, ich will, dass du hier bleibst. Ich will, dass hier alles dicht bleibt, bis du wieder von mir hörst.«

»Wird erledigt«, sagte Reece, stand auf und verließ das Zimmer.

»Rory, du kommst mit mir.«

»Jap.«

»Ihr kümmert euch darum«, sagte Dee-Ann. »Nehmt Barinov und Malone mit.«

»Brauchst du denn nicht auch Verstärkung, Dee-Ann?«, fragte Oriana, die seit ihrem Schlag auf den Kopf erstaunlich freundlich klang.

»Bist du nicht ein entzückendes kleines Ding?«

»Nein«, antwortete Oriana aufrichtig. »Nicht wirklich.«

Dee schnaubte und ging aus dem Zimmer. »Seid vorsichtig«, befahl sie den anderen, bevor sie verschwand.

Toni erhob sich. »Irene ...«

»Ich kümmere mich um deine Mutter. Bring du ... das einfach wieder in Ordnung, Antonella. Bring es in Ordnung.«

»Das werde ich.«

Ja. Ricky zweifelte keine Sekunde daran.

Kapitel 32

Dee-Ann brachte den Mietwagen in der Einfahrt zum Stehen, in sicherer Entfernung zur Villa. Sie schaute durch die Windschutzscheibe und stieß einen kurzen Pfiff aus. Für einen Haufen abgewrackter Biker ohne Klasse – die Worte ihres Daddys – musste das Magnus-Rudel irgendwo eine schöne Stange Geld versteckt haben, um in Nordkalifornien so gut leben zu können.

Dee-Ann machte die Fahrertür auf, stieg aus dem Wagen auf den Kiesweg und stellte sich vor das Fahrzeug. Sie stand einfach nur da und wartete. Sie klingelte nicht an der Tür. Sie heulte nicht, um Aufmerksamkeit zu erregen. Denn genau so verhielt sich ein Gestaltwandler-Wolf, wenn er in das Territorium eines anderen Gestaltwandler-Wolfs eindrang.

Dee hatte schon gut zwanzig Minuten so dagestanden, als sie das Dröhnen von Motoren hinter sich hörte. Sie blickte sich um und sah mehrere aufgemotzte Motorräder die geschwungene Einfahrt herauffahren. Sie fuhren an ihrem Wagen vorbei und hielten ein Stück entfernt von ihr an. Die Wölfe stiegen von ihren Motorrädern, nahmen ihre Helme ab und gingen ins Haus. Nur einer von ihnen, ein Weibchen, blieb stehen und sah Dee an. Sie sah sie an, sagte jedoch nichts, und schließlich verschwand auch sie im Haus und schloss die Tür hinter sich.

Es dauerte weitere fünf Minuten, bevor die Haustür wieder aufflog und ein Weibchen, das nur ein T-Shirt der Dallas Cowboys und ein Gewehr bei sich trug, herausmarschierte. Jap, das konnte nur Sara Morrighan sein, Alphaweibchen des Magnus-Rudels und völlig durchgeknallte Schlampe – wenn man die Anführer der Rudel, Meuten und Clans fragte, die irgendwann das Pech gehabt hatten, sie kennenzulernen.

Während die Wölfin auf Dee zustürmte, entsicherte sie das Gewehr in ihren Händen. Dee fragte sich ernsthaft, ob das irrsinnige Weib einen fremden Wolf einfach so abknallen würde oder ob sie nur eine Show abzog.

Eine Latina, die Dee bekannt vorkam und die ein sehr knappes Negligé trug, rannte hinter der wütenden Wölfin her und schnappte sich das Gewehr. Die beiden Weibchen rangen um die Waffe, bis die Latina ihren Fuß gegen Morrighans Knie rammte.

»Au! Du Hure!«

Die Latina riss ihrer Freundin das Gewehr aus der Hand, wich vor ihr zurück und knurrte: »Ich dachte, wir hätten darüber gesprochen? Keine Schießereien ohne offensichtliche Anzeichen für aggressives Verhalten.«

»Allein ihre Anwesenheit auf meinem Territorium ist aggressives Verhalten!«

»Das stand *nicht* auf Mikis Liste!«

Und dann stolperte Miki aus der Haustür und schützte ihre Augen sofort mit der Hand gegen das Licht der frühen Morgensonne.

»Was zur Hölle ist hier los?«, fragte die kleine Vollmenschen-Frau ihre Freundinnen.

»Sara hat schon wieder versucht, Fremde zu erschießen.«

»Anzeichen für aggressives Verhalten!«

Miki betrachtete Dee mit eng zusammengekniffenen Augen und fragte: »Hey … kenn ich dich nicht?«

»Dee-Ann Smith.« Miki runzelte bei der Antwort die Stirn. »Gefährtin von Ric Van Holtz?« Das verwirrte Stirnrunzeln wurde noch tiefer. »Wir kennen uns über Irene Conridge?«

»Na ja … ich kenne Irene.«

»Wie«, wollte Morrighan wissen, »kannst du ein fotografisches Gedächtnis haben, dich aber nicht an Leute erinnern?«

»Ist das eine Fangfrage?«

Die Latina betrachtete Dee von oben bis unten. »Hab ich dir nicht mal geholfen, ein Kleid auszusuchen?«

Mit weit aufgerissenen Augen starrten die beiden anderen Frauen Dee an.

Genervt fauchte Dee: »Ich hab im Laufe der Jahre durchaus mal das eine oder andere Kleid getragen.«

Morrighan zuckte zusammen. »Mit *den* Schultern?«

Miki hatte ihre ganze Tasche auf den Kopf gestellt, aber das Notizbuch war weg. Weg. Und sie hatte es noch nicht einmal bemerkt.

»Und?«, drängte Angelina.

Miki atmete langsam aus und drehte sich zu ihren Freundinnen und der Wölfin um, an die sie sich eigentlich erinnern sollte, es aber nicht konnte. »Ich … äh …«

»Miki.«

»Okay. Mrs. Schwimmerkreuz hat recht …«

»Hey«, beschwerte sich die Wölfin sofort über den Spitznamen.

»… eins meiner Notizbücher ist weg.«

»Was ist denn so besonders an dem Notizbuch?«, wollte Sara wissen. Als Miki nur aus dem Fenster schaute und versuchte, die richtige Antwort auf diese Frage zu finden, warfen ihre Freundinnen die Hände in die Luft und sagten: »Oh, Miki! Nein! Nicht schon wieder!«

»Wisst ihr, diesen anklagenden Tonfall kann ich jetzt wirklich nicht gebrauchen, ihr blöden Zicken.«

»Warum hat überhaupt eins deiner Notizbücher, die das Ende der Welt bedeuten können, dieses Haus mit dir verlassen?«

»Es würde nicht das Ende der Welt bedeuten, Angie. Ich meine … ganze Länder könnten zerstört werden, aber nicht die ganze Welt oder so. Ihr wisst schon, die Pflanzenwelt würde überleben. Und Autos.«

In dem Moment stürzte sich Angie auf Miki, und sie hatten kaum ein paar Ohrfeigen ausgeteilt, als Sara sich zwischen die beiden warf und sie voneinander trennte.

»Hört auf damit! Alle beide!«

»Warum gibst du mir denn die Schuld?«, fragte Angie. »Sie ist doch diejenige, die mit gefährlichen Waffen in ihrer zerlumpten Tasche rumrennt!«

»Nicht jeder ist bereit, mehr als fünfzig Mäuse für eine gottverdammte Tasche auszugeben, du geistfreie Schlampe!«

»Hört auf!«, befahl Sara. »Ich mein's ernst.«

»Und außerdem«, fügte Miki hinzu und tat, als würde sie sich wegen dieser ganzen Sache nicht schuldig fühlen, »woher hätte ich denn wissen sollen, dass Freddy meine Tasche durchwühlen und eins meiner Notizbücher klauen würde?«

»Oh, ich weiß auch nicht«, erwiderte Angie. »Vielleicht, weil der Junge – nach allem, was du uns erzählt hast – genauso ist wie *du*?«

»Aber warum würde er *mich* beklauen?« Miki versuchte verzweifelt, die Sache mit Vernunft zu betrachten. »Er liebt mich.«

»Was laut seiner Schwester«, warf Mrs. Schwimmerkreuz aus Breitrückenhaus ein, »genau der Grund dafür ist, dass er dich beklauen *würde*. Weil er etwas wollte, dass einem seiner liebsten Menschen gehört.«

»Oh.«

»Ja. Oh.«

»Die wichtigere Frage ist allerdings, wer dieses Notizbuch wollen könnte«, gab Sara zu bedenken.

»Jeder, der ein paar Länder zerstören will?«, schlug Angie freundlich vor. Diese Schlampe. Als Miki sie anfunkelte, fügte sie hinzu: »Sag mir, dass ich falsch liege!«

»Mir gefällt nur dein Tonfall nicht.«

»Und mir gefällt dein Gesicht nicht!«

»Bei Gott dem Allmächtigen!«, explodierte Sara. »Würdet ihr endlich aufhören?«

Alle vier verfielen in Schweigen, und Angie rieb sich die Stirn. Kurz darauf ging die Schlafzimmertür auf und Conall kam herein. Mikis großer Wolfsgefährte blieb stehen und ließ seinen Blick über die Frauen im Zimmer schweifen.

»Was ist denn hier los?«, fragte er, doch bevor Miki antworten konnte, schüttelte er den Kopf und sagte: »Wisst ihr was? Ich will's gar nicht wissen. Stattdessen frage ich lieber: Wo ist meine Tochter?«

»*Unsere* Tochter«, hatte Miki einmal mehr das Bedürfnis, ihn zu erinnern, da er diese Tatsache ständig zu vergessen schien, »sitzt an meinem Computer in meinem Büro.«

Conall starrte sie an. »Ernsthaft? Du lässt sie an den Computer, obwohl uns letzte Woche das FBI einen kleinen Besuch abgestattet und nach eigenartigen Computeraktivitäten zu den unmöglichsten Zeiten gefragt hat, zu denen du gar nicht in der Stadt warst? Die Computeraktivitäten, die mit dem Pentagon zu tun hatten?«

»Na ja …«

»Weißt du, was ich tun werde?«, fragte er ganz ruhig, aber Miki hörte schon wieder diesen *Tonfall.* »Ich führe unsere wunderschöne Tochter zum Frühstück aus, und während wir weg sind, setzt du dich an *deinen* Computer und bringst wieder in Ordnung, was immer zur Hölle sie getan hat, das uns alle in den Knast bringen könnte. Okay? Großartig. Ich liebe dich.« Er nickte den anderen Frauen zu. »Ladies.«

Die Tür schloss sich hinter ihm, und Angie sah Sara an, bevor beide Miki anschauten.

»Ja«, beantwortete sie die unausgesprochene Frage ihrer Freundinnen, »das könnte ich tun.«

»Was tun?«, fragte Mrs. Schwimmerkreuz. Sie machte einen Schritt zurück. »Was habt ihr denn vor?«

»Herausfinden, wer mein Notizbuch will. Das willst du doch wissen, oder?«

»Das ist furchtbar riskant, Schätzchen.«

Miki schaute Sara erneut an. Es war riskant, aber für Freddy war sie bereit, dieses Risiko einzugehen. Die Frage war allerdings, ob auch Sara bereit war, das Risiko einzugehen. Das hier war schließlich ihr Haus, ihr Rudel.

Nach einem kurzen Moment nickte Sara. »Tu es.«

»Was genau wirst du denn tun?«, fragte Schwimmerkreuz.

Miki stand auf. »Dasselbe, wofür ich fast ins Gefängnis gekommen wäre, als ich sechzehn war.«

Als die Wölfin sie nur anstarrte, schüttelte Miki den Kopf.

»Mach dir keine Sorgen. Solange ich mich nicht wieder in die Banken hacke und das Geld an meine ›Dungeons & Dragons‹-Freunde verteile … sollte die Zeit im Bundesgefängnis minimal sein.«

Die Wölfin seufzte. »Ihr Genietypen … so verdammt viel Arbeit. Ich weiß wirklich nicht, wie Toni das aushält.«

Kapitel 33

Sie fuhren alle zu einer Farm im Bundesstaat New York. Es war ein billiges Stück Land, das die Kirche gekauft hatte und auf das sie nun ihre Konvertiten schickten, wenn sie bereit für die nächste Ebene der Bewusstseinskontrolle waren.

Das Seltsame war nur, dass sie das kleine Tor nicht abschlossen oder den Zaun sicherten, der das Anwesen umgab, denn so konnte Ricky Lee ohne Mühe eindringen. Er parkte einfach seinen Geländewagen und folgte dem Weg. Während er weiterging, nickten die Kultmitglieder ihm zu und lächelten ihn an, hielten ihn jedoch nicht auf. Auch er lächelte jedem Einzelnen von ihnen zu, blieb aber nicht stehen. Er behielt sein relativ zügiges Tempo bei und sorgte dafür, so auszusehen, als wüsste er, wohin er ging. Die meisten Unterkünfte waren Hütten. Einstöckige Häuschen aus unfertigem Holz mit sporadisch platzierten Dixi-Klos. Es sah nicht ganz so schlimm aus wie bei der Manson-Bande damals, aber es war auch nicht viel besser.

Schließlich sah er jedoch ein großes, unfertiges Gebäude und wusste sofort, dass dort ihr »Prophet« untergebracht war, wie sie ihn nannten.

Und genau darauf steuerte Ricky zu. Er ging geradewegs die Stufen hinauf und ins Gebäude.

»Hey«, sagte er, als er an mehreren Mitgliedern vorbeikam, die an Laptops arbeiteten.

»Äh … Sir?«

Ricky ging weiter und blieb erst stehen, als er eine große Doppeltür erreichte. Er stieß sie auf, trat hindurch und schloss sie hinter sich wieder.

»Ah, hallo zusammen«, begrüßte er die drei Männer, die an dem langen Mahagonitisch standen.

Der Mann in der Mitte sah mit seiner abgenutzten Jeans, den

Sandalen, seinem zerzausten Haar, dem zottigen Bart und der goldenen Uhr, die wahrscheinlich um die zwanzigtausend gekostet hatte, genauso aus, wie man sich einen falschen Propheten vorstellte. Er lächelte leise.

»Wie geht's euch denn so?«, fragte Ricky.

»Du kommst, um den Jungen zu holen«, sagte der Prophet.

Ricky nickte. »Ich komme, um den Jungen zu holen.«

»Leider kann ich dir da nicht helfen.«

»Und diese Entscheidung wirst du noch bereuen.«

Der billige Holzzaun, der das Gelände des Kults umgab, stellte nicht gerade eine Herausforderung für Livy dar. Sie war schon von klein an darauf trainiert worden, alle möglichen Zäune, Mauern und bewaffneten Wachen zu überwinden bzw. zu umgehen – was auch immer zwischen ihr und dem liegen mochte, was sie wollte. Und trotzdem machte sich Livy keine Illusionen darüber, dass das hier einfach werden würde. Obwohl sie nicht mit Toni darüber gesprochen hatte, wusste Livy, dass Delilah nur Geld wollte. Jetzt, wo sie achtzehn war, würde sie ihr Leben nicht mehr damit verschwenden, die zweite Geige bei ihren Geschwistern zu spielen. Und sie würde auch nicht zulassen, dass Toni mit ihren brillanten Fähigkeiten in der Erstellung von Zeitplänen über sie bestimmte. Sie wollte ihre Freiheit, aber im Gegensatz zum Rest der Welt würde sie nicht *arbeiten*, um sich ihren teuren Lebenswandel leisten zu können. Deshalb hatte sie sich diesen lächerlichen Plan ausgedacht. Lächerlich, weil Delilah hätte wissen müssen, dass Toni sie nicht einfach mit Freddy verschwinden lassen würde. Von all ihren Geschwistern war Freddy derjenige, für den Toni das gesamte Universum zerstören würde, um ihn zurückzubekommen. Nicht, weil Toni ihn mehr liebte als die anderen, sondern weil er derjenige war, der ihren Schutz am dringendsten brauchte. Seine Seele war so rein und voller Liebe, und sie alle wussten, dass jeder, der ein Lächeln im Gesicht oder einen Lutscher in der Hand hatte, den Jungen in allen möglichen Mist mit hineinziehen konnte.

Selbst die Zwillinge hatten, obwohl sie erst drei waren, bereits diese wilde Raubtierseite, die dafür sorgte, dass sie im Großen und Ganzen in Sicherheit waren. Aber Freddy war der Welpe, der sich fröhlich zu weit von seiner Mutter entfernte und am Ende allein in einem Löwenrudel landete oder von einer Herde Büffel niedergetrampelt wurde.

Deshalb verspürten sie auch alle das natürliche Bedürfnis, den Jungen zu beschützen. Selbst Livy, die nie das Bedürfnis verspürte, irgendjemand außer sich selbst zu beschützen. Aber der Junge hatte irgendetwas an sich, das selbst Livys kaltes Herz erwärmte.

Während Livy sich vorwärtsbewegte und alle paar Minuten in die Luft schnupperte und versuchte, Freddy aufzuspüren, ohne dabei die Aufmerksamkeit irgendwelcher Kultmitglieder auf sich zu ziehen, die sich vielleicht in der Nähe aufhielten – Solche Loser! Sich einem Kult anschließen? Ernsthaft? Waren die Leute wirklich so erbärmlich? –, dauerte es überraschend lange, bis sie bemerkte, dass sie nicht allein war.

Sie blieb stehen und wirbelte herum. Hinter ihr stand Vic Barinov.

»Was machst du denn hier?«, fragte sie.

»Dir folgen.«

»Warum?«

»Weil wir uns alle ziemlich sicher sind, dass du diejenige sein wirst, die Freddy findet.«

»Komm mir einfach nicht in die Quere.«

»Wie kann ich dir in die Quere kommen, wenn ich hinter dir bleibe?«

Sie wollte gerade darauf antworten, als ihr klar wurde, dass es die Mühe nicht wert war.

Livy drehte sich wieder um, drang tiefer auf das Farmgelände vor und blieb kurz stehen, als sie endlich Freddys Geruch wahrnahm. Dann rannte sie los …

Die Gruppe hatte sich aufgeteilt, da sie wussten, dass sie so ein größeres Gelände absuchen konnten. Toni versuchte, Freddys Geruch aufzuspüren, aber tief in ihrem Inneren wusste sie, dass sie in Wahrheit nach Delilah suchte. Das hier hatte sich seit langer Zeit angekündigt. Sie wusste es. Und Del wusste es auch.

Als Toni daher den Geruch ihrer Schwester wahrnahm, versuchte sie nicht, ihn zu ignorieren. Stattdessen folgte sie ihm direkt zu einer der wenigen fertigen Hütten. Davor waren Wachen postiert, aber als Toni an ihnen vorbeiging, versuchten sie nicht, sie aufzuhalten.

Sie betrat die Hütte und nahm alles in sich auf. Vor den Fenstern hingen Vorhänge, es gab ein großes Bett, ein Badezimmer und frisches Obst auf dem Tisch … eben alles, was ein verwöhnter Soziopath brauchte, während alle um ihn herum vermutlich verhungerten.

»Ich wusste, dass du selbst kommen würdest«, sagte Delilah, als sie aus dem Badezimmer kam. »Du hättest Dee-Ann oder diesen großen Wolf schicken können, den du fickst. Aber ich wusste, dass du kommen würdest.«

Sie durchquerte den Raum, bis sie vor Toni stand. »Aber Freddy ist nicht hier.«

»Ich weiß«, erwiderte Toni. Dann holte sie aus, schlug ihrer Schwester mit aller Kraft ins Gesicht und warf sie zu Boden. Als sie Del hatte, wo sie sie haben wollte, verpasste Toni ihr einen so heftigen Tritt in die Magengegend, dass sie einen Salto machte.

Als Del wieder landete, hatte sie bereits begonnen, sich zu verwandeln. Toni tat es ihr gleich, und ihre Arme und Beine, ihr Oberkörper und ihr Kopf verwandelten sich, während ihre Hände zu Krallen wurden und ihre Reißzähne aus ihrem Zahnfleisch schossen. Gerade, als sie ihre Klamotten abschüttelte, rammte sich Delilah mit solcher Wucht gegen ihren Körper, dass sie beide durch die Luft und zur offenen Hüttentür hinausflogen.

Vic beobachtete den Bungalow, bei dem er und Livy sich sicher waren, dass Freddy Jean-Louis Parker darin festgehalten wurde.

Draußen zählte er vier Wachen. Alle männlich. Alle mit Messern bewaffnet. Schusswaffen konnte er keine erkennen, aber die Art und Weise, wie sie sich bewegten, ließ darauf schließen, dass sie ausgebildet waren. Er bezweifelte jedoch, dass einer von ihnen beim Militär gewesen oder Polizist war.

Er nahm allerdings an, dass sie alle ergebene Gläubige waren.

Gläubige fürchtete Vic mehr als gut ausgebildetes militärisches Personal. Weil es keine Grenzen dabei gab, was wahre Gläubige tun würden, um ihr Glaubenssystem zu beschützen.

Deshalb musste er bei dieser Sache auch vorsichtig vorgehen. Er würde die Sicherheit des Jungen nicht gefährden.

Mit diesen Gedanken im Hinterkopf drehte sich Vic zu dem Weibchen neben ihm um, musste jedoch feststellen, dass er allein war.

Er schluckte ein genervtes Knurren hinunter und schaute sich um, bis er sie schließlich fand – auf dem Dach des Bungalows.

Wie sie dort hinaufgekommen war, wusste er nicht.

Livy sah ihn an und zeigte dann auf die vier Wachleute vor dem Haus. Vic spielte kurz mit dem Gedanken, sie umzubringen, aber das konnte er nicht. Zumindest noch nicht. Sie hatten noch nichts getan, was bewiesen hätte, dass sie irgendetwas anderes waren als verzweifelte Vollmenschen, die einen Messias brauchten. Deshalb entschied er sich für die altbewährte Taktik des Ablenkungsmanövers.

»Ich weiß, dass du denkst, dass du das Richtige tust«, erklärte der Prophet Ricky, »indem du hierherkommst, um das Kind zu holen. Aber du verstehst nicht.«

»Was verstehe ich nicht? Erklär es mir.«

»Es ist wahr. Delilah hat ihn aus Gründen der finanziellen Bereicherung entführt. Um der Kirche zu helfen. Weil sie mich liebt.«

Ricky Lee kicherte. »Kumpel … diese Mädchen liebt überhaupt niemanden.«

Die Augen des Propheten wurden eiskalt. »Sie liebt *mich*. Sie liebt den Gott, den ich repräsentiere. Und sie weiß, dass ich die Zukunft gesehen habe. Der Junge muss hier bleiben … weil er die ultimative Dunkelheit ist. Er wird den Anfang vom Ende einläuten.«

Ricky Lee seufzte. »Oh, Gott … ich hatte gehofft, du seist nur ein guter alter Betrüger, der versucht, mit dem Jungen Geld zu machen. Genau wie Delilah. Aber du glaubst wirklich und wahrhaftig an deinen eigenen Mist, stimmt's? Und glaub mir, wenn ich dir sage, dass du dafür bezahlen wirst. Mit Tränen. Denn wenn du denkst, dass dieses Mädchen das ganze Geld aufgeben wird, damit du das Ende aller Tage einläuten kannst … dann hast du deinen verdammten Verstand verloren.«

»Es tut mir leid, dass du es nicht verstehst.«

»Und mir tut's leid, dass du denkst, ich sei allein gekommen.«

Panik huschte über das Gesicht des Mannes. »Haltet ihn hier fest!«, befahl er seinen Männern, bevor er aus dem Gebäude rannte.

Die beiden, die sich bereits in dem Raum befanden, näherten sich Ricky Lee, und weitere Vollmenschen-Männer stürmten durch die nun offen stehende Tür herein, umringten ihn und beobachteten ihn ganz genau. Sie waren bereit, die Befehle ihres Propheten auszuführen, komme, was wolle. Was natürlich wirklich Pech für sie war.

Weil in diesem Moment Rikcys großer Bruder durch das offene Fenster hereinsprang und seine Krallen ausfuhr …

Livy wartete, bis der Hybride die Wachen von dem Gebäude weggelockt hatte. Er stellte sich dabei ziemlich clever an, lenkte sie mit Geräuschen ab und machte sie glauben, sie hätten gesehen, wie sich etwas zwischen den Bäumen bewegte.

Als sie weit genug entfernt waren, kletterte Livy an dem Ziegelschornstein des Bungalows hinauf und durch die Öffnung hinein. Sie ging schnell vor und rutschte mit Leichtigkeit durch den Kaminschacht, bis sie sich direkt über der Feuerstelle befand. Glücklicherweise war es Sommer, sodass kein Feuer brannte, denn das wäre wirklich verdammt ungemütlich gewesen.

Livy lauschte aufmerksam, hörte aber nichts als ein Summen. Sie lächelte, als sie erkannte, dass das gesummte Lied von den Dead Kennedys stammte. Ein kleiner Trick, den Toni Freddy beigebracht hatte. »Jedes Mal, wenn du nervös wirst, dann summst du *Man with the Dogs*, anstatt ein Feuerzeug in die Hand zu nehmen.«

Man with the Dogs gehörte seit den guten alten Zeiten zu Pauls Lieblingsliedern der Dead Kennedys, deshalb wusste Livy jetzt, dass sie genau dort war, wo sie sein musste.

Livy breitete die Arme aus, rutschte noch ein Stück weiter hinunter und stützte sich auf einer leeren Holzkiste ab. Sie hob den Kopf und sah sich in dem Ein-Zimmer-Bungalow um. Obwohl sie die wenigen Leute riechen konnte, die in diesem Zimmer ein- und ausgegangen waren, hörte oder sah sie sonst niemanden, deshalb ließ sie auch den Rest ihres Körpers aus dem Kamin gleiten und kroch langsam mit den Händen aus der Feuerstelle auf den Parkettboden.

Als sie ganz herausgekrabbelt war, stand sie auf und ging auf Freddy zu. Er war mit einem Malbuch beschäftigt. Obwohl er weniger darin malte, als alles komplett zu schwärzen. Der schwarze Buntstift, den er in der Hand hielt, war nur noch ein kurzer Stummel, während er weiter jede einzelne Seite des Buches schwarz übermalte und das Lieblingslied seines Vaters summte.

Der arme Junge war total verängstigt, völlig panisch und kurz davor, durchzudrehen. In Wahrheit konnte der Kult von Glück sagen, dass im Kamin kein Feuer brannte, sonst hätte der Kleine längst die ganze Farm niedergebrannt.

Da Livy nichts sagen wollte, um niemanden aufzuschrecken, der sich vielleicht vor dem Haus befand, schnalzte sie nur leise mit der Zunge.

Freddy blickte zu Livy hinauf und lächelte. Aber als sein Lächeln verblasste und er plötzlich an ihr vorbeischaute, wusste sie, dass jemand hinter ihr stand.

Ein starker Arm legte sich um ihre Schulter, und bevor Livy sich wehren konnte, rammte sich eine Nadel seitlich in ihren Hals, und das Gift wurde in ihre Adern gepresst. Die Wirkung trat sofort ein, ihr Körper wurde von Krämpfen geschüttelt, ihre Lungen stoppten und ihr Herz hörte auf zu schlagen. Sie hatte nur noch eine Sekunde, um *»Scheiße«* zu denken, bevor das, was sie ihr verabreicht hatten, sie tötete.

Die Schwestern rollten mitten auf die Straße, und Toni hielt inne, um sich wieder in Menschengestalt zu verwandeln, damit sie Delilah ins Gesicht schlagen konnte. Es war so befriedigend, die kleine Schlampe zu schlagen.

Inzwischen waren die meisten Kultmitglieder herausgerannt, um nachzusehen, was los war. Sie standen um sie herum und beobachteten sie, schockiert und entsetzt. Unfähig, sich zu bewegen.

Auch Del verwandelte sich zurück. Sie boxte Toni ins Gesicht und in den Magen. Dann verwandelten sie sich wieder in Schakale und vergruben ihre Krallen in der Kehle der anderen.

Freddy summte noch immer, als sich der Mann namens John von Livy entfernte. Sie lag auf dem Boden und bewegte sich nicht mehr. Ihr Körper war wie erstarrt. Sie sah aus wie in einer dieser Sendungen, die sich seine Eltern abends anschauten und in denen viele Polizisten vorkamen, die auf Leute starrten, die auf dem Boden lagen, während sie wichtige Dinge sagten, bevor sie denjenigen aufspürten, der es »getan« hatte.

John blieb ein Stück von Freddy entfernt stehen und schaute auf ihn hinunter.

»Er sagt, du bist derjenige, der die ultimative Dunkelheit bringt«, sagte John, obwohl Freddy nicht wusste, was er damit meinte. Soweit Freddy wusste, wollte Delilah nur, dass er den Inhalt von Mikis sehr coolem Notizbuch niederschrieb. Etwas, das Freddy nicht tun würde. »Er sagt, du musst beschützt werden. Deshalb werden wir dich beschützen. Du wirst hier in Sicherheit sein.«

Freddy würde nur bei seiner Mom und seinem Dad und bei Toni in Sicherheit sein. Er wollte nicht hier sein. Er wollte nach Hause.

Aber so, wie John ihn anstarrte, beschlich Freddy allmählich das Gefühl, dass er nie wieder nach Hause kommen würde. Dass er für immer bei diesen viel zu netten Leuten festsitzen würde, die ihm Todesangst einjagten.

Dann sah er, wie Livy hinter John zuckte. Zuerst ihre Hände, dann ihre Füße. Dann setzte sie sich kerzengerade auf und schlug die Augen auf. Freddys Herz begann zu rasen, aber er versuchte, es sich nicht anmerken zu lassen.

Livy sah sich einen Moment lang um, bis ihr Blick an Johns Hinterkopf hängen blieb. Sie sprang urplötzlich auf, vollkommen lautlos, bis sie in der Hocke auf ihren Fußballen stand. Sie sah Freddy an und machte eine kreisende Bewegung mit ihrem Zeigefinger. Livy hatte das schon früher gemacht, wenn sie sich durch ein Fenster in das Haus ihrer Eltern zu Hause in Washington geschlichen hatte. Zwischen ihnen beiden hatte es immer bedeutet: »Ich will nicht, dass du das mit ansiehst, damit du vor Gericht nicht aussagen musst.« Es war ein kleiner Scherz zwischen ihnen, aber Freddy wusste, dass es diesmal ernst war.

Deshalb wandte er ohne aufzustehen seinen Körper ab, bis er mit dem Gesicht zur Wand saß, und als das Geschrei ertönte, begann er wieder, das Lieblingslied seines Vaters zu summen … *Man with the Dogs*.

Weil ihn das beruhigte. Und Ruhe war wichtig für ihn. Sonst tat er Dinge, wie zum Beispiel Feuer zu legen und Sachen zu klauen.

Und, wenn er ehrlich war, war es das Klauen gewesen, das ihn überhaupt erst in diese Lage gebracht hatte.

Del hatte die Nase voll von all diesem Mist, verwandelte sich zurück in Menschengestalt und stieß ihre Schwester von sich herunter. Als Toni ein paar Meter entfernt landete, hatte sie sich ebenfalls wieder in einen Menschen verwandelt.

Blutig und mit Prellungen übersät rappelten sich die Schwestern auf.

»Du wirst bereuen, was du getan hast«, drohte Del ihr. »Niemand …«

»Halt die Klappe.« Toni warf einen Blick über ihre Schulter. »Dein Messias ist hier«, flüsterte sie.

Delilah musste sich alle Mühe geben, um nicht mit den Augen zu rollen, und drehte sich langsam zu Chris um.

Er glotzte sie an, als hätte sie Hörner und einen Schwanz. Andererseits, wie konnte er das auch nicht? Nicht, weil sie war, was sie war, sondern weil ihm nun bewusst wurde, dass sie war, was er nicht war. Etwas Besonderes. Anders.

Mächtig.

»Was bist du?«

»Chris …«, begann sie.

»Tötet sie!«, befahl er seinen Anhängern. »Tötet diese anmaßende Hure!«

Aber niemand rührte sich. Niemand befolgte seine Befehle. Chris verfiel in Panik. Er fürchtete, dass ihm nun alles aus den Fingern gleiten könnte, nahm einem seiner Leibwächter das Messer ab und stürzte sich brüllend auf Delilah.

Del konnte noch nicht einmal so *tun*, als würde sie dieses neue Drama interessieren.

Ricky und sein Bruder verwandelten sich wieder in Menschengestalt, schlüpften in ihre Jeans und rannten nach draußen, immer den Schreien folgend. Es waren jedoch nicht Tonis Schreie, deshalb machte sich Ricky keine allzu großen Sorgen.

Als sie sich dem Menschenauflauf näherten, teile sich die Menge, und Ricky und Rory rannten hindurch. Aber die Brüder mussten blitzschnell zur Seite weichen, als etwas, das Ricky für ein Stück Haut hielt, das einst Chris, dem großen Propheten der Kirche, angehaftet hatte, mit einem nassen Klatschen auf dem Boden neben ihren Füßen landete.

Rory starrte mit offenem Mund auf den kleinen Haufen auf

dem Boden hinunter, bevor er zu seinem Bruder sagte: »Das ist einfach nur falsch.«

Ja. Das wusste Ricky bereits.

Delilah machte ein paar Schritte zurück, um die beiden Brüder und Toni im Auge behalten zu können. Sie deutete auf die Kultmitglieder, und sie versammelten sich – traurige Lemminge, die sie waren – hinter dem blutüberströmten Weibchen, das ihren Messias getötet und, wie es schien, dessen Platz eingenommen hatte.

Delilah starrte sie mit diesen Augen an, die Tonis so ähnlich und doch ganz anders waren, weil kein Leben in ihnen lag. »Und was soll ich jetzt mit dir machen, große Schwester?«, fragte sie.

Toni konnte darüber nur lachen und zeigte auf Delilahs Brust. Die junge Frau schaute an sich hinunter und entdeckte den verräterischen roten Punkt auf ihrem Herzen.

»Ich hab gehört«, erklärte Toni, »dass Cella Malone ein Ziel aus fast zwei Kilometern Entfernung treffen kann.«

»Scheiße«, knurrte Delilah.

Irgendwo in der Ferne war ein Brüllen zu hören, und die Kultmitglieder zitterten vor Angst, als hätten sie das Wort Gottes vernommen. Aber Ricky wusste, dass es nur das Gebrüll eines Tiger-Grizzly-Hybriden war.

»Gehen wir«, sagte er zu Toni.

Sie nickte und ging nackt, wie sie war, auf ihre Schwester zu. Als sie nur noch wenige Zentimeter von ihr entfernt war, fragte Delilah: »Ist das der Moment, in dem du mir eine dringende Warnung mit auf den Weg gibst, Toni? Und mir sagst, was du mit mir machst, wenn ich Freddy oder dem Rest der Familie noch einmal zu nahe komme?«

»Nein«, antwortete Toni. »Das ist der Moment, in dem ich auf Wiedersehen sage.« Sie lehnte sich nach vorne und küsste ihre Schwester auf die Wange.

»Ich liebe dich«, sagte Toni schlicht, und zum allerersten Mal erkannte Ricky, was Toni ihm die ganze Zeit zu erklären versucht hatte. Delilah hatte keine Ahnung, wovon ihre Schwester sprach. Sie verstand nicht, warum ihre Schwester sie nicht tötete und dem Rest von ihnen befahl, sich zu verwandeln und den Kult zu zerstören. Aber die Drohung, was Toni Delilah antun würde, wenn sie ihrer Familie noch einmal zu nahe kam, schwebte trotzdem in der Luft. Unausgesprochen. Sie *musste* nicht ausgesprochen werden. Die Tatsache, dass Toni Delilah noch immer liebte, auch wenn sie sie niemals mögen oder ihr vertrauen würde und sie auch niemals wiedersehen wollte, lag jedoch außerhalb von Delilahs schlichtem Vernunftdenken.

Delilah würde Liebe und Zuneigung niemals verstehen, oder was es bedeutete, ein Teil von etwas zu sein, das mehr bedeutete als das eigene Leben. Sie würde niemals Teil einer Familie, einer Gruppe von Freunden, eines Rudels oder eines Clans sein.

Und Ricky musste zugeben, dass sie ihm deswegen ein bisschen leidtat. Er konnte sich kein elenderes Leben vorstellen.

Toni hatte die Stelle schon fast wieder erreicht, an der sie die Geländewagen zurückgelassen hatten, als sie neben einem der Fahrzeuge Livy mit Freddy auf dem Arm stehen sah.

Toni schluchzte kurz, rannte zu ihnen, zog ihren Bruder in ihre Arme und drückte ihn ganz fest an sich. Keinen von beiden interessierte, dass sie nackt war und eine ziemliche Menge Blut an ihr klebte.

»Freddy, geht's dir gut? Sag mir, dass es dir gut geht«, flehte sie.

»Mir geht's gut.« Er schlang seine kleinen Arme fest um ihren Hals und seine Beine um ihre Taille. »Aber du solltest vielleicht mal nach Livy sehen«, flüsterte er.

Nun, da sie wusste, dass ihr Bruder in Sicherheit war, fühlte sich Toni selbstbewusst genug, um sich um ihre beste Freundin zu kümmern.

Livy sah tatsächlich ein wenig mitgenommen aus. Blass, verschwitzt, zitternd und ebenfalls blutüberströmt.

»Gott, Livy, was ist denn passiert?«

Sie zuckte mit den Schultern, hustete und spuckte auf den Boden. »Nichts, womit ich nicht fertiggeworden wäre.«

»Gift?«, fragte Toni. Das war mit das Coolste an Honigdachsen – sie waren einfach verdammt schwer umzubringen.

»Dem Geschmack nach zu urteilen Schlangengift«, antwortete Livy. Sie hielt beide Daumen hoch. »Mein Lieblingsgift.«

Toni, die noch immer ein bisschen weinte, grinste ihre Freundin an. *Danke*, sagte sie stumm.

»Wofür hat man denn sonst Leute, die einen nicht hassen?«

»Leute, die einen nicht hassen, nennt man Freunde, Livy.«

»Was auch immer.«

Ricky stellte sich hinter Toni und lächelte Freddy an. »Hey, kleiner Mann.«

»Hi, Ricky.«

»Bist du bereit, nach Hause zu fahren?«

»Auf jeden Fall. Ich bin mir relativ sicher … dass das zu viel Aufregung für einen Siebenjährigen war.«

Toni, die jetzt lachte *und* weinte, drückte ihren Bruder noch fester an sich. »Da hast du vollkommen recht, kleiner Bruder. Das ist es.«

»Wie geht's deinem Gesicht?«, fragte der Wolf Oriana, während sie am Küchentisch saßen … und warteten.

»Ging ihm schon mal besser«, gab sie zu. Ihre Nase schmerzte, während sie heilte. Alles, was sie wusste, war, dass die Schwellung besser vor ihrem nächsten Unterricht zurückgehen sollte, weil sie sonst völlig ausrasten würde!

»Weißt du«, fuhr der Wolf fort, »du bist ziemlich hart im Nehmen.«

Es war eine seltsame Aussage, aber sie hatte das Gefühl, dass es ein Kompliment war.

»Danke, äh …«

»Reece. Ricky Lees Bruder.«

»Richtig. Okay, dann … danke, Reece.«

»Gern. Weißt du, nicht jeder steckt einen Schlag gegen den Kopf einfach so weg.«

»Das liegt daran, dass sie einen außergewöhnlichen Dickschädel hat.«

»Halt die Klappe, Kyle.«

»Halt du die Klappe!«

»Ihr haltet beide die Klappe«, warnte Cooper.

»Hast du mal drüber nachgedacht, es mit Eishockey zu versuchen?«

Überrascht schauten Oriana und alle anderen am Tisch den Wolf an.

»Nein«, gab Oriana schließlich zu, als er sie nur weiter anstarrte, als erwarte er eine ernsthafte Antwort auf diese lächerliche Frage.

»Solltest du aber. Ich wette, du würdest einen grandiosen kleinen Stürmer abgeben.«

»Sicher, das werde ich ... du seltsamer, kräftig gebauter Mann.«

Er grinste. »Schätzchen, flirtest du etwa mit mir?«

Oriana gaffte ihn an. »*Nein!*«

»Mach dir aber keine allzu großen Hoffnungen – du bist ein bisschen zu jung für mich.«

Bevor Oriana irgendetwas davon verarbeiten konnte, rannte Dennis in die Küche. »Freddy ist wieder zu Hause!«, jubelte er. »Freddy ist wieder zu Hause!«

Die Geschwister starrten einander für einen langen Augenblick an. Dann sprangen sie alle gleichzeitig vom Tisch auf und rannten hinaus, um ihren Bruder zu Hause willkommen zu heißen.

Kapitel 34

Toni griff in den Kühlschrank und holte eine Orangensaftflasche heraus. Nun, da sie wieder zu Hause und Freddy in Sicherheit war, fühlte sie sich völlig erschöpft. Aber sie hatte immer noch ein paar Dinge zu erledigen, bevor sie sich erholen konnte, deshalb hoffte sie, dass sie ein paar Gläser Orangensaft wieder ein wenig aufpäppeln würden.

Mit der Flasche in der Hand machte sie die Kühlschranktür wieder zu und drehte sich um – und stand plötzlich Novikovs Verlobter direkt gegenüber.

»Oh. Hi, Bland.«

Die Verlobte kniff die Augen zusammen. »Ich heiße *Blayne.* Und den kannst du nicht trinken.«

Toni schaute auf den Orangensaft hinunter. »Kann ich nicht?« Weil sie sich nämlich ziemlich sicher war, dass sie das durchaus konnte.

»Er ist schon offen.«

»Ja. Ist er. Das kommt schon mal vor, wenn zweitausend Leute bei dir zu Hause sind.« Denn es kam Toni so vor, als sei die ganze Welt bei ihnen zu Hause und hätte auch noch ihre Mutter mitgebracht, einschließlich aller Carnivores, dem Großteil von Rickys Rudel und fast allen aus dem speziellen Sicherheitsteam von Llewellyn Security. Außerdem gingen die Wildhunde von gegenüber in ihrem Zuhause ein und aus, als gehöre ihnen das … oh, Moment mal. Den Wildhunden *gehörte* dieses Haus tatsächlich.

»Keine Sorge!«, trällerte Blayne. »Als ich mit Bo hergefahren bin, hab ich ihn gezwungen, unterwegs anzuhalten und *mehrere* Flaschen O-Saft für die ganze Familie mitzubringen.« Sie machte den Kühlschrank auf. »So gibt's keine Probleme mit …«

Blayne schnappte nach Luft und machte einen Satz nach hinten, und Toni stellten sich sämtliche Nackenhaare auf.

»Was ist denn?«, fragte Toni und war sich durchaus bewusst, wie schnippisch sie klang.

»Sie sind alle schon offen. Jemand hat sämtliche Flaschen geöffnet und aus jeder einen kleinen Schluck getrunken.«

Blayne wirbelte herum und funkelte Livy an.

Livy, die sich noch immer von ihrer Vergiftung erholte, saß am Küchentisch, einen Ellbogen auf der Tischplatte abgestützt, während ihre rechte Wange auf ihrer erhobenen Faust ruhte und ihr Gesicht noch immer blass und verschwitzt wirkte.

»Was schaust du mich denn so an?«, fragte Livy sie geradeheraus, und ihre Stimme klang schwächer als sonst.

»Ich weiß, dass du das warst«, sagte Blayne vorwurfsvoll. »Das warst du!«

»Ich habe keine Ahnung, wovon du sprichst«, erwidere Livy. Aber als Blayne sich wieder zum Kühlschrank umdrehte, um auf die Saftflaschen zu starren, sah Livy zu Toni hinauf und sagte stumm: *Das war so was von ich.*

Toni lachte leise, aber sie fingen sich beide wieder, als Blayne herumwirbelte und ihren anklagenden Blick zwischen ihnen hin und her wandern ließ.

Dankenswerterweise kam Ricky Lee in die Küche, bevor der Geduldsfaden der Wolfshündin riss.

»Hey«, sagte er und lächelte Toni an. »Meine Momma ist hier und Ronnie Lee ist bei ihr. Ich dachte, du könntest vielleicht ins Wohnzimmer kommen und sie kennenlernen.«

Toni spürte, wie eine Welle der Panik durch ihren Körper schoss, die sie zwar aufweckte, aber auch ein wenig Angst in ihr auslöste. »Was? Warum?«, fragte sie. »Warum muss ich deine Schwester kennenlernen? Nein. Nein. Schon okay. Ich bleib einfach hier und verstecke mich. Oder vielleicht nage ich auch auf dem Tischbein herum. Das sieht aus, als könnte es ein bisschen Drauf-Rumgenage brauchen.«

»Falls du dir nicht sicher bist«, erklärte Livy Ricky ganz ruhig, »sie *wird* gleich durchdrehen.«

»Ja«, seufzte Ricky, »das sehe ich.«

Ricky wusste wirklich nicht, was das Problem war. Toni hatte sich Novikov, russischen Bären und Cella Malone Auge in Auge gestellt. Teufel noch mal, sie war sogar seiner *Mutter* gegenübergetreten und hatte sie für sich gewonnen. Warum Toni also bei der Vorstellung, Ronnie Lee kennenzulernen, dermaßen ausflippte, verstand er einfach nicht.

»Komm mal her, Schätzchen«, sagte er ruhig.

Sie bewegte sich auf ihn zu, aber Blayne bekam die Saftflasche in Tonis Hand zu fassen und es folgte ein flüchtiges – und ziemlich lächerliches – Gerangel zwischen den beiden. Blayne gewann am Ende und drückte die Saftflasche an ihre Brust, als sei darin das letzte bisschen Flüssigkeit auf dem Planeten.

Toni schüttelte den Kopf und ging zu Ricky hinüber. Als sie vor ihm stand, schlang er beide Arme um ihre Taille und zog sie zu sich heran.

»Okay, sag mir, was los ist.«

»Was, wenn sie mich nicht mag?«

»Wie könnte sie dich nicht mögen? Du bist so verflixt süß. Außerdem hast du schon meine Momma für dich eingenommen.«

»Aber das ist deine *Schwester*, Ricky Lee.«

»Dann würdest du mir also den Laufpass geben, wenn Kyle mich nicht mögen würde?«

»Natürlich nicht«, versicherte sie hastig. »Aber wenn Coop dich nicht mögen würde, wärst du längst in hohem Bogen rausgeflogen.«

Im selben Moment kam Coop durch die Küchentür und sagte zu Ricky: »Vergiss also nie, über welche Macht ich verfüge, Wolfsjunge des Verlorenen Volkes.«

Ricky runzelte die Stirn. »Ich weiß ja noch nicht mal, was das bedeuten soll.«

Coop machte den Kühlschrank auf und holte eine Flasche Orangensaft heraus – die ihm Blayne sofort aus der Hand riss.

Der Schakal blickte auf seine nun wieder leere Hand, bevor er die Wolfshündin anschaute und fragte: »Äh … Blayne?«

Blayne knurrte nur, zwang Coop einen Schritt zurück und trug die Flasche zum Spülbecken.

Coop lehnte sich gegen den Kühlschrank. »Ich hab keine Ahnung, was hier los ist … aber ich bin *fasziniert.*«

Die Hintertür der Küche ging auf, und Novikov kam mit Freddy herein. Beide waren mit Unmengen von Dreck bedeckt, und sie hatten ein ziemlich mitgenommenes, ebenso dreckverschmiertes Notizbuch dabei.

Toni löste sich aus Rickys Armen und baute sich vor den beiden auf. »Was habt ihr zwei denn getrieben?«

»Wir haben das Notizbuch geholt, wie du's uns gesagt hast.«

»Ich hab gesagt, ihr sollt das Notizbuch holen. Ich hab nicht gesagt, ihr sollt euch im Dreck rumrollen wie zwei unerzogene Labradore.«

»Woher willst du wissen, dass wir das gemacht haben?«, fragte Novikov.

»Ja!«, fügte Freddy ziemlich ungestüm hinzu, aber als ihn seine Schwester mit einer erhobenen Augenbraue ansah, versteckte er sich schnell hinter Novikov.

Toni ermahnte Novikov mit erhobenem Zeigefinger: »Üb ja keinen schlechten Einfluss auf meinen Bruder aus.«

»Wer sagt, dass ich das tue?«

»Hast du zugelassen, dass er wie ein Affe an deinen Stoßzähnen schaukelt?«

»Das sind keine Stoßzähne«, fauchte Blayne, während sie weitere Orangensaftflaschen zum Spülbecken trug. »Es sind Reißzähne. Wie bei den mächtigen Säbelzahntigern von anno dazumal.«

Coop schaute seine Schwester an. »Anno dazumal?«

»Halt die Klappe«, zischte Blayne.

»Schüttest du jetzt den ganzen O-Saft weg?«

Blayne zeigte mit anklagendem Finger auf Livy. »Das ist *ihre* Schuld!«

Livy erhob ihren Zeigefinger, und sie alle warteten darauf, dass sie zurückschießen würde. Aber nach fast einer vollen Minute sprang sie plötzlich vom Tisch auf und raste zur Hintertür hinaus.

Blayne grinste hämisch und nickte. »Das, meine Freunde, nennt man Karma.«

»Das, Blayne«, korrigierte Toni sie, »nennt man Schlangengift.«

Schulterzuckend kippte Blayne weiter Orangensaft in die Spüle, obwohl damit alles in Ordnung war. »Die einen sagen so …«, murmelte sie.

Toni fand ihre Mutter auf der Couch im Wohnzimmer, wo sie neben Rickys Mutter saß. Der Rest der Kinder saß entweder bei ihnen auf der Couch oder vor ihnen auf dem Boden. Sie schauten gemeinsam fern und aßen Popcorn. Glücklicherweise schien es, als sei Rickys Schwester verschwunden – sehr zu Tonis Erleichterung. Sie war mehr als glücklich darüber, diese spezielle Hürde ein andermal meistern zu können.

»Wo ist Irene?«, fragte Toni ihre Mutter.

»Im Bad, glaube ich.«

»Tja, ich hab das Notizbuch.«

»Gut«, sagte ihre Mutter mit einem Mundvoll Popcorn. »Irene wird es Miki zurückgeben.«

»Wo ist denn der kleine Freddy?«, erkundigte sich Miss Tala.

»Er und Novikov kommen sich näher.«

Jackie hob die Augenbrauen. »Und das bedeutet … was? Genau?«

Bevor Toni antworten konnte, stürmte ein verwandelter Novikov in all seiner knapp fünf Meter langen Pracht an der Wohnzimmertür vorbei, während Freddy auf seinem Rücken hing und hysterisch kicherte. Toni stand wie angewurzelt auf der Stelle und streckte ihre Arme aus, weil sie aus irgendeinem Grund glaubte, sie könnte ihren verrückt gewordenen kleinen Bruder von Novikovs Rücken reißen.

Als Novikov die Treppe hinaufdonnerte, kam Blank hinter ihm hergerannt.

»Ich schnapp sie mir!«, versprach sie kreischend. »*Ich schnapp sie mir.*«

Nachdem die drei die Treppe hinauf verschwunden waren, schlenderte Ricky Lee lässig aus dem Nebenzimmer, die Hände in den Gesäßtaschen seiner Jeans vergraben.

Toni gestikulierte die Stufen hinauf. »Ist dir nicht in den Sinn gekommen, *das* nicht zuzulassen?«

Er schüttelte den Kopf. »Nein.«

Toni seufzte angewidert und schaute sich zu ihrer Mutter um, während Ricky das Bedürfnis hatte, hinzuzufügen: »Mach dir keine Sorgen. Bei unseren eigenen Kindern würde ich das niemals zulassen.«

Und in diesem Moment richteten *alle* im Raum ihre Aufmerksamkeit auf Ricky und Toni, während *beide* Mütter ihre Augenbrauen hoben.

»Was denn?«, fragte Ricky. »Warum schaut ihr uns denn so an?«

»Glaubst du wirklich«, fragte Kyle, »dass eine oder ein Jean-Louis Parker jemals so tief sinken würde, sich dauerhaft mit einem *Reed* einzulassen?«

Miss Tala drehte sich zu Tonis Bruder um. »Ich glaube, ich hab dich nicht richtig verstanden, Kyle Jean-Louis Parker. Vor allem, falls ein gewisser junger Schakal, den ich kenne, jemals wieder meine preisgekrönten Chocolate Chip Cookies kosten möchte.«

Kyle zwang sich, Ricky anzulächeln. »Bitte, nimm meine Schwester und versklave sie auf ewig zu einem Hinterwäldler-Leben. Ich freue mich ja so für sie.«

»Kyle!«, fauchte Toni.

»Was denn?«

Toni hielt das Notizbuch hoch. »Wo ist Tante Irene, damit ich ihr das zurückgeben kann?«

»Da klebt ein Regenwurm an dem Ding.« Troy zeigte darauf.

Toni reagierte auf diese Information, indem sie laut kreischte und das Notizbuch zu ihrer Mutter warf. Sie zielte jedoch so schlecht, dass sie stattdessen Cherise an der Stirn traf.

Toni zuckte zusammen und entschuldigte sich sofort. »Cherise, das tut mir so leid.«

»Nein, nein. Ist schon gut. Ich liebe es, wenn man mir willkürlich ein Stück Natur ins Gesicht schleudert.«

»Du hast Angst vor Regenwürmern?«, fragte Ricky sie, und seine tiefe Stimme war direkt neben ihrem Ohr. Sie wusste allein anhand seines Tonfalls, dass er grinste.

»Die sind *widerlich.*«

»Prinzessin.«

»Halt die Klappe.«

»Du«, war eine vorwurfsvolle Stimme von der Türschwelle zu hören. Jess, die Wildhündin, marschierte ins Wohnzimmer, einen sichtlich verängstigten Johnny DeSerio im Schlepptau.

»Oh, hallo, Jess«, begrüßte Jackie sie mit einem Lächeln. »Wie geht's dir denn?«

»Dein ›Hallo, Jess‹ kannst du dir sparen.«

Als Toni bewusst wurde, dass die Situation ziemlich prekär war, ging sie sofort dazwischen. »Was ist denn los?«

»Zeig's ihnen«, befahl Jess Johnny.

»Ma ...«

»Zeig's ihnen.«

»Was soll er uns zeigen?«, drängte Toni sanft.

»Ich hab diese E-Mail bekommen, von einem gewissen ...« Er schaute auf das Blatt Papier, das er in der Hand hielt. »Äh, Donato Mantovani?«

Tonis Mutter, die den Namen sofort erkannte, setzte sich kerzengerade auf, und die Schüssel Popcorn auf ihrem Schoß hatte ihre Rettung einzig und allein der reaktionsschnellen Miss Tala zu verdanken. »Was hat er geschrieben?«, wollte Jackie wissen. »Was hat er geschrieben?«

»Ich ... ich glaube nicht, dass es das ist, worauf du gehofft hast, Jackie.«

»Sag mir einfach, was er geschrieben hat.«

»Er schreibt: ›Ich habe die MP3-Dateien mit Ihrer Musik von Signora Jean-Louis zur Beurteilung erhalten, und ich kann

Ihnen nur mitteilen, dass Ihre Musik mich nicht beleidigt hat.‹«

Es folgte fast eine Minute des Schweigens, bevor Jackie in die Hände klatschte und jubelte: »Ich wusste es! *Ich wusste es!*«

Verwirrt fauchte Jess Ward: »Was stimmt bloß nicht mit dir, Weib? Wie kannst du nur glauben, das sei etwas Positives?«

Unbeirrt erklärte Jackie: »Das ist sogar unglaublich positiv.«

»Ist es?«, fragte Johnny.

»Weißt du, was er über *meine* Musik gesagt hat, als ich eine Privataudienz bei ihm hatte? ›Was *war* das?‹«

»Mir hat er gesagt«, warf Cherise ein, »dass es keine Schande sei, eine gute Hausfrau und Mutter zu sein.«

Coop, der vor ein paar Minuten ins Wohnzimmer gekommen war, fügte hinzu: »Und mir hat er erklärt, dass ich beinahe erträglich war. Sozusagen.«

»Wartet mal«, mischte sich Jess wieder ein. »Wer ist denn der Typ?«

»Der langjährige Dirigent der Mailänder Philharmoniker«, antwortete Toni.

Grinsend fügte Jackie hinzu: »Ich hab mit acht Jahren mit den Mailänder Philharmonikern gespielt. Mit zehn hab ich schon für Könige gespielt.«

»Ich hab mit sechzehn mit den Philharmonikern gespielt« fügte Cherise hinzu. »Und etwa zwei Jahre später mit den Londoner Philharmonikern für Ihre Majestät.«

»Ich war neun«, sagte Coop. »Im Jahr darauf hatte ich meinen ersten Plattenvertrag.«

»Wartet mal, wartet mal.« Johnny krallte sich an dem Blatt Papier in seiner Hand fest und starrte auf den Boden. »Dann wollt ihr mir also sagen …« Er schüttelte den Kopf. »Was wollt ihr mir sagen?«

Jackie erhob sich. »Dass wir dich vorbereiten müssen. Dieser E-Mail nach zu urteilen, würde ich sagen, wir haben … drei Monate.«

»Vielleicht«, bemerkte Coop.

»Richtig. Vielleicht drei Monate, bevor du in Mailand auf der Bühne vor Publikum spielst.«

Johnny schüttelte den Kopf. »Ja, aber …«

Jess drehte sich zu ihrem Adoptivsohn um, und ihr breites Lächeln strahlte heller als die Sonne. »Kann ich dir *jetzt* diese Stradivari kaufen?«

»Gott, Ma, *nein*!«

Livy stand an einen Baum gelehnt, die Augen geschlossen, während sich ihr Körper langsam von der noch nicht lange zurückliegenden Vergiftung erholte. Sie liebte die Tatsache, dass sie so schwer zu töten war, aber manchmal konnte die Heilung echt beschissen sein. Besonders, wenn sie sich dabei übergeben musste. Sie hasste es, sich zu übergeben.

Jemand drückte ihr ein kühles Handtuch auf die Stirn, und als sie die Augen öffnete, erwartete sie, Toni zu sehen, aber stattdessen hockte dieser große russische Bären-Tiger-Hybride vor ihr. Wenn sie sich recht erinnerte, hatte Toni gesagt, dass er Barinov hieß. Vic Barinov … vielleicht.

»Alles okay?«, fragte er.

»Ich bin nicht tot, also … ich hab gewonnen.«

Er gluckste leise. »Wie wahr.«

»Wo sind denn alle?«

»Im Wohnzimmer, glaube ich. Soll ich Toni für dich holen?«

»Bitte nicht. Sie hat schon genug, worüber sie sich Sorgen machen kann, und morgen geht's mir sowieso wieder gut. Außerdem kann ich ihr ganzes Getue nicht gebrauchen. Ich hasse Getue.«

»Ja, das hab ich mir bei dir schon gedacht.« Er nahm ihre Hand, drückte ihre Finger auf das feuchte Tuch und teilte ihr stumm mit, dass sie es festhalten sollte. Während sie das tat, öffnete er eine Dose Ginger Ale und reichte sie ihr. »Dee-Ann war hier, aber sie musste wieder weg. Sie meinte, dass sie später noch mal wiederkommt. Sie will mit dir reden.«

Livy nippte an dem Ginger Ale. Es schmeckte wunderbar kalt

und war genau das, was sie jetzt brauchte – ohne das ganze Getue von Toni und ihrer Sippe. Das war das Beste daran. »Weißt du, was sie will?«

»Ich bin mir nicht sicher.«

»Wenn du raten müsstest?«

»Es gibt jemanden, nach dem unsere Organisation seit Langem sucht. Ein vollmenschlicher Jäger. Die ganz oben wollen ihn. Tot oder lebendig. Und wahrscheinlich brauchen sie dich, damit du irgendwo einbrichst.«

»Oh.«

»Du wirkst nicht gerade überrascht.«

»Das ist es, was die Gestaltwandler-Kowalskis tun.« Sie überlegte einen Moment, bevor sie hinzufügte: »Und die Yangs.« Die Familie ihrer Mutter. »Wir brechen ein. Und wir stehlen teuren Scheiß.«

»Meine Familie hat Häuser von ihren Fundamenten gerissen und den Inhalt verspeist. Den menschlichen Inhalt. Wir haben also alle unsere Vergangenheit. Du musst dich davon nicht einsperren lassen.«

»Nein, muss ich nicht. Aber ich mag auch keine Vollmenschen-Arschlöcher, die uns als Beute betrachten. Das macht mich wirklich scheißwütend.«

Grinsend – und er hatte ein sehr nettes Grinsen – setzte sich der Hybride ihr gegenüber und bemerkte: »Ich hab so das Gefühl, dass dich eine Menge Dinge scheißwütend machen, Livy Kowalski.«

»Und da täuscht dich dein Gefühl auch nicht.«

»Bist du sicher dass wir nicht mit dir kommen sollen?«

»Ja.« Delilah streichelte den Arm ihres Fahrers, John. Er war nun einer ihrer Leibwächter. Er würde für sie sterben, das wusste sie. Sie benutzte dieses Wissen gegen ihn, wann immer sie konnte, aber nicht, wenn es bedeutete, dass sie sich selbst in Gefahr brachte.

Das würde sie niemals tun.

»Ich bin gleich wieder da. Ihr bleibt hier«, befahl sie ihren Gefolgsleuten. Sie hielten sie für ein Wesen aus dem Jenseits, eine Macht, die direkt von Gott zu ihnen gesandt worden war.

Das war sie natürlich nicht, aber warum sie mit solch nichtigen Kleinigkeiten behelligen?

Delilah stieg aus dem Wagen und betrat das Lagerhaus. Sie kannte diesen Ort gut, hatte mehr als nur einmal mit den Mafia-Jungs hier gepokert.

Aber als sich die Tür hinter Delilah schloss, füllte sich ihre Nase mit dem starken Geruch von Blut und Tod. Er hing so dick in der Luft, dass sie sofort einspeichelte.

Sie wandte sich zum Gehen, da sie instinktiv wusste, dass die amerikanischen Agenten der zwielichtigen Abteilung der CIA, mit denen sie sich hier hatte treffen wollen, tot waren. Sie hatte alles arrangiert. Da sie sich an genügend Einzelheiten aus diesem albernen Notizbuch erinnerte, um eine fehlerhafte Kopie zu erstellen, hatte sie geplant, das Buch zu übergehen, sich ihr Geld zu schnappen und längst über alle Berge zu sein, bevor sie herausfanden, dass es vollkommen nutzlos war. Es war so ein perfekter Plan, dass sie richtig wütend auf sich war, weil er ihr nicht schon früher eingefallen war. Aber bevor sie die große Tür öffnen konnte, knallte eine große Wölfin ihre Hand dagegen und hielt sie zu.

»Hey, Delilah«, säuselte ihr eine Stimme ins Ohr.

»Dee-Ann. Bist du hergekommen, um mich zu töten?«

»Nein.«

»Und was willst du dann?«

»Hab gehört, dass deine Schwester den moralischen Weg gewählt hat. Für mich gibt's keinen moralischen Weg. Deshalb wirst du mir jetzt gut zuhören, Mädchen. Ich hab deine Freunde bereits getötet. Und der einzige Grund, warum du noch am Leben bist, ist, dass du eine von uns bist. Aber das kann ich sehr schnell ändern. Und das werde ich auch, wenn du mich dazu zwingst. Du kannst so viel du willst mit diesen Idioten spielen, die dich anbeten – aber wenn du auch nur einen Fuß aus dem

Kult setzt, wirst du dich nie wieder vor mir verstecken können. Verstanden?«

»Ja.« Delilah seufzte, und es gelang ihr nicht, die Langeweile und Frustration in ihrer Stimme zu verbergen.

Die Wölfin machte ihr zwar keine Angst, aber sie kannte Dee-Ann Smith gut genug, um zu wissen, dass sie kein Problem damit hätte, sie zu töten. Und Delilah war nicht in der Stimmung, in nächster Zeit zu sterben.

Man musste eben wissen, wann man jemanden drängen und wann man sich zurückziehen musste. Sie war stolz darauf, dass sie diese Dinge verstand.

Und Dee-Ann Smith war niemand, den man drängte, wenn man auch nur über ein wenig Intelligenz verfügte.

Als Smith daher ihre Hand von der Tür nahm, ging Delilah wieder zu denen hinaus, die auf sie warteten, und ließ sich von ihnen zurück auf das Anwesen fahren, in dem Wissen, dass das einzig Gefährliche dort sie selbst war.

Die Autotür öffnete sich, und Dee-Ann stieg in den Wagen.

Irene ließ den Motor an, bevor sie fragte: »Alles erledigt?«

»Jap.«

»Gut. Gib ihr ein paar Jahre. Bis sie verblasst ist.« Irene fuhr los. »Und wenn die Familie sie aus ihrem kollektiven Gedächtnis verdrängt hat … lösch sie aus.«

Dee-Ann nahm den Befehl der Frau ihres Bosses mit einem Nicken entgegen. »Okeydokey.«

Es war ein wirklich langer Tag gewesen, und eine noch längere Nacht. Nicht schlimm, aber lang. Toni trug den schlafenden Freddy in sein Zimmer und legte ihn vorsichtig aufs Bett. Sie öffnete die Schnürsenkel seiner Converse-Turnschuhe, zog sie ihm aus und stellte sie ganz ordentlich auf den Boden, genauso, wie er es mochte. Nicht wie Kyle, der seine Schuhe immer durchs Zimmer schleuderte, falls er sich überhaupt daran erinnerte, sie auszuziehen, bevor er ins Bett ging.

»Toni?«

Sie setzte sich aufs Bett und lächelte zu ihrem kleinen Bruder hinunter. »Hmm?«

»Bist du böse auf mich? Wegen Delilah?«

»Nein. Überhaupt nicht.«

»Bist du böse, weil ich Mikis Buch geklaut hab?«

»Nein. Ich bin nicht böse.«

»Enttäuscht?«

»Auch das nicht.« Vor allem, weil dieses verdammte Notizbuch wieder aus ihrem Leben verschwunden und durch jemanden aus Onkel Vans Organisation wieder zurück auf dem Weg zu Miki Kendrick war. Sie hatte geglaubt, Dee-Ann würde sich selbst darum kümmern, das Notizbuch zurückzubringen, aber anscheinend hatte sie etwas anderes zu erledigen. Toni wusste es besser, als in dieser Sache noch weiter nachzuhaken.

»Aber in Zukunft« sagte sie zu ihrem Bruder, »sollten wir vielleicht niemandem mehr etwas wegnehmen. Vor allem nicht jemandem, von dem wir wissen, dass er das ganze Universum zerstören könnte, wenn ihm danach ist.«

Freddy kicherte auch noch, als ihm die Augen schon wieder zufielen. »Okay. Müssen wir trotzdem noch zurück nach Hause fahren?«

»Nach Washington? Nein. Ich glaube, wir bleiben den ganzen Sommer hier, jetzt, wo alles geklärt ist.«

»Gut. Ich will sehen, wie Tante Irene meinen Professor im College zum Weinen bringt. Sie hat es mir versprochen.«

»Und wir wissen beide, dass sie ihre Versprechen immer hält.«

»Ja.« Er drehte sich auf die Seite. »Wenn der Sommer zu Ende ist, dann musst du hierbleiben, Toni.«

»Muss ich?«, fragte sie amüsiert. »Warum?«

»Weil Ricky dich liebt.«

Toni schaffte es nur mit Mühe, das panische Würgegeräusch zu unterdrücken, mit dem sie ihre Mutter immer zu Tode erschreckte, und fragte stattdessen: »Und woher weißt du das?«

»Weil er dich so ansieht, wie Daddy Mommy ansieht. Und wenn du ihn jetzt verlässt, dann wird es ihm das Herz brechen. Und Mommy hat gesagt, dass ein gebrochenes Herz das Schlimmste ist.«

»Oh, ist es das?«

»Ist es. Und ich mag Ricky Lee. Deshalb darfst du ihm nicht das Herz brechen.«

»Ist das ein Befehl?«

»Ja.«

»Dann werde ich daran denken.«

»Ich hab dich lieb, Toni.«

»Ich hab dich auch lieb, Freddy.« Sie beugte sich nach unten und küsste ihren Bruder auf die Wange. »Und jetzt wird geschlafen. Morgen gehen wir alle zu FAO Schwartz.«

»In den Spielzeugladen?«

»Genau.«

Er drehte den Kopf und blickte über seine kleine Schulter. Im Licht, das vom Flur hereinströmte, funkelten seine Augen wie die des wilden Tieres, das in Wahrheit in ihm steckte. »Wozu sollten wir denn *da* hingehen?«

Toni konnte nur seufzen. »Nur ein Jean-Louis Parker-Kind würde diese spezielle Frage über einen Spielzeugladen stellen.«

Nachdem sie ihrem Bruder einen weiteren Kuss auf die Stirn gedrückt hatte, ging Toni in ihr eigenes Zimmer. Sie kam an den Zimmern ihrer anderen Geschwister vorbei und hörte, wie sich Kyle und Troy hinter einer der Türen zankten, während Zoe und Zia in einem anderen Zimmer in einer Sprache miteinander plauderten, die sie sich in den vergangenen Tagen ausgedacht hatten. Der kleine Dennis schnarchte wie ein brünstiges Nashorn in seinem eigenen Zimmer, und Oriana tratschte an ihrem verdammten Telefon mit einer anderen Tänzerin darüber, welcher Tanzlehrer mit welcher Schülerin schlief. Toni blieb kurz stehen, entschied dann aber, dass es bereits zu spät war, diese spezielle Situation noch angemessen zu managen, weil sie viel zu müde dazu war. Stattdessen ging sie weiter. Ihre Eltern und Rickys

Mutter waren immer noch unten im Wohnzimmer. Sie konnte sie lachen hören und war erleichtert, dass sie sich alle so gut verstanden.

Cherise und Cooper schauten sich in Coops Zimmer *Excalibur* an. Sie drei hatten den Film schon zwei Millionen Mal gesehen, da war Toni sich sicher. Sie spielte kurz mit dem Gedanken, sich zu ihnen zu gesellen, aber auch hier gewann ihre Erschöpfung die Oberhand.

Schließlich erreichte sie ihr Zimmer, blieb jedoch im Türrahmen stehen, als sie sah, dass Ricky, noch komplett angezogen, auf der Tagesdecke in ihrem Bett lag, seine Tennessee-Titans-Kappe noch immer auf dem Kopf, mit dem Rücken ans Kopfende gelehnt. Sie musste zugeben, dass nichts je zuvor so perfekt ausgesehen hatte.

Toni kickte die Turnschuhe von ihren Füßen und krabbelte aufs Bett. Als sie Ricky erreichte, breitete er seine Arme für sie aus. Sie kuschelte sich an seine Brust, legte ihre Wange auf seine Schulter und schlang ihre Arme um seine Taille. Rickys Beine lagen links und rechts neben ihr, und sein Kinn ruhte auf ihrem Kopf.

»Ricky Lee?«

»Hmm?«

»Ich bin froh, dass du heute Abend auf mich gewartet hast.«

»Auf dich gewartet?« Er schlang seine Arme um sie und drückte sie ganz fest an sich. »Schätzchen … Wo sollte ich denn sonst sein?«

Epilog

Toni ließ ihren Blick über das ganze Essen auf dem Küchentisch schweifen. »Brauchen wir wirklich so viel zu essen, Mom?«

Ihre Mutter stellte sich neben sie. »Ich weiß es einfach nicht. Man hat mir gesagt, das Wichtigste für die Wildhunde sei, dass massenhaft Schokolade da ist, also hab ich mich daran gehalten. Draußen steht ein ganzer Picknicktisch, der voll davon ist. Aber als ich gehört hab, dass auch deine komplette Hockeymannschaft kommt, und dann noch diese Löwen, die zum Smith-Rudel gehören, dachte ich, dass wir doch noch mehr zu essen brauchen. Glücklicherweise hat Blayne …«

»Wer?«

Ihre Mutter stieß Toni mit der Hüfte an. »Sei nett zu ihr! Sie hat den Caterer empfohlen«, sagte sie und zeigte durchs Fenster auf das Team, das die Tische mit dem Essen vorbereitete. »Anscheinend kümmern sie sich um Gestaltwandler-Hochzeiten und reine Löwen-Events, was eine Art Code dafür zu sein scheint, dass sie absolut jeden füttern können.« Ihre Mutter klatschte in die Hände. »Ich will einfach nur, dass alles perfekt ist.«

»Schmeißt du dich immer noch an die Hunde ran, Mom? Ich meine, sie scheinen dir Johnny doch jetzt anzuvertrauen, nachdem Donato Interesse an ihm gezeigt hat.«

»Ich war schon immer der Ansicht, dass man sich in manchen Fällen gar nicht genug ranschmeißen kann. Und das hier ist einer dieser Fälle.«

Jackie streckte ihre Arme aus und schob ein paar der Beilagen hin und her. Dann fragte sie plötzlich etwas, das sie noch nie gefragt hatte, während sie den Blick weiter auf den Tisch richtete. »Delilah kommt nicht nach Hause … oder?«

Sie ließ es klingen, als meinte sie eigentlich: »Kommt Delilah auch zur Party?« Aber Toni wusste, was ihre Mutter sie in Wahrheit fragte. Und sie wusste auch, wie schwer es ihr fallen musste, so etwas über ihr eigenes Kind zu fragen. Ein Kind, das sie zur Welt gebracht und genauso geliebt hatte wie all ihre anderen Kinder. Aber trotzdem war irgendetwas falsch gelaufen. Und nichts, was sie nun taten, konnte irgendetwas daran ändern. Das wussten sie beide.

Deshalb überraschte Toni der erleichterte Gesichtsausdruck ihrer Mutter auch nicht, als sie antwortete: »Nein, Mom. Sie kommt nicht. Aber mach dir keine Sorgen, sie ist an einem guten Ort.« Jedenfalls so gut, wie sie es sich für sie erhoffen konnten. Hey, immerhin war es keine Gefängniszelle oder ein Flachgrab.

Plötzlich nahm ihre Mutter sie in den Arm. »Ich liebe dich, Antonella. Ich liebe dich mehr, als du jemals begreifen wirst.«

Toni erwiderte die Umarmung ihrer Mutter. »Ich liebe dich auch, Mom.«

Es klingelte an der Tür, und Jackie löste sich von ihr. »Das sind sie«, verkündete sie. »Ich lass sie rein.«

»Okay.«

Jackie verließ die Küche, und kurz darauf hörte Toni: »Pssst, Toni?«

»Dad?«

Ihr Vater schlich durch die andere Tür in die Küche. »Wo ist deine Mutter?«

»Sie macht die Haustür auf.«

»Wir haben ein Problem.«

Toni seufzte. »Oh-oh. Was ist jetzt schon wieder?«

Er lehnte sich zu ihr und flüsterte: »Das Royal Ballet will deine Schwester.«

»Was? Aber sie ist erst fünfzehn.«

»Lass mich das anders formulieren …« Toni verdrehte die Augen. Sie liebte ihren Vater, aber manchmal …

»Die *Schule* des Royal Ballet hat ihr einen Platz angeboten, damit sie für das Royal Ballet trainieren kann.«

»Da ergibt schon mehr Sinn.«

»Aber vorher hab ich einen anderen Anruf erhalten und …«

»Du hast noch einen anderen Anruf erhalten?«

»Von dieser Kunstschule für hochbegabte Kinder in Mailand. Sie wollen Kyle.«

»Na ja …«

»Und dann …«

»Da kommt noch mehr?«

»Na ja, das hatte ich bisher für mich behalten …«

»Weil das ja immer eine gute Idee ist.«

»Es war einfach so viel los.«

»Was ist es, Dad?«

»Troy wurde an der mathematischen Fakultät in Harvard angenommen.«

»Natürlich wurde er das.«

»Und in dem Fall bin ich mir nicht sicher, was ich tun soll.«

Toni konnte hören, wie ihre Mutter mit einigen der Gäste in Richtung Küche kam, deshalb drehte sie sich zu ihrem Vater um und sagte: »Du musst Oriana und Kyle ziehen lassen. Coop kann sie im Auge behalten, wenn er im Herbst seine Tournee durch Europa und Russland absolviert. Außerdem haben wir jede Menge Kontakte in Mailand und London, deshalb müssen wir uns darüber keine Sorgen machen. Was Troy angeht: Er ist zu jung. Ich glaube, du solltest für seinen Studienbeginn Tante Irenes Universität in Betracht ziehen. Wenn er bereit ist, seinen Master oder seinen Doktor zu machen, kann er ohne Probleme nach Harvard gehen. Und vertrau mir, sie werden ihn dann immer noch wollen.«

»Okay.« Er umarmte sie, und Toni fragte sich, was zur Hölle heute eigentlich los war.

»Ich bin so stolz auf dich, Kleines.«

»Auf mich?« Darüber musste Toni lachen. »Das Royal Ballet hat nicht meinetwegen angerufen, Dad.«

»Aber nichts von alledem wäre für die Kinder ohne dich möglich gewesen. Vergiss das nie, Toni. Aber ich weiß, das wirst du nicht.« Er küsste sie auf die Stirn, als Jackie gerade mit einer Meute Wildhund-Kinder in die Küche kam, die direkt auf den Garten zusteuerten.

»Toni!«, freuten sich die Welpen.

»Hi, ihr! Wo ist Johnny?«

»Er kommt gleich«, antwortete eines der Kinder.

Dann schrie ein anderes: »Hier draußen ist Schokolade!«

Sie rannten davon, dicht gefolgt von den Erwachsenen des Wildhund-Rudels.

Die drei Jean-Louis Parkers drängten sich zusammen, bis die Gefahr an ihnen vorbeigezogen war, und atmeten anschließend erleichtert aus. »Gute Güte«, sagte Jackie. »Es ist doch nur Schokolade.«

»Ja, Mom. Aber das würde ich in *ihrer* Nähe lieber nicht laut aussprechen.«

Ricky stellte sich hinter Toni und legte einen Arm um ihre Taille.

»Wo warst du denn?«, fragte sie und klang bezaubernd mürrisch. Und er wusste auch, warum … Es verlangte einem einiges ab, sich um einen Haufen Wildhund-Welpen zu kümmern.

»Ich hatte mit Reece einen Job zu erledigen.«

»Ist alles gut gelaufen?«

»Jap. Alles bestens.« Er lehnte sich zu ihr und küsste ihren Hals.

»Du solltest besser aufhören … mein Dad hat dich direkt im Visier.«

»Er liebt mich. Er ist bloß noch nicht bereit, es zuzugeben.«

»Ja. Glaub das ruhig weiter.«

Ricky löste sich von Toni und nahm ihre Hand. »Komm mit.«

»Wohin?«

Er antwortete nicht, sondern zog sie nur mit sich ins Haus und die Treppe hinauf in ihr Zimmer. Er schloss die Tür und kam direkt zur Sache.

»Ich will nicht lange um den heißen Brei rumreden und dir direkt sagen, dass ich in dich verliebt bin und will, dass du meine Gefährtin wirst.«

»Bist du dir da sicher? Weil du nämlich echt genervt klingst.«

»Ich bin sogar todsicher. Und ich klinge genervt, weil ich

keine Ahnung habe, wie du reagieren wirst und deshalb total angespannt bin.«

»Ich schätze, meine einzige Sorge ist, dass du nicht wirklich begreifst, worauf du dich da einlässt.«

»Du meinst, weil Novikov andauernd in der Nähe sein wird? Weil mir das nämlich völlig egal ist, solange er weiter Reece fertigmacht.«

»Nein. Aber du kriegst nicht nur mich. Du kriegst meine ganze Familie. Selbst falls ich hierbleibe …«

»Falls?«

»Auch wenn es höchstwahrscheinlich ist, dass ich hierbleibe … meine Familie wird nie weit entfernt sein. Mit anderen Worten: Mich gibt's nicht ohne Anhang. So ist das nun mal bei den Jean-Louis Parkers.«

»Ich ertrage deine, wenn du meine erträgst.«

»Was stimmt denn nicht mit deiner?«

Ricky stellte sich ans Fenster und winkte Toni zu sich. Er schob das Fenster auf, und sie lehnte sich hinaus. Gemeinsam beobachteten sie Dee-Ann, Sissy Mae und Ronnie Lee, die Brendon und Mitch Shaw lauthals *Rocky Top* vorsangen.

»Was stimmt denn damit nicht … außer, dass sie keinen einzigen Ton treffen?«

»Die Shaw-Brüder hassen diesen Song. Und dieser Hass ist so stark, dass er sich inzwischen beinahe in ein lebendes, atmendes Wesen verwandelt hat. Was auch der Grund dafür ist, dass die Weibchen ihn den beiden vorsingen.«

»Weil die Brüder ihn hassen?«

»Jap.«

»Das erscheint mir ziemlich grausam.«

»Jap.«

»Und dennoch höchstamüsant.« Sie zeigte auf Kyle. »Siehst du, wie geschwollen sein Kopf ist?«

»Meinst du diese dicke Beule?«

»M-hm.«

»Ja, die sehe ich.«

»Die hat er Oriana zu verdanken, die ihn mit einem ihrer Spitzenschuhe angegriffen hat.«

»Schon wieder?«

»Und weißt du auch, warum?«

Ricky zuckte mit den Schultern. »Hat er sie fett genannt?«

»Nein. Diesmal hat er ihr gesagt, sie hätten einen männlichen Kiefer.«

Ricky lachte. Herzlich.

»Ja«, fuhr Toni ebenfalls lachend fort. »Und Oriana wusste das gar nicht zu schätzen, deshalb hat sie ihn mit ihrem Spitzenschuh erwischt. Oder um die Wahrheit zu sagen … hat sie ihm mit ihrem Spitzenschuh eine verpasst, was ein riesiger Unterschied ist.«

»Ich weiß nicht.« Ricky ließ seinen Blick zwischen den beiden Familien hin und her wandern. »*Rocky Top* … Spitzenschuhe? *Rocky Top* … Spitzenschuhe?« Er schüttelte den Kopf. »Ich kann mich einfach nicht entscheiden.«

Sie lehnten sich wieder zurück, und Toni lächelte ihn an. »Hör mal, wenn du denkst, dass du mit diesem Grad von Wahnsinn umgehen kannst …«

»Umgehen? Du hast meine Mutter doch getroffen. Ich lebe schon mein ganzes Leben damit.«

»Dann bin ich dabei.«

»Das will ich auch hoffen. Weil mir deine Wohnung *wirklich* gefällt.«

»Mir ist schon aufgefallen, dass du dich da häuslich eingerichtet hast.«

»Warum sollte ich dir auch den ganzen Platz im Schrank überlassen?«

»Ja, ich weiß ja, dass du eine Menge Platz für deine ganzen Tennessee-Titans-Kappen brauchst.«

»Du musst auf meine Kappen nicht neidisch sein. Du weißt doch, dass ich dir auch eine besorgen werde.«

Kichernd ging Toni auf Zehenspitzen und schaute ihm in die Augen. »Ich liebe dich auch, Ricky Lee Reed.«

»Gut.«

Sie küsste ihn, und Ricky nahm sie fest in die Arme, zog sie ganz dicht an seinen Körper und erwiderte den Kuss.

»Danke«, sagte sie, als sie sich schließlich wieder voneinander lösten, sich aber weiter umarmt hielten.

»Wofür?«

»Für alles. Aber am meisten für deine unglaubliche Geduld.«

»Na ja …« Ricky zuckte mit den Schultern. »Es ist genauso, wie ich's dir von Anfang an gesagt hab, Antonella … Wenn du nur lange genug wartest, dann kommt das Amüsement zu *dir.*«